AF559170

Zum Buch:

Gerichtsmedizinerin Sara Linton und Special Agent Will Trent werden mit einem ungeheuerlichen Vorwurf konfrontiert. Ein Häftling des Staatsgefängnisses von Georgia behauptet, unschuldig hinter Gittern zu sitzen. Die Polizei von Grant County soll ihn vor Jahren zum Sündenbock für ein abscheuliches Verbrechen gemacht haben, um Korruption und Schlamperei zu vertuschen. Das Schlimmste aber: Der wahre Täter sei noch immer irgendwo da draußen. Und noch immer würde er Frauen nachstellen, sie verstümmeln und schänden.
Kurz darauf wird tatsächlich die Leiche einer brutal attackierten Frau gefunden.
Nachdem Sara das Opfer untersucht hat, bleiben keine Zweifel: Der Killer hat seine grausame Handschrift hinterlassen. Es gibt nur eine Chance, ihn zu fassen: Sara muss die düstersten Stunden ihrer Vergangenheit noch einmal heraufbeschwören.

Zur Autorin:

Karin Slaughter ist eine der weltweit berühmtesten Autorinnen und Schöpferin von über 20 New-York-Times-Bestseller-Romanen. Dazu zählen *Cop Town*, der für den Edgar Allan Poe Award nominiert war, sowie die Thriller *Die gute Tochter* und *Pretty Girls*. Ihre Bücher erscheinen in 120 Ländern und haben sich über 40 Millionen Mal verkauft. Ihr internationaler Bestseller *Ein Teil von ihr* ist 2022 als Serie mit Toni Collette auf Platz 1 bei Netflix erschienen. Eine Adaption ihrer Bestseller-Serie um den Ermittler Will Trent ist derzeit eine erfolgreiche Fernsehserie, weitere filmische Projekte werden entwickelt. Slaughter setzt sich als Gründerin der Non-Profit-Organisation »Save the Libraries« für den Erhalt und die Förderung von Bibliotheken ein. Die Autorin stammt aus Georgia und lebt in Atlanta.

KARIN SLAUGHTER

DIE VERSTUMMTE FRAU

THRILLER

Aus dem amerikanischen Englisch von
Fred Kinzel

HarperCollins

Die Originalausgabe erschien 2020 unter dem Titel
The Silent Wife bei William Morrow, New York.

3. Auflage 2025

Ungekürzte Neuausgabe im HarperCollins Taschenbuch

Verlagsgruppe HarperCollins Deutschland GmbH
Valentinskamp 24 · 20354 Hamburg
info@harpercollins.de
Published by arrangement with William Morrow,
an imprint of HarperCollins *Publishers*, US
Will Trent ist ein Markenzeichen der Karin Slaughter Publishing LLC.

Verwendete Songtexte:
Trouble Me geschrieben von Natalie Merchant und Dennis Drew

Whistle geschrieben von Flo Rida, David Edward Glass,
Marcus Killian, Justin Franks, Breyan Isaac, Antonio Mobley,
Arthur Pingrey und Joshua Ralph
Can't Take My Eyes Off You geschrieben von Bob Crewe und Bob Gaudio
The Girl from Ipanema geschrieben von Antônio Carlos Jobim,
portugiesischer Text von Vinicius de Moraes,
englischer Text von Norman Gimbel
My Kind of Town geschrieben von Jimmy Van Heusen und Sammy Cahn
Funky Cold Medina geschrieben von Young MC,
Matt Dike und Michael Ross
Into the Unknown geschrieben von Kristen Anderson-Lopez
und Robert Lopez

Umschlaggestaltung und -abbildung von Hafen Werbeagentur, Hamburg
Gesetzt aus der Stempel Garamond
von GGP Media GmbH, Pößneck
Druck und Bindung von GGP Media GmbH, Pößneck
Printed in Germany
ISBN 978-3-365-00545-3
www.harpercollins.de

Für Wednesday

Speak to me.
Let me have a look inside these eyes while I'm learning.
Please don't hide them just because of tears.
Let me send you off to sleep with a »There, there,
now stop your turning and tossing.«
Let me know where the hurt is and how to heal.
Spare me? Don't spare me anything troubling.
Trouble me, disturb me with all your cares and your
worries.
Speak to me and let our words build a shelter from
the storm.

Trouble Me
von Natalie Merchant and Dennis Drew,
10,000 Maniacs

Dieser Roman ist ein fiktionales Werk. Ich habe mir einige Freiheiten hinsichtlich des zeitlichen Ablaufs genommen.

PROLOG

Beckey Caterino spähte in die hintersten Ecken des Wohnheimkühlschranks und suchte wütend nach ihren hingekritzelten Initialen auf den Etiketten der Lebensmittel – Frischkäse, Fertigsnacks, Pizza-Bagels, vegane Hotdogs, Karottensticks.

KP – Kayleigh Pierce. DL – Deneshia Lachland. VS – Vanessa Sutter.

»Diese Miststücke!« Beckey knallte die Kühlschranktür so heftig zu, dass die Bierflaschen darin klirrten. Sie trat gegen den nächstbesten Gegenstand, der zufällig der Abfalleimer war.

Leere Joghurtbecher ergossen sich über den Boden. Zerknüllte Tüten von fettfreiem Popcorn. Ausgespülte Cola-light-Flaschen. Alles mit zwei Buchstaben in schwarzem Textmarker versehen.

BC.

Beckey starrte auf die Verpackungen der Lebensmittel, die sie von ihrem knappen Geld gekauft hatte und die diese Arschlöcher von Mitbewohnerinnen vertilgt hatten, während sie die ganze Nacht in der Bibliothek mit einer Seminararbeit beschäftigt gewesen war, die fünfzig Prozent zu ihrer Note in Organischer Chemie beitrug.

Ihr Blick ging zur Uhr.

4 Uhr 58.

»Ihr verdammten Dreckstücke!«, schrie sie zur Zimmerdecke hoch. Sie machte sämtliche Lichter an. Ihre nackten Füße sengten eine Spur in den Teppichboden im Flur. Sie war am Verhungern. Sie war erschöpft. Sie konnte kaum mehr aufrecht stehen. Ihr einziger Antrieb auf dem Weg von der Bibliothek zum Wohnheim war die Aussicht auf etwas zu essen gewesen.

»Steh auf, du miese Diebin!« Sie schlug so heftig mit der Faust an Kayleighs Tür, dass sie aufsprang.

Marihuanarauch waberte unter der Decke. Kayleigh blinzelte unter den Laken hervor. Der Typ neben ihr wälzte sich herum.

Es war Markus Powell, Vanessas Freund.

»Scheiße.« Kayleigh sprang aus dem Bett, nackt bis auf eine Socke am linken Fuß.

Beckey schlug auf dem Weg zu ihrem eigenen Zimmer mit den Fäusten an die Wände. Ihr Zimmer war das kleinste, und sie hatte es freiwillig genommen, weil sie ein Fußabstreifer war und nicht wusste, wie sie sich gegen drei Mädchen behaupten sollte, die zwar genauso alt waren wie sie, aber mit einem doppelt so dicken Bankkonto versehen.

»Du darfst es Nessa nicht sagen!« Kayleigh rauschte hinter ihr ins Zimmer, immer noch nackt. »Es war nichts. Wir waren betrunken und …«

Wir waren betrunken und …

Jede gottverdammte Geschichte dieser blöden Miststücke fing mit denselben vier Worten an. Als Vanessa dabei erwischt wurde, wie sie Deneshias Freund einen geblasen hatte. Als Kayleighs Bruder versehentlich in den Schrank gepinkelt hatte. Als Deneshia sich Beckeys Unterwäsche *geborgt* hatte. Sie waren immer betrunken oder bekifft oder vögelten herum oder betrogen einander, denn das war nicht das College hier, es war *Big Brother*, wo niemand hinausgewählt werden konnte und alle den Tripper hatten.

»Komm schon, Beck.« Kayleigh rieb sich die nackten Arme. »Sie wollte sowieso mit ihm Schluss machen.«

Beckey konnte entweder losschreien und nie mehr aufhören – oder so schnell wie möglich von hier verschwinden.

»Beck …«

»Ich gehe laufen.« Sie riss eine Schublade auf und suchte nach ihren Socken, aber natürlich passten keine zwei zusammen. Ihr liebster Sport-BH lag zerknüllt unter dem Bett. Sie fischte ihre schmutzige Laufhose aus dem Wäschekorb und entschied sich für zwei nicht zusammengehörende Socken, von denen einer ein Loch in der Ferse hatte, aber eine Blase war harmlos gegen die Vorstellung, hierzubleiben und alles kurz und klein zu schlagen, was nach einem lebenden Organismus aussah.

»Beckey, hör auf, dich wie ein Arschloch zu benehmen. Du verletzt meine Gefühle.«

Beckey hängte sich die Kopfhörer um den Hals. Sie war fast schockiert, als sie ihren iPod Shuffle genau dort fand, wo er sein sollte. Kayleigh war die Märtyrerin des Wohnheims, die alle ihre Verbrechen nur zum Wohl der Allgemeinheit beging. Sie hatte nur mit Markus geschlafen, weil Vanessa ihm das Herz gebrochen hatte. Von Deneshia hatte sie bei der Prüfung nur deshalb abgeschrieben, weil ihre Mutter am Boden zerstört wäre, wenn sie in noch einem Fach scheiterte. Und Beckeys Käsemakkaroni hatte sie aufgegessen, weil ihr Vater sich Sorgen machte, dass sie zu dünn war.

»Beck.« Kayleigh versuchte es mit Ablenkung. »Warum redest du nicht mit mir? Worum geht es in Wirklichkeit?«

Beckey griff nach ihrer Haarklammer und erkannte im selben Moment, dass sie nicht auf dem Nachttisch lag wie sonst immer.

Alle Luft wich aus ihren Lungen.

Kayleighs Hände flogen in einer Unschuldsgeste nach oben. »Ich habe sie ehrlich nicht genommen.«

Beckey war kurzfristig wie hypnotisiert von Kayleighs

Brüsten mit den perfekt gerundeten Warzenhöfen, die wie ein zweites Augenpaar zu ihr hinaufstarrten.

»Okay«, sagte Kayleigh, »ich habe dein Zeug aus dem Kühlschrank aufgegessen, aber ich würde niemals deine Haarklammer anrühren. Das weißt du.«

In Beckeys Brust tat sich ein schwarzes Loch auf. Die Haarklammer war aus billigem Plastik, eines von den Dingern, die man im Drogeriemarkt kaufte, aber sie bedeutete ihr mehr als alles in der Welt, weil sie das Letzte war, was ihre Mutter ihr gegeben hatte, bevor sie in ihren Wagen stieg, um zur Arbeit zu fahren, und von einem betrunkenen Autofahrer getötet wurde, der auf der Interstate als Geisterfahrer unterwegs war.

»Hey, Blair und Dorota, tuschelt mal leiser.« Vanessas Zimmertür stand offen. Ihre Augen waren zwei Schlitze in dem vom Schlaf verquollenen Gesicht. Sie ignorierte Kayleighs Blöße und wandte sich direkt an Beckey. »Kleines, du kannst nicht um diese Zeit joggen gehen, wenn die Vergewaltiger unterwegs sind.«

Beckey begann zu laufen. An den beiden Miststücken vorbei. Den Flur entlang. Zurück in die Küche. Durch den Wohnraum. Aus der Tür. Noch ein Flur. Drei Treppenabsätze. Der Hauptaufenthaltsraum. Die gläserne Eingangstür, für die man eine Schlüsselkarte brauchte, aber scheiß drauf, denn sie musste unbedingt weg von diesen Ungeheuern. Weg von ihrer beiläufigen Bösartigkeit. Von ihren scharfen Zungen, ihren spitzen Brüsten und ihren schneidenden Blicken.

Tau benetzte ihre Beine, als sie über den grasbewachsenen Campushof rannte. Beckey lief um eine Betonschranke herum und gelangte auf die Hauptstraße. Die Luft war noch kühl. Die Straßenlampen verloschen eine nach der anderen im Dämmerlicht. Schatten schmiegten sich um die Bäume. In der Ferne hörte sie jemanden husten. Ein Schauder lief ihr plötzlich über den Rücken.

Wenn die Vergewaltiger unterwegs sind.

Als würde es die drei kümmern, ob Beckey vergewaltigt wurde. Als würde es sie interessieren, dass sie kaum Geld für Essen hatte, dass sie härter arbeiten musste als sie, fleißiger studieren, sich mehr anstrengen, schneller laufen und sich am Ende doch immer, immer zwei Schritte hinter der Stelle wiederfand, wo alle anderen starten durften. Egal, wie sehr sie sich auch antrieb.

Blair und Dorota. Das beliebte Mädchen und das kriecherische, fette Dienstmädchen aus *Gossip Girl.* Nicht schwer zu erraten, wer hier welche Rolle spielte.

Beckey setzte ihre Kopfhörer auf. Sie klickte an ihrem iPod auf Play, und Flo Rida ertönte.

Can you blow my whistle baby, whistle baby …

Ihre Füße stampften im Rhythmus des Songs auf den Boden. Sie lief durch das Eingangstor, das den Campus von der trostlosen kleinen Einkaufsstraße im Ortszentrum trennte. Es gab keine Bars oder Studentenkneipen, weil sich die Universität in einem »trockenen« County befand. Es war wie in Mayberry, aber irgendwie weißer und langweiliger. Der Baumarkt. Die Kinderklinik. Die Polizeistation. Der Kleiderladen.

Der alte Typ, dem der Diner gehörte, spritzte den Gehsteig mit einem Schlauch ab, als die Sonne gerade über den Horizont stieg. Das Licht tauchte die Umgebung in einen unheimlichen orangeroten Feuerschein. Der Alte tippte sich an seine Baseballmütze, als er Beckey sah. Sie stolperte über einen Sprung im Asphalt. Fing sich. Sah starr geradeaus und tat, als hätte sie nicht gesehen, wie er den Schlauch fallen ließ und Anstalten machte, ihr zu helfen, denn sie wollte sich unbedingt weiterhin von dem Gedanken beherrschen lassen, dass jeder einzelne Mensch auf Erden ein Arschloch und ihr eigenes Leben beschissen war.

»Beckey«, hatte ihre Mutter gesagt, als sie die Haarklammer aus ihrer Handtasche nahm. »Das ist mein Ernst jetzt. Ich will sie wiederhaben.«

Die Haarklammer. Zwei Kämme mit einem Scharnier dazwischen, einer der Zähne war abgebrochen. Schildpattmuster, wie bei einer Katze. Julia Stiles trug so eine in dem Film *Zehn Dinge, die ich an dir hasse*, den Beckey tausendmal mit ihrer Mutter gesehen hatte, weil es einer der wenigen Filme war, die beiden gefielen.

Kayleigh hatte die Haarklammer sicher nicht von ihrem Nachttisch gestohlen. Sie war ein gefühlloses Miststück, aber sie wusste, was die Klammer für Beckey bedeutete, seit die beiden sich eines Abends gemeinsam betrunken hatten und Beckey die ganze Geschichte ausgekotzt hatte. Wie der Direktor sie aus dem Englischunterricht geholt hatte. Wie der Schulpolizist draußen im Flur gewartet hatte und sie einen Mordsschreck bekam, weil sie noch nie in Schwierigkeiten gewesen war. Aber sie war gar nicht in Schwierigkeiten. Irgendwo tief in ihrem Innern musste Beckey gewusst haben, dass etwas Entsetzliches geschehen war, denn als der Polizist zu reden anfing, hatte ihr Gehör immer wieder ausgesetzt, wie bei einer schlechten Handyverbindung, und nur einzelne Worte waren durch das Rauschen zu ihr durchgedrungen.

Mutter … Interstate … betrunkener Fahrer …

Seltsamerweise hatte Beckey an die Haarklammer an ihrem Hinterkopf gefasst. Der letzte Gegenstand, den ihre Mutter berührt hatte, bevor sie das Haus verließ. Beckey hatte die Klammer geöffnet. Sie hatte mit den Fingern durch ihre Haare gestrichen, um sie zu lösen. Sie hatte die Plastikklammer in ihrer Handfläche so kräftig zusammengedrückt, dass ein Zahn abgebrochen war. Sie wusste noch, wie sie dachte, dass ihre Mutter sie umbringen würde … *Ich will sic wiederhaben …* Aber dann hatte ihr Bewusstsein die Tatsache aufgenommen, dass ihre Mutter sie niemals mehr würde umbringen können, weil ihre Mutter tot war.

Beckey wischte sich die Tränen ab, als sie ans Ende der Hauptstraße kam. Links oder rechts? Zum See, wo die Professoren und reichen Leute wohnten, oder zu dem ärmlicheren Viertel, wo Wohnwagen und Billighäuser auf winzigen Grundstücken standen.

Sie bog rechts ab, fort vom See. Auf ihrem iPod hatte Flo Rida jetzt Nicki Minaj Platz gemacht. Sie schaltete die Musik aus und ließ die Kopfhörer um ihren Hals baumeln. Ihre Lungen zeigten mit einem komischen Zittern an, dass sie genug hatten, aber sie ließ nicht locker und atmete schnell und tief mit offenem Mund, und ihre Augen brannten immer noch, wenn sie daran zurückdachte, wie sie und ihre Mutter auf der Couch gesessen hatten, Popcorn gemampft und zusammen mit Heath Ledger bei »Can't Take My Eyes Off You« mitgesungen hatten.

You're just too good, to be true …

Die Luft wurde schal, je tiefer sie in das trostlose Viertel vorstieß. Die Straßennamen orientierten sich seltsamerweise am Thema Frühstück: Omelet Road. Hashbrown Way. Beckey lief nie in diese Richtung, schon gar nicht um diese Uhrzeit. Das orangerote Licht hatte sich in ein schmutziges Braun verwandelt. Ausgebleichte Pick-ups und alte Schrottkarren sprenkelten die Straßen. Farbe blätterte von den Häusern. Viele Fenster waren mit Brettern vernagelt. Ihre Ferse begann, schmerzhaft zu pochen. Wer hätte das gedacht … Sie rieb sich eine Blase wegen des Lochs in ihrer Socke. Beckeys Erinnerung warf ein Bild aus: wie Kayleigh aus dem Bett sprang, mit nichts als einer Socke bekleidet.

Beckeys Socke.

Sie fiel ins Schritttempo. Dann blieb sie mitten auf der Straße stehen. Sie beugte sich vor und stützte die Hände auf die Knie, um zu Atem zu kommen. Ihr Fuß brannte jetzt, als wäre eine Hornisse in ihrem Schuh eingeschlossen. Sie würde es niemals zurück zum Campus schaffen, ohne dass es ihr die Haut von der Ferse schälte.

Kayleigh würde sie abholen müssen. Sie war ein erbärmlicher Mensch, aber man konnte sich immer darauf verlassen, dass sie auftauchte, wenn jemand in Schwierigkeiten war – und sei es nur um des Dramas willen. Beckey tastete nach ihrer Tasche, aber dann spuckte ihre Erinnerung einen neuen Satz Bilder aus: Beckey in der Bibliothek, wie sie ihr Telefon in den Rucksack gleiten ließ. Dann später im Wohnheim, wie sie den Rucksack auf den Küchenboden fallen ließ.

Kein Handy. Keine Kayleigh. Keine Hilfe.

Die Sonne stand jetzt höher über den Bäumen, aber Beckey fühlte sich trotzdem von Dunkelheit eingeschlossen. Niemand wusste, dass sie hier war. Niemand erwartete sie zurück. Sie war in einer fremden Gegend. Einer *üblen* fremden Gegend. An eine Tür zu klopfen, jemanden zu bitten, das Telefon benutzen zu dürfen, kam ihr wie der Anfang einer Folge von *Aktenzeichen XY … ungelöst* vor. Sie hörte förmlich die Erzählstimme in ihrem Kopf:

Beckeys Mitbewohnerinnen dachten, sie würde sich einfach Zeit lassen, um herunterzukommen. Dr. Adams nahm an, sie sei nicht in ihrem Kurs erschienen, weil sie mit ihrer Seminararbeit nicht fertig geworden war. Niemand ahnte, dass die wütende junge Studentin an die Tür eines kannibalischen Vergewaltigers geklopft hatte …

Ein beißender Fäulnisgeruch holte sie in die Realität zurück. Ein Lkw der Müllabfuhr rollte in die Kreuzung am Ende der Straße und blieb mit quietschenden Bremsen stehen. Ein Kerl in einem Overall sprang heraus, schob eine Tonne zum Fahrzeug, hakte sie an der Hebevorrichtung ein. Beckey sah die Zahnräder im Innern des Lkw mahlen. Der Overall-Typ hatte nicht in ihre Richtung geschaut, aber dennoch befiel sie plötzlich das beklemmende Gefühl, beobachtet zu werden.

Wenn die Vergewaltiger unterwegs sind.

Sie drehte sich um und versuchte, sich zu erinnern, ob sie in diese Straße links oder rechts abgebogen war. Es gab nicht einmal ein Straßenschild. Das Gefühl, ausgespäht zu werden, wurde stärker. Beckey suchte die Häuser mit den Blicken ab, das Innere von Trucks und Autos. Nichts starrte von dort zurück. Kein Vorhang bewegte sich in den Fenstern. Kein kannibalischer Vergewaltiger trat vor die Tür, um seine Hilfe anzubieten.

Ihr Kopf machte sofort das, was Frauen auf keinen Fall machen sollten: sich für ihre Angst tadeln, nicht auf ihr Bauchgefühl hören, sich einreden, dass man sich der Situation stellen müsse, die einen ängstigte, statt wegzulaufen wie ein kleines Kind.

Beckey konterte die Argumente: Geh weg von der Straßenmitte. Bleib nah an den Häusern, denn darin gibt es Leute. Brüll dir die Lunge aus dem Leib, wenn dir jemand nahe kommt. Lauf zurück zum Campus, denn dort bist du in Sicherheit.

Alles schön und gut, aber wo war der Campus?

Sie verdrückte sich seitlich zwischen zwei geparkte Autos und fand sich nicht auf einem Gehsteig wieder, sondern auf einem schmalen Streifen Unkraut zwischen zwei Häusern. In einer Stadt hätte man es eine Gasse genannt, aber hier war es mehr ein Stück Brache. Zigarettenkippen und zerbrochene Bierflaschen lagen im Gras. Beckey sah eine ordentlich gemähte Wiese hinter den Häusern, dann unmittelbar hinter dem Anstieg den Wald.

In den Wald zu gehen war nicht das, was die Intuition ihr riet, aber Beckey kannte sich gut aus auf den Trampelpfaden, die kreuz und quer darin verliefen. Wahrscheinlich würde sie auf andere Studenten treffen, die mit dem Rad fuhren oder ihr morgendliches Laufpensum absolvierten. Sie blickte auf, um sich an der Sonne zu orientieren. Wenn sie in Richtung Westen ging, käme sie zum Campus zurück. Blase hin oder her, sie musste irgendwann ins Wohnheim zurückkehren, weil sie es sich nicht leisten konnte, in Organischer Chemie durchzufallen.

Als sie zwischen den Häusern durchlief, verhärteten sich die Muskeln in ihren Schultern und ihre Zähne schlugen aufeinander. Sie erhöhte das Tempo. Es war noch nicht ganz Laufen, aber streng genommen auch nicht mehr Gehen. Die Blase fühlte sich bei jedem Auftreten an, als würde jemand sie in die Ferse kneifen. Zusammenzucken schien zu helfen. Dann biss sie die Zähne zusammen und joggte durch die Wiese, und ihr Rücken brannte von tausend Augen, die sie wahrscheinlich nicht beobachteten.

Wahrscheinlich.

Die Temperatur fiel, als sie die Grenze zum Wald überschritt. Aus den Augenwinkeln sah sie Schatten, die sich bewegten. Sie fand mühelos einen Pfad, wahrscheinlich war sie ihn schon tausendmal gelaufen. Ihre Hand ging zum iPod, aber sie überlegte es sich anders. Sie wollte lieber der Stille des Waldes lauschen. Nur gelegentlich fand ein Sonnenstrahl den Weg durch das dichte Blätterdach. Sie dachte an vorhin, als sie vor dem offenen Kühlschrank gestanden hatte. Die kalte Luft, die über ihre heißen Wangen strich. Die leeren Popcorntüten auf dem Boden. Sie würden ihr Geld geben für das Essen. Sie bezahlten es immer. Sie waren keine Diebinnen. Sie waren nur zu faul, um in den Laden zu gehen, und zu unorganisiert, um eine Liste zu machen, wenn Beckey anbot, für sie einzukaufen.

»Beckey?«

Beim Klang der Männerstimme wandte Beckey den Kopf, aber ihr Körper bewegte sich weiter vorwärts. Sie sah sein

Gesicht in dem Sekundenbruchteil zwischen Stolpern und Fallen. Er sah freundlich aus, besorgt. Er streckte die Hand nach ihr aus, als sie fiel.

Ihr Kopf krachte gegen etwas Hartes. Ihr Mund füllte sich mit Blut. Vor ihren Augen verschwamm alles. Sie versuchte, sich herumzudrehen, schaffte es aber nur halb. Ihr Haar hatte sich in etwas verfangen. Es zog. Zerrte. Sie griff hinten an ihren Kopf und erwartete aus irgendeinem Grund, dort die Haarklammer ihrer Mutter zu finden. Was sie stattdessen ertastete, war Holz, dann Stahl, dann tauchte das Gesicht des Mannes in ihrem Blickfeld auf, und sie begriff, dass das Ding, das in ihrem Schädel steckte, ein Hammer war.

ATLANTA

1

Will Trent schob seine eins vierundneunzig zurecht, um eine erträgliche Sitzposition im Mini seiner Partnerin zu finden. Sein Scheitel passte prima in die Aussparung für das Schiebedach, aber der Kindersitz auf der Rückbank schränkte seine Beinfreiheit vorn erheblich ein. Er musste die Knie zusammendrücken, damit er den Schalthebel nicht versehentlich auf Leerlauf stellte. Wahrscheinlich wirkte er wie ein Schlangenmensch, aber Will sah sich eher als Schwimmer, der rhythmisch in die Unterhaltung tauchte, die Faith Mitchell offenbar mit sich selbst führte. Statt Armzug-Armzug-Atmen war es hier Ausblenden-Ausblenden-*Was du nicht sagst.*

»Da hocke ich also um drei Uhr morgens und poste eine vernichtende Ein-Stern-Beurteilung über diesen eindeutig defekten Bratenwender.« Faith nahm beide Hände vom Lenkrad, um pantomimisch darzustellen, wie sie tippte. »Und dann wird mir klar, dass ich Waschmittel in den Geschirrspüler gefüllt habe, was total bescheuert ist, weil der Wäscheraum im ersten Stock ist, und zehn Minuten später schaue ich aus dem Fenster und denke: Ist Mayonnaise wirklich ein Musikinstrument?«

Will hatte gehört, wie ihre Stimme nach oben ging, aber er wusste nicht zu sagen, ob sie eine Antwort erwartete oder nicht. Er versuchte, die Unterhaltung im Kopf zurückzuspulen. Doch die Übung brachte keine Klarheit. Sie saßen seit fast einer Stunde in diesem Auto, und Faith hatte ohne erkennbares System die exorbitant hohen Preise für Klebestifte und die Kindergeburtstagsindustrie einer Fast-Food-Kette angeschnitten sowie das, was sie Eltern-Folterpornos nannte, wenn Leute Fotos davon posteten, wie ihre Kinder nach den Ferien wieder zur Schule gingen, während ihr eigenes Kleinkind immer noch zu Hause war.

Er legte den Kopf schief und tauchte wieder in die Unterhaltung ein.

»Dann kommen wir zu der Stelle, wo Mufasa in den Tod stürzt.« Faith sprach jetzt offenbar von einem Film. »Emma fängt genauso zu plärren an, wie es Jeremy in ihrem Alter getan hat, und mir wird klar, dass ich es irgendwie geschafft habe, zwei Kinder zur Welt zu bringen, die exakt zwei Versionen von *König der Löwen* auseinander sind.«

Will blendete sich wieder aus der Unterhaltung aus. Bei der Erwähnung von Emma zog sich sein Magen zusammen, und die Schuldgefühle schmerzten wie eine Schrotladung in seiner Brust.

Er hätte Faiths zweijährige Tochter einmal beinahe getötet.

Das kam so: Will und seine Freundin Sara hatten auf Emma aufgepasst. Sara erledigte in der Küche irgendwelchen Papierkram, und Will saß mit Emma auf dem Wohnzimmerboden und zeigte ihr, wie man die winzige Knopfbatterie in einem HexBug, einem Spielzeugkrabbeltier, auswechselte. Das Spielzeug lag in Einzelteilen auf dem Kaffeetisch. Will balancierte die Batterie, die etwa so groß war wie ein TicTac, auf der Fingerspitze, damit Emma sie sehen konnte. Er erklärte ihr gerade, dass sie besonders sorgfältig darauf achten sollten, sie nicht irgendwo herumliegen zu lassen, damit Betty, sein Hund, sie nicht versehentlich fraß, als Emma sich plötzlich vorbeugte und die Batterie mit dem Mund einsaugte.

Will war Agent beim Georgia Bureau of Investigation. Er hatte sich in Krisensituationen bewährt, in denen es um Leben und Tod ging, und das Einzige, was gezählt hatte, seine schnelle Reaktionsfähigkeit war.

Aber als diese Batterie im Mund des kleinen Mädchens verschwand, war Will wie gelähmt.

Hilflos hielt er immer noch den Finger erhoben, sein Herz faltete sich zusammen wie ein Fahrrad um einen Telefonmast. Er konnte nichts weiter tun, als zusehen, wie sich Emma in Zeitlupe und mit einem triumphierenden Lächeln auf dem engelsgleichen Gesicht zurücklehnte und Anstalten machte, zu schlucken.

Das war der Moment, in dem Sara sie alle gerettet hatte. So schnell, wie Emma die Batterie von seinem Finger gelutscht hatte, stieß Sara nun wie ein Raubvogel herab, fuhr mit dem Zeigefinger in Saras Mund und fischte sie heraus.

»Jedenfalls schaue ich diesem Mädchen in der Kassenschlange über die Schulter, und sie macht ihren Freund in einer SMS zur Schnecke.« Faith war zur nächsten Geschichte übergegangen. »Dann ist sie weg, und jetzt werde ich mich ewig fragen, ob ihr Freund tatsächlich was mit ihrer Schwester angefangen hat.«

Wills Schulter bohrte sich in das Seitenfenster, als der Mini eine scharfe Kurve nahm. Sie waren fast beim Staatsgefängnis angelangt. Sara würde dort sein, ein Umstand, der Wills Schuldgefühle wegen Emma in Angst um Sara umschlagen ließ.

Er veränderte wieder seine Stellung. Sein Hemdrücken schälte sich vom Leder. Will schwitzte nicht vor Hitze – er schwitzte seine Beziehung zu Sara aus.

Alles lief großartig, aber irgendwie lief es auch sehr, sehr schlecht.

Von außen betrachtet hatte sich nichts verändert. Sie verbrachten immer noch die meisten Nächte zusammen. Am vergangenen Wochenende hatten sie Saras Lieblingsmahlzeit genossen: ein Sonntagsfrühstück nackt im Bett. Und später seine Lieblingsmahlzeit: ein zweites Sonntagsfrühstück nackt im Bett. Sara küsste ihn wie immer. Es fühlte sich an, als liebte sie ihn auch wie immer. Sie ließ ihre Schmutzwäsche noch immer knapp neben den Wäschekorb fallen und bestellte noch immer nur einen Salat, um dann die Hälfte seiner Fritten zu futtern. Aber irgendetwas stimmte ganz und gar nicht.

Die Frau, die Will in den letzten zwei Jahren praktisch dazu gezwungen hatte, über Dinge zu reden, über die er nicht reden wollte, erklärte plötzlich ein bestimmtes Gesprächsthema für tabu.

Folgendes war vorgefallen: Vor sechs Wochen war Will von Besorgungen nach Hause zurückgekehrt. Sara saß am Küchentisch. Plötzlich hatte sie davon gesprochen, sein Haus zu renovieren. Nicht nur zu renovieren, sondern es mehr oder weniger abzureißen, damit sie mehr Platz zur Verfügung hätten, was eine verquere Art war, ihm mitzuteilen, dass sie zusammenziehen sollten. Also hatte Will beschlossen, ihr auf eine ebenso verquere Art einen Heiratsantrag zu machen, indem er sagte, sie sollten doch in einer Kirche heiraten, weil es ihre Mutter glücklich machen würde.

Und dann hatte er ein Knacken gehört, als würde die Erde unter seinen Füßen gefrieren, als wäre jede Oberfläche im Raum von Eis bedeckt, als käme Saras Atem in kleinen Wölkchen aus ihrem Mund. Und sie sagte nicht etwa: »O ja, Liebster, ich möchte dich von Herzen gern heiraten«, sondern fragte mit einer Stimme, die frostiger war als die Eiszapfen, die von der Decke herabwuchsen: »Was zum Teufel hat meine Mutter damit zu tun?«

Sie hatten gestritten, was Will in eine schwierige Lage brachte, weil er nicht wusste, worüber genau sie stritten. Er hatte ein wenig gestichelt, dass sein Haus wohl nicht gut genug für sie sei, und daraus war ein Streit über ihre Finanzen geworden, was ihm eine bessere Position verlieh, denn Will war ein armer Staatsbediensteter, und Sara … nun ja, Sara war im Moment ebenfalls eine arme Staatsbedienstete, doch davor war sie eine reiche Ärztin gewesen.

Der Streit war hin und her gegangen, bis es Zeit war, Saras Eltern zum Brunch zu treffen, und Sara hatte für drei Stunden ein Moratorium über alle Gespräche zum Thema Heiraten oder Zusammenziehen verhängt. Diese drei Stunden hatten sich bis zum Rest des Tages ausgedehnt und dann bis zum Rest der Woche; inzwischen waren anderthalb Monate vergangen, und Will lebte mit einer echt scharfen Mitbewohnerin zusammen, die zwar weiter mit ihm schlafen, sich aber über nichts anderes unterhalten wollte als darüber, was sie zum Abendessen bestellen wollten, über ihre kleine Schwester, die sich sehr entschlossen ihr Leben versaute, und darüber, wie leicht es war, die zwanzig Algorithmen zu lernen, die Rubiks Zauberwürfel lösten.

Faith fuhr auf den Gefängnisparkplatz und sagte gerade: »Und natürlich – es kann ja nicht anders sein bei mir – bekomme ich genau in diesem Moment endlich meine Periode.«

Sie verstummte, während sie auf einen freien Platz rollte. Ihr letzter Satz hatte nichts Abschließendes an sich gehabt. Erwartete sie eine Antwort? Sie erwartete definitiv eine Antwort.

Will entschied sich für: »Das ist natürlich beschissen.«

Faith sah erschrocken aus, als wäre ihr soeben bewusst geworden, dass er mit im Auto saß. »Was ist beschissen?«

Er konnte jetzt deutlich sehen, dass sie *keine* Antwort erwartet hatte.

»Himmel noch mal, Will!« Wütend stellte sie den Schalthebel auf Parken. »Das nächste Mal solltest du mich vorwarnen, wenn du tatsächlich zuhörst.«

Faith stieg aus und stapfte zum Angestellteneingang. Sie hatte Will den Rücken zugekehrt, aber er stellte sich vor, dass sie bei jedem Schritt vor sich hin grummelte. Sie hielt ihren Ausweis in die Kamera vor dem Tor. Will rieb sich übers Gesicht. Er atmete die heiße Luft im Wagen ein. Hatten alle Frauen in seinem Leben den Verstand verloren, oder war er der Idiot?

Nur ein Idiot stellte sich diese Frage.

Er öffnete die Tür und schaffte es, den Mini abzustreifen und auszusteigen. Seine Kopfhaut juckte vom Schweiß. Es waren die letzten Oktoberwochen, und die Hitze außerhalb des Wagens war nicht viel besser als im Innern. Er fand sein Jackett zwischen Emmas Kindersitz und einer Tüte abgestandenem Goldfischli-Knabberzeug. Er verputzte den gesamten Inhalt und schielte zu einem Gefangenentransportbus, der in die Straße einbog und mit Karacho in ein Schlagloch fuhr. Die Gesichter der Insassen hinter den vergitterten Fenstern zeigten verschiedene Schattierungen von Elend.

Will warf die leere Goldfischli-Tüte auf den Rücksitz. Dann holte er sie wieder hervor und nahm sie mit zum Angestellteneingang. Er sah zu dem gedrungenen, deprimierenden Gebäude hinauf. Das Phillips State Prison war eine Einrichtung der mittleren Sicherheitsstufe in Buford, rund eine Fahrtstunde außerhalb von Atlanta. Fast tausend Männer waren in zehn Wohneinheiten mit jeweils zwei Schlaftrakten untergebracht. In sieben der Einheiten gab es Zweimannzellen. Der Rest setzte sich aus Einzel-, Doppel- und Isolationszellen für die sogenannten MP und SH zusammen. MP stand für Insassen mit mentalen Problemen. SH stand für Schutzhaft, zumeist für Cops und Pädophile, die beiden meistgehassten Typen von Insassen in jedem Gefängnis.

Es gab einen Grund, warum MP und SH zusammengefasst waren. Für einen Außenstehenden hörte sich eine Einzelzelle nach Luxus an. Für einen Insassen in Isolationshaft bedeutete es, zwanzig Stunden am Tag allein in einem fensterlosen Betonkasten von zwei mal vier Metern eingesperrt zu sein. Und das nach einem bahnbrechenden Prozess, in dem die Regeln, die vorher für eine Isolationshaft in Georgia galten, als unmenschlich eingestuft worden waren.

Vor vier Jahren war der Phillips-Knast zusammen mit neun anderen Staatsgefängnissen Georgias von einer FBI-Razzia durchsucht worden, bei der siebenundvierzig korrupten Vollzugsbeamten das Handwerk gelegt wurde. Alle restlichen Vollzugsbeamten hatte man innerhalb des Systems versetzt. Der neue Direktor ließ sich nicht für dumm verkaufen, was sowohl gut als auch schlecht war, je nachdem, wie man die ausgehenden Gefahren von wütenden, isolierten Männern einschätzte, die zusammengepfercht auf engstem Raum lebten. Das Gefängnis befand sich derzeit nach zwei Tagen voller Unruhen im Lockdown, das hieß, die Gefangenen blieben den ganzen Tag in ihren Zellen. Sechs Vollzugsbeamte und drei Insassen waren schwer verletzt worden. Einen weiteren Häftling hatte man in der Cafeteria ermordet.

Und dieser Mord hatte Faith und Will hierhergeführt.

Nach dem Gesetz war das GBI für die Untersuchung aller Todesfälle in Haft zuständig. Die Insassen, die das Gefängnis in dem Transportbus verließen, würden nicht direkt mit dem Mord in Verbindung gebracht werden, aber sie hatten vermutlich eine Rolle bei den Aufständen gespielt. Sie erhielten das, was man die Diesel-Therapie nannte. Der Direktor ließ die Großmäuler, die Aufrührer, die Schachfiguren bei den Bandenkämpfen wegbringen. Sich der Unruhestifter zu entledigen war gut für das Gefängnis, aber es war nicht gerade toll für die Männer, die weggeschickt wurden. Sie verloren den einzigen Ort, den sie als eine Art Zuhause betrachten konnten, und sie waren auf dem Weg zu einer Einrichtung, die weitaus gefährlicher war als die, die sie gerade verließen. Es war, als ob man an eine neue Schule wechselte, nur dass es dort statt fieser Mädchen und Schlägertypen Vergewaltiger und Mörder gab.

Ein Metallschild war am Eingangstor befestigt: GDOC. Georgia Department of Corrections. Will warf die leere Goldfischli-Tüte in den Abfalleimer an der Tür. Er wischte die Hände an der Hose ab, um die gelblichen Krümel loszuwerden. Anschließend musste er an den Fettspuren herumrubbeln, bis sie nicht mehr ganz so schlimm aussahen.

Die Kamera befand sich fünf Zentimeter über Wills Kopf. Er musste einen Schritt zurücktreten, um seinen Ausweis zu zeigen. Ein lautes Summen und ein Klicken, dann war er im Gebäude. Er verstaute seine Waffe in einem Spind und steckte den Schlüssel ein, nur um ihn gleich darauf zusammen mit allem anderen wieder herauszunehmen, als er durch den Scanner musste. Ein schweigsamer Vollzugsbeamter führte ihn durch die Sicherheitsschleuse und kommunizierte mithilfe seines Kinns: *Deine Partnerin ist da hinten im Flur, Bro. Mir nach.*

Der Vollzugsbeamte schlurfte, statt zu gehen, eine Gewohnheit, die der Job mit sich brachte. Es gab keinen Grund, sich zu beeilen, wenn es dort, wo man hinging, exakt so aussah wie dort, wo man herkam.

Das Gefängnis klang wie ein Gefängnis. Insassen brüllten, schlugen an die Gitter, protestierten gegen den Ausnahmezustand oder die allgemeine Ungerechtigkeit auf der Welt. Will lockerte seine Krawatte, als sie tiefer ins Innere der Einrichtung vordrangen. Schweiß lief ihm in den Kragen. Gefängnisse waren aufgrund ihrer Bauart schwer zu kühlen und zu heizen. Wegen der breiten, langen Flure und scharfen Winkel. Wegen der Betonwände und Linoleumböden. Weil jede Zelle ein offenes Kanalisationsrohr als Toilette hatte und weil die Männer in ihnen genügend Angstschweiß produzierten, um den sanften Fluss des Chattahoochee River in reißende Stromschnellen zu verwandeln.

Faith wartete vor einer geschlossenen Tür auf ihn. Sie hielt den Kopf gesenkt und schrieb in ihr Notizbuch. Ihre Gesprächigkeit war eine sehr nützliche Eigenschaft in diesem Job. Sie hatte bereits fleißig Informationen gesammelt, während Will seine Hose mit Goldfischli-Krümeln eingesaut hatte.

Nun nickte sie dem schweigsamen Vollzugsbeamten zu, der seinen Platz auf der anderen Seite der Tür einnahm, und sagte zu Will: »Der ermordete Insasse ist in der Kantine. Amanda ist gerade vorgefahren. Sie will den Tatort sehen, bevor sie mit dem Direktor spricht. Sechs Agents des Außenbüros Nord durchleuchten seit drei Stunden mögliche Tatverdächtige. Wir geben alles zum Saubermachen frei, sobald wir eine brauchbare Liste mit Verdächtigen haben. Sara sagt, sie ist fertig, wenn wir es sind.«

Will schaute durch das Fenster in der Tür.

Sara Linton stand in einem weißen Schutzanzug in der Mitte der Kantine. Ihr kastanienrotes Haar steckte unter einer blauen Baseballkappe. Sie war Rechtsmedizinerin beim GBI. Diese jüngste Entwicklung hatte Will bis vor etwa sechs Wochen äußerst beglückend gefunden. Sie sprach mit Charlie Reed, dem leitenden Kriminaltechniker des GBI. Er kniete nieder, um einen blutigen Schuhabdruck zu fotografieren. Gary Quintana, Saras Assistent, hielt ein Lineal neben den Abdruck, um einen Größenbezug herzustellen.

Sara sah müde aus. Sie bearbeitete den Tatort schon seit vier Stunden. Will war bei seiner morgendlichen Joggingrunde gewesen, als der Anruf Sara aus dem Bett geholt hatte. Sie hatte ihm einen Zettel mit einem Herz in der Ecke hinterlassen.

Er hatte dieses kleine Herz länger angestarrt, als er es je zugeben würde.

»Okay«, sagte Faith. »Die Revolte fing also vor zwei Tagen an, am Samstag um elf Uhr achtundfünfzig.«

Will riss sich von Saras Anblick los und wartete darauf, dass Faith fortfuhr.

»Zwei Häftlinge gingen mit den Fäusten aufeinander los. Der erste Vollzugsbeamte, der versucht hat, sie zu trennen, wurde ausgeknockt. Ellbogen an den Kopf, Kopf auf den Boden, *see ya later alligator.* Nachdem der Beamte zu Boden gegangen war, fing es erst richtig an. Der zweite Vollzugsbeamte wurde bis zur Bewusstlosigkeit gewürgt. Ein dritter, der zu Hilfe eilte, wurde mit einem Schlag niedergestreckt. Dann schnappte sich jemand die Elektroschocker, und ein anderer schnappte sich die Schlüssel, und schon war der ganze Laden in hellem Aufruhr. Der Mörder war eindeutig vorbereitet.«

Will nickte, denn Gefängnisunruhen fingen meistens wie ein Hautausschlag an. Es gab immer ein verräterisches Jucken, und es gab immer einen Kerl oder eine Gruppe von Kerlen, die dieses Jucken spürten und zu überlegen anfingen, wie sie den Aufruhr zu ihrem Vorteil nutzen konnten. Den Gefängnisladen plündern? Ein paar Wärter in ihre Schranken verweisen? Einen Rivalen ausschalten?

Die Frage war, ob das Opfer ein Kollateralschaden gewesen war oder ob es jemand gezielt auf ihn abgesehen hatte. Das war von außerhalb der Kantine schwer zu beurteilen. Er zählte dreißig Tische, alle mit Sitzplätzen für jeweils zwölf Personen, alle im Boden festgeschraubt. Tabletts lagen überall im Raum herum. Papierservietten. Faulendes Essen. Jede Menge eingetrocknete Flüssigkeiten, das meiste davon Blut. Ein paar Zähne. Will konnte eine erstarrte Hand unter einem der Tische sehen, und er nahm an, dass sie ihrem Opfer gehörte. Die Leiche des Mannes lag unter einem anderen Tisch in der Nähe der Küche, sie kehrte der Tür den Rücken zu. Die ausgeblichene Gefängnisuniform mit den blauen Streifenakzenten verlieh dem Tatort die Atmosphäre eines Massakers in einer Eisdiele.

»Hör zu«, sagte Faith, »wenn du noch wegen Emma und der Batterie aus dem Häuschen bist, lass es sein. Es ist nicht deine Schuld, dass sie so lecker aussehen.«

Will nahm an, dass er bei Saras Anblick ein Signal aussandte, das Faith aufgefangen hatte.

»Kleinkinder sind wie die schlimmsten Gefängnisinsassen«, fuhr sie fort. »Wenn sie dir nicht ins Gesicht lügen und dein Zeug kaputtmachen, schlafen sie, pupsen oder denken sich sonst irgendwas aus, wie sie dich verarschen können.«

Der Vollzugsbeamte hob das Kinn. *Stimmt.*

»Können Sie unseren Leuten Bescheid geben, dass wir hier sind?«, fragte Faith den Mann.

Der Typ nickte à la *Klar, Lady, stets zu Diensten*, bevor er davonschlurfte.

Will beobachtete Sara wieder durch das Fenster, wie sie etwas auf einem Clipboard notierte. Sie hatte den Reißverschluss ihres Overalls geöffnet und die Ärmel um die Taille geknotet. Die Baseballkappe hatte sie abgesetzt und trug das Haar jetzt zu einem lockeren Pferdeschwanz gebunden.

»Ist es wegen Sara?«, fragte Faith.

Will sah auf seine Partnerin hinunter. Oft vergaß er, wie winzig sie war. Blondes Haar. Blaue Augen. Grenzenlose Enttäuschung im Blick. Wie sie da so stand, die Hände in die Hüften gestemmt und den Kopf so weit hochgereckt, dass ihr Kinn sich auf Höhe seiner Brust befand, erinnerte sie ihn an die Zeichentrickfigur Pearl Pureheart, die Freundin von Mighty Mouse – sofern Pearl mit fünfzehn schwanger geworden wäre und dann mit zweiunddreißig noch einmal.

Was der primäre Grund war, warum Will nicht mit ihr über Sara reden wollte. Faith zwangsbemutterte jeden in ihrer Umlaufbahn, ob es nun ein Verdächtiger in U-Haft oder die Kassiererin im Supermarkt war. Wills Kindheit war ziemlich hart gewesen. Er hatte eine Menge Dinge über die Welt gelernt, mit denen die meisten Kinder nie in Berührung kamen, aber er wusste definitiv nicht, wie es war, bemuttert zu werden.

Der zweite Grund für sein Schweigen war, dass Faith eine verdammt gute Polizistin war. Sie würde nur ungefähr zwei Sekunden brauchen, um den *Fall der plötzlich verstummten Freundin* zu lösen.

Hinweis Nummer eins: Sara war ein äußerst logisch denkender und konsequenter Mensch. Anders als Wills psychotische Ex-Frau war Sara nicht vom Höllenschlund einer Geisterbahn ausgespien worden. Wenn Sara böse, gereizt, verärgert oder auch glücklich war, dann konnte Will sich darauf verlassen, von ihr die Gründe dafür zu erfahren – und was sie gegebenenfalls dagegen zu unternehmen gedachte.

Hinweis Nummer zwei: Sara spielte keine Spielchen. Es gab kein Schweigen, Schmollen oder schnippisches Getue, das es zu interpretieren galt. Will musste nie erraten, was sie dachte, weil sie es ihm sagte.

Hinweis Nummer drei: Sara war eindeutig gern verheiratet. In ihrem früheren Leben war sie zweimal verheiratet gewesen, beide Male mit demselben Mann. Sie wäre in diesem Augenblick wohl noch immer mit Jeffrey Tolliver verheiratet, wenn man ihn nicht vor fünf Jahren ermordet hätte.

Schlussfolgerung: Sara hatte nichts gegen eine Ehe und auch nichts gegen verquere Heiratsanträge.

Sie hatte nur etwas dagegen, Will zu heiraten.

»Voldemort«, sagte Faith genau in dem Moment, in dem das Klackediklack der High Heels von Deputy Director Amanda Wagner an Wills Ohr drang.

Amanda hatte ihr Telefon in der Hand, während sie den Flur entlangging. Sie schrieb ständig Kurznachrichten oder telefonierte, um Informationen über ihr Freundinnennetzwerk einzuholen, einer Furcht einflößenden Gruppe von Frauen, von denen die meisten schon im Ruhestand waren und die in Wills Fantasie in einer geheimen Höhle herumsaßen und Handgranatenwärmer strickten, bis sie aktiviert wurden.

Faiths Mutter war eine von ihnen.

»So.« Amanda machte Wills fettfleckige Hose schon aus zehn Metern Entfernung aus. »Agent Trent, sind Sie der einzige Landstreicher, der vom Güterzug gefallen ist, oder sollen wir noch weitersuchen?«

Will räusperte sich.

»Okay.« Faith blätterte in ihrem Notizbuch und kam sofort zur Sache. »Das Opfer heißt Jesus Rodrigo Vasquez, ist achtunddreißig und Hispano, hatte sechs von zehn Jahren wegen Angriffs mit einer tödlichen Waffe abgerissen. Nachdem er vor drei Monaten nach seiner vorzeitigen Entlassung den Drogentest nicht bestanden hat, wurde er ins Gefängnis zurückgeschickt, um den Rest seiner Strafe abzusitzen.«

»Zugehörigkeit?«, fragte Amanda.

War er Mitglied einer Bande? übersetzte sich Will lautlos.

»Schweiz«, antwortete Faith. *Neutral* sollte das heißen. »Wurde mehrmals erwischt, wie er Handys im Arsch geschmuggelt hat. Der Kerl wühlte anscheinend ständig irgendeinen Dreck auf. Ich vermute, er wurde umgelegt, weil er den Mund nicht halten konnte.«

»Problem gelöst.« Amanda klopfte an die Glastür, um sich bemerkbar zu machen. »Dr. Linton?«

Sara hielt inne, um etwas aufzuheben, ehe sie die Tür öffnete. »Wir sind fertig mit der Bearbeitung des Tatorts. Sie brauchen keine Anzüge, aber hier gibt's eine Menge Blut und andere Flüssigkeiten.«

Sie gab Schuhschoner und Gesichtsmasken aus. Sie drückte Wills Finger, als er an der Reihe war.

»Die Leichenstarre ist vorbei, der Körper beginnt zu verwesen«, sagte sie. »Zusammen mit der Lebertemperatur des Opfers und der höheren Umgebungstemperatur kommen wir damit auf eine physiologische Todeszeit, die mit den Berichten übereinstimmt, dass Vasquez vor rund achtundvierzig Stunden angegriffen wurde. Der Todeszeitpunkt dürfte also am Beginn der Unruhen liegen.«

»In den ersten Minuten oder den ersten Stunden?«, fragte Amanda nach.

»Grob geschätzt zwischen Mittag und vier Uhr nachmittags am Samstag. Wenn Sie es genauer eingrenzen wollen, werden Sie sich auf Zeugenaussagen verlassen müssen.« Sara rückte Wills Maske zurecht und rief Amanda ins Gedächtnis: »Die Wissenschaft allein kann den exakten Todeszeitpunkt natürlich nicht bestimmen.«

»Natürlich«, erwiderte Amanda, die kein Fan grober Schätzungen war.

Sara verdrehte die Augen in Wills Richtung. Sie wiederum war kein Fan von Amandas Tonfall. »Der Tatort umfasst drei verschiedene Punkte: zwei hier im Hauptbereich, einen in der Küche. Vasquez hat sich gewehrt.«

Will griff hinter Sara, um die Tür aufzuhalten. Der Geruch nach Scheiße und Urin, die Visitenkarte der randalierenden Insassen, durchdrang jedes Molekül im Raum.

»Großer Gott.« Faith presste den Handrücken auf ihre Gesichtsmaske. Tatorte waren generell nicht ihre Stärke, aber der Geruch war so beißend, dass selbst Wills Augen tränten.

Sara wandte sich an ihren Assistenten. »Gary, könnten Sie bitte die kleinere Wasserpumpenzange aus dem Wagen holen? Wir werden den Tisch abschrauben müssen, bevor wir die Leiche entfernen können.«

Garys Pferdeschwanz hüpfte unter dem Haarnetz, als er beglückt einen schnellen Abgang machte. Er war seit weniger als einem halben Jahr beim GBI. Dies hier war nicht der schlimmste Tatort, den er bearbeitet hatte, aber in einem Gefängnis wirkte alles viel bedrückender.

Der Blitz an Charlies Kamera flammte auf. Will blinzelte gegen das Licht.

»Ich konnte einen Blick auf die Bilder der Überwachungskamera werfen«, sagte Sara zu Amanda. »Es gibt neun Sekunden Material, die den Beginn des Streits einfangen, und man sieht, wie die Situation sofort kippt und in den Tumult übergeht. An diesem Punkt hat dann eine unbekannte Person, die nicht auf dem Bild zu sehen ist, die Aufzeichnung unterbrochen.«

»Keine verwertbaren Fingerabdrücke an der Wand, dem Kabel oder der Kamera«, ergänzte Charlie.

Sara fuhr fort. »Der Streit fing im vorderen Teil des Raums an, bei der Servicetheke. Er kochte sehr schnell hoch. Sechs Insassen von einer rivalisierenden Gang stürzten sich in den Kampf. Vasquez blieb an dem Ecktisch dort drüben sitzen. Die elf anderen Männer an seinem Tisch rannten nach vorn, um einen besseren Blick auf die Auseinandersetzung zu haben. Dann endet die Aufzeichnung.«

Will schätzte die Entfernungen ab. Die Kamera befand sich an der Rückwand, keiner der elf Männer konnte sich also zurückgeschlichen haben, ohne erfasst zu werden.

»Hier entlang.« Sara führte sie zu einem Tisch in der Ecke. Zwölf Essenstabletts standen vor zwölf Plastikstühlen. Das Essen war verdorben. Saure Milch hatte sich über den Tisch ergossen. »Vasquez wurde von hinten angegriffen. Einwirkung stumpfer Gewalt führte zu einem Schädelbruch. Die Waffe war wahrscheinlich ein kleiner, schwerer Gegenstand, der mit hoher Geschwindigkeit geschwungen wurde. Die Wucht des Schlags ließ seinen Kopf nach vorn schnellen. In dem Tablett stecken Fragmente, die offenbar von Vasquez' Vorderzähnen stammen.«

Will warf einen Blick zur Kamera zurück. Das Ganze sah nach einer Zwei-Mann-Unternehmung aus – einer, der die Aufzeichnung unterbrach, und einer, der die Zielperson ausschaltete.

Faiths Maske wölbte sich vor und zurück, da sie durch den Mund atmete. »Sollte der erste Schlag töten oder nur kampfunfähig machen?«

»Zur Absicht kann ich nichts sagen«, erwiderte Sara. »Der Schlag war erheblich. Ich konnte keine Platzwunde feststellen, aber es sieht nach einer eingedrückten Fraktur aus – der zertrümmerte Knochen drückt auf das Gehirn.«

»Wie lange war er bei Bewusstsein?«, fragte Amanda.

»Wir können aus den Spuren folgern, dass er bis zu seinem Tod bei Bewusstsein war. Zu seinem Zustand kann ich nichts sagen. War ihm übel? Mit Sicherheit. Sah er verschwommen? Wahrscheinlich. Wie viel hat er noch mitbekommen? Unmöglich zu sagen. Jeder Mensch reagiert anders auf ein Schädeltrauma. Aus medizinischer Sicht ist es so, dass wir bei Gehirnverletzungen immer nur wissen, dass wir nichts wissen.«

»Natürlich.« Amanda hatte die Arme verschränkt.

Will verschränkte ebenfalls die Arme. Jeder Muskel in seinem Körper zog sich zurück. Seine Haut fühlte sich unnatürlich straff an. Egal, wie viele Tatorte er untersuchte, sein Körper würde nie akzeptieren, dass es eine natürliche Situation war, sich in der Nähe eines gewaltsam ums Leben gekommenen Menschen aufzuhalten. Er kam mit dem Gestank von verdorbenem Essen und Exkrementen zurecht. Aber der metallische Geschmack von Blut, wenn das Eisen oxidierte, würde noch eine Woche lang hinten in seinem Gaumen haften.

»Vasquez wurde niedergeschlagen«, sagte Sara. »Drei linksseitige Backenzähne sind an der Wurzel abgebrochen. Außerdem Fraktur des Kiefer- und Augenhöhlenknochens auf der linken Seite. Man sieht, dass die Blutspritzer an der Wand und der Decke ein halbkreisförmiges Muster aufweisen. Es gibt drei verschiedene Fußabdrücke; Sie suchen also nach zwei Angreifern, beide wahrscheinlich Rechtshänder. Ich vermute, dass ein Sockenschloss verwendet wurde, es wird also keine erkennbaren Tatspuren an den Händen des Angreifers geben.«

Ein Sockenschloss war ziemlich genau das, wonach es sich anhörte – ein Vorhängeschloss in einer Socke.

Sara fuhr fort. »Vasquez war aus irgendeinem Grund barfuß nach dem ursprünglichen Angriff, wir haben seine Schuhe und Socken nirgendwo in der Kantine gefunden. Seine Angreifer trugen die Turnschuhe, die an die Gefangenen ausgegeben werden, beide Paare mit identischem Waffelmuster an der Sohle. Wir konnten aus den Schuh- und Fußabdrücken eine ganze Menge folgern: Der nächste Ort, an den sie ihn brachten, war die Küche.«

»Was ist mit dieser Tätowierung?« Amanda war auf der anderen Seite des Raums und sah auf die abgetrennte Hand hinunter. »Ist das ein Tiger? Eine Katze?«

»Die Tattoo-Datenbank sagt, ein Tiger kann Hass auf die Polizei symbolisieren, eine Katze versinnbildlicht einen Dieb, einen Fassadenkletterer.«

»Ein Sträfling, der die Polizei hasst. Bemerkenswert.« Amanda machte eine rollende Handbewegung in Richtung Sara. »Lassen Sie uns rasch weitermachen, Dr. Linton.«

Sara bedeutete ihnen, ihr in den vorderen Teil der Kantine zu folgen. Auf dem Förderband standen leere Tabletts, zumindest einige Insassen hatten ihr Mittagessen also bereits beendet, als der Tumult losbrach.

»Vasquez war rund eins fünfundsiebzig groß und siebzig Kilo schwer«, sagte Sara. »Unterernährt, aber das ist nicht überraschend, da er starker Drogenkonsument war. Es gibt Einstiche am linken Arm, zwischen den Zehen des linken Fußes und an seiner rechten Halsschlagader. Wir können also davon ausgehen, dass er Rechtshänder war. Im Küchenbereich haben wir ein Fleischerbeil und eine Menge Blut gefunden, was darauf hinweist, dass ihm die linke Hand dort abgetrennt wurde.«

»Er hat sie sich nicht selbst abgehackt?«, fragte Amanda.

Sara schüttelte den Kopf. »Unwahrscheinlich. Schuh- und Fußabdrücke weisen darauf hin, dass er festgehalten wurde.«

Charlie ergänzte: »Die Waffelmuster der Sneakersohlen weisen keine Unterscheidungsmerkmale auf. Wie Sara schon sagte, sind sie hier Standard. Jeder Insasse hat ein Paar.«

Sara hatte Vasquez' letzten Ruheort erreicht. Sie ging vor einem weiteren Tisch in die Hocke. Alle außer Amanda folgten ihr.

Will blähte die Nasenlöcher. Die Leiche hatte fast zwei volle Tage in der Hitze gelegen. Die Verwesung war weit fortgeschritten, das Fleisch löste sich von den Knochen. Man hatte Vasquez' Körper offenbar mit den Füßen unter den Tisch geschoben, so wie man schmutzige Socken unters Bett kickt, damit sie aus dem Weg sind. Blutige Streifen auf dem Boden und Schuhabdrücke zeigten, wie ihn mindestens zwei Männer dorthin verfrachtet hatten, wo er nun lag.

Verkrustetes Blut bedeckte Vasquez' nackte Füße. Er lag auf der Seite, in der Hüfte eingeknickt. Die verbliebene Hand war nach vorn ausgestreckt. Der blutige Stumpf am anderen Arm steckte buchstäblich in seinem Bauch. Vasquez' Mörder hatten so oft auf ihn eingestochen, dass sich seine Eingeweide wie eine groteske Blüte geöffnet hatten. Den Armstumpf hatte man ihm wie einen Stängel in die Bauchhöhle gerammt.

»Mangels gegenteiliger Hinweise ist die Todesursache wahrscheinlich Verbluten oder Schock.«

Der Mann sah weiß Gott geschockt aus. Seine Augen standen weit offen. Die Lippen waren leicht geöffnet. Er hatte ein gewöhnliches Gesicht, wenn man davon absah, dass es aufgedunsen war und sich ein dunkler Halbmond gebildet hatte, wo sich das Blut an der tiefsten Stelle des Schädels gesammelt hatte. Kahl geschorener Kopf. Pornobalken-Schnauzbart. Ein Kreuz hing an einer dünnen goldenen Kette um seinen Hals, was die Gefängnisleitung gestattete, da es ein religiöses Symbol war. Die Kette war sehr feingliedrig. Vielleicht ein Geschenk seiner Mutter, Tochter oder Freundin. Es hatte für Will etwas zu bedeuten, dass die Mörder Vasquez' Schuhe und Socken mitgenommen, aber die Halskette zurückgelassen hatten.

»Scheiße. Das ist Scheiße.« Faith presste beide Hände auf die Gesichtsmaske und würgte. Vasquez' Eingeweide hingen wie rohe Würste aus dem Unterleib. Fäkalien hatten sich auf dem Boden gesammelt und waren zu einer schwarzen Masse von der Größe eines Basketballs, dem die Luft ausgegangen war, eingetrocknet.

»Schau nach, ob sie Vasquez' Zelle schon auf den Kopf gestellt haben«, sagte Amanda zu Faith. »Falls ja, will ich wissen, wer es getan hat und was sie gefunden haben. Falls nicht, dann hast du die Ehre.«

Man musste Faith nicht zweimal sagen, dass sie sich nicht weiter mit der Leiche beschäftigen sollte.

»Will.« Amanda tippte schon wieder in ihr Handy. »Schließen Sie das hier ab, dann starten Sie die zweite Runde der Befragungen. Diese Männer hatten genug Zeit, sich ihre Geschichten zurechtzulegen. Ich möchte, dass die Sache schnell aufgeklärt wird. Wir suchen hier nicht nach einer Nadel im Heuhaufen.«

Nach Wills Dafürhalten taten sie genau das. Es gab rund tausend Verdächtige, samt und sonders überführte Kriminelle. »Ja, Ma'am.«

Sara bedeutete ihm mit einem Kopfnicken, ihr in die Küche zu folgen. Sie zog ihre Maske herunter. »Faith hat länger durchgehalten, als ich gedacht hätte.«

Will entledigte sich ebenfalls seiner Maske. In der Küche herrschte das gleiche Durcheinander wie draußen. Überall Tabletts, Essen, Blut. Gelbe Plastikmarkierungen auf der Schneidefläche zeigten an, wo man Vasquez' Hand abgehackt hatte. Ein Fleischerbeil lag auf dem Boden. Blut hatte sich wie ein Wasserfall von der Anrichte ergossen.

»Keine Fingerabdrücke auf dem Messer«, sagte Sara. »Sie haben den Griff mit Plastikfolie umwickelt, die sie dann in den Ausguss gestopft haben.«

Will sah, dass der Abfluss unter der Spüle zerlegt worden war. Saras Vater war Installateur – sie kannte sich mit einem Siphon aus.

»Alle meine Befunde zeigen, dass sie die Geistesgegenwart besessen haben, ihre Spuren zu verwischen«, sagte Sara.

»Wieso haben sie die Hand in die Kantine gebracht?«

»Ich vermute, sie haben sie einfach durch den Raum geschleudert.«

Will versuchte, eine brauchbare Theorie zu der Tat aufzustellen. »Als der Streit anfing, blieb Vasquez am Tisch sitzen. Er stand nicht auf, weil er *neutral* war.« Gefängnisinsassen hatten ihre eigene Art NATO. Ein Angriff auf einen Verbündeten bedeutete, dass man mitkämpfte. »Nur zwei Kerle sind auf ihn losgegangen, keine Bande.«

»Engt das den Kreis deiner Verdächtigen ein?«, fragte Sara.

»Insassen neigen dazu, Rassentrennung zu praktizieren. Vasquez wird sich vermutlich nicht offen mit Insassen anderer Herkunft verbrüdert haben.« Der Heuhaufen war geringfügig kleiner geworden. »Ich vermute, das Verbrechen war abhängig von einer passenden Gelegenheit geplant: *Wenn es zu einem Aufruhr kommt, töten wir ihn folgendermaßen …*«

»Chaos erzeugt Möglichkeiten.«

Will rieb sich das Kinn und studierte die blutigen Schuh- und Fußabdrücke auf dem Boden. Vasquez hatte sich nach

Leibeskräften gewehrt. »Er muss über Informationen verfügt haben, die sie aus ihm herausquetschen wollten, oder? Man hackt nicht jemandem einfach so die Hand ab. Man hält ihn fest, man droht ihm, und wenn er einem dann noch immer nicht gibt, was man haben will, nimmt man ein Fleischerbeil und hackt ihm die Hand ab.«

»So würde ich es machen.«

Will lächelte.

Sara lächelte zurück.

Wills Handy summte in seiner Tasche. Er ignorierte den Anruf. »Vasquez war dafür bekannt, dass er Telefone im Körper versteckt hat. Haben sie ihn vielleicht deshalb ausgeweidet?«

»Ich weiß nicht, ob sie ihn wirklich ausgeweidet oder nicht eher wiederholt auf ihn eingestochen haben. Wenn sie nach einem Telefon gesucht haben, dürfte das Einprügeln mit dem Sockenschloss auf die Rippen wahrscheinlich zu einer Art Valsalva-Effekt geführt haben. Es hat ja einen Grund, warum Gefängniswärter einen husten lassen, wenn man vornübergebeugt steht. Der erhöhte Unterleibsdruck verringert die Kraft des Schließmuskels. Das Telefon wäre schon beim ersten Schlag herausgerutscht«, sagte Sara. »Außerdem ergibt es nicht viel Sinn, durch den Bauch zu schneiden. Wenn ich nach einem Telefon in deinem Arsch suche, sehe ich doch genau in deinem Arsch nach.«

Faiths Timing war perfekt. »Wollt ihr ungestört sein?«

Will nahm sein Handy aus der Tasche. Der verpasste Anruf vorhin war von Faith gekommen. »Wir glauben, dass Vasquez' Mörder nach etwas gesucht haben. Informationen. Vielleicht ein Versteck.«

»Vasquez' Zelle war sauber«, sagte Faith. »Keine Schmuggelware. Seiner Kunstsammlung nach zu schließen war er ein Freund nackter Damen und unseres Herrn Jesus Christus.« Sie winkte Sara zum Abschied und führte Will durch die Kantine zurück. Ihre Hand hatte sie zum Schutz vor dem Gestank auf die Nase gelegt. »Nick und Rasheed haben unsere Liste der Verdächtigen auf achtzehn Kandidaten eingegrenzt. Keiner wegen Mordes vorbestraft, aber wir haben zwei Totschläger und einen Fingerbeißer.«

»Sein eigener Finger oder der von jemand anderem?«

»Von jemand anderem«, sagte Faith. »Überraschenderweise gibt es keine zuverlässigen Zeugenaussagen, aber jede Menge Verräter haben idiotische Verschwörungstheorien ausgeplaudert. Wusstest du, dass der Schattenstaat über das System der Gefängnisbibliotheken einen Pädophilenring unterhält?«

»Ja«, sagte Will. »Denkst du, hinter dem Mord steckt ein persönlicher Aspekt?«

»Ganz sicher. Wir suchen nach zwei Hispanos, etwa in Vasquez' Alter und aus dem engeren Kreis seines sozialen Umfelds?«

Will nickte. »Wann wurde Vasquez' Zelle das letzte Mal gründlich durchsucht?«

»Es gab vor sechzehn Tagen eine Durchsuchung im gesamten Gefängnis. Der Direktor hat acht CERT-Teams hinzugezogen, um die Zellen auf den Kopf zu stellen. Das Sheriffbüro hat zwölf Deputys zur Verfügung gestellt. *Shock and awe* – die klassische Taktik von Schrecken und Furcht. Niemand hat es kommen sehen. Mehr als vierhundert Telefone wurden konfisziert, vielleicht zweihundert Ladegeräte, dazu die üblichen Drogen und Waffen, aber die Telefone waren natürlich das eigentliche Problem.«

Will wusste, was sie meinte. In einem Gefängnis konnten Mobiltelefone sehr gefährlich sein, auch wenn nicht alle Insassen sie für strafbare Zwecke nutzten. Der Staat sahnte bei allen Festnetzgesprächen ab, indem er ein Minimum von fünfzig Dollar für den Erwerb einer Telefonkarte verlangte, dann rund fünf Dollar für ein fünfzehnminütiges Gespräch und fast noch einmal fünf, wenn man sein Guthaben aufstockte. Ein Handy von einem anderen Insassen konnte man hingegen für etwa fünfundzwanzig Dollar die Stunde mieten.

Dann gab es die strafbare Verwendung. Smartphones konnte man dazu benutzen, um persönliche Informationen über Vollzugsbeamte zu sammeln, kriminelle Organisationen über verschlüsselte Nachrichten zu überwachen, Schutzgelderpressungen bei Familien von Mithäftlingen zu organisieren und – am wichtigsten – Geld einzusammeln. Apps wie PayPal und Venmo hatten Zigaretten und irgendwelche Geräte als Gefängniswährung abgelöst. Die anspruchsvolleren Gangs benutzten Bitcoins. Die Aryan Brotherhood, die Irish Mob Gang und die United Blood Nation strichen Millionen über das staatliche Strafvollzugssystem ein.

Handysignale zu blockieren war in den Vereinigten Staaten verboten.

Will hielt Faith die Tür auf, als sie das Gebäude verließen. Die Sonne brannte auf den leeren Gefängnishof hinunter. Er sah Schatten hinter den schmalen Fenstern der Zellen. Ein paar Männer brüllten. Der Druck aufgrund des Lockdowns war beinahe mit Händen zu greifen.

»Die Verwaltung.« Faith deutete auf ein einstöckiges Gebäude mit Flachdach. Sie nahmen den langen Weg um den Hof herum, statt quer über den gewalzten roten Sandplatz zu gehen.

Dort kamen sie an drei Vollzugsbeamten vorbei, die am Zaun lehnten und ins Leere starrten. Es gab nichts zu bewachen. Sie schienen genauso gelangweilt wie die Insassen. Oder vielleicht ließen sie sich nur Zeit. Sechs ihrer Kollegen waren bei dem Aufruhr verletzt worden. Als eingeschworene Gruppe waren Vollzugsbeamte nicht gerade dafür bekannt, dass sie leicht vergaben und vergaßen.

Faith sprach mit gesenkter Stimme. »Der Direktor ist total ausgerastet wegen der Telefone. Rassentrennung galt bereits bei voller Belegung. Er hat alle Hofgänge ausgesetzt, den Gefängnisladen geschlossen, Besuchszeiten gestrichen, Computer und Fernseher abgestellt und sogar die Bibliothek geschlossen. Zwei Wochen lang konnten die Typen hier drin nichts weiter tun, als sich gegenseitig hochzuschaukeln.«

»Klingt nach einer schlauen Methode, um einen Tumult auszulösen.« Will öffnete eine weitere Tür. Sie gingen an Büros mit Sichtfenstern zum Flur vorbei. Alle Stühle waren leer. Statt Schreibtischen gab es Klapptische, damit niemand etwas verstecken konnte. Die meisten Verwaltungsjobs wurden von Insassen erledigt. Ihr Stundenlohn von drei Cent war schwer zu unterbieten.

Das Büro des Direktors hatte kein Fenster zum Gang, aber Will erkannte Amandas täuschend ruhigen Tonfall hinter der geschlossenen Tür. Er stellte sich vor, dass der Mann schäumte. Direktoren mochten es nicht, überprüft zu werden. Ein weiterer Grund, warum der Mann wegen der vielen konfiszierten Telefone ausgeflippt war: Nichts war demütigender, als einen deiner Insassen live aus deiner eigenen Anstalt mit einem Fernsehsender sprechen zu hören.

»Wie viele Anrufe gingen während der Unruhen raus?«, wollte Will von Faith wissen.

»Einer zu CNN und einer zu 11Alive, aber es gab gerade eine Wahlskandalgeschichte, deshalb achtete niemand darauf.«

Sie hatten einen langen, breiten Flur mit einer noch längeren Schlange von Insassen erreicht. Es waren ihre achtzehn Mordverdächtigen, nahm Will an. Die Männer waren wie traurige gleichschenklige Dreiecke aufgestellt. Ihre Oberkörper waren nach vorn geneigt, die Beine gerade, und ihr ganzes Gewicht ruhte auf ihrer Stirn an der Wand, weil die beiden für sie zuständigen Vollzugsbeamten offenbar Riesenarschlöcher waren.

Die Regeln bei einem Lockdown schrieben vor, dass jeder Insasse außerhalb seiner Zelle auf eine Weise gefesselt wurde, die sich *vierteiliger Anzug* nannte. Die Hände mit Handschellen gesichert und die Handschellen vor dem Bauch an einer Kette befestigt. Die Fußknöchel waren mit einer dreißig Zentimeter langen Kette verbunden, was die Männer zu einem tänzelnden Gang zwang. Wenn man so gefesselt war und gezwungen wurde, sich mit der Stirn an eine Betonwand zu lehnen, lastete eine Menge Druck auf dem Hals und den Schultern. Die Bauchkette belastete das Kreuz zusätzlich, da die Hände durch die Schwerkraft nach vorn gezogen wurden. Offenbar standen die Männer schon eine ganze Weile so. Schweiß lief an den Wänden hinab. Will sah zitternde Gliedmaßen. Ketten rasselten wie Münzen in einem Wäschetrockner.

»Du lieber Himmel«, murmelte Faith.

Während Will ihr die Reihe entlang folgte, sah er eine Phalanx von Tätowierungen, allesamt im üblichen wackligen Gefängnisstil. Die Insassen schienen alle über dreißig zu sein, was logisch war. Will wusste aus Erfahrung, dass Männer unter dreißig eine Menge Dummheiten machten. Wenn ein Mann nach seiner dritten Lebensdekade immer noch im Gefängnis war, dann hatte er entweder richtig Scheiße gebaut, oder er war richtig verscheißert worden, oder aber er traf bewusst die Art von schlechten Entscheidungen, die ihn in dem Kreislauf festhielten.

Faith machte sich nicht die Mühe, an die geschlossene Tür des Vernehmungszimmers zu klopfen. Die Special Agents Nick Shelton und Rasheed Littrell saßen mit einem Stapel Akten vor sich am Tisch.

»… sag dir, die Kleine hatte einen Hintern wie ein Zentaur.« Rasheed unterbrach seine Geschichte, als Faith eintrat. »Sorry, Mitchell.«

Faith machte ein finsteres Gesicht, als sie die Tür schloss. »Ich bin doch kein halbes Pferd!«

»Scheiße, bedeutet es das etwa?« Rasheed lachte gutmütig. »Was läuft, Trent?«

Will hob zur Begrüßung kurz das Kinn.

Faith blätterte durch die Akten auf dem Tisch. »Sind das alle Dossiers?«

Das Dossier eines Insassen war praktisch ein Tagebuch seines Lebens – Berichte über Festnahmen, Verurteilungen, Einzelheiten zu Verlegungen, Krankenblätter, Beurteilung des geistigen Zustands, Einschätzung seiner Gefährlichkeit, Bildungsniveau, Behandlungsprogramme, Aufzeichnungen seiner Besuche, Disziplinarstrafen, religiöse Orientierung, sexuelle Präferenz.

»Sieht irgendwer verheißungsvoll aus?«, fragte Faith.

Rasheed klärte sie über die achtzehn Gefangenen im Flur auf. Will hatte dem Special Agent die ganze Zeit das Gesicht zugewandt, als würde er genau zuhören, aber in Wirklichkeit überlegte er, was er zu Nick Shelton sagen sollte.

Vor etlichen Jahren, als Nick dem südöstlichen Außenbüro des GBI zugeteilt war, hatte er sehr eng mit Jeffrey Tolliver, Saras totem Ehemann, zusammengearbeitet, dem Polizeichef von Grant County. Er hatte auf dem College Football gespielt, und nach allem, was man hörte, war er ein toller Hecht. Manche von Nicks Zusammenfassungen ihrer Fälle lasen sich wie ein Filmdrehbuch. Jeffrey Tolliver war der Lone Ranger, und Nick war sein Tonto gewesen – ein Tonto, der so lässig wie Barry Gibb von den Bee Gees mit Goldkettchen und viel zu engen Jeans daherkam. Die beiden Cops hatten Pädophilenringe, Drogenhändler und Mörder zur Strecke gebracht. Jeffrey hätte seine Verdienste in einen wesentlich höheren Gehaltsscheck in einer größeren Stadt ummünzen können, aber er hatte auf Ruhm und Ehre verzichtet, um Grant County zu dienen.

Wahrscheinlich hätte Sara ihn auch ein drittes Mal geheiratet, wenn er nicht während der zweiten Runde ums Leben gekommen wäre.

»Damit kann man arbeiten«, sagte Faith. Anders als Will hatte sie bei Rasheeds Zusammenfassung tatsächlich aufgepasst. »Sonst noch etwas?«, fragte sie.

»Nö.« Nick kratzte sich seinen Barry-Gibb-Bart. »Ihr könnt den Raum hier übernehmen. Rash und ich müssen noch mal ein paar Zeugen befragen.«

Faith setzte sich auf Rasheeds frei gewordenen Platz und griff sofort nach den Disziplinarberichten. Sie glaubte fest daran, dass sich Geschichte immer wiederholte.

Nick fragte Will: »Was treibt Sara so?«

Will hetzte in Gedanken durch eine Reihe demütigender Antworten, dann entschied er sich für: »Sie ist in der Kantine. Du solltest ihr Hallo sagen.«

»Danke, Mann.« Nick packte Wills Schulter und tätschelte sie kurz, bevor er hinausging.

Will schenkte der Nummer mit dem Schulterklopfen zu viel Beachtung. Das Ganze lag irgendwo zwischen dem Todesgriff eines Vulkaniers und dem Kraulen eines Hundearschs.

Faith wartete, bis die Tür zugefallen war. »War das unangenehm?«

»Kommt darauf an, welche Hälfte des Pferdes du fragst.« Will legte die Hand auf den Türgriff, drückte ihn jedoch nicht herunter. »Wie ziehen wir die Sache auf? Ich weiß nicht, ob diesen Kerlen wohl dabei ist, wenn sie von einer Frau befragt werden.«

»Da hast du wahrscheinlich recht.« Sie holte ein Dossier aus dem Stapel. »Maduro.«

Will öffnete die Tür. Der Vollzugsbeamte wartete draußen. Will sprach mit gedämpfter Stimme. »Lassen Sie die Männer sofort von der Wand zurücktreten, sonst sorge ich dafür, dass Sie Ihre Lunge rauspissen.«

Der Mann starrte Will an, aber wie die meisten, die gern Schwächere schikanierten, war er ein Feigling. Er drehte sich zu den Gefangenen um und brüllte: »Insassen! Auf den Boden!«

Es erklang ein kollektives erleichtertes Aufstöhnen. Die Männer mussten sich förmlich von der Betonwand schälen. Alle hatten grelle rote Flecken auf der Stirn und glasige Augen. Manche setzten sich mühsam hin, andere plumpsten einfach entkräftet zu Boden.

»Maduro, Sie sind dran«, rief Will.

Ein kleiner Hydrant von einem Mann, der sich gerade hinhocken wollte, hielt mitten in der Bewegung inne. Er drehte sich auf einem Fuß und verhedderte sich dabei in der kurzen Kette. Dreißig Zentimeter waren nicht viel, ungefähr die Länge von zwei Ein-Dollar-Noten, hintereinandergelegt. Maduros Gang war steif und mühsam. Er hielt seine Bauchkette hoch, damit sie sich nicht in seine Hüftknochen bohrte. Auf der Stirn hatte er blutige Spuren von der Betonwand, die wie Nadelstiche aussahen. Er schlurfte durch die Tür und wartete vor dem Tisch.

Die Gefängnisse in Georgia wurden nach paramilitärischen Grundsätzen geführt. Wenn die Insassen nicht angekettet waren, hatten sie die Hände beim Gehen auf dem Rücken verschränkt zu halten. Man erwartete, dass sie strammstanden, ihre Zellen tadellos sauber hielten und ihre Bettlaken straff zogen. Vor allem aber verlangte man von ihnen, dass sie die Vollzugsbeamten respektvoll ansprachen: *Ja, Sir! Nein, Sir! Darf ich mich am Sack kratzen, Sir?*

Maduro sah Will an und wartete darauf, dass man ihm sagte, was er tun solle.

Will verschränkte die Arme und ließ bewusst Faith die Führung übernehmen, denn diese Kerle standen unter Mordverdacht – sie hatten kein Wahlrecht, von wem sie vernommen werden wollten.

»Setzen Sie sich«, kommandierte Faith. Sie verglich den Ausweis und das Foto des Gefangenen mit seinem Dossier. »Hector Louis Maduro. Verbüßt vier Jahre wegen einer Reihe von Einbrüchen. Sieht weiteren achtzehn Monaten Haft wegen seiner Teilnahme an der Revolte entgegen. Hat man Sie über Ihre Rechte belehrt?«

»Español.« Der Mann lehnte sich schwerfällig zurück. *»Tengo derecho legal a un traductor. O te podrías sacar la camisa y te chupo esas tetas grandes.«*

Emmas Vater war Amerikaner mexikanischer Abstammung in der zweiten Generation. Faith hatte Spanisch gelernt, damit sie ihn in zwei Sprachen anpissen konnte. *»Yo puedo traducir por ti, y puedes hacerte la paja con esa verguita de nada cuando vuelves a tu celda, pendejo de mierda.«*

Maduros Augenbrauen gingen in die Höhe. »Verdammt noch mal, Süße, dieses dreckige Zeug haben sie dir aber nicht in der Schule für weiße Mädchen beigebracht.«

Faith kam zur Sache. »Sie waren als Kumpel von Jesus Vasquez bekannt.«

»Hören Sie.« Maduro beugte sich vor und umfasste die Tischkante. »Hier drin gibt es viele Häftlinge, die Ihnen erzählen werden, dass sie unschuldig sind, aber ich bin *nicht* unschuldig, okay? Ich habe diese Einbrüche verübt, für die ich verurteilt wurde, aber ich sage Ihnen mal was: Ich habe eine Menge Ungerechtigkeiten in dieser Anstalt gesehen – vom Personal an Insassen begangen, von Insassen an Insassen –, und Sie sollten wissen, dass ich ein Christenmensch bin, und Recht ist Recht und Unrecht ist Unrecht. Als ich gesehen hab, wie sich Insassen zu einem gemeinsamen Zweck zusammengetan haben, um die Menschenrechte von …«

»Wenn ich Ihren Vortrag unterbrechen darf«, sagte Faith. »Sie kannten Jesus Vasquez?«

Maduro schielte nervös zu Will.

Will bewahrte einen unbeteiligten Gesichtsausdruck. Er hatte gelernt, dass Schweigen bei einer Vernehmung sehr wirksam ein Gespräch in Gang setzen konnte.

»Sie wurden früher schon mit Mobiltelefonen erwischt«, sagte Faith zu dem Häftling. »Sie haben zwei Einträge in Ihrer Akte, weil Sie Streit mit …«

Nick platzte in den Raum wie eine Waffel aus dem Toaster. Er war sichtlich aus der Puste, Schweiß tropfte von seinen Koteletten, und er hielt ein verknittertes Blatt Papier in der Hand. »Raus«, sagte er zu Maduro.

Faith sah fragend zu Will, doch der zuckte nur die Achseln. Nick war seit zwanzig Jahren Agent. Er hatte von abscheulich bis dämlich alles gesehen. Wenn ihn etwas erschütterte, sollten sie alle erschüttert sein. Wenn ihn etwas nervös machte, dann sollten sie alle nervös sein.

»Beweg dich.« Nick schob Maduro zur Tür hinaus. »Bringen Sie die Männer in ihre Zellen zurück«, sagte er zu dem Vollzugsbeamten.

Die Tür wurde geschlossen. Nick sagte nichts. Er glättete das Papier auf dem Tisch. Schweiß tropfte darauf. Er atmete schwer.

Faith warf noch einen fragenden Blick zu Will.

Der zuckte genauso die Achseln wie fünf Sekunden zuvor.

Faith öffnete den Mund, um ihm die Information zu entlocken, aber Nick fing schon zu reden an.

»Ein Insasse namens Daryl Nesbitt hat mir diesen Zettel gegeben. Er will einen Deal. Er sagt, er weiß, wer Vasquez getötet hat und wie sie die Telefone ins Gefängnis schmuggeln.«

Diesmal war es Will, der Faith fragend ansah. Das war eine äußerst positive Entwicklung. Warum aber sah Nick dann so panisch aus?

Faith hatte die Geistesgegenwart, zu fragen: »Was steht noch auf dem Zettel?«

Nick antwortete ihr nicht, was noch merkwürdiger war. Stattdessen drehte er den Zettel herum und schob ihn zu Faith hinüber.

Sie überflog ihn und verkündete die wichtigsten Punkte. »Er will einen Deal machen. Er weiß, wo die Handys versteckt ...«

»Dritter Absatz«, fiel ihr Nick ins Wort.

Faith las: »›Ich bin das Opfer einer Verschwörung, eingefädelt von der Polizei einer Kleinstadt, um mich für den Rest meines Lebens für ein Verbrechen, das ich nicht begangen habe, ins Gefängnis zu bringen.‹«

Will sah ihr beim Lesen nicht über die Schulter. Er sah Nick an. Der Mann war das Paradebeispiel für einen Zwiespalt. Das Einzige, was offenbar für ihn feststand: Er hatte nicht die Absicht, in Wills Richtung zu schauen.

Faith fuhr fort. »›Dieses beschissene County war ein Dampfkochtopf. Man hatte eine weiße Studentin überfallen, und der Campus war in heller Aufregung. Keine Frau fühlte sich mehr sicher. Der Chief musste also jemanden verhaften. *Irgendwen*. Sonst würde er seinen Job verlieren. Er zimmerte einen Grund zusammen, um mich dranzukriegen.‹«

Faith drehte den Kopf und sah Will an. Sie hatte offenbar schon ein Stück weitergelesen, und ihr gefiel nicht, worauf das Ganze zusteuerte.

Will konzentrierte sich weiter auf Nick, der plötzlich den unwiderstehlichen Drang verspürte, die kunstvollen Metallkappen an seinen blauen Cowboystiefeln zu säubern. Will sah ihm zu, wie er ein Taschentuch hervorzog, sich bückte und das Silber polierte.

Faith las weiter. »›Ich bin unschuldig. Ohne diesen korrupten Cop und seine noch korruptere Truppe wäre ich nicht hier. In Grant County haben alle die hirnrissigen Lügen des Chiefs geglaubt.‹«

Faith las noch weiter, aber Will hatte gehört, was er wissen musste.

Campus. Grant County. Der Chief.

Nesbitt sprach von Jeffrey Tolliver.

2

Faith musste die Männertoilette benutzen, weil die einzige Damentoilette zehn Gehminuten entfernt im Besucherflügel lag. Sie wusch sich die Hände in dem schleimig aussehenden Waschbecken und spritzte sich kaltes Wasser ins Gesicht. Aber um den Gefängnisdreck aus den Poren zu bekommen, brauchte es mindestens einen Topfreiniger.

Selbst im Verwaltungsgebäude war die Verzweiflung mit Händen zu greifen. Sie hörte Geschrei aus dem Isolationstrakt. Weinen. Heulen. Betteln. Faiths Haut kribbelte wegen der widersprüchlichen Impulse, die sie verspürte – Flucht oder Kampf? Sie war im Fluchtmodus, seit sie durch das Gefängnistor getreten war. Ihr Job brachte es mit sich, dass sie meistens die einzige Frau im Raum war. Die einzige Frau in einem Männergefängnis zu sein war allerdings noch eine ganz andere Geschichte. Sie durfte sich nicht zu weit von den Männern entfernen, von denen sie wusste, dass sie die Guten waren. Und mit den Guten waren die Typen gemeint, die sie nicht gleich zum Opfer einer Gruppenvergewaltigung machen würden.

Sie schüttelte das Wasser von den Händen und verdrängte ihre Angst. Sie brauchte ihre ganze Geisteskraft, um Daryl Nesbitt fertigzumachen, denn sie würde keinesfalls zulassen, dass Sara ihr ganzes Leben um die Ohren flog, weil irgendein dreckiger Sträfling um Aufmerksamkeit buhlte.

Faith öffnete die Tür. Nick und Will saßen mit versteinerten Gesichtern da. Sie konnte ihnen ansehen, dass sie nicht miteinander gesprochen hatten – wozu reden, wenn man auch schweigend vor sich hin brüten konnte?

»Dieses Arschloch Nesbitt«, sagte sie, »erzählt bestimmt nur Scheiße, oder? Er ist ein Sträfling. Es ist nie ihre Schuld. Sie sind immer unschuldig. Die Bullen sind immer korrupt. Scheiß auf den Kerl. Hab ich recht?«

Nicks Kopfbewegung ließ sich zur Not als Nicken deuten.

Will schaute finster.

»Was wissen Sie über Nesbitt?«, fragte sie Nick.

»Ich weiß, dass er wegen Pädophilie verurteilt wurde, aber ich habe mich nicht intensiver mit seiner Akte beschäftigt.«

Bei Daryl Nesbitt genau nachzubohren wäre das Erste gewesen, was Faith getan hätte, statt wie ein kopfloses Huhn loszurennen.

»Warum nicht?«, fragte sie.

Faith beobachtete, wie Nick den Kiefer vorschob, bis er wie ein Kropf aus dem Gesicht ragte. Das war also der Grund, warum Will so finster dreinschaute. Nick wäre nicht so aufgebracht, wenn er wirklich glaubte, dass Nesbitt log. Dann wäre er vorhin auch nicht so in den Vernehmungsraum gestürmt. Und seine Haut hätte nicht die Farbe von Wurstwasser. Jede von Nicks Reaktionen war wie ein riesiges Neonschild mit einem blinkenden Pfeil, der auf die Worte ES KÖNNTE SEIN! zeigte.

»Bringen wir es hinter uns.« Faith machte sich auf den Weg. Sie fragte erst gar nicht nach, wie es Will ging. Will würde nicht wegen eines vertraulichen Gesprächs innehalten. Aufgrund früherer Erfahrungen konnte sie ziemlich genau einschätzen, was ihm durch den Kopf ging: Er überlegte, wie er Sara das alles verschweigen konnte.

Faith war absolut an seiner Seite bei diesem Schweigekomplott. Herrgott noch mal, Sara hatte ihren Mann vor fünf Jahren sterben sehen. Sie war durch ein Höllenfeuer gekrochen, bis sie den Schmerz hinter sich gelassen hatte. Sie war endlich glücklich mit Will. Die beiden würden wahrscheinlich heiraten, falls Will je den Mut aufbrachte, sie zu fragen. Es gab keinen Grund, Sara von Daryl Nesbitt zu erzählen, solange es nichts zu erzählen gab.

Faith bog nach links in das letzte Büro am Ende des Flurs ab.

Nesbitt saß auf einem Stuhl hinter dem Klapptisch. Er war ein Weißer, Mitte dreißig, hatte braunes Haar mit grauen Strähnen, seine Brille war am Steg mit Klebeband geflickt. Er war nicht gefesselt. Keine Handschellen, keine Ketten. Die untere Hälfte eines Beins fehlte; eine Unterschenkelprothese lehnte an der Wand. Er sah aus wie ein Kiffer, der davon geträumt hatte, ein Skateboard-Star zu werden, aber am Ende wegen eines Überfalls auf einen Donut-Laden verhaftet wurde. Zeitungsausschnitte lagen ordentlich gestapelt vor ihm auf dem Tisch.

Nick stellte die Anwesenden vor. »Daryl Nesbitt, Special Agents Trent und Mitchell.«

Nesbitt kam sofort zur Sache. »Die hier …«, sein Finger stieß in einen Stapel von Artikeln, »sie war zweiundzwanzig.« Er zeigte auf einen anderen Stapel. »Und die neunzehn.«

Faith setzte sich auf den einzigen anderen Stuhl im Raum, gegenüber von Nesbitt. Sie fand, der Mann roch nach Verwesung, aber vielleicht miefte auch sie selbst. Ihre Kleidung und ihr Haar hatten den Tatortgeruch in der Kantine angenommen. Das Büro war klein, nur geringfügig größer als eine der Zellen. Nick stellte sich direkt hinter den Häftling, den Rücken an die Wand gepresst. Will blieb in der Tür hinter Faith stehen.

Sie schwieg weiter, damit Nesbitt wusste, wer das Sagen

hatte. Demonstrativ hatte sie nicht auf die Zeitungsausschnitte geblickt, aber sie hatte genug gesehen, um im Wesentlichen Bescheid zu wissen. Zehn Stapel insgesamt, mit jeweils vielleicht fünf, sechs Artikeln. Zwei der Stapel sahen neu aus, die anderen acht waren mit der Zeit vergilbt. Ein Satz war fast völlig ausgebleicht. Die graue Schrift war nur noch schemenhaft erkennbar. Sie sah das Zeitungslogo des *Grant Observer*. Von den Artikeln hatte Nick nichts gesagt. Andererseits sagte Nick nie viel über irgendwas.

»Wenn Sie lesen ...«, fing Nesbitt an.

»Moment.« Sie stellte die Befragung auf eine offizielle Basis. »Sie sind zwar in Haft, aber Sie haben trotzdem das Recht, zu ...«

»Ich verzichte auf meine Rechte.« Nesbitt zeigte die offenen Handflächen. »Ich bin hier, um einen Deal zu machen. Ich habe nichts zu verbergen.«

Daran hatte Faith ernsthafte Zweifel. Wäre sie Nesbitt auf der Straße begegnet, sie hätte ihn sofort als Kriminellen eingestuft. Die tief liegenden Augen. Die angriffslustig gesenkten Schultern. Wenn dieser Mann nichts verbarg, dann hatte sie den falschen Beruf gewählt.

Er zeigte wieder auf die Artikel. »Sie müssen die lesen. Dann werden Sie verstehen.«

Sie las einige der Schlagzeilen vom ersten Stapel der Ausschnitte: *Teenagerleiche im Wald gefunden – Studentin für vermisst erklärt – Mutter fordert von Polizei, nach verschwundener Tochter zu suchen.*

Sie blätterte die anderen Stapel durch. Immer das Gleiche, und immer in umgekehrter zeitlicher Abfolge, sodass es mit dem Fund einer Leiche anfing und damit aufhörte, dass eine Frau nicht zur Arbeit, zur Vorlesung oder zu einem Familienessen erschienen war. Jemand musste diese Ausschnitte für Nesbitt gesammelt haben, denn es gab keine Zeitungen im

Gefängnis. Die Artikel waren ihm wohl mit der Post geschickt worden. Und da es tatsächlich Artikel aus Printmedien waren, nahm sie an, dass eine ältere Verwandte diese ehrenvolle Aufgabe übernommen hatte.

Faith schaute nach den Datumsangaben. Die Grant-County-Ausschnitte waren acht Jahre alt. Die anderen stammten aus der Zeit danach. »Diese Artikel sind nicht direkt aktuell.«

»Meine Recherchemöglichkeiten sind durch die Umstände beschränkt.« Nesbitt zeigte auf die beiden jüngsten Fälle. »Die hier ist vor drei Monaten verschwunden. Ihre Leiche wurde letzten Monat gefunden. Die hier wurde gestern Morgen entdeckt. Gestern Morgen!«

Seine Stimme war bei den letzten Worten schrill geworden. Faith ließ ein paar Sekunden verstreichen, ehe sie antwortete, um klarzumachen, dass sie Geschrei nicht dulden würde. »Wie haben Sie von der Leiche erfahren, wenn Sie seit den Unruhen in Ihrer Zelle bleiben mussten?«

Nesbitt öffnete schmatzend den Mund und schloss ihn sofort wieder. Er musste Zugang zu einem Handy gehabt haben. »Die Frau heißt Alexandra McAllister. Ihre Leiche wurde von zwei Wanderern aufgefunden.«

Faith wollte nach Will sehen. Sie warf einen Blick über die Schulter und sagte ihm den Namen der Stadt, wo die Tote gefunden worden war. »Sautee Nacoochee.«

Er nickte, blieb aber auf Nesbitt fokussiert. Will war gut darin, Lügner aufzudecken. Nach seinem Gesichtsausdruck zu schließen sah er hier keinen vor sich.

Faith überflog den acht Tage alten Artikel über Alexandras Verschwinden. Die Frau war wandern gegangen und nicht zurückgekehrt. Die Suche war wegen rauen Wetters eingeleitet worden. Sautee lag im White County, was bedeutete, dass das Sheriffbüro die Ermittlung leitete. Faith hatte in den Nachrichten einen Bericht über den Fund der Frauenleiche im Wald gesehen. Der Reporter hatte gesagt, man gehe nicht von einem Verbrechen aus.

»Wer hat Ihnen die geschickt?«, fragte sie Nesbitt.

»Ein Freund, aber das spielt keine Rolle. Ich habe wertvolle Informationen einzutauschen.« Nesbitt verschränkte die Hände. Seine Nägel hatten schwarze Ränder, wie Schimmel um die Fliesen in einer Dusche. »Ich weiß, wer Jesus Vasquez getötet hat.«

»Das wissen wir bis heute Abend wahrscheinlich sowieso.« Faith bluffte, aber nicht zu sehr. Sie war sich nach Durchsicht der Akten ihrer achtzehn Verdächtigen ziemlich sicher, dass sie nahe dran waren, ihre Täter festzunageln. *»Du-kommst-aus-dem-Gefängnis-frei-*Karten sind sehr teuer.«

»Ich kann Ihnen die Zeit ersparen. Alles, was ich verlange, ist eine faire Chance.«

Er hielt etwas zurück. Natürlich. Sträflinge hielten sogar den Glückwunsch zurück, wenn sie ihre Mutter zum Geburtstag anriefen.

»Sehen Sie sich die an.« Nesbitt zeigte wieder auf die Artikel. »Sie könnten die Polizistin sein, die einen Serienmörder verhaftet. All diese Frauen wurden nach meiner Verhaftung gekillt. Das ist der Kerl, den Sie suchen, nicht ich. Ich bin unschuldig.«

»Das unterscheidet Sie von allen anderen Häftlingen in diesem Gefängnis.«

»Sie hören mir nicht zu, verdammt noch mal!« Nesbitts Stimme war laut genug, damit sie in dem engen Raum hallte. Er biss die Zähne zusammen, um einen Wortschwall zurückzuhalten, denn er hatte genug Zeit in Anstalten verbracht, um zu wissen, dass Wut ihn nirgendwohin brachte. Aber da er jede Menge Zeit in Anstalten verbracht hatte, hieß das auch, dass Selbstbeherrschung eher nicht zu seinen Stärken zählte.

»Ich gehöre nicht in diese Einrichtung«, sagte er. »Ich war zur falschen Zeit am falschen Ort. Die dortige Polizei hat mich eingelocht, weil eine junge weiße Frau getötet wurde, und sie mussten es jemandem anhängen. Das war offensichtliches Profiling.«

»Statistisch gesehen werden weiße Frauen am wahrscheinlichsten von weißen Männern ermordet«, sagte Faith.

»Das meine ich nicht mit Profiling!« Nesbitt verlor endgültig die Beherrschung. »Warum hörst du mir nicht zu, du dummes Miststück?«

Faith spürte, dass sich Will hinter ihr anspannte wie eine Klapperschlange.

Nick hatte sich von der Wand abgestoßen.

Nesbitt war umstellt, aber er ballte noch immer die Fäuste. Sein Hintern berührte kaum den Stuhl. Faith schoss durch den Kopf, was er alles mit ihr anrichten konnte, bevor Nick und Will ihn stoppten. Dann verbannte sie diesen Gedanken. Sie hatte zu Will gesagt, dass Insassen wie Kleinkinder waren. Und wenn Faith sich mit etwas auskannte, dann mit ungezogenen Kindern.

»Auszeit.« Faith bildete ein T mit den Händen. »Nesbitt, wenn wir weiterreden sollen, dann müssen Sie etwas für mich tun.«

Nesbitt schäumte weiter auf seinem Stuhl, aber er hörte immerhin zu.

»Atmen Sie tief ein, und dann lassen Sie die Luft langsam wieder raus.«

Er sah verwirrt aus, und genau darum ging es.

»Fünf Mal. Ich mache mit.« Faith atmete tief ein, damit er anfing. »Ein – und aus.«

Nesbitt gab endlich nach, seine Brust hob und senkte sich, dann ein zweites Mal, und schließlich wich die rasende Wut aus seinen Augen.

Faith stieß geräuschvoll ihren fünften Atemzug aus und spürte, wie ihr Puls sich allmählich verlangsamte. »Okay, erklären Sie mir das genauer. Warum haben Sie Agent Shelton darauf angesprochen und nicht den Direktor?«

»Der Direktor ist ein Schlappschwanz, ein einziges Stück Scheiße. Ich kenne das Gesetz. Das GBI ist für Ermittlungen gegen korrupte Polizeibeamte zuständig.« Nesbitt hatte die Worte förmlich ausgespuckt, aber er bemühte sich jetzt sichtlich um einen ruhigeren Ton. »Ich bin ein Opfer polizeilicher Korruption. Ich bin ins Visier geraten, weil ich arm bin. Weil ich vorbestraft war. Weil ich zu viel Zeit mit Mädchen verbracht habe.«

Mädchen.

»Wie alt waren diese jungen Damen?«, fragte Faith.

»Das ist nicht der Punkt. Himmel noch mal.« Nesbitts Faust schwebte über dem Tisch. Er fing sich, bevor er sie niedersausen ließ. Unaufgefordert atmete er wieder tief ein und stieß die Luft zwischen den Zähnen hervor. Sein Atem roch faulig. Faith bemerkte, dass seine Haut klamm war.

Sie warf einen raschen Blick hinter Nesbitt. Nick hatte seine Brille aufgesetzt, damit er die Artikel über den Fall in Grant County lesen konnte. Acht Jahre fühlten sich wie ein ganzes Leben an. Die Zeitung war so alt, dass er sie vorsichtig mit beiden Händen hielt, um sie nicht zu zerreißen. Sie erkannte an seinem Gesicht, dass er jedes Wort, das er las, wie einen Hieb in die Magengrube empfand.

Faith sagte zu Nesbitt: »Wie gesagt, wir haben die Sache mit Vasquez so ziemlich aufgeklärt, und wenn wir uns entscheiden, diese Fälle hier zu untersuchen, dann haben Sie uns die Artikel ja schon gegeben, deshalb brauchen wir eigentlich …«

»Warten Sie!« Er wollte nach ihrer Hand greifen, hielt sich aber im letzten Moment zurück. »Warten Sie einfach, okay? Ich hab noch mehr.«

Faith ließ die Hand auf dem Tisch, auch wenn der Impuls, sie zurückzuziehen, fast unwiderstehlich war. Sie sah auf ihre Uhr. »Ich gebe Ihnen eine Minute.«

»Vasquez wurde wegen seinem Vertriebsnetz getötet.« Nesbitt fuhr sich mit der Zunge über die Lippen, er war begierig auf eine Reaktion. »Ich kann Ihnen verraten, wie sie die Telefone ins Gefängnis schaffen. Wo sie sie verstecken. Wie das mit dem Geld läuft. Ich werde nicht vor Gericht aussagen, aber ich kann Sie genau zu ihrem Übergabeort führen, wo die Telefone eintreffen.«

Auch wenn es offensichtlich war, fühlte sich Faith verpflichtet, darauf hinzuweisen. »Wir können das Vertriebsnetz selbst auseinandernehmen. Wir haben es vor vier Jahren getan. Fast fünfzig Vollzugsbeamte sitzen deshalb im Augenblick hinter Gittern.«

»Haben Sie noch ein Jahr Zeit, um eine Untersuchung anzuleiern?«, fragte Nesbitt. »Will das GBI wirklich so viel Zeit, Geld und Ressourcen vergeuden und das FBI, die DEA und das Sheriffbüro einbeziehen? Wollt ihr eine verdeckte Operation starten, die Millionen Dollar kostet und euch Armleuchter am Ende nur in Verlegenheit bringt, weil ihr jedes Mal, wenn ihr die Nachrichten im Fernsehen einschaltet, diese schlimmen Cops vor Gericht seht?«

Der Kerl hatte seine Hausaufgaben gemacht. Geld. Bundesbehörden. Öffentliche Demütigung. Was er sagte, hätte jedem Polizisten vom Rang eines Sergeanten aufwärts eine Heidenangst eingejagt.

»Ich kann Ihnen den Telefonschmuggel auf dem Silbertablett präsentieren«, sagte Nesbitt. »Ich gebe Ihnen eine Woche, um sich diese Fälle in den Zeitungen anzusehen. Eine Woche statt einer jahrelangen Ermittlung. Und Sie nageln zusätzlich einen Serienmörder fest. Alles, was Sie tun müssen, ist …«

»Schluss jetzt mit dem Quatsch!« Ohne Warnung riss Nick Nesbitts Stuhl zurück und ließ ihn gegen die Wand krachen.

Faith erschrak dermaßen, dass sie hochschoss und ihre Hand zum Gürtel zuckte, aber ihre Waffe lag in einem Schließfach beim Metalldetektor. »Agent Shelton!«, dröhnte sie mit ihrer Polizeistimme. »Lassen Sie den …«

»Du schleimiger Kinderficker.« Nick packte Nesbitt am Hemd und zerrte ihn hoch. »Du weißt, du kommst hier nicht raus. In deinem eigenen Artikel steht, dass deine Verurteilung zweimal bestätigt wurde. Niemand hat deinen Blödsinn geglaubt. Nicht die Jury. Nicht das Berufungsgericht. Nicht der Oberste Gerichtshof des Bundesstaats.«

»Na und?«, schrie Nesbitt zurück. »Sandra Bland ist tot! John Hinckley ist ein freier Mann. O.J. Simpson spielt Golf in Florida. Wollen Sie mir erzählen, dass unsere Justiz gerecht ist?«

Nicks Gesicht kam seinem so nah, dass sich ihre Nasen fast berührten. Er holte mit der Faust aus. »Ich will dir erzählen, dass du dein verdammtes Maul halten sollst, sonst schlag ich dich verflucht noch mal zusammen.«

Wills Hand lag jetzt auf Nicks Schulter. Faith hatte gar nicht gesehen, dass er sich bewegt hatte, aber plötzlich war er da. Sie sah, wie er die Finger beugte und streckte. Es war fast so wie vorhin im Vernehmungszimmer, als Nick seine Schulter getätschelt hatte.

Faith gingen bereits sämtliche Möglichkeiten durch den Kopf, wie die Situation weiter eskalieren könnte, als sich die Atmosphäre im Raum veränderte.

Nick drehte sich langsam um und sah Will an. Sein Blick war wild – und dann plötzlich nicht mehr. Seine Muskeln waren angespannt – und dann plötzlich nicht mehr. Er öffnete die geballten Fäuste. Er trat einen Schritt zurück.

»Himmel!« Nesbitt hüpfte auf einem Bein und versuchte, ein wenig Abstand zwischen sich und Nick zu bringen.

Will stellte den Stuhl auf und half Nesbitt, sich wieder zu setzen.

Faith flehte Nick wortlos an, zu gehen, aber er nahm wieder seinen Platz hinter dem Häftling ein, die Hände tief in den Taschen seiner Jeans vergraben.

»Arschloch.« Nesbitt strich sein zerknittertes Shirt glatt. Er war sichtlich mitgenommen. Faith ging es nicht besser. So lief das nicht. Sie hatte Nick noch nie so explodieren sehen, und sie wollte es auch nie mehr sehen.

»Okay.« Faiths Herz schlug so laut, dass sie ihre eigene Stimme kaum hörte. Sie musste die Vernehmung wieder aufs richtige Gleis bringen, nicht zuletzt deshalb, um in einem Prozess gegen Nick wegen tätlichen Angriffs auf einen Häftling nicht als Zeugin auftreten zu müssen.

»Nesbitt, ich höre Ihnen zu. Erzählen Sie mir von den Artikeln. Wonach suchen wir?«

Nesbitt wischte sich über den Mund. »Sie wollen ihm das durchgehen lassen?«

»Was durchgehen lassen?« Faith schüttelte gespielt ahnungslos den Kopf, als gehöre sie zur beschissensten Sorte Cop, die es gab. »Ich hab nichts gesehen.«

Sie brauchte sich nicht umzudrehen, um zu wissen, dass Will ebenfalls den Kopf schüttelte.

»Nesbitt«, sagte sie. »Das ist Ihr großer Moment. Entweder Sie fangen an zu reden, oder wir gehen.«

»Ich wurde reingelegt.« Nesbitt wischte sich wieder über den Mund. »Das ist die reine Wahrheit. Ich wurde gelinkt.«

»Okay.« Faith spürte, wie ihr der Schweiß in Strömen über den Rücken lief. Sie musste diesem Mann das Gefühl vermitteln, dass man ihm zuhörte. »Wer hat Sie reingelegt? Erzählen Sie mir davon.«

»Es waren diese verdammten Kleinstadtbullen, okay? Sie hatten alles, was in diesem County lief, unter Kontrolle. Der

Staatsanwalt, die Richter, die Jury – alle haben diesen selbstgerechten Cowboy-Bockmist geglaubt.«

Er drehte sich um, um sich zu vergewissern, dass sie alle wussten, welche Art Cowboy-Bockmist er meinte.

»Vorsicht, Kleiner«, grollte Nick mit heiserer Stimme. »Lass hier lieber nichts raus, was du nachher nicht wieder zurück in die Flasche kriegst.«

Nesbitts Zorn war tiefer Verzweiflung gewichen. »Du blödes Hinterwäldlerarschloch! Was, glaubst du, hab ich zu verlieren?«

Faith war darauf gefasst, dass Nick wieder etwas Dummes tat, aber er hob nur das Kinn und starrte in den Flur hinaus.

Sie studierte Nesbitts Gesicht. Er hatte dunkle Ringe unter den Augen und tiefe Furchen in der Stirn. Er sah aus wie ein alter Mann. Ein Aufenthalt im Knast ließ fast jeden schneller altern, aber mit einer Körperbehinderung inhaftiert zu sein musste erst recht die Hölle sein.

Faith trommelte mit den Fingern auf dem Tisch. »Woher wissen Sie über Vasquez' Telefongeschäft Bescheid?«, fragte sie.

»Ich putze seit sechs Jahren in diesem Laden. Niemand nimmt mich wahr, deshalb kriege ich alles mit.« Nesbitt zählte an den Fingern ab. »Ich kann Ihnen Namen, Orte, Lieferanten und Händler nennen. Sie glauben, der Direktor hat alle Handys gefunden? Hier drin kannst du nicht mal scheißen, ohne dass ein Handysignal rausgeht.«

Faith überflog die Grant-County-Artikel und fand bestätigt, was Nick gesagt hatte. »Sie haben bereits zwei Berufungsverfahren verloren. Sie wissen, Richter geben nicht gerne zu, dass sich ihre Kollegen geirrt haben. Was haben Sie davon, wenn die Fälle untersucht werden?«

»Davon haben alle etwas. Das sind schmutzige Cops. Sie haben den Falschen eingelocht. Sie haben mich reingelegt und den wahren Mörder davonkommen lassen. Die Seuche hat im Grant County angefangen, aber sie hat sich über den ganzen Bundesstaat ausgedehnt, und jetzt sind diese anderen Frauen deswegen tot.« Nesbitt lehnte sich mit selbstgefälligem Gesichtsausdruck zurück. Er spürte, wie sich die Stimmung drehte. »Wir sind noch eine Woche im Lockdown. Wie gesagt, ich gebe Ihnen so lange Zeit, sich die Sache anzusehen.«

»Sie müssten uns etwas anbieten«, sagte Faith. »Etwas, das beweist, dass Sie liefern können, was Sie versprechen.«

»Ich werde Ihnen ein Versteck verraten, sobald ich weiß, dass Sie die Fälle ernsthaft untersuchen.«

»Definieren Sie das genauer«, sagte Faith. »Was verstehen Sie unter ›ernsthaft untersuchen‹?«

Der selbstgefällige Blick wurde noch selbstgefälliger. »Ich werde es wissen.«

Faith trommelte weiter mit den Fingern auf dem Tisch und versuchte, dieses Spiel zu einem Ende zu bringen. »Nehmen wir, rein hypothetisch natürlich, einmal an, wir finden einen Beweis dafür, dass Strafverfolger unangemessen gehandelt haben. Das garantiert Ihnen aber noch nicht, dass Sie hier rauskommen.«

Nesbitt bestätigte ihre Vermutung. »Wenn ich schon nicht aus diesem Höllenloch rauskomme, wäre das Zweitbeste, dass diese korrupten Scheißkerle hier drin landen.«

»Ich sage Ihnen das nur ungern«, erwiderte Faith. »Aber Chief Jeffrey Tolliver ist vor fünf Jahren gestorben.«

»Glauben Sie, das weiß ich nicht? Das ganze verdammte County war bei seiner Beerdigung. Mitten auf der Main Street gibt es so eine beschissene Gedenktafel an einem Gebäude, als wäre er ein Held gewesen, aber ich sage Ihnen, er war das reinste Gift.« Nesbitt zeigte sich wieder aufgewühlt, diesmal aus rechtschaffener Empörung. »Tolliver war der Rädelsführer. Er hat der ganzen Polizei im County beigebracht, wie man das Gesetz bricht und ungestraft davonkommt, und sie treiben es immer noch so. Ich will, dass diese verdammte Ehrentafel runtergerissen wird. Dann scheiße ich auf seinen Namen und stecke sie in Brand.«

Faith musste zu einem Abschluss kommen, bevor Nick wieder explodierte.

»Egal, wie solide Ihre Informationen sind«, sagte sie, »aber der Staat wird keine Ressourcen für einen Rachefeldzug aufwenden. Wir untersuchen Verbrechen. Wir bereiten Anklagen vor. Wir können nicht im Nachhinein Tote anklagen.«

»Dieses dreckige Miststück wird Tolliver in der Sekunde verpfeifen, in der Sie ihr die Handschellen zeigen.« Nesbitt tippte mit dem Zeigefinger auf einen der Grant-County-Artikel.

DETECTIVE IM ZEUGENSTAND!

»Sie ist immer noch Polizistin«, sagte er. »Sie treibt immer noch ihr schmutziges Spiel da draußen, das sie von Tolliver gelernt hat, und macht alles kaputt, was sie anfasst. Es ist Ihre Aufgabe, korrupte Cops zur Strecke zu bringen. Ich garantiere Ihnen, wenn Sie sie zu Fall bringen, wird sie Tolliver und alle anderen mit sich in den Abgrund reißen.«

Selbst ohne Kenntnis des Artikels wurde durch das *sie* eindeutig klar, wer gemeint war. In der gesamten Geschichte von Grant County hatte es nur einen einzigen weiblichen Detective gegeben. Lena Adams war seinerzeit direkt von der Polizeischule rekrutiert worden. So vielversprechend sie auch gewirkt hatte, ihr anfänglich guter Ruf hatte sich bald in einem Morast aus Fehlleistungen wegen Faulheit und schmutzigen Tricks aufgelöst.

Faith wusste das, weil das GBI schon früher gegen Lena Adams ermittelt hatte. Will war der zuständige Agent gewesen. Sara hätte ihn beinahe verlassen, als sie es herausfand. Und das aus gutem Grund. Nesbitt lag gar nicht falsch damit, dass Lena Adams alles zerstörte, was sie anfasste.

Ihretwegen war Jeffrey Tolliver ermordet worden.

Faith stützte den Kopf in die Hände, als sie Daryl Eric Nesbitts Akte durchlas. Die war dick wie eine Bibel, größtenteils ging es um medizinische Aufzeichnungen wegen seiner Amputation. Faith schwindelte von dem unverständlichen Fachjargon. Ihr Rücken schmerzte. Sie balancierte mit dem Hintern auf einer Art Kirchenbank in der Gefängniskapelle, sitzen konnte man das kaum nennen. Sie hob den Kopf, um nach Will zu sehen. Er tat das, was er immer tat: Er lehnte an einer Wand und hörte zu, ohne zuzuhören. Nick fasste für Amanda zusammen, was Nesbitt ihnen in dem engen Büro erzählt und warum er, Nick, bis jetzt gewartet hatte, ehe er ihr davon erzählte.

Faith fragte sich, ob er erwähnen würde, dass er den Häftling körperlich angegriffen hatte, aber Nick schien sich hauptsächlich auf Nesbitts selbstgefälliges Auftreten zu konzentrieren. Später am Abend, wenn Faith dann schlaflos in ihrem Bett lag, würde sie jede Sekunde der Vernehmung aus dem Gedächtnis noch einmal durchgehen und sich heftig dafür kritisieren, dass sie Nick geschützt hatte. Es war instinktiv geschehen, aus dem Bauch heraus, so wie Kotzen bei einer Lebensmittelvergiftung.

Und das Schlimmste war: Sie wusste, sie würde beim nächsten Mal wieder so handeln.

Faith blinzelte, um klarer zu sehen. Sie ignorierte das leise Grollen Amandas, als sie eine ihrer pointierten Fragen stellte. Sie sah sich in dem Raum um, der für sämtliche Konfessionen eingerichtet war, mit Jesus-Abbildungen aller Art sowie einem Metallsieb, das vermutlich für Pastafaris gedacht war, eine Weltanschauung, die nach mehreren Prozessen vom Staat ge-

setzlich anerkannt wurde. In die Kanzel waren Graffiti geritzt. Bunte Aufkleber verliehen dem einzigen schmalen Fenster einen Buntglaseffekt. Der feuchtkalte kleine Raum war so deprimierend, dass er den Papst zum Atheisten gemacht hätte.

»Ma'am.« Nick rang erkennbar um Beherrschung. »Tolliver war so solide, wie man nur sein kann. Das wissen Sie. Er war einer der besten Cops – der besten Menschen – im ganzen verdammten Staat. Ich habe ihm mein Leben mehr als einmal anvertraut. Und ich würde es mit Freuden wieder tun, wenn er noch unter uns weilte. Himmel, ich würde sogar auf der Stelle mit ihm tauschen!«

Faith sah wieder nach Will. Es war schwer genug, mit einem Geist zu konkurrieren. Zu hören, wie Jeffrey hier in den Heiligenstand erhoben wurde, musste qualvoll für ihn sein.

Amanda fragte: »Es gibt keine Möglichkeit, beides zu trennen? Adams vor den Bus zu stoßen – und Tolliver aus der Sache herauszuhalten?«

Nick schüttelte den Kopf.

Genau wie Faith. Daryl Nesbitt war offenbar entschlossen, Tollivers Namen zusammen mit Lenas in den Dreck zu ziehen. Was mit einem besonderen Talent dieses abscheulichen Miststücks zusammenhing. Sie brachte es immer fertig, ihre gesamte Umgebung mit Dreck zu besudeln.

»Also gut.« Amanda nickte knapp. »Nesbitt bietet zwei Dinge an. Erstens die Namen von Vasquez' Mördern. Zweitens Informationen darüber, wie Handys in diese Einrichtung gelangen. Im Gegenzug räumt er uns eine Frist von einer Woche ein, um die Fälle der toten Frauen aus den Zeitungsartikeln neu aufzurollen und gegen Grant County zu ermitteln. So weit richtig?«

»Ja«, sagte Nick.

Faith nickte.

Will hielt weiter die Wand aufrecht.

»Fangen wir mit dem Mord an Vasquez an«, sagte Amanda. »Zwei Verdächtige. Maduro und wer noch?«

»Ich tippe auf Michael Padilla«, sagte Nick. »Er ist ein Knochenbrecher mit einem psychotischen Einschlag. Wurde aus Gwinnett hierherverlegt, nachdem er einem anderen Häftling einen Finger abgebissen hat.«

Faith erinnerte sich an den Namen aus dem Aktenstapel, den sie durchgearbeitet hatte. »Es ist nicht so weit hergeholt, wenn man einem Fingerbeißer zutraut, dass er eine Hand abhackt.«

»Nick, sehen Sie zu, ob Sie Maduro dazu bringen, dass er sich gegen Padilla wendet. Wenn wir den Vasquez-Fall aufklären, ziehen wir Nesbitt die Füße weg.«

Faith zuckte zusammen. Amanda wusste nichts von Nesbitts Prothese, und Faith fiel keine Möglichkeit ein, es unbefangen zur Sprache zu bringen.

»Sara darf von alldem nichts erfahren«, rief Amanda Nick hinterher. »Verstanden?«

»Ja, Ma'am.« Nick trug einen grimmigen Zug um den Mund. Beim Verlassen der Kapelle tätschelte er wieder Wills Schulter. Faith wusste nicht, ob er ihm damit seine Unterstützung anbieten oder ihm für sein Eingreifen bei Nesbitt danken wollte. Tollivers Namen möglichst selten zur Sprache zu bringen war das Mindeste, was sie tun konnten.

Amanda sagte: »Faith, fass das Ganze für mich zusammen.«

»Okay. Jetzt wird es verzwickt. Grant County hat Nesbitt nie wegen Mordes angeklagt.«

Amanda zog eine Augenbraue in die Höhe. »Nein?«

»Die Ermittlung läuft theoretisch noch, und der Fall gilt als ungelöst. Es gab eine Fülle von Indizienbeweisen, die zu der Annahme führten, dass Nesbitt der Mörder war. Was am dringlichsten gegen ihn sprach, war der Umstand, dass nach seiner Inhaftierung keine Taten mehr vorkamen.«

»Das Wayne-Williams-Paradigma.«

»Richtig. Nesbitt wurde wegen anderer Verbrechen verhaftet und verurteilt, die mit dem Mord nichts zu tun hatten, sondern im Zuge der Ermittlungen aufgedeckt wurden. Aber mutmaßlich hat er die zugrunde liegenden Taten begangen«, fügte Faith an. »Wenn ich ein übles Klischee bemühen darf, würde ich sagen, Nesbitt spielt Schach statt Dame. Er denkt, wenn wir ihn von dem Mordverdacht reinwaschen, eröffnet es ihm die Möglichkeit, seinen nächsten Schritt zu tun und auch die anderen Anklagen niederzuschlagen.«

»Die da wären?«

»Auf seinem Laptop wurden tonnenweise Kinderpornos entdeckt. Wir reden hier von Acht- bis Elfjährigen.« Faith schob den Gedanken an ihre eigenen Kinder beiseite. »Nesbitt wurde zu fünf Jahren mit der Möglichkeit einer Begnadigung nach drei Jahren verurteilt, aber dazu kam es nie. Der Idiot ist ein wahrer Meister darin, sich selbst zu schaden. Er machte von der ersten Minute an Ärger hier drin. Hat sich mit anderen geprügelt, wurde mit Schmuggelware erwischt, hat die falschen Leute bestohlen. Schließlich hat er einen Vollzugsbeamten k.o. geschlagen, der erst nach zwei Wochen wieder aus dem Koma erwacht ist. Dafür bekam er zwanzig Jahre wegen versuchten Mordes zusätzlich zu seiner ursprünglichen Strafe aufgebrummt.«

»Er sitzt also eine Buck-Rogers-Strafe ab«, sagte Amanda. Das war altmodischer Slang für ein Entlassungsdatum, das so weit in der Zukunft lag, dass es sich nach Science-Fiction anhörte. »Nesbitt hat nicht viel zu verlieren. Er ist als Unruhestifter berüchtigt. Wie ist dein Eindruck? Glaubt er wirklich, dass er am Ende hier rausspaziert?«

»Er ist unterschenkelamputiert.«

»Ändert das etwas an deiner Antwort?«

»Nein.« Faith versuchte, sich in Nesbitts Lage zu versetzen.

»Er sitzt wegen des Angriffs auf den Vollzugsbeamten hinter Gittern, egal, was aus seinem ursprünglichen Fall wird. Es gibt keinen kausalen Zusammenhang zwischen dem angeblichen Verfassungsbruch und seiner Tat gegen den Wärter. Aber jetzt kommt der Schachzug ins Spiel. Wenn die dunkle Wolke wegen der Grant-County-Ermittlung über seinem Kopf verschwindet und wenn er die Anklage wegen Kinderpornografie aus seinem Register kriegt, dann ist er aus der Schutzhaft raus. Dann kann er sich um eine Verlegung bemühen. Sicher, es gibt den Mordversuch an dem Vollzugsbeamten, aber ich kann mir ein Szenario vorstellen, bei dem er auf verminderte Schuldfähigkeit wegen seiner Behinderung plädiert. Das könnte ihm ein Ticket in eine Einrichtung mit niedriger Sicherheitsstufe einbringen, was im Vergleich zu der hier wie ein Country Club wäre.«

»Du denkst, er benutzt uns, um besser untergebracht zu werden?«

»Ich denke, er benutzt uns in jeder Beziehung. Nesbitt würde das alles nicht tun, wenn er nicht wenigstens zwanzig verschiedene Gründe dafür hätte. Mein Bauchgefühl sagt mir, dass Rache an Grant County sein Hauptmotiv ist, aber er zieht eine Menge andere Vorteile daraus, wenn wir seinen ursprünglichen Fall neu aufrollen. Aufmerksamkeit. Spezialbehandlung. Fahrten zur Polizei, zum Gericht.«

»Will?«, sagte Amanda. »Wollen Sie etwas hinzufügen?«

»Nein.«

Amanda wandte sich wieder an Faith. »Erzähl mir von Nesbitts Revisionsgesuchen.«

»Er hat aus zwei unterschiedlichen Gründen Berufung gegen die Verurteilung wegen Kinderpornografie eingelegt.« Faith konsultierte ihre Unterlagen, damit sie alles richtig darstellte. »Erstens behauptete er, die Durchsuchung seines Hauses, die den Inhalt seiner Festplatte zutage förderte, sei unrechtmäßig erfolgt. Die Polizei hätte keinen Durchsuchungsbeschluss gehabt und keinen hinreichenden Grund, in sein Haus einzudringen. Nichts wies auf ihn als Verdächtigen hin.«

»Zweitens?«

»Selbst wenn die Polizei einen hinreichenden Grund gehabt hätte, sein Haus zu betreten, hätten sie nur nach einem Verdächtigen, einer Waffe oder einer Geisel suchen dürfen, nicht nach Computerdaten. Sie hätten einen separaten Durchsuchungsbeschluss für den Computer gebraucht.«

Amandas Augenbrauen hoben sich einmal mehr, weil sich Nesbitts Anwälte auf sichererem Terrain befanden. »Und?«

Faith merkte, wie sie errötete. Will hörte auf einmal sehr genau zu. Er besaß einen irrwitzigen sechsten Sinn dafür, wann aus Blödsinn Ernst wurde. »Vor Gericht hat eine Polizistin ausgesagt, sie hätte in der Schreibtischschublade nach Waffen gesucht, als sie versehentlich gegen den Laptop stieß. Der Bildschirm sei angesprungen, sie habe Kinderpornofotos gesehen und sie hätten Nesbitt daher wegen Besitzes illegaler Bilder angeklagt.«

»Lena Adams.« Amandas angewiderter Tonfall sagte alles. Keiner von ihnen glaubte die Geschichte. Das war der Grund, warum Nick so überaus gereizt war, als sie Nesbitt vernahmen. Faith würde Lena Adams nicht einmal glauben, dass die Sonne im Osten aufging, selbst wenn sie auf einen Stapel Bibeln schwor.

Sie konnte dem Verlangen nicht widerstehen, das auszusprechen, was alle wussten. »Wenn wir bei einer Ermittlung feststellen, dass Lena Adams gelogen hat, was die Entdeckung der Pornos auf Nesbitts Computer angeht, dann wird jeder einzelne Fall, an dem sie je gearbeitet hat, genau unter die Lupe genommen. Und Nesbitt hätte verdammt gute Karten, diesen Kinderpornovorwurf loszuwerden. Wir würden mehr oder weniger einem Pädophilen helfen.«

»Du hast eben noch gesagt, er würde im Gefängnis bleiben.«

»Aber es wäre ein hübscheres Gefängnis.«

»Wir werden sehen.« Amanda tigerte zwischen Kanzel und Wand hin und her, die Hände unter dem Kinn gefaltet. »Erzähl mir von den Zeitungsartikeln.«

Faith hätte sich gern noch ein wenig über Nesbitt ereifert, aber Amanda setzte die richtige Priorität.

»Alle Zeitungsartikel scheinen aus dem *Atlanta Journal-Constitution* zu stammen, außer die über Grant County, die sind aus dem *Grant Observer*. Als ich Nesbitt fragte, wie er an die Artikel gekommen ist, sagte er, ein ›Freund‹ hätte sie ihm geschickt.«

»Mutter? Vater?«

»Seiner Akte zufolge starb seine Mutter an einer Überdosis, als er noch ein Kind war. Sein Stiefvater hat ihn aufgezogen, aber der sitzt jetzt seit fast zehn Jahren in Atlanta im Gefängnis. Sie schreiben sich nicht und telefonieren auch nicht. Nesbitt hat sonst keine Angehörigen. Er hatte keinen einzigen Besucher, seit er im Strafvollzug ist. Er telefoniert nicht und verschickt keine E-Mails. Außer er benutzt ein geschmuggeltes Telefon, dann ist alles möglich.«

»Ich beantrage Einsicht in Nesbitts Post. Es gibt eine Zentralstelle, wo die gesamte Korrespondenz gescannt und auf mutmaßliche kriminelle Aktivitäten überprüft wird.« Amanda tippte den Befehl in ihr Telefon und fragte Faith. »Was hat die von Nesbitt gesetzte Frist von einer Woche zu bedeuten? Was passiert in einer Woche?«

»Dann wird der Lockdown aufgehoben. Vielleicht ist seine Information über den Telefonschmuggel nicht relevant, wenn die Insassen ihre Zellen verlassen dürfen. Vielleicht machen sie ihn fertig, wenn sie herausfinden, dass er mit der Polizei gesprochen hat.« Sie zuckte mit den Achseln. »Vielleicht sitzt er lange genug ein, um zu wissen, dass Trägheit der Feind des Fortschritts ist.«

»Vielleicht.« Amanda ließ ihr Handy wieder in die Tasche gleiten. »Sollte ich mir wegen Nick Sorgen machen?«

Faiths Magen zog sich zusammen. »Es tut jedem gut, wenn man sich gelegentlich um ihn sorgt.«

»Danke, Agentin Glückskeks.« Sie fuchtelte ungeduldig mit der Hand. »Weiter mit den Artikeln.«

»Acht mögliche Opfer insgesamt. Grant County natürlich nicht mitgerechnet.« Faith schaute wieder in ihre Unterlagen. »Alles weiße Frauen zwischen neunzehn und einundvierzig. Studentinnen, Büroangestellte, eine Sanitäterin, eine Kindergärtnerin und eine Tierarzthelferin. Verheiratet, geschieden, Single. Die Artikel beginnen mit Grant County. Die anderen Fälle erstrecken sich über die folgenden acht Jahre und ereigneten sich in Pickens, Effingham, Appling, Taliaferro, Dougall und, wenn er mit der gestern gefundenen Frau richtigliegt, in White County.«

»Jemand hat also eine Art Dartscheibe über den Staat gelegt«, sagte Amanda, machte kehrt und lief zur Kanzel zurück. »Vorgehensweise?«

»Alle Frauen wurden von Freunden oder Angehörigen als vermisst gemeldet. Sie wurden zwischen acht Tagen und drei Monaten später aufgefunden, meist in einem bewaldeten Gebiet. Nicht versteckt, sie lagen einfach auf der Erde. Manche auf dem Rücken, manche mit dem Gesicht nach unten, andere auf der Seite. Viele waren von Wildtieren übel zugerichtet, vor allem oben im Norden. Alle Opfer waren mit ihren eigenen Sachen bekleidet.«

»Vergewaltigt?«

»Davon steht in den Artikeln nichts, aber wenn wir von Mord sprechen, dann sprechen wir höchstwahrscheinlich auch von Vergewaltigung.«

»Todesursache?«

Faith musste nicht in ihren Aufzeichnungen nachsehen, denn alle Todesfälle waren auf die gleiche Weise eingestuft worden. »Keiner der amtlichen Leichenbeschauer hat etwas Verdächtiges gefunden, wir haben also: Todesursache unbekannt, mutmaßlich kein Verbrechen, Todesursache nicht feststellbar, und das Ganze wieder von vorn.«

Amanda runzelte die Stirn, aber sie war eindeutig nicht überrascht. Auf County-Ebene hatten nur die Coroner, die amtlichen Leichenbeschauer, die Macht, einen Tod als verdächtig einzustufen und eine Obduktion durch einen professionellen Gerichtsmediziner zu verlangen. Die Leichenbeschauer waren Wahlbeamte, und eine Zulassung als Arzt war für die Aufgabe nicht nötig. Nur ein County-Coroner in Georgia war tatsächlich Mediziner. Zu den übrigen gehörten unter anderem Bestattungsunternehmer, Lehrer, ein Friseur, der Besitzer einer Autowaschanlage, ein Heizungstechniker, ein Motorbootmechaniker und der Eigentümer eines Schießstands.

»In einigen der Zeitungsartikel wird über Mord spekuliert«, sagte Faith, »aber nichts Konkretes. Vielleicht war die Polizei vor Ort nicht der Ansicht des Leichenbeschauers, und sie haben etwas an die Presse durchsickern lassen, um eine Untersuchung anzustoßen. Ich müsste in die einzelnen Countys fahren und um die Fallakten bitten, dann müssten wir die Ermittler und Zeugen befragen, um herauszufinden, ob es Verdächtige gab. Das sind acht verschiedene Polizeibehörden, mit denen wir verhandeln müssten.«

Faith ließ ungesagt, was für ein Affentheater die Folge wäre. Das GBI war auf der Ebene des Staates Georgia das, was das FBI auf Bundesebene war. Mit wenigen Ausnahmen besaßen sie für lokale Fälle keine Zuständigkeit, nicht einmal bei Mord. Sie konnten nicht einfach antanzen und eine Ermittlung übernehmen. Sie mussten vom Ortssheriff oder dem lokalen Staatsanwalt darum gebeten werden oder einen Befehl des Gouverneurs erhalten.

»Ich kann auf inoffizieller Basis ein paar Quellen anzapfen«, sagte Amanda. »Erzähl mir von den Opfern. Blond? Unscheinbar? Hübsch? Klein? Dick? Haben sie im Chor gesungen? Flöte gespielt?«

Sie suchte nach einem Merkmal, das sie alle miteinander verband. Faith sagte: »Ich kann nur nach den Fotos in den Artikeln urteilen. Manche blond, manche brünett. Einige trugen eine Brille, einige nicht. Eine hatte eine Zahnspange. Manche hatten das Haar kurz geschnitten, andere trugen es lang.«

»Also«, fasste Amanda zusammen. »Wenn wir Grant County einmal ausnehmen, haben wir acht verschiedene Frauen verschiedenen Alters, die in verschiedenen Berufen arbeiteten, sich nicht ähnlich sahen und ohne feststellbare Todesursache tot aufgefunden wurden, und zwar an verschiedenen Orten eines Staates, in dem Tausende Fälle vermisster Frauen ungeklärt sind, und in einem Land, in dem rund dreihunderttausend Frauen und Mädchen jedes Jahr als vermisst gemeldet werden.«

»Der Wald«, sagte Will.

Amanda und Faith sahen ihn an.

»Das ist das, was sie verbindet«, sagte Will. »Ihre Leichen lagen in Waldgebieten.«

»Zwei Drittel des Staates sind von Wald bedeckt«, sagte Amanda. »Es wäre schwierig, eine Leiche nicht im Wald abzulegen. Während der Jagdsaison steht das Telefon nicht still.«

»Wir müssen wissen, wie sie gestorben sind«, sagte Will. »Sie wurden nicht gewaltsam, also sichtbar ermordet, und ihre Leichen wurden nicht zur Schau gestellt, wie man es bei einem Serienmörder erwarten würde. Der Mord war gegenüber der Vergewaltigung sekundär.«

Faith versuchte, seine Theorie in einfache Worte zu übersetzen. »Du willst sagen, er ist kein Serienmörder. Er ist ein Serienvergewaltiger, der seine Opfer tötet, weil sie ihn identifizieren könnten?«

Amanda griff ein. »Lasst uns hier nicht so mit dem Begriff *Serien* … um uns werfen. Nesbitt ist ein verurteilter Pädophiler, der mit uns zu spielen scheint wie auf einer Geige. Alles andere muss sich erst noch erweisen.«

Faith blickte in ihre Unterlagen. Sie wusste, dass Amanda recht hatte. Aber sie war auch lange genug Polizistin, um ihren Instinkten zu trauen. Faith stellte sich vor, dass es irgendwo in Amanda das gleiche Kribbeln gab, das Faith gerade in allen Gliedern spürte.

Will fragte: »Ihr kennt alle diese auf Halde gelegten Proben in Vergewaltigungsfällen, die jetzt endlich getestet werden?«

»Natürlich«, sagte Amanda. »Die Ergebnisse haben uns zu Dutzenden von Verhaftungen geführt.«

»Sara hat mir von diesem Aufsatz in einer ihrer wissenschaftlichen Zeitschriften erzählt«, erklärte Will. »Einige Studenten haben sich die Tätermethodik in den gelösten Fällen angesehen. Landesweit. Was sie festgestellt haben, ist, dass die große Mehrheit der Serienvergewaltiger nicht an einem bestimmten Vorgehen klebt. Manchmal ist der Typ brutal und manchmal nicht. Manchmal bringt er die Frau an einen zweiten Ort und manchmal nicht. Derselbe Kerl kann beim einen Mal ein Messer benutzen und beim nächsten eine Pistole, oder er fesselt ein Opfer mit Stricken und das nächste mit Kabelbindern. Der Modus Operandi eines Serienvergewaltigers ist im Wesentlichen … Vergewaltigung.«

Faith wurde von einem vernichtenden Gefühl der Sinnlosigkeit erfasst. Sämtliche polizeilichen Lehrgänge brachten einem bei, sich bei Ermittlungen an der Vorgehensweise zu orientieren.

Amanda fragte nur: »Und?«

»Wenn alle Fälle aus Nesbitts Artikeln zusammenhängen, wird es uns nicht zum Täter führen, wenn wir versuchen, über ihre Arbeit oder ihre Hobbys eine Verbindung zwischen den Opfern herzustellen.«

»Wir sollten uns Berichte über Vergewaltigungen in den jeweiligen Gegenden heraussuchen.« Faith sah ihn auf der richtigen Spur. »Es könnte weitere Opfer geben oder Fälle, in denen er nur vergewaltigt, aber nicht getötet hat. Vielleicht hatten sie sein Gesicht nicht gesehen, und er hat beschlossen, sie laufen zu lassen.«

»Willst du Tausende von Vergewaltigungsanzeigen aus den letzten acht Jahren durchsieben?«, fragte Amanda. »Und was ist mit den Frauen, die vergewaltigt wurden und es nicht angezeigt haben? Sollen wir anfangen, auf Verdacht an Türen zu klopfen?«

Faith seufzte die Bitterkeit weg.

Will sagte: »Wir müssen herausfinden, wie die Opfer gestorben sind. Er hat sie getötet, ohne eine sichtbare Todesursache erkennen zu lassen. Das ist nicht immer einfach. An Knochen kann man Spuren von Kugeln oder Messerklingen sehen. Strangulieren führt fast immer zu einem gebrochenen Zungenbein. Ein toxikologischer Screen weist Vergiftungen nach. Wie tötet er sie also?«

Faith gefiel seine Theorie immer noch. »Wenn er ein Vergewaltiger ist, der mordet, und nicht ein Mörder, der …«

»Die wissenschaftliche Arbeit, auf die Sie sich beziehen, ist genau das – eine wissenschaftliche Arbeit.« Amanda setzte sich in die vorderste Bankreihe. »Gehen wir zu Nesbitt zurück. Wieso hat er sein Augenmerk auf diese Artikel gerichtet?«

»Ist Nesbitt überhaupt derjenige, der es getan hat?«, fragte Faith. »Er arbeitet mit jemandem außerhalb des Gefängnisses zusammen. Wir müssen wissen, wer sein spezieller Freund ist und nach welchen Kriterien derjenige speziell diese Artikel ausgewählt hat.«

»Der Freund könnte der Mörder sein«, sagte Will. »Oder ein Nachahmungstäter.«

»Oder ein Verrückter. Oder ein Anhänger«, sagte Faith. »Nesbitt meinte, er würde dann schon wissen, ob wir ›ernsthaft ermitteln‹. Dazu bräuchte er jemanden draußen. Einen Privatdetektiv. Einen Vollzugsbeamten. Oder, Gott behüte, einen Polizisten.«

»Lasst uns jetzt noch nicht den Teufel an die Wand malen«, mahnte Amanda zur Vorsicht. »Nesbitt macht auf allwissend, aber vielleicht würde er auf die gleiche Weise erfahren, dass wir ermitteln, wie es die ganze Welt erfährt. Die Reporter der Nachrichtensender würden sich auf eine mögliche Mordserie nur so stürzen. Nicht nur die lokalen, sondern landesweit. Und genau das will ich vermeiden. Von hier an bleibt alles unter uns. Wir müssen so tief unter dem Radar fliegen, dass nicht einmal eine Schlange spürt, was wir vorhaben.«

Faith konnte nicht widersprechen, aber nur, weil sie Nesbitt am liebsten alles verwehrt hätte, was er sich wünschte. »Es ist ohnehin subjektiv. Was heißt denn ›ernsthaft ermitteln‹? Wer darf das entscheiden? Ein verurteilter Kinderschänder? Wohl kaum.«

»Für den Moment befassen wir uns mit dem, was vorliegt. Nick wird den Mord an Vasquez bearbeiten. Ich spüre Daryl Nesbitts Freund von außerhalb auf. Ihr beide müsst Lenas Version des Grant-County-Falls besorgen. Sie dürfte damals noch in Uniform Dienst getan haben. Ich denke, sie wird sogar jede Einzelheit über das Wetter vermerkt haben. Tretet vorsichtig auf. Auch eine kaputte Uhr zeigt zweimal am Tag die richtige Zeit an. Es könnte sein, dass wir sie am Ende noch brauchen. Wir treffen uns am Nachmittag wieder und sehen dann weiter.«

»Moment.« Was Will als Nächstes sagte, schien Amanda ebenso sehr zu überraschen wie Faith. »Sara hat ein Recht darauf, zu erfahren, was vor sich geht.«

»Was geht denn vor sich?«, erwiderte Amanda. »Wir haben es mit einem Pädophilen zu tun, der wilde Anschuldigungen erhebt. Wir haben ein paar Zeitungsartikel, die absolut kein Muster ergeben. Ich bin mir nicht sicher, ob das Ganze nicht vielleicht nur ein übler Streich eines Häftlings ist. Sind Sie es?«

»Sara war Gerichtsmedizinerin in Grant County«, sagte Will. »Vielleicht erinnert sie sich noch …«

»Wie, glauben Sie, wird Sara auf die Anschuldigung reagieren, dass Jeffrey Tolliver einen durch und durch korrupten Laden geleitet hat? Schauen Sie sich an, was es bei Nick bewirkt hat. In zwanzig Jahren habe ich ihn nicht ein Mal so außer Fassung erlebt. Glauben Sie, Sara wird es leichter aufnehmen? Zumal Lena Adams beteiligt ist?« Amanda setzte zum tödlichen Stoß an. »Das hat beim letzten Mal ja so gut funktioniert, nicht wahr?«

Will sagte nichts, aber sie alle wussten, wie sehr Sara beim letzten Mal außer sich gewesen war, als sich Will in Lenas Bockmist hineinziehen ließ. Nicht ohne Grund. Lena hatte die Angewohnheit, die Leute, die ihr am nächsten standen, das Leben zu kosten.

»Wir brauchen Informationen, Wilbur. Wir sind Ermittler. Also lassen Sie uns ermitteln.« Amandas Ton verdeutlichte, dass dies das Ende der Diskussion war. »Lena Adams ist immer noch in Macon. Ich möchte, dass ihr beide sofort hinunterfahrt und die Wahrheit aus ihr herausquetscht. Ich will ihre Kopien von Fallakten, Autopsieberichte, Notizbücher, Servietten – alles, was sie hat. Und seid, wie gesagt, freundlich, aber vergesst nicht, dass Lena Adams diejenige ist, die uns diesen dampfenden Haufen Pferdescheiße in den Schoß geschmissen hat. Wenn alles den Bach runtergeht, schmeißen wir ihn zurück – und zwar mitten in ihr Gesicht.«

Faith war im Begriff, Amanda aus der Kapelle zu folgen, aber Will verharrte wie ein Zementblock.

»Wenn Sie sich einverstanden erklären, Sara fürs Erste nicht einzuweihen, bringe ich den Coroner von White County dazu, sie beim jüngsten Fall hinzuzuziehen.«

Will rieb sich das Kinn.

»Vor nicht einmal fünf Minuten sagten Sie, wir würden den Täter darüber finden, wie er tötet. Wenn Sara die Autopsie beim ersten Opfer gemacht hat, dann könnte sie die Signatur des Mörders vielleicht im jüngsten Fall wiedererkennen.«

»Sie ist eine erwachsene Frau und keine Wünschelrute.«

»Und Sie arbeiten beide für mich. Mein Fall. Meine Regeln.« Amanda holte ihr Telefon aus der Tasche und beendete das Gespräch, indem sie den Kopf über das Handydisplay senkte und Will ihren Scheitel zeigte. Sie tippte immer noch, als sie die Kapelle verließ.

Will setzte sich in die Bank. Das Holz knarrte. »Wenn ich mit Sara Streit habe, geht es zu neunzig Prozent darum, dass ich ihr Dinge verschweige.«

Das erschien Faith fast zu gering geschätzt, aber sie wollte nicht kleinlich sein. »Hör zu, ich wüsste nicht mal, wie man eine gesunde Beziehung führt, wenn mir Thaddäus Tentakel ein Bild davon malt, aber das ist einer der seltenen Fälle, wo ich Amanda recht gebe. Was genau verschweigst du ihr denn? Im Moment haben wir nichts weiter als einen Haufen *Was soll der Scheiß?*«.

Will rieb sich wieder das Kinn. »Du meinst also: Warte ein paar Stunden, schau, was wir vielleicht ausgraben, aber sag ihr auf jeden Fall heute Abend die Wahrheit.«

Der Teil mit heute Abend war neu, aber Faith fragte: »Willst du wirklich, dass sich Sara die nächsten sechs Stunden den

Kopf über etwas zerbricht, was sich womöglich einfach wieder in Luft auflöst?«

Ganz langsam fing Will zu nicken an.

Faith sah auf ihre Uhr. »Es ist fast Mittag. Wir essen auf dem Weg nach Macon.«

Will nickte wieder, fragte aber: »Und wenn es sich nicht in Luft auflöst?«

Faith wusste darauf keine Antwort. Das Schlimmste daran wäre natürlich, dass ein Serienmörder jahrelang unbemerkt sein Unwesen getrieben hatte. Das Zweitschlimmste war persönlicher: Der Skandal einer unrechtmäßigen Verurteilung setzte sich zusammen wie eine Zwiebel – die Medien würden immer neue Schichten zutage fördern. Die Korruption. Das Verfahren. Die Ermittlungen. Die Anhörungen. Die unvermeidlichen Podcasts und Dokumentationen.

Will fasste es zusammen. »Letztlich wird Sara noch einmal mit ansehen müssen, wie ihr Mann ermordet wird.«

GRANT COUNTY – DIENSTAG

3

Jeffrey Tolliver bog links aus dem College und fuhr die Main Street hinauf. Er ließ das Fenster herunter, um frische Luft ins Auto zu lassen. Kalter Wind pfiff durch den Wagen. Das statische Knistern des Polizeifunks lieferte ein leises Hintergrundgeräusch. Er blinzelte in die Morgensonne. Pete Wayne, der Besitzer des Diners, tippte sich an den Hut, als Jeffrey vorbeifuhr.

Der Frühling war zeitig dran dieses Jahr. Die Hartriegelsträucher woben bereits einen weißen Vorhang über den Gehsteigen. Die Frauen vom Gartenverein hatten Blumen in die Tröge entlang der Straße gepflanzt. Vor dem Baumarkt waren Pavillons ausgestellt. Vor dem Kleiderladen stand ein Kleiderständer mit dem Schild RÄUMUNGSVERKAUF. Selbst die dunklen Wolken in der Ferne verhinderten nicht, dass die Straße wie gemalt aussah.

Grant County hatte seinen Namen nicht von Ulysses S. Grant, dem Nordstaatengeneral, der Lees Kapitulation bei Appomattox akzeptiert hatte, sondern von Lemuel Pratt Grant, dem Mann, der Ende des 19. Jahrhunderts die Eisenbahn von Atlanta durch das südliche Georgia bis ans Meer verlängert hatte. Die neuen Strecken hatten Städte wie Heartsdale, Avondale und Madison auf die Landkarte gepflanzt. Die flachen Felder und fruchtbaren Böden erbrachten Mais, Baumwolle und Erdnüsse, die zu den besten im Staat gehörten. Geschäfte waren aus dem Boden geschossen, um die florierende Mittelschicht zu versorgen.

Aber wie bei jedem Boom gab es einen Einbruch, und der erste war mit der Großen Depression gekommen. Die drei Städte konnten nur überleben, indem sie sich zusammentaten. Sie hatten Abwasser- und Abfallentsorgung, Feuerwehr und Polizei zusammengelegt, um Geld zu sparen. Mit sparsamem Haushalten hatten sie sich über Wasser gehalten, bis es zu einem neuen Boom in Form eines Army-Stützpunkts in Madison gekommen war. Dann ein weiterer Aufschwung, als Avondale zum Wartungszentrum der Linie Atlanta–Savannah bestimmt wurde. Einige Jahre später gelang es Heartsdale, den Staat zur Finanzierung eines Community Colleges am Ende der Main Street zu überreden.

Alle diese Aufschwünge hatten lange vor Jeffreys Zeit stattgefunden, aber er war vertraut mit den politischen Kräften, die zum derzeitigen wirtschaftlichen Einbruch geführt hatten. Er hatte es in seiner eigenen kleinen Heimatstadt drüben in Alabama miterlebt. Der Armeestützpunkt war nach dem Ende des Kalten Krieges geschlossen worden. Die *Reaganomics* machten sich bis in die Eisenbahnindustrie hinunter bemerkbar, und dem Wartungszentrum war das Geld ausgegangen. Dann gab es Handelsabkommen und scheinbar endlose Kriege, und schließlich brach die Weltwirtschaft nicht einfach ein, sondern sie ging komplett den Bach hinunter. Ohne das College, die Grant Tech, das sich zu einer technischen Hochschule mit dem Spezialgebiet Agrobusiness entwickelt hatte, wäre Heartsdale dem Abwärtstrend aller anderen ländlichen Städte in Amerika gefolgt.

Man konnte es vorausschauende Planung nennen oder auch schieren Dusel, aber die Grant Tech war die Lebensader des Countys. Die Studenten hielten die lokale Geschäftswelt am Leben. Die örtlichen Geschäfte duldeten die Studenten, solange sie ihre Rechnungen bezahlten. Die erste Direktive, die Jeffrey als Polizeichef vom Bürgermeister bekam, lautete: Sorgen Sie dafür, dass die Uni glücklich ist, wenn Sie Ihren Job behalten wollen.

Er bezweifelte stark, dass die Uni heute glücklich sein würde. Eine Leiche war im Wald gefunden worden. Das Mädchen war jung, wahrscheinlich Studentin und zweifelsfrei tot. Der Officer vor Ort hatte Jeffrey mitgeteilt, dass es wie ein Unfall aussah. Die junge Frau trug Laufklamotten. Sie lag flach auf dem Rücken. Wahrscheinlich war sie über eine Wurzel gestolpert und hatte sich an einem großen Stein den Hinterkopf eingeschlagen.

Es war nicht das erste Mal, dass eine Studentin in Jeffreys Amtszeit ums Leben gekommen war. Mehr als dreitausend junge Leute waren an der Universität eingeschrieben. Rein statistisch war davon auszugehen, dass eine geringe Anzahl von ihnen jedes Jahr starb. Manche durch Meningitis oder Lungenentzündung, einige durch Selbstmord oder eine Überdosis Drogen und ein paar – hauptsächlich junge Männer – durch Dummheit.

Ein Unfalltod im Wald war zweifellos tragisch, aber etwas an diesem besonderen Todesfall kam Jeffrey seltsam vor. Er war selbst schon in diesem Wald gelaufen und mehr als einmal über eine Wurzel gestolpert. Ein solcher Sturz konnte zu verschiedenen Verletzungen führen. Ein gebrochenes Handgelenk, wenn es einem gelang, den Sturz abzufangen. Eine gebrochene Nase, wenn es einem nicht gelang. Man konnte sich die Schläfe anschlagen oder die Schulter ausrenken, wenn man seitwärts fiel. Man konnte sich auf vielerlei Arten verletzen, aber es war äußerst unwahrscheinlich, dass man sich mitten im Sturz um die eigene Achse drehte und auf dem Rücken landete.

Er bog scharf in die Frying Pan Road ein, die Hauptader einer Gegend, die von den Einheimischen als IHOP, wie International House of Pancakes, bezeichnet wurde, weil alle Straßen nach Speisen benannt waren, die man in einem solchen Laden finden würde: Pancake Place, Belgian Waffle Way, Hashbrown Way.

Jeffrey sah das rotierende Blaulicht eines Streifenwagens an der Südwestecke der Omelet Road. Er stellte seinen Wagen kurz dahinter ab. Schaulustige standen in ihren Vorgärten. Es war noch früh am Morgen. Einige waren für die Arbeit gekleidet. Andere trugen schmutzige Arbeitsuniformen von ihrer Nachtschicht.

Er wandte sich an Brad Stephens, einen seiner jungen Beamten. »Spannen Sie Absperrband über die Straße, damit die Leute zurückbleiben.«

»Ja, Sir.« Brad fummelte aufgeregt mit den Schlüsseln herum, um den Kofferraum zu öffnen. Der Junge war so neu im Job, dass ihm seine Mutter noch die Uniform bügelte. Er hatte die letzten drei Monate Strafzettel ausgestellt und nach Verkehrsunfällen sauber gemacht. Das war Brads erster Einsatz, der mit einem Todesfall zu tun hatte.

Jeffrey nahm die Szenerie in Augenschein, als er die Straße entlangging. Ältere Autos und Trucks säumten die Straße. IHOP war eine Arbeitergegend, aber wenn er ehrlich war, eine hübschere als die, in der Jeffrey aufgewachsen war. Nur wenige Fenster waren mit Brettern vernagelt. Die Rasenflächen waren größtenteils ordentlich gepflegt. In den Straßenlaternen brannten noch Birnen. Die Farbe blätterte von manchen Fassaden, aber die Vorhänge waren sauber, und alle hatten ihre Mülltonnen brav am Straßenrand zur Leerung aufgereiht.

Jeffrey öffnete den Deckel der nächstbesten Tonne. Sie war leer.

Er sah sein Team auf einer breiten, offenen Wiese hinter den Häusern stehen. Der Wald lag unmittelbar hinter der Anhöhe, mindestens hundert Meter entfernt. Jeffrey verließ die Straße. Es gab keinen Gehsteig. Er ging durch ein unbebautes Grundstück und suchte den Boden sorgfältig mit den Augen ab, als er einem ausgetretenen Pfad durch das Gras folgte. Zigarettenkippen. Bierflaschen. Zusammengeknüllte Alufolie. Jeffrey bückte sich, um besser zu sehen. Er nahm einen Hauch von Katzenpisse wahr.

»Chief.« Lena Adams kam ihm entgegengejoggt. Die blaue Uniformjacke der jungen Beamtin war so groß, dass sie sich bis unter ihr Kinn schob. Jeffrey merkte sich vor, bei der nächsten Bestellung von Uniformen welche in Damengrößen auszusuchen. Lena würde sich nicht beschweren, aber das Versäumnis war ihm peinlich.

»Sie waren als erste Beamtin vor Ort?«, fragte er.

»Ja, Sir.« Sie begann, aus ihrem Notizbuch vorzulesen. »Der Notruf ging um 5.58 Uhr von einem Handy ein. Ich wurde zu diesem Zeitpunkt losgeschickt und traf um 6.02 Uhr hier ein. Die Anruferin traf mich um 6.03 Uhr in der Mitte der Wiese. Officer Brad Stephens traf zur Unterstützung um 6.04 Uhr ein. Truong brachte uns dann zum Fundort. Ich vergewisserte mich, dass das Opfer tot war, da war es 6.08 Uhr. Ich bemerkte einen großen Stein voller Blut unter dem Kopf des Opfers. Ich rief Detective Wallace um 6.09 Uhr an. Wir riegelten dann den Bereich um die Leiche mit Flatterband ab und warteten auf Franks Ankunft um 6.22 Uhr.«

Frank hatte Jeffrey von unterwegs angerufen; er kannte also bereits alle Einzelheiten, aber er bedeutete Lena mit einem Kopfnicken, sie möge fortfahren. Man lernte etwas nur, indem man es tat.

»Das Opfer ist weiblich, weiß, zwischen achtzehn und fünfundzwanzig, bekleidet mit einer roten Laufhose und einem marineblauen T-Shirt mit dem Logo der Grant Tech. Sie wurde von einer anderen Studentin gefunden: Leslie Truong, zweiundzwanzig. Truong benutzt diesen Fußpfad vier-, fünfmal die Woche. Sie geht zum See, um dort Tai-Chi zu praktizieren. Truong kannte das Opfer nicht, aber sie war trotzdem ziemlich durch den Wind. Ich bot ihr an, über Funk einen Wagen zu rufen, der sie zur Krankenschwester auf dem Campus fahren würde. Sie sagte, sie wolle es sich lieber von der Seele laufen, Zeit zum Nachdenken haben. Sie scheint mir eher der esoterische Typ zu sein.«

Jeffrey machte ein finsteres Gesicht. »Sie haben sie allein zum Campus zurückgehen lassen?«

»Ja, Chief. Sie wollte die Schwester aufsuchen. Sie musste mir versprechen …«

»Das sind mindestens zwanzig Minuten Weg, Lena. Ganz allein.«

»Sie sagte, sie will …«

»Stopp.« Jeffrey bemühte sich um einen ruhigen Ton. Polizeiarbeit bestand zum größten Teil daraus, aus Fehlern zu lernen. »Tun Sie das nie wieder. Wir liefern Zeugen bei Angehörigen oder Freunden ab. Wir schicken sie nicht auf eine Drei-Kilometer-Wanderung.«

»Aber sie …«

Jeffrey schüttelte den Kopf, aber es war nicht der richtige Zeitpunkt, um Lena einen Vortrag über Mitgefühl zu halten. »Ich möchte heute noch mit Truong sprechen. Auch wenn sie das Opfer nicht kannte, hat sie eine traumatische Entdeckung gemacht. Sie muss wissen, dass jemand zuständig ist und auf die Leute aufpasst.«

Lena nickte mechanisch.

Jeffrey gab es auf. »Als Sie hier eintrafen, lag das Opfer da auf dem Rücken?«

»Ja, Sir.« Lena blätterte zum hinteren Teil ihres Notizbuchs. Sie hatte eine grobe Zeichnung der Leiche im Größenverhältnis zu einer Baumgruppe angefertigt. »Der Stein war rechts von ihrem Kopf. Ihr Kinn zeigte leicht nach links. Der Boden war unberührt. Sie hat sich nicht umgedreht. Sie ist auf dem Rücken gelandet und hat sich den Kopf eingeschlagen.«

»Wir lassen den Coroner diese Feststellung treffen.« Er zeigte zu der Alufolie. »Jemand hat hier vor Kurzem Meth geraucht. Junkies sind Gewohnheitstiere. Ich möchte, dass Sie sich alle Berichte über Zwischenfälle in den letzten drei Monaten heraussuchen und schauen, ob wir der Folie einen Namen zuordnen können.«

Lena hatte ihren Kugelschreiber gezückt, aber sie schrieb nicht.

»Heute kam die Müllabfuhr. Kümmern Sie sich darum, dass wir mit den Trupps reden können. Ich will wissen, ob jemand etwas Verdächtiges gesehen hat.«

Lena sah zur Straße zurück, dann zum Wald. »Das Opfer ist gestolpert, Chief. Sie ist mit dem Kopf gegen einen riesigen Stein geprallt. Er ist voller Blut. Wozu brauchen wir Zeugen?«

»Waren Sie dabei, als es passiert ist? Haben Sie es genau so beobachtet?«

Lena wusste nicht sofort eine Antwort. Jeffrey machte sich auf den Weg über die Wiese. Lena musste joggen, um mit ihm Schritt zu halten. Sie war seit dreieinhalb Jahren bei der Polizei, sie war intelligent, und meistens hörte sie zu, deshalb gab er sich große Mühe, ihr etwas beizubringen.

»Ich möchte, dass Sie sich Folgendes merken, denn es ist wichtig«, sagte er. »Diese junge Frau hat eine Familie. Sie hat Eltern, Geschwister, Freunde. Wir werden ihnen mitteilen müssen, dass sie tot ist. Sie müssen wissen, dass wir die Ursache ihres Todes gründlich untersuchen. Sie behandeln daher jeden Fall wie einen Mord, bis Sie wissen, dass es keiner war.«

Lenas Stift bewegte sich endlich auf dem Papier, sie schrieb jetzt jedes Wort mit. Er sah, wie sie *Mord* zweimal unterstrich. »Ich überprüfe die Meldungen über Vorfälle und kümmere mich um den Mülllaster.«

»Wie heißt das Opfer?«

»Sie hatte keinen Ausweis bei sich, aber Matt ist im College und fragt herum.«

»Gut.« Von seinen Detectives war Matt Hogan der einfühlsamste. Es gab auch einige brauchbare Streifenbeamte. Jeffrey hatte mit den Leuten, die er hier vorgefunden hatte, größtenteils Glück gehabt. Nur ein paar waren nutzloser Ballast, und die würden bis zum Ende des Jahres weg sein. Nachdem er vier Jahre lang bewiesen hatte, dass er dem Job gewachsen war, fühlte sich Jeffrey berechtigt, die faulen Äpfel auszusortieren.

»Chief.« Frank stand in der Mitte der Wiese. Er war zwanzig Jahre älter als Jeffrey und ähnelte einem asthmakranken Walross. Frank hatte sich nicht für den Posten des Polizeichefs beworben, als die Stelle frei wurde. Politik lag ihm nicht, und er kannte seine Grenzen. Jeffrey wusste, dass der Detective hinter ihm stand, solange es um die Arbeit ging. Was andere Bereiche seines Lebens anging, war er sich nicht so sicher.

»Brock …« Frank hustete an der Zigarette in seinem Mund vorbei. »Brock ist gerade gekommen. Er ist unterwegs zur Leiche. Sie liegt da drüben, knapp hundert Meter hinter dem Hügel.«

Dan Brock war der Coroner des Countys, im Hauptberuf war er Bestattungsunternehmer. Jeffrey hatte ihn als kompetent kennengelernt, aber Brocks Vater war vor zwei Tagen nach einem Herzinfarkt tot umgefallen. Man hatte Brock senior am Fuß der Treppe gefunden, was Jeffrey nicht überrascht hatte. Der Mann war ein heimlicher Trinker. Er hatte immer nach Alkohol gerochen.

»Glauben Sie, Brock ist der Sache gewachsen?«, fragte Jeffrey.

»Er ist immer noch fix und fertig, der arme Kerl. Er stand seinem Daddy wirklich nahe.« Aus unerfindlichen Gründen fing Frank zu grinsen an. »Ich denke, wir müssen uns keine Sorgen machen.«

Jeffrey drehte sich um und sah den Grund für Franks hämische Freude.

Sara Linton ging durch das unbebaute Grundstück. Sie trug eine dunkle Sonnenbrille. Ihr kastanienrotes Haar war zu einem Pferdeschwanz gebunden. Sie trug eine weiße, langärmlige Bluse und einen passenden kurzen Rock.

»Na großartig«, murmelte Lena. »Tennis-Barbie eilt zu Hilfe.«

Jeffrey warf ihr einen warnenden Blick zu. Um die Zeit seiner Scheidung herum hatte er den Fehler begangen, vor Lena schlecht über Sara zu reden. Das fasste sie seitdem als Freibrief für beleidigende Äußerungen auf.

»Sorgen Sie dafür, dass sich Brock nicht im Wald verläuft«, wies er Lena an. »Sagen Sie ihm, dass Sara da ist.«

Widerwillig trabte Lena los.

Frank drückte seine Zigarette am Schuh aus, als Sara über die Wiese auf sie zukam.

Jeffrey gestattete sich kurz das Vergnügen, sie zu beobachten. Sie war wunderschön. Ihre Beine waren lang und schlank, und in ihren Bewegungen lag Anmut. Sie war die klügste Frau, die er in einer langen Reihe unglaublich intelligenter Frauen je kennengelernt hatte. Nach ihrer Scheidung hatte er sich eingeredet, dass Sara ihn hasste. Erst vor Kurzem war ihm klar geworden, dass Saras Gefühle für ihn schlimmer waren als Hass. Sie war zutiefst enttäuscht.

An einem guten Tag konnte sich Jeffrey eingestehen, dass er ebenfalls enttäuscht von sich war.

»Ich könnte Ihnen für den Rest meines Lebens in die Eier treten, und es wäre immer noch nicht Strafe genug für das, was Sie getan haben«, sagte Frank.

»Danke, Kumpel.« Jeffrey tätschelte Franks Schulter auf eine Weise, die keine Wertschätzung ausdrückte. Saras Familie war in der Gemeinde so verankert wie die Universität. Frank spielte mit Saras Vater Karten. Seine Frau arbeitete ehrenamtlich für Saras Mutter. Jeffrey hätte weniger Unmut erzeugt, wenn er das Highschool-Maskottchen enthauptet hätte.

»Schön, dich zu sehen, Schätzchen.« Frank ließ sich von Sara auf die Wange küssen. »Kommst du gerade aus Atlanta?«

»Ich hab beschlossen, über Nacht zu bleiben. Hi.« Sara knallte das letzte Wort wie einen Schmetterball in Jeffreys Gesicht. »Mama hat mir von der Leiche erzählt. Sie dachte, Brock könnte vielleicht Hilfe brauchen.«

Jeffrey war klar, dass Frank sie keinen Moment ungestört lassen würde. Ihm war auch klar, dass es Dienstagmorgen war. Normalerweise würde sich Sara jetzt zur Arbeit fertig machen. »Es ist ein bisschen früh für Tennis.«

»Ich habe gestern gespielt. Hier entlang?« Sie wartete nicht auf eine Antwort, sondern folgte dem Fußpfad in den Wald.

Frank ging Schulter an Schulter mit Jeffrey. »Sara ist eben aus Atlanta heruntergekommen, aber sie trägt die Sachen von gestern. Was das wohl zu bedeuten hat?«

Jeffrey hatte einen metallischen Geschmack wie von Zahnfüllungen im Mund.

Frank rief Sara zu: »Was macht Parker? Bist du wieder in seiner Maschine mitgeflogen?«

Der metallische Geschmack wurde zu dem von Blut.

Sara antwortete nicht, also erklärte es Frank für Jeffrey. »Parker war früher Kampfpilot bei der Navy. Ein richtiger *Top*

Gun-Typ. Er ist jetzt Anwalt. Fährt einen Maserati. Eddie hat mir alles über ihn erzählt.«

Jeffrey konnte sich vorstellen, wie ihm Saras Vater mit einem Blatt Karten in der Hand fröhlich alles berichtete, in dem sicheren Wissen, dass Frank es Jeffrey haarklein unter die Nase reiben würde.

Frank lachte wieder. Dann hustete er, denn seine Lungen waren voller Teer.

Jeffrey versuchte, die Situation wieder in eine ernstere Richtung zu lenken. Sie waren auf dem Weg zu einer toten jungen Frau. Er sah auf die Uhr und sprach zu Saras Rücken. »Das Opfer wurde vor einer halben Stunde aufgefunden. Lena hat den Anruf entgegengenommen.«

Sara drehte sich nicht um, aber ihr Pferdeschwanz wippte, als sie nickte. Jeffrey sagte sich, dass es gut war, sie hierzuhaben. Sie war vor Brock die amtliche Leichenbeschauerin gewesen, und anders als der Bestattungsunternehmer war sie Ärztin. Der Fall schrie praktisch nach einer Expertenmeinung zum Opfer. Es gab niemanden, dem Jeffrey mehr vertraute als Sara. Dass dieses Gefühl nicht auf Gegenseitigkeit beruhte, war ein Umstand, der ihm seit Kurzem schwer zu schaffen machte.

Seit sie die Scheidung eingereicht hatte, war mindestens ein Jahr vergangen. Jeffrey hatte geglaubt, Saras Zorn würde früher oder später verrauchen, aber er hatte sich zu einer Art ewigem Licht entwickelt. Rein rational verstand er, warum sie nicht loslassen konnte. Es war schlimm genug, dass er ein betrügerisches Arschloch war, aber er hatte sie dabei auch noch gedemütigt. Sara hatte ihn buchstäblich mit heruntergelassener Hose erwischt, noch dazu in ihrem Ehebett, in ihrem Haus, mit einer anderen Frau. Jede Ehefrau wäre stinkwütend gewesen. Das Beängstigende war aber, was Sara dann getan hatte.

Jeffrey hatte geschrien, sie solle warten, aber Sara hatte gar nicht zugehört. Er hatte sich eine Decke um den Leib geschlungen und war ihr durchs Haus nachgejagt. Sara schnappte sich auf dem Weg nach draußen den Baseballschläger, der neben der Haustür stand. Jeffrey stolperte gerade über die Eingangsveranda, als sie mit dem Louisville Slugger ausholte. Sie stand vor seinem '68er Ford Mustang, und aus seinem Mund kam eine Art Heulen.

Aber Sara hatte sein Auto nicht zerstört. Sie hatte den Schläger beiseitegeworfen. Dann war sie zu ihrem Honda Accord gegangen, und anstatt wegzufahren, hatte sie durch das offene Fenster gelangt, die Handbremse gelöst und die Schaltung auf Leerlauf gestellt. Dann hatte sie den Wagen in den See rollen lassen.

Jeffrey war so schockiert gewesen, dass er die Decke fallen ließ.

Gleich am nächsten Tag hatte Sara einen Scheidungsanwalt engagiert, sich ein BMW Z4 Cabrio gekauft und ihren Rücktritt als amtliche Leichenbeschauerin von Grant County eingereicht. Clem Waters, der Bürgermeister, hatte Jeffrey angerufen und ihm den Brief vorgelesen. Es stand nur ein Satz drin, keine weitere Erklärung, aber inzwischen wusste die ganze Stadt von der Affäre, und Clem hatte Jeffrey die Leviten gelesen.

Daraufhin hatte ihm Marla Simms, die Sekretärin der Polizeistation, die Leviten gelesen.

Pete Wayne hatte ihm dann zum dritten Mal die Leviten gelesen, als Jeffrey zum Lunch in seinem Diner vorbeigeschaut hatte.

Um sich nicht ausstechen zu lassen, hatte Jeb McGuire, der Apotheker, kaum ein Wort mit ihm gesprochen, als er Jeffreys Blutdruckmittel abfüllte.

Cathy Linton, Saras gottesfürchtige, selbstgerechte Mutter

und selbsternannte Heilige, hatte ihm auf dem Parkplatz beide Stinkefinger gezeigt.

Als sich Jeffrey schließlich in sein klammes Zimmer im Kudzu-Arms-Motel außerhalb Avondales zurückzog, war er froh um die Stille. Dann hatte er eine Menge Scotch getrunken, eine Menge geistlose Fernsehsendungen geschaut und war langsam zu der Erkenntnis gekommen, dass alles seine eigene Schuld war. So wie er es sah, bestand sein Fehler weniger darin, dass er herumvögelte, sondern dass er sich dabei erwischen ließ. Jeffrey war in einer Kleinstadt aufgewachsen. Es hätte ihm klar sein müssen, dass ihm seine Beziehungen zum gesamten County um die Ohren flogen, wenn er Sara betrog.

Frank hustete wieder rasselnd, als sie tiefer in den Wald gingen. Die Stimmung war jetzt angemessen düster. Die Luft hatte sich abgekühlt. Schatten huschten kreuz und quer über den Boden. Ein Stück voraus sah Jeffrey das gelbe Polizeiband, das um die Bäume geschlungen war. Lena hatte ein großes kreisförmiges Areal um die Leiche abgesperrt.

Saras Fuß glitt auf einem Stein aus. Jeffrey legte ihr die Hand in den Rücken, um sie zu stützen. Vor einem Jahr, dachte er, hätte Sara jetzt hinter sich gefasst und seine Hand gedrückt. Oder ihn angelächelt. Oder irgendetwas anderes, auf jeden Fall nicht das, was sie jetzt tat, nämlich sich demonstrativ von ihm zu lösen.

Frank hustete jetzt heftiger, als sie den Hügel überquerten. Sie blieben vor dem gelben Band stehen. Das Opfer lag fünf Meter entfernt. Das Mädchen war schlank, vielleicht eins siebzig groß, etwa sechzig Kilo schwer. Die Augen geschlossen, der Mund leicht geöffnet. Dunkelbraunes Haar. Laufkleidung. Der Stein bei ihrem Kopf steckte halb in der Erde, er hatte etwa die Größe eines Footballs. Dunkles Blut überzog ihn wie ein Netz. Aus dem rechten Nasenloch der Toten war ein Rinnsal Blut getropft. Keine sichtbaren Male an Fuß- oder Handgelenken. Keine sichtbaren Spuren von Prellungen, aber sie war vermutlich weniger als eine Stunde tot. Blutergüsse brauchten eine Weile, bis sie sich bemerkbar machten.

Jeffrey wollte Lena gerade bitten, noch einmal zu bestätigen, dass sie die Leiche nicht umgedreht hatte, als er ein Weinen hörte.

Er drehte sich um. Dan Brock saß an einen Baum gelehnt. Er hatte die Hände vors Gesicht geschlagen, und es schüttelte ihn vor Schmerz.

»Brock.« Sara stürzte zu ihm. Sie hatte ihre Sonnenbrille abgenommen, und unter ihren Augen lagen dunkle Ringe. *Top Gun* gewöhnte sich besser nicht an lange Nächte. »Es tut mir so leid wegen deines Daddys.«

Brock wischte sich die Tränen aus den Augen. Er sah verlegen aus, aber nur weil Jeffrey und Frank zuschauten. »Ich weiß nicht, was in mich gefahren ist. Es tut mir leid.«

»Dan, bitte, du musst dich wirklich nicht entschuldigen. Ich mag mir kaum vorstellen, was du durchmachst.« Sara zog ein Taschentuch aus ihrem Ärmel. Sie hatte immer eine Schwäche für Brock gehegt. Der Mann hatte kein einfaches Leben gehabt, und er war ziemlich merkwürdig. Er war in einem Bestattungsinstitut aufgewachsen, und seine gesamte Schulzeit hindurch war Sara das einzige Kind gewesen, das sich beim Mittagessen an seinen Tisch setzte.

Brock schnäuzte sich. Zerknirscht sah er Jeffrey an.

»Sara hat recht, Brock. Es ist normal, in so einer Zeit durcheinander zu sein.« Jeffrey stammte auch aus einer Familie von Trinkern, er sollte mehr Mitgefühl zeigen. »Wir kümmern uns um den Tatort. Fahren Sie zu Ihrer Mutter.«

Brocks Adamsapfel hüpfte auf und ab, als er ein paar Worte herauszuquetschen versuchte. Am Ende nickte er nur und ging.

»Himmel«, stieß Lena hervor.

Jeffrey brachte sie mit einem Blick zum Schweigen. Sie war zu jung, um zu verstehen, was es hieß, jemanden zu verlieren. Bedauerlicherweise musste man Mitgefühl immer auf die harte Tour lernen.

»Okay, bringen wir es hinter uns, bevor es zu regnen anfängt.« Sara griff in die Ausrüstungstasche, die Brock zurückgelassen hatte. Röhrchen für Proben. Beweismittelbeutel. Die Nikon-Kamera. Der Sony-Camcorder. Lampen. Sie zog ein Paar Handschuhe an. »Das Opfer wurde vor einer halben Stunde gefunden?«

Jeffrey hob das Absperrband an, damit Sara darunter durchschlüpfen konnte. Er gab die Information weiter, die er von Frank übers Telefon bekommen hatte. »Eine Studentin hat es gemeldet. Leslie Truong. Sie war auf dem Weg zum See und hat die Musik aus den Kopfhörern des Opfers gehört.«

Sara sah zu den Kopfhörern hinüber, die neben dem Kopf des Opfers auf dem Boden lagen. Sie waren mit einem rosafarbenen iPod Shuffle verbunden, der am Hemdsaum des Mädchens festgeklippt war. »Haben Sie die Musik ausgemacht?«, fragte sie Lena.

Lena nickte. Jeffrey hätte sie am liebsten am Kragen gepackt und geschüttelt. Sie musste seine Missbilligung wahrgenommen haben, denn sie sagte: »Ich wollte nicht, dass die Batterie leer wird, falls etwas Wichtiges drauf ist.«

Sara sah Jeffrey an, in ihren Augen stand ein großes, fettes: *Im Ernst jetzt?*

Sie hatte Lena nie gemocht. Was Jeffrey als jugendliche Ignoranz ansah, die sich durch Ausbildung ausmerzen ließ, interpretierte Sara als böswillige Arroganz, die sie ihr Leben lang beibehalten würde.

Das Problem mit Sara Linton war, dass sie nie einen dummen Fehler gemacht hatte. Keine Saufpartys in ihrer Highschool-Zeit. Im College war sie nie neben einem Verbindungsstudenten mit einem Muschelhalskettchen aufgewacht, an dessen Namen sie sich nicht erinnerte. Sie hatte immer gewusst, was sie mit ihrem Leben anfangen wollte. Sie hatte ein Jahr früher als andere Schüler ihren Highschool-Abschluss gemacht. Sie hatte ihr Grundstudium in drei Jahren absolviert und trotzdem zwei Hauptfächer belegt. Dann hatte sie ihr Medizinstudium als Drittbeste ihres Jahrgangs abgeschlossen. Anstatt eine hochkarätige Facharztstelle in Atlanta anzutreten, war sie nach Grant County zurückgekehrt, um der ewig unterfinanzierten ländlichen Gemeinde als Kinderärztin zu dienen.

Kein Wunder, dass ihn das ganze County verachtete.

Sara fragte Lena: »Sie wurde genau so gefunden? Auf dem Rücken?«

Lena nickte. »Ich habe Bilder mit meinem BlackBerry gemacht.«

»Laden Sie sie herunter und drucken Sie sie aus, sobald Sie wieder in der Polizeistation sind.«

Jeffrey gab mit einem Kopfnicken seine Zustimmung. Lena würde niemals Befehle von Sara annehmen. Was ein Problem darstellte, um das sie sich ein anderes Mal kümmern würden.

Er sagte zu Sara: »Die Art, wie sie gefallen ist, ergibt keinen Sinn.«

In ihren Augen blitzte etwas auf. Sie war zu anständig, um ihm vor seinem Team zu widersprechen.

Jeffrey stellte daher eine Suggestivfrage: »Kannst du erklären, wie sie mit dem Gesicht nach oben gelandet ist?«

Sara blickte zu der Baumwurzel zurück, die aus dem Boden ragte. Eine tiefe Furche in der Erde passte zur Spitze des linken Laufschuhs des Opfers, die mit Erde beschmutzt war. »Die Zusammenhänge zwischen Ursache und Wirkung von Stürzen sind gut dokumentiert. Sie sind der zweithäufigste Grund für nicht beabsichtigte Verletzungen nach Autounfällen. Dies hier wird als Sturz auf gleichem Niveau klassifiziert. Dabei kommt es bei fünfundzwanzig Prozent aller Fälle zu Gehirntraumata. Rund dreißig Prozent erleben eine sogenannte nicht beherrschbare Verlagerung, was dann etwa zu einem Spiralbruch im Handgelenk, einer gebrochenen Hüfte oder eben einer Hirnverletzung führt. Zehn Prozent der Opfer drehen sich um die eigene Achse. Der Körperschwerpunkt verlagert sich aus dem Bereich heraus, der von Rumpf und Füßen gestützt wird. Der Schaden entsteht aufgrund der absorbierten Energie zum Zeitpunkt des Aufpralls, also kinetische Energie gleich Körpermasse und Geschwindigkeit, die mit der Fallhöhe zusammenhängt.«

Jeffrey nickte nachdenklich, was eher mit dem Expertenkauderwelsch zusammenhing als mit einem grundlegenden Verständnis dessen, was Sara gesagt hatte. Er versuchte, es mit eigenen Worten auszudrücken: »Ihr linker Fuß blieb hängen, ihr Körper bewegte sich weiter vorwärts, sie drehte sich in der Luft und krachte mit dem Hinterkopf auf den Stein.«

»Vielleicht.« Sara kniete jetzt neben der Leiche. Sie zog die Augenlider des Mädchens hoch. Dann legte sie einen Handrücken auf deren Stirn.

Das kam Jeffrey seltsam vor. Es erinnerte ihn an Mütter, die tatsächlich glaubten, so feststellen zu können, ob ihr Kind Fieber hatte. Sara dachte extrem wissenschaftlich, manchmal sogar zu sehr. Wenn sie feststellen wollte, ob jemand Fieber hatte, benutzte sie ein Thermometer.

»Sie waren als Erste vor Ort?«, versicherte sie sich noch einmal bei Lena.

Lena nickte.

Sara presste die Finger seitlich an den Hals des Mädchens. Ihr Gesichtsausdruck wechselte von besorgt über erschrocken zu zornig. Jeffrey wollte gerade fragen, was los war, als Sara das Ohr auf die Brust des Mädchens legte.

Er hörte ein schwaches Klicken.

Jeffrey dachte erst, es käme von einem Insekt oder einem kleinen Tier. Dann wurde ihm klar, dass das Geräusch aus dem Mund des Opfers kam.

Klick. Klick. Klick.

Das Geräusch wurde immer leiser, bis es nicht mehr zu hören war.

»Sie hat aufgehört zu atmen.« Sara wurde schlagartig aktiv. Ihr Oberkörper schoss nach oben. Mit durchgedrückten Ellbogen presste sie ihre übereinandergelegten Hände auf die Brust des Mädchens. Dann begann sie mit der Herzdruckmassage.

Panik fuhr wie ein Stromschlag in Jeffreys Hirn. »Sie lebt?«

»Ruft einen Rettungswagen!«, schrie Sara. Ihre Worte rissen alle aus der Erstarrung.

»Verdammt!« Frank hatte sein Telefon schon in der Hand. »Verdammt, verdammt, verdammt!«

Sara sagte zu Lena: »Hol den Defibrillator!«

Lena hastete unter dem Absperrband durch.

Jeffrey sank auf die Knie. Er bog den Kopf des Mädchens nach hinten, sah in ihren Mund, um sich zu vergewissern, dass die Atemwege frei waren. Er wartete auf Saras Zeichen, holte Luft und blies seinen Atem in den Mund des Mädchens.

Der größte Teil der Atemluft kam in seinen Mund zurück. Er kontrollierte den Rachen noch einmal, ob etwas darin feststeckte.

»Kommt Luft durch?«, fragte Sara.

»Nicht viel.«

»Mach weiter.« Sara presste wieder und zählte laut mit. Jeffrey hörte sie keuchen vor Anstrengung, als sie versuchte, Blut durch das Herz des Mädchens zu pumpen.

»Der Rettungswagen kommt in acht Minuten«, sagte Frank. »Ich gehe zur Straße runter und fange ihn ab.«

Sara zählte zu Ende. »Dreißig.«

Jeffrey beatmete weitere zweimal. Es war, als blase er durch einen Strohhalm. Etwas Luft drang durch, aber nicht genug.

»Eine halbe Stunde!«, rief Sara und begann eine neue Herzmassagesequenz. »Und Lena ist nicht auf die Idee gekommen, ihr verdammt noch mal den Puls zu fühlen?«

Sara erwartete keine Antwort, und Jeffrey konnte ihr auch keine geben. Er wartete ab, bis sie die Zahl dreißig erreicht hatte, dann beugte er sich erneut über das Mädchen und atmete so kräftig aus, wie er konnte.

Ohne Vorwarnung schoss Erbrochenes in seinen Mund. Der Kopf des Mädchens ruckte hoch und stieß ihm ins Gesicht.

Jeffrey taumelte benommen zurück. Er sah Sterne, seine Nase pochte schmerzhaft. In seinen Augen war Blut. Auf seinem Gesicht. In seinem Mund. Er versuchte, es auszuspucken.

Sara begann, die Vorderseite seiner Hose abzuklopfen. Er wusste nicht, was um alles in der Welt sie da trieb, bis sie sein Schweizer Armeetaschenmesser aus einer Tasche zog.

»Ich bekomme ihren Atemweg nicht frei.« Sara klappte die Klinge heraus und sagte: »Halt ihren Kopf fest.«

Jeffrey schüttelte seine Benommenheit ab. Er packte den Kopf des Mädchens an beiden Seiten. Ihre Haut war nun nicht mehr teigig weiß, sondern bläulich. Ihre Lippen hatten die Farbe des Ozeans angenommen.

Sara fand die richtige Stelle und machte einen kleinen, waagrechten Einschnitt am Halsansatz des Mädchens, aus dem Blut heraussickerte. Sie führte einen Luftröhrenschnitt durch, um die Blockade in ihrer Kehle zu umgehen.

Jeffrey holte einen Kugelschreiber aus der Tasche, schraubte ihn auf und entnahm die Mine. Das hohle Plastikunterteil des Kugelschreibers würde als Röhre dienen, durch die das Mädchen atmen konnte.

»Scheiße«, zischte Sara. »Da ist … ich weiß nicht, was es ist.«

Sie zog die Haut um den Einschnitt leicht mit den Daumen auseinander. Dem frischen Blut folgte eine körnige Masse, die ihre Speiseröhre verstopfte. Jeffrey konnte blaue Streifen zwischen all dem Rot sehen, so als hätte das Mädchen Farbe geschluckt.

»Ich muss die verstopfte Stelle umgehen.« Sara zerfetzte das dünne T-Shirt des Mädchens. Der Sport-BH war zu dick, um ihn aufzureißen, deshalb benutzte sie die Sägeklinge des Taschenmessers.

Jeffrey beobachtete, wie Saras Finger in den oberen Teil des Brustbeins drückten, direkt unterhalb des Einschnitts für den Luftröhrenschnitt. Sie zählte die ersten Rippen herunter, so wie sie bei der Herzdruckmassage mitgezählt hatte. Das Mädchen war so dünn, dass sich die Knochen unter der Haut abzeichneten.

Sara presste den Daumen der linken Hand direkt unter das Schlüsselbein. Sie legte den Ballen der rechten Hand darüber, dann drückte sie mit ihrem ganzen Gewicht nach unten.

Ihre Arme fingen an zu zittern. Die Knie hoben sich leicht vom Boden.

Jeffrey hörte ein lautes Krachen.

Dann machte Sara das Gleiche noch einmal, nur tiefer.

Ein weiteres lautes Krachen.

»Das waren die erste und zweite Rippe«, sagte Sara. »Wir müssen schnell arbeiten. Ich werde das manubriosternale Gelenk mit dem Messer ausrenken. Dann werde ich das Manubrium anheben und auf das Brustbein drücken müssen. Du musst dann mit dem oberen Teil des Kugelschreibers vorsichtig die Arterie und die Vene beiseitedrücken, damit ich zwischen den Knorpelringen Zugang zur Luftröhre habe.«

Jeffrey konnte den Anweisungen nicht folgen. »Sag mir einfach, was ich tun soll.«

Sara schob ihre Ärmel zurück und wischte sich den Schweiß aus den Augen. Ihre Hände blieben ruhig. Sie benutzte die kleine scharfe Klinge des Messers, um einen zehn Zentimeter langen Schnitt vom vorherigen abwärts zu machen.

Dunkles Blut quoll über die Ränder der Öffnung. Jeffrey wurde flau im Magen, als er die leuchtend weißen Knochen im Brustraum sah. Das Brustbein war flach und glatt, einen guten Zentimeter dick, und es hatte etwa die Form und Größe eines Eiskratzers. Jeffreys anatomisches Verständnis war das eines Footballspielers. Er kannte alle Stellen, wo man besser nicht getroffen wurde. Das Brustbein hatte drei Abschnitte: der stummelartige obere Teil, das lange Mittelstück und ein kurzes, schwanzähnliches Stück, das unten herausstand. Die Knochen waren alle miteinander verbunden, aber mit ausreichender Gewalt konnten sie getrennt werden.

Wenn Jeffrey recht behielt, würde Sara das obere Stummelende des Brustbeins wie den Deckel einer Suppendose aufstemmen.

Sie ließ die gezahnte Klinge herausspringen. »Drück ihren Körper nach unten. Ich werde Einkerbungen entlang des Gelenks machen, damit es sich leichter ausrenken lässt.«

Jeffrey drückte mit den Händen auf die Schultern des Mädchens.

Sara war nun wieder auf den Knien. Sie sägte quer über den Knochen hin und her, so wie man am Gelenk eines Truthahnschlegels herummeißeln würde.

Jeffrey biss sich die Innenhaut seiner Wange auf. Der Geschmack von Blut machte ihn wieder benommen.

»Jeff!?« Saras Tonfall ermahnte ihn, sich zusammenzureißen.

Er packte die Schultern des Mädchens, während Sara hin und her hackte. Das Opfer war so zierlich. Alles an ihr wirkte zerbrechlich. Er spürte, wie ihr Körper bei jedem der groben Hiebe mit der Klinge einen Ruck machte.

»Fester.«

Das war alles, was er von Sara als Warnung bekam.

Sie rammte die Klinge unter die Gelenkverbindung.

Seine Zähne schlugen bei dem Kratzlaut unwillkürlich aufeinander.

Wieder setzte Sara ihr Körpergewicht ein. Mit dem Ballen der rechten Hand drückte sie auf das Mittelstück des Brustbeins. Die linke Hand war um den Messergriff geschlossen, und sie zog nach oben und versuchte, den Knochen mit der gezahnten Klinge anzuheben.

Saras Schultern begannen wieder, vor Anstrengung zu zittern.

Mitnichten ließ der Knochen sich hochziehen wie der Deckel einer Suppendose. Es war eher, als würde man ein Messer in den Deckel der Dose stoßen und versuchen, gewaltsam an den Inhalt zu kommen.

Sara sagte: »Zieh nach oben und drück auf meine Hände.«

Jeffrey bedeckte ihre Hände jetzt mit seinen. Er beugte sich vor, zögerlich, weil er Angst hatte, das Mädchen zu zerquetschen.

»Fester.«

Er zog und drückte kräftiger, obwohl sich alles in ihm dagegen sträubte. Das Mädchen war so schmächtig, kaum mehr als ein Teenager. Alle männlichen Beschützerinstinkte Jeffreys sträubten sich dagegen, sie so gewaltsam aufzubrechen.

»Noch mehr«, befahl Sara. Schweiß tropfte von ihrer Nasenspitze. Er konnte das Beben ihrer Schultern in den Händen spüren. »Fester, Jeffrey. Sie wird sterben, wenn wir keine Luft in ihre Lungen bekommen.«

Er drückte mit seinem ganzen Gewicht nach unten und zog so kräftig nach oben, wie er konnte. Die Klinge begann sich zu verbiegen, aber dann wurde Jeffrey klar, dass nicht die Klinge nachgab, sondern der Knochen.

Das Gelenk brach wie eine Austernschale.

Wieder kämpfte er mit aller Kraft gegen den Brechreiz an. Das Splittern hatte sich seinen Arm hinauf und bis in die Zähne fortgesetzt. Noch schlimmer war das Sauggeräusch des brechenden Knorpels, der reißenden Sehne, der Bänder, die sich lösten, als der Knochen aus dem Gelenk gerissen wurde.

»Hier.« Sara zeigte auf die Öffnung. »Das ist die Vene und das die Arterie. Du musst den oberen Teil des Kugelschreibers benutzen, damit deine Hand nicht im Weg ist.«

Er sah die beiden Blutgefäße wie rosa Strohhalme vor der ringförmigen Luftröhre liegen. An einer hafteten kleine rote Partikel. Die andere sah glitschig aus. Er bekam das Zittern in den Fingern nicht unter Kontrolle, als er die Vene und die Arterie mit dem Kugelschreiber vorsichtig aus dem Weg drückte.

»Halt still.« Sara hielt den unteren Teil des Stifts zwischen Daumen und Zeigefinger. Ihr Ellbogen war an den Körper gepresst. Sie bewegte die Hand abwärts und schob die silberne Spitze des Kugelschreibers in die Luftröhre, bis das untere Drittel des Stifts darin verschwunden war.

»Lass los.«

Vorsichtig nahm er seine Hand weg. Die Blutgefäße glitten wieder an ihren Platz.

Sara holte Luft. Sie schloss die Lippen um die Hülle des Kugelschreibers und blies einen Luftstrom direkt in die Luftröhre.

Nichts geschah.

Sara holte noch einmal Luft und atmete durch den Kugelschreiber aus.

Beide beugten sich vor und lauschten, sie hörten Vögel zirpen und Blätter rascheln – und dann endlich, nach einer scheinbaren Ewigkeit, das leise Pfeifen von Atemluft, die aus der Hülle des Kugelschreibers strömte.

Die Brust des Mädchens hob sich zitternd, als es einatmete. Langsam, kaum wahrnehmbar, senkte sie sich wieder. Jeffrey hielt ebenfalls den Atem an und zählte die Sekunden, bis sich der Brustkorb wieder hob und das Mädchen ihre Lungen selbstständig mit Luft füllte.

Er atmete im selben Rhythmus mit dem Mädchen ein und aus, während die blaue Farbe in ihrem Gesicht langsam verblasste und das Leben in ihren Körper zurückkehrte.

Sara streifte die Handschuhe ab. Sie strich dem Mädchen das Haar aus der Stirn und flüsterte: »Jetzt ist alles gut, Schätzchen. Atme einfach weiter. Alles ist gut.«

Jeffrey wusste nicht, ob Sara mit dem Opfer sprach oder mit sich selbst. Ihre Hände hatten zu zittern begonnen. Tränen stiegen ihr in die Augen.

Jeffrey streckte die Hand nach ihr aus.

Sara wich zurück, und er hatte sich in seinem ganzen Leben noch nie so nutzlos, so abscheulich gefühlt.

Er ließ die Hand wieder sinken.

Er konnte nichts weiter tun, als schweigend mit ihr zu warten, bis der Rettungswagen eintraf.

ATLANTA

4

»Tessa!« Sara schrie fast ins Telefon. »Tessie, könntest du bitte einfach …«

Aber ihre Schwester wollte nicht zuhören. Sie schwadronierte einfach weiter, und ihre Stimme klang wie die der Erwachsenen in den *Peanuts*-Zeichentrickfilmen.

Wah-wah-wah-wah, wah-wah-wah-wah.

Sara stellte das Handy auf Lautsprecher und legte es auf die Ablage über dem Waschbecken. Sie wusch sich das Gesicht mit rosa Flüssigseife aus dem Spender. Die billigen Papierhandtücher zerfielen in ihren Händen zu Fetzen. Wenn Sara nicht bald aus diesem Gefängnis herauskam, würde man sie in eine Zelle sperren müssen.

Tessa bemerkte das Geräusch. »Was zum Teufel treibst du da?«

»Ich mache Katzenwäsche in der Besuchertoilette vom Phillips-Staatsgefängnis.« Sara zupfte ein Stück nasses Papierhandtuch von ihrer Wange. »Ich habe in den letzten fünf Stunden bis zum Hals in Blut, Pisse und Scheiße gesteckt.«

»Das ist ja wieder wie im College.«

Sara lachte, aber so, dass Tessa es nicht hören konnte. »Tessie, tu, was du willst. Wenn du dich zur Hebamme ausbilden lassen willst, dann mach es. Du brauchst meine Zustimmung nicht.«

»Blöd-sinn.«

Dem konnte Sara nicht widersprechen, denn tatsächlich brauchte jede immer die Zustimmung der anderen. Sara konnte nicht schlafen, wenn Tessa böse auf sie war. Tessa funktionierte nicht, wenn Sara verärgert war. Glücklicherweise geschah es immer seltener, je älter sie wurden, aber diesmal war es anders.

Tessa war aus der Spur geraten. Sie hätte vor einem Monat nach Hause fliegen sollen, aber sie hatte die Reise verlängert. Sie hatte ihren Mann per SMS um die Scheidung gebeten. Sie hatte ihrer fünfjährigen Tochter über FaceTime mitgeteilt, dass sie zu Thanksgiving zu Hause sein würde. Sie war offenbar wieder in die Wohnung über der Garage bei ihren Eltern eingezogen. An einem Tag wollte sie ihren Master machen. Am nächsten wollte sie Hebamme werden. Was sie wirklich brauchte, war ein guter Therapeut, der ihr zu verstehen half, dass alle diese *Veränderungen* nicht das Geringste ändern würden.

Wie es in dem alten Spruch heißt: Wohin du auch gehst, du bleibst du.

»Eines solltest du nämlich wissen, Sissy«, sagte Tessa. »Georgia hat eine der höchsten Sterblichkeitsraten bei Müttern im ganzen Land. Bei schwarzen Frauen ist sie sogar noch höher. Sie sterben sechsmal wahrscheinlicher bei einer Geburt als weiße Frauen.«

Sara wies nicht darauf hin, dass sie es sehr wohl wusste, denn als eine der Gerichtsmedizinerinnen des Bundesstaats war sie dafür zuständig, all die deprimierenden Statistiken zusammenzustellen, die ihre Schwester ihr um die Ohren haute. »Das ist ein Argument für mehr Ärzte, nicht für mehr Hebammen.«

»Versuch nicht, das Thema zu wechseln. Es ist eine erwiesene Tatsache, dass Hausgeburten genauso sicher sind wie Klinikgeburten.«

»Tess.« *Halt lieber den Mund, Sara. Sei einfach still.* »Die Studie, auf die du dich beziehst, wurde in Großbritannien durchgeführt. In ländlichen Gebieten müssen Schwangere bei uns mehr als eine Stunde fahren, um …«

»In Südafrika …«

Wah-wah-wah-wah, wah-wah-wah-wah.

Sara war nicht in der Stimmung, eine weitere herzerwärmende Geschichte darüber zu hören, wie es Tessa zu einem besseren Menschen gemacht hatte, als Missionarin in Südafrika tätig gewesen zu sein. Sie erwartete tatsächlich, dass alle die sechs Jahre vergaßen, die sie wegen ihres ausufernden Partylebens gebraucht hatte, um ein vierjähriges Studium in moderner englischer Poesie abzuschließen, und die nächsten fünf Jahre, in denen sie in der Installationsfirma ihres Vaters gearbeitet und nebenher jeden gut aussehenden Mann im weiteren Umkreis gevögelt hatte.

Nicht dass Sara etwas dagegen gehabt hätte, gut aussehende Männer zu vögeln – sie hatte am Wochenende selbst mehrmals einen gevögelt –, ihre Unnachgiebigkeit hatte jedoch einen Grund, den sie unter keinen Umständen aussprechen konnte.

Sara hielt nicht Hebammen per se für eine schlechte Idee. Sie glaubte vielmehr, dass es in eine Katastrophe führen würde, wenn ihre Schwester Tessa in diesem Beruf arbeitete. Sie liebte ihre kleine Schwester, aber Tessa hatte einmal ihren Schuh aus dem Fenster geworfen, als der Schnürsenkel gerissen war. Sie konnte einen Rubik-Zauberwürfel nicht knacken, selbst wenn man ihr den Lösungsweg vors Gesicht hielt. Tessa hielt es für ausgewogene Ernährung, wenn sie Nudeln und Käse mithilfe einer Selleriestange aus dem Teller schöpfte. Und diese Frau sollte während einer schwierigen, potenziell gefährlichen Geburt ruhig und gefasst bleiben und sich an ihrem Lehrplan orientieren?

»Wenn du mir nicht zuhörst, lege ich auf«, drohte Tessa.

»Ich höre dir …«

Tessa legte auf.

Sara umklammerte das Telefon und hätte noch viel lieber den Hals ihrer Schwester umklammert.

Sie sah auf die Uhr. Charlie fragte sich wahrscheinlich schon, ob sie in die Toilette gefallen war. Sie band ihr Haar wieder zusammen und strich ihr langärmliges T-Shirt glatt. Wills T-Shirt, genau genommen. Es war ihr viel zu weit um die Schultern, und die Ärmel waren zu lang. Sara fuhr mit den Fingern über den Stoff. Sie hatte eine frische OP-Hose angezogen, aber der Gestank vom Tatort in der Kantine haftete wie das schlechteste Parfüm aller Zeiten an ihr.

Charlie wartete geduldig an einem der Besuchertische, als sie die Tür öffnete. Er nahm ihre Tasche, ohne dass sie ihn darum gebeten hätte. Das Lächeln unter seinem ausladenden Zwirbelbart war echt. Charlie war ein Schatz, aber er hätte Sara das Leben schwer machen können, als sie zum Team kam. Charlie war jahrelang in Will verknallt. Doch Will hatte keine Ahnung gehabt, genauso wenig wie bei Sara später. Der Mann bemerkte ein Signal nicht mal, wenn es ihm ins Gesicht sprang.

»Alles gut?«, fragte Charlie.

»Ja, danke, ich habe nur mal eine Minute für mich gebraucht.«

Er lächelte, als hätte er durch die dünne Holztür alles gehört.

»Tut mir leid«, entschuldigte sich Sara. Charlies Jobbeschreibung beinhaltete normalerweise nicht, dass er vor Damentoiletten wartete. Aber er wachte mehr über sie als sonst, weil sie in einem Männergefängnis arbeiteten. »Ist Gary mit dem Erfassen der Beweismittel schon fertig?«

»Wenn nicht, dann wird er es bald sein.« Charlie hielt ihr die Tür auf. In der Sonne trocknete sofort das Wasser auf Saras Haut. Sie waren jetzt außerhalb der Gefängnismauern und gingen über den Parkplatz, aber das Gebäude lastete immer noch unheilvoll auf ihnen. Sie konnte Gebrüll hören, denn es gab immer Gebrüll, wenn man Menschen in Käfige sperrte.

»So.« Charlie setzte eine neue Sonnenbrille auf. »Hast du den Neuen bei den Fingerabdrücken gesehen?«

»Meinst du den, der wie Rob Lowe an der frischen Luft aussieht?«

»Er hat mich auf einen Drink eingeladen, und ich hätte fast schon mein Täschchen gepackt.« Charlie schüttelte den Kopf. »Ich bin so eine Charlotte.«

»Charlotte wusste immer, was sie wollte.« Sara bemühte sich, den lockeren Ton beizubehalten. »Hast du in letzter Zeit mal mit Will gesprochen?«

Charlie nahm die Sonnenbrille ab. »Worüber denn?«

Ihre Frage hatte schon zu viel verraten. Und sie war ohnehin sinnlos. Will war niemand, der seine Gefühle freiwillig preisgab. Normalerweise fand Sara einen Weg, ihn aus seinem Schneckenhaus zu locken, aber jetzt war sie an ihre Grenzen gestoßen. Sie liebte Will mit jeder Faser ihres Herzens. Sie wünschte sich nichts mehr, als den Rest ihres Lebens mit ihm zu verbringen. Sie erwartete kein Feuerwerk und keine Parade, aber sie wollte, dass er zumindest die eine verdammte Frage stellte. *Ich will, dass deine Mutter glücklich ist* – das war vielleicht ein Lebensziel, aber kein Heiratsantrag. Die Tatsache, dass dreiundvierzig Tage vergangen waren, ohne dass Will das Thema wieder zur Sprache gebracht hätte, machte sie wahnsinnig. Sara wollte keinen verstummten Ehemann. Und sie würde keine verstummte Frau sein.

»Sara?«, fragte Charlie. »Was ist los?«

Zum Glück begann ihr Telefon zu summen. Sie hatte eine Nachricht von Will bekommen, das Bild eines Telefonhörers mit einem Fragezeichen. Der größte Teil ihrer schriftlichen Kommunikation war bildhaft. Will war Legastheniker. Er konnte lesen, aber nicht schnell. Sara wusste, dass der Rest der Welt mit Emojis kommunizierte, aber sie stellte sich gern vor, dass sie und Will ihre eigene, besondere Sprache entwickelt hatten.

»Ich muss telefonieren«, sagte sie zu Charlie.

»Dann helfe ich Gary beim Zusammenpacken.« Er ging voraus. »Wir sollten in fünf Minuten abfahrbereit sein.«

»Gib mir zwei, dann bin ich bei euch.« Sara war überzeugt, dass Will die Bestellung fürs Abendessen besprechen wollte. Er hatte entsetzliche Angst zu verhungern, wenn er länger als eine Stunde ohne Essen war.

Er meldete sich nach dem ersten Läuten. Statt einer Begrüßung fragte er: »Kannst du reden?«

Etwas stimmte nicht. »Alles in Ordnung bei dir?«

»Mir geht es gut.« Er klang unsicher. »Wir müssen uns unterhalten. Ich will nicht, dass du mir böse bist. Es war falsch von mir, es so lange laufen zu lassen. Es tut mir leid.«

Sara legte die Hand vor die Augen. Dreiundvierzig gottverdammte Tage. Es konnte nicht wahr sein, dass er genau jetzt anrief, um dieses Gespräch zu führen. »Babe, ich stehe auf dem Parkplatz vor einem Gefängnis.«

Er wirkte bestürzt, und genau das hatte sie mit ihrem Tonfall bezweckt. »Sara, ich …«

»Will.« Sie war bereits wegen Tessa in gereizter Stimmung, aber das hier reichte, um das Fass zum Überlaufen zu bringen. »Du hattest sechs verdammte Wochen Zeit, um …«

»Daryl Nesbitt.«

Der Name sagte ihr nichts.

Aber dann auf einmal doch.

Eine Reihe von Bildern blitzte in Saras Kopf auf: Sie war wieder in Grant County. Sie lief über die Wiese. Spürte Jeffreys Blick auf sich. Kniete im Wald. Wartete auf den Rettungswagen. Blut an den Händen. Luft, die durch Jeffreys Plastikkugelschreiber pfiff. Lena, die mit dem Defibrillator, den sie nicht mehr brauchten, auf die Lichtung gerannt kam.

Sara presste die Fingerspitzen auf die Augenlider. Tränen quollen hervor.

»Sara?«

»Was ist mit Nesbitt?«

»Er ist hier. Er hat einige Vorwürfe gegen Lena Adams erhoben.« Will hielt inne, als erwartete er, dass sie etwas sagte. »Und, äh, er sagte auch ein paar Dinge, üble Dinge, über …«

Saras Lungen zogen sich zusammen, als sie das Wort hervorstieß. »Jeffrey.«

»Ja.« Er machte wieder eine Pause. »Wirklich üble Dinge.«

Ihre Hand fuhr an den Hals. Sie musste daran denken, wie Jeffrey immer ihren Hals gestreichelt hatte, wenn sie im Bett lagen. Sofort verbannte sie die Erinnerung. »Nesbitt behauptet, dass er hereingelegt wurde? Dass die Polizei gesetzeswidrig gehandelt hat?«

»Ja.«

Sara nickte, denn es war kein neuer Vorwurf. »Er hat versucht, vor einem Zivilgericht auf Jeffreys Nachlass zu klagen.« Im Endeffekt hatte er versucht, Sara zu verklagen. Sie hatte zu dieser Zeit noch alle Mühe, mit Jeffreys Tod zurechtzukommen. Schlief zu viel, weinte zu viel, nahm zu viele Schlaftabletten, weil es ihr egal war, ob sie wieder aufwachte oder nicht. »Die Klage wurde abgewiesen. Was will er jetzt?«

»Er bietet Informationen an, wenn wir die Ermittlung neu aufrollen.«

Sara konnte nicht aufhören zu nicken. Auf diese Weise versuchte ihr Körper, das Gehörte zu verarbeiten. »Was für Informationen?«

Will erklärte die Einzelheiten, aber alles, was er sagte, klang unsinnig. Sara wäre fast untergegangen in ihrem Schmerz, nachdem sie Jeffrey verloren hatte. Sie war nach Atlanta gezogen, um nicht seinem Geist an jeder Straßenecke zu begegnen. Sie hatte Will kennengelernt. Sie hatte sich in ihn verliebt. Sie war drauf und dran, ein neues Leben zu beginnen, und jetzt …

»Sara?«, sagte Will.

Sie versuchte, ihre Gefühle auszublenden und das Ganze zu einem logischen Schluss zu führen. Es war nicht leicht. Ihr Herz hämmerte wie eine Faust an ihren Brustkorb. »Ihr werdet mit Lena über Nesbitts Fall reden müssen.«

Er zögerte, dann sagte er: »Ja.«

»Und Lena wird euch erzählen, dass Nesbitt nur Scheiße redet, weil er immer nur Scheiße geredet hat. Oder vielleicht auch nicht, denn Lena ist eine Lügnerin und eine miese Polizistin. Aber Nesbitt ist pädophil, und er ist im Gefängnis, wem wird man also glauben?«

»Ja.« Sein Ton war immer noch seltsam, aber irgendwie wirkte alles so seltsam. »Da ist noch etwas.«

»Natürlich.«

»Nesbitt behauptet, es gibt weitere Opfer. Das erste …«

»Rebecca Caterino.« Der Name war in ihr Gedächtnis eingebrannt. »Sie wurde Beckey genannt.«

»Nesbitt sagt, es gab weitere Opfer nach seiner Verhaftung.« Will hielt noch mal inne. »Er sagt, ein Serienmörder treibt sich im Staat herum.«

Sara konnte die Informationen noch immer nicht einordnen. Alles in ihr wollte dieses Gespräch beenden. »Glaubst du ihm?«

»Ich weiß nicht. Faith und Amanda sagten, ich soll dich nicht einbeziehen, bis wir mehr Informationen haben, aber ich dachte, du solltest Bescheid wissen. Sofort. Und das ist meine erste Gelegenheit, mit dir zu reden. Ich bin auf der Toilette. Faith wartet im Wagen auf mich.« Er hielt inne und wartete spürbar auf eine Reaktion, aber Sara fehlten die Worte. »Du wolltest, dass ich dir davon erzähle, oder?«

Sara konnte es ehrlich nicht sagen. »Sonst noch was?«

»Ich habe Amandas Zustimmung, dass du das jüngste Opfer untersuchen darfst. Das jüngste *angebliche* Opfer. Wir sind uns noch nicht sicher.« Er schluckte. »Sie wollte vermutlich, dass du ohne vorgefasste Meinung rangehst. Dass du vielleicht etwas siehst, ein Detail oder eine Signatur, die dich an Grant County erinnert, aber ich …«

»War Faith mit im Boot, als es darum ging, mich zu belügen?«

Er antwortete nicht.

Saras Blick flog über den Parkplatz. Sie entdeckte Faiths roten Mini beim Angestellteneingang. Ihre Freundin saß auf dem Beifahrersitz, den Kopf über den Schoß gebeugt. Wahrscheinlich las sie gerade Daryl Nesbitts Fallakte, denn sie hatte Will bereits angewiesen, Sara zu belügen – dieser Teil ihrer Arbeit war also erledigt.

»Will?«

Sara konnte ihn atmen hören, aber er antwortete noch immer nicht.

Sie biss sich auf die Unterlippe, damit sie nicht zitterte, und sah auf ihre Hand hinunter.

Karpale, Metakarpale, Phalanx proximalis, media und distalis.

Es gab siebenundzwanzig Knochen in der Hand. Wenn sie alle durchhatte, bevor Will etwas sagte, würde sie auflegen und gehen.

Er räusperte sich.

Kahnbein, Mondbein, Dreiecksbein, Erbsenbein. Großes Vieleckbein, kleines Vieleckbein.

»Sara?«, sagte er schließlich. »Habe ich das Falsche getan?«

»Nein.« Sie beendete das Gespräch, ließ ihr Handy in die Tasche gleiten und ging weiter über den Parkplatz. Sara nahm sich selbst verschwommen wahr, als würde sie sich fünf Zentimeter außerhalb ihres Körpers befinden. Ein Teil von ihr war in der Gegenwart, lebte sein Leben mit Will. Ein anderer Teil wurde ins Grant County zurückgesogen. Jeffrey. Frank. Lena. Der Wald. Das Opfer. Die grausigen Umstände des Falls.

Sara kämpfte gegen die wettstreitenden Bilder. Sie suchte nach soliden, verifizierbaren Dingen.

Gary und Charlie standen am Heck ihres Vans.

Faith war noch in ihrem Mini.

Amanda saß in ihrem weißen Audi A8. Sie hatte das Telefon am Ohr. Ihre grau melierte Helmfrisur wurde von der Kopfstütze nach vorn gedrückt. Sie bemerkte Sara und winkte sie zu sich.

Das Fenster auf der Beifahrerseite glitt nach unten. »Sie kommen mit mir. Es gibt einen interessanten Fall in Sautee.«

Sie wollte, dass du ohne vorgefasste Meinung rangehst.

Sara öffnete die Tür. Sie lief wie auf Autopilot. Ihr Gehirn war zu überladen, um etwas anderes als Muskelbefehle zu verarbeiten. Sie machte Anstalten, einzusteigen.

»Sara?« Will näherte sich dem Wagen im Laufschritt. Er sah genauso aus, wie sie sich fühlte – überrumpelt. Er war außer Atem, als er sie erreichte. Sein Blick glitt über Amanda, Charlie, Gary, Faith. Sie alle wussten wahrscheinlich über Nesbitt Bescheid, und alle hatten sich irgendwie damit einverstanden erklärt, Sara im Dunkeln zu lassen.

»Ich hätte gern einen Salat zum Abendessen«, sagte sie zu Will.

Er zögerte, dann nickte er.

Sie legte die Hand auf seine Brust. Sein Herz hämmerte wild. »Ich ruf dich an, wenn ich auf dem Heimweg bin.«

Sie küsste ihn genauso auf den Mund, wie sie es immer tat. Sie setzte sich in Amandas Wagen, Will schloss die Tür, und Sara legte den Sicherheitsgurt an. Will winkte, Sara winkte zurück.

Amanda fuhr von dem Parkplatz und bog links auf die Hauptstraße. Sie sprach erst, als sie auf die Interstate fuhren.

»Sautee Nacoochee ist im White County, rund achtzig Kilometer von hier. Eine neunundzwanzigjährige Frau namens Alexandra McAllister wurde gestern Morgen gegen sechs im Unicoi State Park gefunden. Sie war vor acht Tagen von ihrer Mutter als vermisst gemeldet worden. Es gab eine groß angelegte Suche, die absolut nichts erbracht hat. Zwei Wanderer waren gestern Morgen mit ihrem Hund unterwegs. Das Tier hat die Leiche in einem waldreichen Gebiet zwischen zwei Wanderwegen gefunden. Der Leichenbeschauer des Countys hat es offiziell als Unfalltod eingestuft. Mein Bauchgefühl sagt mir etwas anderes.«

Da ist noch etwas.

»Ich habe ein paar Gefälligkeiten eingefordert, damit wir einen Blick auf die Tote werfen dürfen«, sagte Amanda. »Wir haben einen Fuß in der Tür, aber sie können uns jederzeit zurückpfeifen, also lassen Sie uns leise auftreten.«

Weitere Opfer. Andere Frauen. Serienmörder.

Sara hatte Daryl Nesbitt nur einmal persönlich gesehen. Er saß neben seinem Anwalt im Gerichtssaal. Sara stand bei Buddy Conford, dem Juristen, der sie in der Zivilsache um die Klage auf Jeffreys Nachlass vertrat. Sie schwankte so heftig, dass Buddy sie halten musste. Mit Jeffreys Verlust hatte ihre Welt aufgehört, sich zu drehen. Sara hatte sich immer für stark gehalten. Sie war klug, ehrgeizig und überdies fähig, bis an Grenzen zu gehen. Der Mord an Jeffrey hatte sie jedoch in ihren Grundfesten erschüttert. Die Frau, die niemanden außerhalb ihrer Familie sehen ließ, wenn sie weinte, schaffte es nicht durch einen einzigen Gang im Supermarkt, ohne zusammenzubrechen. Sie war auf eine Weise verletzlich geworden, die sie nie für möglich gehalten hätte.

Habe ich das Falsche getan?

Sara stützte den Kopf in die Hand. Was hatte sie Will angetan? Sie war vor Verblüffung sprachlos gewesen, dann hatte sie sich über seine Nicht-Antwort geärgert, und dann hatte sie gesagt, sie wollte Salat zum Abendessen. Er war bestimmt in heller Panik. Sie fischte ihr Handy aus der Tasche, um sich bei ihm zu melden, aber was sollte sie schreiben? Es gab kein Emoji, das ausdrückte, was sie am liebsten tun würde: nämlich nach Hause fahren, sich in ihr Bett verkriechen und schlafen, bis alles vorbei war.

»Alles in Ordnung?«, fragte Amanda.

Sara wählte Wills Nummer. Sie hörte es läuten.

Diesmal meldete er sich mit »Hallo?«.

Sie hörte Fahrgeräusche. Faith hatte auf dem Beifahrersitz des Minis gesessen. Das bedeutete, dass Will fuhr, und das wiederum hieß, dass der Anruf auf Lautsprecher geschaltet war.

Sara bemühte sich, beiläufig zu klingen. »Hey, Babe, ich hab es mir anders überlegt mit dem Salat.«

Er räusperte sich. Sie konnte sich vorstellen, wie er sich am Kinn kratzte, eine seiner wenigen nervösen Angewohnheiten. »Okay.«

Sara war bewusst, dass Amanda die Ohren spitzte. Faith tat wahrscheinlich das Gleiche bei Will, denn so war das, wenn Leute Geheimnisse hüteten.

»Ich hol uns etwas bei McDonald's.«

Will räusperte sich. Sara bot sonst nie an, etwas bei McDonald's zu holen, weil es eigentlich kein richtiges Essen war. »Okay.«

Sie sagte: »Ich bin …«

Verängstigt. Besorgt. Wütend. Verletzt. Voller Schmerz wegen Jeffrey, aber trotzdem so tief und unwiderruflich in dich verliebt, und es tut mir leid, ich weiß nicht, was ich sonst sagen soll.

Sie versuchte es noch einmal. »Ich sag dir Bescheid, wenn ich auf dem Heimweg bin.«

Er zögerte einen Moment. »Okay.«

Sara beendete das Gespräch. Drei Okays, und sie hatte wahrscheinlich alles noch schlimmer gemacht. Das war genau der Grund, warum sie es hasste, zu lügen oder Dinge zu verheimlichen – oder welchen blödsinnigen Vorwand Amanda auch immer genannt hatte, um Sara diese Informationen vorzuenthalten. Als wäre sie ein kleines Kind, das die Wahrheit über den Osterhasen nicht vertrug.

Nesbitt. Jeffrey. Diese gottverdammte Lena Adams.

Es war Faiths Schweigen, das sie am meisten verletzte. Statt Amanda böse zu sein, weil sie Dinge verschleierte, hätte Sara ebenso gut einer Schlange böse sein können, weil sie zischte. Faith war ihre Freundin. Sie redeten zwar nie über Will, aber sie redeten über andere Angelegenheiten. Ernsthafte Angelegenheiten, wie Faiths Not als schwangere Fünfzehnjährige. Wie Saras gebrochenes Herz, als Jeffrey gestorben war. Sie tauschten Rezepte aus, die keine von beiden je ausprobieren würde. Sie tratschten über die Arbeit. Faith beschwerte sich über ihr Sexleben. Sara kam zum Babysitten bei Faiths kleiner Tochter.

»Würde es Ihnen etwas ausmachen, das Fenster zu öffnen?«, sagte Amanda. »Hier riecht es wie …«

»In einer verdammten Toilette?« Sara ließ das Fenster gerade so weit hinunter, dass ein wenig frische Luft hereinkam. Sie blickte auf die Bäume, die draußen vorbeihuschten. Der Anblick ließ sie an jenen Tag im Wald denken. Der Sucher in ihrem Kopf fand das entsprechende Bild: Sara auf den Knien, Jeffrey ihr gegenüber.

Sara hatte sich danach gesehnt, von ihm in den Arm genommen zu werden, was sofort wieder ein niederschmetterndes Gefühl erzeugte. Der einzige Mensch, von dem sie sich Trost gewünscht hätte, war auch der einzige, der ihn ihr nicht geben konnte. Am Ende hatte sie ihre Schwester angerufen, damit die sie bei der Arbeit traf und ein paar Minuten bei ihr saß, während sie weinte.

»Sie sind so schrecklich still«, sagte Amanda.

»Bin ich das?« Die Worte fühlten sich sperrig an in Saras Mund.

»Einen Penny für Ihre Gedanken.«

Amanda konnte sich ihre Gedanken nicht leisten. »Diese Wülste am Straßenrand, die dieses Geräusch machen, wenn die Reifen darüberrollen. Wie heißen die?«

»Rumpelstreifen.«

Sara hielt kurz die Luft an. »Sie erinnern mich immer an das Gefühl, wenn ich mit den Fingern über Wills Bauch fahre. Seine Bauchmuskeln sind so …«

»Wie wäre es mit ein wenig Musik?« Amandas Radio war ständig auf den Frank-Sinatra-Kanal eingestellt. Aus den Lautsprechern schnurrte eine vertraute Samba.

The girl from Ipanema goes walking …

Sara schloss die Augen. Ihr Atem ging zu flach, sie fühlte sich leicht benommen. Sie zwang sich, ruhig zu atmen, und löste die geballten Fäuste in ihrem Schoß. Ihre Gedanken wanderten zurück ins Grant County.

Rebecca Caterino war genau ein Jahr und einen Tag nach Saras Scheidungsklage gefunden worden. Um den Jahrestag zu begehen, war Sara nach Atlanta hinuntergefahren und hatte einen Mann getroffen. Es war kein besonders bemerkenswerter Mann gewesen, aber Sara hatte beschlossen, sich zu amüsieren, und wenn es sie umbrachte. Sie hatte zu viel Wein getrunken. Dann hatte sie zu viel Whiskey getrunken. Am Ende hing sie über einer Kloschüssel.

Das Nächste, woran sie sich erinnerte, war der gewaltige Kater, mit dem sie in ihrem Kinderzimmer aufgewacht war. Ihr Wagen stand in der Einfahrt – Tessa und ihr Vater waren nach Atlanta gefahren, um sie zu holen. Sara war kein Mensch, der überhaupt je viel trank, und Tessa hatte sie am Frühstückstisch deswegen gehörig aufgezogen. Ihr Vater hatte gefragt, ob sie vielleicht ins Klempnergeschäft einsteigen wolle, weil sie sich so intensiv mit Kloschüsseln beschäftigte. Und ihre Mutter hatte gesagt, sie solle Brock helfen gehen. Die einzigen sauberen Sachen, die Sara in der Schublade ihrer alten Kommode fand, war ein Tennisdress, das direkt aus einer Achtzigerjahre-Fernsehserie zu stammen schien.

»Kennen Sie das hier?« Amanda hatte den Ton lauter gestellt. Sinatra war inzwischen bei »My Kind of Town« angelangt. »Das hat mir mein Vater immer vorgesungen«, sagte sie.

Sara hatte nicht die Absicht, Amanda auf ihrer Erinnerungstour zu folgen. Sie hatte mit ihren eigenen Erinnerungen zu kämpfen.

Jeffrey war so ein Sinatra-Typ gewesen. Respektiert. Kompetent. Bewundert. Die Leute fühlten sich zu ihm hingezogen, wollten sich seiner Führung anvertrauen. Jeffrey hatte alles mühelos bewältigt. Er war mit einem Football-Stipendium nach Auburn gegangen, hatte dort einen College-Abschluss in amerikanischer Geschichte gemacht. Er hatte sich entschieden, Polizist zu werden, weil sein Mentor Polizist war. Er war nach Grant County gezogen, weil er sich mit Kleinstädten auskannte.

Sara erinnerte sich deutlich daran, wie sie ihn das erste Mal gesehen hatte. Sie war bei einem Footballspiel der Highschool ehrenamtlich als Mannschaftsärztin tätig gewesen. Jeffrey, der neue Polizeichef, hatte das Publikum überschwänglich begrüßt. Er war ein atemberaubend gut aussehender Mann gewesen. In ihrem ganzen Leben hatte Sara noch nie eine so nackte, animalische Anziehungskraft empfunden. Sie hatte Jeffrey lange genug angestarrt, um es sich ausrechnen zu können: Bevor das Wochenende um war, würde Tessa mit ihm schlafen.

Aber Jeffrey hatte sich für Sara entschieden.

Von Anfang an war sie eigentlich die Falsche für ihn gewesen. War geschmeichelt gewesen. Vollkommen überfordert. Leichtsinnig, da sie schon bei ihrem ersten Date mit ihm geschlafen hatte. Traumatisiert, weil Jeffrey Saras erster Mann war, nachdem man sie in Atlanta brutal vergewaltigt hatte.

Sie hatte Jeffrey erzählt, dass sie nach Grant County zurückgekommen war, weil sie lieber in einer Kleinstadt arbeiten wollte. Das war gelogen. Seit ihrem dreizehnten Lebensjahr war Sara entschlossen gewesen, die beste Kinderärztin von Atlanta zu werden. Von da an hatte sie jede freie Minute mit der Nase in einem Lehrbuch oder mit dem Hintern auf einem Schreibtischstuhl verbracht.

Zehn Minuten in der Personaltoilette des Grady Hospitals hatten ihr Leben völlig zum Entgleisen gebracht.

Der Täter hatte Sara mit Handschellen gefesselt. Zum Schweigen gebracht. Vergewaltigt. Niedergestochen. Sie hatte als Folge der Vergewaltigung eine Bauchhöhlenschwangerschaft erlitten, sodass sie nie mehr Kinder bekommen würde. Dann der Prozess. Dann das quälende Warten auf den Urteilsspruch und das Strafmaß. Die Rückkehr nach Grant County, die Aufnahme einer neuen beruflichen Karriere, eines neuen Lebens, einer neuen Art Normalität.

Dann war da dieser wunderschöne, intelligente Mann aufgetaucht, der sie umgehauen hatte.

Erst hatte Sara Jeffrey nichts von der Vergewaltigung gesagt, weil sie auf den richtigen Moment warten wollte. Dann war ihr klar geworden, dass es keinen richtigen Moment geben würde. Die eine Eigenschaft, deretwegen sich Jeffrey vor allem zu ihr hingezogen fühlte, das, was Sara fast allen anderen Menschen voraushatte, war ihre unglaubliche Stärke. Sie konnte ihn nicht wissen lassen, dass sie ein gebrochener Mensch war. Dass sie ihre Träume aufgegeben hatte. Dass sie ein Opfer war.

Sara hatte das Geheimnis durch ihre gesamte erste Ehe hindurch gewahrt. Während ihrer Scheidung war sie froh gewesen, nichts verraten zu haben. Sie hatte die Vergewaltigung immer noch verheimlicht, als sie wieder miteinander ausgingen, als sie sich neu verliebten. Sara hatte ihr Geheimnis so lange für sich behalten, dass sie sich geschämt hatte, als sie es ihm schließlich erzählte. So als wäre alles irgendwie ihre Schuld.

Das Lied im Radio holte sie in die Gegenwart zurück. Amandas Ring klickte ans Lenkrad, als sie im Takt von Sinatras Hymne an Chicago mitklopfte …

One town that won't let you down.

Sara suchte nach einem Taschentuch. Ihr Ärmel – Wills Ärmel – war leer. Charlie hatte ihre Sporttasche mitgenommen, und ihre Handtasche hatte sie im Van gelassen. Sie sollte Charlie anrufen und ihn bitten, sie in ihrem Büro einzuschließen, aber allein der Gedanke, ihr Telefon hervorzuholen und die Nummer zu wählen, überforderte sie.

Sie wünschte sich Will. Mit ihm auf dem Sofa zu kuscheln. Auf seinem Schoß zu sitzen und seine Umarmung zu spüren. Er war inzwischen wahrscheinlich auf halbem Weg nach Macon. Sie gingen buchstäblich getrennte Wege.

Sara wusste noch genau, als sie Will von der Vergewaltigung erzählt hatte. Sie hatten sich erst seit einigen Monaten gekannt, er war noch verheiratet gewesen, und sie war sich unsicher. Sie standen im Vorgarten ihrer Eltern. Es war eiskalt. Ihre Hunde bibberten. Sara sehnte sich danach, dass Will sie küsste, aber natürlich würde er sie nicht küssen, bevor sie ihn küsste. Das Geständnis war ganz natürlich über ihre Lippen gekommen. Oder so natürlich, wie es eben möglich war. Sie hatte Will gebeichtet, dass sie es vor sich hergeschoben hatte, ihrem früheren Mann von der Vergewaltigung zu erzählen, damit Jeffrey sie nicht für schwach hielt.

Will hatte daraufhin nur gemeint, dass er Sara niemals anders als stark empfunden hätte.

Genauso war er: Er war freundlich. Er war körperlich eindrucksvoll. Er war von rasiermesserscharfem Verstand. Aber er war nicht der Typ, der Aufmerksamkeit weckte. Er war bei einer Party immer der Mann, der in der Ecke stand und den Hund des Nachbarn streichelte. Sein Humor war größtenteils selbstironisch. Er machte sich Gedanken darüber, wie es Leuten ging. Er war schweigsam, aber immer wachsam. Sara nahm an, dass dies von seiner entsetzlichen Kindheit kam. Will war in Pflegefamilien und Heimen aufgewachsen. Er sprach selten über diese Zeit, aber sie wusste, dass er ein schockierendes Maß an Missbrauch erlitten hatte. Seine Haut verriet ihr die Geschichte – Brandmale von Zigaretten und Stromschlägen, Narbenwülste von offenen Brüchen. Er war scheu, was die Narben anging, es war ihm gegen jede Vernunft peinlich, dass er ein Kind gewesen war, das jemand gehasst hatte.

Doch das war nicht der Will, den der Rest der Welt kannte. Sein häufiges langes Schweigen machte die meisten Leute nervös. Er hatte etwas Verwildertes an sich. Eine unterschwellige Gewalttätigkeit. Eine gespannte Feder im Innern, die wie ein Schnappmesser aufzuspringen drohte. In einem anderen Leben hätte er einer der Schlägertypen werden können, die im Phillips-Knast inhaftiert waren. Will hatte mit knapper Not einen Highschool-Abschluss geschafft. Er war mit achtzehn obdachlos gewesen. Es gab Strafanzeigen in seiner Vergangenheit, die Amanda irgendwie aus der Welt geschafft hatte. Diese Reinwaschung hatte es Will ermöglicht, sein Leben zu ändern. Die meisten Männer hätten die Gelegenheit wahrscheinlich nicht genutzt. Doch Will war nicht wie die meisten Männer. Er war aufs College gegangen. Er war Special Agent geworden. Er war ein verdammt guter Cop. Er sorgte sich um Menschen. Er wollte alles richtig machen.

Sara hasste es, die großen Lieben in ihrem Leben miteinander zu vergleichen, aber es gab definitiv einen krassen Unterschied zwischen den beiden Männern. Bei Jeffrey hatte Sara gewusst, dass es Dutzende, vielleicht Hunderte andere Frauen gab, die ihn genauso innig lieben konnten, wie sie es tat.

Bei Will war sich Sara sehr deutlich der Tatsache bewusst, dass sie die einzige Frau auf der Welt war, die ihn so lieben konnte, wie er es verdiente.

»Wir haben noch eine halbe Stunde«, sagte Amanda. »Möchten Sie lieber etwas anderes hören?«

Sara wählte den Sender Pop2K und stellte die Lautstärke hoch. Sie ließ das Fenster ganz herunter. Der scharfe Wind schnitt ihr ins Gesicht, und sie schloss die Augen, damit sie nicht brannten.

Amanda hielt zehn Sekunden mit den Red Hot Chili Peppers durch, dann ging das Radio abrupt aus. Saras Fenster fuhr wieder nach oben.

»Will hat Ihnen von Nesbitt erzählt«, sagte Amanda.

Sara lächelte, denn sie hatte lange genug gebraucht. »Ich dachte, Sie sind eine Polizistin.«

»Das dachte ich auch.« Amandas Tonfall verriet widerwilligen Respekt. »Wie viel wissen Sie?«

»Alles, was Will weiß.«

Die Worte trafen sie sichtlich. Amanda war es nicht gewöhnt, dass sich Will für eine andere Seite entschied. Trotzdem sagte sie zu Sara: »Nesbitts Akte ist in meiner Aktentasche hinter dem Sitz.«

Sara drehte sich mühsam um, holte sie nach vorn und öffnete sie auf ihrem Schoß. Die Akte war mindestens fünf Zentimeter dick. Sie blätterte über das hinweg, was sie nicht weiter erstaunte – Nesbitt, das Riesenarschloch, hatte es fertiggebracht, sich weitere zwanzig Jahre einzuhandeln –, und fand den medizinischen Abschnitt. Sie brauchte keinen richterlichen Beschluss, um den Inhalt zu lesen. Als Gefängnisinsasse hatte Nesbitt kein Recht auf Privatsphäre. Sara überflog die umfangreichen Aufzeichnungen über seine früheren Krankenhausaufenthalte und zahlreichen Besuche auf dem Krankenrevier des Gefängnisses.

Nesbitt war unterschenkelamputiert. Während seiner achtjährigen Haftzeit hatte er Dutzende, vielleicht Hunderte verschiedene Ärzte gesehen. Es gab keine kontinuierliche Versorgung im Gefängnis. Man bekam leichter ein Einhorn zu Gesicht als einen Wundspezialisten. Die Insassen mussten nehmen, was sie bekamen, und wenn sie sehr viel Glück hatten, war der Doktor nicht auf der Flucht vor einem Verfahren wegen Kunstfehlern oder stand in Diensten eines Privatunternehmens, dessen Nettoprofit daran hing, dass es das blanke Minimum an ärztlicher Versorgung bot.

Sara blätterte vor zu unzähligen Seiten mit Rechnungen. Gefangenen wurden fünf Dollar Kostenanteil pro Arztbesuch berechnet, egal, ob sie den Doktor wegen Herzinsuffizienz aufsuchten oder sich die Zehennägel schneiden ließen. Nesbitt schuldete dem Staat Georgia zweitausendsechshundertfünfundfünfzig Dollar. Sein Konto im Gefängnisladen und seine drei Cent Lohn pro Stunde fürs Putzen wurden gepfändet, bis die Schuld beglichen war. Falls er je aus dem Gefängnis kam, würde dieser Betrag von jedem Gehaltsscheck, den er bekam, weiter gepfändet werden. Allein in den letzten acht Jahren hatte Nesbitt fünfhunderteinunddreißig Arztbesuche und achtundzwanzig Krankenhausaufenthalte benötigt. Das war mehr als ein Besuch pro Woche.

Sara sagte zu Amanda: »Nesbitts Fuß wurde nach einem Autounfall amputiert. Er hat seit seiner Inhaftierung zehn Zentimeter Bein verloren. Seine Prothese war schlecht angepasst, und eine schlechte Prothese ist wie ein Schuh, der nicht passt. Das Reiben und Quetschen führt dazu, dass sich Kapillargefäße verschließen. Das Gewebe wird nicht ausreichend mit Blut versorgt. Wenn das lange genug so geht – was es im Gefängnis zwangsläufig tut –, wird das Gewebe nekrotisch.«

»Und dann?«

»Dann ...« Sara blätterte durch die Krankenakte, die wie eine Fallstudie in Dritte-Welt-Medizin war. »Diagnostisch stuft man den Schaden auf der Grundlage dessen ein, was man sieht. Stadium I ist oberflächlich, nur eine Rötung. Stadium II betrifft die obersten beiden Hautschichten. Es sieht im Wesentlichen wie eine Blase aus. Stadium III ist ein Geschwür, eine offene Wunde. Man sieht das Fett, aber Knochen und Muskeln sind nicht sichtbar. Es gibt weißen oder gelben Belag, der entfernt werden muss.«

»Eiter?«

»Mehr wie ein schleimiger Film. Es riecht furchtbar. Man muss die Wunde sauber halten, damit sich kein anaerober bakterieller Nährboden entwickelt.« Sara entnahm der Akte, dass sich wiederholt Bakterien in Nesbitts Bein eingenistet hatten. Insassen durften keine Medikamente in ihren Zellen aufbewahren, und an sterile Verbände war schwer heranzukommen, besonders bei fünf Dollar pro Arztbesuch.

Sara fuhr fort. »Stadium IV ist ein tief reichendes Geschwür. Man sieht richtig in das Bein hinein, Knochen, Muskel, Sehne. Danach ist eine Einstufung nicht mehr möglich, weil man nichts mehr sieht. Auf der Haut bildet sich hartes, schwarzes Narbengewebe, dick wie eine Schuhsohle. Man muss es durchsägen. Es riecht faulig, wie verdorbenes Fleisch, denn genau das ist es im Grunde. Der Muskel ist zerstört. Der Knochen wird infiziert. Nesbitt ist in den letzten acht Jahren viermal an diesen Punkt gelangt, und jedes Mal haben sie wieder ein Stück mehr von seinem Bein weggeschnitten.«

»Ist das die beste Behandlungsmethode?«

Sara hätte gelacht, wenn nicht alles so entsetzlich gewesen

wäre. »Wenn man sich auf einem Schlachtfeld im amerikanischen Bürgerkrieg befindet, absolut. Aber wir haben das 21. Jahrhundert. Der Goldstandard ist der Einsatz eines Vakuumverschlusses und idealerweise eine hyperbare Sauerstofftherapie, um die Blutzirkulation in den betroffenen Bereichen neu zu beleben. Selbst unter den günstigsten Umständen würde es Monate intensiver Pflege erfordern, damit die Wunde heilt.«

»Das würde der Staat niemals bezahlen.«

Diesmal ließ Sara das Lachen heraus. Der Staat bezahlte gerade mal saubere Laken. »Nesbitt hat gegenwärtig ein Geschwür im Stadium III. Man würde die Fäulnis riechen, wenn man ihm nahe genug käme. Er ist ein, vielleicht zwei Infektionen davon entfernt, sein Kniegelenk zu verlieren. Das wird ganz andere Probleme nach sich ziehen. Selbst gesunde Patienten gewöhnen sich nur schwer an eine Prothese, die über dem Knie ansetzt.«

»Er verliert immer weiter Teile seines Beins, bis nichts mehr da ist?«

»Dazu wird es nicht kommen. Sie werden ihn in einen Rollstuhl setzen. Er wird keinen Zugang zu Physiotherapie oder zu sportlicher Betätigung haben. Es ist beinahe unmöglich, sich ausreichend mit Flüssigkeit zu versorgen, wenn man Toilettenwasser trinkt. Er hat bereits zehn Kilo Übergewicht. Sein Blutdruck sowie seine Cholesterin- und Blutzuckerwerte sind erhöht. Die Diagnose Diabetes ist nur noch eine Frage der Zeit.«

»Ein weiterer Kreis der Hölle?«

»Der absolute Tiefpunkt«, sagte Sara. »Er kann seinen Blutzucker in der Zelle überwachen, aber er muss jedes Mal auf die Krankenstation, wenn er eine Spritze braucht. Sie können sich vorstellen, wie gut dieses System funktioniert. Hunderte von Häftlingen sterben jedes Jahr an diabetischer Ketoazidose.

Nesbitt blickt in einen Abgrund, der sein Leben um Jahrzehnte verkürzen wird. Von dem Trauma durch alle diese Erfahrungen ganz zu schweigen.«

»Sie scheinen viel Mitgefühl für einen Pädophilen zu empfinden, der versucht hat, auf den Nachlass Ihres Mannes zu klagen.«

Offenbar hatte Amanda selbst ein wenig ermittelt. Von dem Zivilprozess stand nichts in Nesbitts Akte. »Ich spreche aus ärztlicher Sicht, nicht aus persönlicher.«

Trotzdem hatte Sara die Quengelstimme ihrer Mutter im Ohr: *Was ihr dem geringsten meiner Brüder getan habt, das habt ihr mir getan.*

»Es ist merkwürdig«, sagte Amanda. »Nesbitt hat nie auch nur andeutungsweise seine medizinischen Bedürfnisse als Druckmittel benutzt. Wir können ihn auf der Stelle in ein Krankenhaus verlegen, um seine Wunde behandeln zu lassen.«

»Das ist ein Tropfen auf den heißen Stein. Wenn man ihn richtig versorgen will, reden wir von einer Million Dollar aufwärts.« Sara klaubte es ihr auseinander. »Ein Wundspezialist. Ein Orthopäde, der auf Rettung von Gliedmaßen und Amputationen spezialisiert ist. Ein Kardiologe. Ein Gefäßchirurg. Eine perfekt sitzende Prothese. Physiotherapie. Vierteljährliche Anpassungen. Alle drei bis vier Jahre eine neue Prothese. Angemessene Ernährung. Schmerzmanagement.«

»Ich verstehe«, sagte Amanda. »Und Nesbitt versteht es anscheinend auch. Deshalb ist er so auf Rache fokussiert. Er ist entschlossen, die Polizei von Grant County in den Dreck zu ziehen.«

»Sie meinen Jeffrey.«

»Ich meine Lena Adams. Er will sie hinter Gittern sehen.«

»Wer hätte das gedacht. Ich habe etwas mit einem Pädophilen gemeinsam.« Sara blätterte zum Protokoll von Nesbitts letztem Besuch auf dem Krankenrevier zurück. »Wenn kein

Wunder geschieht, wird es in den nächsten zwei Wochen zu einer Sepsis kommen. Werden die Symptome schlimm genug, dann liefern sie ihn ins Krankenhaus ein. Dann wird er ins Gefängnis zurückverlegt. Dann wird er noch kränker. Dann liefern sie ihn wieder ins Krankenhaus ein. Er hat das viermal mitgemacht. Er weiß, was auf ihn zukommt.«

»Das erklärt seine Frist von einer Woche«, sagte Amanda. »Erinnern Sie sich noch an Details aus diesem Fall in Grant County?«

»Ich kann Ihnen nur aus gerichtsmedizinischer Sicht etwas dazu sagen.« Sara bemühte sich, diplomatisch zu sein. Ihre Gespräche mit Jeffrey waren zu jener Zeit meist schnell in Schläge unter die Gürtellinie und Beleidigungen ausgeartet. »Ich war als Beraterin für den örtlichen Leichenbeschauer tätig. Jeffrey und ich haben uns nicht gut verstanden.«

Amanda bog scharf in eine Seitenstraße ab. Sara hatte gar nicht gemerkt, wie die Zeit verging. Sie waren bereits beim Ingle Funeral Home in Sautee angekommen. Amanda fuhr einmal um das Gebäude, dann parkte sie am Vordereingang. Sie holte ihr Handy hervor, um ihrer Kontaktperson Bescheid zu geben, dass sie da waren.

Es stand nur ein weiterer Wagen vor dem Eingang, ein roter Chevrolet Tahoe. Sara blickte an dem zweistöckigen Ziegelbau hinauf. Frische weiße Zierleisten. Kupferdachrinnen. Alexandra McAllister war in dem Gebäude. Sie war neunundzwanzig Jahre alt. Sie war vor acht Tagen verschwunden. Ihre Leiche war von zwei Wanderern und deren Hund entdeckt worden.

Anstatt sich schweigend in der Vergangenheit zu suhlen, hätte Sara lieber Amanda nach Einzelheiten über die Gegenwart löchern sollen.

»Zwei Minuten.« Amanda hatte aufgehört zu telefonieren. »Die Familie geht gerade.«

Sara stellte die Frage, die sie vor einer halben Stunde hätte stellen sollen. »Glauben Sie, Nesbitt hat recht? Gibt es einen Serienmörder?«

»Alle wollen an einem Serienmörderfall arbeiten«, meinte Amanda. »Meine Aufgabe ist es, meine Mitarbeiter zu fokussieren, damit sie aufhören, nach Fliegen zu schlagen, und herausfinden, wo das faule Fleisch ist.«

Die Eingangstür ging auf. Schweigen breitete sich im Wagen aus, als Amanda und Sara eine Frau und einen Mann aus dem Gebäude kommen sahen. Beide waren Ende fünfzig. Beide gingen gebeugt vor Gram. Alexandra McAllisters Eltern, vermutete Sara. Sie waren schwarz gekleidet. Vermutlich hatte man sie gebeten, einen Sarg auszusuchen. Und sanft dazu gedrängt, auch ein Kissen und eine farbige Auskleidung aus Samt zu wählen. Man hatte sie außerdem gebeten, die letzten Kleidungsstücke vorbeizubringen, die ihre Tochter je tragen würde. Und hatte sie freundlich darauf hingewiesen, Unterwäsche, Schuhe und Schmuck nicht zu vergessen. Sie hatten Papiere unterschrieben, Schecks ausgestellt und Fotos überreicht, und dann waren Zeit und Datum für Aufbahrung, Gottesdienst und Begräbnis festgelegt worden – all das, was kein Vater und keine Mutter jemals für ihr Kind tun wollten.

Oder keine Ehefrau für ihren Mann.

Amanda wartete, bis die McAllisters weggefahren waren, ehe sie fragte: »Was ist aus Jeffreys Fallakten geworden?«

Sara musste an Jeffreys elegant geneigte Handschrift denken. Ein bisschen hatte sie sich auch wegen dieser präzisen Kursivschrift in ihn verliebt. »Es ist alles eingelagert.«

»Ich brauche diese Akten. Vor allem die Notizbücher.« Amanda stieg aus dem Wagen.

Statt durch den Haupteingang zu gehen, führte sie Sara seitlich um das Gebäude herum. Sara überlegte, wie sie Jeffreys Akten am besten nach Atlanta schaffte. Er war ein penibler

Archivar gewesen, deshalb würde es kein Problem darstellen, die richtigen Kisten zu finden. Sie konnte Tessa bitten, sie heraufzubringen. Aber dann würde Tessa wieder streiten wollen. Sara wusste, es würde Spannungen mit Will geben. Sie durfte den Tag nicht vergehen lassen, ohne sich mit Faith auszusprechen. Ihre To-do-Liste hörte sich plötzlich richtig beschissen an.

Die Seitentür war nicht verschlossen. Es gab keinen Wachmann vor dem Gebäude, nicht einmal eine Kamera. Amanda zog einfach die Tür auf, und sie gingen hinein. Offensichtlich hatte sie vorab eine Wegbeschreibung bekommen. Sie bog rechts in einen langen Flur ab und nahm dann die Treppe ins Untergeschoss.

Die Luft wurde eiskalt, und es roch nach Desinfektionsmittel. Sara sah einen Schreibtisch unter der Treppe und Aktenschränke an der rückwärtigen Wand. Ein Ziehharmonikagitter versperrte den offenen Schacht des Lastenaufzugs. Der begehbare Kühlschrank summte leise. Der Boden war mit grauem Laminat ausgelegt, in der Mitte befand sich ein großer Abfluss. Der Hahn in dem Edelstahlbecken tropfte leicht.

Sara hatte mehr als genug Zeit in Bestattungsunternehmen verbracht. Sie war immer dankbar, wenn der amtliche Leichenbeschauer vor Ort – fast immer ein Mann – diesem Beruf nachging. Zugelassene Bestatter hatten ein lehrbuchmäßiges Verständnis von Anatomie. Es war außerdem wahrscheinlicher, dass sie die Feinheiten des vierzigstündigen Einführungskurses aufnahmen, der für alle angehenden Coroner verpflichtend war.

Amanda sah auf ihre Uhr. »Lassen Sie uns nicht trödeln.«

Sara hatte es nicht vorgehabt, aber sie würde sich auch nicht hetzen lassen. »Ich kann hier nur eine vorläufige, visuelle Untersuchung vornehmen. Falls eine vollständige Autopsie nötig ist, werden wir sie in die Zentrale überführen müssen.«

»Verstanden«, sagte Amanda. »Denken Sie daran, im Augenblick ist ihr Tod offiziell als Unfall eingestuft. Wir können sie nirgendwohin bringen, solange der Leichenbeschauer seinen Befund nicht revidiert.«

Sara bezweifelte, dass er das tun würde. Andererseits hatte Amanda so eine Art, Menschen zum Ändern ihrer Ansicht zu bringen. »Ja, Ma'am.«

Mit lautem Surren fuhr der Lastenaufzug ins Untergeschoss. Sara konnte ein Paar schwarze Budapester Herrenschuhe sehen. Schwarze Anzughose. Passendes Sakko. Weste bis fast unter den Hals geknöpft. Eine schwarze Krawatte und ein weißes Hemd vervollständigten den Look.

Der Aufzug blieb stehen, und das Gitter schob sich zusammen. Der Mann, der ausstieg, sah genauso aus, wie es Sara erwartet hatte. Sein graues Haar war nach hinten gekämmt, sein Schnauzbart gepflegt. Er war vermutlich in den Siebzigern und hatte etwas Altmodisches und eine etwas düstere Ausstrahlung an sich, was zu seinem Geschäft passte.

»Guten Tag, die Damen.« Er zog eine Bahre aus dem Aufzug und rollte sie in die Mitte des Raums. Ein weißes Laken bedeckte die Leiche. Der Stoff war aus dicker Baumwolle und trug das aufgestickte Logo der Dunedin Life Services Group, ein internationaler Mischkonzern, dem die Hälfte der Bestattungsunternehmen im Staat gehörte.

»Willkommen, Deputy Director«, sagte der Mann. »Dr. Linton, ich bin Ezra Ingle. Bitte entschuldigen Sie, dass ich Sie warten ließ. Ich hatte zwar davon abgeraten, aber die Eltern bestanden darauf, ihr Kind zu sehen.« Sein weicher Dialekt verriet Sara, dass er hier in der Gegend aufgewachsen war. Als er ihr die Hand schüttelte, tat er es routiniert beruhigend.

»Danke, Mr. Ingle«, sagte sie. »Ich weiß es zu schätzen, dass ich Ihnen über die Schulter sehen darf.«

Er warf Amanda einen vorsichtigen Blick zu, sagte aber zu

Sara: »Ich bin selbstverständlich offen für eine zweite Meinung. Allerdings muss ich zugeben, dass mich die Bitte überrascht hat.«

Amanda sagte nichts, obwohl sie einander offenbar kannten. Na toll, dachte Sara. *Genau der richtige Moment für noch mehr Anspannung.*

»Die Eltern haben bestätigt, dass die junge Frau eine erfahrene Wanderin war. Sie sagten, es sei nicht ungewöhnlich gewesen, dass sie den ganzen Tag im Park verbrachte.« Ingle ging zum Schreibtisch und holte seine Unterlagen. »Ich denke, Sie werden feststellen, dass ich sehr gründlich vorgegangen bin.«

»Danke. Davon bin ich überzeugt.« Sara konnte es dem Mann nicht verübeln, dass er sich auf die Zehen getreten fühlte. Ihr blieb nichts anderes übrig, als die Sache so schmerzlos wie möglich zu machen.

Ingle hatte seine Aufzeichnungen auf einer richtigen altmodischen Schreibmaschine getippt. Sie konnte noch das Tipp-Ex riechen, wo er einen Fehler korrigiert hatte.

Die Leiche war in knapp fünfzig Meter Entfernung vom Smith Creek im Unicoi State Park, im nordöstlichen Teil des Staats, aufgefunden worden. Der Park war über vier Quadratkilometer groß. Beim Smith Creek handelte es sich um einen zehn Kilometer langen Bach, der in den Chattahoochee River floss. Die Leiche lag in Ost-West-Richtung, ungefähr fünfundfünfzig Meter von dem zwölf Kilometer langen Mountainbike-Parcours entfernt, der als mittelschwer bis anspruchsvoll eingestuft war. Die Strecke, die die Form einer Acht hatte, wechselte zwischen der Unicoi- und der Helen-Seite des Baches hin und her und war blau markiert.

Sara blätterte um.

Der Bach verlief etwa fünfundvierzig Meter unterhalb der Leiche, die Böschung hatte eine Neigung von fünfundzwanzig Grad. Das Opfer war von Kopf bis Fuß mit professioneller

Wanderausrüstung bekleidet gewesen. Das mäßige Niveau des Zerfalls stimmte mit einer Außentemperatur zwischen vierzehn und einundzwanzig Grad Celsius während der vergangenen Woche überein. Alexandras Subaru Outback war zuvor bereits am Parkeingang an der Georgia State Route 75 entdeckt worden, rund 6,8 Kilometer vom späteren Fundort der Leiche entfernt. Ihre Handtasche und das Smartphone lagen im verschlossenen Wagen. Der Schlüssel für den Subaru steckte in einer Innentasche mit Reißverschluss an ihrer Regenjacke. Eine teilweise gefüllte Wasserflasche aus Edelstahl war knapp zwei Meter von der Leiche entfernt gefunden worden.

»Mr. Ingle, ich wünschte, meine Lehrer wären so gründlich gewesen wie Sie«, sagte Sara. »Ihr vorläufiger Bericht ist unglaublich detailliert.«

»Vorläufiger Bericht«, wiederholte Ingle.

Sara sah Hilfe suchend zu Amanda. Doch alles, was sie sah, war ihr Scheitel. Amanda tippte in ihr Smartphone oder *benahm sich extrem unhöflich*, wie es die Einheimischen ausdrückten. Saras eigenes Telefon hatte in ihrer Tasche geläutet, aber nichts war im Moment wichtiger als das, was genau vor ihr lag.

»Wenn Sie gestatten.« Ingle legte zwei Dutzend Farbfotos im Format zehn mal fünfzehn auf einem Holztisch in der Ecke aus.

Er hatte präzise dokumentiert. Die Leiche *in situ* aus vier verschiedenen Blickwinkeln. Der freigelegte Torso mit den Spuren von postmortalem Tierfraß. Die Hände. Der Hals. Die Augen mit und ohne Sonnenbrille, die sie getragen hatte. Keine extremen Nahaufnahmen außer vom Innern der Mundhöhle. Das Bild war leicht unscharf, aber nichts blockierte sichtbar ihre Kehle.

Ingle sagte: »Der nächste Satz Bilder erzählt die Geschichte, wie sie sich wahrscheinlich abgespielt hat. Der Mountainbike-

Parcours war an diesem Tag stark befahren, deshalb nehme ich an, sie ist mitten durch den Wald gelaufen, um den weniger frequentierten Smith Creek Trail zu suchen. Es ist eine ziemlich unwegsame Strecke, die sie da nahm, von Brombeeren überwuchert und all so was. Irgendwann ist sie gestürzt. Hat sich den Kopf vermutlich an einem großen Stein angeschlagen. Davon gibt es einige in der Gegend. Durch die Kopfverletzung war sie nicht mehr handlungsfähig. Es fing zu regnen an, und zwar heftig. Sie werden auf der Rückseite meinen Wetterbericht finden: Es hat wie aus Kübeln gegossen in dieser Nacht. Die Arme tat, was sie konnte, um sich zu schützen, aber schließlich ist sie zusammengebrochen.«

Sara studierte die zweite Serie der Fotos aus dem Tintenstrahldrucker. Wie bei den ersten waren die Schwarz- und Brauntöne gedämpft. Das Licht war nicht sehr gut gewesen. Alexandra McAllister lag in der Hüfte verdreht, ihre angewinkelten Knie zeigten tiefer in den Wald, ihr Oberkörper war dem Bach zugewandt. Die Nahaufnahmen des Oberkörpers weckten Saras Aufmerksamkeit. Die Fraßspuren von Wildtieren waren erheblich, aber ungewöhnlich. Wenn es keine offene Wunde gab, machten sich Fleischfresser typischerweise über Körperöffnungen her – Mund, Nase, Augen, Vagina, Anus. Die Fotos zeigten die größten Schäden jedoch im Bauch- und Brustbereich.

Ingle schien ihre Frage vorwegzunehmen. »Wie Sie sehen, trug sie eine sehr gute Regenjacke. Gore-Tex, absolut wasserdicht, mit Zugverschlüssen an den Ärmeln und in der Kapuze. Das Problem war, dass der Reißverschluss vorn kaputt war und nicht zublieb. Die Hose war von Patagonia aus wasserdichtem Bergsteigermaterial, mit Gummizug an den Knöcheln, und die Hosenbeine hatte sie in die Wanderstiefel gesteckt.«

Sara verstand, warum er diese Einzelheiten aufzählte. In

Ingles Szenario hatten die geschlossene Kapuze das Gesicht und die Sonnenbrille die Augen geschützt. Die dicht schließenden Ärmel und Hosenbeine hatten als Sperre gegen Insekten und Wildtiere gewirkt. Damit blieb ein Bereich für die Räuber ungeschützt: Durch den defekten Reißverschluss war die Jacke offen gewesen. Ihr Unterhemd war mehr wie ein Tanktop, ärmellos, mit einem tiefen V-Ausschnitt. Dem Anschein nach hatte sich mehr als ein Tier über die Leiche hergemacht. Das konnte erklären, warum sie in verschiedene Richtungen gezerrt worden war.

»Wir haben viele Graufüchse hier oben«, erklärte Ingle. »Vor ein paar Jahren hat ein tollwütiger Fuchs eine Frau gebissen.«

»Ich erinnere mich.« Sara zog ein paar Latexhandschuhe aus der Schachtel auf dem Tisch. »Bislang deutet alles, was Sie sagen, und alles, was ich gelesen habe, auf einen Unglücksfall hin«, sagte sie.

»Ich freue mich, dass Sie einer Meinung mit mir sind. Bislang«, fügte er an.

Er entfernte das dicke weiße Laken, das die Leiche bedeckte. Darunter war sie mumienartig von den Schultern abwärts in ein weiteres Tuch gewickelt. Das sollte eindeutig verhindern, dass ihre Eltern mehr als unbedingt nötig zu sehen bekamen. Ingle schnitt den dünnen Stoff mit einer Schere auf. Er arbeitete sich langsam von der Brust zu den Füßen hinunter und war sanft in seinen Bewegungen.

Der Mann hatte sich sichtlich große Mühe mit Alexandra McAllister gegeben, ehe er die Eltern ihre Tochter sehen ließ. Der nackte Körper roch nach Desinfektionsmitteln. Ihr Gesicht war aufgedunsen, aber nicht so sehr, dass sie entstellt war. Das Haar war frisiert. Ingle musste die Leichenflecke aus ihrem Gesicht massiert haben, damit ihre Züge so ruhig und natürlich wie möglich aussahen. Er hatte wohlüberlegt Make-up aufgetragen, um die Schrecken ihrer letzten Stunden vom Gesicht der Frau zu löschen. Der Anstand, der in diesem Handeln zum Ausdruck kam, erinnerte Sara an Dan Brock zu Hause in Grant County. Vor allem nach dem Tod seines eigenen Vaters hatte Brock eine fast heiligenhafte Güte gegenüber Trauernden an den Tag gelegt.

Sara hatte es am eigenen Leib erfahren, als Jeffrey gestorben war.

Ingle schlug nun das zerschnittene dünne Tuch zur Seite, unter dem es aber noch eine weitere Schicht gab. Er hatte den Torso in Plastik gehüllt, damit keine Flüssigkeiten durchsickerten. Die Wirkung war so, als würde man einen Topf Spaghetti mit Klarsichtfolie abdecken.

»Doktor?« Ingle zögerte bis zum letzten Moment, ehe er die Folie entfernte. Trotz aller seiner Vorsichtsmaßnahmen würde der Geruch sehr stark sein.

»Danke.« Sara begann ihre Inaugenscheinnahme der Leiche am Kopf. Sie konnte den offenen Schädelbruch am Hinterkopf einschätzen. Schwindel. Übelkeit. Sehstörungen. Stupor. Verlust des Bewusstseins. Man konnte unmöglich sagen, in welchem Zustand das Opfer nach der Verletzung gewesen sein mochte. Jedes Gehirn reagierte anders auf ein Trauma. Der eine gemeinsame Nenner war, dass Schädel geschlossene Behälter waren. Wenn das Gehirn anschwoll, konnte es nirgendwohin ausweichen, so als würde man einen Ballon in einer Glaskugel aufblasen.

Sie zog die Lider der Frau auf. Die Kontaktlinsen waren mit der Hornhaut verschmolzen. Es gab Anzeichen für Petechien, die stecknadelkopfgroßen Blutungen aus Kapillaren in den Augen. Es konnte von einer Strangulation herrühren, aber auch daher, dass das Gehirn in den Hirnstamm geschwollen war und die Atmung so stark verringert hatte, dass der Tod eintrat. Eine Obduktion würde vielleicht ein gebrochenes

Zungenbein erkennen lassen, was auf ein Zusammendrücken von Hand hinwies, aber dies hier war keine Obduktion.

An diesem Punkt hatte Sara auch keinen Grund, eine solche vorzuschlagen.

Sie tastete als Nächstes den Hals mit den Fingern ab. Er fühlte sich steif an. Dafür konnte es viele Erklärungen geben, von einem Schleudertrauma durch den Sturz bis zu geschwollenen Lymphdrüsen.

»Haben Sie eine Taschenlampe?«, fragte sie.

Ingle holte eine Stablampe hervor.

Sara öffnete den Mund der Frau. Nichts schien anders zu sein als auf dem Foto. Sie drückte die Zunge nach unten und leuchtete in den Rachen. Nichts. Sie fuhr mit dem Zeigefinger so tief in den Rachen hinunter, wie es ging.

»Spüren Sie ein Hindernis?«, fragte Ingle.

»Nein.« Mit Sicherheit ließ es sich nur feststellen, indem man die Luftröhre zerlegte. Wiederum sah sie keinen Grund, dies zu tun. Sara würde der Familie keinen weiteren Schmerz bereiten, nur aufgrund der Theorien eines Pädophilen, der noch eine Rechnung offen hatte.

»Fertig«, sagte sie zu Ingle.

Langsam schälte er die Plastikabdeckung vom Oberkörper.

Das Sauggeräusch hallte von der niedrigen Decke des Raums wider. Der Bauch sah aus, als wäre eine Granate in ihm explodiert, und der Geruch war so widerlich, dass Sara husten musste. Ihre Augen tränten. Sie sah nach hinten zu Amanda. Noch immer war deren Kopf nur von oben zu sehen, aber sie tippte jetzt lediglich mit einer Hand. Die andere hielt sie sich vor die Nase.

Dieser Luxus stand Sara nicht zur Verfügung. Sie atmete einige Male und zwang ihren Körper, die momentane Zumutung zu akzeptieren. Ingle wirkte unbeeindruckt. Er verzog die Mundwinkel zu einem wohlverdienten Lächeln.

Sara wandte sich wieder der Leiche zu.

Die Grenze zwischen den Teilen des Körpers, die von wasserdichten Materialien geschützt gewesen waren, und denen, die nur das dünne Baumwollshirt bedeckt hatte, sah aus wie mit dem Lineal gezogen. Alles oberhalb der Schlüsselbeine und unterhalb der Hüfte war unberührt. Bauch und Brust waren eine andere Geschichte.

Der Unterleib war ausgeweidet. Die Brüste weggerissen. Die meisten Organe fehlten. Die Rippen waren wie sauber geleckt. Sara sah Nagespuren an einzelnen Knochen. Sie zog den linken Arm vom Körper weg, um dem Weg der Verheerungen von der zerfetzten Brust zur Seite hin zu folgen. Die Achselhöhle war praktisch ausgeweidet. Nerven und Blutgefäße ragten hervor wie durchtrennte Elektrokabel. Nun hob sie den rechten Arm an und fand die gleiche Verwüstung.

»Was halten Sie von den Axillae?«

»Sie meinen die Achselhöhlen?«, fragte er. »Füchse können äußerst gewalttätig sein, vor allem, wenn sie kämpfen. Sie haben rasiermesserscharfe Klauen. Sie waren wohl wie in Raserei.«

Sara nickte, wenngleich sie seine Einschätzung nicht ganz teilte.

»Hier.« Ingle ging an den Schreibtisch zurück. Er holte ein Vergrößerungsglas aus der obersten Schublade. »Man sieht winzige blaue Stoffreste von dem Baumwollshirt. Ich hatte nicht die Zeit, sie alle herauszuzupfen.«

»Danke.« Sara nahm das Vergrößerungsglas und ging neben der Bahre in die Hocke. Die Spuren von Zähnen und Klauen waren deutlich sichtbar. Sie bezweifelte nicht, dass mehrere kleine Tiere von der Toten gefressen hatten. Was sie untersuchen wollte, waren die Schäden in den Achselhöhlen.

Raubtiere wurden vom Blut in den Organen und Muskeln angezogen. In den Achselhöhlen gab es nicht viel zu holen.

Die Nerven und Adern des Plexus brachialis erstreckten sich von der Wirbelsäule durch den Hals über die erste Rippe in die Achselhöhle. Es gab kompliziertere Möglichkeiten, das Gebilde zu beschreiben, aber im Wesentlichen kontrollierte der Plexus brachialis die Muskeln im Arm. Die verschiedenen Stränge waren durch ihre Farbe unterscheidbar. Arterien und Venen waren rot, Nerven perlweiß bis gelb.

Unter dem Vergrößerungsglas sah Sara, dass die Adern von Zähnen aufgerissen worden waren.

Die Nerven sahen im Gegensatz dazu aus, als wären sie mit einer Klinge sauber durchtrennt worden.

»Sara?« Amanda blickte endlich von ihrem Telefon auf.

Sara schüttelte den Kopf und fragte Ingle: »Was ist mit dem Kratzer auf ihrem Rücken?«

»Die Wunde?«

»In Ihren Aufzeichnungen bezeichnen Sie es als Kratzer.«

»Wunde. Schnitt«, sagte er. »Ich vermute, sie hat sich den Nacken an etwas aufgekratzt. An einem Stein vielleicht? Die Kleidung war nicht zerrissen, aber das sehe ich nicht zum ersten Mal. Tiefgehende Reibung.«

Er benutzte die Begriffe *Wunde*, *Schnitt* und *Kratzer*, als wären sie austauschbar, was ungefähr so war, als würde man sagen: Ein Hund ist ein Huhn ist ein Apfel.

»Können wir sie auf die Seite drehen?«, fragte Sara.

Ingle legte die Plastikfolie wieder über den Unterleib, ehe er die Tote an den Schultern herumwälzte. Sara drehte die Hüften und Beine. Sie untersuchte den Rücken der Frau mit dem dünnen Strahl der Stablampe. Totenflecken schwärzten den Bereich wie eine Prellung, die sich an der Wirbelsäule entlangzog. Die Haut war durch die Verwesung gerissen.

Sara zählte die Halswirbel vom Schädelansatz abwärts. Sie erinnerte sich an einen Merkspruch aus dem Studium:

C 5, 4, 3, Zwerchfell ist dabei.

Der Zwerchfellnerv, der das Heben und Senken des Zwerchfells kontrolliert, zweigt am dritten, vierten und fünften Halswirbel von den Spinalnerven ab. Bei der Einschätzung von Rückgratverletzungen ist es so, dass der Patient nicht beatmet werden muss, wenn diese Nerven intakt sind. Jeder Schaden unterhalb C5 würde zu einer Lähmung der Beine führen. Bei einer Verletzung oberhalb von C5 wären Arme und Beine gelähmt, aber der Patient hätte auch die Fähigkeit verloren, selbstständig zu atmen.

Sara fand die Verletzung aus Ingles Aufzeichnungen direkt unterhalb von C5.

Der Kratzer, denn es war tatsächlich einer, hatte in etwa die Größe eines Daumennagels, tiefer an einem Ende und mit einer kleinen Schleppe wie ein Komet am anderen. Sie verstand, warum Ingle dem Mal nicht viel Beachtung geschenkt hatte. Es sah aus wie die Art zufälliger Verletzungen, die ständig vorkamen. Man rieb sich an etwas Scharfkantigem auf. Man kratzte sich ein bisschen zu stark. Es tat ein bisschen weh, aber nicht sehr. Später bat man dann seinen Partner, einen Blick darauf zu werfen, weil man keine Ahnung hatte, warum der Nacken schmerzte.

Doch an dieser besonderen Verletzung war mehr dran. Der Kratzer diente eindeutig dazu, eine Wunde zu verschleiern. Und nicht einfach eine Wunde, sondern eine Punktion. Der Umfang des Lochs entsprach etwa einem Viertel eines Strohhalms. Sara dachte sofort an die Ahle in einem Schweizer Taschenmesser. Das runde, spitze Werkzeug war ideal, um Löcher in Leder zu bohren. Ihr Vater benutzte ein ähnliches Teil, um die Köpfe von Nägeln in hochwertigen Zimmermannsarbeiten zu versenken.

Als Sara leicht auf die Punktion drückte, quoll eine wässrige, dunkelbraune Flüssigkeit heraus.

»Ist das Fett?«, fragte Ingle.

»Fett wäre gummiartiger und weiß. Das hier ist Rückenmarksflüssigkeit«, sagte Sara. »Wenn ich richtigliege, hat der Mörder ein Metallwerkzeug benutzt, um ihr Rückenmark zu durchtrennen. Die Nerven des Plexus brachialis hat er zerschnitten, um die Arme bewegungsunfähig zu machen.«

»Moment mal.« Von Ingles routiniert bedächtigem Tonfall war nichts mehr zu hören. »Warum sollte jemand diese arme Frau lähmen wollen?«

Sara wusste genau, wieso, denn sie hatte diese Art Verletzung schon einmal gesehen. »Damit sie sich nicht wehren konnte, während er sie vergewaltigte.«

GRANT COUNTY – DIENSTAG

5

Jeffrey ging auf der Hauptzufahrt des Colleges zum Eingangstor. Regen wurde von der Seite unter seinen Schirm geweht. Der Himmel war aufgeplatzt, während er sich im Büro des Dekans eine Standpauke über *Optik* angehört hatte. Kevin Blake war ein wandelndes Wörterbuch körperschaftlicher Floskelsprache, ob er etwas *aus der Vogelperspektive betrachtete, das Schiff steuerte, außerhalb eingefahrener Gleise dachte* oder *einen ganzheitlichen Ansatz vertrat.*

Kurz gesagt wollte der Dekan eine optimistisch-kämpferische Verlautbarung herausgeben, dass man nach diesem tragischen Unfall im Wald weiter vorangehen und der Studentenschaft helfen müsse, die Wunden heilen zu lassen. Jeffrey hatte klargemacht, dass er noch nicht so weit war, etwas heilen zu lassen. Er hatte um eine Woche Zeit gebeten. Blake hatte ihm eine Frist bis zum Ende des Tages gegeben. Danach war nicht mehr viel zu besprechen gewesen, und Jeffreys Möglichkeiten waren begrenzt. Er konnte in den Regen hinausspazieren, um sich abzukühlen, oder er konnte den Dekan aus dem Fenster werfen.

Gehen hatte knapp gewonnen, trotz der Sturzflut, die bereits eingesetzt hatte, während sie draußen im Wald auf den Rettungswagen warteten. Jetzt war Jeffrey erst auf halbem Weg zum Tor, und seine Socken waren bereits klatschnass. Der schwere Dienstregenschirm scheuerte ein Loch in seine Schulter. Fest packte er den Griff. Vier Stunden waren seit jenem Moment im Wald vergangen, und bei der Erinnerung an die brechenden Knochen in der Brust des Mädchens zitterten ihm immer noch die Hände. Jeffrey war es nicht gewöhnt, Anordnungen entgegenzunehmen, aber alles, was er auf Saras Geheiß getan hatte, alles, was sie zusammen getan hatten, hatte ein Leben gerettet.

Ob sich die Spanne dieses Lebens in Stunden, Tagen oder Jahrzehnten bemaß, würde sich herausstellen.

Der Name des Mädchens war Rebecca »Beckey« Caterino. Sie war neunzehn Jahre alt, das einzige Kind eines verwitweten Vaters. Sie studierte Umweltchemie. Sie würde vielleicht nicht aus der Operation aufwachen nach diesem tragischen Unfall, denn um einen solchen handelte es sich allem Anschein nach.

Die Sache mit dem Unfall war die Quelle für Jeffreys Meinungsverschiedenheit mit Blake. Saras wissenschaftliche Theorien und Statistiken hin oder her – dass das Mädchen auf dem Rücken gelandet sein sollte, wollte Jeffrey nicht in den Kopf. Dazu dann noch der beunruhigende Anruf, den er von Caterinos Vater erhalten hatte. Der Mann war keine halbe Stunde nach seiner Tochter im Krankenhaus eingetroffen und hatte medizinische Informationen weitergegeben, die sich Jeffrey von Sara erklären lassen musste. Unterm Strich ging es darum, dass sich Beckey Caterino im Wald unmöglich von allein gedreht haben konnte. Entweder war sie auf den Rücken gefallen, oder jemand hatte sie so hingelegt.

Jeffrey konnte nicht genau spezifizieren, warum er Letzteres für eine realistische Möglichkeit hielt. Es gab keine Spuren, die auf ein Verbrechen hindeuteten. Aber er machte diesen Job lange genug, um zu wissen, dass der Bauch manchmal besser sah als die Augen.

Er ging den zeitlichen Ablauf durch, den sie aufgestellt hatten. Caterinos Mitbewohnerinnen sagten aus, sie sei etwa um fünf Uhr aufgebrochen. Der Anruf war eine Stunde später eingegangen. Die Studentin, die Beckey gefunden hatte, lief regelmäßig. Jeffrey hatte sich die Statistiken angesehen. Eine Frau in Caterinos Altersgruppe konnte im Schnitt eine Meile in zwölf Minuten laufen. Vorausgesetzt, sie war direkt ins IHOP gelaufen und hatte keinen Umweg und keine Pause gemacht, hätte sie für die zweieinhalb Kilometer achtzehn Minuten gebraucht.

Blieben zweiundvierzig Minuten, in denen etwas Schreckliches passiert sein konnte.

Falls jemand Caterino ins Visier genommen hatte, wäre der nächste Schritt, herauszufinden, wer ihr möglicherweise etwas antun wollte. Gab es einen Ex-Freund, der wütend auf sie war, weil sie Schluss gemacht hatte? Oder war das umgekehrte Szenario der Fall und die neue Freundin eines Ex-Freunds wollte seine Vergangenheit auslöschen? Hatte Caterino Streit mit einer Mitbewohnerin? Gab es Rivalen an der Universität? Wurde sie von einem Professor verfolgt, der ein Nein nicht akzeptieren konnte?

Jeffrey hatte Frank losgeschickt, um Chuck Gaines auszuhorchen, diese Karikatur eines Security-Chefs auf dem Campus. Matt Hogan fragte in Caterinos Wohnheim herum. Brad Stephens sah nach Leslie Truong, der Frau, die Caterino im Wald gefunden hatte. Lena sprach mit Dr. Sibyl Adams. Zufällig war Lenas Schwester eine von Caterinos Dozentinnen. Sibyl hatte angeboten, etwas eher zur Uni zu kommen, um Caterinos Arbeit in Organischer Chemie mit ihr durchzugehen.

Jeffrey wusste nicht, ob das Mädchen selbst in absehbarer Zeit in der Lage sein würde, etwas auszusagen. Sara hatte den

Rettungswagen angewiesen, Caterino ins nächstgelegene Traumazentrum zu bringen, das in Macon war. Das Medical Center in Heartsdale war nicht mal richtig dafür ausgerüstet, Kratzer und Blutergüsse zu behandeln. Als Jeffrey Sara um eine Prognose gebeten hatte, hatte er so gut wie keine Antwort bekommen. Sie war wütend auf Lena, weil die keine Vitalfunktionen beim Opfer überprüft und keinen Puls gefunden hatte, und richtete ihren ganzen Zorn auf die junge Polizistin. Jeffrey hätte eigentlich erleichtert sein müssen, dass ausnahmsweise nicht er das Ziel ihrer scharfen Zunge war.

Er trat zur Seite, ließ ein Auto passieren und ging durch das offene Tor der Universität. Vor ihm erstreckte sich die Hauptstraße. Der Regen prasselte so heftig herab, dass die Tropfen fast einen halben Meter vom Asphalt hochsprangen. Die Polizeistation lag zu seiner Linken. Auf der Anhöhe zu seiner Rechten stand die Kinderklinik von Heartsdale wie ein Denkmal für schlechte Architektur der 1950er-Jahre.

Hochsicherheitsgefängnis beschrieb die Anmutung der Ziegelbauweise am besten. Nichts wies von außen darauf hin, dass Kinder hier willkommen waren. Die Fenster waren schmal. Der Kunststoffüberhang dämpfte alles natürliche Licht zu einem fahlen Braun. Ein Achteck aus Glasbausteinen schwoll wie ein Furunkel aus einem Ende des Gebäudes. Das war das Wartezimmer. Im Sommer konnte die Temperatur darin auf deutlich über dreißig Grad steigen. Dr. Barney, der Eigentümer der Klinik, beteuerte hartnäckig, die Hitze würde den Patienten helfen, auszuschwitzen, was immer sie plagte. Sara widersprach heftig, aber Dr. Barney war ihr eigener Kinderarzt gewesen, ehe er ihr Boss wurde. Es fiel ihr schwer, sich offen gegen ihn zu stellen.

Der Mann hatte keine Ahnung, was für ein Glückspilz er war.

Jeffrey stieg die steile Zufahrt hinauf. Saras silberner

BMW Z4 Turbo stand auf dem Parkplatz neben dem Gebäude. Sie hatte ihn in einem Winkel wie im Showroom geparkt, sodass er nicht direkt auf die Polizeistation blickte, sondern auf die Eingangstür, denn sie hätte Jeffrey nur einmal mit einem Messer kastrieren können, aber mit ihrem Achtzigtausend-Dollar-Cabrio konnte sie ihm jedes einzelne Mal ins Gesicht schlagen, wenn er die Arbeit verließ.

Tessa Linton stand unter dem schmalen Vordach, das den Seiteneingang der Klinik überragte. Sie trug eine abgeschnittene Jeans und ein enges, langärmliges T-Shirt mit dem Logo von *Linton und Töchter – Installateure* über der üppigen Brust. Wie üblich war Tessas langes, erdbeerblondes Haar zu einem Knoten oben auf dem Kopf geschlungen. Jeffrey versuchte ein Lächeln. Als das nicht funktionierte, bot er ihr an, sich mit unter seinen Schirm zu stellen.

»Lange nicht gesehen«, sagte er.

Tessa starrte ausdruckslos auf die Straße.

Jeffrey hatte angenommen, dass Tessa von allen Bewohnern der Stadt am meisten Verständnis für seine Vergehen aufbringen würde. Sie war eine Frau mit Vergangenheit. Und sie war auch eine Frau mit Gegenwart. Die Straßen von Grant County waren gesäumt von Herzen, die Tessa Linton gebrochen hatte. Die beiden hatten einander als verwandte Seelen erkannt, als Sara Jeffrey zum ersten Mal mit nach Hause brachte, damit er ihre Familie kennenlernte. Tessa hatte ihn scherzhaft davor gewarnt, ihrer großen Schwester das Herz zu brechen. Jeffrey hatte zurückgewitzelt, dass es ja wohl nicht als betrügen galt, wenn man es jedes Mal mit einer anderen Frau tat. So war es jahrelang hin und her gegangen. Bis Sara Jeffrey in flagranti erwischt hatte. Und Tessa daraufhin die Reifen seines Mustangs aufschlitzte.

»Geht es Sara gut?«, fragte Jeffrey. »Wir hatten einen harten Morgen.«

»Mein Vater ist auf dem Weg hierher, um mich abzuholen.«

Jeffrey beäugte argwöhnisch die Straße. Er bot Tessa seinen Schirm an. »Du kannst ihn einfach neben der Tür stehen lassen.«

Sie verschränkte die Arme vor der Brust.

Jeffrey sah den Regen auf den Parkplatz prasseln. Wasserfälle ergossen sich von dem schmalen Vordach. Tessa würde in der Sekunde durchnässt sein, in der sie ihren Platz darunter verließ. Jeffrey hätte sie den Elementen überlassen sollen, aber seine Ritterlichkeit siegte. Und er bezweifelte, dass der Regenschirm da sein würde, wenn er zurückkam.

»Wie läuft es in dem alten Colton-Haus für dich?«, fragte Tessa.

Jeffrey wollte schon fragen, woher sie wusste, dass er ein Haus gekauft hatte, aber dann wurde ihm klar, dass es wohl die ganze Stadt wusste. »Es hat eine gute Bausubstanz. Ich werde die Küche renovieren und die Wände streichen.«

Sie lächelte jetzt. »Funktioniert die Toilettenspülung noch?«

Jeffrey wurde bang ums Herz. Es war ihm nicht gelungen, einen professionellen Installateur zu engagieren. Niemand reagierte auf seine Anrufe. Eddie Linton hatte eine Klempner-Omertà über ihn verhängt.

»Das alte Tonabwasserrohr ist voller Baumwurzeln. In einem Monat wirst du in einen Eimer scheißen.«

Jeffrey konnte sich kaum die Hypothekentilgung leisten. Seine Ersparnisse waren für die Anzahlung draufgegangen. »Komm schon, Tessa. Hilf mir lieber.«

»Du willst meine Hilfe?« Sie trat vom Randstein. Der Van ihres Vaters war in die Straße eingebogen. »Kauf dir einen Metalleimer. Plastik nimmt den Geruch an.«

Jeffrey mühte sich, den Regenschirm zu schließen, als Eddie auf den Parkplatz bog. Er wusste, der Mann hatte eine .380er Ruger im Handschuhfach.

Der Van steuerte nun wild schlingernd auf das Gebäude zu.

Jeffrey ließ den Schirm fallen, riss die Eingangstür auf und stürmte ins Gebäude. Drinnen wäre er fast in Nelly Morgan hineingerannt.

»Hm.« Die Büroleiterin der Klinik rümpfte indigniert die Nase, ehe sie auf dem Absatz kehrtmachte und sich entfernte. Jeffrey unterdrückte eine sarkastische Bemerkung. Nelly war immun gegen Sarkasmus.

Dr. Barney war es nicht. »Sie sehen gut aus, mein Sohn«, sagte er zu Jeffrey, als er die Tür eines Behandlungszimmers demonstrativ hinter sich schloss.

Jeffrey betrachtete sein Spiegelbild über dem Waschbecken im Flur. Der Regen hatte ganze Arbeit geleistet. Sein Hemd war durchnässt. Das Haar stand am Hinterkopf ab wie ein Entenbürzel.

»Was tun Sie hier?« Molly Stoddard, Saras Krankenschwester, sah nicht im Mindesten glücklich aus, ihn zu sehen.

Jeffrey strich sein Haar glatt. »Ich muss mit Sara reden.«

»Müssen oder wollen?« Molly schaute auf ihre Uhr, obwohl sie eine dieser Frauen war, die immer wussten, wie spät es ist. »Sie hat einen Patienten nach dem andern. Sie müssen …«

»Molly.« Saras Sprechzimmertür ging auf. »Setzen Sie bitte schon mal Jimmy Powell an den Inhalator. Ich bin sofort bei ihm.«

Molly brachte noch einen unglücklichen Blick zustande, ehe sie den Flur entlangschlurfte.

»Wie geht es dem Mädchen?«, fragte Sara.

»Wird gerade operiert. Sie …«

Sara verschwand in ihrem Büro.

Jeffrey rang mit sich, ob er ihr folgen sollte oder nicht. Er strich sein Haar noch einmal glatt. Im Flur kam er an einer missbilligend blickenden Mutter vorbei. Selbst ihr Kleinkind sah stirnrunzelnd zu ihm auf. Jeffrey brauchte dringend so eine Aufstellung, wie sie vorn in manchen russischen Romanen abgedruckt waren, auf der man nachsehen konnte, in welcher Beziehung die Leute zu Sara standen und in welchem Maße sie ihn hassten.

Sara saß an ihrem Schreibtisch, als er den Raum betrat, und füllte Verschreibungen aus. Ihr Büro hatte dieselbe Größe wie Dr. Barneys, aber es wirkte kleiner, weil sie Fotos ihrer kleinen Patienten an den Wänden aufgehängt hatte. Es mussten mehr als hundert sein. Bald würde es keine freie Stelle mehr auf der Holzverkleidung geben. Die meisten Bilder waren Schulfotos. Es gab einige Schnappschüsse mit Katzen, Hunden und gelegentlich einer Rennmaus. Der chaotische Dekorationsstil setzte sich im ganzen Raum fort. Ihre Eingangsablage quoll über. Lehrbücher lagen aufgeschlagen auf dem Boden. Krankenblätter stapelten sich auf den beiden Sesseln und auf den Aktenschränken, die noch mehr Akten enthielten. Hätte Jeffrey es nicht besser gewusst, dann hätte er angenommen, sie wäre Opfer eines Raubüberfalls geworden.

Er hob einen Stapel Ordner vom Stuhl, damit er sich setzen konnte. »Ich bin Tess draußen über den Weg gelaufen.«

»Schließ die Tür.« Sie wartete, bis er wieder aufgestanden war, die Tür geschlossen und sich ein zweites Mal hingesetzt hatte, ehe sie fragte: »Wirst du Lena jetzt endlich rausschmeißen?«

Jeffrey hatte seine eigene Frage parat. »Wie lange hast du gebraucht, um Caterinos Puls zu finden?«

»Zumindest habe ich ihn überprüft.«

»Lena hat ihr den Puls gefühlt, als sie vor Ort eintraf. Sie hat es in ihrem Notizbuch vermerkt.«

»Mit derselben Tintenfarbe?« Sara wartete keine Antwort ab. »Erzähl mir, was sie im Krankenhaus gesagt haben. Wie geht es dem Mädchen?«

Jeffrey ließ ihren beißenden Ton zwischen ihnen stehen. Im Lauf des letzten Jahres hatte er die zwei verschiedenen Saras gründlich kennengelernt. In der Öffentlichkeit war sie tragisch schweigsam und immer respektvoll. Unter vier Augen jedoch ließ sie keine Gelegenheit aus, ihn fertigzumachen.

Jeffrey warf die Ordner auf einen bereits schwankenden Stapel. »Das Mädchen heißt Rebecca Caterino. Sie wird Beckey genannt. Das Krankenhaus darf keine Informationen heraus...«

»Aber?«

»Aber.« Er machte eine Pause, um sie zu bremsen. »Ich habe mit ihrem Vater gesprochen. Der Neurochirurg wird eine ...«

»... Schädelöffnung durchführen, damit der Druck in ihrem Kopf entweichen kann?«, fragte Sara. »Was ist mit dem Material in ihrer Kehle?«

»Der Pneumologe sagte, es sieht aus wie ...«

»Unverdauter Teig?«

Jeffrey umklammerte die Armlehnen. »Hast du vor, alle meine ...«

Sara spielte nicht mit. »Warum bist du hier, Jeffrey?«

Er musste erst seine Gereiztheit hinter sich lassen, ehe es ihm wieder einfiel. »Hast du bemerkt, dass ihre Beine gelähmt waren?«

»Gelähmt?« Sara gab jetzt acht. »Das musst du erklären.«

»Der Chirurg hat zu Beckeys Vater gesagt, dass ihre Wirbelsäule durchtrennt war.«

»Die Wirbelsäule oder das Rückenmark?«

Jeffrey ließ sich Zeit, sein Notizbuch aus der Tasche zu holen und zur richtigen Seite zu blättern. »Während der Evaluation reagierten ihre Füße und Beine nicht auf Stimulation. Ein MRT brachte eine kleine Punktion auf der linken Seite ihres Rückenmarks zum Vorschein.«

»Punktion.« Sara beugte sich über den Schreibtisch. »Du musst präziser sein. War die Haut ebenfalls punktiert?«

»Das ist alles, was ich weiß.« Jeffrey klappte sein Notizbuch zu. »Der Vater war verständlicherweise aufgewühlt, und die Ärzte haben nicht viel herausgerückt. Du weißt, wie das am Anfang ist in solchen Fällen: Sie wissen nicht, was sie nicht wissen.«

»Sie wissen mehr, als sie sagen«, konterte Sara. »Kennst du den Ort der Punktion?«

Er sah wieder in seinen Notizen nach. »Unterhalb von C5.«

»Kein Beatmungsgerät also. Wenigstens das.« Sara lehnte sich zurück. Er sah ihr an, dass sie die Möglichkeiten durchging. »Okay, Rückenmarksverletzungen. Sie resultieren meist aus körperlichen Traumata. Sportverletzungen. Verkehrsunfälle. Schuss- und Messerwunden. Auch Alltagsunfälle, aber im Allgemeinen keine Stürze. Es braucht einen enormen Krafteinsatz, um das Rückenmark zu durchtrennen. Oder ein Wirbel kann brechen und es durchbohren. Oder vielleicht ist sie auf etwas Spitzem gelandet. Habt ihr am Tatort etwas gefunden, das einen solchen Einstich verursacht haben könnte?«

»Zu dem Zeitpunkt, als ich mit dem Vater gesprochen habe, hatte der Regen unseren Tatort bereits weggespült.«

»Und ihr seid nicht auf die Idee gekommen, ihn mit einem Zelt zu schützen?«

»Wozu?«, fragte Jeffrey, denn das war der Kern des Problems. »Warum sollte ich zusätzliche Maßnahmen bei etwas ergreifen, das wie ein Unfall aussah? Hast du etwas gesehen, das dich zu einer anderen Annahme führt?«

Sie schüttelte den Kopf. »Du hast recht.«

Jeffrey legte die Hand ans Ohr, als könnte er nicht glauben, was er da hörte.

Widerwillig lächelte sie. Er hasste es, wie er sich fühlte, wenn er ihr eine positive Reaktion entlockte. Als wäre er in der Junior-Highschool und versuchte, einen Cheerleader zu beeindrucken.

»Die Sache wirkt verdächtig, oder? Das bilde ich mir nicht nur ein?«

Sie schüttelte den Kopf, aber er sah ihr an, dass sie sein Unbehagen teilte. »Ich möchte das MRT sehen. Die Punktion ist merkwürdig. Sie könnte alles ändern. Oder sie lässt sich erklären. Ich brauche mehr Informationen.«

»Ich ebenfalls.« Der Druck auf Jeffreys Brust wurde ein wenig leichter. Was ihm – unter anderem – am meisten seit der Trennung von Sara fehlte, waren solche Diskussionen, in denen er Dinge zur Sprache bringen konnte, die ihm zu schaffen machten. »Kevin Blake drängt mich, noch heute eine öffentliche Erklärung abzugeben. Er will Ängsten vorgreifen. Einerseits denke ich, er hat recht. Andererseits glaube ich aber, dass wir etwas übersehen. Dann frage ich mich: Was könnte dieses Etwas sein? Kein Indiz wirft irgendeine Frage auf, die eine Ermittlung beantworten könnte.«

»Ich bezweifle, dass das Mädchen eine Hilfe sein wird«, sagte Sara. »Selbst wenn sie die Operation überlebt, selbst wenn sie in der Lage sein sollte zu kommunizieren, wird eine posttraumatische Amnesie sie als Zeugin wahrscheinlich unbrauchbar machen.«

»Ich werde mit Leslie Truong reden. Das ist die Frau, die Beckey gefunden hat. Vielleicht erinnert sie sich an etwas.«

»Vielleicht.«

Jeffrey studierte Saras Gesicht. Sie wirkte, als hätte sie noch mehr zu sagen. »Was ist?«

»Wir unterhalten uns hier nur, oder?«

»Klar.«

Sara schlug ihren Kugelschreiber wie ein Metronom an die Schreibtischkante. »Du solltest um eine gynäkologische Untersuchung bitten.«

»Du glaubst, sie wurde vergewaltigt?« Der Gedankensprung verwirrte Jeffrey. »Wir reden hier von einer braven Studentin. Du hast gesehen, wie sie angezogen war. Sie trug nicht einmal Make-up. Sie hat die ganze Nacht in der Bibliothek verbracht. Diese Beckey ist nicht die Art von Partyluder, bei dem man damit rechnen müsste, dass es Opfer eines sexuellen Angriffs wird.«

Der Kugelschreiber hielt inne. »Willst du mir damit sagen, dass es so etwas wie eine vergewaltigungsanfällige Frau gibt?«

»Nein, das ist verrückt.« Sie verstand ihn absichtlich falsch. »Was ich sagen will, ist: Sieh dir die Beweislage an. Caterino war nicht gefesselt. Sie hatte keine Prellungen oder Blutergüsse. Sie war bekleidet. Nichts sah unordentlich aus. Es war heller Tag in einem Wald, der zweihundert Meter von einer dicht bebauten Straße entfernt ist.«

»Und sie war gestern Abend in der Bibliothek statt in einer Kneipe. Und sie war nicht so angezogen, als hätte sie es darauf angelegt.«

»Hör auf, mir Dinge in den Mund zu legen. Niemand legt es darauf an«, sagte er. »Also gut, vielleicht habe ich mich unbeholfen ausgedrückt, aber es stimmt, dass sie diesbezüglich nicht zu einer Hochrisiko-Kategorie zählt. Sie ist eine gute Studentin. Sie ist nicht in der Drogenszene aktiv. Sie ist wie du – immer mit der Nase in einem Buch. Ich meine … Herrgott noch mal, sie war in aller Frühe joggen und hat nicht in irgendeiner Gasse versucht, sich Stoff zu beschaffen.«

Sara presste die Lippen zusammen und holte tief Luft. Er sah, wie sich ihre Nasenlöcher blähten. »Weißt du was, Jeffrey? Das ist nicht mehr mein Job.«

»Was ist nicht dein Job?«

»Ich bin nicht der Mensch, mit dem du deine Fälle durchsprichst. Der dir ›verdächtig!‹ zuflüstert. Ich werde dir nicht verraten, wie man Kevin Blake ausschaltet. Es ist nicht mehr meine Aufgabe, das emotionale Gerüst zu sein, das dein Leben aufrecht hält.«

»Was zum Teufel soll das heißen?«

»Es heißt, dass ich dir nicht zuhören oder mir Sorgen um dich machen oder dir helfen oder dich auch nur anschauen muss.« Sara stieß den Zeigefinger auf den Schreibtisch. »Deine Mutter hat morgen Geburtstag. Hast du daran gedacht?«

»Mist«, zischte er.

»Der Blumenladen schließt um vier, und sie liefern nicht am selben Tag; wenn du also nicht willst, dass sie am Telefon weint, dann solltest du lieber sofort anrufen, bevor du es vergisst.«

Jeffrey sah auf seine Armbanduhr. Er hatte noch fünf Stunden Zeit. Er würde es nicht vergessen. »Ich habe dich nie gebeten …«

»Weißt du noch, dass nächste Woche der siebzehnte Geburtstag von Possum und Nell ist?« Sara wusste es offenbar noch. »Als wir das letzte Mal dort waren, hast du ihnen versprochen, sie zur Party zu fahren. Und dass du eine Tischrede schreiben würdest. Du hast außerdem Jared versprochen, dass du ihm zeigst, wie man eine Football-Spirale wirft. Und du brauchst eine Grippeimpfung. Du solltest dich, weiß Gott, auch auf sexuell übertragbare Krankheiten testen lassen. Du bist überfällig für einen allgemeinen Check-up beim Hausarzt. Du brauchst neue Blutdrucktabletten? Dann vereinbare gleich einen Termin bei ihm, bevor dein Rezept ausläuft.«

»Ich weiß das alles«, log er. »Ich habe schon Termine gemacht.«

»Du bist so verlogen.«

»Wie steht es mit dir, Sara? Können wir zur Abwechslung darüber reden, wie verkorkst du bist?« Seine Knie stießen an den Schreibtisch, als er sich vorbeugte. »Was ist mit diesem neuen Typ, mit dem du dich in Atlanta herumtreibst? Parker – das ist doch kein Name für einen Mann. Das ist ein Füllfederhalter, den man von seinem Großvater geschenkt bekommt.«

Sie lachte. »Wow. Jetzt hast du's mir aber gegeben.«

Jeffrey würde es ihr noch geben, und wenn es das Letzte war, was er tat. »Du siehst beschissen aus, wie gefällt dir das? Hast du dich überhaupt schon frisiert heute? Ich sehe dir an, dass du verkatert bist. Du hast wahrscheinlich seit einer Woche nicht mehr geschlafen. Du kannst dich kaum noch aufrecht halten. Ich versuche, mit dir wie mit einer Erwachsenen zu red…«

»Jeffrey.« Der Name schien ihr fast in der Kehle stecken zu bleiben. Sara brüllte nie, wenn sie wütend war. Ihr Zorn drückte sich dann immer in einem geflüsterten Zischen aus. »Verschwinde aus meinem Büro.«

»Komm mal runter von deinem hohen Ross!« Er schlug mit der Faust auf den Schreibtisch. Sie hatte im Moment kein Recht, wütend auf ihn zu sein. »Großer Gott, Sara. Ich habe versucht, über einen Fall mit dir zu sprechen, und du machst daraus einen solchen …«

»Ich bin nicht der Coroner. Ich bin nicht dein Resonanzboden. Und du hast verdammt noch mal dafür gesorgt, dass ich auch nicht deine Frau bin.«

Er zwang sich zu einem Lachen. »Ich bin nicht derjenige, der die Scheidung eingereicht hat.«

»Nein, du bist nur derjenige, der mich fortwährend belogen hat, wenn ich gefragt habe, warum du abends so lange wegbleibst, warum du plötzlich Telefongespräche draußen annimmst, warum du dein E-Mail-Passwort geändert hast, warum du die Benachrichtigungsfunktion auf deinem Handy ausgeschaltet hast, warum du einen Blickschutzfilter auf deinem Laptop installiert hast.« Er sah, wie sich ihr Hals anspannte. »Du hast mich so weit gebracht, dass ich dachte, ich verliere den Verstand. Du hast mich vor der ganzen Stadt gedemütigt. Und du lügst immer noch wegen …«

»Ich habe einen Fehler gemacht. *Einen.*«

»Einen!«, stieß sie hervor. Egal, was er sagte, sie glaubte ihm nicht, dass es nur ein einziger dummer Fehler gewesen war. »Ein ganzes Jahr ist vergangen, und du kannst mir noch immer nicht die Wahrheit sagen.«

»Weißt du was, Süße? Hier ist die Wahrheit: Ich bin nicht mehr dein Mann.« Er stand auf, um zu gehen. »Ich muss mir diesen Scheißdreck ebenfalls nicht anhören.«

»Dann hau ab.«

Er würde ihr nicht das letzte Wort lassen. »Bei dir war auch nicht alles eitel Sonnenschein, Sara.«

Sie lud ihn mit offenen Armen ein, es sich von der Seele zu reden.

»Wie wäre es zum Beispiel gewesen, einmal einen Sonntag mit deinem Mann im Bett zu verbringen, statt immer zum Mittagessen zu deiner Familie zu rennen? Oder deiner Mom endlich mal beizubringen, dass sie nicht sechs Tage in der Woche unangemeldet vorbeikommen soll. Du hättest deinem Dad erklären können, dass er nicht einfach Arbeiten von mir zu Ende bringen soll, die ich in meinem eigenen Tempo ganz gut hätte selbst beenden können. Oder wie wäre es gewesen, deiner Schwester nicht jede Einzelheit aus unserem Intimleben zu erzählen? Wie wäre es gewesen, auch nur ein einziges Mal in unserer gesamten Ehe *meine* Bedürfnisse, *meine* Gefühle vor die deiner gottverdammten Familie zu stellen?«

Sie begann, in ihren Schubladen zu wühlen, und warf Papiere und Büroartikel wahllos auf den Boden.

Jeffrey blickte auf das Durcheinander. Das war wie bei der Sache mit dem Auto, wo sie durchgedreht war und ihres anstelle von seinem ruiniert hatte. »Was tust du?«

»Ich suche das hier.« Sie warf einen Taschenrechner auf den

Tisch. »Ich brauche Hilfe beim Zählen all deiner verletzten Gefühle, die mich allesamt einen Scheißdreck interessieren.«

Er biss die Zähne so fest zusammen, dass er seinen Puls im Kiefer spürte. »Du kannst dir diesen Taschenrechner in deinen verklemmten Hintern schieben.«

»Und du kannst dich selber ficken.«

»Ich habe jede Menge Frauen, die das für mich tun können.«

»Na klar, Schwanzlutscher.«

»Leck mich doch.«

Saras Antwort ging im Krachen unter, als Jeffrey die Schiebetür so gewaltsam aufriss, dass das Holz splitterte und Bilder von den Wänden segelten. Im Flur lief er in eine Wand aus Weiß – Schwestern, Assistenzärzte, Dr. Barney in seinem Labormantel, alle hatten sich um die Schwesternstation versammelt. Und alle starrten ihn angewidert an, denn Sara war so berechnend gewesen, dass nur sein Part an dem Streit bis in den Flur hinaus zu hören gewesen war.

Das war keine Scheidung. Das war das tödliche Karussell aus dem Film *Logan's Run – Flucht ins 23. Jahrhundert.*

Jeffreys Schuhe quietschten, als er den Flur entlangstapfte. Seine nassen Socken schoben sich um die Knöchel zusammen. Ihm war, als strömte Dampf aus seinem Kopf. Er stieß die Tür mit der Schulter auf. Draußen tobte noch immer das Unwetter. Blitze zerrissen den Himmel. Die Wolken waren so tiefschwarz wie seine Stimmung.

Er sah sich nach seinem Regenschirm um. Er lag mitten auf dem Parkplatz. Die Stange war verbogen. Jeffrey ging in den peitschenden Regen hinaus und hob den Schirm vom Boden auf. Jetzt läutete auch noch sein Telefon. Er ignorierte es und versuchte, den Schirm mit aller Kraft aufzuspannen.

»Verdammt!« Jeffrey schleuderte den nutzlosen Regenschirm in Richtung der geschlossenen Tür. Regen prasselte auf seinen Kopf. Er stapfte zur Einfahrt und warf dabei einen Blick auf Saras Wagen, aber er war nicht so blöd, ihr die Befriedigung zu gönnen, dass er eine Dummheit beging.

Er sah zurück zu dem Schirm, dann wieder auf den Wagen.

Sein Handy läutete erneut.

Er riss es aus der Tasche. »Was ist los, Herrgott noch mal?«

Er hörte ein leichtes Zögern, ein leises Einatmen. Er musste nicht nachsehen, um zu wissen, dass es Lena war.

»Was gibt's, Lena?«, fragte er. »Was wollen Sie?«

»Chief?« Sie verhielt sich immer noch so zögerlich, dass er am liebsten sein Telefon in den Boden gerammt hätte. Er konnte sie jetzt auf der anderen Straßenseite sehen. Sie stand in der Glastür am Eingang zur Polizeistation. »Chief?«

»Sie wissen, dass ich hier bin, Lena. Sie können mich durch die verdammte Glastür sehen. Was gibt es?«

»Das Mädchen …« Sie unterbrach sich. »Das andere Mädchen. Die Studentin.«

»Haben Sie vergessen, wie man Adjektive benutzt?«

»Sie ist verschwunden«, sagte Lena. »Leslie Truong. Die Zeugin, die Beckey Caterino im Wald gefunden hat. Sie ist nie bei der Campus-Krankenschwester angekommen. Sie war nicht in ihrem Wohnheim und nicht in der Vorlesung. Wir können sie nirgendwo finden.«

ATLANTA

6

Will fuhr schweigend, während Faith eine Zusammenfassung von Daryl Nesbitts Zeitungsausschnitten in ihr Notizbuch übertrug. Er hörte den Kugelschreiber über das Papier schaben. Sie kringelte wichtige Worte gern ein. Es war ein Geräusch wie Sandpapier auf Zähnen. Er sehnte sich nach einer Ablenkung, aber zwecks Harmonisierung ihrer Beziehung ließen sie nie das Radio im Auto laufen. Faith hatte keine Lust auf Bruce Springsteen. Will würde sich niemals *NSYNC anhören.

Bis auf ein gelegentliches »Hhm« schien Faith mit dem anhaltenden Schweigen zufrieden zu sein. Will kam ein Faith-affiner Gesprächsanfang nach dem andern in den Sinn: *Und, wie steht's mit Emmas Vater? – Sind Mütter, die zu Hause bleiben, und berufstätige Mütter wirklich wie verfeindete Banden? – Wie geht der Text von* Baby Shark? Hauptsache, er fiel nicht in dieses Loch und analysierte jedes einzelne Wort, das Sara in der letzten Stunde geäußert hatte.

Nicht dass es viele Rohdaten gegeben hätte. Im Laufe ihrer drei kurzen Unterhaltungen hatte seine witzige, eloquente Freundin plötzlich in einem Code gesprochen, den selbst der legendäre Kryptoanalytiker Alan Turing nicht geknackt hätte. Zuerst, im Gefängnis, hatte sie ihn zwar nicht direkt aus der

Leitung geworfen, als er sie von der Toilette aus angerufen hatte, aber das Gespräch hatte abrupt genug geendet, dass Will wie ein Verrückter durch die Gänge gerast war. Er hatte von Glück reden können, dass ihm kein Vollzugsbeamter in den Rücken geschossen hatte. Dafür hatte ihm Sara ins Gesicht geschossen.

Salat?

McDonald's?

Wie bitte?

Wenn in Wills Kindheit der Irrsinn ausbrach, hatte er sich immer vorgestellt, dass sein Gehirn aus einem Stapel Essenstabletts bestand. Er war immer ein großer Fan von Mahlzeiten gewesen, die einzeln verpackt serviert wurden – Pizza in dem großen Rechteck, Mais, Kroketten und Apfelsoße in den kleinen Quadraten. Sich solche Schalen vorzustellen half ihm, seine Probleme klar voneinander getrennt abzulegen, sodass er später damit fertigwerden konnte. Oder auch nicht. Das Stapelsystem hatte ihn durch qualvolle Zeiten gebracht. Wenn Pflegeeltern ihn misshandelten oder ein Lehrer ihn anbrüllte, dass er dumm sei, packte er dieses schlimme Gefühl in ein Fach, und wenn alle Fächer voll waren, stellte er ein neues Tablett auf den Stapel.

Will wusste nicht, wo er die drei Unterhaltungen mit Sara unterbringen sollte. Die letzten beiden hatten sehr wenig Sinn ergeben. Sara weigerte sich normalerweise, vor dem Mittag über das Abendessen zu sprechen. Sie würde nie im Leben etwas von McDonald's holen. Damit blieb der erste Anruf zu analysieren, der weniger als eine Minute gedauert hatte. Sara hatte verwirrt geklungen, dann wütend, dann roboterhaft, dann, als würde sie gleich anfangen zu weinen.

Will rieb sich das Kinn.

Er übersah den offensichtlichsten Hinweis.

Sara hatte gesagt, sie stünde mitten auf einem Parkplatz.

Deshalb hatte sie das Gespräch beendet. Sie wollte nicht vor Publikum zusammenbrechen. Trotz allen Geredes über offene Kommunikation neigte sie dazu, ihre Gefühle hermetisch zu versiegeln. In der Öffentlichkeit war sie immer ausgeglichener Stimmung. Privat aber konnte sie auf eine Weise zusammenbrechen, wie es sich wohl nur die wenigsten Leute bei ihr vorzustellen vermochten. Die Gelegenheiten konnte er an einer Hand abzählen, aber er hatte Sara schon vollkommen zusammenklappen sehen. Manchmal geschah es, wenn sie wütend war, manchmal, wenn sie verletzt war, aber immer, wirklich *immer*, geschah es hinter verschlossenen Türen.

Er schaute in den Rückspiegel. Die Straße dehnte sich endlos hinter ihm aus. Sara war inzwischen den halben Staat von ihm entfernt. Er fischte sein Handy aus der Tasche. Er könnte Sara mit einer App lokalisieren, aber er wusste ohnehin, wo sie war, und die App würde ihm nicht verraten, was sie dachte.

Will warf einen Blick auf sein Telefon. Der Sperrbildschirm zeigte ein Foto von ihr mit den Hunden. Die winzige Betty schmiegte sich unter Saras Kinn, Bob und Billy, die zwei riesigen Windhunde, drängten beide auf ihren Schoß. Saras Brille saß schief; sie hatte gerade versucht, ein Kreuzworträtsel zu lösen. Als sie zu lachen anfing, hatte Will das Foto geschossen, aber sie hatte ihn angebettelt, es wieder zu löschen, weil sie fand, dass sie doof darauf aussah, also hatte Will es als Bildschirmschoner eingerichtet. Aber nichts davon spielte im Augenblick eine Rolle, denn …

Warum hatte sie ihm keine Nachricht geschrieben?

»Du lieber Himmel, Will! Wie schaffst du es eigentlich, hier zu sitzen?«, fragte Faith. »Ich meine, wie findest du hier überhaupt Platz?«

Will warf einen Blick zu ihr hinüber. Faith stieß den Sitz zurück, um ein wenig mehr Platz für die Beine zu gewinnen.

»Emmas Kindersitz ist im Weg.«

»Warum hast du ihn nicht rausgenommen?«

»Es ist dein Wagen.«

»Und du bist ein Riesenkerl.« Sie drehte sich auf die Knie, um hinten auf der Rückbank Platz zu schaffen.

Will steckte sein Telefon weg und versuchte, das Gespräch in Gang zu halten. »Ich dachte, sie seien schwer einzubauen. Diese Kindersitze.«

»Es ist keine Raketenwissenschaft.« Sie ließ ihren Sitz nach hinten rattern und streckte genüsslich die Beine aus. »Weißt du, wie oft ich an Samstagen Eltern im Auto angehalten habe, um ihre Sitze zu kontrollieren, als ich noch in Uniform Dienst geschoben habe? Du kannst dir nicht vorstellen, wie blöd die Leute sind. Da war dieses eine Paar …«

Will bemühte sich, ihrer Geschichte zu folgen, die eine unerwartete Wendung hin zu einer Drogenrazzia und der Notwendigkeit, den Tierschutz zu rufen, nahm. Er wartete, bis Faith Luft holte, dann nickte er in Richtung ihrer Aufzeichnungen. »Irgendwas Auffälliges?«

»Die Mobiltelefone stören mich.« Sie bezog sich auf Daryl Nesbitts Angebot, dazu Informationen zu liefern. »Es muss eine wirklich ausgeklügelte Unternehmung sein. Mehr noch als üblich. Vor den Gefängnisunruhen hat der Direktor mehr als vierhundert Telefone konfisziert. Das ist eine enorme Menge, um sie im Hintern zu schmuggeln. Ich meine, ich weiß, wie ein Arschloch aussieht. Und ich weiß, wie ein Smartphone aussieht. Ich kapiere nicht, wie es funktionieren soll. Rein körperlich. Schau dir mein Handy an.«

Will warf einen Blick auf ihr iPhone X. »So eins könnte dir im Knast dreitausend Dollar einbringen.«

»Okay, ich könnte wahrscheinlich zwei auf einmal schaffen.«

Ihr Telefon klingelte und zeigte so das Eintreffen einer Nachricht an. Dann noch eine. Und noch eine.

Will vermutete, dass Amanda dahintersteckte. Sie schickte immer jeden Satz einzeln, denn die Genfer Konvention galt nicht für ihr Team.

Faith fasste zusammen: »Amanda schreibt, Nesbitt hat ernsthafte gesundheitliche Probleme wegen seines Beins, und das ist wahrscheinlich der Grund für die Frist von einer Woche. Dass sie schreibt, bedeutet vermutlich, sie sind gerade im Bestattungsinstitut.«

Will sah auf die Uhr. Amanda war gut vorangekommen. Bis zu Lena brauchten sie etwa weitere zehn Minuten. Sie hatten bereits bei der Polizei in Macon vorbeigeschaut, in der Hoffnung, sie zu überraschen. Doch sie selbst waren diejenigen gewesen, die überrascht wurden. Lena war im Mutterschutz. Ihr Geburtstermin war in einem Monat.

»Ich sollte beim Gespräch mit Lena die Führung übernehmen«, sagte Faith.

Will hatte noch nicht über eine Strategie nachgedacht, aber er sagte: »Klingt sinnvoll. Sie ist schwanger. Du hast zwei Kinder.«

»Ich werde mich nicht über meine Mutterschaft mit dieser Ganovin verbünden.« Faith zog ein finsteres Gesicht. »Ich hasse schwangere Frauen. Vor allem, wenn es ihr erstes Kind ist. Sie sind so aufgeblasen, als hätte irgendein Zauber stattgefunden, und plötzlich wächst Leben in ihnen heran. Weißt du, durch welchen Zauber Jeremy in mir herangewachsen ist? Ich hab mir von einem geilen Fünfzehnjährigen weismachen lassen, dass ich nicht schwanger werden kann, solange er nur mit der Spitze drin ist.«

Will studierte das GPS-Display im Armaturenbrett.

Faith sagte: »Ich sollte die Führung bei Lena übernehmen, weil ich deine verlogene, doppelzüngige Ex-Frau kennengelernt habe, dieses Miststück. Und ich habe deine Notizen zu deinen letzten beiden Ermittlungen gegen Lena gelesen.«

»Es war nur beim ersten Mal eine Ermittlung. Und sie wurde vom Vorwurf eines Fehlverhaltens entlastet. Zumindest eines Fehlverhaltens, das ich beweisen konnte.« Will erkannte, dass er sich nicht direkt verteidigte. »Das zweite Mal war Zufall. Lena wurde nur rein zufällig mit ein paar Kerlen erwischt, die …«

»›Rein zufällig erwischt …‹« Faith sah ihn spöttisch an. »Man tritt nicht in Hundescheiße, wenn man keinem Hund folgt.«

Hundespielplätze waren Will nicht fremd. »Du musst nur auf den Boden gucken.«

Faith stöhnte. »Du siehst das Schlechte in Lena einfach nicht. Du siehst es bei niemandem, der so ist wie sie.«

Will musste insgeheim einräumen, dass sie möglicherweise recht hatte. Er hatte immer eine Schwäche für wütende, gekränkte Frauen gehabt. Meistens waren sie es selbst, die sich am stärksten verletzten.

Er musste außerdem einräumen, dass sie nicht wegen einer Therapiesitzung nach Macon gefahren waren. Sie wollten versuchen, Lena Informationen zu entlocken, und Will wusste besser als irgendwer sonst, wie schwer das werden würde.

»Sie ist wechselhaft«, sagte Will.

»Wie ein Dämon?«

»Wie ein Mensch, dem du traust, bis du ihm auf einmal nicht mehr traust«, erklärte Will. »Du redest mit ihr, und was sie sagt, klingt einleuchtend, und dann plötzlich, ohne dass du weißt, wie und wann es passiert ist, ist sie wütend, verletzt oder paranoid, und du hast es mit einer völlig anderen Person zu tun.«

»Klingt nett.«

»Das Schwierige dabei ist, dass sie manchmal eine richtig gute Polizistin sein kann.« Er registrierte Faiths ungläubiges Schniefen. »Sie hat den Instinkt. Sie weiß, wie man mit Leuten spricht. Sie betrügt nicht die ganze Zeit. Nur manchmal.«

»Ein bisschen korrupt ist wie ein bisschen schwanger«, sagte Faith. »Was ich wirklich gern in die Hände bekommen würde, sind Lenas Notizbücher. Das war damals einer ihrer ersten großen Fälle. Amanda hat recht: Als Anfänger notierst du dir jeden Furz. Da könnte Lena ihren Fehler gemacht haben. Wir könnten sie mit ihren eigenen Worten festnageln.«

Will wusste, dass sie damit richtiglag. Das spiralgebundene Notizbuch ist wie ein Tagebuch in den ersten Jahren als Polizist. Der Boss überprüft es nicht. Es ist kein offizieller, beeidigter Bericht. Keine Tatsachenfeststellung. Es ist der Platz, wo man sich flüchtige Gedanken aufschreibt, Dinge, die einem keine Ruhe lassen und denen man nachgehen will. Und dann fordert es ein Strafverteidiger als Beweismittel an, und ein Richter gestattet es, und ehe man sichs versieht, findet man sich schwitzend im Zeugenstand wieder und versucht, krampfhaft zu erklären, dass es sich bei *DQ* um den Laden handelt, in dem man zu Mittag isst, und nicht um die Initialen eines weiteren Verdächtigen, der vielleicht der wahre Mörder ist.

»Lena ist schlau«, sagte Will. »In dem Moment, in dem wir nach ihren Notizbüchern fragen, wird sie wissen, dass wir ihr auf die Pelle rücken. Und sie hatte genügend Zeit, darüber nachzudenken. In der Polizeistation haben uns jede Menge Leute gesehen. Sie hat mit Sicherheit längst einen Anruf bekommen, dass das GBI nach ihr sucht.«

»Cops sind solche fiesen kleinen Klatschmäuler«, beschwerte sich Faith. »Aber wir haben niemandem verraten, welchen Fall wir untersuchen. Es gibt wahrscheinlich viele Fälle, um die sich Lena Sorgen macht. Früher oder später verlässt sie das Glück, und dann werde ich mit den Handschellen zur Stelle sein.«

Will war überrascht von ihrer Heftigkeit. »Seit wann hast du dich so auf sie eingeschossen?«

»Sie ist zweiunddreißig Jahre alt. Sie hat fünfzehn Jahre Polizeidienst auf dem Buckel. *Im Zweifel zu ihren Gunsten* gilt nicht mehr. Außerdem …« Faith streckte den Zeigefinger hoch, um zu verdeutlichen, dass jetzt der wichtige Teil kam. »Ich bin Saras Freundin. Und für den Feind meiner Freundin bin ich die Nemesis.«

»Ich glaube, so hat es Churchill nicht gesagt.«

»Der hat nur gegen Nazis gekämpft. Wir sprechen hier von Lena Adams.«

Will ließ ihr den Vergleich durchgehen. Und er gab nicht zu, dass Faiths Tirade bekräftigte, was sie zuvor gesagt hatte. Je mehr sie Lena attackierte, desto mehr Ausreden wollte Will für sie anführen. Sein fataler Makel war, dass er verstehen konnte, warum sie diese schrecklichen Dinge tat. Lena beging keinen ihrer Fehler aus Bösartigkeit, sondern sie war ehrlich überzeugt, richtig zu handeln.

Was Will eine der wichtigsten Lektionen in Erinnerung rief, die er von Amanda gelernt hatte: Der gefährlichste Polizist bei jeder Ermittlung ist derjenige, der immer glaubt, richtigzuliegen.

»Ich finde, du solltest Sara von Daryl Nesbitt erzählen«, sagte Faith.

Wills Kopf schwenkte herum wie ein Geschützturm.

Faith zuckte mit den Achseln. »Du hattest recht. Wir sollten es nicht vor ihr geheim halten. Sie hat es verdient, Bescheid zu wissen.«

Will rang mit sich, ob er gestehen sollte oder nicht. »Vorhin im Gefängnis warst du dir deiner Sache anscheinend sehr sicher. Du hast sogar gesagt, du würdest Amanda recht geben.«

»Tja, nun, ich rede einen Haufen Mist für jemanden, dem um halb zehn die Augen zufallen.« Ihr Handy bimmelte schon wieder. Und wieder. Und wieder. Sie öffnete die Nachrichten. »Amanda. Noch immer nichts zu Nesbitts Korrespondenz, also keine Erkenntnisse, wer der *Freund* war, der ihm die Artikel geschickt hat. Sara hat gerade mit der vorläufigen Untersuchung von Alexandra McAllister begonnen. Amanda will, dass wir sie über Lena auf dem Laufenden halten. Himmel, Mandy, danke für die Erinnerung ... Es wäre mir nie in den Sinn gekommen, dir zu berichten, was los ist.«

Will hörte sie tippen und ging davon aus, dass sie eine maßvollere Antwort formulierte.

»Im Ernst«, sagte Faith. »Du solltest es Sara erzählen. Wir müssen ohnehin zum Tanken halten. Ich warte im Laden, damit du ungestört bist.«

Will starrte auf die Straße. Er wusste, Faith würde nicht lockerlassen. »Ich habe es ihr schon gesagt.«

Faith drückte langsam die Kante ihres Smartphones an die Stirn und schloss die Augen. »Verscheißerst du mich jetzt?«

»Ich habe sie aus der Toilette angerufen, bevor wir losgefahren sind.«

»Vielen Dank auch, Will. Sie wird stinksauer auf mich sein. Was ...« Faith seufzte. »Okay, ja, ich verstehe deine Überlegungen. Sie wäre sauer auf *dich* gewesen, und du bist mit ihr zusammen, also musstest du es ihr sagen, was du auch getan hast. Und ich bin ihre Freundin, also bin ich jetzt der Buhmann, weil ich es ihr nicht gesagt habe. Aber Himmel noch mal, dieses ganze Thema *gesunde Beziehung* und so weiter ist echt schwierig! Ich weiß gar nicht, wie ihr das eigentlich macht.«

Will war sich nicht sicher, ob er irgendetwas machte.

»Ich entschuldige mich auf der Stelle bei ihr.« Faith tippte bereits in ihr Telefon, während sie sprach. »Es würde mir sehr helfen, wenn du ihr sagen könntest, dass ich dich ermutigt habe, es ihr zu erzählen, *bevor* ich wusste, dass du es ihr schon erzählt hast.«

»So war es ja auch.«

»Wir finden es nicht okay, dass Nick Nesbitt so hart angefasst hat, oder?«

Will hatte Mühe mit dem abrupten Themenwechsel. Er hatte Nicks Kontrollverlust fast schon vergessen. Will war ein großer Verfechter der Drohgebärde, aber Hand an einen Verdächtigen zu legen ging zu weit. »Nein, das finden wir nicht okay.«

»Es ist beschissen, weil wir Nick beistehen müssen, damit wiederum er uns beisteht, falls wir es je nötig haben – nicht, dass wir jemals so etwas tun würden, aber es ist verdammt noch mal eine weitere beschissene Angelegenheit an einem sowieso schon beschissenen Tag.«

Sie ließ ihr Handy in die Becherhalterung fallen.

»Ich brauche mehr als Zeitungsartikel über diese toten Frauen. Benutzten sie Dating-Apps? Wie haben sie sich in den sozialen Medien präsentiert? Haben sie zu Hause gearbeitet oder in einem Büro? Ich brauche Fallakten, Berichte der Leichenbeschauer, Fotos, Zeugenaussagen, Zeichnungen vom Tatort, toxikologische Befunde. Alles, was ich weiß, ist, dass acht Frauen im Wald gefunden wurden. Und Amanda hat recht, was das angeht. Schau aus dem Fenster – wie sollte jemand *nicht* im Wald gefunden werden, wenn er in Georgia stirbt?«

Will schaute schon seit fast einer Stunde aus dem Fenster. Er war nicht ganz so überzeugt wie Faith. Irgendwer da draußen sah ein Muster bei diesen Leichen, und er oder sie hatte sich die letzten acht Jahre der Aufgabe gewidmet, sie aufzuspüren. So etwas tat man nicht ohne eine gewisse Besessenheit. Wills Bauchgefühl sagte ihm, dass es viele ihrer Fragen beantworten würde, wenn sie die Wurzel dieser Besessenheit kannten.

»Wenn wir uns an all diese verschiedenen zuständigen Dienststellen wenden, wird irgendwer reden. Du hast es selbst gesagt. Cops sind Klatschmäuler. Soll bekannt werden, dass wir möglicherweise nach einem Serientäter suchen?«

Faith blieb eine Antwort erspart, weil ihr Handy bimmelte. Und noch einmal. Sie stöhnte, als sie die Nachrichten las. »Amanda will, dass du deine Beziehung zu Sara nutzt, um eine Verbindung zu Lena herzustellen.«

Will runzelte die Stirn. Sara gab Lena die Schuld an Jeffreys Ermordung. Das Einzige, was sie mit Lena verband, war der Wunsch, ihr eins mit dem Baseballschläger überzubraten.

»Er ist pädophil, ja?« Faith war wieder bei Daryl Nesbitt. »Ich meine, ein Teil von mir sagt: Nur zu, Nick, prügle ihm die Scheiße aus dem Leib. Dann sagt ein anderer Teil von mir, dass er trotzdem Rechte besitzt. Wir haben einen Eid auf die Verfassung geschworen, nicht auf das, was sich richtig anfühlt. Und Nesbitt ist trotzdem ein Mensch. Wahrscheinlich wurde er als Kind misshandelt.«

Will ließ ihren letzten Satz in einem Fach seines Gehirns umherrollen.

»Nicht, dass es einen kausalen Zusammenhang zwischen Kindesmisshandlung und Pädophilie gäbe«, sagte Faith, da ihr wahrscheinlich wieder eingefallen war, mit wem sie sprach. »Ich meine, zum einen wäre die Welt voller Pädophiler, wenn Kindesmisshandlung die Ursache dafür wäre. Zum anderen hatten die meisten Häftlinge eine beschissene Kindheit. Es ist sozusagen eine Art Grundvoraussetzung für Inhaftierung, es sei denn, man ist ein Psychopath.« Sie revidierte ihre Aussage erneut. »Wobei man Dummheit nicht außer Acht lassen darf. Ich habe schon eine Menge Idioten aus gutem Hause verhaftet.«

Will blickte sehnsüchtig zum Radio.

Faiths Handy bimmelte im Schnellfeuermodus.

»Amanda schreibt, die vorläufige Untersuchung des Coroners bei Alexandra McAllister deutet auf Unfalltod hin. Sara hat bisher nichts gefunden, was dem widerspricht. Sie sucht noch, aber anscheinend nur pro forma.« Faith blickte auf. »Wann hat Sara je etwas nur pro forma getan?«

Will fielen ein paar Gelegenheiten ein, aber das ging Faith nichts an. »Wenn McAllister nicht ermordet wurde, dann sind die Zeitungsartikel vielleicht wahllos zusammengestellt, und das Ganze ist reine Zeitverschwendung.«

»Wir haben immer noch Nesbitts Anschuldigungen gegen Lena, die wahrscheinlich stimmen, wie wir wissen, weil Lena eine korrupte Polizistin ist und fiese Sachen macht, um Leute reinzulegen.«

Will blickte auf die leere Straße. Er spürte den Sog eines weiteren Lena-Strudels, der Faiths Hundescheiße-Metapher auf eine solidere Basis stellte.

Erneutes Bimmeln. »Und Amanda und ich sind auf derselben Wellenlänge. Sie schreibt: ›Fasst Lena nicht mit Glacéhandschuhen an!‹«

Noch ein Bimmeln. »Alles Großbuchstaben. ›ICH WILL IHRE NOTIZBÜCHER.‹ Ja, klar.«

Schon wieder Bimmeln. »›Versucht, etwas zu finden, was sich als Hebel bei Nesbitt verwenden lässt.‹«

»›Frag Will, ob er einen Plan hat.‹«

Faith stöhnte. »Okay, Boomer, das reicht jetzt von dir.« Sie stellte das Telefon stumm, bevor sie es wieder in den Becherhalter schob. »Bringt dich das innerlich um, oder was?«

Das Navi zeigte die Ausfahrt an. Will bremste ab und zog auf die andere Straßenseite.

Faith ließ einige Sekunden verstreichen. »Willst du meine Frage nicht beantworten?«

Wills Kiefer verspannte sich. Und sein Magen. Und jedes andere Organ in seinem Körper ebenfalls. Hätte es eine Möglichkeit gegeben, mit Faith zu sprechen und ihr dann eine Amnesie zu verpassen, er hätte sich mit Freuden alles von der Seele geredet. »Um was geht es dir genau?«

Seine Gegenfrage verschaffte ihm nicht so viel Zeit, wie er gehofft hatte. Faith ging sofort auf den wunden Punkt los. »Um die Sache mit Jeffrey. Ich habe mir gerade überlegt, wie ich mich wohl fühlen würde, wenn die Frau, die ich liebe, sich plötzlich mit dem Geist ihres früheren Ehemanns auseinandersetzen müsste, und es würde mich umbringen. Ich meine, im wahrsten Sinn des Wortes umbringen.«

Er zuckte mit den Achseln. Das Navi wies ihn an, die Ausfahrt zu nehmen. An ihrem Ende sah er eine Gabelung.

»Ich dachte mir, es gibt einen Grund, warum du Sara nicht fragst, ob sie dich heiraten will, oder?«, sagte Faith.

Will wartete darauf, dass ihm das Navi sagte, was er als Nächstes tun sollte.

»Die erste Regel im Cop-Club lautet: Stell keine Frage, wenn dir die Antwort wahrscheinlich nicht gefällt.« Faith schaltete den Ton vom Navi aus. Sie wusste, rechts und links war nicht einfach für Will. Sie zeigte in die eine Richtung: »Da entlang.«

Will tat, was sie sagte.

»Wofür es auch gut sein mag, Sara liebt dich wirklich«, sagte Faith. »Sie nennt dich *Liebster*, und es klingt nicht einmal kitschig. Sie blüht auf, wenn sie dich sieht. Selbst heute Morgen. Sie steht mitten im Tatort eines Gewaltverbrechens, dann sieht sie dich und lächelt wie Rose, als sie Jack das erste Mal auf der *Titanic* erblickt.«

Will runzelte die Stirn.

»Ja, okay, Jack stirbt am Ende, aber du weißt, was ich meine. Fahr jetzt da entlang.« Sie zeigte auf die nächste Abzweigung. »Wie wär's mit Duke und … wie heißt die Frau gleich noch in *Wie ein einziger Tag*? Mist … aber egal, am Ende sterben sie beide.« Sie zeigte auf die nächste Abzweigung. *»Ghost.* Ach nein, Patrick Swayze wurde ermordet. *Das Schicksal ist ein mieser Verräter. Bright Star, Love Story* – na, du musst zugeben, für die schlechte schauspielerische Leistung hätte sie auf jeden Fall sterben müssen. Ah – *Die Braut des Prinzen.* Westley war nur die meiste Zeit tot. Fahr hier rauf.«

»Wie Ihr wünscht.«

Faith zeigte auf einen Briefkasten ein Stück weiter vorn. »Auf meiner Straßenseite. Dreihundertneunundvierzig.«

Will parkte vor dem Nachbarhaus. Lena und ihr Mann wohnten in einem einstöckigen, braun und weiß gestrichenen Einfamilienhaus, das aussah wie alle anderen Einfamilienhäuser in der Nachbarschaft. Ein dürrer Baum im Garten. Ein Briefkasten mit Blumentöpfen um den Sockel. Die Einfahrt war steil. Jared Long, Lenas Mann, hatte sein Motorrad quer über den Gehweg geparkt. Er rollte gerade den Gartenschlauch zusammen. Offenbar hatte er das Motorrad gewaschen – eine der schönsten Maschinen, die Will je gesehen hatte.

Faith ließ ein lang gezogenes »Scheeeiii…« hören.

Will hatte gar nicht gewusst, dass sie auf Motorräder stand. »Das ist die Indian Chief Vintage. 6-Gang. PowerPlus. Über 1,7 Liter Hubraum. Luftgekühlter V2-Motor. Sequenziell geschaltetes Getriebe mit Closed-Loop-System …«

»Halt die Klappe.«

Will sah, worin sein Irrtum lag. Faith bewunderte gar nicht das Motorrad, sondern sie glotzte Jared an, der nichts außer Shorts trug und den Körper eines Fünfundzwanzigjährigen hatte, der drei Stunden täglich im Fitnessstudio verbrachte.

Will war sich seiner Männlichkeit sicher genug, um zugeben zu können, dass der Typ unglaublich gut aussah. Ihn verunsicherte nur, dass Jared eine exakte Kopie seines unglaublich gut aussehenden leiblichen Vaters war, der zufällig Jeffrey Tolliver hieß. Saras Mann war gestorben, ohne je erfahren zu haben, dass Jared sein Sohn war.

»Verdammte Lena.« Faith klappte die Sonnenblende herunter, um in den Spiegel zu sehen. »Wie hat dieses Miststück mit dem Charakter von Lizzie Borden es zum Leben von Jennifer Lopez gebracht?«

Will stieg aus dem Wagen. Er checkte noch einmal sein Handy, während er auf Jared zuging. Noch immer keine Nachricht von Sara. Kein Smiley. Kein Herzchen.

Er schaltete das Telefon aus.

Will hatte einen Job zu erledigen. Er konnte nicht wie ein liebeskranker Schuljunge alle fünf Minuten auf sein Handy schauen.

»Hey, Mann, lange nicht gesehen.« Jared begrüßte Will mit einem breiten Grinsen. »Was tust du hier?«

»Ich suche Lena.« Will hielt die Schultern gerade. Zumindest war er größer. »Ist sie da?«

»Sie ist im Haus. Schön, dich zu sehen.« Jared schüttelte ihm kräftig die Hand. Und dann klopfte er ihm die Schulter, denn offenbar klopften alle Männer aus Kleinstädten im Süden einander die Schulter. »Was macht Tante Sara immer so?«

»Sie …« Wills Mund tat etwas Verrücktes. Er sagte: »Wir werden heiraten.«

»Hey, das ist ja großartig, Alter. Sag ihr, ich …« Er zuckte zusammen. Faith war gerade in den Sitz des Mini zurückgeschleudert worden. Sie hatte vergessen, den Sicherheitsgurt zu lösen. »Wann?«

»Bald.« Will brach der Schweiß aus. Er betete, dass Faith ihn nicht gehört hatte. »Wir sagen es niemandem, okay?«

»Klar.« Jared grinste Faith an, die sich ihnen langsam näherte. »Hallo. Ich bin Jared, Lenas Mann.«

»Mitchell. Faith. Nennen Sie mich einfach Faith.« Immerhin wurde sie nicht ohnmächtig. »Freut mich, Sie kennenzulernen, Jared.«

»Ebenfalls.« Jared verschränkte die Arme. Die Muskeln waren nicht perfekt definiert. Der Junge ließ offenbar die

Pushdowns für seinen Trizeps aus. »Ist ein hübsches Stück weit weg von Atlanta. Habt ihr einen Fall hier unten, oder was?«

Will sah Faith an. Ihr Polizistenhirn begann, teilweise wieder zu funktionieren. »Lena hat keinen Anruf von der Polizeistation bekommen?«

»Ich habe ihr Telefon ausgeschaltet.« Er wies mit einem Kopfnicken zum Haus. Lenas blauer Toyota RAV4 stand mit der Nase zur Straße vor der Garage. »Das arme Mädel schläft seit zwei Stunden. In ihrem Bauch wächst praktisch ein kompletter neuer Mensch heran. Es ist fantastisch.«

»Ja, fantastisch«, echote Faith. Der letzte Rest von Jareds Zauber verflog. »Wir müssen mit ihr reden. Würde es Ihnen etwas ausmachen, sie zu wecken?«

Faith ging die steile Einfahrt hinauf, ohne auf eine Antwort zu warten.

Jared sah Will fragend an.

Will versuchte zu lächeln. Es fühlte sich an, als dehnten sich seine Lippen wie das Plastik um ein Sixpack Cola. Er hob den leeren Eimer neben dem Motorrad auf und nickte Jared auffordernd zu, damit der sich in Bewegung setzte.

Jared warf sich den Schlauch über die Schulter und folgte Faith. »Geht es um einen von Lenas Fällen?«

Jared hatte nicht gesagt, dass er auch sein eigenes Telefon ausgeschaltet hatte, fiel Will soeben auf. Er fuhr Motorradstreife und war Lenas Dienststelle angegliedert. Wenn Lena nicht ans Telefon gegangen war, wäre der nächste Anruf bei Jared gelandet.

»Wir wollen Lenas Sicht der Dinge hören«, sagte Will. »Sie wird uns sicher behilflich sein können.«

»Regt sie aber nicht auf, okay? Sie ist gerade sehr empfindlich, mit dem Baby und allem. Jetzt auf der Zielgeraden ist es wirklich sehr anstrengend für sie.«

Will hörte Faith angewidert seufzen.

»Ich verspreche, ich werde nichts sagen, was sie aufregt«, sagte Will.

»Danke, Mann.« Die Unterlassungslüge brachte Will ein weiteres Schulterklopfen von Mann zu Mann ein.

Er sah, wie Faith die hintere Seitenwand von Lenas RAV4 im Vorbeigehen berührte. Dann sah er Jared das Gleiche tun. Keinem der beiden war es vermutlich bewusst. Es war das Muskelgedächtnis von Streifenbeamten. Sie waren darauf trainiert, ihre DNA und Fingerabdrücke am Heck jedes Wagens zu hinterlassen, den sie kontrollierten, für den Fall, dass später eine Beweismittelkette etabliert werden musste.

Lena arbeitete in einer Polizeistation. An der hinteren Seitenwand waren Dutzende von Abdrücken.

»Eine Menge Stufen«, verkündete Faith, als sie zur Eingangsveranda hinaufstieg. Will mutmaßte, ihr fröhlicher Tonfall rührte wohl daher, dass sie sich vorstellte, wie Lena regelmäßig einen Kinderwagen da hinaufschaffen musste. Ihre Gedanken drehten sich oft um Kinderwagen.

Will ließ Jared vorausspринten. Er erinnerte sich von seinem Besuch vor einem Jahr an diese Stufen. Er hatte verdeckt gearbeitet und nicht gewusst, wessen Haus er da betrat. Dann wurde eine Schrotflinte abgefeuert, und er hatte Lena mit Blut an den Händen angetroffen.

Jared hielt die Eingangstür auf, nahm Will den Eimer ab und stellte ihn unmittelbar hinter der Tür neben den Schlauch. »Ich sage Lena, dass ihr da seid. Falls wir uns nicht mehr sehen, bevor ihr geht, macht es gut. Ich muss vor der Arbeit noch unter die Dusche.«

»Danke«, sagte Faith.

Will sah auf den Schlauch hinunter, mit dem Jared allerhand Grasabschnitte ins Haus geschleift hatte. Die Rolle ging schon wieder auf, weil er die Enden nicht dreimal umeinandergeschlungen und die Anschlüsse zusammengesteckt hatte, so wie es sich für einen Mann gehörte.

»Pst.« Faith hatte die Augenbrauen fast bis an den Haaransatz hochgezogen.

Will verstand, dass sie jeden Quadratmeter von Lenas Haus unter die Lupe nahm. Es hatte einen offenen Grundriss, vorn das Wohnzimmer, hinten Esszimmer und Küche, dazwischen der Eingang zum Flur. Alles sah sehr ordentlich aus, bis auf die Küche, die sich noch exakt im selben Umbaustadium befand wie bei Wills letztem Besuch. Die Schränke waren noch immer nicht gestrichen. Laminatfliesen in Kartons warteten darauf, verlegt zu werden. Zumindest hatte eine richtige Spüle den Eimer unter dem Wasserhahn ersetzt.

Will gestattete sich ein kleinliches Gefühl der Befriedigung. Wenn er recht verstanden hatte, war Jeffrey Tolliver nicht der Typ gewesen, der ein Bauprojekt zügig zu Ende brachte. Ganz anders als Will, der nicht schlafen konnte, ehe das letzte Nagelloch zugekittet und die dritte Farbschicht aufgetragen war.

»Pst.« Faith wieder. Sie wies mit dem Kinn auf ein Foto, auf dem Lena eine andere Frau auf den Mund zu küssen schien.

»Das ist Sibyl, ihre Zwillingsschwester«, sagte Will. »Sie ist vor ein paar Jahren gestorben.«

Faith wirkte leicht enttäuscht.

»Will?« Lena kam den Flur entlang. Sie stützte sich an den Wänden ab, um das Gleichgewicht zu halten. Normalerweise war sie eine sehr zierliche Frau, aber die Schwangerschaft hatte ihr Gesicht gerundet und ihrem dunkelbraunen Haar ein wenig von seinem Glanz genommen. Jared hatte recht mit der anstrengenden Zielgeraden. Lenas sonst leicht gebräunte Haut hatte die Farbe eines Baumwollstrumpfs. Ihre Augen waren blutunterlaufen. Sie sah erschöpft aus und strahlte nichts aus als Elend. Bei der Rundung ihres Bauchs musste Will an einen Softball in einem Strohhalm denken.

»Wow«, sagte Faith. »Sie sind aber riesig! Es muss jetzt wohl jeden Tag so weit sein.«

Aus irgendeinem Grund sah Lena bestürzt aus. »Der Termin ist erst nächsten Monat.«

»Oh.« Faith ließ das Wort ein wenig in der Luft hängen. »Sie tragen so tief. Sind es Zwillinge?«

»Nein, äh, nur eins.« Lena warf Will einen panischen Blick zu, den er nicht ganz verstand. Sie strich sich mit den Händen über den Bauch, so wie man einen ängstlichen Hund beruhigen würde. »Wer sind Sie?«, fragte sie Faith.

»Ich bin Faith Mitchell, Wills Partnerin.« Faith schüttelte Lena kräftig die Hand. »Tut mir leid, dass ich gleich so rausgeplatzt bin. Ich habe selber zwei und habe es geliebt, schwanger zu sein.«

Okay, sie verarschte Lena also.

»Noch einen Monat, sagten Sie?« Faiths Stimme war voller falschem Überschwang. »Man ist so verwundbar in dieser Zeit, kurz bevor sich das Leben für immer ändert. Mein Erster kam zwei Wochen nach dem geplanten Entbindungstermin. Ich dachte, ich würde explodieren. Es heißt ja immer, man vergisst den Schmerz hinterher, aber … du meine Güte, es fühlte sich an, als würde ich auf einer Tischkreissäge sitzen. Ich hoffe, Jared mag Kuschelsex.«

Faith lachte. Lena lachte. Nur eine meinte es so.

»Wollen wir uns setzen?«, schlug Will vor.

Lena sah erleichtert aus, als sie zur Couch watschelte.

Faith wartete bis zur letzten Sekunde, ehe sie fragte: »Könnte ich ein Glas Wasser haben?«

Lena wusste nicht, ob sie sich setzen oder stehen bleiben sollte.

»Ich hole es.« Will hoffte, seine Mimik reichte aus, um Faith wissen zu lassen, dass sie das bleiben lassen sollte.

Tat es nicht.

Sie plapperte immer weiter, während Will in die Küche ging. Er fand problemlos ein Glas im Schrank, weil die Türen noch auf dem Kühlschrank gestapelt lagen. Er drehte den Wasserhahn auf. Der Boden sah gefegt aus, aber trotzdem knirschten Sandkörner unter seinen Schuhsohlen. Fugenmörtel. Der Unterboden wies Furchen auf, wo man Fliesen herausgerissen hatte. Es war sinnvoll, den Boden plan zu schleifen, vor allem, wenn ein Kind unterwegs war. Will wusste, wie wichtig eine ebene Oberfläche war, seit er mit Emma einen Tennisball hin und her gerollt hatte, ein Spiel, das die Zweijährige fünf Stunden am Stück spielen konnte.

»Und Beyoncé«, sagte Faith gerade. »Sie hat ein halbes Jahr gebraucht, um ihre Babypfunde loszuwerden. Man sollte doch meinen, bei jemandem mit ihren Möglichkeiten ginge es schneller.«

Will warf Faith erneut einen warnenden Blick zu, als er zurück zur Couch ging. Er reichte Lena das Glas Wasser. Sie sah aus, als hätte sie es nötiger.

»Wir haben einige Fragen zu einem Ihrer Grant-County-Fälle«, sagte Will.

»Grant County?« Lena wirkte überrascht. »Ich dachte, es ginge um die Drogenrazzia letzten Monat.«

Will sah, wie sich Faith in Gedanken vormerkte, der Sache nachzugehen.

Er strich seine Krawatte glatt und setzte sich Lena gegenüber. »Nein. Der Fall liegt acht Jahre zurück. Ein Mann namens …«

»Daryl Nesbitt.«

Will war nicht überrascht, dass Lena von selbst darauf gekommen war. Es war ein Fall, den man so leicht nicht vergaß.

»Was behauptet dieser verlogene Pädophile jetzt wieder?«

Faith suchte demonstrativ in der Handtasche nach ihrem Notizbuch.

Lena sprach zu Will: »Versucht euch Nesbitt dazu zu bringen, dass ihr den Fall noch einmal aufrollt?«

»Warum sollte er das tun?«, fragte Will.

»Weil das genau seine Art ist. Er stellt alles so dar, dass es glaubhaft wirkt. Er manipuliert Menschen. Der Kerl ist ein Wichser.« Lena mühte sich ab, das Glas auf den Kaffeetisch zu stellen. Ihr Bauch war im Weg.

Will nahm es ihr ab.

»Danke.« Sie lehnte sich zurück und atmete lange aus. Ihre Hände lagen auf dem Bauch. »Nesbitt hatte zwei Berufungsverfahren. Er ist beide Male gescheitert. Dann klagte er auf Jeffreys Nachlass. Weniger als drei Monate nach Jeffreys Tod, wohlgemerkt. Ich habe mit der Staatsanwaltschaft hinter den Kulissen daran gearbeitet, Nesbitt zu kaufen. Sara war zu dieser Zeit ein Wrack. Wie wir alle.«

»›Ihn zu kaufen …‹« Faith schrieb es in ihr Notizbuch. Sie war endlich im Spiel. »Was ist passiert?«

»Nesbitt lief die Zeit davon«, sagte Lena. »Aufgrund seiner Behinderung hatte er eine niedrige Sicherheitseinstufung. Dann haute er einen versuchten Mord an einem Vollzugsbeamten raus und kam in die höchste Stufe. Es überrascht mich nicht, dass er einen Weg gefunden hat, das GBI ins Spiel zu bringen. Nesbitt versteht es, sich des Systems zu bedienen. Der Zivilprozess damals war seine Art, sich einen Urlaub vom County-Gefängnis zu verschaffen. Der Staat hat uns dafür bezahlt, dass wir den Scheißer während des Prozesses zwischengelagert haben. Sie wollten nicht jedes Mal die Rechnung für seinen Transport bezahlen, wenn er wegen einer Anhörung oder eines Antrags in den Gerichtssaal musste.«

»Und wie haben Sie Nesbitt gekauft?«, fragte Faith.

»Frank Wallace, der Interims-Polizeichef nach Jeffrey, ist direkt zur Staatsanwaltschaft gegangen. Wir wollten Nesbitt nicht in unserem Gefängnis haben. Außer dass er ein Wichser war, bohrte er auch immer in derselben Wunde. Das Arschloch hat nicht aufgehört, über mich und über Jeffrey zu schwafeln. Es war, als legte er es darauf an, dass ihn jemand umlegt.«

Will wartete darauf, dass sie zu dem Teil kam, wo sie etwas dagegen unternommen hatte.

»Der Staatsanwalt hat das Büro des Gouverneurs dazu gebracht, sich einzuschalten. Wenn die Witwe eines Polizeichefs belästigt wird, rufen einen die Leute zurück. An dem Tag, an dem das Verfahren beginnen sollte, haben wir Nesbitt dazu überredet, die Klage für eine Reklassifizierung in die mittlere Sicherheitseinstufung fallen zu lassen. Der Gouverneur unterschrieb. Die Gefängnisverwaltung unterschrieb. Der Richter hat die Klage abgewiesen.«

Will rieb sich das Kinn. Er neigte dazu, Lena für eine Lügnerin zu halten, aber sie nannte konkrete, überprüfbare Einzelheiten. Sara hatte während ihres ersten Telefongesprächs nichts von alldem gesagt. Andererseits waren es eine Menge Informationen für weniger als eine Minute.

Lena schien Wills Gedanken zu erraten. »Sara wusste nicht, was hinter den Kulissen passierte. Wie gesagt, sie war zu dieser Zeit ein nervliches Wrack. Nesbitt hätte den Prozess zweifellos ohnehin verloren. Er hatte keine Beweise, keine Zeugen. Es hat mich überrascht, dass er überhaupt einen Anwalt gefunden hat, aber er bekam von irgendwoher Geld. Wäre es nach mir gegangen, ich hätte Nesbitt bis in sein verdammtes Grab bekämpft, aber Sara konnte sich kaum auf den Beinen halten. Frank und ich sprachen darüber. Jeffrey hätte gewollt, dass wir uns um Sara kümmern. Also haben wir uns um Sara gekümmert.«

Will spürte ein Kribbeln im Nacken. Er wusste, wie Lena funktionierte. Sie benahm sich vernünftig, beinahe mitfühlend, aber die Erfahrung hatte ihn gelehrt, dass diese Regungen nicht von Dauer sein würden.

Faith sagte: »Manchmal strengen Häftlinge Zivilklagen an,

um Informationen über ihre Strafsachen zu erhalten. Es verschafft ihnen die Möglichkeit, Zeugen, die namentlich genannt sind, auszuschalten. Sie können die Herausgabe von Akten und internen Berichten verlangen. Und sie können unsere Notizbücher anfordern.«

»Ja«, sagte Lena. »Das können sie.«

Ihr Ton hatte sich kaum wahrnehmbar verändert. Will konnte förmlich sehen, wie sie ihre Antennen ausfuhr.

Faith hatte es offenbar auch bemerkt. Rasch passte sie ihre Taktik an. »Warum hat Nesbitt eine mittlere Sicherheitsstufe verlangt und nicht die minimale?«

»Minimale Sicherheitsstufe hätte er nie im Leben bekommen. Nicht mit dem versuchten Mord an einem Vollzugsbeamten in seiner Akte.« Lena zuckte mit den Achseln. »Wie gesagt, der Kerl kennt das System. Und er verfolgt eine langfristige Strategie. Er ist zu intelligent, um dort zu sein, wo er ist. Wir können von Glück sagen, dass wir ihn wegen der Kinderpornos drangekriegt haben.«

»Was das angeht …«, sagte Faith.

»Wenn Sie mich wegen des Computers fragen, so bleibe ich bei meinem ursprünglichen Bericht, meinen eidesstattlichen Aussagen und meiner Zeugenaussage unter Eid beim Prozess. Ich habe in den Schreibtischschubladen nach Waffen gesucht. Ich bin versehentlich an den Laptop gestoßen. Ich habe mehrere Fotos von nackten Kindern auf dem Schirm gesehen. Sie können die Abschriften des Berufungsgerichts lesen. Die Richter waren alle einer Meinung. Sie sagten, es gebe keinen Zweifel, dass ich die Wahrheit sage.«

Obwohl er ihr direkt gegenübersaß, hätte Will nicht zu sagen vermocht, ob sie log oder nicht, aber er hatte den Eindruck, dass Lena selbst hundertprozentig von ihrer Aufrichtigkeit überzeugt war. Eines der vielen Dilemmas im Leben von Lena Adams. Sie war immer ihr eigenes Opfer.

»Wir sind nicht hier, um infrage zu stellen, wie Sie die Pornos gefunden haben«, log Faith. »Wir wollen einen Blick auf die ursprüngliche Ermittlung werfen. Haben Sie Ihre Akten und vielleicht auch Ihre Notizbücher von dem Fall?«

»Nein.«

»Nein?«, echote Faith, denn Cops entsorgten ihre Notizbücher nicht. Wills lagerten auf dem Dachboden. Faith bewahrte ihre im Haus ihrer Mutter auf, zusammen mit deren Notizbüchern, die bis in die Siebziger zurückreichten, als sie bei der Polizei von Atlanta den Dienst begonnen hatte. Man konnte nie wissen, wann ein Fall wiederauftauchte und einen in den Hintern biss.

»Ich habe alle meine Notizbücher geschreddert, bevor ich nach Macon gezogen bin«, sagte Lena.

»Geschreddert?«, fragten Will und Faith unisono und in gleichem Maß schockiert.

»Ja. Ich wollte alles hinter mir lassen.« Sie blinzelte Will zu. »Ein Neustart.«

Er wusste, warum Lena einen Neustart anstrebte. Man konnte nicht beliebig viele Brücken niederbrennen, irgendwann versengte man sich die Füße. Die Polizei von Grant County war toxisch gewesen, als Will gegen sie ermittelt hatte. Lena konnte von Glück sagen, dass Macon es nicht gerochen hatte.

Aber ihre Notizbücher zu schreddern war kein Neustart. Es war die Vernichtung potenziell belastender Hinweise.

»Wann genau haben Sie sie geschreddert?«, fragte Faith.

»Genau?« Lena schüttelte den Kopf. »Weiß ich nicht mehr.«

»War es vor oder nach der Zivilklage?«

»Könnte vorher gewesen sein. Oder vielleicht doch nicht?« Lena schüttelte immer weiter den Kopf, aber ihr durchtriebenes Lächeln verriet, dass sie das Spiel genoss. »Sie wissen, wie das ist, Faith. Schwangerschaftshormone. Mein Hirn ist im Moment total vernebelt.«

Faith nickte, aber nicht, um zuzustimmen. Lena hatte sie durchschaut. Es war nicht mehr nötig, ihr etwas vorzumachen.

Sie sagte: »Nesbitt hätte im Rahmen eines Zivilprozesses Einsicht in Ihre Notizbücher verlangt.«

»Davon bin ich überzeugt«, sagte Lena. »Alle meine offiziellen Berichte waren auf dem Zentralrechner in der Polizeistation.«

»Aber ihre Notizbücher enthielten die zugrunde liegende Dokumentation.«

»Richtig.«

»In ihren Notizbüchern hätten Sie auch alles vermerkt, was Ihnen seltsam vorkam, aber nicht fundiert genug war, um Eingang in Ihre Berichte zu finden.«

»Korrekt.«

»Aber Ihre Notizbücher sind nicht mehr da.«

»Geschreddert, wie gesagt.« Sie versuchte gar nicht mehr, ihr Grinsen zu verbergen. Die wahre Lena schien froh zu sein, dass sie endlich ans Licht durfte. »Kann ich sonst noch etwas für das GBI tun?«

Faith kniff die Augen zusammen. So leicht würde sie nicht aufgeben. »Rebecca Caterino. Sie erinnern sich an sie?«

»Vage.« Lena unterdrückte ein Gähnen. »Sorry, Leute, ich bin echt müde.«

»Es dauert nicht mehr lange.« Faith suchte in ihrem Notizbuch nach einem Detail. »Sie haben gegen Nesbitt wegen der Überfälle auf Beckey Caterino und …«

»Leslie Truong.« Lena nannte den Namen des zweiten Opfers in Grant County. »Sie war ein nettes Mädchen. Das weiß ich von beiden noch. Beide auf der Liste der besten Studierenden. Beide wurden gemocht, aber sie waren nicht wirklich beliebt. Meine Schwester hat sie beide unterrichtet, was nicht ungewöhnlich war. Sibyl stand damals ganz unten in der Hierarchie der Fakultät, und Organische Chemie war ein Pflichtfach. Ich glaube, Leslie hatte einen festen Freund. Beckey hatte rund ein Jahr zuvor mit einer Freundin Schluss gemacht, aber ihren Kommilitonen zufolge hatte sie zur Zeit ihres Todes mit niemandem etwas laufen.«

Will folgte Lenas Blickrichtung. Sie schaute auf das Foto von ihrer Zwillingsschwester. Sibyl hatte die Augen geschlossen, als sie ihre Freundin küsste. Sie sah sehr glücklich aus. Die Zwillinge hatten die gleichen Latina-Züge. Sie waren eineiig und sahen bis hin zu dem Muttermal an ihrer Nase identisch aus. Lena musste sich gefühlt haben, als wäre ein Teil von ihr selbst gestorben, als sie ihre Schwester verlor.

Lena sagte: »Es ist fast lächerlich, denn ich erinnere mich aus dieser Zeit hauptsächlich daran, dass ich wütend auf Sibyl war. Ich war sehr besorgt, es könnte publik werden, dass sie lesbisch ist. Und jetzt denke ich, wen zum Teufel interessiert's? Ehrlich, ich will nur, dass dieses Baby, das in meinem Bauch heranwächst, gesund und glücklich ist.«

Faith gab ihr einen Moment, bevor sie fragte: »Sie sagten, Sie seien besorgt wegen Sibyl gewesen. Hatte sie etwas mit Beckey?«

»Du lieber Himmel, nein. Sibyl war hundertprozentig auf Nan fixiert. Aber an dieser Lesben-Geschichte habe ich mich aufgehängt«, gab Lena zu. »Sie wissen, wie das ist bei der Polizei. Und als Frau. Ich war noch neu, ein Jahr jünger, als Jared jetzt ist. Frank und Matt, die waren die beiden dienstältesten Detectives. Sie waren von der alten Schule. Sehr konservativ – außer wenn sie ihre Frauen betrogen, ihre Kinder im Stich gelassen oder während der Arbeit getrunken haben. Ich hatte Angst, sie würden mich nicht akzeptieren, wenn sie das mit Sibyl herausfanden. Ich war noch so jung. Ich habe es wirklich gebraucht, dass man mich akzeptiert. Heute denke ich eher: Ihr solltet Angst haben, dass ich euch nicht akzeptiere.«

Will wies nicht darauf hin, dass sich der Kreis schloss. Jetzt, da sie das Thema ihrer Notizbücher hinter sich gelassen hatten, zeigte sich die wandlungsfähige Lena wieder von der anderen Seite.

»An eines erinnere ich mich, nämlich dass Jeffrey viel mit Truongs Mutter sprach. Er konnte gut mit Menschen umgehen. Er war mitfühlend. Geduldig. Er hat ganz beiläufig eine Menge Informationen aus ihr herausbekommen, die nicht in die offiziellen Berichte eingeflossen sind.«

Will wartete geradezu auf eine kernige Bemerkung von Faith, dass diese Informationen wohl in Lenas geschredderten Notizbüchern enthalten gewesen waren, aber sie war so klug, Lena weiterreden zu lassen.

»Jeffrey verstand es, Leute dazu zu bringen, dass sie sich ihm anvertrauten.« Lena schüttelte den Kopf, als müsste sie ihre Traurigkeit abschütteln. »Jedenfalls hatte Leslie rund eine Woche vor dem Überfall auf Beckey Caterino ihre Mutter in heller Aufregung angerufen. Sie glaubte, dass ihre Mitbewohnerinnen sie bestahlen. Was gut sein konnte, Diebstähle kommen unter Mitbewohnern eben vor, wer weiß also, ob es etwas zu bedeuten hatte.«

»Glaubte Leslie, dass ihr etwas Bestimmtes gestohlen wurde, oder fehlten viele Dinge?«

»Ich weiß es nicht.«

»Was ist mit Rebecca Caterino? Hatte sie etwas vermisst?«

»Vielleicht. Vielleicht nicht.« Lena tat die Frage mit einem Achselzucken ab. »Tut mir leid. Acht Jahre sind eine lange Zeit.«

»Stimmt.« Faith sah Will mit einem bohrenden Blick an, der besagte: Und genau deshalb hebt man seine Notizbücher auf.

Lena hatte den Blick bemerkt. »Angesichts dessen, womit wir es zu tun hatten, genoss eine diebische Mitbewohnerin keine Priorität.«

»Wissen Sie noch, wann aus der Caterino-Sache eine Ermittlung wurde?«, fragte Faith.

»Nicht konkret«, gab Lena an. Eine weitere Wendung der Ereignisse, die sich in ihren Notizbüchern wiedergefunden hätte. »Jeffrey hat von Anfang an gesagt, dass etwas nicht stimmt. Er war der beste Polizist, mit dem ich je gearbeitet habe. Wenn er gesagt hat, dass etwas nicht stimmt, dann hat man zugehört.«

»Hatten Sie bei Caterino das gleiche Gefühl?«

»Nein. Um ehrlich zu sein, war ich damals in vielen Dingen ziemlich dumm. Ich will es nicht auf Frank schieben, aber er redete immer solchen Mist wie: ›Racial Profiling geschieht nicht ohne Grund.‹ Ich meine, das sagte er mir ins Gesicht. In *mein* Gesicht.« Lena deutete auf ihre bräunliche Hautfarbe. »Ein anderer Klassiker, den er gern raushaute, war: ›Ich habe noch keinen Vergewaltigungsfall untersucht, in dem die Frau tatsächlich vergewaltigt wurde.‹«

Faith sah entsetzt aus.

»Nicht wahr?«, sagte Lena. »Hallo, Kollege, wie kann das statistisch sein? Du arbeitest in einer Universitätsstadt mit fast zweitausend eingeschriebenen Studentinnen pro Jahr, und du behauptest, in deinen drei Jahrzehnten Berufserfahrung als Cop ist nie eine Frau vergewaltigt worden?«

Faith führte sie behutsam zum eigentlichen Thema zurück. »Wie kamen Sie dann schließlich doch zu der Ansicht, dass Jeffrey recht hatte in Bezug auf Caterino?«

»Leslie Truong«, sagte sie. »Das war einer der grauenhaftesten Fälle, die ich je gesehen habe. Und ich leite die Abteilung für Sexualverbrechen in einer Stadt, die sechsmal so groß und voller abscheulicher Typen ist.«

»Ich dachte, Sie sind beim Drogendezernat«, warf Faith ein.

»Ich habe um Versetzung gebeten.« Lena rieb sich den

Bauch. »Ich dachte, dass ich Opfern sexueller Gewalt mehr zu geben habe.«

»Ja, sicher«, sagte Faith. »Eine Schwangerschaft bringt wirklich die weibliche Seite in einem zum Vorschein.«

»Mag sein.« Lena hatte den Sarkasmus eindeutig bemerkt, aber sie tat ihn mit einem Schulterzucken ab. »Ich wurde vor sieben Jahren vergewaltigt. Und jetzt werde ich eine Tochter haben. Ich kann die Welt nicht einfacher machen für meine Kleine, aber sicherer.«

Will sah, wie Faith schluckte. Das war eins von Lenas Talenten. Sie hatte zugeschlagen, ohne auch nur die Faust hochzunehmen.

Lena sagte: »Wie auch immer, Sie haben den weiten Weg nicht gemacht, um meine Lebensphilosophie zu hören. Sie wollen wissen, ob Nesbitt meiner Ansicht nach verantwortlich ist für das, was Rebecca Caterino und Leslie Truong zugestoßen ist? Absolut. Kann ich es beweisen? Ausgeschlossen. Warum glaube ich, dass er es war? Weil es aufgehört hat, als Nesbitt ins Gefängnis kam. Das ist im Grunde alles, was ich Ihnen dazu sagen kann.«

Faith war still geworden, deshalb übernahm Will. »Was, wenn es weitere Fälle gibt? Weitere Opfer?«

Lena schaute misstrauisch. »Nicht in Grant County. Nesbitt hatte eine eigene Handschrift. Wir haben sie nie wieder gesehen. Und bevor Sie danach fragen: Jeffrey ließ mich die Fälle der vorangegangenen fünf Jahre durchgehen, nicht nur in Grant County, sondern auch in den umliegenden Countys, um sicherzugehen, dass wir kein weiteres Opfer übersehen hatten.«

Widerwillig musste Will einräumen, dass das gute Polizeiarbeit war. Er sagte zu Lena: »Nesbitt hat uns auf acht weitere Fälle hingewiesen, die seit seiner Inhaftierung geschehen sind. Er glaubt, dass sie zusammenhängen.«

»Wirklich?« Sie lachte. »Und Sie glauben einem Pädophilen, der versucht hat, einen Vollzugsbeamten zu ermorden, weil …?«

»Nesbitt wurde nur wegen der Kinderpornos verurteilt«, sagte Faith. »Die Fälle von Caterino und Truong sind theoretisch noch ungelöst.«

»Hier geht es nicht um einen Fall. Hier geht es wieder darum, dass Nesbitt Jeffreys Ruf kaputtmachen will.« Lena betrachtete Will mit hochgezogenen Augenbrauen. Will registrierte ihre plötzliche Paranoia eine halbe Sekunde bevor sie die Frage stellte. »Hat Sara Sie dazu angestiftet?«

Will räusperte sich. Er würde ihr keine Information über Sara zukommen lassen. »Damit hat es nichts zu tun.«

»Einen Scheißdreck hat es!«

»Lena …«

»Jetzt verstehe ich alles. Ich war ein bisschen schwer von Begriff, aber …« Lenas Lachen klang scharf, und von einem Moment auf den anderen war sie wieder wie verwandelt. »Apropos … wo wir gerade von langfristiger Strategie sprechen: Sara glaubt, sie hat eine Schwachstelle entdeckt, oder? Sie sind beide hier, weil sie mich wegen Nesbitt lahmlegen wollen. *Deshalb* wollen Sie meine Notizbücher. Sie glauben, ich war dumm genug, etwas reinzuschreiben, was mich in Schwierigkeiten bringt.«

Faith übernahm wieder. »Wir ermitteln in einer Reihe von …«

»Mitchell«, sagte Lena, als wären sie einander gerade erst vorgestellt worden. »Wie lange sind Sie beide schon Partner?«

Faith antwortete nicht.

»Sie würden für ihn töten, nicht wahr?« Lena nickte, als würde sie die Antwort schon kennen. »Sara glaubt, sie versteht, wie es ist, aber sie ist kein Cop. Ganoven, Bosse, Schläger, Verbrecher und Zivilisten, selbst die Opfer, alle legen es immer nur darauf an, dich auf die Palme zu treiben. Und dann verletzt dich jemand, oder schlimmer: Er verletzt deinen Partner, und du kommst nicht mehr runter von der Palme. Du gehst in jede Richtung los, die dein Rachedurst dir weist.«

Faith sagte: »Der Trick besteht darin, sich erst gar nicht verletzen zu lassen.«

»Sie wissen, dass das nicht so leicht ist«, sagte Lena. »Ich versuche, Ihnen einen Rat zu geben, weil ich gesehen habe, wie Jeffrey jedes Mal gesprungen ist, wenn Sara mit den Fingern geschnippt hat, und am Ende hat es ihn das Leben gekostet.«

Will rieb sich das Kinn. Er sah rote Wolken von seinen Augenwinkeln her in sein Gesichtsfeld ziehen.

»Ich bin mir nicht sicher, ob Sie das richtig in Erinnerung haben«, sagte Faith.

Lena beachtete sie nicht, sondern wandte sich an Will. »Kommen Sie, Mann. Lassen Sie sich ein paar Eier wachsen. Sara benutzt Nesbitt, um an Ihrer Kette zu rütteln.«

»Okay«, sagte Faith und steckte ihr Notizbuch in die Handtasche. »Zeit, zu gehen.«

Lena grinste höhnisch. »Eins muss ich Sara lassen. Sie wirkt wie ein verklemmter Gutmensch, aber das widerliche Miststück hat eine Fotze wie eine Venusfliegenfalle.«

Will ballte die Fäuste. »Halten Sie Ihr verdammtes Maul.«

»Passen Sie auf sich auf«, erwiderte Lena. »Sie sind genauso blindgevögelt, wie es Jeffrey war.«

Will stieß seinen Sessel beim Aufstehen hart zurück.

»Okay.« Faith stand ebenfalls auf. »Wenn jemand der schwangeren Frau ins Gesicht schlagen darf, dann bin ich es.«

»Sie beide müssen jetzt gehen.« Jared tauchte plötzlich hinter Lena auf. Er musste vom Flur zugehört haben. Er trug seine Uniform, die Hand lag auf dem Griff seiner Waffe. »Sofort.«

Will schlug sein Jackett zurück. Er trug ebenfalls eine Waffe.

»Großer Gott! Okay, wir gehen.« Faith packte Will am Arm und schob ihn zur Tür. »Los, komm.«

Will ließ sich führen, aber nur, weil er wusste, dass alles andere mit Blutvergießen enden würde.

»Sag Tante Sara meine Glückwünsche«, höhnte Jared.

Will juckte es in den Fingern, ihm das Grinsen aus dem Gesicht zu prügeln. Faith musste ihn wieder anschubsen, um ihn zur Tür hinaus- und die Treppe hinunterzubugsieren. Will starrte finster zu Jared zurück. Er wäre fähig, den Mann mit einer Hand in den Erdboden zu rammen.

»Mitchell.« Lena stand hinter ihrem Mann im Eingang. »Ich melde mich, wenn mir noch etwas Wichtiges einfällt. Zu schade, dass ich meine Notizbücher nicht mehr habe.«

»Ach, halt's Maul«, knurrte Faith.

Will spürte ihre Hand im Rücken. Er ließ zu, dass Faith ihn die Einfahrt hinunter- und zurück auf den Gehsteig führte. Sie öffnete die Beifahrertür und wartete, bis er eingestiegen war. Dann setzte sie sich ans Lenkrad und legte den Gang ein. Die Reifen des Mini gruben ein gutes Stück von Lenas und Jareds Vorgarten um, als sie in einem weiten Bogen wendete.

»Diese gottverdammte Schlampe!« Faith würgte das Lenkrad mit beiden Händen. »Wie ich das Dreckstück hasse. Im Ernst. Der Hass saugt mir förmlich den Sauerstoff aus dem Blut.«

Will blickte auf seine Fäuste hinunter. Er war so wütend, dass er kaum etwas sah. Dieser Scheißtyp. Und Lena. Vor allem Lena. Will hatte noch nie eine Frau geschlagen. Selbst wenn seine Ex ihn gequält hatte, hatte er nie völlig die Beherrschung verloren. Jetzt kostete es ihn jeden Funken seiner Selbstdisziplin, um nicht umzudrehen und Saras Namen aus Lenas verkommenem Maul zu prügeln.

»Okay, tief atmen«, sagte Faith. »Lassen wir es hinter uns.«

Will wollte es nicht hinter sich lassen. Nicht, bevor er jemandem wehgetan hatte.

»Noch einmal tief atmen«, versuchte es Faith erneut.

Will grub die Fingernägel in die Handflächen. Er war keiner von ihren Tatverdächtigen, der sich beruhigen musste.

»Okay.« Faiths Tonfall verriet, dass sie bereit war, weiterzumachen. »Konzentrieren wir uns auf das, was wir da drin erreicht haben. Es ist uns gelungen, ihr zwei neue Einzelheiten abzuluchsen, bevor alles total irre wurde.«

Will knirschte mit den Zähnen. Er interessierte sich einen feuchten Dreck für Einzelheiten.

»Erstens«, sagte Faith. »Wer hat Nesbitt das Geld für einen Anwalt gegeben? Niemand verklagt die Frau eines toten Polizeichefs auf der Basis eines Erfolgshonorars.«

Es war dumm von Will gewesen, zu glauben, dass Lena eine versöhnliche Seite hatte. Nichts war gut an ihr. Sie hatte ihn wie einen Korkenzieher verdreht, und er hatte nicht einmal bemerkt, wie es passiert war.

»Zweitens«, sagte Faith, die blind war für seine Wut, »Truongs Mutter hat berichtet, dass ihre Tochter glaubte, von Mitbewohnerinnen bestohlen zu werden. Das könnte der Täter gewesen sein, der sich eine Trophäe geholt hat.«

Will ballte die Fäuste noch gewaltsamer. Er wollte etwas entzweibrechen. Etwas verletzen. Etwas töten.

»Wir könnten ermitteln, ob die Frauen aus Nesbitts Zeitungsartikeln …«

»Herrgott, Faith!«, explodierte Will. »Welchen Sinn hat das alles, verdammt noch mal? Bevor wir da reingegangen sind, hat uns Amanda mitgeteilt, dass McAllisters Tod ein Unfall war. Kleptomanische Mitbewohnerinnen und ein schmieriger Anwalt sind keine Hinweise. Und du hast recht mit dem Wald. Hier gibt es überall Scheißwald.«

Faith schürzte die Lippen.

»Was, Faith? Welchen Sinn hat es verflucht noch mal, darüber zu reden?«

Sie sagte nichts.

Will kam zu Bewusstsein, dass der Warnton für den Sicherheitsgurt die ganze Zeit schrillte. Er riss an dem Gurt. Der Riemen blockierte. Er riss heftiger. »Es ist alles nur Bullshit. Das alles ist nur ein großer Haufen Blödsinn, weil Sara es gesagt hat. Amanda hat es gesagt. Du hast es gesagt. Lena lügt, und Nesbitt lügt und …«

Will bekam den Gurt nicht zu. Der Warnton kratzte wie ein Nagel in seinen Ohren.

»Da ist nichts, okay?«, sagte er. »Lena hat uns einen Scheißdreck verraten, genau wie du es prophezeit hast. Bekomme ich eine Antwort?«

»Ja, doch.«

»Ja, doch«, wiederholte er höhnisch. »Das bedeutet, wir haben einen ganzen Scheißtag vergeudet. Wir haben einem gottverdammten Pädophilen zugehört. Einem hasserfüllten, verlogenen Miststück. Und, ja: Hier kommt die Antwort auf deine Frage, Faith. Das mit Jeffrey bringt mich bei der ganzen Geschichte fast um. Und es ist alles meine Schuld, denn Amanda hatte recht. Wir hätten besser gewartet, bis wir es Sara sagen. Aber ich habe nicht auf sie gehört, und deshalb hat sich Sara den ganzen verdammten Tag lang den Kopf über Jeffrey zerbrochen und mir keine Nachricht geschrieben, und jetzt muss ich zu ihr zurückfahren und ihr ins Gesicht sagen, dass Lena glaubt, sie stecke hinter einer Verschwörung, die Lena wegen Meineids hinter Gitter bringen soll, und erzähl du mir keinen Bockmist, von wegen ich soll ihr einfach nicht sagen, was bei Lena passiert ist, denn ich werde nicht lügen, verdammt noch mal. Scheiße!«

Er gab es auf mit dem Sicherheitsgurt. Die eiserne Schnalle schlug gegen das Fenster, als sich der Gurt aufrollte. Will hämmerte auf das Armaturenbrett. Dann noch einmal und wieder und wieder.

»Scheiße! Scheiße! Scheiße!«

Will lauschte dem letzten Hieb nach, verblüfft über seine Gewalttätigkeit. Seine Faust hing in der Luft wie ein Hammer. Er schwitzte, und sein Atem ging wie eine Dampfmaschine. Der Wagen hatte bei jedem Schlag gebebt. Was zum Teufel tat er da? Will ging nie so in die Luft. Er war immer der, der die anderen davon abhielt, in die Luft zu gehen.

Faith bremste ab und hielt auf dem Seitenstreifen. Sie stellte die Gangschaltung auf Parken und ließ Will einen Moment Zeit, zur Besinnung zu kommen.

Es dauerte nicht lange. Hauptsächlich schämte er sich, er konnte sie nicht einmal ansehen.

Faith sagte: »Ich glaube, das war der längste Satz, den ich je von dir gehört habe, seit wir uns kennen.«

Will wischte sich mit dem Handrücken über den Mund. Er schmeckte Blut. Seine Knöchel waren von den Hieben wieder aufgeplatzt. »Es tut mir leid.«

»Schon gut. Wirklich. Es ist nur das letzte neue Auto, das ich fahren werde, bis meine Tochter mit dem College fertig ist.«

Will strich über das Armaturenbrett, um sich zu vergewissern, dass kein Sprung darin war.

»Es wundert mich, dass der Airbag nicht losgegangen ist«, sagte Faith.

»Im Ernst?«

Faith holte ein Kleenex aus ihrer Handtasche. »Neue Regel: Wir sprechen nie wieder über Lena Adams.«

Will betupfte das Blut an seiner Hand. Wie sollte er Sara das alles erklären? Er wusste nicht einmal, wann die Befragung eine derart falsche Richtung genommen hatte. Hatte Lena von Anfang an mit ihnen gespielt? Sie war wie der Skorpion, der auf ihren Rücken über den Fluss ritt.

Faiths Telefon begann zu läuten.

»Es ist Amanda«, sagte sie.

Will rieb sich übers Gesicht. Amanda war gleichbedeutend mit Sara. Was sollte Will ihr sagen? Dass er lieber Burger-King- als McDonald's-Essen haben wollte? Dass er sich auf einen Salat freute? Dass es sie zwei Sekunden gekostet hätte, ihm zu schreiben, dass alles in Ordnung war zwischen ihnen, und er dann vielleicht keinen Wutanfall bekommen und auf Faiths Auto eingedroschen hätte?

Das Telefon läutete weiter.

»Geh ran«, sagte Will.

Faith drückte auf den Knopf. »Wir sind beide hier. Du bist auf Lautsprecher.«

»Wo steckt ihr?«, fragte Amanda. »Ich rufe seit achtundzwanzig Minuten an und schicke Nachrichten.«

Faith murmelte einen Fluch, als sie die zwei Dutzend Benachrichtigungen sah. »Sorry, wir haben Lena befragt und …«

»Sara hat bei der Untersuchung etwas gefunden. Alexandra McAllister wurde definitiv vergewaltigt und ermordet. Sara bestätigt, dass es Verbindungen zu den Grant-County-Fällen gibt.«

Will sah Faith an.

Sie hatte beide Hände ungläubig vors Gesicht geschlagen.

Plötzlich spielte alles eine Rolle, was Lena gesagt hatte. Was hatten sie übersehen? Jemand hatte den Anwalt bezahlt, der auf Jeffreys Nachlass geklagt hatte. Leslie Truong vermisste Gegenstände, andererseits ging immer etwas verloren. Vielleicht hatte Caterino etwas vermisst. Vielleicht auch nicht. Sie konnten nicht zurückfahren und Lena um Klarstellung bitten. Sie hatte ihre Notizbücher geschreddert. Will hätte beinahe seine Waffe gegen ihren Mann gezogen. Faith hatte angedroht, ihr ins Gesicht zu schlagen. Es war ausgeschlossen, dass sich einer von ihnen beiden je wieder im selben Raum mit Lena Adams aufhielt.

»Das ist noch nicht alles«, fuhr Amanda fort. »Ich habe von der Gefängnisverwaltung erfahren, wer Nesbitt diese Artikel geschickt hat. Es ist derselbe Wohltäter, der ihm den Zivilprozess wegen Tollivers Nachlass finanziert hat.«

»Okay.« Faith hatte endlich ihre Stimme wiedergefunden. »Wer ist es?«

»Gerald Caterino«, sagte Amanda. »Rebecca Caterinos Vater.«

7

Gina Vogel blickte von ihrem Laptop auf und sah aus dem Fenster. Ihre Augen hatten Mühe, auf die neue Perspektive scharf zu stellen. Bäume, ein Futterhäuschen für Vögel, ein Glockenspiel. Sie hatte das Alter erreicht, in dem eine Lesebrille keine zukünftige Würdelosigkeit mehr war, sondern eine ständige Notwendigkeit darstellte.

Sie schaute wieder auf ihren Computer hinunter. Die Buchstaben verschwammen. Sie stellte die Schriftgröße auf das Äquivalent des E auf der Tafel beim Optiker. Dann öffnete sie ihren Browser und googelte: *Wenn ich die Schriftgröße meiner E-Mails verändere, merken das die Empfänger?* Sie wollte nämlich nicht, dass ihr zwölf Jahre alter Boss dachte, er bekäme eine E-Mail von seiner Großmutter.

Google benötigte mehr Informationen, als Gina in der Lage war zu liefern.

Sie klappte den Laptop zu und warf ihn auf den Kaffeetisch. Wieder sah sie zu den Bäumen hinaus. Ihr Augenarzt hatte ihr geraten, mindestens zweimal in der Stunde in die Ferne zu schauen. Der Rat hatte im letzten Jahr noch albern geklungen, aber inzwischen starrte sie wie besessen alle zehn Minuten auf irgendwelche Bäume, denn ihr Sehvermögen war so schlecht, dass sie aufstehen und zum Fernseher gehen musste, sobald jemand auf dem Bildschirm eine SMS verschickte oder las.

Sie stand auf und streckte sich – ihr Rücken war ein weiteres Körperteil, das sie im Stich ließ. Sie war erst dreiundvierzig, aber offenbar waren all die Warnungen von Ärzten im Lauf der Jahre, dass sie sich besser ernähren und mehr Sport treiben sollte, richtig gewesen.

Wer hätte das gedacht?

Ihr rechtes Knie brauchte ein paar Schritte, bis es den Dreh, wie man ging, wieder raushatte. Sie hatte zu lange auf der Couch gesessen. Zu Hause zu arbeiten hatte seine Vorzüge, aber sie würde sich ab jetzt an ihren Schreibtisch setzen müssen. Sich wie eine Katze auf der Couch zusammenrollen konnte man sich vielleicht als Jugendlicher gönnen.

Gina stellte den Fernseher in der Küche an. Sie schaute einige Minuten die Wettervorhersage, aber als ein Bericht über eine weibliche Leiche kam, die man im Wald gefunden hatte, schaltete sie um auf einen Immobilienkanal.

Sie öffnete den Kühlschrank, lud sich Gemüse auf den Arm und legte es zum Waschen in die Spüle. Kurz zog sie den Lieferdienst in Erwägung, aber ziemlich sicher würde sie das Alter von vierundvierzig Jahren erreichen, dem der fünfundvierzigste Geburtstag folgte, was praktisch wie fünfzig war, und das hieß: lieber einen gesunden Salat zum Abendessen statt eines fettigen Cheeseburgers und Pommes.

Oder?

Sie drehte den Wasserhahn auf, bevor sie es sich anders überlegen konnte. Dann zog sie das Sieb aus dem Küchenschrank und streckte die Hand zu der Schale über der Spüle aus. Ihre Finger fanden den erwarteten Haargummi nicht.

Gina war kein unordentlicher Mensch. Sie bewahrte immer denselben Haargummi in derselben Schale auf. Er war mädchenhaft pink mit weißen Gänseblümchen, sie hatte ihn ihrer Nichte bei einem Familienstrandurlaub vor mehr als zehn Jahren stibitzt.

Gina suchte die Anrichte ab und schob Blechbüchsen und ihren Mixer hin und her. Sie bückte sich und sah unter den Schränken nach. Sie wühlte in ihrer Handtasche, die über der Lehne des Küchenstuhls hing. Sie kramte in ihrer Sporttasche neben der Tür herum. Dann suchte sie den Boden im Flur ab. Ging die Ablagen im Badezimmer durch. Zog jede Schublade in ihrem Schlafzimmer auf. Dann im Gästezimmer. Dann im Wohnzimmer. Sie schaute sogar im Kühlschrank nach, denn einmal hatte sie ihr Smartphone neben der Milch liegen lassen.

»Mist.« Mit den Händen an den Hüften stand sie mitten in der Küche.

Sie trug den Haargummi nie außerhalb der Wohnung, denn die Farbe war peinlich, und außerdem hatte ihre Nichte ein Gedächtnis wie ein Elefant und immer noch die Lungenkapazität einer verzogenen Dreijährigen.

Trotzdem nahm Gina ihre Schlüssel von der Konsole, ging nach draußen und durchsuchte ihren Wagen. Sie ließ sogar den Kofferraum aufspringen.

Kein rosa Haargummi.

Gina kehrte ins Haus zurück, verriegelte die Tür und warf die Schlüssel auf den Tisch im Flur. Sie spürte ein merkwürdiges Kribbeln. War jemand im Haus gewesen? Sie hatte letzte Woche so ein komisches Gefühl gehabt, als wären Dinge bewegt worden. Nichts hatte gefehlt. Auch der Haargummi war noch an seinem Platz gewesen.

Gestern hatte sie ein Fenster unverschlossen vorgefunden, aber andererseits war das Wetter schön, und Gina hatte sich angewöhnt, die Fenster tagsüber offen zu lassen. Es war möglich, dass sie vergessen hatte, eins zu verriegeln. Tatsächlich war diese Erklärung plausibler, als dass ein Haargummidieb sein Unwesen im Viertel trieb. Wer würde sich schließlich für ihren Laptop, ihr iPad und ihren 55-Zoll-Fernseher interessieren, wenn ein uralter rosa Haargummi mit weißen Gänseblümchen in der Schale über der Spüle nur darauf wartete, mitgenommen zu werden?

Sie ging zurück in die Küche. Das beunruhigende Gefühl ließ sich einfach nicht abschütteln. Es war die Art von Vorfall, die man nicht beschreiben konnte, denn wenn man sie zu beschreiben versuchte, würden die Leute lachen und einen für dumm erklären.

Und sie benahm sich wirklich dumm. Sie hatte tatsächlich das Wasser in der Spüle laufen lassen. Der Stöpsel war in den Abfluss gerutscht. Sie war nur zwei Sekunden davon entfernt, ihre Küche zu überschwemmen.

Gina verlor nicht nur ihre Jugend.

Sie verlor den Verstand.

8

Faith hasste es, wenn Männer ihren Status als Vater, Ehemann oder Bruder als Grund dafür anführten, einen Standpunkt zu Themen einzunehmen, die Frauen betrafen. Als hätte der Umstand, dass sie ein kleines Mädchen aufzogen, sie plötzlich erkennen lassen, dass Vergewaltigung und sexuelle Belästigung tatsächlich schlimme Dinge waren. Doch sie glaubte, als Mutter eines sensiblen Sohns und als Schwester eines abscheulichen Bruders gelernt zu haben, wie man mit Männern umging, die schlecht drauf waren. Man fragte sie nicht, wie es ihnen ging. Man drängte sie nicht, sich auszusprechen. Man ließ sie ihre langweilige Musik im Radio hören und brachte sie zu einem Laden, wo sie Junkfood kaufen konnten.

Sie saß im Wagen, während Will für seinen Raubzug im Tankstellen-Shop bezahlte. Seine Kiefer waren noch immer fest zusammengepresst. Und er hatte wieder diesen wilden Blick wie früher, bevor Sara in sein Leben getreten war.

Faith sah auf den kurzen Chat in ihrem Handy:

FAITH: Habe gerade zu Will gesagt, er soll es dir sagen, aber er hat es dir schon gesagt, und tut mir leid, dass ich so eine schlechte Freundin bin, bitte verzeih mir.

SARA: Danke. Schon okay. Ist für uns alle ein schwerer Tag. Reden später.

Die Antwort war vor fünf Minuten eingegangen. Es war eine absolut normale, nette Antwort, außer man hatte den halben Tag mit Will verbracht.

Faith fiel keine Antwort ein. Sie hatten eine Regel in Bezug auf Will. Sara hatte von Anfang an darauf bestanden, sie sollten nicht auf einer persönlichen Ebene über ihn sprechen, weil Faith seine Partnerin war und immer, immer auf seiner Seite sein musste.

Theoretisch hatte Faith diese Argumentation verstanden. Ihr Job brachte sie in brenzlige Situationen. Sie trugen ihre Waffen nicht zur Schau. Jetzt aber wusste Faith die Regel aus tiefster innerer Überzeugung zu schätzen, denn wenn sie Will so zerrissen erlebte, wenn sie sah, wie er alle zehn Minuten auf sein Handy schaute, bevor er es endlich ausmachte, dann wäre sie Sara am liebsten an die Gurgel gegangen.

Sie steckte ihr Telefon wieder in die Becherhalterung. Dann prüfte sie sich selbst und ging in Gedanken zu Lena Adams zurück, um zu sehen, ob ihr blinder Hass auch nur eine Spur abgeklungen war.

Nichts da.

Die Tür ging auf, und Will stieg in den Wagen. Er hatte die Arme voller Tüten mit Doritos, Cheetos, Bugles und einem halb aufgegessenen Hotdog, den er sich in den Mund schob, bevor er die Tür schloss. Er griff in seine Jackentaschen und holte eine Dose Dr Pepper für sich und eine Dose Cola light für Faith heraus. Heftpflaster hatten offenbar nicht auf seinem Einkaufszettel gestanden. Will konnte bei den merkwürdigsten Dingen zum Geizhals werden. Er hatte ein paar Meter Klopapier aus der Toilette im Laden abgerissen und um seine blutende Hand gewickelt.

»Hast du Klebeband?« Er zeigte auf den fachkundigen Verband, der wie die schmutzige Schnur an einem Tampon herabhing. »Das geht immer auf.«

Faith stieß einen sehr lauten Seufzer aus, dann öffnete sie die Konsole unter der Armlehne und suchte ein paar Pflaster aus ihrem Notvorrat heraus. »Elsa oder Anna?«

»Gibt es keinen Olaf?«

Faith seufzte schon wieder. Sie fand das letzte Olaf-Pflaster, was ihr einen Schreianfall von Emma garantierte, wenn sie herausfand, dass von ihren Pflastern mit Figuren aus dem Film *Die Eiskönigin* ausgerechnet ihr Lieblingsschneemann weg war. »Ich habe über Lena und Jared nachgedacht.«

Will begann, das Toilettenpapier abzuwickeln. Das billige Material klebte in der Wunde.

»Jared muss in der Highschool gewesen sein, als Lena den Caterino-Fall bearbeitet hat.« Faith öffnete das Pflaster mit den Zähnen. »Krass, wenn man mal nachrechnet.«

»Er ist ein gut aussehender Junge«, sagte Will.

»Ja, gut.« Faith klebte seinen immer noch blutenden Knöchel mit dem Pflaster ab. »Kerle, die du in deinen Zwanzigern für kompliziert und missverstanden hältst, stellen sich in deinen Dreißigern als Arschlöcher heraus.«

Will warf einen Blick auf das Radio. Sie hatte den E-Street-Sender eingestellt.

»Ich höre es gern, wenn sich alte Männer wiederholt räuspern«, sagte Faith.

Er stellte die Musik aus. »Was hast du über Gerald Caterino herausgefunden?«

Faith nahm ihr Smartphone wieder zur Hand. Sie hatte einige Minuten Zeit für Recherchen gehabt und eine Menge Informationen gefunden, nach denen sie schon vor Stunden hätte suchen sollen. »Kein krimineller Hintergrund. Nicht einmal ein Strafzettel. Er besitzt ein Gartenbauunternehmen. Die Website ist ziemlich schick. Sieht nach einem legalen Betrieb aus, mit einem Verwalter und zwei Teams mit jeweils eigenem Vorarbeiter. Willst du es sehen?«

Will nahm das Handy und scrollte durch die Seite. Er klickte zum Abschnitt über den Eigentümer. Dem Foto nach war Gerald Caterino Mitte fünfzig, was mit einer siebenundzwanzigjährigen Tochter zusammenpasste. Was von seinem dunklen Haar noch übrig war, war grau meliert. Er hatte einen Bürstenschnauzbart und trug eine Brille mit Drahtgestell.

Faith sagte: »Seinem Lebenslauf zufolge sind seine Hobbys Gartenarbeit, Lesen mit seinem Sohn – und Gerechtigkeit für seine Tochter finden. Schau dir das hier an.«

Will tippte auf den Link. Eine Facebook-Seite füllte den Schirm.

»Gerechtigkeit für Rebecca«, sagte Faith. Sie wusste nie genau, wie schnell Will lesen konnte. »Caterino hat die Seite vor fünf Jahren angelegt. Er hat rund vierhundert Abonnenten. Es gibt Links zu einem Haufen anderer Facebook-Seiten für Frauen, die verschwunden sind oder ermordet wurden. Hauptsächlich handelt es sich um Eltern, die darüber schimpfen, dass die Polizei faul, dumm oder unfähig ist oder grundsätzlich nicht genug tut.«

»Einunddreißig Likes für einen Donut-Witz.« Will scrollte die Seite hinunter. »Er hat dieselben Zeitungsartikel gepostet, die Nesbitt uns gegeben hat?«

»Der neueste ist eine Geschichte aus dem *AJC* über den Fund von Alexandra McAllister gestern Morgen.«

»Er ist wachsam«, sagte Will. »Jedes Mal, wenn jemand etwas postet, antwortet er innerhalb von Minuten.«

»Mach dich auf etwas gefasst. Das Ganze nimmt eine sehr düstere Wendung.« Faith ging zu ihrem Browserverlauf und holte die Gerechtigkeit-für-Rebecca-Seite auf den Schirm. Sie zeigte auf die Menüpunkte und las sie laut vor: DIE TAT. DIE ERMITTLUNG. DIE BEWEISE. DIE VERTUSCHUNG.

Sie tippte auf den Unterpunkt DIE VERTUSCHUNG.

Dann las sie die blau geschriebenen Hyperlink-Namen: »Jeffrey Tolliver. Lena Adams. Frank Wallace. Matt Hogan.«

Will suchte wahllos Namen aus. Die dazugehörigen Fotos waren mit Photoshop so bearbeitet, dass sie wie Verbrecherfotos aussahen. Ein rotes *Bull's Eye* wie auf den Zielscheiben in einem Schießstand war über jedes Foto gelegt.

Jeffrey Tolliver hatte ein getürktes Einschussloch zwischen den Augen.

Faith hatte die Bilder bereits gesehen, als Will im Laden eingekauft hatte, aber sie fand sie immer noch zutiefst verstörend. Juristisch fielen sie unter freie Meinungsäußerung. Man konnte nicht feststellen, ob Caterino einen Witz machte, sich einer kleinen Fantasie hingab oder Gewalt gegen die Polizei befeuerte.

Als Polizistin brachte Faith nicht den Großmut auf, zu seinen Gunsten anzunehmen, dass es harmlos war.

»Im Internet tun viele Leute Dinge nur, weil sie sie tun können«, sagte Will.

Eine Weile herrschte Schweigen im Wagen. Will betrachtete es von beiden Seiten, aber Faith sah ihm an, dass er genauso beunruhigt war wie sie. Er starrte immer weiter auf das Handy und dachte wahrscheinlich darüber nach, was es in Sara auslösen würde, ein Foto ihres toten Ehemanns mit einem per Photoshop in seinen Kopf montierten Einschussloch zu entdecken.

Schließlich sagte er: »Ich will nicht, dass Sara das sieht, wenn es nicht unbedingt sein muss.«

»Seh ich genauso.«

Er gab ihr das Telefon zurück. »Was ist da noch drauf? Gibt es noch etwas?«

Faith holte tief Luft, bevor sie weitermachte, denn sie würde nie mehr aus dem Haus gehen können, wenn sie zuließ, dass solcher Dreck ihr naheging. »Ich habe das Geschreibsel in den Abschnitten *Tat* und *Beweise* überflogen. Der Typ hat eine blumige Sprache. Es gibt eine Menge wilde Vermutungen und Verschwörungstheorien, aber nicht viel, was konkrete Fakten angeht. Sein Fokus liegt hauptsächlich darauf, wie beschissen die Polizei ist und dass sie alle auf den elektrischen Stuhl gehören, weil sie ihre Arbeit nicht machen. Er wirkt wie ein John Grisham für Vorschulkinder.«

»Elektrischer Stuhl?«

»Ja.«

Wieder herrschte Schweigen.

»Was ist er also?«, fragte Will. »Gefolgsmann? Verrückter? Nachahmungstäter? Mörder?«

Er stellte die Fragen, die sie am Morgen in der Gefängniskapelle gewälzt hatten.

»Ich glaube, er ist ein am Boden zerstörter Vater, dessen Tochter brutal überfallen wurde, und er gibt der Polizei die Schuld daran, dass ihre beiden Leben vernichtet wurden. Wenn überhaupt, ist er am ehesten ein die Polizei hassender Don Quijote.«

»Du hast gesagt, er hat diesen Internetkreuzzug vor fünf

Jahren begonnen. Beckey wurde vor acht Jahren überfallen. Er hat also drei Jahre gewartet, bis er losgelegt hat. Was hat ihn dazu veranlasst?«

»Mal sehen, ob er es uns verrät.«

Faith legte den Gang ein. Sie hatte die Adresse bereits in das Navigationsgerät eingegeben. Wenigstens waren sie wegen Lena bereits bis zum Bauchnabel des Staats hinuntergefahren. Gerald Caterino wohnte in Milledgeville, rund eine halbe Stunde außerhalb von Macon. Faith hatte unter dem Vorwand, eine Schätzung für einen Auftrag zu brauchen, in seinem Büro angerufen. Man hatte ihr gesagt, dass Caterino heute zu Hause arbeitete. Sie hatte die Grundsteuerliste des Countys aufgerufen und Caterinos Zweihundertvierzigtausend-Dollar-Haus in einem älteren Teil der Stadt lokalisiert.

Will öffnete die Tüte Doritos. »Wir müssen mehr über den Fall von Leslie Truong wissen. Amanda zufolge hat Sara in Alexandra McAllisters Rückenmark die gleiche Art Einstich gefunden wie bei Beckey Caterino. Wie sieht es bei Truong aus?«

»Ich wette, dass Lena ein Diagramm in ihr Notizbuch gezeichnet hat«, sagte Faith. »Dieses verdammte Miststück.«

»Die Information wird sich in den Akten finden.«

Faith hörte zu, wie er kaute.

In den Akten hieß: in Jeffreys Akten. Sara würde sie aus dem Lager holen lassen, eine Information, die Amanda zusammen mit einer langen Aufgabenliste übermittelt hatte, die das Team bis zum Abend abgearbeitet haben sollte. Zum Glück war Emma an diesem Wochenende bei ihrem Vater. Es ging bereits auf drei Uhr nachmittags zu, und Faith war seit drei Uhr morgens wach. Alles, woran sie im Moment denken konnte, war heimzukommen, ihren BH auszuziehen und Geschichten über tödliche Unfälle auf Rolltreppen zu lesen, bis es dunkel genug war, um ins Bett zu gehen.

»Es braucht drei Morde, damit es sich um einen Serienmörder handelt«, sagte Will.

»Es könnten sehr viel mehr werden, wenn es uns gelingt, die Leichen aus den Zeitungsartikeln exhumieren zu lassen.« Faith hoffte bei Gott, dass nicht sie diejenige sein würde, die bei den Familien um die Erlaubnis nachsuchen musste, ihre toten Kinder auszugraben. »Angenommen, Gerald Caterino ist bereit, mit uns zu reden – erzählen wir ihm, dass McAllisters Tod als Mordfall eingestuft wurde?«

»Nur wenn es unbedingt sein muss«, sagte Will. »Wir sollten die Einzelheiten aber größtenteils zurückhalten.«

»Kein Problem für mich.«

Faith konnte noch immer nicht fassen, was Amanda ihnen da erzählt hatte. Eine Frau zu überfallen, zu vergewaltigen, zu ermorden, das war alles schlimm genug. Sie auf eine Weise zu foltern, dass man sie lähmte, damit sie sich nicht wehren konnte – das war eine ganz neue Schreckensebene.

Sie sagte: »Sara hat Messerwunden um den Unterleib und an den Achselhöhlen gefunden. Der Mörder muss etwas über das Verhalten von Tieren wissen, oder? Er hat McAllister aufgeschnitten, damit Blut fließt und die Raubtiere kommen und seine Spuren beseitigen.«

Will schob sich eine Handvoll Chips in den Mund. Er hielt sich von dem Teil der Diskussion fern, der Sara betraf. Oder vielleicht war er noch immer dabei, die grausigen Details der Tat zu verarbeiten, genau wie Faith. Die meisten Mörder wurden nicht gefasst, weil sie am Tatort ein Sandkorn von einer abgelegenen Insel zurückließen, auf der nur sie sich aufgehalten haben konnten, sondern weil sie schlampig und dumm waren.

Ihr Täter war beides nicht.

»Brad Stephens.« Will öffnete die Packung Cheetos. »Er fehlt auf der Liste der Cops in der Rubrik VERTUSCHUNG.«

»Er muss frisch von der Polizeischule gekommen sein, als das passiert ist.« Faith wusste genau, wie das aussah. »Er wird die Mistarbeit gemacht haben, also die Berichte einsammeln, ablegen, an Türen klopfen, mit weniger wichtigen Zeugen reden.«

»Er wird alles gesehen haben.«

Faith warf einen Blick zu ihrem Partner hinüber. Gerade wischte er sich Krümel von der Krawatte. Je mehr sie über den Fall sprachen, desto besser hörte sich Will wieder an. »Weih mich in deine Überlegungen ein«, sagte sie. »Wie ziehst du die Verbindungslinie zwischen Gerald Caterino und Brad Stephens?«

»Mal angenommen, ich bin Gerald Caterino«, sagte Will. »Meine Tochter ist schwer verletzt. Ich muss unmittelbar damit zurechtkommen, ja? Ihre Genesung, Physiotherapie, was auch immer. Und die ganze Zeit denke ich, der Kerl, der ihr das angetan hat, sitzt hinter Gittern. Der Kerl geht zweimal in Berufung und verliert jedes Mal. Drei Jahre vergehen. Ich schlage mich so durchs Leben, aber dann schreibt mir der Typ, den ich für den Schuldigen halte, und teilt mir mit, dass er es nicht war.«

Faith nickte, denn so könnte es sich am ehesten abgespielt haben. »Du würdest dem Kerl nicht glauben.«

»Nein.« Will schüttete sich den Rest der Cheetos in den Mund. Er kaute, schluckte und sagte dann: »Aber ich bin ein Vater. Ich komme nicht davon los. Da ist dieser Kerl, von dem ich zu wissen glaube, dass er meine Tochter überfallen hat, aber er behauptet, es war ein anderer, der noch irgendwo da draußen ist und möglicherweise auch anderen Frauen etwas antut. Was mache ich als Nächstes?«

»Du bist ein weißer Mittelschichtmann, deshalb gehst du davon aus, dass die Polizei dir helfen wird.« Faith gab ihm ihre Cola, damit er sie öffnete. »Vor fünf Jahren war Matt Hogan nicht mehr da. Tolliver auch nicht. Frank Wallace war Interims-Polizeichef. Lena war leitender Detective. Brad war Streifenbeamter.«

Will gab ihr die offene Dose zurück. »Frank wäre keine Hilfe. Lena würde vielleicht versuchen zu helfen, aber nicht auf sinnvolle Weise.«

Faith konnte sich vorstellen, wie Lena die Lage zu beherrschen versuchte und ihr alles wie ein Sprengsatz um die Ohren flog. »Der Zivilprozess hätte Nesbitt keinen Zugang zu den Akten von Truong und Caterino verschafft. Nesbitt war nur der mutmaßliche Täter. Verurteilt aber wurde er wegen der Kinderpornos.«

»Richtig, aber es gibt nur wenige Möglichkeiten, einen Cop persönlich zu verklagen. Exzessive Gewaltanwendung. Eine Verletzung des vierten Zusatzartikels durch unbegründete Durchsuchung und Verhaftung. Diskriminierung und/oder Belästigung«, zählte Will auf. »Du kannst deinen Fall nicht auf einem einzigen Fehlverhalten aufbauen. Du musst ein Muster nachweisen. Auf diese Weise bekommen sie Zugang zu den Truong- und Caterino-Akten. Sie erzählen dem Richter, sie müssen sich frühere Ermittlungen ansehen, um ein Muster feststellen zu können.«

Faith trank von ihrer Cola. Keine schlechte juristische Strategie. »Gerald Caterino muss stinksauer gewesen sein, als Daryl Nesbitt die Klage im Gegenzug für eine mittlere Sicherheitseinstufung fallen ließ.«

»Er blieb dennoch in Kontakt mit ihm«, sagte Will. »Er hat Nesbitt die Artikel ins Gefängnis geschickt.«

»Nur die Artikel«, erinnerte ihn Faith an die Einzelheiten, die Amanda weitergegeben hatte. »Es gab keine Briefe dazu, keine Kurznotizen. Nur die Zeitungsausschnitte und einen Umschlag mit einer Postfachadresse für die Antwort.«

»Die Gefängnisverwaltung hebt Post nur drei Jahre auf. Wir wissen nicht, ob sie vorher korrespondiert haben.«

Faith dachte, dass Gerald Caterino der einzige Mensch war, der dazu Genaueres wusste. Falls er bereit war, mit ihnen zu sprechen. »Du hast noch immer keine Verbindung zu Brad Stephens hergestellt.«

»Ganz einfach. Frank und Lena sind keine Hilfe. Also beginne ich, Gerald Caterino, nach Schwachstellen bei der Polizei von Grant County zu suchen. Nach jemandem, der dabei war, als es passiert ist. Jemand, der nicht darauf ausgerichtet ist, recht zu haben. Brad Stephens ist meine einzige Wahl.«

Faith glaubte es nicht. »Du willst sagen, er hätte sich gegen Jeffrey gewandt?«

»Niemals, aber bei Lena hat er sich wahrscheinlich umdrehen lassen wie ein Pfannkuchen.«

»Ich dachte, Brad und Lena waren Partner?«

»Das waren sie«, sagte Will. »Aber er ist ein übereifriger Polizist, so ähnlich wie der Filmheld Dudley Do-Right.«

Faith verstand, was er damit meinte. Für Brad gab es nur Schwarz oder Weiß, nur falsch oder richtig, was ihn vielleicht zu einem guten Polizisten machte, aber nicht unbedingt zu einem guten Partner. Niemand arbeitete gern mit einer Petze.

»Wir müssen mit Brad reden«, sagte Will.

»Setz ihn auf die Liste hinter sämtliche Detectives, Coroner und nahe Verwandte in allen Fällen aus Nesbitts Artikeln, mit denen wir ebenfalls reden müssen.«

Will kippte sich die Tüte Bugles in den Mund und klaubte die letzten Brösel zusammen. Dann holte er eine Handvoll Fruchtgummis zum Dessert aus seiner Tasche. Faith konnte das nicht mehr mit anschauen.

Das Navi wies sie an, rechts abzubiegen.

Faith fuhr durch ein älteres Wohngebiet. Hohe Hartriegelbäume säumten die Straße. Große Sträucher und Zierbäume füllten die Vorgärten. Es erinnerte Faith an ihre eigene Nachbarschaft in der Stadt, wo Hunderte Split-Level-Häuser im

Ranchstil für heimkehrende Veteranen des Zweiten Weltkriegs gebaut worden waren. Ihr Haus war eins der wenigen, das nicht zu einer Art Fast-Food-Einfamilienhaus zusammengeschustert worden war. Faiths Staatsdienergehalt reichte gerade mal, um einen kaputten Wasserkocher zu ersetzen. Hätte ihre Großmutter ihr das Haus nicht vererbt, sie wäre gezwungen gewesen, bei ihrer Mutter zu wohnen. Was keine der beiden lebend überstanden hätte.

Sie fuhr langsam, damit sie die Hausnummern auf den Briefkästen lesen konnten. »Wir suchen nach 8472.«

»Da.« Will zeigte auf die andere Straßenseite.

Gerald Caterino wohnte in einem recht bescheidenen zweistöckigen Ziegelhaus im Kolonialstil. Der ordentlich geschnittene Rasen im Garten war noch nicht in Winterruhe übergegangen. Blumen, deren Namen Faith nicht kannte, ergossen sich aus Terrakottatöpfen. Steinplatten säumten die geschotterte Einfahrt. Sie hielt vor einem geschlossenen schmiedeeisernen Tor. Auf der anderen Seite spielte ein Junge mit einem Basketball im Hof. Er schien etwa acht oder neun Jahre alt zu sein. Faith erinnerte sich an Caterinos Lebenslauf auf der Homepage. Das musste der Sohn sein, dem er gern vorlas.

»Da oben.« Will nickte zu einer Überwachungskamera.

Faith suchte die Hausfront ab. Zwei Kameras sicherten die ganze Breite des Hauses ab.

»Nichts, was man bei Amazon bekommt«, meinte Will.

Faith gab ihm recht. Die Kameras sahen professionell aus, wie man sie beispielsweise in einer Bank finden würde.

Das Tor bekam damit eine andere Bedeutung. Faith hatte ihr ganzes Leben lang in Atlanta gelebt und hatte das Tor zu Caterinos Grundstück als x-beliebiges Tor angesehen. Jetzt aber rief sie sich in Erinnerung, dass sie hier in Milledgeville waren, wo die Zahl der jährlichen Morde gleich null war und bei allen anderen Häusern in dieser idyllischen, von Bäumen gesäumten Straße wahrscheinlich nicht einmal die Haustür versperrt wurde.

»Seine Tochter wurde vor acht Jahren brutal überfallen«, gab Faith zu bedenken.

»Er gibt uns die Schuld an dem, was danach passiert ist.«

»Nicht uns persönlich. Er gibt Grant County die Schuld.«

Will antwortete nicht, aber das war auch nicht nötig. Aus Caterinos Internetaktivitäten ging klar hervor, dass er den Unterschied nicht sah.

Faith gab sich genau zwei Sekunden, um über das Einschussloch zwischen Jeffrey Tollivers Augen auf dem bearbeiteten Foto nachzudenken.

»Bereit?«, fragte sie.

Will stieg aus dem Wagen.

Faith angelte ihre Handtasche vom Rücksitz und ging zu Will ans Tor. Er hatte die Ellbogen darauf abgestützt und sah zu, wie der Junge den Ball in Richtung Korb wuchtete. Er verfehlte ihn meilenweit, sah Will aber trotzdem Beifall heischend an.

»Wow, das war echt knapp.« Will machte ihr unauffällig ein Zeichen, zur Rückseite des Hauses zu schauen. »Kannst du das noch mal machen?«

Der Junge jagte fröhlich dem davonspringenden Ball nach.

Faith musste sich auf Zehenspitzen stellen, um zum Haus zu sehen. Auf einer vergitterten Veranda saß im Schatten ein Mann am Tisch. Er beugte sich ins Sonnenlicht vor. Das schüttere dunkle Haar war von grauen Strähnen durchsetzt, der Bürstenschnauzer gepflegt, die Drahtgestellbrille in die Stirn geschoben.

»Was wollen Sie?« Bei Gerald Caterinos wütendem Ton stellten sich Faiths Nackenhaare auf.

»Mr. Caterino.« Sie hatte bereits ihren Ausweis gezückt und hielt ihn über das Tor. »Ich bin Special Agent Mitchell.

Das ist Special Agent Trent. Wir sind vom Georgia Bureau of Investigation und würden gerne mit Ihnen sprechen.«

Er blieb am Tisch sitzen und sagte zu dem Jungen: »Heath, geh und sieh nach deiner Schwester.«

Heath ließ den Basketball davonhüpfen und sauste ins Haus.

Faith hörte ein Klicken, dann ging das Tor langsam auf.

Sie zwang sich, zuerst zu gehen, quer über die Einfahrt, ungeschützt, was immer kommen mochte. Der Garten war so riesig wie gut gesichert. Sie sah einen zwei Meter hohen Maschendrahtzaun, der um das Grundstück verlief. Unter den Dachbalken waren weitere Kameras angebracht. Ein schmiedeeiserner Zaun, der zum Tor passte, umgab einen schönen Swimmingpool. Ein Hebestuhl war auf die Steinterrasse montiert. Auf die vergitterte Veranda gelangte man über eine Rampe statt über Stufen. Ein großer Transporter mit Rollstuhlrampe stand neben einem Pick-up mit Gartenwerkzeug in der Garage.

Die Tür der Veranda war ebenfalls aus Schmiedeeisen, was zum Rest passte. Seltsam, da das Gitter mühelos aufgeschnitten werden konnte, aber Faith war nicht hier, um eine Sicherheitsüberprüfung durchzuführen. Heath hatte die Tür nicht ganz geschlossen, aber um nichts in der Welt würde sie einen Fuß auf diese Veranda setzen, ohne eingeladen worden zu sein.

Die Sicherheitskameras. Das Tor. Der hohe Zaun. Die Zielscheiben auf den Grant-County-Fotos im Internet. Das aufgemalte Einschussloch in Jeffrey Tollivers Stirn.

Rebecca Caterino war vor fast einem Jahrzehnt überfallen worden. Das war eine lange Zeit, um permanent in Alarmbereitschaft zu sein. Faith hatte gesehen, was Trauer und Schmerz in einer Familie anrichten konnten, vor allem bei Vätern. Trotz der Sicherheitsvorkehrungen war Gerald nicht aufgestanden, um ihre Ausweise zu inspizieren, ehe er das Tor geöffnet hatte.

Der Internetauftritt des Mannes war voller Anti-Polizei-Propaganda; sie fragte sich, ob er nicht aufstand, weil eine Waffe mit Klebeband unter dem Tisch befestigt war. Dann fragte sie sich, ob sie schon paranoid war. Und dann rief sie sich ins Bewusstsein, dass Paranoia der Grund dafür war, warum sie jeden Abend wohlbehalten zu ihrem kleinen Mädchen nach Hause kam.

Faith wurde klar, dass sie bereits in einer Sackgasse steckten. »Mr. Caterino, ich brauche von Ihnen die ausdrückliche Erlaubnis, Ihr Haus zu betreten.«

Die kräftigen Arme waren vor der Brust verschränkt. Er nickte knapp. »Gewährt.«

Will langte an ihr vorbei, um die Tür zu öffnen. Faith hielt ihre Handtasche an den Körper gepresst. Das ungute Gefühl war zu einem Tsunami aus Warnsignalen angeschwollen. Alles an Gerald Caterino wirkte aufgeladen, wie kurz vor einer Explosion. Er saß auf der Stuhlkante. Seine Arme waren noch immer verschränkt. Sein Laptop war zugeklappt, daneben lag ein Stapel Stempelkarten. Er trug schwarze Cargoshorts und ein schwarzes Polohemd, in dessen V-Ausschnitt leuchtend weiße Haut zu sehen war. Er hatte die gleiche Bräune wie ein Landschaftsgärtner, der Abdruck endete an seinem Arbeitshemd.

Faith sah sich um. Es gab eine weitere Kamera in halbrunder Form, die neben der Küchentür an die Decke montiert war. Die Veranda war lang und schmal. Zu dem Tisch, an dem Caterino saß, gehörten drei Stühle und eine Aussparung für einen Rollstuhl.

Faith streckte ihm ihren Ausweis entgegen. Mehrere Sekunden vergingen, ehe er ihn nahm. Er setzte seine Brille auf, studierte den Ausweis, verglich das Foto mit Faiths Gesicht. Will gab ihm seine Brieftasche, die ebenso gründlich überprüft wurde.

»Warum sind Sie hier?«, fragte Caterino.

Faith trat von einem Fuß auf den andern. Er hatte sie nicht aufgefordert, Platz zu nehmen. »Daryl Nesbitt.«

Caterino schien noch angespannter als zuvor. Statt damit herauszurücken, dass er Nesbitt seit fünf Jahren Zeitungsartikel schickte, schaute er in den Garten hinaus. Sonnenlicht verwandelte die Oberfläche des Pools in einen Spiegel. »Was will er diesmal herausschlagen?«

»Letzten Endes glauben wir, dass er in eine weniger sichere Einrichtung verlegt werden will.«

Caterino nickte, als ergäbe es Sinn. Und wahrscheinlich tat es das auch. Bei Nesbitts letztem Deal war er aus dem Hochsicherheitsknast gekommen. Die Maßnahme hatte Caterino wahrscheinlich um die Hunderttausend an Anwaltshonoraren gekostet.

»Mr. Cateri…«, begann Faith.

»Meine Tochter wurde eine halbe Stunde lang in diesem Wald liegen gelassen, bis jemand bemerkte, dass sie noch lebt.« Er sah Faith an, dann Will. »Wissen Sie, was diese dreißig Minuten für ihre Genesung, für ihr Leben bedeutet hätten?«

Faith glaubte nicht, dass sich diese Frage je beantworten ließ, aber es war eindeutig etwas, woran er sich festhielt.

»Dreißig Minuten«, wiederholte Caterino. »Mein kleines Mädchen war gelähmt, traumatisiert, unfähig, zu sprechen oder auch nur zu blinzeln, und nicht einer dieser dreckigen Scheißpolizisten kam auf die Idee, nachzuprüfen, ob sie noch lebte, ihr Gesicht zu berühren oder ihre Hand zu nehmen. Wenn diese Kinderärztin nicht gerade vorbeigekommen wäre …«

Faith bemühte sich um einen neutralen Ton als Kontrast zu der Bitterkeit in seiner Stimme. »Was hat Ihnen Brad Stephens noch über diesen Tag erzählt?«

Caterino schüttelte den Kopf. »Die nutzlose Flasche hat

getan, was sie alle tun. In dem Moment, wo du einen Cop um eine offizielle Aussage bittest, macht er dicht. Diese dünne blaue Linie ist wie eine Schlinge um meinen Hals.«

»Mr. Caterino, wir sind hier, um die Wahrheit herauszufinden«, sagte Faith. »Die einzige Linie, die uns interessiert, ist die zwischen Recht und Unrecht.«

»Blödsinn. Ihr Schleimscheißer deckt euch immer gegenseitig.«

Faith dachte daran, wie Nick Nesbitt gepackt und ihn an die Wand geschleudert hatte.

»Nutzlose Scheißkerle«, zischte Caterino. »Ich hätte Sie beide gar nicht hereinlassen sollen. Ich kenne meine Rechte. Ich muss nicht mit Ihnen sprechen.«

Faith versuchte, ihn abzulenken, indem sie die Elternkarte ausspielte. »Ich habe ebenfalls einen Sohn. Wie alt ist Heath?«

»Sechs.« Caterino richtete seinen Laptop auf dem Tisch gerade aus. »Meine Ex-Freundin, seine Mutter, kam nicht damit klar, als Beckey verletzt wurde. Wir haben uns später nicht im Guten getrennt. Ich war damals sehr wütend.«

Faith fand, dass er im Moment ebenfalls sehr wütend war. »Tut mir leid, das zu hören.«

»Es tut Ihnen leid?«, wiederholte er. »Was zum Teufel tut Ihnen leid?«

Faith wusste, dass sie nicht verantwortlich war, aber sie fühlte sich so. Auf der Gerechtigkeit-für-Rebecca-Website gab es Dutzende von Fotos, die Beckey vor und nach dem Überfall zeigten. Sie war eine schöne junge Frau gewesen, die infolge dieses Tages im Wald nun ihr ganzes Leben lang schwer geschädigt war. Lähmung von der Hüfte abwärts. Sprachbehinderung. Beeinträchtigtes Sehvermögen. Traumatische Hirnverletzung. Den Ausführungen auf der Facebook-Seite zufolge war sie durch den Überfall in einem Ausmaß geistig behindert, dass sie rund um die Uhr betreut werden musste.

Diese dreißig Minuten im Wald waren wahrscheinlich die letzte Phase in Rebecca Caterinos Leben gewesen, in der sie ganz allein gewesen war.

Gerald Caterino schob die Brille wieder nach oben auf den Kopf und schaute auf den Pool hinaus. Er musste sich räuspern, ehe er wieder sprechen konnte.

»Vor zwölf Jahren war ich fest überzeugt, dass der Verlust meiner Frau das Schlimmste war, was mir je passieren konnte. Vor acht Jahren ging meine Tochter aufs College und kam zurück wie …« Er sprach nicht zu Ende. »Wissen Sie, was schlimmer ist als diese beiden Schicksalsschläge, Special Agent Faith Mitchell?«

Faith sah ihm an, dass es ein Spiel war, das er nicht zum ersten Mal spielte. Man konnte nicht raten, was schlimmer war, als jemanden zu verlieren, den man liebte. Man konnte nur beten, dass es einem nie widerfuhr.

»Wie steht es mit Ihnen, Special Agent Will Trent? Was ist schlimmer? Was ist das Schlimmste, was Sie beide mir im Moment antun könnten?«

Will zögerte keine Sekunde. »Wir könnten Ihnen Hoffnung machen.«

Caterino wirkte wie vom Donner gerührt. Seine Augen füllten sich mit Tränen. Er nickte einmal und blickte wieder zum Pool.

Will sagte: »Es tut mir leid, Mr. Caterino. Wir sind nicht hier, um Ihnen Hoffnung zu machen.«

Sein Adamsapfel ruckte wieder krampfhaft, und Faith wurde klar, dass das, was sie für Wut gehalten hatte, in Wahrheit vielleicht Gerald Caterinos Art war, mit seiner Angst fertigzuwerden. Er hatte jahrelang versucht, das Verbrechen an seiner Tochter zu rächen. Er hatte schreckliche Angst, dass er weitere fünf, zehn, vielleicht sogar dreißig Jahre damit zubringen würde, ohne dass er einen Schlussstrich ziehen konnte.

»Können Sie uns sagen, warum Sie Daryl Nesbitt diese Artikel geschickt haben?«, fragte Will.

Caterino schüttelte den Kopf. »Dieses hinterlistige Stück Scheiße ist so verlogen. Er hätte zur Polizei gehen sollen.«

»Warum gerade diese Artikel?«, beharrte Will.

Caterino sah zu ihm hoch. »Welche Rolle spielt das?«

»Deshalb sind wir hier, Mr. Caterino«, sagte Will. »Wir untersuchen die Todesfälle aus den Zeitungsartikeln.«

»Untersuchen?« Er lachte ungläubig. »Wissen Sie, wie viel Geld ich für Privatdetektive vergeudet habe? Für Flugtickets, Zugfahrkarten, Hotelzimmer für die Gespräche mit anderen Eltern? Kriminalpsychologen, Polizeibeamte im Ruhestand und sogar einen verdammten Hellseher, und das alles nur, weil ihr eigennützigen, stinkfaulen Scheißkerle eure Arbeit nicht richtig macht.«

Faith wollte ihm kein Einfallstor für eine weitere Tirade gegen die Polizei bieten. »Sie wissen sicher, dass Alexandra McAllisters Leiche gestern Morgen im Wald gefunden wurde.«

Er hob resigniert eine Schulter. »In den Nachrichten hieß es, es war ein Unfall.«

Faith wartete auf Wills lautloses Okay, ehe sie sagte: »Wir haben diese Information noch nicht publik gemacht, aber McAllisters Tod wurde als Mordfall eingestuft.«

Verwirrt legte Caterino die Stirn in Falten. Er war es nicht gewöhnt, zu hören, was er hören wollte. »Wieso?«

»Der Leichenbeschauer hat eine Punktion in ihrem Nacken gefunden.«

Caterino stand langsam auf und öffnete den Mund, aber es kamen keine Worte. Er wirkte benommen, ungläubig, verwirrt.

»Mr. Caterino?«, sagte Faith.

»War es …« Er legte die Hand vor den Mund. Schweißperlen standen auf seiner Stirn. »War die Punktion bei C5?«

»Ja«, sagte Will.

Ohne ein weiteres Wort rannte Caterino ins Haus.

Faith sah ihn einen langen Flur entlanglaufen und am Ende rechts abbiegen.

Dann war er verschwunden.

»Hm«, machte Will.

Faith ging die Unterhaltung noch mal im Kopf durch. »Er hat uns gewarnt, ihm keine Hoffnung zu machen.«

»Und wir haben ihm Hoffnung gemacht.«

Ein Schauder lief ihr über den Rücken. Sie sagte sich, dass Caterino dringend auf die Toilette gemusst hatte. Dann sagte sie sich, dass er eine Waffe holen ging. Die wüsten Beschimpfungen und die manipulierten Fotos auf der Internetseite machten ihr immer noch zu schaffen. Viele Leute sprachen davon, Polizisten umzubringen. Es gab sogar Songs darüber. Nur sehr wenige waren bereit, der Drohung Taten folgen zu lassen. Der Unterschied zwischen beiden Gruppen ließ sich leicht erkennen. Die erste tat nichts. Die zweite richtete eine Waffe auf deinen Kopf und drückte ab.

Faith sah Will an, um sich nicht weiter verrückt zu machen.

»Mord oder Selbstmord?«, fragte er.

Also doch verrückt machen. »Heath ist im Haus. Beckey wahrscheinlich auch.«

»Ich bin bei dir.«

Faith ging ins Haus. Die Küche war hell erleuchtet und wirkte irgendwie vertraut. Sie sah Kindersicherungen an allen Schubläden und Schränken. Die Steckdosen waren abgedeckt, die scharfen Kanten mit Schaumstoff gepolstert. Mit sechs war Heath zu alt für solche Schutzmaßnahmen. Sie mussten für Caterinos siebenundzwanzigjährige Tochter Beckey angebracht worden sein.

Faith schaute sich nach Will um. Er betrachtete eine Überwachungskamera zwischen Stapeln von Kochbüchern auf einem Regal, dann stellte er sich auf die Zehenspitzen, um die Oberseiten der Schränke zu inspizieren. Er machte mit Daumen und Zeigefinger die Geste für eine Pistole.

»Hallo zusammen.« Eine Frau in einer Schwesterntracht kam in die Küche. Eine leere Schnabeltasse baumelte an ihrer Hand. »Besuchen Sie Gerald? Der Wahnsinnige ist gerade die Treppe hinaufgestürmt.«

Faith merkte, wie ihre Anspannung ein klein wenig nachließ. Eine weitere Person. Eine Zeugin. Sie stellte sich und Will angemessen vor, zeigte ihren Ausweis. Die Frau schien weder verwundert noch beunruhigt zu sein, weil sie zwei Special Agents in der Küche vorfand.

»Ich bin Lashanda.« Sie spülte die Tasse aus. »Ich kümmere mich tagsüber um Beckey.«

Faith dachte, sie sollte die Gelegenheit nutzen. »Wie geht es ihr?«

»Heute ist ein guter Tag.« Lashanda lächelte strahlend. »Sie kämpft mit Depressionen. Das kommt von der Hirnverletzung. Manchmal macht sie Theater. Aber heute ist alles gut.«

Heath kam in den Raum gehüpft, ehe Faith fragen konnte, wie ein schlechter Tag aussah. Er grinste wie ein Honigkuchenpferd.

»Hier!« Er zeigte Will eine Zeichnung, die einen sehr beeindruckenden Tyrannosaurus darstellte; wirklich erstaunlich für einen Sechsjährigen.

Will betrachtete das Kunstwerk. »Das ist ja unglaublich, Kumpel. Hast du das ganz allein gemacht?«

Heath wurde plötzlich schüchtern und versteckte sich hinter Lashandas Bein.

»Er ist zum Anbeißen«, sagte Faith und fragte Lashanda: »Wie alt ist er?«

»Sechs, in zwei Monaten wird er sieben. Das Lämmchen ist ein Christkind.«

»Du bist aber ein großer Junge für deine sechs Jahre.« Faith beugte sich zu Heath hinunter. »Ich wette, du kannst schon rechnen. Wie viel ist zwei und zwei?«

»Vier!« Heath grinste wieder. Einer seiner Schneidezähne wuchs schief.

»Mit welcher Hand schreibst du?«, fragte sie.

»Rechts!« Er streckte die rechte Hand hoch.

»Hast du dir die Schuhe heute selbst gebunden?«

»Ja!« Er warf beide Arme in die Höhe wie Superman. »Und ich habe mein Bett gemacht und mir die Zähne geputzt, sogar den lockeren, und ich …«

»Lass gut sein, mein Kleiner, sie wollen nicht deinen ganzen Tagesablauf hören.« Lashanda zerzauste ihm das Haar. »Wollen Sie nicht ins Wohnzimmer kommen? Keine Ahnung, wie lange Gerald weg sein wird.«

Faith folgte ihr nur zu gern. Ihr war noch immer sehr unbehaglich zumute wegen Caterinos plötzlichem Verschwinden. Ohne den geistesgestörten Internetauftritt hätte sie ihn vielleicht als sonderbar bezeichnet.

»Hier entlang.« Lashanda führte sie durch den langen Flur. Sie kamen an einem Esszimmer vorbei. Schulbücher waren auf dem Tisch ausgebreitet.

»Hausaufgaben?«, fragte Faith.

»Heath wird zu Hause unterrichtet. Seine Lehrerin ist gerade gegangen.«

Faith wusste, es gab durchaus gute, berechtigte Gründe, ein Kind zu Hause zu unterrichten, aber in ihrer Berufslaufbahn hatte sie immer nur mit Spinnern zu tun gehabt, die ihre Kinder nicht in öffentliche Schulen schicken wollten, weil sie befürchteten, sie könnten dort zweifelhafte Dinge lernen. Zum Beispiel, dass Inzest falsch und Sklaverei böse war.

Es gab keine riesigen Hakenkreuze an der Wand, sondern gerahmte Drucke und Fotos von Beckey in verschiedenen

Phasen ihres Lebens. Faith erkannte die üblichen Schulfotos mit Bücherstapeln und Globussen. Beckey war eine Läuferin gewesen. Auf einem Bild stand sie in einer Gruppe von Mädchen in Leichtathletik-Outfits. Auf einem anderen rannte sie gerade in das Band über der Ziellinie.

Die Fotoserie endete abrupt nach der Highschool. Faith fiel auf, dass es keine Fotos von Heath gab, nicht einmal einen Schnappschuss. Gerald erwähnte ihn zwar auf seiner Website, aber auch dort gab es kein Foto von ihm.

Faith sah nach oben, als sie das Wohnzimmer betraten. Die Decke war mindestens sechs Meter hoch. Eine Galerie ragte aus dem Loft im zweiten Stock. Ein nachträglich eingebauter Aufzug gewährte Zugang zu beiden Ebenen.

Faith sah wieder auf ihre Uhr. Gerald Caterino war seit vier Minuten verschwunden. Sie wandte sich zu Will, um seinen Blick aufzufangen. Er sah zu dem Loft hinauf und beurteilte die Lage ganz offensichtlich in taktischer Hinsicht. Faith war froh, dass nicht sie allein misstrauisch war.

»Miss Beckey«, sagte Lashanda. »Schauen Sie, Ihr Daddy hat Besuch.«

Beckey Caterinos Rollstuhl stand vor einer breiten Fensterfront, die zum Garten hinausging. Es gab Blumen, Tierfiguren aus Stein und einen Brunnen, der offenbar dazu da war, ihr Freude zu bereiten. Faith sah einen Kolibri mit rubinroter Kehle am Futterspender.

»Beckey?«, wiederholte Lashanda.

Das Mädchen wendete ihren Rollstuhl mit den Händen. Sie hatte eine Haarbürste im Schoß liegen. Ihr Hauskleid war rosa, ihre pastellblauen Socken waren mit rosa Häschen bedruckt.

»Gu-ten Tag.« Beckey lächelte mit einer Hälfte ihres Mundes. Ein Auge war auf Faith fokussiert. Das andere wirkte ausdruckslos. Faith erkannte die Gesichtslähmung von ihrer

Großmutter wieder, die vor ihrem Tod eine Reihe von Schlaganfällen erlitten hatte. Diese junge Frau war dafür etliche Jahrzehnte zu jung.

»Lassen Sie mich das rasch erledigen.« Lashanda wischte mit einem Papiertuch über Beckeys Mund. Faith bemerkte eine verblasste T-förmige Narbe, die quer über ihre Kehle und zum Brustbein hinunter verlief. »Das sind Ms. Mitchell und Mr. Trent.«

»Freut mich, Sie …« Beckey schluckte, bevor sie den Rest des Satzes hervorstieß, »… kennenzulernen.«

»Ganz meinerseits, Beckey.« Faith bemühte sich um einen normalen Tonfall, denn sie war versucht, mit dieser erwachsenen Frau wie mit einem Kind zu sprechen. Sie hatte etwas so Unschuldiges an sich. Beckey war sehr dünn. Sie hielt die Haarbürste unbeholfen mit zwei Händen. Offenbar hatte sie gerade geduscht, ihr Haar war feucht, ihre Kleidung sah frisch aus.

Heath kletterte auf den Schoß seiner Schwester und legte den Kopf an ihre Brust. Faith erinnerte sich daran, wie süß Jeremy in diesem Alter gewesen war.

»Hier.« Beckey streckte Lashanda die Bürste entgegen. »Zopf.«

»Mein liebes Kind, Sie wissen, das kann ich nicht.« Lashanda wandte sich an Faith. »Sie will die Haare wie Elsa aus dem Film *Die Eiskönigin* geflochten haben. Ich habe mir ein Video auf YouTube angesehen, aber es hat nicht gut funktioniert mit dem Zopf.«

Will räusperte sich. »Ich kann es machen, wenn Sie wollen.«

Beckey lächelte und hielt ihm nun die Bürste hin.

»Darf ich den Stuhl umdrehen?«

Sie nickte und lächelte noch strahlender.

Will drehte Beckey so herum, dass sie in den Raum blickte. Rein zufällig hatte er dadurch auch eine bessere Sicht auf die

Galerie. Er bürstete vorsichtig ihr langes Haar aus. Heath sah zu, deshalb erklärte er: »Man fängt mit drei abgetrennten Strähnen an.«

Im Handumdrehen war Will mit dem Zopf fertig. Faith kam in den Sinn, dass Sara ihr Haar am Wochenende immer so trug. Es gab eine alternative Version von Faith, die vielleicht bei Will gelandet wäre, wenn sie sich nicht ständig zu nichtsnutzigen, fruchtbaren Vollidioten hingezogen fühlte. Jetzt konnte sie bestenfalls noch auf einen Mann hoffen, der nicht vergaß, genug Wasser zu trinken.

»Warten Sie«, sagte Lashanda, »ich hole etwas, womit man ihn zusammenbinden kann.«

Will hielt das Zopfende fest, während sie in einer Schreibtischschublade suchte. Er zwinkerte Heath zu.

»Hier herauf.« Geralds Kopf tauchte über der Galerie auf. »Ich bin bereit für Sie. Aber kommen Sie allein.«

Damit verschwand er wieder.

Will gab Lashanda das Zopfende in die Hand. Seinen fragenden Blick beantwortete sie mit einem Achselzucken.

»So ist Gerald eben«, sagte sie. »Er macht alles auf seine eigene Art.«

Will wollte, dass Faith die Treppe hinter ihm hinaufging. Als sie oben angekommen waren, rückte er sein Jackett zurecht. Er trug seine Glock in einem Seitenhalfter. Da Faith angenommen hatte, sie würde sich den ganzen Tag in einem Gefängnis aufhalten, hatte sie ihren Revolver in ein Stoffsäckchen von Crown-Royal-Whiskey gepackt und in ihre Handtasche gesteckt. Um wirklich auf alles vorbereitet zu sein, öffnete sie den Reißverschluss der Handtasche und achtete darauf, dass auch das Zugband des Stoffsäckchens gelockert war.

Sie fühlte sich an ihre Zeit als Streifenpolizistin erinnert. Strafzettel. Diebstahl. Häusliche Gewalt. Alles war Routine gewesen, bis es plötzlich keine mehr war, denn Menschen waren eben Menschen, und man wusste nie, was sie dachten, bis sie es einem zeigten.

Will hatte eine weitere Kamera am oberen Ende der Treppe entdeckt. Faiths Paranoia fuhr sofort wieder hoch. Gerald beobachtete vielleicht, wie sie kamen. Er hasste Cops. Er hegte tiefen Groll. Und er hatte sich bisher als unberechenbar erwiesen.

Sie bogen links in den Flur. Will blieb stehen, ging in die Hocke und hob einen rosa Fussel auf. Isoliermaterial. Die Zugtreppe zum Dachboden war vor Kurzem heruntergelassen worden.

Er sagte zu Faith: »Das gefällt mir alles nicht.«

Faith gefiel es ebenfalls nicht. »Mr. Caterino?«, rief sie.

»Im Schlafzimmer«, antwortete Gerald. »Kommen Sie unbedingt allein.«

Seine Stimme klang von der anderen Seite des Lofts zu ihnen, vom Ende eines gefühlt zweihundert Meter langen Flurs.

Er war zweimal weggerannt. Er hatte eine Waffe im unteren Wohnbereich. Er hatte wahrscheinlich auch oben eine. Er war vor Kurzem auf dem Dachboden gewesen. Und er drängte sie ständig, allein zu kommen.

Faith folgte Will in Richtung des Schlafzimmers. Bei jeder Tür, an der sie vorbeikamen, rissen beide den Kopf herum. Bad. Wäscheraum. Heath hatte seine Wände mit Dinosauriern und Figuren aus *Toy Story* geschmückt. Beckeys Zimmer war voller medizinischer Ausrüstung, es gab ein Krankenhausbett und eine Hebevorrichtung. Das Gästezimmer gegenüber musste für die Nachtschwester sein. Faith fragte sich, wie viel Geld das alles kostete. Beckey galt sicher als schwerbehindert und war zu entsprechenden Leistungen berechtigt, aber das war irgendwie so, als würde man sagen, ein offener Pneumothorax berechtigte zu einem Heftpflaster.

Sie hatten das Loft erreicht. Spielzeug lag um einen Fernseher herum verstreut. Faith erkannte die Spielekonsole als eine neuere Version von der, die sie selbst zu Hause hatte. Um zum letzten Teil des Flurs zu gelangen, mussten sie über einen Kabeltunnel steigen, der etwa die Größe einer Bodenschwelle auf einer Straße hatte. Doch er enthielt keine Kabel – die Barriere sollte Beckeys Rollstuhl aufhalten.

»Scheiße«, murmelte Will.

Faith sah an ihm vorbei ins Schlafzimmer. Dort brannte kein Licht. Vor dem Fenster waren würfelförmige Regalelemente aufeinandergestellt, die nach Ikea aussahen und gefaltete Kleidung enthielten. Streifen von Sonnenlicht drangen zwischen den Fächern hindurch.

Will machte sechs lange Schritte und betrat das Zimmer. Faith blieb im Flur. Sie sah, wie er sich mit dem Handrücken über den Mund wischte. Das Olaf-der-Schneemann-Pflaster klappte zurück; er hatte den Klebstoff durchgeschwitzt. »Mr. Caterino, ist das eine Waffe neben ihrem Bett?«

Gerald sagte: »Ach so, ja, ich …«

»Ich hole sie.« Will verschwand aus dem Blickfeld.

Faiths Revolver lag in ihrer Hand und war schussbereit. Sie wollte eben in den Raum schwenken, als Will wieder im Eingang auftauchte.

Er hatte eine Browning Hi-Power 9mm in den Händen. Faith war in Waffen nicht so bewandert wie Will, aber sie wusste, die Pistole hatte einen vertrackten Magazinauswurf. Entweder Gerald Caterino kannte sich gut aus mit Feuerwaffen, oder jemand hatte ihm mehr Waffe verkauft, als er brauchte.

Will ließ das Magazin herausfallen und schaltete dann das Deckenlicht ein.

Faith steckte ihren Revolver wieder in die Handtasche, ließ aber die Hand drin. Sie suchte den Raum mit den Blicken ab, sobald sie die Türschwelle überschritt. Fenster gesichert. Eingang gesichert. Hände gesichert. Hier schlief Gerald offensichtlich. Es gab keinerlei Wandschmuck, nur ein ungemachtes Doppelbett, einen Fernseher an der Wand, das Ikea-Würfel-Regal, ein angeschlossenes Badezimmer mit offener Tür. Eine weitere Tür, vermutlich zur Ankleide, war geschlossen. Der Schlüssel steckte im Schloss.

»Schließen Sie die Tür«, sagte Gerald zu Faith.

Faith stieß die Tür nicht ganz zu.

»Ich rede nicht gern vor Heath über das hier«, sagte Gerald. »Und ich weiß nicht, was Beckey weiß oder was sie behalten kann. Sie erinnert sich nicht an den Überfall, aber ich habe Angst, sie könnte Dinge hören. Oder das hier sehen.«

Er drehte den Schlüssel um und stieß die Tür auf.

Faith fiel die Kinnlade herunter.

Die Wände des begehbaren Schranks waren bedeckt mit Zeitungsartikeln, ausgedruckten Internetseiten, Fotos, Diagrammen, Notizen. Farbige Reißnägel hielten alles an Ort und Stelle. Rote, blaue, grüne und gelbe Fäden verbanden verschiedene Dokumente. Auf der Rückseite waren Aktenkisten vom Boden bis zur Decke gestapelt. Er hatte seinen Schrank in eine Einsatzzentrale verwandelt, und er hatte Angst, dass seine Kinder es herausfanden.

Das Leiden dieses Vaters brach Faith das Herz. Jedes einzelne Blatt Papier, jeder Reißnagel, jeder Faden war ein Symbol für seine Qualen.

»Ich bewahre den Schlüssel für den Schrank im Dachboden auf«, sagte Gerald. »Heath spielt gern mit meinem Schlüsselring. Einmal wäre er fast hier hereingekommen. Ich vertraue Lashanda, aber sie könnte abgelenkt sein. Wenn Heath das je zu sehen bekäme … Ich will nicht, dass er es erfährt. Erst wenn er dazu bereit ist. Bitte lassen Sie es mich Ihnen zeigen.«

Faith schloss die Schlafzimmertür und sperrte sie ab. Sie

holte ihr Smartphone hervor, als sie Will in den begehbaren Schrank folgte, und aktivierte die Videofunktion. Für das Protokoll fragte sie: »Mr. Caterino, ist es in Ordnung, wenn ich das mit meinem Handy dokumentiere?«

»Ja, sicher.« Gerald begann, mit dem Finger herumzuzeigen, erst auf die Fotos. »Die habe ich am ersten Tag gemacht, als Beckey im Krankenhaus war, etwa zwölf Stunden nach dem Überfall. Diese Aufnahme hier ist von dem Luftröhrenschnitt. Hier wurde ihr Brustbein gebrochen, um ihr das Leben zu retten.« Sein Zeigefinger wanderte nach unten. »Das sind ihre Röntgenaufnahmen. Auf der hier sieht man deutlich den Schädelbruch. Sehen Sie sich die Form an.«

Faith zoomte auf das Röntgenbild, das neben einem älter aussehenden Tatortfoto hing. »Haben Sie von Brad Stephens Kopien der Fallakten Ihrer Tochter bekommen?«

Gerald machte den Mund auf, dann schloss er ihn wieder. »Ich habe sie. Das ist alles, was zählt.«

Faith ließ es dabei bewenden. Er hatte ihr zumindest Zeit erspart. Sie zoomte auf die Zeugenaussagen, die Ermittlungsnotizen, die Berichte des Leichenbeschauers, das Wiederbelebungsprotokoll, Diagramme des Tatorts.

Will hatte die Hände in den Taschen. Er betrachtete das Foto einer jungen Frau, die an der Golden Gate Bridge stand. »Ist das Leslie Truong?«, fragte er.

»Man hat mir den Zugang zu ihren Akten verweigert, da es theoretisch noch ein ungeklärter Fall ist«, sagte Gerald. »Ihre Mutter Bonita hat mir dieses Bild gegeben. Wir haben in der Zeit damals häufig miteinander gesprochen. Jetzt nicht mehr so oft. Ab einem bestimmten Punkt frisst es dich einfach auf, verstehen Sie? Dein Leben wird …«

Er musste den Gedanken nicht zu Ende führen. Die Wände erzählten die Geschichte seines Lebens nach dem Überfall auf Beckey.

Faith drehte sich um und filmte systematisch die Wand hinter ihr ab. Gerald hatte Seiten um Seiten aus dem Internet ausgedruckt. Sie sah Facebook-Posts, Tweets, E-Mails. Sie zoomte näher, um die Absender zu erfassen. Die meisten E-Mails waren von dmasterson@Love2CMurder.

Sie fragte Gerald: »Hatten Sie Zugang zu den Fallakten aus den Zeitungsartikeln?«

»Ich habe Anträge nach dem Freedom of Information Act gestellt, aber in den Akten war nichts, kaum mehr als ein paar Seiten zu jeder Frau.« Er zeigte auf den entsprechenden Wandabschnitt. »Alle waren als Unfälle eingestuft, so wie es bei Beckey der Fall gewesen wäre, wenn sie nicht überlebt hätte. Nicht dass ihr Leben so gewesen wäre wie vorher. Oder je wieder so sein wird.«

Die Verzweiflung in seiner Stimme war wie ein Schraubstock, der den Raum enger erscheinen ließ.

Will sagte: »Mr. Caterino, Sie haben Nesbitt aus einem bestimmten Grund genau diese Artikel geschickt. Wonach haben Sie sie ausgewählt?«

»Ich habe mit den Familien gesprochen.« Gerald eilte zur Rückwand des Schranks. Er stand neben den Aktenkartons. »Sehen Sie, hier sind alle meine Anrufnotizen. Filmen Sie die.«

Faith schwenkte die Kamera herum. Sie wollte Gerald ebenfalls im Bild haben.

»Ich habe Dutzende von Anrufen getätigt«, sagte er. »Jedes Mal, wenn eine Frau gefunden wurde, habe ich die Familie ausfindig gemacht und mit ihnen gesprochen. Ich konnte die Opferzahl auf acht einengen.«

Er zeigte hinter Faith, aber sie drehte sich nicht um. Sie erkannte die Gesichter der Frauen aus den Zeitungsartikeln, aber die Fotos an der Wand waren anders, persönlicher, es war die Art von Bildern, die man gerahmt auf seinem Schreibtisch stehen hatte.

Gerald zeigte auf jede Frau und verkündete ihre Namen dazu: »Joan Feeney. Bernadette Baker. Jessica Spivey. Rennie Seeger. Pia Danske. Charlene Driscoll. Deaundra Baum. Shay Van Dorne.«

Faith zoomte auf jede von ihnen und achtete darauf, dass Gerald dabei im Bild blieb.

Er deutete wieder mit dem Finger herum und sagte: »Stirnband. Kamm. Haarspange. Haarband. Bürste. Bürste. Haargummi. Kamm.«

»Moment«, sagte Faith. »Wovon reden Sie?«

»Das sind die Dinge, die sie vermisst haben. Haben Sie sich das nicht angesehen? Haben Sie überhaupt irgendwas gelesen?«

»Mr. …«

»Nein!« Er schrie. »Erzählen Sie mir nicht, dass ich mich beruhigen soll. Ich habe diesem verdammten Cop erzählt, dass Beckey die Haarklammer vermisste, die sie von ihrer Mutter bekommen hatte. Sie war aus Schildpatt. Beckey hatte versehentlich einen Zahn abgebrochen. Sie hat sie immer auf ihrem Nachttisch aufbewahrt. An dem Morgen, an dem sie …« Er lief auf die andere Seite des Raums. »Sehen Sie, hier steht es. Kayleigh Pierce, ihre Mitbewohnerin. Das ist ihre offizielle Aussage.«

Faith war ihm mit der Kamera gefolgt.

»Kayleigh sagte, an dem Morgen, an dem Beckey gefunden wurde, also vorher, als sie sich angezogen hat …« Er war außer Atem. »Sie sagte …«

»Es ist gut, Mr. Caterino«, unterbrach ihn Faith. »Sehen Sie mich an.«

Die Verzweiflung in seinem Blick schnitt ihr ins Herz.

»Lassen Sie sich Zeit. Wir hören Ihnen zu. Wir gehen nirgendwohin.«

»Okay. Okay.« Er schlug sich mit der Faust auf die Brust, um sich zu beruhigen. »Kayleigh sagte aus, dass Beckey ihre

Haarklammer nicht auf dem Nachttisch finden konnte. Sie war an diesem Morgen nicht da. Sie hat sie immer auf dem Nachttisch aufbewahrt. Schon bevor Beckey aufs College ging, hat sie die Spange neben ihrem Bett liegen gehabt. Sie wollte nicht, dass sie beschädigt wurde, aber sie wollte sie tragen, wenn sie Sehnsucht nach Jill hatte.«

»Jill war ihre Mutter?«

»Ja.« Gerald zeigte auf ein Foto von Beckey vor dem Überfall. Sie las im Bett. Ihr Haar war nach hinten gesteckt. »Die Haarklammer wurde nie gefunden. Die Mädchen, Kayleigh und ihre Mitbewohnerinnen, haben im Wohnheim alles auf den Kopf gestellt. Schon bevor die Polizei es durchsucht hat. Nicht dass sie recht intensiv gesucht hätte, denn zu diesem Zeitpunkt hat die Sache keinen interessiert. Aber die Mädchen wussten, wie viel die Haarklammer Beckey bedeutet hat, deshalb haben sie überall nachgesehen, während sie im Krankenhaus war. Aber sie haben sie einfach nicht gefunden. Und als die Cops sich dann tatsächlich die Mühe gemacht haben, der Sache nachzugehen, haben sie sie ebenfalls nicht gefunden.«

Faith biss sich auf die Zunge. Sie konnte nicht glauben, dass Lena Adams dieses Detail vergessen hatte.

»Diese Cops«, sagte Gerald. »Tolliver war der schlimmste. Er kam total einfühlsam rüber, als würde es ihm etwas ausmachen, aber er wollte nur einen Haken hinter den Fall machen und ihn vom Tisch haben, damit er weiter sein Gehalt beziehen konnte.«

Faith wusste, wie der Gehaltsscheck eines Polizisten aussah. Er taugte schwerlich als Motivation.

»Er hat mir erzählt … dieses verlogene, erbärmliche Arschloch hat mir …« Gerald hielt inne und setzte neu an. »Tolliver hat Nesbitt reingelegt. Das sage ich Ihnen. Wenn ich es beweisen könnte, würde ich diese Stadt in Grund und Boden verklagen. Ihnen ist bekannt, dass das College geblecht hat, oder? Und Grant County. Die wussten, diese Polizei ist korrupt. Deshalb haben sie sich dumm und dämlich gezahlt.«

Plötzlich war Faith froh, dass sie den Mann filmte, der Police Departments verklagte. Sie fragte: »Gab es ein Verfahren auf Entschädigungen?«

»Sie wollten kein Verfahren, weil sie wussten, dass all die belastenden Einzelheiten ans Licht kommen würden. Verstehen Sie nicht? Die Versicherungsgesellschaft, die Stadt, die Anwälte, selbst mein eigenes Anwaltsteam – sie alle haben zu der Vertuschung beigetragen.«

Nach Faiths Erfahrung taten Anwaltsteams, was sie nur konnten, um eine möglichst hohe Auszahlung zu erreichen.

Gerald sagte: »Das County hat einen Vergleich mit mir geschlossen, aber sie wollten nicht zugeben, dass sie etwas falsch gemacht haben, obwohl wir wissen, dass es so war. Wir *wissen* es. Dreißig gottverdammte Minuten. Dreißig Minuten im Leben meiner Tochter. Ich breche in diesem Augenblick die Verschwiegenheitserklärung. Ich hätte zu den Nachrichtensendern gehen sollen. Ich könnte es immer noch tun. Sollen sie doch versuchen, sich das Geld von mir zurückzuholen. Sollen sie nur.«

Faith deckte das Mikrofon mit dem Daumen ab, auch wenn es zu spät war.

»Sie haben einen Sohn«, sagte Gerald zu ihr. »Wie geht es Ihnen dabei, wenn Sie ihn aufs College schicken? Sie vertrauen den Leuten dort, nicht wahr? Sie vertrauen der Polizei. Sie vertrauen darauf, dass alle auf ihr Kind achtgeben, und wenn sie es nicht tun, lassen Sie sie dafür bezahlen.«

Will räusperte sich. »Wie viel haben sie Ihnen denn bezahlt?«

»Nicht genug.« Gerald blickte sich im Raum um. Seine Unterlippe begann zu zittern. »Nicht annähernd genug.«

Beim letzten Wort brach seine Stimme, weil ein Schluchzen in seine Kehle drängte. Er legte die Hand vor den Mund, um es zu unterdrücken, aber er verlor. Er beugte sich vornüber, und ein schmerzerfüllter Klagelaut kam über seine Lippen. Seine Knie gaben nach, und er sank auf den Boden. Er bedeckte sein Gesicht mit den Händen und heulte wie ein Kind.

Faith brach die Videoaufnahme ab und wollte zu ihm gehen, doch Will hielt sie davon ab. Er fand einen Karton Kleenex in der Ecke. Der Abfalleimer daneben quoll bereits über.

Gerald presste die Stirn auf den Boden. Sein Schluchzen füllte den Raum. Ihn zu trösten war nicht die Antwort. Für Hoffnung gab es keinen Trost.

Will kniete nieder und hielt ihm den Karton Kleenex hin.

»Tut mir leid.« Gerald nahm ein Tuch und wischte sich über die Augen. »Das passiert manchmal. Ich kann es nicht verhindern.«

Will zog sich zurück, damit Gerald aufstehen konnte.

Er putzte sich die Nase. Sein Gesicht war gerötet, er war verlegen.

Faith ließ ihm ein paar Augenblicke Zeit, ehe sie ihn in die Gegenwart zurückführte. »Mr. Caterino, vorhin unten, als mein Partner sagte, die Schädigung des Rückenmarks sei bei C5, da sind Sie losgestürmt.«

Er schnäuzte sich noch einmal und strich sein T-Shirt glatt.

»Beckey hatte eine Punktion.« Er zeigte auf ein Schwarz-Weiß-Bild an der Wand. »Ich wollte Ihnen das hinunterbringen, aber dann dachte ich, es ist besser, ich hole Sie herauf und zeige Ihnen alles. Es ist so viel, und ich ... ich ...«

»Schon gut«, beruhigte ihn Faith. »Ich bin froh, dass Sie uns erlaubt haben, das zu sehen. Es ist wichtig, dass Ihre ganze harte Arbeit hier unangetastet bleibt.«

»Okay. Sie haben recht.« Er zeigte wieder auf die Wand. »Da ist die Aufnahme mit der Punktion.«

Sie ging wieder auf Video und zoomte auf das Schwarz-Weiß-Bild, das aus einem MRT stammte. Selbst für ihren

Laienblick war die Schädigung des Rückenmarks erkennbar. Es sah aus wie ein angestochener Reifen, nur dass Flüssigkeit statt Luft herauskam.

»Niemand konnte es erklären«, sagte Caterino.

»Gibt es sonst noch etwas über den Fall Ihrer Tochter, das wir wissen sollten?«

»Es ist alles verloren. Die Spuren sind verblasst. Es gibt niemanden, mit dem man reden kann. Zumindest niemanden, der reden will.« Gerald warf das Kleenex weg. »Tolliver hat sich den Arsch aufgerissen, um dafür zu sorgen, dass wir die Wahrheit über Beckey und Leslie nie erfahren. Er hat Informationen verschwinden lassen und behauptet, sie seien im bürokratischen Hin und Her verloren gegangen. Und Lena Adams, seine Speichelleckerin – wussten Sie, dass sie all ihre Notizbücher vernichtet hat? Können Sie sich vorstellen, was sie aufgeschrieben hat? Sie war das Miststück, das nicht einmal nachgesehen hat, ob meine Tochter tot war oder noch lebte. Sie standen alle lachend und scherzend herum, während mein Kind katastrophale Gehirnschäden erlitt.«

Faith steuerte ihn von diesen Klippen fort. »Erzählen Sie mir mehr von Beckeys Haarklammer.«

»Ja«, sagte er. »Sie war verschwunden. Was an und für sich natürlich nichts bedeutet. Aber dann habe ich mit Bonita gesprochen …«

»Leslie Truongs Mutter?« Faith versuchte, ihn wieder zu bremsen. »Was hat sie gesagt?«

Geralds Tränen waren getrocknet. Er war jetzt wieder wütend. »Leslie hat ein Stirnband vermisst, das sie immer trug, wenn sie sich abends das Gesicht wusch.«

»War das Stirnband der einzige Gegenstand, den sie vermisst hat?«

»Ja.« Er zögerte, dann gab er zu: »Ich weiß es nicht. Vielleicht auch ein Shirt, irgendwelche Klamotten, aber mit Sicherheit das Stirnband. Leslie hatte Bonita extra deswegen angerufen, um Dampf abzulassen. Es sei idiotisch, etwas zu stehlen, das so wenig wert war. Das war es, was sie so wütend machte. Warum klaute jemand so etwas?«

Faith ging die anderen möglichen Opfer durch, die anderen möglicherweise gestohlenen Gegenstände. »Shay Van Dorne hat eine Bürste vermisst?«

»Einen Kamm. Sie war in ihrem Wagen, als ihr auffiel, dass er weg war. Sie hat sich so darüber aufgeregt, dass sie ihrer Mutter davon erzählt hat.« Er ging zu den Fotos der Frauen aus den Artikeln zurück. »Joan Feeney. Sie trug immer ein Stirnband im Fitnessstudio. Sie hat ihrer Schwester erzählt, dass sie das purpurfarbene, ihr Lieblingsstirnband, nicht mehr fand. Seeger war im Auto wie Van Dorne und telefonierte gerade mit ihrer Schwester, und dabei hat sie erwähnt, dass das blaue Gummihaarband, das sie immer in der Mittelkonsole aufbewahrte, nicht mehr da war.«

Faith ermunterte ihn mit einem Nicken, fortzufahren.

»Danske hatte eine silberne Haarbürste, die ihrer Großmutter gehörte. Sie verschwand aus ihrer Kommode. Driscoll hatte immer eine Bürste in ihrem Handschuhfach liegen. Sie war nicht da, als ihr Mann nachsah. Spivey hatte in ihrem Schreibtisch bei der Arbeit eine Haarspange liegen, mit der sie ihren Pony zurücksteckte. Baker hatte einen Kamm, auf dem das Wort *Chillax* in kleinen Kristallsteinen stand. Baums Schwester sagte, sie hat zu allem, was sie anzog, immer den passenden Haargummi getragen. Als man sie fand, trug sie ein grünes Shirt, aber keinen Haargummi. Und als die Schwester dann in ihren Sachen nachsah, fand sie alle möglichen Haargummis – rot, gelb, orange. Aber keinen grünen.«

Faith dachte, dass ein Strafverteidiger das Video als Beweis dafür benutzen würde, dass Gerald Caterino verzweifelten Angehörigen irgendwelche Vermutungen in den Kopf gepflanzt hatte. Was der Vater getan hatte, ließ sich in einem grelleren Licht als Zeugenmanipulation sehen. Und wofür?

Eine Bürste. Ein Kamm. Ein Haargummi. Ein Stirnband. Eine Haarspange. Irgendwo im Auto, in ihrer Handtasche oder im Haus hatte auch Faith alle diese Dinge, einige sogar mehrfach. Im Nachhinein ließe sich leicht behaupten, dass etwas davon fehlte.

Vor allem, wenn man verzweifelt Zusammenhänge herzustellen versuchte.

Will dachte offenbar das Gleiche. Er wartete, bis Faith die Videoaufnahme beendet hatte.

Dann fragte er Gerald: »Wie lief das ab, wenn Sie die Familien angerufen haben?«

»Einige wollten nicht mit mir reden. Andere waren eine Sackgasse. Ich hatte eine Liste mit Fragen zur Hand, eine Art Raster. So habe ich es auf acht Opfer eingeengt.« Er ging zur gegenüberliegenden Wand und riss ein Blatt aus einem Notizbuch unter einer Reißzwecke weg. »Das hier habe ich bei den Telefonaten benutzt.«

Faith las die Liste:

1. *Stell dich vor (sprich ruhig!)*
2. *Erkläre, was Beckey zugestoßen ist (nur die Fakten!)*
3. *Frage, ob ihnen an der Todesursache ihrer Angehörigen etwas verdächtig vorkommt (benimm dich normal!)*
4. *Frage, ob ihre Angehörige davon gesprochen hat, dass sie etwas vermisst*
5. *Bitte sie, das Fehlen des vermissten Gegenstands zu bestätigen*

Gerald erklärte: »Jedes Mal, wenn ich einen Artikel lese, mache ich mich an die Arbeit. Es gibt eine Menge Stoff im Internet.

Die Leute sind leicht ausfindig zu machen. Ich habe mit Dutzenden Familienangehörigen von Opfern im Lauf der Jahre gesprochen, und ich glaube, ich bin besser darin geworden. Man muss ein Gespür für sie entwickeln, sicherstellen, dass sie sich der Möglichkeit nicht verweigern. Es ist schrecklich, ein Kind zu verlieren, aber es ist noch schrecklicher, wenn man erkennen muss, dass es einem geraubt wurde.«

Faith las die Liste noch einmal durch, die ein Schulbeispiel für Suggestivfragen darstellte. »Dieser letzte Punkt, Nummer fünf. Haben Sie ihnen gesagt, wonach sie suchen sollen? Dass es ein Gegenstand war, der mit den Haaren zu tun hat?«

»Ja. Wonach sollten sie sonst suchen?« Er sauste wie ein Pingpongball zu einer anderen Wand. »Das ist eine Liste, was Serienmörder tun. Nummer eins, sie nehmen Trophäen. Genau das macht Beckeys Angreifer. Er stalkt seine Opfer. Er nimmt etwas von ihnen. Dann überfällt er sie und lässt es wie einen Unfall aussehen.«

»Warten Sie«, sagte Faith. »Was meinen Sie mit stalken?«

»In den Wochen bevor sie starben, hat jede einzelne dieser Frauen einem Familienmitglied, einer Freundin oder einem Kollegen erzählt, dass sie so ein komisches Gefühl hätte. Als beobachte sie jemand.«

Faith dachte über die neue Information nach. Sie konnte sich viele Erklärungen denken, nicht zuletzt die, dass man sich als Frau in dieser Welt manchmal verwundbar fühlte. »Das steht nicht auf Ihrer Liste mit Fragen – ob sie das Gefühl hatten, beobachtet zu werden.«

»Ich weiß, dass man immer etwas zurückhalten sollte. Ich lasse es mir von ihnen erzählen.«

»Die Angehörigen haben es ihnen einfach so erzählt?«

»Ich war vorsichtig.« Er zeigte auf die Love2CMurder-E-Mails. »Dieser Typ ist ein Detective der Polizei im Ruhestand. Einer der wenigen guten. Er hat mir bei meinen Nachforschungen geholfen. Er sagt, der größte Fehler, den Frauen machen, ist, nicht auf ihre Instinkte zu hören.«

Faith überflog die E-Mails. DMasterson hatte mindestens zwei Jahre lang mit Gerald korrespondiert. Sie sah PDFs von Rechnungen. »Sie haben vorhin erwähnt, dass Sie einen Privatermittler bezahlt haben. Ist er das?«

»Nein. Da sprach ich von Chip Shepherd. Ich habe vor fünf Jahren mit ihm gearbeitet. Er ist ein weiterer Polizist im Ruhestand. Ich habe ihn für drei Monate bezahlt, und er hat sechs Monate gearbeitet. Seine Fallakten sind hier.« Er trat gegen einen Stapel Kartons. »Chip hat nichts herausgefunden. Sie finden nie etwas heraus. Ich habe mich fünf Jahre lang abgerackert, um diesen Fall am Leben zu halten. Das Geschäft läuft gut, aber es reicht nicht. Meine Ersparnisse neigen sich dem Ende zu. Ich habe keine Altersversorgung. Mein Haus ist mit einer Hypothek belastet. Das Geld aus den Vergleichen ist in einem Treuhandfonds für Beckey angelegt. Mein ganzes Leben dreht sich nur darum, dass ich mich um sie und Heath kümmere, und wenn noch Zeit bleibt, mache ich das hier.«

Faith atmete langsam aus. Der Raum fühlte sich klaustrophobisch eng an. Und er würde gleich noch enger werden. Faith glaubte, die Antwort auf die Frage gefunden zu haben, die Will gestellt hatte, seit sie am Morgen in der Gefängniskapelle mit Theorien um sich warfen.

Sie ging es behutsam an. »Mr. Caterino, warum haben Sie Daryl Nesbitt diese Zeitungsartikel geschickt? Es gab keinen Brief dazu, kein Anschreiben. Nur die Artikel.«

»Weil …« Er fing sich eine Sekunde zu spät. »Er beteuert immer noch, unschuldig zu sein. Ich wollte, dass er sich so ausweglos, so hilflos fühlt, wie ich es tue.«

Faith glaubte ihm, dass er Nesbitt quälen wollte, aber es steckte mehr dahinter. »Es tut mir leid, Sie das fragen zu müssen, aber warum sind Sie so sicher, dass Daryl Nesbitt nicht der Mann ist, der Ihre Tochter überfallen hat?«

»Ich habe nie gesagt …«

»Mr. Caterino, vor fünf Jahren haben Sie gutes Geld für Daryl Nesbitts Zivilklage auf Jeffrey Tollivers Nachlass ausgegeben.«

Auf Geralds Gesicht zeichnete sich Verblüffung ab.

»Zivilprozesse werden häufig dazu benutzt, offizielle Aussagen von Polizisten zu erhalten, die später dann in Strafverfahren gegen sie verwendet werden können.«

Caterinos Mund war ein schmaler Strich.

»Vor fünf Jahren haben sie Beckeys Facebook-Seite und die Website gestartet«, fuhr Faith fort. »Seit fünf Jahren sammeln Sie Artikel über vermisste Frauen und stellen Zusammenhänge mit dem Überfall auf Ihre Tochter her.«

»Diese anderen Frauen …«

»Nein«, unterbrach ihn Faith erneut. »Sie haben Ihre Nachforschungen vor fünf Jahren begonnen. Einige dieser Fälle liegen acht Jahre zurück. Was hat Sie vor fünf Jahren zu der Überzeugung geführt, dass Daryl Nesbitt nicht der Mann war, der Beckey überfallen hat? Es muss einen zwingenden Grund gegeben haben.«

Gerald biss sich auf die Unterlippe, damit sie nicht zitterte. Er konnte einen erneuten Tränenausbruch nicht stoppen.

Faith ging es langsam mit ihm durch. »Sie posten über viele Dinge, Mr. Caterino, aber Sie posten nie über Ihren Sohn.«

Er wischte sich über die Augen. »Heath versteht, dass Beckey im Mittelpunkt stehen muss.«

Faith ließ nicht locker. »Mir sind die vielen Kameras im Haus und um das Haus herum aufgefallen. Ist die Gegend gefährlich, Mr. Caterino?«

»Die ganze Welt ist ein gefährlicher Ort.«

»Es scheint aber eine sehr sichere Nachbarschaft zu sein.« Faith hielt inne. »Ich frage mich, was Sie schützen.«

Er zuckte abwehrend mit den Schultern. »Es ist nicht verboten, Überwachungskameras und ein Tor zu haben.«

»Nein«, gab sie ihm recht. »Aber ich wollte Ihnen sagen, wie beeindruckt ich von Ihrem kleinen Jungen bin. Er ist wirklich klug. Er ist weit für sein Alter. Hat Ihr Kinderarzt Ihnen das schon einmal gesagt? Er ist fast wie ein Achtjähriger.«

»Er wird Weihnachten sieben.«

»Richtig«, sagte sie. »Sein Geburtstag ist rund neununddreißig Wochen nach dem Überfall auf Beckey.«

Gerald hielt ihrem Blick nur einige Sekunden lang stand, dann senkte er die Augen.

»Ich sage Ihnen, was ich denke«, fuhr Faith fort. »Ich denke, vor fünf Jahren hat Ihnen Daryl Nesbitt aus dem Gefängnis geschrieben.«

Geralds Adamsapfel zuckte.

»Ich denke, Sie haben den Brief gesehen und Ihnen wurde bewusst, dass Nesbitt die Lasche abgeleckt haben musste, um den Brief zu verschließen. Und sein Speichel war auch auf der Rückseite der Briefmarke.« Faith bemühte sich, so behutsam wie möglich zu sein. »Haben Sie Daryl Nesbitts DNA anhand des Kuverts testen lassen, Mr. Caterino?«

Gerald hielt den Kopf gesenkt, sein Kinn berührte die Brust. Tränen fielen auf den Teppichboden.

»Wissen Sie, was mir Angst machen würde, Mr. Caterino? Was mich dazu bringen würde, Überwachungskameras anzubringen, einen hohen Zaun mit einem Tor um mein Haus zu ziehen und mit einer Waffe neben dem Bett zu schlafen?«

Er holte tief Luft, blickte aber weiter zu Boden.

»Was mich nachts nicht schlafen ließe«, sagte Faith, »wäre die Angst, der Mann, der meine Tochter überfallen hat, könnte herausfinden, dass sie neun Monate später seinen Sohn zur Welt gebracht hat.«

9

Sara schaute auf die Uhr am Herd.

19 Uhr 42.

Sie hatten die Zeit aus den Augen verloren, während sie sich um Alexandra McAllister gekümmert hatte. Erst die bürokratischen Schritte, damit Ezra Ingle die offizielle Todesursache ändern konnte. Dann hatte Amanda begonnen, mit dem Sheriffbüro an einer formellen Anfrage zu arbeiten, die es dem GBI erlaubte, den Fall zu übernehmen. Als Nächstes hatte Sara den Leichnam ins GBI-Hauptquartier transportieren lassen müssen, damit sie die Obduktion durchführen konnte. Dann hatte sie ihren Bericht diktiert und für alle Beweise, Laboraufträge und forensischen Maßnahmen unterschrieben. Als Nächstes hatte ein junger Gerichtsmediziner sie gebeten, die Aufzeichnungen über die Autopsie von Jesus Vasquez durchzusehen, dem bei den Gefängnisunruhen ermordeten Häftling. Und schließlich hatte Sara Gott weiß wie lange an ihrem Schreibtisch gesessen und versucht, ein wenig Klarheit in ihren endlos schwierigen Tag zu bringen.

Sara hatte nicht registriert, wie spät es war, bis sie das Gebäude verlassen und zu einem schwarzen, mondlosen Himmel aufgesehen hatte.

Sie stand vom Küchenhocker auf. Die Hunde hoben auf der Couch die Köpfe, als sie begann, auf und ab zu laufen. Sara fühlte sich nutzlos. Tessa war mit Jeffreys Akten auf dem Weg von Grant County zu ihr, aber sie war in die Ausläufer des Berufsverkehrs geraten. Sara konnte im Moment nichts anderes tun, als zu warten. Die Hunde waren gefüttert und hatten ihren Spaziergang gemacht. Sie hatte die Wohnung aufgeräumt und sich ein Abendessen zubereitet, von dem sie kaum etwas hinunterbekommen hatte. Sie hatte den Fernseher eingeschaltet, dann wieder ausgeschaltet. Sie hatte das Gleiche mit dem Radio gemacht. Sie war so hibbelig, dass ihre Haut juckte.

Schließlich fischte sie ihr Smartphone von der Anrichte und sah sich ihre letzten Nachrichten an Will noch einmal an. Ein Telefon mit einem Fragezeichen. Dann ein Speiseteller mit einem Fragezeichen. Dann ein einzelnes Fragezeichen.

Er hatte nicht zurückgeschrieben.

Sara sagte sich, dass Will wohl ebenfalls die Zeit vergessen hatte – es war die naheliegende Erklärung. Sie arbeiteten jetzt an einem Mordfall. Möglicherweise sogar mehrfacher Mord. Lena hatte wahrscheinlich alles auf den Kopf gestellt, wie sie es immer tat. Sara sollte nicht zu viel in dieses Schweigen hineinlesen. Und auch nicht in die Tatsache, dass Will sein Handy offenbar ausgeschaltet hatte. Sara hatte die *Find My Phone*-App ein halbes Dutzend Mal angetippt, um ihn auf der Karte ausfindig zu machen, und jedes Mal hatte sie nur Lenas Adresse und die Anzahl der Minuten und dann Stunden erhalten, die seitdem vergangen waren.

Sara hörte Lärm an der Tür.

»Sissy?« Tessas Klopfen klang eher nach Fußtritten. »Beeil dich.«

Tessa balancierte drei Aktenkartons auf den Armen, als Sara öffnete. Unten an der Tür waren Spuren ihrer Schuhe.

»Lass nur, ich schaffe das allein.« Tessa ließ alles auf den Esstisch plumpsen. Zum Glück hatte Jeffrey die Deckel festgezurrt. »Unglaublich, dieser Verkehr. Ich habe eine Blase in der Handfläche vom Hupen. Und ich sterbe vor Durst.«

Sara entnahm ihrem Tonfall, dass sie kein Wasser wollte. Sie zögerte, ehe sie den Küchenschrank öffnete. Will störte es, wenn Sara trank, als würde ein Glas Merlot sie gleich in Judy Garland verwandeln.

»Scotch.« Tessa langte an ihr vorbei und schnappte sich die Flasche. »Schenk mir nur einen kleinen ein, ungefähr das, was du einem Baby geben würdest. Ich muss heute Abend noch zurückfahren. Was soll das da mit dem Papierhandtuch?«

»Frag nicht.« Will trocknete Papierhandtücher, um sie ein zweites Mal zu benutzen, denn ihr intelligenter, sexy Freund war offenbar während der Großen Depression aufgewachsen. »Warum musst du heute Abend noch zurückfahren?«

»Ich habe morgen um neun ein Vorstellungsgespräch bei dieser Hebamme, von der ich dir erzählt habe. Sie nimmt eine Praktikantin. Drück die Daumen, dass ich es bin.« Tessa fand zwei Gläser im Schrank. »Lemuel hat genau in dem Moment angerufen, als ich in der Innenstadt war. Als wäre der Verkehr nicht schon mörderisch genug.«

Sara schenkte die Drinks ein, sich selbst genehmigte sie einen Doppelten. Tessas Mann war noch mit ihrer Tochter in Südafrika. »Wie geht es Izzie?«

»Wunderbar, wie immer.« Tessa nippte an ihrem Glas. »Lem hat die Scheidungspapiere bekommen. Er hat es besser aufgenommen, als ich gedacht hätte.«

Sara führte sie zum Tisch zurück, damit sie sich setzen konnten. »Wolltest du, dass er es schlecht aufnimmt?«

»Ich bin einfach nur müde.« Sie ließ sich auf einen Sessel neben Sara fallen. »Es ist anstrengend, verheiratet zu sein, wenn man nicht verheiratet sein will. Und er ist manchmal so ein aufgeblasener Arsch.«

Insgeheim erhob Sara Einwände gegen das *manchmal.*

»Ich weiß, du hast nie dasselbe in ihm gesehen wie ich«, sagte Tessa. »Sagen wir einfach, er ist wie Taco Bell. Wenn du extra Fleisch willst, musst du dafür bezahlen.«

Sara hob ihr Glas zu einem Prost.

»Wo ist Will?«

»Arbeiten.« Sara gestattete sich einen Blick auf die Kisten. Jeffreys Kisten. Seine vertraute Schrift floss über die Etiketten. Sie hätte am liebsten die Hand ausgestreckt und die Worte berührt. »Will hat mich gefragt, ob ich ihn heiraten möchte.«

Tessa verschluckte sich an ihrem Drink.

»Vor sechs Wochen«, gestand Sara.

»Und du hast seitdem wie oft mit mir gesprochen?«

Sara sprach mindestens einmal am Tag mit ihrer Schwester, manchmal sogar öfter. Aber dieses Thema war nie zur Sprache gekommen. »Glaubst du, es hat beim ersten Mal mit Jeffrey nicht funktioniert, weil ich ihm nicht genug Aufmerksamkeit geschenkt habe?«

»Ich weiß nicht einmal, was du meinst.«

»Ich meine, dass ich immer bei Mom und Dad war oder etwas mit dir unternommen habe oder …«

»Eine Ehe ist kein *Rumspringa*, wie die Amischen sagen. Man muss seine Familie nicht verlassen.« Sie stellte ihr Glas ab und nahm Saras Hand. »Vergiss nicht, ich war dabei, Sissy. Ich war diejenige, die dem Armleuchter durch die Stadt gefolgt ist, seinen Computer gehackt und die Motelangestellte bestochen hat, weil du durchgedreht bist wegen seiner beschissenen Lügen. Von wegen es war nur diese eine Frau, und es war kaum öfter als dieses eine Mal, obwohl wir beide wussten, es waren eher fünf Frauen und fünfzig verschiedene Male.«

Sara erinnerte sich an die Diskrepanz zwischen dem, was Jeffrey ihr wiederholt versprochen hatte, und seinem Verhalten. Ohne Tessas Detektivspiele hätte sie die Wahrheit wahrscheinlich nie erfahren.

»Ich weiß«, sagte sie.

»Jeffrey hat dich betrogen, weil er immer nur das im Sinn hatte, was er verpasste, und nicht das, was er hatte.« Sie drückte Saras Hand. »Er hat sich dir zuliebe geändert. Er hat wirklich hart daran gearbeitet, der Mann zu sein, den du verdient hast. Das erste Mal war die Hölle auf Erden, aber es hat das zweite Mal nur umso süßer gemacht.«

Sara nickte, denn alles, was sie sagte, stimmte. »Als Will mich gefragt hat, hat er eigentlich gar nicht richtig gefragt. Zu seiner Verteidigung muss ich aber sagen, es war überhaupt eine merkwürdige Unterhaltung. Ich habe davon gesprochen, sein Haus umzugestalten, ein zweites Stockwerk einzuziehen.«

»Das ist eine großartige Idee. Du könntest alles genau nach deinen Vorstellungen herrichten.«

»Das habe ich zu ihm auch gesagt«, sagte Sara. »Und dann meinte Will: ›Wir sollten in einer Kirche heiraten, das wird deine Mutter glücklich machen.‹«

»Was zum Teufel hat Mama damit zu tun?« Tessa schaute finster drein. »Will er, dass Daddy *Lohengrin* auf der Piccoloflöte spielt?«

Sara schüttelte den Kopf. »Ich weiß nicht, was er will.«

»Das ist also das wahre Problem. Du redest nicht mit ihm über die wirklich wichtigen Dinge. Du tust, als wäre es nie passiert.«

Sara wusste nicht mehr, was sie tat. »Ich will nicht diejenige sein, die es zur Sprache bringt. Immer bin ich es, die drängt. Ich wünsche mir, dass Will ausnahmsweise einmal Druck macht. Aber dann denke ich, vielleicht hat er es sich anders überlegt. Vielleicht hat er das Gefühl, einer Kugel gerade noch ausgewichen zu sein.«

»Das ist Blödsinn. Du weißt, was er für dich empfindet.« Tessa trank ihr Glas aus. »Du bringst es nicht zur Sprache, weil du nicht darüber reden willst. Was in Ordnung ist. Aber dann sei so freundlich und sag ihm Bescheid, dass du noch nicht so weit bist.«

»Ich will, dass *er mir* gegenüber so freundlich ist.«

»Du kannst nicht alles haben.«

Genau deshalb hatte Sara das Thema nicht früher zur Sprache gebracht.

»Nicht, dass es etwas mit Will zu tun hätte oder mit deinen Gefühlen für ihn oder warum du nicht übers Heiraten mit ihm reden willst, aber ich kann dir helfen, Jeffreys Zeug durchzusehen, wenn du möchtest«, bot Tessa an.

»Nein, fahr nach Hause und schlaf.« Sara streckte endlich die Hand aus und berührte einen der Kartons. Sie spürte Wärme durch ihre Finger fließen. »Ich werde die ganze Nacht lesen.«

»Vier Augen arbeiten schneller als zwei.«

»Es ist ein Haufen Jargon, technisches Zeug.«

»Ich kann technisches Zeug lesen.«

Sara korrigierte ihren scharfen Ton zu spät. »Tessie, ich weiß, du kannst …«

»Ich verstehe das Wort *Jargon*. Ich kenne mich in Grundzügen in der Anatomie aus. Ich lese gerade eine Menge Blogs über Geburtshilfe.«

Sara versuchte, ihr Lachen mit einem Husten zu tarnen.

»Lachst du über mich?«

Sara unterdrückte ein weiteres Lachen.

»Herrgott noch mal.« Tessa schob ihren Stuhl zurück. »Ich muss mir diesen Quatsch schon von Lemuel anhören. Ich brauche ihn nicht auch noch von dir.«

»Es tut mir leid, Tess.« Sara lachte wieder. »Ich wollte nicht … Es tut mir leid. Bitte …«

Es war zu spät. Tessa schlug schon die Tür hinter sich zu.

Sara musste schon wieder lachen.

Dann meldeten sich die Schuldgefühle, weil sie so ein unausstehliches Arschloch war. Sie hätte aufstehen und ihrer Schwester in den Flur hinaus nachlaufen sollen, aber ihre Beine wollten sich einfach nicht in Bewegung setzen. Sie blickte wieder zu den Kartons. Drei insgesamt. Jeffrey hatte sie vor acht

Jahren beschriftet, ehe er zu Sara zurückgekehrt war. Ehe sie ihr gemeinsames Leben neu aufgebaut hatten. Ehe sie mit angesehen hatte, wie das Leben langsam in seinen schönen Augen erlosch.

REBECCA CATERINO – BOX 1/1

LESLIE TRUONG – BOX 1/1

THOMASINA HUMPHREY – BOX 1/1

Sara holte eine Schere aus der Küche. Sie trug die Flasche Scotch zum Tisch zurück, suchte nach der Fernbedienung und machte leise Musik an. Es gab einen Notizblock und einen Kugelschreiber in ihrer Aktentasche. Endlich setzte sie sich an den Tisch und schnitt den ersten Karton auf.

Haftete den Seiten ein Geruch an?

Jeffrey hatte Haferlotion für seine Hände benutzt, wenn er dachte, dass es niemand bemerkte. Er benutzte kein Eau de Toilette, aber sein Aftershave hatte einen wunderbaren, holzigen Duft. Sie erinnerte sich daran, wie rau sich seine Haut nachts anfühlte. An die weiche Berührung seiner Finger, wenn sie langsam an ihrem Körper hinabstrichen. Sie schloss die Augen und versuchte, seine Stimme heraufzubeschwören, den tiefen Bariton, der sie erregt, dann erzürnt und für den sie sich noch einmal in ihn verliebt hatte.

War das Betrug?

Betrog sie Will mit ihren Erinnerungen an Jeffrey?

Sara stützte den Kopf in die Hände. Sie hatte zu weinen begonnen und musste sich erst über die Augen wischen, bevor sie sich einen weiteren Drink einschenkte. Dann zog sie den ersten Papierstapel aus dem Karton und begann zu lesen.

GRANT COUNTY – MITTWOCH

10

Jeffrey studierte den Inhalt von Rebecca Caterinos Fallakte. Sein Schreibtisch war übersät mit Papierkram zu dem Unfall im Wald. Zeugenaussagen ihrer Mitbewohnerinnen im Wohnheim. Lenas und Brads Berichte. Franks Zusammenfassung. Jeffreys eigene Memos. Fotos von Lenas BlackBerry. Saras Notizen zur Wiederbelebung. Ein paar hingekritzelte vorläufige Zeilen von Dan Brock, der offiziell immer noch der Leichenbeschauer in dem Fall war, auch wenn kein Leichenbeschauer nötig war.

Jedenfalls zunächst nicht.

Er schloss die Akte und warf sie in den Pappkarton hinter seinem Schreibtisch. Auf dem Etikett stand *Allgemein*, aber Jeffrey hatte kein gutes Gefühl dabei, das Mädchen ad acta zu legen. Tatsächlich fühlte es sich für ihn inzwischen nicht nur nicht richtig an, sondern geradezu falsch.

Er wusste nicht genau, was den Umschwung bewirkt hatte. Vielleicht der Umstand, dass die einzige Person, die möglicherweise ein paar Angaben zu dem Unfall machen könnte, im Augenblick nicht auffindbar war.

Leslie Truong hatte Caterinos Fundort am Morgen des Vortags gegen sechs Uhr verlassen. Für die zweieinhalb Kilometer zurück zum Campus hätte sie zwanzig, vielleicht dreißig Minuten gebraucht. Ungefähr zur selben Zeit hatte schwerer Regen eingesetzt. Jeffrey sagte sich, dass Truong unter einem Baum Schutz gesucht hatte oder im Wald ausgerutscht war. Ein verstauchter Knöchel. Ein Knochenbruch. Nur deshalb war sie nicht bei der Krankenschwester angekommen. Sie wartete darauf, dass man sie fand.

Die Hälfte seiner Streifenbeamten und einige Freiwillige aus dem College hatten die ganze Nacht im Wald nach der Vermissten gesucht. Jeffrey hatte schon an einigen zermürbenden Suchen nach Teenagern teilgenommen, aber diese hier war anders. Truong war eine ältere Studentin, sie stand kurz vor ihrer Abschlussarbeit in chemischen Polymeren. Als sich im Wald nichts ergeben hatte, war Jeffrey zu ihrer Wohnung außerhalb des Campus gefahren. Man hatte Truongs blauen Toyota Prius auf dem Parkplatz hinter dem Gebäude gefunden. Ihre Handtasche war in ihrem Zimmer eingeschlossen gewesen. Die drei Studentinnen, mit denen sie sich die Wohnung teilte, hatten keine Ahnung, wo sie war. Die Liste von Freunden, die sie ihm gaben, hatte zu keinem Ergebnis geführt.

Truong hatte ihr Handy mit in den Wald genommen, sie hatte es benutzt, um den Fund von Caterino zu melden. Der Akku musste leer sein, oder vielleicht war das Gerät nass geworden. Jedenfalls gingen keine Anrufe durch. Lenas offiziellem Bericht zufolge war Truong von der Entdeckung aufgewühlt gewesen, aber nicht so sehr, dass sie eine Begleitung für den Weg zur Campus-Schwester benötigt hätte. Lena hatte ihr angeboten, eine Fahrgelegenheit zu organisieren. Aber Truong hatte gesagt, sie ginge lieber zu Fuß.

Das alles natürlich Lena zufolge.

Jeffrey hatte noch immer Männer im Wald, die jetzt das Tageslicht nutzten. Das größte Hindernis war, dass sie keine

Ahnung hatten, welchen Weg Truong eingeschlagen hatte. Es gab mehrere Pfade, die sich durch den dichten Wald schlängelten. Falls sie überhaupt einem Weg gefolgt war. Es konnte auch sein, dass sie mitten durch das Gewirr aus Ranken und Dornen gerannt war, denn sie hatte gerade eine Leiche gesehen und wollte unbedingt schnell in eine sichere und vertraute Umgebung zurück. Er gestattete sich den Gedanken, dass sie unter einem Baum wartete. Vielleicht wurde sie genau in diesem Moment gefunden.

Oder vielleicht stimmte nichts von alldem, und sie war entführt worden.

Jeffreys Überlegungen bewegten sich genauso von einem Extrem zum anderen wie bei Caterino. In dem einen Moment glaubte er, dass sie sich, von dem Leichenfund traumatisiert, irgendwo versteckt hatte, im nächsten war er überzeugt, dass etwas Schlimmes passiert sein musste.

Doch er hatte keine Ahnung, was genau den beiden Schlimmes widerfahren sein sollte. Wie Caterino war auch Truong beliebt auf dem Campus. Jeffrey hatte mit ihren Mitbewohnerinnen gesprochen, mit ihrem Chef im Coffee Shop und mit ihrer Hausverwalterin, einer Frau, die eher wie eine Hausmutter wirkte. Bonita Truong, die in San Francisco lebte, hatte seit Tagen nichts von ihrer Tochter gehört. Das war nicht ungewöhnlich, und es schien für ihre Mutter in Ordnung zu sein. Jeffrey dachte, dass es zwei Gründe gab, wenn eine Studentin auf eine Universität am anderen Ende des Landes ging. Entweder sie wollte möglichst weit von ihren Eltern entfernt sein, oder ihre Eltern hatten sie zu einem selbstständigen Menschen erzogen.

Jeffrey neigte stark zu der Ansicht, dass Leslie Truong in die zweite Kategorie fiel. Wenn er die verschwundene Studentin anhand der wenigen Informationen, die er sammeln konnte, beschreiben sollte, hätte er gesagt, sie war vernünftig, arbeitete hart und war psychisch stabil. Vier, fünf Tage die Woche stand sie im Morgengrauen auf und ging die drei Kilometer zum See, um Tai-Chi zu praktizieren. Lena hatte sie als esoterisch beschrieben, aber sie war definitiv nicht die Sorte junge Frau, die in die Nacht hinein verschwand. Allerdings hatte Truong auch noch nie zuvor eine vermeintliche Leiche im Wald gefunden.

Was Jeffrey störte, war ein Detail, das womöglich etwas bedeuten konnte oder vielleicht auch gar nichts. Bonita Truong hatte am Telefon erzählt, ihre Tochter sei wütend auf ihre Mitbewohnerinnen gewesen. Einige Kleidungsstücke fehlten ihr. Jemand habe sich ihr Lieblingsstirnband geborgt und es nicht wieder zurückgelegt. Offenbar benutzte Leslie das rosa Band jeden Abend, um die Haare zurückzuhalten, wenn sie sich das Gesicht wusch – eine Gewohnheit, mit der Jeffrey durch sein Zusammenleben mit Sara vertraut war. Sie hatten oft gestritten, weil sie das blaue Haarband auf dem Waschbeckenrand liegen ließ, wo ohnehin wenig Platz war. Jeffrey hatte ihr sogar einen kleinen Korb gekauft, worin sie ihre Utensilien aufbewahren konnte. Am Ende hatte Sara ihn fürs Hundespielzeug benutzt.

Jeffrey schwenkte seinen Stuhl, um aus dem Fenster zu sehen. Der Z4 war nicht da, um ihn zu verhöhnen. Seine Armbanduhr zeigte kurz nach sechs Uhr morgens an. Die Klinik öffnete erst um acht. Er schaute auf seinen Kalender. Es war der letzte Mittwoch im Monat, und Sara würde ohnehin nicht bei der Arbeit sein. Meist blieb sie an diesem Tag zu Hause und trug den Berg an Papierkram ab, der sich im Laufe des Monats angesammelt hatte.

Er blickte noch einmal auf seine Uhr. Bonita Truongs Flugzeug aus San Francisco würde in drei Stunden landen. Die Fahrt von Atlanta hierher würde weitere zwei Stunden dauern. Er musste einige Leute aus der Suchmannschaft auswechseln, damit sie ein paar Stunden Schlaf bekamen. Die Polizeistation war leer bis auf Brad Stephens. Der junge Officer hatte sich freiwillig dafür gemeldet, auf die Gefangenen in ihren Zellen aufzupassen. Jeffrey stellte sich vor, wenn er nach hinten in den Arrestbereich ging, würde er Brad ebenfalls schlafend antreffen. Also ging er nicht nach hinten.

Er stand auf und streckte sich. Seine Kaffeetasse war leer. Er ging ins Dienstzimmer. Die Lichter waren noch aus, und er schaltete sie auf dem Weg zur Küche an.

Ben Walker, Jeffreys Vorgänger, hatte sein Büro auf der Rückseite der Polizeistation eingerichtet, direkt neben dem Vernehmungszimmer. Sein Schreibtisch hatte die Größe eines Gastronomiekühlschranks gehabt, und die Sitzgelegenheiten davor waren ungefähr so bequem gewesen wie eine Folterbank. Jeden Morgen hatte Walker Frank und Matt in sein Büro gerufen und ihnen ihre täglichen Aufgaben zugewiesen, dann hatte er ihnen befohlen, beim Hinausgehen die Tür zu schließen. Diese Tür öffnete sich erst wieder, wenn Walker zum Lunch ins Diner ging, und dann wieder um fünf, wenn er auf dem Heimweg noch einmal das Diner aufsuchte. Als Walker endlich in den Ruhestand ging, musste der Schreibtisch in zwei Teile zersägt werden, damit er durch die Tür passte. Niemand konnte erklären, wie er ihn überhaupt hineingebracht hatte.

Es gab eine Menge unerklärlicher Dinge, was Ben Walker anging. Der Schreibtisch allein war ein Musterbeispiel dafür, wie man es als Polizeichef nicht machen sollte. Jeffrey hatte sein erstes Wochenende auf dem neuen Posten damit verbracht, sein Büro vor das Dienstzimmer zu verlegen. Er hatte ein Fenster in die Wand einbauen lassen, damit er seine Mannschaft sehen konnte und – was noch wichtiger war – damit sie ihn sehen konnte. Es gab ein Rollo vor dem Fenster, das er jedoch selten schloss. Die Tür blieb offen, außer er musste jemandes Privatsphäre schützen. In einer so kleinen Stadt bestand diese Notwendigkeit häufig.

Das Telefon läutete, und Jeffrey griff zum Hörer an der Küchenwand. »Grant PD.«

»Hallo, Kumpel«, sagte Nick Shelton. »Ich höre, bei euch da unten braut sich Ärger zusammen.«

Jeffrey goss sich frischen Kaffee in seine Tasse. »Hat sich schnell herumgesprochen.«

»Ich habe einen Spion im Krankenhaus von Macon.«

Jeffrey hatte definitiv einen Punkt am Ende des Satzes gehört, aber er spürte, da war noch etwas. »Was ist los, Nick?«

»Gerald Caterino.«

»Rebecca Caterinos Vater?« Jeffrey hatte den Wecker seines Handys auf 6 Uhr 30 Uhr gestellt, um den Mann anzurufen. Er hörte an Nicks Tonfall, dass er dieses Vorhaben besser noch einmal überdenken sollte. »Muss ich mir Sorgen machen?«

»Tja, der alte Knabe hat letzte Nacht eine Nachricht hinterlassen. Ich habe sie heute Morgen abgehört und mir gedacht, ich könnte mich ein wenig zu deinen Gunsten einmischen.«

»Oh«, sagte Jeffrey. »Mir war nicht klar, dass ich das nötig habe.«

»Es geht um den zeitlichen Ablauf.«

Nick war vorsichtig, aber Jeffrey verstand, was er meinte. Jemand im Krankenhaus hatte Caterino erzählt, dass seine Tochter von Lena für tot gehalten worden war. So etwas konnte leicht in einem Prozess enden. »Danke für die Vorwarnung.«

»Kein Problem, Mann. Sag Bescheid, wenn du etwas brauchst.«

Jeffrey legte auf. Er spürte, wie sich Kopfschmerzen an seinem Nacken hinaufarbeiteten. Er hätte seine eigenen Anweisungen befolgen und ein wenig schlafen sollen. Dann wäre er zumindest in der Lage gewesen, seine nächsten Schritte zu planen. Dafür zu sorgen, dass alle auf dem gleichen Informationsstand waren, was den gestrigen Morgen im Wald anging.

Franks, Lenas und Brads Notizen noch einmal zu lesen. Sicherzustellen, dass sein eigenes Notizbuch im Einklang mit ihren Erinnerungen stand. Den Bürgermeister anzurufen und ihn vorzuwarnen, dass möglicherweise etwas Übles auf ihn zukam. Kevin Blake an der Universität darauf vorzubereiten, dass demnächst die Hölle über sie hereinbrechen würde.

Er starrte in das tiefe Schwarz seines Kaffees. Die Flüssigkeit schwappte leicht an den Rand. In seinem Körper steckte noch die Erinnerung an die Knochen, die unter seiner Hand geborsten waren. Rebecca Caterino hatte überflüssige dreißig Minuten auf dem Rücken im Wald gelegen. Jeffrey dachte, es hätte nur Sekunden gedauert, bis Sara einen Weg gefunden hatte, das Mädchen wieder zum Atmen zu bringen, aber ihren Aufzeichnungen über die Wiederbelebungsmaßnahmen zufolge waren fast drei Minuten vergangen.

Dreiunddreißig Minuten insgesamt, alle in Jeffreys Verantwortung.

Er hätte sich gern bei Gerald Caterino entschuldigt. Und bei Beckey. Er hätte ihnen gern erklärt, was genau passiert war, dass Menschen Fehler gemacht hatten und manche davon dumme Fehler waren, aber dass alle ohne böse Absicht geschehen waren.

Leider waren Anwälte nicht dafür bekannt, sich mit Entschuldigungen zu begnügen.

»Chief.« Frank angelte sich eine Tasse vom Haken. »Irgendwas zu Leslie Truong?«

»Keine Spur von ihr.«

»Überrascht mich nicht.« Frank hustete. »Sie wissen ja, wie hysterisch diese Studentinnen oft werden. Sie sitzt wahrscheinlich in einem Baumhaus und heult oder so was.«

Jeffrey hatte den Versuch aufgegeben, diesem alten Hund auch nur ein neues Kunststück beizubringen. »Sie müssen von gestern Morgen, als Sie den Anruf wegen Caterino bekamen, bis zu diesem Moment jetzt alles schriftlich für mich festhalten.«

Frank war sofort im Bild. »Prozess?«

»Wahrscheinlich.«

»Sara kann Ihnen sagen, wie schwer es war, einen Puls zu finden. Wer weiß, ob das Mädchen nicht manchmal weg war. Bei dieser Art Verletzung könnte das Herz ein paarmal stillgestanden haben.« Frank füllte Jeffreys Tasse auf, bevor er sich selbst eingoss. »Tut mir leid für Sara. Der Vorteil der Scheidung von Ihnen ist, dass sie Ihren erbärmlichen Arsch nicht mehr retten muss.«

Jeffrey war nicht in der Stimmung. »Wollen Sie mir wegen dieser Geschichte bis an mein Lebensende in die Eier treten?«

»Wenn die Dinge ihren natürlichen Lauf nehmen, werde ich wohl eher vor Ihnen den Löffel abgeben.«

»Ich glaube, Sie meinen die natürliche Selektion«, konterte Jeffrey. »Wollen Sie mir weismachen, Sie nutzen die Gelegenheit nicht für einen kleinen Seitensprung, wenn Sie alle paar Monate zum Spielen nach Biloxi fahren?«

»Das ist Ihre Schlussfolgerung. Säue werden fett. Keiler werden geschlachtet.« Er hob grüßend seine Tasse, bevor er ging.

Jeffrey schüttete den Rest Kaffee in den Ausguss. Er war zu zappelig für noch mehr Koffein.

Im Dienstzimmer nahm Marla Simms, die Sekretärin der Polizeistation, gerade die Schutzhaube von ihrer IBM Selectric. Jeffrey hatte ihr einen Computer gekauft, aber soweit er wusste, hatte sie ihn nie auch nur eingeschaltet. Alle seine Schreiben gingen entweder in ihrer gestochenen Handschrift raus, oder sie hackte sie in die Schreibmaschine. Einige der jüngeren Cops zuckten jedes Mal zusammen, wenn sie das Gerät in Gang setzte. Es klang immer wie ein Schuss, wenn der Kugelkopf ins Papier hämmerte.

Die Tür ging auf, und Lena Adams rückte den Einsatzgürtel um ihre Taille zurecht.

»Lena, in mein Büro.«

Sie sah ihn an wie das sprichwörtliche Reh im Scheinwerferlicht.

Jeffrey setzte sich an seinen Schreibtisch. Sein Blick fiel auf das Regal, das voller Lehrbücher und Anleitungen war – dort stand auch ein altes Foto seiner Mutter. »Leck mich.«

»Sir?«

»Meine ...« Jeffrey tat das Thema mit einer Handbewegung ab. Er hatte gestern vergessen, den Floristen anzurufen. Jetzt würde er sich mit dem Geschrei seiner Mutter am Telefon herumschlagen müssen, weil er ihren Geburtstag verschwitzt hatte. »Schließen Sie die Tür. Setzen Sie sich.«

Lena platzierte sich auf die Kante des Stuhls. »Stimmt etwas nicht?«

Er konnte Sara förmlich zetern hören, dass Lena immer annahm, sie sei in Schwierigkeiten, weil sie meistens tatsächlich etwas falsch gemacht hatte. »Geben Sie mir Ihr Notizbuch.«

Sie griff in ihre Brusttasche und hielt inne. »Habe ich ...«

»Geben Sie es mir einfach.«

Das Notizbuch, das Lena ihm jetzt reichte, war genau wie jedes andere Notizbuch, das alle Cops bei sich trugen, weil Jeffrey sie zu Hunderten kaufte und ihnen zur Verfügung stellte. Theoretisch waren sie damit das Eigentum des Police Department, aber er hoffte bei Gott, dieser Umstand würde nie in einem Gerichtsverfahren auf die Probe gestellt werden.

Er blätterte an den hinteren Seiten vorbei, in denen die erfolglose Suche nach Leslie Truong in der letzten Nacht geschildert wurde. Das konnte er in Lenas offiziellem Bericht nachlesen. Im vorderen Teil des Notizbuchs fand er, wonach er suchte.

Lena hatte JANE DOE durchgestrichen und durch REBECCA CATERINO ersetzt. Nicht geändert hatte sie ihre ursprüngliche Einschätzung: *Unfalltod.*

Jeffrey überprüfte, ob ihre Notizen mit dem übereinstimmten, was sie in ihrer offiziellen Aussage beschworen hatte.

5:58 911 Anruf in Zentrale eingegangen

6:02 L.A. entsendet

6:03 L.A. trifft Zeugin Leslie Truong in Wiese hinter Häusern

6:04 B.S. trifft ein und macht mit L.A. und Truong Leiche ausfindig

6:08 L.A. überprüft an Hals und Handgelenk, dass Opfer verstorben. Leiche in Position wie verzeichnet

6:09 L.A. ruft Frank an

6:15 B.S. baut Absperrung auf

6:22 Frank trifft ein

6:28 Chief vor Ort

Er fragte Lena: »Brad ist eingetroffen, während Sie mit Leslie Truong sprachen. Hat er nach einem Puls gefühlt, als Sie zu Caterino kamen?«

»Ich …« Lena hatte ihre defensive Haltung abgelegt. Jetzt verhielt sie sich strategisch. »Ich weiß es nicht mehr.«

Lena war die ranghöchste Beamtin vor Ort gewesen. Wenn sie zu Brad gesagt hatte, dass er es nach ihr nicht noch einmal überprüfen sollte, dann würde sich Brad auch nicht getraut haben, es noch einmal zu überprüfen. »Wenn Sie das nächste Mal einen anderen Cop ins Messer laufen lassen, dann sehen Sie zu, dass es scharf genug ist.«

Lena blickte zu Boden.

Jeffrey betrachtete das Notizbuch. Er hatte gelogen, als er zu Sara gesagt hatte, er habe ihre Angaben am Vortag überprüft. Jede Zeile Text nahm eine Zeile auf der Seite ein. Die Tintenfarbe war immer identisch. Entweder Lena war unglaublich vorausschauend, oder sie hatte alles genau so gemacht, wie sie es Jeffrey gesagt hatte.

Er blätterte um. Lena hatte eine grobe Skizze von der Lage des Körpers angefertigt. Sie hatte vermerkt, dass die Kleidung richtig saß. Nichts hatte ungewöhnlich ausgesehen oder so, als hätte sich jemand an ihr zu schaffen gemacht. Lena war sehr gründlich gewesen, nur dass sie eine Sache weggelassen hatte.

»Warum haben Sie den iPod ausgeschaltet?«

Lena wirkte in die Enge getrieben.

Er warf das Notizbuch auf den Schreibtisch. »Sie sind nicht in Schwierigkeiten. Ich will nur die Wahrheit wissen.«

Schließlich zuckte sie mit den Schultern. »Ich weiß es nicht. Ich schätze, ich war … Ich wollte alles richtig machen, aber ich habe es quasi versehentlich getan. Ich laufe nämlich selbst mit einem iPod Shuffle, und ich vergesse immer wieder, ihn aufzuladen. Und dann wird der Akku leer und …«

»Sie haben es aus Gewohnheit getan«, sagte er.

Lena nickte.

Jeffrey lehnte sich in seinem Sessel zurück. Er konnte sich viele Dinge vorstellen, die man aus Gewohnheit tat. »Als Sie nach ihrem Puls gefühlt haben – wissen Sie noch, ob Sie da die Kleidung des Opfers gerichtet haben?«

»Nein, Sir.« Sie schüttelte den Kopf, bevor er die Frage beendet hatte. »Das würde ich nicht tun. Ihr Shirt saß gerade oder …« Sie legte eine Hand an die Hüfte. »Eine Seite war hier, die andere war hier, so wie man es erwarten würde, wenn jemand fällt.«

»Was ist mit den Shorts?«

»Sie waren bis zur Taille hinaufgezogen«, sagte Lena. »Ehrlich. Ich habe ihre Sachen nicht angerührt.«

Jeffrey legte die Fingerspitzen zusammen. »Haben Sie etwas gerochen?«

»Was zum Beispiel?«

Jeffrey wurden verschiedene Dinge gleichzeitig bewusst. Dass Lena eine Frau war. Dass er ihr Boss war. Dass die Tür geschlossen war. Dass sie im Begriff waren, über unangenehme Dinge zu sprechen. Aber sie war eine Polizistin, und sie waren beide Profis, und er konnte sie nicht anders behandeln als einen Mann in Uniform. »Wie viele Fälle von sexueller Gewalt haben Sie schon bearbeitet?«

»Sexuelle Gewalt?«, fragte sie. »Sie meinen, wo die Frau tatsächlich vergewaltigt wurde?«

Jeffreys Kopf begann wieder zu pochen. »Weiter.«

»Keiner der Fälle landete je vor Gericht. Sie wissen, wie Studenten sind. Sie sind zum ersten Mal von zu Hause fort, trinken zu viel, fangen Geschichten an und wissen dann nicht, wie sie sie beenden sollen. Am nächsten Morgen fällt ihnen dann der Freund zu Hause ein, oder sie geraten in Panik, dass ihre Eltern es erfahren könnten.«

Wenn sie wie Frank klingen wollte, dann würde Jeffrey mit ihr auch reden wie mit Frank. »Hat sie gerochen, als hätte sie Sex gehabt?«

Jeffrey zwang sich, nicht wegzusehen, als sich die Röte explosionsartig über ihren Hals und ihr Gesicht ausbreitete.

Er listete die Möglichkeiten auf: »Gleitmittel, Kondome, Samen, Schweiß, Urin, ein Herrenparfüm?«

»N… nein.« Sie räusperte sich. Dann räusperte sie sich noch einmal. »Wenn überhaupt, dann roch sie sauber.«

»Inwiefern sauber?«

»Als hätte sie gerade geduscht.« Lena nahm ihr Notizbuch wieder an sich und steckte es in die Tasche. »Das ist doch seltsam, oder? Denn sie ist vom College aufgebrochen, und es war sicher nicht heiß, aber auch nicht sehr kalt, und sie war mindestens anderthalb Kilometer gelaufen, warum hat sie also sauber gerochen und nicht verschwitzt?«

»Sagen Sie mir, wie ›sauber‹ riecht.«

Lena überlegte. »Ich würde sagen ... wie Seife?«

»Glauben Sie, sie könnte sexuell missbraucht worden sein?«

Lena schüttelte sofort den Kopf. »Ausgeschlossen. Ich habe mit meiner Schwester über sie gesprochen. Beckey war ein totaler Nerd. Sie hat ihre Nächte in der Bibliothek verbracht und saß immer ganz vorn im Unterricht.«

Jeffrey war nicht erfreut, seine eigenen Worte aus dem Gespräch mit Sara hier wieder zu hören. »Wer sie ist, spielt keine Rolle. Unsere Aufgabe ist es, herauszufinden, was mit ihr passiert ist. Ich möchte, dass Sie sich alle ungelösten Vergewaltigungsfälle der Countys Grant, Memminger und Bedford ansehen. Konzentrieren Sie sich auf all die, bei denen der Angriff in oder nahe einem Waldgebiet stattgefunden hat, vor allem, wenn körperliche Merkmale mit Caterino übereinstimmen. Denken Sie daran: Vergewaltiger haben einen bevorzugten Typ. Außerdem müssen Sie mir Kopien Ihres Notizbuchs machen. Alle relevanten Seiten. Und das bleibt unter uns, verstanden?«

Lena sah aus, als wollte sie widersprechen, aber sie nickte. »Ja, Sir.«

»Ich möchte mit Ihrer Schwester sprechen. Finden Sie heraus, ob Sie heute Vormittag vorbeikommen kann.«

Lenas Mund ging auf. Dann schloss er sich wieder. Schließlich sagte sie: »Sie ist blind. Meine Schwester.«

»Ich kann zu ihr fahren.«

»Nein!« Lena hatte das Wort fast geschrien. Die Röte war zurückgekehrt wie ein Buschfeuer. »Verzeihung, Chief. Ich rufe sie sofort an. Sie ist wahrscheinlich auf dem Weg zur Uni. Sie kommt allein zurecht, alles bestens. Sprechen Sie nur nicht über persönliche Dinge mit ihr, sie ist nämlich sehr auf Privatsphäre bedacht.«

Jeffrey hatte nicht vorgehabt, sich in Sibyl Adams' Intimleben zu vertiefen. »Sagen Sie mir Bescheid, wenn sie da ist. Und lassen Sie die Tür auf.«

»Ja, Sir.« Lena ging mit gesenktem Kopf zu ihrem Schreibtisch zurück.

Und weil sein Tag noch nicht schlecht genug angefangen hatte, sah Jeffrey durch die offene Tür, wie Sara am Empfang mit Marla Simms sprach.

Sara blickte auf. Sie winkte. Er runzelte die Stirn.

Doch Sara ließ sich nicht abschrecken. Sie kam zu seinem Büro und blieb in der Tür stehen. Ihre Aktentasche hing an ihrer Hand. »Ich entschuldige mich für die Art und Weise, wie ich mich ausgedrückt habe.«

»Aber nicht für das, was du gesagt hast?«

Sie lächelte verkrampft. »Richtig.«

Jeffrey winkte sie ins Büro. Sein Blick fiel kurz auf das Foto seiner Mutter, und sein Kopf pochte noch eine Idee stärker.

Sara schloss die Tür hinter sich, stellte die Aktentasche ab, setzte sich. »Drei Dinge. Eins ist die Entschuldigung.«

»War es denn wirklich eine?«

»Zweitens: Dr. Barney geht endlich in Ruhestand. Ich löse seine Praxis ab. Wir fangen nächste Woche an, es den Patienten zu sagen. Wahrscheinlich werde ich einen weiteren Arzt einstellen müssen. Ich dachte, du solltest rechtzeitig Bescheid wissen.«

Jeffrey war nicht überrascht. Sara sprach seit Jahren davon, die Praxis von Dr. Barney übernehmen zu wollen. Jetzt, da sie Jeffrey nicht mehr half, sein Studiendarlehen abzubezahlen, hatte sie jede Menge Geld zur Verfügung. »Nummer drei?«

»Ich habe heute Morgen mit Beckey Caterinos Chirurg gesprochen. Alles inoffiziell. Er hat sich bereit erklärt, mich einen Blick auf ihre Röntgenaufnahmen werfen zu lassen. Ich habe ihm deine private E-Mail-Adresse gegeben.«

»Warum hast du ihm nicht deine eigene gegeben?«

»Weil ich Ärztin bin und rechtlich an die ärztliche Schweigepflicht gebunden.«

»Ist dir in den Sinn gekommen, dass ich Polizist bin und rechtlich an die Verfassung der Vereinigten Staaten gebunden?«

Sie zuckte mit den Achseln, denn sie wusste, sie hatte ihn genau dort, wo sie ihn haben wollte.

»Was hat der Chirurg gesagt?«, fragte er endlich.

»Dass die Schädelfraktur ungewöhnlich aussieht. Er wollte nicht ins Detail gehen. Ich habe ihn wegen der Punktion bedrängt, aber er hat sich geweigert, zu spekulieren. Oder er wollte nicht riskieren, in den Zeugenstand gerufen zu werden.«

Jeffrey war vermutlich nicht der Einzige, der Angst hatte, dass ein Prozess seiner Karriere schaden könnte. »Ich habe eine Warnung von Nick erhalten, dass der Vater überlegt, zu klagen.«

»Ich kann es ihm nicht verübeln. Das Leben seiner Tochter hat sich irreversibel verändert. Sie wird ihr Leben lang medizinische Unterstützung brauchen. Er kann entweder versuchen, sie zu Hause zu pflegen, und dabei pleitegehen, oder er kann sie in staatliche Obhut geben. Du kannst dir vorstellen, wie das aussehen würde.«

Jeffrey dachte an die lange Zeitspanne, in der sie nur herumgestanden hatten, während Rebecca Caterino mit dem Tode rang. »Glaubst du, dreißig Minuten hätten einen Unterschied für sie gemacht?«

Sara setzte eine diplomatische Miene auf. »Sie zeigte bereits Bradykardie und Bradypnoe, als ich mich neben sie gekniet habe.«

Jeffrey wartete.

»Ihre Atmung und ihr Herzschlag waren gefährlich verlangsamt.«

»Ich habe deine Aufzeichnungen über die Wiederbelebung gelesen«, sagte er. »Drei Minuten ohne Sauerstoff sind eine lange Zeit.«

Sara hätte ihn jetzt fertigmachen können. Drei Minuten waren der Richtwert für eine ernsthafte Hirnschädigung. Er hatte die Information aus dem Internet, aber sie hatte es im Medizinstudium gelernt.

»Jede Sekunde zählt« war alles, was sie sagte. Dann war sie so großzügig, das Thema zu wechseln. »Aber tu mir einen Gefallen. Brock weiß nicht, dass ich herumtelefoniere. Er hat es nicht bis zu Caterino geschafft, geschweige denn, sie beurteilt, aber ich will nicht, dass er sich von mir auf die Zehen getreten fühlt.«

Brock hätte auch kein Problem damit, wenn ihm Sara in den Nacken treten würde. »Hast du etwas an Caterino gerochen?«

»Du meinst Geschlechtsverkehr?« Sara hatte die Möglichkeit schon am Vortag zur Sprache gebracht, kurz bevor sie in Streit geraten waren, deshalb überraschte es ihn nicht, dass sie darüber nachgedacht hatte. »Falls Rebecca sexuell missbraucht wurde, war es mindestens eine halbe Stunde her. Sie war gelähmt, konnte sich also nicht bewegen. Aber sie war vollständig bekleidet. Es gab keine Anzeichen für einen Kampf, keine blauen Flecken oder Verletzungen an den Oberschenkeln, soweit ich sehen konnte. Ich habe überhaupt nichts gerochen. Aber ehrlich gesagt habe ich mir nicht die Zeit genommen, an ihr zu schnuppern, nachdem wir festgestellt hatten, dass sie noch lebt.«

Er war dankbar für das *wir*. »Ich habe Lena gefragt, ob sie etwas gerochen …«

Sara entfuhr ein lautes Lachen. »Und wie lief das?«

»Gut. Sie ist professionell, Sara. Du musst sie respektieren.«

Sara blickte sich zur Ablenkung im Büro um. Sie wollte nicht wieder an den Punkt kommen, wo sie einander an die Gurgel gingen.

»Lena sagte, dass Caterino *sauber* gerochen hat«, sagte er. »Wie Seife.«

Sara kaute auf der Unterlippe. »Okay. Gehen wir es durch. Was würde es bedeuten, wenn Caterino überfallen wurde?«

Jeffrey öffnete seine Schreibtischschublade. Er hatte keine Angst vor diesem Punkt. Er warf seinen Taschenrechner in ihre Richtung, falls sie mitzählen wollte, wie oft ihr etwas am Arsch vorbeiging.

»Okay, wir sind quitt«, sagte Sara nur.

Das Eingeständnis führte nicht dazu, dass es ihm besser ging. »Es ist ein Jahr her.«

»Stimmt.«

»Ich will wissen, was es mit deinem Auto auf sich hat.«

»Es ist ein BMW Z4 mit einem Sechszylinder-Reihenmotor.«

Er hatte sich bereits selbst mit den Einzelheiten über den Wagen gefoltert. »Dein Honda war vier Jahre alt. Du hattest ihn gerade abbezahlt.«

Sara blickte sich wieder im Büro um. »Als ich den Honda gekauft habe, war ich die Frau eines Polizisten. Und als ich an diesem Tag aus dem Haus ging, wusste ich, dass ich nicht länger die Frau eines Polizisten bin.«

»Was ich getan habe, war ein dummer Fehler«, sagte er. »Es hat nichts bedeutet.«

»Ach so, na dann, vielen Dank. Das ändert natürlich alles.«

Jeffrey nahm den Taschenrechner und legte ihn wieder in die Schublade. »Rebecca Caterino. Du fängst an.«

Sara stützte den Kopf in die Hände. Er sah ihr an, dass sie das ebenso sehr brauchte wie er selbst.

»Sagen wir, Beckey wurde angegriffen«, begann sie. »Das würde bedeuten, dass ihr jemand durch die Stadt und in den Wald gefolgt ist und sie dann überfallen hat. Vielleicht hat er sie mit einem Ast oder einem Stein bewusstlos geschlagen. Sie fällt. Er vergewaltigt sie. Dann – was? Er holt ein Stück Seife hervor und schrubbt sie sauber, mitten im Wald?«

»Was ist mit diesen Feuchttüchern für Babys?«

»Es gibt auch andere Feuchttücher, desinfizierende zum Beispiel. Man bekommt sie unparfümiert, aber sie haben trotzdem einen leichten Geruch.« Sara begann zu nicken. Sie sah es jetzt vor sich. »Wenn er ein Kondom benutzt hat, dann hat er sehr wahrscheinlich kein Sperma hinterlassen. Und wenn sie bewusstlos war, hätte sie sich nicht gewehrt, weshalb wir die typischen Abwehrwunden, beispielsweise an seinen Armen und in seinem Gesicht, nicht finden würden.«

»Du sagst, er muss ihr vom Campus gefolgt sein. Es war ungefähr fünf Uhr morgens, als sie zum Laufen gegangen ist.«

Sara nahm seinen Gedankengang auf. »Was bedeutet, er hat auf sie gewartet. Sie beobachtet. Aber lief sie immer morgens?«

Jeffrey rief sich die Berichte in Erinnerung, die er gerade gelesen hatte. »Es war nicht der Normalfall, aber es war auch nicht ungewöhnlich. Es gab Streit mit den Mitbewohnerinnen. Sie haben nicht gesagt, weswegen. Beckey ist laufen gegangen, um sich abzureagieren.«

Sein Blick fiel durch das Fenster auf eine Besucherin – Lena Adams stand auf der anderen Seite des Empfangstresens. Sie trug eine dunkle Sonnenbrille und war mit einem pastellrosa Pullover bekleidet, was ihm als Hinweis darauf genügte, dass er *nicht* Lena Adams vor sich sah.

Sara hatte sich ebenfalls umgewandt. »Ich bin mit Sibyl ehrenamtlich an der Highschool tätig, in dem sogenannten ›Mädchen und Naturwissenschaften‹-Programm.«

»Wie ist sie so?«

»Du weißt, wie ein Spiegel alles seitenverkehrt abbildet, so dass links rechts ist und rechts links?«

Jeffrey verstand, was sie meinte. Er schüttelte die Maus seines Computers, um ihn aufzuwecken, und loggte sich in sein Google-Mail-Konto ein. »Ich muss mit ihr sprechen. Wenn du willst, kannst du hier auf deine E-Mail warten.«

Das Angebot brachte ihm eine hochgezogene Augenbraue ein. »Du lässt mich auf deinen Computer zugreifen?«

»Warum nicht, Sara? Ich habe nichts zu verbergen.« Er vergewisserte sich noch einmal, dass es das Konto war, von dem Sara wusste. »Tu, was du willst. Warte hier oder warte nicht hier. Es ist mir egal.«

Das Dienstzimmer hatte sich gefüllt, als Jeffrey zum Empfangstresen ging. Er stieß die Schwingtüren auf. »Miss Adams?«

»Es heißt Dr. Adams«, sagte Marla viel zu laut; offenbar glaubte sie, dass Sibyls Blindheit auch mit einer Art Taubheit einherging. »Sie war auf dem Weg zur Universität, als Lena sie anrief und sie bat, vorbeizukommen.«

»Danke, Marla.« Jeffrey streckte die Hand aus, zog sie aber gleich wieder zurück.

»Guten Tag.« Sibyl klang wie eine weichere, weniger intensive Version ihrer Schwester. »Sind Sie Chief Tolliver?«

»Ja.« Jeffrey kam sich vor wie ein Idiot. Der einzige Ausweg war Ehrlichkeit. »Es tut mir leid, Dr. Adams. Ich bin gerade unsicher, wie ich mich verhalten soll. Was kann ich tun, damit Sie sich bei uns wohlfühlen?«

Sie lächelte strahlend. »Es kommt mir schrecklich laut vor hier drin. Macht es Ihnen etwas aus, wenn wir nach draußen gehen?«

»Absolut nicht.«

Sie fand die Tür mithilfe ihres Stocks.

Er hielt sie ihr auf und sagte: »Danke, dass Sie vorbeigekommen sind. Ich weiß, Sie haben viel zu tun, da die Frühlingsferien bevorstehen.«

»Das hier hat Vorrang.« Sie wandte das Gesicht zur Sonne hoch. Der Regen war abgezogen, und eine frische Brise war aufgekommen. Ihr Akzent war weicher als der von Lena, aber immer noch reinstes südliches Georgia. »Was kann ich Ihnen über Beckey und Leslie erzählen?«

»Ich kenne die Eckpunkte. Beide waren gute Studentinnen. Sie haben beide unterrichtet.«

»Ich habe Beckey in diesem Semester in meiner Gruppe. Sie sollte mich gestern Morgen um sieben treffen. Ich habe sie wie üblich ermahnt, meine Zeit nicht zu verschwenden, aber ich war ehrlich überrascht, als sie nicht aufgetaucht ist. Sie hat im Allgemeinen hart gearbeitet und sich respektvoll benommen.«

»Was ist mit Leslie?«

»Das Gleiche. Fleißig. Positive Einstellung. Sie hat sich für das Graduiertenprogramm beworben, und ich habe ihr eine Empfehlung geschrieben.« Dann fügte sie an: »Offen gestanden fraternisiere ich nicht mit Studenten. Ich stehe ihnen altersmäßig zu nahe. Und ich bemühe mich hier um eine Festanstellung. Ich will nicht ihre Freundin sein, sondern ich bin ihre Lehrerin. Meine Aufgabe ist es, sie zu fördern.«

Jeffrey verstand sie. So störrisch Lena auch sein konnte, er empfand jedes Mal eine enorme Genugtuung, wenn es ihm gelungen war, etwas Nützliches in ihren Dickschädel zu hämmern. »Wissen Sie vielleicht trotzdem etwas über das soziale Leben der beiden? Vielleicht haben Sie einmal gesehen, wie ...«

Sibyl lachte, denn sie sah ja nichts. »Ich *höre* eine ganze Menge. An so einer Uni blüht der Klatsch. Deshalb kann ich Ihnen sagen, dass Leslie mit ihren Mitbewohnerinnen Streit hatte. Ich habe eine von ihnen in meinem nachmittäglichen Einführungskurs in Chemie, Joanna Gordon. Sie hat sich in letzter Zeit über ihre Wohnsituation beklagt. Anscheinend wurde ständig etwas geklaut.«

Jeffrey erinnerte sich, dass Bonita Truong von der Verärgerung ihrer Tochter gesprochen hatte, weil Kleidungsstücke und ein Stirnband verschwunden waren. Er war dankbar, dass sich der Sicherheitsdienst des Campus um die zahlreichen Diebstähle unter den Studenten kümmerte. »Würden Sie Leslie als temperamentvoll bezeichnen?«

»Sie meinen, ob ich glaube, dass sie weggerannt ist, weil sie aufgewühlt war?«

Jeffrey runzelte die Stirn, aber dann wurde ihm klar, dass sie sein Stirnrunzeln gar nicht sehen konnte. »Was gestern passiert ist, das war eine ziemlich harte Geschichte. Ich glaube nicht, dass viele junge Frauen in diesem Alter mit dem umgehen könnten, was sie gesehen hat.«

»Ich glaube, dass es auch nicht viele junge Männer könnten, aber würden wir dieses Gespräch führen, wenn es ein Mann gewesen wäre?«

Jeffrey verzog das Gesicht, aber auch das blieb ihr verborgen. »Ich verlasse mich auf meinen Gesichtsausdruck, um peinliche Situationen zu überspielen.«

Sie lächelte. »Ich weiß.«

Jeffrey blickte die Straße hinauf und sah eine Gruppe Studenten zum Unterricht eilen. »Kommt Ihnen an der ganzen Sache etwas merkwürdig vor?«

»Denken Sie, der Verlust des Sehvermögens hat meine anderen Sinne geschärft?«

»Nein. Ich denke, Sie sind Lehrerin, und da ich viele Jahre Schüler und Student war, weiß ich, dass Lehrer eine Sache wirklich beherrschen: Sie durchschauen es, wenn man ihnen Blödsinn auftischt. Und zwar nicht mit den Augen.«

Sie lächelte. »Sie haben recht. Ich werde Ihnen sagen, warum ich nicht glaube, dass Leslie weglaufen würde. Die Arbeit bedeutet ihr etwas. Sie hat den größten Teil ihres Lebens damit verbracht, auf dieses Niveau zu gelangen. Sie ist tief an der Universität verwurzelt. Sie spielt in der Musikkapelle. Sie arbeitet freiwillig im Mathelabor mit. Sie ist verbindliche Zusagen eingegangen. Und ich weiß, von außen mag es so wirken, als wären all diese Verpflichtungen eine Last, aber so sieht Leslie es nicht. Als Frau hat man es sehr schwer in den Naturwissenschaften. Sie wissen das sicher von Sara.«

»Ja.«

»Du musst doppelt so hart kämpfen, um dir halb so viel Respekt zu verdienen, und dann gehst du schlafen und wachst am nächsten Morgen auf und musst die gleichen Schlachten noch einmal schlagen. Leslie war dazu bereit. Sie wusste, worauf sie sich einließ. Sie hat die Herausforderung sogar genossen.«

Jeffrey behielt das Ende der Straße im Auge. Er wollte sich keine Gedanken um den äußeren Eindruck machen, aber es gab eine vermisste Studentin, eine weitere schwer verletzte und einen Haufen Cops, die herumstanden und sich nach hysterischen jungen Mädchen erkundigten. Das war nicht die Art und Weise, wie man seine Polizei wahrnehmen sollte.

»Sie wissen, dass sie lesbisch ist?«, fragte Sibyl.

Jeffrey zog überrascht die Augenbrauen hoch. »Leslie?«

»Nein, Beckey.« Sibyl erklärte: »Ich habe gehört, wie sie Kayleigh von einer E-Mail erzählt hat, in der ihre Liebste aus der Highschool mit ihr Schluss gemacht hat. Beckey klang sehr verletzt. Kayleigh drängte sie, wieder mehr auszugehen, aber Beckey sagte, sie wolle sich auf ihr Studium konzentrieren.«

Jeffrey fragte sich, warum Lena in ihrem Bericht nichts davon erwähnt hatte. »Sie reden von ihrer Mitbewohnerin, Kayleigh Pierce?«

»Ganz recht«, bestätigte Sibyl. »Unter uns gesagt, ich glaube, Beckey war verknallt in Kayleigh. Ich habe eine Veränderung in ihrem Tonfall bemerkt. Natürlich kann ich nicht sagen, ob Kayleigh auch etwas für sie empfand. Es ist schwer in diesem Alter. Die Gefühle sind so heftig.«

»Ist Leslie Truong lesbisch?«

»Sie hat einen Freund«, sagte Sibyl und fügte an: »Was natürlich nicht viel zu bedeuten hat. Das ist immer noch eine sehr kleine Stadt, und ich arbeite an einer sehr konservativen Universität.«

Jeffrey hatte das Bedürfnis, sich im Namen der Stadt zu entschuldigen. »Das sind gute Leute hier, aber Sie haben natürlich recht. Wir sind für Minderheiten nicht so offen, wie wir es sein sollten.«

»Wollen Sie sagen, ich bin eine Minderheit?« Sie schlug die Hände vors Gesicht. »O nein!«

Jeffrey brauchte viel zu lange, um zu begreifen, dass sie scherzte. Vielleicht weil er sich gerade fragte, ob er es mit einem Hassverbrechen zu tun hatte. Worüber er viel früher hätte nachdenken können, wenn Lena Adams so detektivisch tätig geworden wäre wie ihre Schwester und herausgefunden hätte, dass Rebecca Caterino lesbisch war.

Er sagte: »Danke, Dr. Adams. Ich weiß es sehr zu schätzen, dass Sie vorbeigekommen sind, um mit mir zu sprechen.«

»Ach, das war's schon?«, fragte sie. »Als Lena Leslie erwähnte, habe ich angenommen, Sie wollten nach Tommi fragen.«

»Wer ist Tommi?«

»Thomasina Humphrey. Hat Ihnen Sara nicht von ihr erzählt?«

Jeffrey studierte das Gesicht der Frau. Er konnte keine Arglist entdecken. Sie war aufrichtig davon ausgegangen, dass Jeffrey etwas wusste, wovon er nichts wusste.

Und dass Sara es ihm hätte sagen sollen.

Sibyl schien seine Gedanken zu ahnen. »Ich hätte nichts davon sagen sollen. Tut mir leid.«

»Schon gut. Wenn Sie vielleicht …«

»Ich gehe jetzt lieber. Viel Glück, Chief Tolliver. Ich bedaure, dass ich keine größere Hilfe war.«

Jeffrey konnte sich gerade noch bremsen, sie am Arm festzuhalten.

Er beobachtete, wie Sibyl Adams mithilfe ihres Stocks den Weg zum Tor des Colleges fand. Eine Studentin gesellte sich zu ihr. Dann noch eine. Bald lief sie in einer größeren Gruppe.

Jeffrey schloss die Augen und wandte sein Gesicht zur Sonne, so wie Sibyl es vorhin getan hatte. Er hörte einen Lkw vorbeifahren. Der Wind frischte auf und zerwühlte sein Haar. Er zermarterte sich das Gehirn, ob in irgendeinem der Berichte auf seinem Schreibtisch der Name Thomasina Humphrey aufgetaucht war.

Nichts.

Er ging zur Polizeistation zurück. Sara war noch in seinem Büro. Sie hatte ihren Laptop aufgeklappt, um zu arbeiten. Sein Computermonitor war in ihre Richtung gedreht, sodass sie sah, ob eine E-Mail eintraf.

Jeffrey schloss die Tür, lehnte sich mit dem Rücken dagegen und ließ die Hand am Knauf.

Er sagte: »Thomasina Humphrey.«

Sara bestätigte mit einem halben Nicken, dass sie den Namen kannte.

»Gibt es etwas, was du mir nicht erzählst?«

»Offensichtlich.« Sie schien es dabei belassen zu wollen.

Jeffrey schaute in den Dienstraum hinaus. Kein Schreibtischstuhl ohne einen Hintern darauf. Die Hälfte der Streifenwagenmannschaft lungerte vor dem Besprechungszimmer herum und wartete darauf, dass Jeffrey den Arbeitstag einläutete. Er würde keinen weiteren Streit mit Sara anfangen, bei dem er als der hysterische Idiot rüberkam, den alle brüllen hörten.

»Sara.«

Sie nahm ihre Brille ab, klappte den Laptop zu und drehte sich auf ihrem Stuhl herum, um ihn anzusehen. »Sibyl hat sie vor rund fünf Monaten zu mir gebracht, Ende Oktober. Tommi war nach dem Ende ihres Vormittagskurses nicht gegangen. Sie hatte zu bluten angefangen und behauptet, es sei ihre Periode, aber Sibyl merkte ihr an, dass etwas nicht stimmte. Sie sprach mit ihr. Es dauerte eine Weile, aber dann gab Tommi zu, dass sie in der Nacht zuvor vergewaltigt worden war.«

Jeffrey rang einen Moment um Beherrschung, denn Vergewaltigung war ein Verbrechen, und Sara wusste es, aber sie hatte ihn dennoch nicht davon unterrichtet. »Kannte sie den Angreifer?«

»Nein.«

»Hat sie es angezeigt?«

»Nein.«

»Hast du sie aufgefordert, es zu tun?«

»Einmal, aber sie hat sich geweigert, und ich habe sie nicht weiter gedrängt.«

»Warum nicht?«

»Weil sie eine gute Studentin war. Sie war vorsichtig. Sie hatte immer die Nase in einem Buch.«

»Findest du wirklich, das ist ein guter Zeitpunkt, um mir meine eigenen Worte um die Ohren zu hauen?«

»Nein, aber du musst mir bei dieser Sache zuhören, Jeffrey, denn es erklärt eine Menge.« Sara stand auf und trat vor ihn. »Erinnerst du dich an das Buch, aus dem du mir vorgelesen hast, das über Hiroshima?«

In ihrem Tonfall lag etwas so Intimes, dass er sich unmittelbar in diesen Moment zurückversetzt fühlte. Sie lagen im Bett. Er las ihr abends gern vor. Jeffrey zeigte ihr einige Fotos aus dem Buch und las ein paar prägnante Zeilen vor.

»Du hast mir von den Schatten erzählt, weißt du noch?«

Er wusste es noch. Die Hitze von der atomaren Explosion war so gewaltig, dass alles, was sich in ihrem Weg befand, einen Schatten in die Mauern oder auf das Pflaster dahinter brannte. Ein Mann mit einem Gehstock. Eine Person, die auf einer Treppe saß. Pflanzen und Maschinen, sie alle hatten dauerhafte schwarze Schatten hinterlassen, die man heute noch sehen konnte.

»Genauso ist es mit einer Vergewaltigung«, sagte Sara. »Sie hinterlässt einen schwarzen Schatten, der sich durch dich hindurchbrennt. Sie verändert deine DNA. Sie verfolgt dich für den Rest deines Lebens.«

»Wie schlimm war es?«

»Sehr schlimm«, sagte Sara. »Ich kannte Tommi von früher, sie war mal meine Patientin. Deshalb hat Sibyl sie zu mir gebracht. Sie dachte, ich könnte helfen.«

»Konntest du?«

»Ich habe sie genäht und ihr Schmerzmittel gegeben. Und ich habe ihr versprochen, dass ich es niemandem sage. Das war ihre alles überragende Angst – dass es ihr Vater erfahren würde, dass ihre Freunde, Lehrer und alle auf dem Campus Bescheid wissen würden. Aber habe ich ihr geholfen?« Die Frage schien Sara immer noch zu quälen. »Du kannst niemandem helfen, der das durchmacht. Du kannst versuchen, den Frauen ein Gefühl von Sicherheit zu geben. Du kannst ihnen zuhören. Aber im Grunde kannst du nur hoffen und beten, dass sie einen Weg finden, sich selbst zu helfen.«

»Ich verstehe, was du sagst. Aber warum hat Sibyl Tommis Namen im Zusammenhang mit Leslie Truong genannt?«

»Vermutlich, weil Tommi am nächsten Morgen ebenfalls vom College verschwunden ist. Sie hat alle ihre Sachen dortgelassen. Sie ist nie mehr zurückgekommen. Hat mit niemandem Kontakt aufgenommen. Ihr Telefon war abgemeldet. Sie war einfach fort.«

»Kevin Blake hat nicht …«

»Ihre Eltern haben sie vom College abgemeldet. Ich weiß nicht, was aus ihren Sachen geworden ist.«

»Aber Sibyl …«

»Du musst es auf sich beruhen lassen.«

»Tommi Humphrey war Opfer eines Verbrechens. Nach allem, was du sagst, war es ein sehr schweres Verbrechen. Und jetzt wird Leslie Truong vermisst. Wer weiß, was zum Teufel Beckey Caterino zugestoßen ist. Da bestehen Verbindungen, Sara. Wir müssen ihnen nachgehen.«

»Willst du sämtliche Ermittlungen wegen Vergewaltigung in der Stadt noch einmal aufrollen? Wie willst du die Frauen finden, die zu schwer verletzt waren oder zu viel Angst hatten, um es anzuzeigen? Wie willst du Mädchen ausfindig machen, die das College verlassen haben, weil fünfzehn, zwanzig oder dreißig Minuten ihres Lebens den zwei Jahrzehnten davor ihre Bedeutung geraubt haben?«

Er hörte Sara selten so leidenschaftlich über etwas so Schmerzliches sprechen. Er hatte sich immer Gedanken wegen Tessa gemacht, die in der Highschool und im College viele Nächte durchgefeiert hatte. Jeffrey erinnerte sich noch lebhaft an eine fünfstündige Fahrt mitten in der Nacht nach Florida, um den dortigen Sheriff davon zu überzeugen, sie nicht wegen Trunkenheit und Erregung öffentlichen Ärgernisses dazubehalten.

Er wählte seine Worte mit Bedacht. »Wenn es einen Zusammenhang zwischen dem gibt, was Tommi Humphrey zugestoßen ist, und dem, was Beckey Caterino oder Leslie Truong …«

»Lass sie in Ruhe, Jeff. Bitte. Tu es mir zuliebe.«

Er war kurz davor, sich einverstanden zu erklären – und sei es nur, weil er unbedingt etwas tun wollte, damit Sara ihm wieder vertraute.

Dann kündigte ein Klingelton aus seinem Computer eine neue E-Mail an.

Sara trat hinter seinen Schreibtisch, setzte ihre Brille auf, machte ein paar Klicks. Er sah Bilder, die sich in ihren Gläsern spiegelten.

»Komm her«, sagte sie.

Jeffrey stellte sich neben sie. Er nahm an, dass er eine MRT-Aufnahme vor sich sah. Er erkannte Halswirbel, die sich vom Schädel abwärts stapelten, aber der Strang, der dahinter verlief, ähnelte einem Stück Seil, das in der Mitte ausgefranst war. Fasern standen ab. Der ganze Bereich war von etwas eingehüllt, das wie eine Wasserblase aussah.

»Das ist die Punktion des Rückenmarks«, sagte Sara. »Etwas Scharfes, Spitzes ist hier durch die Haut gedrungen.«

Jeffrey spürte Saras Finger im Nacken.

»Ihre Beine werden gelähmt gewesen sein, alles von hier abwärts.« Ihre Hand ging zu seiner Hüfte. »Diese Verletzung ist absichtlich herbeigeführt worden. Sie kann nicht beim Sturz passiert sein. Ich würde sagen, das Instrument muss einer Ahle oder einer Gegenstanze geähnelt haben, aber beruf dich nicht auf mich.«

Jeffrey hielt seine Fragen zurück. Sara öffnete die nächste Datei, eine Röntgenaufnahme.

»Der Schädelbruch.« Sie klickte, um einen besseren Blick darauf zu bekommen.

Jeffrey wusste, wie ein intakter Schädel aussehen sollte. Die Fraktur hier war oben am Hinterkopf, an der Stelle, wo die meisten Männer zuerst kahl wurden. Der Knochen war strahlenförmig gesplittert. Ein halbkreisförmiges Stück ruhte unmittelbar am Gehirn.

Sara ging in die Knie und beugte sich zum Monitor vor. »Hier.«

Jeffrey tat es ihr nach und folgte ihrem Zeigefinger, der eine halbmondförmige Struktur auf dem Grund der Fraktur nachfuhr.

Er wusste, sie würde sich nicht festlegen wollen, was geschehen war, deshalb sagte er nur: »Eine Vermutung?«

»Es ist keine Vermutung«, sagte Sara. »Sie hat einen Schlag mit einem Hammer auf den Hinterkopf erhalten.«

ATLANTA

11

Sara konnte ihren zweiten Scotch nicht zu Ende trinken. Ihr Magen war übersäuert. Und sie war auf eine kaum erklärbare Art ins Wanken geraten. Jeffreys Notizen. Jeffreys Akten. Jeffreys Vernehmungskarteikarten. Seine mit dem Lineal auf einer verblassten topografischen Karte von Heartsdale gezogenen Linien. Sein Geist saß ihr am Tisch gegenüber, als sie seine Worte von vor acht Jahren las. Die Namen waren ihr verblüffend schnell wieder gegenwärtig.

Little Bit. Chuck Gaines. Thomasina Humphrey.

Die feine Schrift stand in solch scharfem Kontrast zu seinem männlichen Äußeren. Jeffrey war hochgewachsen, dunkelhaarig und gut aussehend gewesen. Er hatte das breitbeinige Auftreten eines Footballspielers, vereint mit einer wunderbar scharfen Intelligenz. Selbst im präzisen, technischen Jargon eines Polizeiberichts, der Zusammenfassung einer Zeugenaussage, der Niederschrift eines Telefongesprächs schimmerte seine Persönlichkeit durch.

Sara hielt eines von Jeffreys spiralgebundenen Notizbüchern in der Hand. Es hatte in etwa die Größe einer Karteikarte. Er hatte auf dem Umschlag die Datumsangaben neben die Fälle gesetzt, die es enthielt. Sie schlug das Büchlein auf. Die Polizeieinheit von Grant County war so klein, dass der

Polizeichef gleichzeitig als Ermittler tätig war. Jeder Fall, den Jeffrey bearbeitet hatte, hatte Eingang in seine Notizbücher gefunden. Er hatte penibel Buch geführt. Sara blätterte durch die Überschriften der ersten zwei, drei Dutzend Seiten.

Harold Niles/Einbruch. Gene Kessler/Fahrraddiebstahl. Pete Wayne/gestohlene Trinkgelder.

$ 80.000.

Die Dollarsumme hatte eine eigene Seite. Jeffrey hatte sie zweimal unterstrichen, dann eingekreist. Die Schrift war zweidimensional, denn die Spitze des Kugelschreibers hatte eine Vertiefung hinterlassen wie bei Brailleschrift.

Sara überlegte, was hinter diesen achtzigtausend Dollar stecken konnte. Kein Einbruch. Kein Fahrraddiebstahl. Dann setzte sie die Zahl in einen Bezug zu Jeffreys Leben. Sein Haus hatte mehr gekostet. Sein Studiendarlehen belief sich auf geringfügig weniger. Sein Kreditkartensaldo betrug, zumindest als sie es zuletzt gesehen hatte, rund fünf Prozent dieser Summe.

Sara lächelte. Es gab nur ein Objekt aus dieser Zeit, das achtzigtausend Dollar gekostet hatte, und das war Saras erster BMW Z4 gewesen. Sie hatte den Sportwagen allein deswegen gekauft, um ihn zu demütigen. Saras Empfindung bei Jeffreys leidendem Blick, sooft er den Sportwagen sah, überstieg jeden Orgasmus, zu dem er ihr verholfen hatte. Und Jeffrey war verdammt gut darin gewesen, sie zum Orgasmus zu bringen.

Sara blätterte um.

Rebecca Caterino/TA

Das TA – es bedeutete *tot aufgefunden* – war durchgestrichen und in *versuchter Mord, sexuelle Gewalt* geändert worden.

Die Spannungen zwischen Sara und Jeffrey hatten sich während des Caterino/Truong-Falls verschoben. Sara hatte es geschafft, damit klarzukommen, dass er ihr nicht ehrlich sagen wollte, mit wie vielen Frauen er sie wie oft betrogen hatte. Wie viele ihrer emotionalen Entwicklungen wurzelte der Frieden in ihrer Familie. Sara erinnerte sich an ein Gespräch mit ihrer Mutter an dem Abend, an dem sie Beckey gefunden hatten, bevor der vermeintliche Unfall sich in eine ausgewachsene Mordermittlung verwandelte.

Sie saß damals bei ihren Eltern am Küchentisch. Ihr Laptop war aufgeklappt, und sie wollte Krankenblätter von Patienten auf den neuesten Stand bringen, aber sie war so niedergeschlagen, dass sie es schließlich aufgab und den Kopf auf den Tisch bettete.

Cathy setzte sich neben sie und nahm Saras Hand. Ihre Mutter hatte Schwielen an den Händen. Sie war Gärtnerin und als Ehrenamtliche in der Gemeinde immer dann zur Stelle, wenn es galt, die Ärmel hochzukrempeln und eine Arbeit anzupacken. Sara kämpfte gegen die Tränen, sie war erschüttert wegen des armen Mädchens im Wald. Und sie war wütend auf Lena. Sie war aufgewühlt, weil diese ganze Tragödie sie wieder in Jeffreys Nähe geführt hatte. Und sie schämte sich zutiefst dafür, wie sie sich in ihrem Büro in der Klinik Beleidigungen an den Kopf geworfen hatten, als wäre sie eine ungehobelte Ex-Frau.

»Mein liebes Kind«, sagte ihre Mutter da. »Lass mich die Bürde deines Hasses tragen. Lass mich das für dich übernehmen, damit du weitergehen kannst.«

Sara versuchte, scherzhaft zu klingen, als sie erwiderte, es gebe in ihr genügend Hass auf Jeffrey, damit es für sie alle reichte. Aber die Vorstellung, wie der starke Rücken ihrer Mutter die Bürde von ihr nahm, Saras Hass und ihre Trauer trug, ihre Demütigung, ihre Enttäuschung und ihre Liebe – denn die Tatsache, dass Sara Jeffrey noch immer so sehr liebte, war das Schwierigste daran –, hatte alles irgendwie leichter wirken lassen, was Sara im vorangegangenen Jahr niedergedrückt hatte.

Jetzt blickte sie von Jeffreys Notizen auf. Sie trank einen Schluck Scotch, wischte sich über die Augen und wandte sich wieder ihrer Aufgabe zu.

Rebecca Caterino/~~TA~~ – versuchter Mord/sexuelle Gewalt.

Jeffrey hatte sein Eintreffen an dem Schauplatz im Wald dokumentiert, wie er mit Brad über Maßnahmen gegen die Gaffer gesprochen hatte und wie er sich von Lena einen Überblick geben ließ. Wie die meisten Polizisten benutzte er Kürzel, L.A. für Lena, F.W. für Frank und so weiter.

Er hatte eine Telefonnummer an den Rand geschrieben. Kein Name, nur eine Nummer. Saras Gehirn sprang automatisch zu der Annahme, dass sie zu einer Frau gehörte, mit der er zusammen gewesen war. Sie lehnte sich zurück und versuchte, das Aufflackern von Eifersucht zu vertreiben, das mit diesem Gedanken einherging.

Sie blätterte um.

GESPRÄCH MIT SL BZGL. 30 MIN.

Die halbe Stunde, die Beckey Caterino im Wald gelegen hatte, hatte Jeffrey keine Ruhe gelassen. Sara erging es ebenso. Dreißig Minuten waren eine lange Zeit – die Hälfte der sogenannten goldenen Stunde nach einem medizinischen Notfall, in der die Überlebenschancen eines Patienten sehr stark von den eingeleiteten Rettungsmaßnahmen abhingen. Sara hatte ausweichend geantwortet, als Jeffrey sie gefragt hatte, ob die dreißig Minuten einen Unterschied gemacht hätten. Medizinisch gesehen hätten schon dreißig Sekunden einen Unterschied machen können.

Sara las weiter in dem Notizbuch. Unter ihre Initialen hatte Jeffrey den Namen Thomasina Humphrey geschrieben.

Sara verband die beiden Details miteinander – und plötzlich war sie in ihrer Erinnerung wieder in Jeffreys Büro. Sie hatte auf die E-Mail gewartet, die an seinen Computer geschickt werden sollte, als Jeffrey von seinem Gespräch mit Sibyl

Adams zurückgekommen war. Sara hatte so kurz davorgestanden, ihm von ihrer eigenen Vergewaltigung zu erzählen. Sie hatte Tommi den Schmerz einer Vernehmung ersparen wollen. Und sie war sich absolut sicher gewesen, dass der Überfall auf das Mädchen nichts mit Leslie Truong zu tun hatte, und ebenso sicher, dass sich kein Zusammenhang mit Beckey Caterino herstellen ließ.

Sie hatte sich geirrt.

Sie blätterte weiter und suchte nach irgendetwas, was ihnen jetzt helfen konnte. Brock war zu diesem Zeitpunkt noch der offizielle Coroner gewesen, weshalb alle Laborberichte und Befunde dort sein würden, wo er seine Akten aufbewahrte. Jeffrey hatte einige von Saras Beobachtungen in sein Notizbuch übertragen, aber was hatte Sara übersehen? Was hatte Jeffrey übersehen? Gab es eine Einzelheit, eine kriminaltechnische Erkenntnis, für die sie blind gewesen waren, die sie ignoriert hatten und die es einem brutalen, sadistischen Mörder erlaubt hatte, davonzukommen?

Sara war Jeffreys Witwe. Sie hatte seinen Nachlass geerbt. Es schien, als hätte sie auch seine Schuldgefühle geerbt.

Sie hörte einen Schlüssel im Schloss der Eingangstür.

Sara schlug das Notizbuch zu, stapelte die Akten zusammen und stopfte sie in den Karton zurück. Als Will die Wohnung betrat, stand sie da und wartete auf ihn.

Sara bemerkte etliche Dinge gleichzeitig. Dass er geduscht hatte. Dass er sich umgezogen hatte und jetzt eine Jeans und ein Button-down-Hemd trug. Dass sein Gesichtsausdruck angespannt war.

Sie schluckte all die schneidenden Fragen, die in ihrer Kehle steckten: *Wo bleibst du nur? Warum hast du nicht angerufen? Wieso bist du erst zu dir nach Hause gefahren, um zu duschen, bevor du hierhergekommen bist? Was zum Teufel ist eigentlich los?*

Sara sah, dass Will seine eigene Lagepeilung betrieb. Sein Blick ging von den Resten des Abendessens über die Flasche Scotch zu den Kartons mit Jeffreys Unterlagen.

Sie holte tief Atem und ließ ihn dann langsam entweichen, bemüht, einen Krach zu vermeiden, der mit Sicherheit katastrophal ablaufen würde.

»Hey«, sagte sie nur.

Will ging in die Hocke. Die Hunde waren herbeigestürzt, um ihn zu begrüßen: Betty tanzte um seine Füße, Saras Greyhounds drückten sich an seine Beine. Die Luft fühlte sich schwer an, als würden sie beide in ihrem eigenen Wasserbecken ertrinken.

Sara bemerkte eine Verletzung am Knöchel seines Mittelfingers, die wieder leicht zu bluten begonnen hatte.

Sie versuchte es mit einem Scherz. »Bitte sag mir, dass du dir das geholt hast, als du Lena verprügelt hast.«

Er ging zum Kühlschrank, öffnete die Tür, schaute in die Fächer.

Sie kam mit seinem Schweigen im Moment nicht klar. Also stellte sie ihm eine Frage, die er beantworten musste: »Wie lief es?«

Will holte tief Luft, so ähnlich, wie sie es gerade eben getan hatte. Er sagte: »Lena glaubt, du versuchst ihr Schwierigkeiten zu machen.«

»Stimmt genau«, gab Sara zu, aber es ärgerte sie, dass Lena annahm, sie hätte den ganzen Tag nichts anderes zu tun, als auf eine Gelegenheit zu lauern, um ihr das Leben schwer zu machen. »Was noch?«

»Ich hätte ihr fast ins Gesicht geschlagen. Dann hätte ich um ein Haar meine Waffe gegen Jared gezogen. Anschließend habe ich auf Faiths Wagen eingedroschen. Ach ja, und gleich zu Anfang habe ich Jared erzählt, dass wir heiraten.«

Sara biss die Zähne zusammen. Der erste Teil war offenkundig stark übertrieben. Und falls der letzte Teil ein neuerlicher Versuch Wills sein sollte, ihr hintenherum einen Heiratsantrag zu machen, so würde er nicht funktionieren. »Wieso hast du Jared erzählt, dass wir heiraten?«

Will öffnete jetzt den Gefrierschrank und spähte hinein.

Sara schwenkte in die neue Richtung. »Hast du etwas zum Abendessen gehabt?«

»Ich habe zu Hause gegessen.«

Sara gefiel nicht, wie er *zu Hause* sagte. Dies hier war sein Zuhause, ihr gemeinsamer Ort. »Es gibt noch Joghurt.«

»Du sagst immer, ich darf deinen Joghurt nicht klauen.«

Sara hielt es nicht mehr aus. »Herrgott noch mal, Will, wenn du Hunger hast, iss den Joghurt.«

»Ich kann ein Eis essen.«

»Eis ist nicht das Gleiche wie Joghurt. Es hat null Nährwert.«

Er schloss die Kühlschranktür wieder und drehte sich um.

»Was ist?«, fragte sie. »Was ist los mit dir?«

»Ich dachte, du hast ein Moratorium für Gespräche verhängt.«

Sie hätte ihn am liebsten getreten. »Es ist wirklich beschissen, wenn der Mensch, mit dem du angeblich eine Beziehung führst, dir nicht sagt, was er denkt.«

»Wird das jetzt eine Lehrstunde?«

Sara dachte, das könnte der Moment sein, in dem endgültig alles schieflief. »Reden wir einfach nicht mehr drüber.«

»Warum hast du nicht geschrieben?«

»Ich habe dir geschrieben.« Sie packte ihr Telefon und zeigte ihm den Bildschirm. »Drei Mal! Und nichts ist durchgegangen, weil du wahrscheinlich dein Handy ausgeschaltet hattest.«

Er rieb sich das Kinn.

»Ich kann dein Gebrumme und dein endloses Schweigen im Moment nicht ertragen, Will. Kannst du nicht einfach wie ein normaler Mensch mit mir reden?«

Zorn blitzte in seinen Augen auf.

Zorn war etwas, womit Sara umgehen konnte. Sie hatte sich bereits mit ihrer Schwester gestritten. Sie war wütend wegen Lena. Sie war verletzt, weil Faith sie belogen hatte. Die ständige Präsenz Jeffreys bei der ganzen Geschichte brach ihr das Herz. Sie hatte schreckliche Angst, dass sie damals in Grant County etwas übersehen hatte, wodurch ihnen ein Verrückter entwischt war. Und sie wollte unbedingt die Dinge mit dem Mann wieder ins Lot bringen, den sie heiraten würde – falls er je seine Arroganz ablegte und sie vernünftig fragte.

»Streiten oder ficken«, sagte sie.

»Wie bitte?«

»Das ist deine Wahl«, sagte sie. »Du kannst entweder mit mir streiten, oder du kannst mich ficken.«

»Sara …«

Sie ging zu ihm, weil sie immer diejenige war, die alles tun musste. Sie legte die Hände auf seine Schultern. Sah ihm in die Augen. »Wir können entweder über all die Dinge reden, über die wir nicht reden, oder wir können ins Schlafzimmer gehen.«

Er presste die Lippen zusammen, aber er sah aus, als könnte er sich überreden lassen.

»Will.« Sara strich ihm das Haar zurück. Seine Haut war heiß. Sie konnte einen Hauch seines Aftershaves riechen, was bedeutete, er hatte sich für sie rasiert, obwohl er böse auf sie war. Weil er wusste, dass sie glatte Haut mochte.

Sie küsste ihn leicht auf den Mund. Als er keinen Widerstand leistete, küsste sie ihn noch einmal, und diesmal machte sie deutlich, dass es noch ganz andere Dinge gab, die sie mit ihrem Mund anstellen konnte.

Will schien durchaus geneigt zu sein, bis er es sich plötzlich anders überlegte und sich von ihr löste. Er sah zu ihr hinab, und Sara konnte in seinem Gesicht all das an die Oberfläche drängen sehen, worüber sie beide sich nicht zu reden trauten.

Sie würde einen weiteren Streit nicht überleben. Also küsste sie ihn wieder. Ihre Hände glitten unter sein Shirt, und sie ließ die Fingerspitzen über seine ausgeprägten Muskeln wandern. Sie flüsterte ihm ins Ohr: »Komm, wir machen es uns mit dem Mund.«

Sein Atem stockte. Sein Herzschlag verdoppelte sich. Sie spürte, wie seine Reaktion darauf sich gegen ihren Bauch presste.

»Sara …« Seine Stimme war belegt. »Sollten wir …«

Ihre Lippen strichen über sein Ohr. Sie küsste ihn auf den Hals und begann, ihre Bluse aufzuknöpfen. Sie fühlte immer noch ein leichtes Widerstreben bei ihm, auch wenn er eine Hand um ihre Brust wölbte. Ihr Mund ging wieder an sein Ohr. Statt ihn zu küssen, nahm sie sein Ohrläppchen nun sanft zwischen die Zähne.

Will stockte wieder der Atem.

»Komm, nimm mich richtig ran«, keuchte sie.

Diesmal erwiderte er ihren Kuss leidenschaftlicher. Er fasste sie um die Hüfte, drängte sie gegen den Küchenschrank. Ihr Körper war an seinen gepresst. Seine Hand drückte ihre Brust kräftiger. Das Verlangen flutete alle ihre Sinne, und es löste alle Spannung auf.

Doch dann trat Will einen Schritt zurück.

Er hielt sie auf Armeslänge von sich. »Es tut mir leid. Das ist meine Grenze.«

Sie schüttelte den Kopf. »Was?«

»Du bist an meine Grenze gestoßen, Sara. Das war's.«

»Wovon …« Sie sprach zu seinem Rücken, denn er hatte sich bereits abgewandt und ging. »Will?«

Die Tür schloss sich hinter ihm.

Sara starrte in der Küche umher und spulte in ihrem Kopf noch einmal ab, was gerade geschehen war.

Welche Grenze?

Und was bedeutete *das war's*?

Sie versuchte, ihre Bluse zuzuknöpfen, aber ihre Finger waren zu unbeholfen. Will spielte sicher eine Art Spiel mit ihr. Er wartete wahrscheinlich auf der anderen Seite der Tür und rechnete damit, dass sie ihm hinterherjagte. Sie hatten diesen Tanz schon einmal aufgeführt, und damals hatte Sara ihre Grenze erreicht. Sie war fuchsteufelswild auf Will gewesen, weil er Dinge vor ihr verbarg und ihr ins Gesicht log. Sie hatte ihn aufgefordert, zu gehen, und er war auch gegangen, aber als sie die Tür öffnete, saß er im Flur und wartete auf sie. Er hatte gesagt …

Weggehen ist nicht so mein Ding.

Sara rieb sich mit beiden Händen übers Gesicht. Sie wollte Will ebenfalls nicht verlassen, wollte jetzt nicht ungebunden sein. Sie würde die Sache in Ordnung bringen, koste es, was es wolle. Wenn es bedeutete, sich bei einem schmollenden erwachsenen Mann entschuldigen zu müssen, dann würde sie sich eben bei einem schmollenden erwachsenen Mann entschuldigen.

Sie ging zur Tür und riss sie auf.

Der Flur war leer.

GRANT COUNTY – MITTWOCH

12

Jeffrey saß mit Kayleigh Pierce in dem Wohnheim, wo auch Rebecca Caterino ihr Zimmer hatte. Er hatte keine Zeit, sich dafür zu ohrfeigen, dass er nicht auf seinen Instinkt gehört hatte. Der Fall Caterino war binnen vierundzwanzig Stunden von einer tot aufgefundenen Person über einen Unfall zu einem versuchten Mord mit Vergewaltigung geworden. Was er jetzt brauchte, waren Fakten. Bislang hatten sie die Sache als Routinefall behandelt. Jetzt kannte er die harte Wahrheit.

Caterinos Angreifer hatte sie gezielt ins Visier genommen. Man lief nicht einfach mit einem Hammer durch die Gegend, wenn man nicht vorhatte, ihn zu benutzen. Caterino war schon vom Campus oder in den Wald hinein von jemandem verfolgt worden, der die Absicht hatte, eine Gewalttat zu begehen.

Und jetzt war Leslie Truong, die Zeugin, die sein eigenes verdammtes Team einfach hatte davonspazieren lassen, verschwunden und möglicherweise entführt worden.

Der einzige Weg, der Jeffrey offenstand, bestand darin, ganz von vorn anzufangen.

»Ich weiß nicht, was ich sagen soll?« Kayleigh hatte die Angewohnheit, am Ende eines jeden Satzes die Stimme zu heben, als würde sie eine Frage stellen, statt sie zu beantworten.

»Ich weiß, Sie haben bereits mit einem meiner Beamten gesprochen«, sagte Jeffrey. »Schildern Sie mir einfach die Ereignisse von gestern Morgen. Alles, woran Sie sich erinnern, kann hilfreich sein.«

Sie zupfte an einem Stück loser Haut an ihrer Fußsohle. Das Mädchen trug einen blauen Seidenpyjama. Auf die Innenseite ihrer Handgelenke waren chinesische Schriftzeichen tätowiert. Ihr kurzes blondes Haar hatte sich beim Schlafen aufgestellt.

»Wie gesagt, ich habe geschlafen?«

Jeffrey schaute in sein Notizbuch. Er focht noch mit sich, ob er Kayleigh erzählen sollte, dass man ihre Freundin überfallen hatte. Er folgte seinem Bauchgefühl, das ihm sagte, sie wäre in dem Moment, in dem sie davon erfuhr, als Zeugin so gut wie wertlos. Das Mädchen neigte dazu, alles, was geschah, auf sich selbst zu beziehen. Was nicht überraschend schien. Sie war noch in dem Alter, in dem man die Welt nur durch die eigene Linse betrachten konnte.

»Weiter«, sagte er.

»Becks war echt wütend auf uns? Auf uns alle? Sie fing zu schreien an wie eine Verrückte, warf Zeug um, schmiss Sachen durch die Gegend?«

Die Küche war ein einziges Durcheinander, aber Jeffrey sah, dass jemand den Abfalleimer umgetreten hatte. Das Plastik war verbeult, und der Abfall hatte auf dem Boden eine Schleimspur hinterlassen. Der einzige Gegenstand, der offenbar verschont geblieben war, war ein brauner Lederrucksack neben dem Kühlschrank.

»Warum war Beckey wütend?«, fragte er.

»Wer weiß?« Kayleigh zuckte mit den Achseln, aber Jeffrey

ahnte, dass sie nicht nur wusste, warum ihre Freundin wütend gewesen war, sondern auch, auf wen. »Sie trat meine Tür auf? Und sie schrie: ›Ihr Miststücke‹, als würde sie uns hassen? Ich bin ihr zu ihrem Zimmer gefolgt, um zu sehen, was los war? Aber sie wollte es mir nicht verraten?«

»Beckeys Zimmer ist das am Ende des Flurs?«

»Ja.« Endlich brachte sie es fertig, eine richtige Antwort zu formulieren. »Als wir hier ankamen, haben alle gesehen, dass das Zimmer das kleinste war, und wir haben uns auf eine Auseinandersetzung oder so was gefasst gemacht, aber Becks sagte einfach: ›Ich nehme das kleine‹, und schon waren wir die besten Freundinnen.«

»War sie mit jemandem zusammen?«

»Sie hat im Sommer mit ihrer Freundin Schluss gemacht? Aber seitdem gab es niemanden. Nicht einmal ein Date. Es gibt eine Menge Arschlöcher auf dem Campus.«

»War jemand fixiert auf sie?«

»Niemals. Becks ging in keine Kneipen, hatte keinen Spaß, gar nichts?« Sie schüttelte den Kopf so kräftig, dass ihr Haar wippte. »Wenn jemand fixiert auf sie gewesen wäre oder so, ich wäre sofort zur Polizei gegangen. Zur richtigen, nicht zu den Kaufhaus-Cops auf dem Campus.«

Jeffrey freute sich, weil sie wusste, dass es da einen Unterschied gab. »Hat Beckey Ihnen einmal erzählt, dass sie sich unsicher fühlte? Oder als würde sie jemand ausspähen?«

»O mein Gott, hat jemand sie beobachtet?« Sie blickte zur Küche, zur Tür, zum Flur. »Muss ich mir Sorgen machen? Bin ich in Gefahr oder so?«

»Das sind Routinefragen. Ich würde die auch bei jeder anderen Vernehmung stellen.« Jeffrey beobachtete das Wechselspiel von Angst und Erleichterung auf ihren Zügen. Binnen einer Stunde würden sich wahrscheinlich alle Frauen auf dem Campus fragen, ob sie sich ängstigen sollten. »Konzentrieren wir uns auf gestern Morgen, Kayleigh. Hat Beckey etwas zu Ihnen gesagt, als Sie ihr zu ihrem Zimmer gefolgt sind?«

»Sie hat ihre Laufsachen angezogen? Was ... okay, sie läuft gern, aber es war super früh. Dann sagte Vanessa: Geh nicht jetzt raus, wenn sich die Vergewaltiger herumtreiben, was zu der Zeit ein Witz war, nur dass wir jetzt alle so besorgt sind, weil sie im Krankenhaus ist? Und ihr Dad, Gerald, hat heute Morgen angerufen, und er hat geweint, was echt hart ist, weil ich meinen eigenen Dad noch nie weinen gehört habe, deshalb hat es mich echt traurig gemacht?« Kayleigh rieb sich die Augen, aber da waren keine Tränen. »Ich musste meinen Professoren sagen, dass ich für den Rest der Woche nicht in die Vorlesungen kommen kann. Es ist einfach so ... willkürlich? Becks geht laufen, dann stößt sie sich den Kopf an, und ihr Leben ist ... ich weiß nicht, was ihr Leben jetzt ist? Aber es ist so traurig. Ich komme kaum mehr aus dem Bett, denn was, wenn ich es gewesen wäre? Ich laufe auch gern.«

Jeffrey blätterte in seinem Notizbuch zurück. »Deneshia hat mir erzählt, dass Beckey zuvor die ganze Nacht in der Bibliothek war.«

»Das tat sie oft. Sie hatte Angst, ihr Stipendium zu verlieren und so?« Kayleigh zog eine Handvoll Papiertücher aus der Schachtel auf dem Tisch. »Ich meine, sie hat viel über Geld gesprochen? Richtig viel? So wie man eigentlich nicht über Geld spricht?«

Jeffrey war mit dem Muster vertraut. Er war in Sylacauga aufgewachsen und hatte immer gewusst, dass er arm war, aber bis zu seinem ersten Tag in Auburn war ihm nicht klar gewesen, wie das Gegenteil von arm tatsächlich aussah.

»Ist das ihr Rucksack?« fragte er.

Kayleigh sah zum Kühlschrank. »Ja?«

Jeffrey steckte sein Notizbuch wieder ein und ging in die Küche. Er musste über leere Joghurtkartons und Popcorntüten steigen. Der Rucksack war aus gutem Leder und trug die Initialen BC auf der Klappe. Er nahm an, es war ein Geschenk zum Highschool-Abschluss, denn es sah nicht aus wie ein Accessoire, für das eine arme Studentin Geld ausgeben würde.

Jeffrey legte den Inhalt vorsichtig auf einer freien Fläche der Anrichte aus. Kugelschreiber, Bleistifte, Papiere. Ausdrucke. Arbeitsaufträge. Das Klapphandy war ein älteres Modell. Er öffnete es – der Akku war fast leer. Es gab keine verpassten Anrufe, und die jüngsten Anrufe waren geklärt. Er sah in den Kontakten nach: Dad. Daryl. Deneshia.

Er fragte Kayleigh. »Wer ist Daryl?«

»Er wohnt außerhalb des Campus?« Sie zuckte mit den Achseln. »Alle kennen ihn? Er war früher hier, aber er ist vor zwei Jahren ausgestiegen, weil er Skateboard-Profi werden will?«

»Hat er einen Nachnamen?«

»Davon gehe ich schwer aus, aber ich weiß ihn nicht?«

Jeffrey vermerkte Daryls Nummer in seinem Notizbuch. Das Telefon musste als Beweismittel eingelagert werden, was Lena gestern versäumt hatte, als sie mit Rebecca Caterinos Mitbewohnerinnen sprach.

Er griff noch einmal in den Rucksack und fand ein Lehrbuch über Organische Chemie, ein weiteres über Textilien, ein drittes über Ethik in der Wissenschaft. Der Laptop war, seinem Gewicht nach zu urteilen, ein neueres Modell. Er öffnete ihn. Das Dokument auf dem Bildschirm trug den Namen RCATERINO-CHEM-FINAL.doc

Er scrollte durch die Arbeit, die genauso weitschweifig und pedantisch war wie die Arbeiten, die auch er im Studium geschrieben hatte.

Er blickte auf. Kayleigh zupfte noch immer an ihrem Fuß herum.

»Können Sie mal herkommen und mir sagen, ob etwas fehlt?«, fragte er.

Sie hievte sich von der Couch und tänzelte zu ihm. Sie sah die Lehrbücher und Papiere durch und sagte: »Ich glaube nicht. Aber ihre Spange war natürlich immer neben dem Bett.«

»Ihre Spange?«

»Eine Zopfklammer? Für die Haare?«

Jeffreys Instinkt meldete sich lautstark. Leslie Truong hatte ein Stirnband vermisst. Jetzt fehlte bei Beckey Caterino eine Haarklammer.

Er wollte Kayleigh nicht beeinflussen. »Liegt sie noch neben dem Bett?«

»Nein, darum geht es doch?« Sie klang verwundert. »Beckey konnte sie nicht finden? Und dann haben wir alle danach gesucht, und wir haben sie auch nicht gefunden? Hab ich der Polizistin alles gesagt?«

Es gab nur eine Polizistin in seiner Dienststelle. »Officer Adams?«

»Ja, ich habe ihr erzählt, dass Beckeys Haarklammer, die sie von ihrer Mutter hatte, nicht auf dem Nachttisch lag, wo sie sie immer aufbewahrt, und erst war Beckey böse auf mich, aber dann wurde ihr klar, dass ich sie nicht genommen habe, weil ich nie etwas nehmen würde, was eine besondere Bedeutung für jemanden hat, denn sie hat mir die Geschichte ja erzählt, dass es quasi das Letzte war, was sie von ihrer Mutter bekommen hat, und eigentlich wollte ihre Mutter ihr die Klammer nur borgen, aber dann starb sie, und die Klammer ist für immer bei Becks geblieben.«

Jeffrey versuchte, den Endlossatz aufzudröseln. »Sie haben Officer Adams erklärt, dass Beckey ihre Haarklammer vermisst hat?«

»Richtig.«

Jetzt kam Jeffrey irgendwie nicht mehr aus dem nervigen Frageton heraus. »Die Klammer gehörte ihrer Mutter?«

»Richtig.«

»Und Beckey bewahrte sie immer auf ihrem Nachttisch auf?«

»Richtig.«

»Aber als sie an dem Morgen danach gesucht hat, war die Klammer nicht da?«

»Ja.«

»Zeigen Sie es mir?«

Sie führte ihn den Gang hinunter. Er ignorierte den beißenden Geruch nach Gras, Schweiß und Sex, der die Räume durchdrang. Kein einziges Bett war gemacht. Kleidung lag verstreut auf dem Boden. Er sah Haschischpfeifen und Unterhosen und gebrauchte Kondome neben Abfalleimern liegen.

»Hier.« Kayleigh war vor dem Zimmer am Ende des Flurs stehen geblieben. »Wir haben schon gesucht, ja? Um ihr die Klammer ins Krankenhaus zu bringen? Aber wir konnten sie nicht finden?«

Jeffrey nahm das Zimmer in Augenschein. Beckey war nicht gerade ordentlich, aber sie war nicht so katastrophal schlampig wie ihre Mitbewohnerinnen. Er sah zum Nachttisch: Wasserglas, Lampe, ein aufgeschlagener Gedichtband, so grob umgebogen, dass der Rücken gebrochen war. Jeffrey widerstand der Versuchung, das Buch zuzuklappen. Er ging auf Hände und Knie. Unter dem Nachttisch war nichts. Er schaute unter das Bett. Eine Socke. Ein BH. Staubflusen und ein bisschen Müll.

Er fragte Kayleigh: »Kennt Beckey eigentlich Leslie Truong?«

»Das verschwundene Mädchen?« Sie runzelte die Stirn. »Ich glaube nicht? Weil sie älter ist? Kurz vor dem Abschluss steht?«

»Könnten sie sich in der Bibliothek über den Weg gelaufen sein?«

»Möglich? Aber es ist eine ziemlich große Bibliothek?«

Jeffreys Handy läutete, und er unterdrückte einen Fluch, als er die Nummer sah. Seine Mutter hatte schon dreimal angerufen. Sie war wahrscheinlich bei ihrem vierten Drink des Tages und beklagte den Umstand, dass ihr einziger Sohn ein liebloser Vollidiot war.

Er stellte das Gerät stumm.

»Chief?« Lena war im Flur. »Ich habe noch einmal im Wohnheim herumgefragt. Niemandem ist etwas Neues eingefallen.«

Jeffrey stand vom Boden auf. Flusen übersäten die untere Hälfte seiner Hose. Er versuchte, sie abzuschütteln. »Wir müssen zur Polizeistation zurück.«

Lena trat beiseite, damit er vorbeikonnte. Jeffrey hatte Kayleigh bereits seine Visitenkarte gegeben. Er hoffte darauf, dass das Mädchen von der Nummer Gebrauch machen würde, wenn sie erfuhr, dass ihre Mitbewohnerin nicht nur einem Unfall zum Opfer gefallen war. Es war anzunehmen, dass es sich jetzt bereits auf dem Campus herumsprach. Sibyl Adams hatte recht damit, dass Klatsch in einem College geradezu gedieh. Vielleicht würde jemand das Falsche zur richtigen Person sagen, denn so, wie es im Moment aussah, würde er andernfalls keinen der beiden Fälle knacken.

Jeffrey suchte im Hauptkorridor nach Brad, der die Aufgabe hatte, ein zweites Mal im Wohnheim herumzufragen. Er erwischte ihn, als er gerade aus einem der Zimmer kam. »Caterinos Rucksack ist in der Küche. Tragen Sie alles ins Beweismittelverzeichnis ein.«

»Ja, Chief.«

Jeffrey nahm sein Notizbuch wieder zur Hand. Er wählte die Nummer von Daryl. Es läutete einmal, dann verkündete eine Tonbandstimme, dass die Nummer derzeit nicht vergeben war.

Er starrte das Telefon an, als könnte es ihm eine Erklärung liefern. Er überprüfte die Nummer. Er versuchte es noch einmal. Dieselbe Mitteilung. Der Anschluss bestand nicht mehr.

»Was gibt es, Chief?«, fragte Lena.

Jeffrey lief am Aufzug vorbei und nahm die Treppe. Es konnte eine Menge Gründe geben, warum Daryls Nummer nicht mehr gültig war. Die meisten Studenten kamen gerade so über die Runden. Prepaidhandys waren nicht ungewöhnlich. Und dass kein Geld für ein neues Guthaben da war, war ebenfalls nicht ungewöhnlich.

Aber der Zeitpunkt störte ihn.

Draußen musste Lena doppelt so viele Schritte machen, um mit seinem Tempo mitzuhalten, als sie den Innenhof durchquerten. »Steht Ihr Wagen nicht in der anderen Richtung?«

»Doch.« Jeffrey machte weiter lange Schritte, damit sie sich anstrengen musste. »Haben Sie Beckey Caterinos Büchertasche durchsucht?«

»Ich ...« Lenas Gesicht verriet alles. »Sie hatte einen Unfall, zumindest dachten wir das, deshalb ...«

»Vor vierundzwanzig Stunden stand ich auf dieser Wiese und habe zu Ihnen gesagt, dass Sie Unfälle immer wie einen potenziellen Mord zu behandeln haben. Oder habe ich es nicht gesagt?« Jeffrey war nicht in der Stimmung für eine ihrer Ausreden. »Was ist mit der Haarklammer?«

»Die ...«

»Ihnen ist nicht in den Sinn gekommen, dass Sie mir vielleicht etwas von der Haarklammer sagen sollten?«

»Ich ...«

»Sie kommt in Ihrem offiziellen Bericht nicht vor, Lena. Steht etwas über sie in Ihrem Notizbuch?«

Lena knöpfte rasch ihre Hemdtasche auf.

»Schreiben Sie es nicht nachträglich hinein. Das sieht verdächtig aus.«

»Verdächtig für …«

»Wegen dieser Geschichte droht uns ein Prozess, der sich gewaschen hat. Ist Ihnen das eigentlich klar?« Er senkte die Stimme, da sie an einer Gruppe Studenten vorbeikamen. »Rebecca Caterino lag eine halbe Stunde dort im Wald vor uns, während wir alle herumstanden und in der Nase gebohrt haben. Können Sie vor einem Richter Ihre Hand auf die Bibel legen und schwören, dass Sie von dem Moment an, in dem Sie das Mädchen gefunden haben, alles getan haben, was Sie konnten?«

Lena war intelligent genug, erst gar keine Antwort zu versuchen.

»Das dachte ich mir.«

Jeffrey riss die Tür zum Büro des Campus-Sicherheitsdienstes auf.

Chuck Gaines hatte seine Riesenfüße auf dem Schreibtisch abgelegt. Er aß einen Apfel und sah sich eine Folge von *Das Büro* an. Jeffrey hatte den Mann während der Arbeitszeit noch nie seinen Schreibtisch verlassen sehen, außer um auf die Toilette oder in die Kaffeeküche zu gehen. Er besaß nicht einmal die Höflichkeit, aufzustehen, als Jeffrey eintrat.

»Daryl.« Jeffrey nannte ihm nur den Namen aus Rebeccas Handy. »Früher Student hier. Ich brauche seinen Nachnamen.«

Chuck schob einen Bissen Apfel in seine Wange. »Dafür werde ich mehr Informationen brauchen, Chief.«

»Skateboarder, Mitte zwanzig, ist vor zwei Jahren ausgestiegen.«

»Wissen Sie, wie viele …«

Jeffrey stieß die Beine des Mannes vom Schreibtisch und schlug ihm den Apfel aus der Hand. Dann trat er seinen Stuhl rückwärts gegen die Wand und beugte sich über ihn. »Beantworten Sie verdammt noch mal meine Frage.«

»Großer Gott.« Chuck hob abwehrend die Hände. »Daryl?«

Jeffrey trat einen Schritt zurück. »Skateboarder. Hat vor zwei Jahren das Studium abgebrochen. Angeblich kennt ihn jeder auf dem Campus.«

»Ich kenne keinen Daryl, aber ...« Chuck rollte seinen Sessel wieder zum Schreibtisch und holte einen Stapel Karteikarten aus einer Schublade. »Vielleicht ist hier was drin.«

Jeffrey hatte eine ähnliche Sammlung von Vernehmungskarten in seinem Büro. Jeder Cop hatte sie, eine inoffizielle Erfassung von Namen und verschiedenen Details zu verdächtigen Personen, die sich noch keine offizielle polizeiliche Akte verdient hatten.

»Okay, dann wollen wir mal sehen.« Chuck entfernte das Gummiband um den Kartenstapel. Keine war in seiner Handschrift angelegt. Diese Arbeit überließ er den Wachleuten unter sich, die tatsächlich auf dem Campus patrouillierten. Er blätterte die Karten durch, bis er gefunden hatte, was er suchte. »Hier. Es gibt ein Arschloch, das immer in der Nähe der Bibliothek mit dem Skateboard zugange ist. Zerkratzt die Metallgeländer an den Treppen. Älterer Typ, vielleicht Ende zwanzig. Braune Mähne. Zieht alle Mädchen mit den Augen aus, je jünger, desto lieber, wer will es ihm verübeln? Es gibt keinen Namen. Laut dieser Karte nennen ihn alle Little Bit. Er ist ein kleiner Haschischdealer, keiner von der harten Sorte.«

Rebecca Caterino war Studentin. Jeffrey war nicht überrascht gewesen, Haschisch in ihrem Wohnheim zu riechen. Wenn sie das Zeug von diesem Daryl bekam, war klar, warum die Nummer des Prepaidhandys nicht mehr in Betrieb war. Dealer wechselten ständig ihre Nummern.

Jeffrey nahm sich die Karte. Little Bit. Skateboarder. Ende zwanzig. Haschdealer.

Chuck rollte seinen Sessel durch den Raum, um seinen Apfel in der Ecke aufzuheben. Er nahm ihn zwischen die

Zähne, damit er sich zum Schreibtisch zurückrudern konnte. »Brauchen Sie sonst noch was, Chief?«

Jeffrey versucht es mit einem weiteren Namen. »Thomasina Humphrey.«

Chucks Miene verriet ein Erkennen. »Ach, die.«

»Ja, die. Was wissen Sie?«

Chuck sah Lena zum ersten Mal an. Dann schaute er weg. »Hauptsächlich Gerüchte. Sie ist verschwunden. Die Kids haben das übliche verrückte Zeug erzählt. Dass sie sich einer Sekte angeschlossen hat. Dass sie versucht hat, sich umzubringen. Wer weiß, was wirklich passiert ist.«

Jeffrey hätte gewettet, dass Chuck es wusste, aber er hatte den Mann heute schon einmal gedemütigt. Es würde weitere Fälle geben, in denen sie zusammenarbeiten mussten. Er durfte Chuck nicht zu hart rannehmen. »Haben Sie Zugang zu den Kontaktdaten für Humphrey?«

»Vielleicht.« Chuck tippte ein paar Tasten auf seinem Computer an. Er griff zu einer frischen Karteikarte und schrieb eine Adresse und eine Telefonnummer darauf. »Dorthin wurden ihre letzten Unterlagen geschickt. Ich weiß nicht, ob sie noch dort ist.«

Jeffrey sah, dass die Adresse in Avondale war, was mit dem übereinstimmte, was ihm Sara erzählt hatte. Tommi war eine ihrer Patientinnen in der Klinik gewesen. Deshalb hatte Sibyl Adams sie zu Hilfe gerufen.

Chuck hatte den Apfel wieder im Mund. »Sagen Sie nächstes Mal einfach Bitte.«

Jeffrey steckte die Adresse in seine Jackentasche, als er zur Tür hinausging.

Er spürte Lena in seinem Rücken wie einen Welpen, der Orientierung suchte.

»Chief?« Ein zaghafter Versuch.

Er blieb so abrupt stehen, dass sie ihm in den Rücken rannte.

»Sind Sie diese ungeklärten Vergewaltigungsfälle durchgegangen, wie ich es angeordnet habe?«

»Ich habe entsprechende Anfragen an die anderen Countys geschickt. Sie müssten mir im Lauf des Nachmittags gemailt werden. In Grant County gibt es nur zwölf Anzeigen.«

»Nur?«, wiederholte er. »Das sind zwölf Frauen, Lena. Zwölf Leben, die unwiderruflich nicht mehr so sind wie zuvor. Ich will nie wieder hören, dass sie dazu ›nur‹ sagen.«

»Ja, Sir.«

»Wir leben in einer gottverdammten Universitätsstadt. Tausende junge Frauen bewegen sich jedes Jahr auf dem Campus. Glauben Sie im Ernst, das sind alles Lügnerinnen? Dass sie irgendeinen Kerl gevögelt haben und es bereuen, sodass für Sie als Polizeibeamtin keine Notwendigkeit besteht, ihnen zu helfen?«

»Chief, ich …«

»Gehen Sie diesem Gesuch um Einsicht in Rebecca Caterinos Krankenakte nach, das ich gestellt habe. Wir müssen den Fall offiziell machen. Und geben Sie mir unverzüglich Bescheid, wenn Leslie Truong auf der Polizeistation eintrifft. Ich möchte so schnell wie möglich mit ihr sprechen. Sie darf von niemandem außer mir erfahren, was mit Rebecca Caterino passiert ist!«

»Ja, Chief, aber …« Lena überdachte das Aber. »Wann werden wir bekannt geben, dass es kein Unfall war?«

»Sobald ich verdammt noch mal so weit bin. Holen Sie Ihr Notizbuch heraus. Machen Sie eine Liste.«

Sie fummelte in ihrer Tasche herum.

Er wartete nicht auf sie. »Gehen Sie noch mal zu Caterinos Mitbewohnerinnen und fragen Sie nach, ob es Fotos gibt, auf denen sie die Haarklammer trägt. Machen Sie das Gleiche bei Leslie Truong. Sie hat ein Stirnband vermisst. Vielleicht gibt es auch davon ein Foto. Als Nächstes machen Sie diesen Daryl

Little Bit ausfindig, oder wie zum Teufel der Kerl heißt. Wir haben einen hinreichenden Tatverdacht wegen des Haschischs, also durchsuchen Sie ihn. Wenn Sie Stoff finden, verhaften Sie ihn. Wenn nicht, bringen Sie ihn zur Vernehmung in die Dienststelle. Und Sie gehen heute Abend nicht nach Hause, ehe Sie eine Zusammenfassung über sämtliche Vergewaltigungsvorfälle in den drei Countys geschrieben haben. Ich will sie morgen früh auf meinem Schreibtisch sehen. Verstanden?«

»Ja, Chief.«

Jeffrey ging zu seinem Wagen auf dem Personalparkplatz. Sein Telefon begann wieder zu läuten. Seine Mutter. Sie würde inzwischen eine halbe Flasche geleert haben. Jeffrey stellte das Handy wieder stumm. Er stieg in den Wagen, legte den Gang ein und fuhr aus der Parklücke.

Auf der Fahrt nach Avondale überlegte er seine nächsten Schritte. Er würde offiziell verkünden müssen, dass Rebecca Caterino überfallen wurde. Das würde eine Schockwelle im College auslösen. Und das sollte es auch. Irgendein Verrückter hatte eine wehrlose Frau mit einem Hammer attackiert.

»Großer Gott«, flüsterte er. Wenn er sich konzentrierte, konnte er immer noch den Horror nachempfinden, als Sara und er Beckey Caterinos Brustbein gebrochen hatten. Jeffrey konnte sich nicht vorstellen, was es brauchte, damit man einem anderen Menschen einen Hammer in den Schädel schlug.

Er schüttelte die Hände aus, um das Gefühl wieder loszuwerden.

In einigen Stunden würde Leslie Truongs Mutter in der Polizeistation eintreffen. Sie würde Fragen haben, und Jeffrey würde versuchen, sie ehrlich zu beantworten. Um diesen Little Bit, diese Skateboard-Niete, würde er sich ebenfalls kümmern müssen. Wenn der Typ auf dem Campus mit Haschisch dealte und mit dem Daryl in Rebeccas Telefonkontakten identisch war, dann war sie wahrscheinlich eine Kundin von ihm. Ihn als

Verdächtigen für den Überfall auszuschließen oder zu bestätigen hatte hohe Priorität.

Zuletzt war da noch Lena Adams. Jeffrey würde jede einzelne Information, die sie gesammelt hatte, nachprüfen müssen. Was ihn betraf, waren ihre Stützräder endgültig abmontiert. Wenn Lena ihm nicht bald bewies, dass sie es schaffte, auf dem rechten Weg zu bleiben, würde er sie entlassen.

Sein Telefon begann wieder zu läuten. Und es war wieder seine Mutter. Sie war eindeutig auf Sauftour, und er konnte es ihr nicht mal verübeln. Er war ein beschissener Sohn. Himmel, er war ein beschissener Polizeichef gewesen, ein beschissener Mentor, ein beschissener Ehemann.

Jeffrey brütete über seinen Fehltritten, bis er an dem Schild vorbeikam, das ihn in Avondale willkommen hieß, viertausenddreihundertacht Einwohner. Jeffrey gab die Adresse ein, die ihm Chuck aufgeschrieben hatte. Er hätte sich auf der Polizeistation vergewissern sollen, ob die Humphreys noch unter dieser Adresse wohnten, aber seine Sorge war unbegründet. Er erkannte an dem Wagen, der vor dem Haus stand, dass das Mädchen noch da sein musste.

Saras silberner Z4 stand vor dem Briefkasten. Das Verdeck war wegen des schönen Wetters offen.

»Verdammte Scheiße.« Jeffrey parkte hinter dem Achtzigtausend-Dollar-Sportwagen und gab sich ein paar Sekunden Zeit, seinen Frust zu schlucken. Wenn Sara unbedingt wie die traurige Version eines aufgetakelten Hillbilly-Nerds mit offenem Dach herumfahren und lautstark Dolly Parton dabei hören wollte, dann viel Glück.

Er schlug seinen Notizblock auf und schrieb sich die zu erledigenden Dinge auf, die ihm während der Fahrt eingefallen waren. Er machte sich nicht so sorgfältig Notizen, wie er es hätte tun sollen. Er quälte Lena und Brad immer damit, dass sie sich unbedingt absichern mussten. Jeffrey selbst betrachtete es ungern so, aber wenn Gerald Caterino tatsächlich die Polizei verklagte, dann musste er sicherstellen, dass sein Arsch ebenfalls abgesichert war.

Er schloss das Notizbuch wieder, steckte seinen Kugelschreiber ein und stieg aus dem Wagen. In Avondale hatten früher viele Arbeiter des Eisenbahnausbesserungswerks gewohnt. Der Job hatte für solide Mittelklasse gereicht, und die Architektur der Häuser spiegelte es wider. Ziegelbauweise, Fenster mit Alurahmen, betonierte Einfahrten. All die Annehmlichkeiten, die 1975 der letzte Schrei waren.

Die Humphreys hatten äußerlich nichts an dem Haus verändert. Der weiße Fassadenanstrich war vergilbt, aber er blätterte nicht ab. Der Wagen in der Einfahrt war ein älterer Minivan. Die Eingangstür war hochglanzschwarz lackiert.

Jeffrey klopfte einmal, aber die Tür ging bereits auf.

Die Frau, die öffnete, sah verhärmt aus. Sie war nur wenig älter als Jeffrey, aber ihr Haar war vollkommen ergraut. Die Locken waren straff an den Kopf frisiert. Unter ihren Augen lagen dunkle Ringe. Sie trug ein Hauskleid mit Reißverschluss vorn. Der Blick, den sie auf Jeffrey richtete, bewirkte, dass er sich schuldig fühlte, überhaupt hier zu sein. Vermutlich ging es ihm noch schlechter, wenn er Sara sah.

»Mrs. Humphrey?«

Sie blickte zur Einfahrt, dann zur Straße. »Haben Sie einen blauen Ford Pick-up gesehen?«

»Nein, Ma'am.«

»Wenn mein Mann kommt, müssen Sie gehen. Er will nicht, dass Tommi damit belästigt wird. Haben Sie verstanden?«

»Ja, Ma'am.«

Sie öffnete die Tür gerade so weit, dass er durchpasste. »Sie sind hinten im Garten. Bitte machen Sie schnell.«

Das Haus, das Jeffrey betrat, war so, wie er es erwartet hatte: ein in kleine Räume zerhacktes Rechteck mit einem

Bowlingbahn-artigen Flur mittendurch. Er betrachtete die Fotos an den Wänden. Tommi Humphrey war vermutlich ein Einzelkind. Die Bilder zeigten eine fröhliche junge Frau, meist umgeben von einer Gruppe von Freunden. Sie hatte Flöte in der Marschkapelle gespielt, hatte an mehreren naturwissenschaftlichen Wettbewerben teilgenommen, hatte eine Reihe von Hunden gehabt, dann eine Katze, dann einen Freund, der sie zum Abschlussball der Highschool ausgeführt hatte. Auf dem letzten Bild hielt Tommi vor einem Wohnheimzimmer der Grant Tech einen Umzugskarton in den Händen.

Danach gab es keine Bilder mehr.

Jeffrey zog eine gläserne Schiebetür auf. Er sah Sara mit einer schmerzhaft dünnen jungen Frau an einem Tisch sitzen. Sie hatte fast durchscheinend blasse Haut, ihr Haar war jetzt kurz und schwarz. Tommi Humphrey musste Anfang zwanzig sein, aber sie sah irgendwie älter und jünger zugleich aus. Sie rauchte eine Zigarette. Selbst aus mehreren Metern Entfernung erkannte er, dass ihre Hand zitterte.

Sara wirkte nicht überrascht, ihn zu sehen. »Das ist Jeffrey«, sagte sie zu dem Mädchen.

Tommi wandte leicht den Kopf, sah ihn jedoch nicht an.

Jeffrey bekam sein Stichwort von Sara: Sie zeigte auf die andere Seite des Tisches.

Er setzte sich auf die Bank und behielt die Hände im Schoß. In seiner Laufbahn als Polizist hatte er viele Vergewaltigungsopfer befragt, und das Erste, was er gelernt hatte, war, dass sie nicht alle auf die gleiche Weise reagierten. Manche waren wütend. Manche waren wie in Trance. Einige wollten Rache. Die meisten wollten am liebsten wieder gehen. Ein paar hatten sogar gelacht, als sie ihre Geschichte erzählten. Er kannte ähnliche, nicht vorhersehbare Gemütsregungen bei Männern, die aus dem Krieg heimkehrten. Trauma war Trauma. Jeder Mensch reagierte anders.

Sara sprach zu Jeffrey, aber sie sah Tommi an. »Was du mir gerade erzählt hast, Liebes, ist sehr wichtig. Kannst du es auch Jeffrey sagen?«

Jeffrey hielt die Hände unter dem Tisch umklammert. Er konnte nur still sitzen und den Mund halten.

»Wenn es leichter für dich ist, kann ich es ihm erzählen«, sagte Sara. »Du hast es mir ja schon erlaubt. Wir machen es so, wie es für dich am leichtesten ist.«

Tommi klopfte ihre Zigarette an einem übervollen Aschenbecher ab. Ihr Atem ging mit dem Rasseln einer Kettenraucherin. Jeffrey dachte an die Fotos im Flur. Zu Recht verglich Sara das, was der jungen Frau zugestoßen war, mit einer Atomexplosion. Vor dem Überfall war Tommi ausgelassen, beliebt, glücklich gewesen. Jetzt war sie ein dunkler Schatten der früheren Tommi.

»Wir können auf der Stelle gehen, wenn du das willst«, sagte Sara. »Aber es wäre hilfreich, wenn Jeffrey es in deinen eigenen Worten hören könnte. Ich verspreche dir, dass nichts passieren wird. Das hier ist vertraulich. Du machst keine Aussage. Niemand wird auch nur von diesem Gespräch erfahren. Richtig?«

Sie hatte die Frage an Jeffrey gerichtet. Er kämpfte mit der Antwort. Nicht, weil er nicht zugestimmt hätte, sondern weil er spürte, dass diese arme Frau vielleicht wieder zusammenbrach, wenn er jetzt das Falsche sagte.

Alles, was er riskieren konnte, war: »Richtig.«

Tommis Brust hob sich, als sie einen tiefen Zug von der Zigarette nahm. Sie hielt den Rauch sekundenlang in ihren Lungen. Schließlich blickte sie auf, sah Jeffrey aber noch immer nicht an. Ihr Blick landete irgendwo hinter ihm. Eine Rauchwolke quoll aus ihrem Mund. »Ich war im ersten Studienjahr.«

Ihr Tonfall war einsilbig. Etwas Endgültiges lag in der Art, wie sie von sich selbst in der Vergangenheitsform sprach.

»Ich ging vom Fitnessstudio auf dem Campus nach Hause. Keine Ahnung, wie spät es war. Es war dunkel.« Sie führte die Zigarette zum Mund. Jeffrey sah die Nikotinflecken an ihren Fingern. »Ich hörte, dass jemand hinter mir war. Er schwang etwas an meinen Kopf. Ich habe nicht gesehen, was es war. Es war hart. Ich war benommen. Er packte mich. Er zerrte mich in seinen Transporter. Er versuchte, mir etwas zu trinken einzuflößen.«

Jeffrey beugte sich unwillkürlich vor, um genau zu lauschen.

»Ich musste würgen und habe es rausgehustet.« Sie legte die Hand an den Hals. »Es war in einer Flasche. Eine Flüssigkeit.«

Jeffrey sah die Tränen über ihre Wangen laufen. Er wollte nach einem Taschentuch greifen, aber Sara zog ein Papiertaschentuch aus ihrem Ärmel.

Tommi wischte sich nicht über die Augen, sie hielt das Tuch nur umklammert.

»Es war Gatorade«, sagte sie. »Oder ein anderes Fitnessgetränk. Eine blaue Sorte. Es klebte in meinem Hals.«

Jeffrey sah das Zittern ihrer Finger, als sie ihren Hals berührte, um ihm zu zeigen, wo.

»Er war wütend, weil ich es ausgespuckt hatte. Er schlug mir auf den Hinterkopf. Er sagte, dass ich mich nicht wehren soll. Ich hab mich nicht gewehrt.«

Sie schüttelte eine Zigarette aus der Packung und versuchte, sich die neue an der alten anzuzünden. Ihre Hände zitterten so stark, dass sie es nur mit Mühe fertigbrachte.

Sie steckte die Zigarette zwischen die Lippen.

»Dann waren wir im Wald. Ich bin im Wald aufgewacht. Vermutlich habe ich doch etwas von dem Gatorade geschluckt. Ich bin bewusstlos davon geworden. Dann kam ich zu mir. Er saß da. Wartete. Dann hat er gesehen, dass ich wach bin. Er hat mir den Mund zugehalten, aber ich hab nicht geschrien.«

Sie inhalierte wieder, ließ den Rauch in den Lungen und stieß ihn mit jedem Wort aus. »Er sagte, ich soll mich nicht bewegen. Dass ich mich nicht bewegen darf, sondern so tun soll, als wäre ich gelähmt.«

Jeffreys Lippen teilten sich unwillkürlich. Er schmeckte das Nikotin in der Luft.

»Er hatte dieses Ding. Wie eine Stricknadel. Hinten in meinem Nacken. Er sagte, er würde mich für immer lähmen, wenn ich nicht gehorchte.«

Jeffreys Blick fand Saras. Er konnte ihren Gesichtsausdruck nicht deuten. Es war, als versuchte sie, sich selbst verschwinden zu lassen.

»Ich hab mich nicht bewegt. Ich ließ meine Arme an die Seite fallen. Ich zwang meine Beine, gerade liegen zu bleiben. Er wollte, dass ich die Augen offen lasse. Ich ließ die Augen offen. Er wollte nicht, dass ich ihn ansehe. Ich sah ihn nicht an. Es war dunkel. Ich konnte nichts sehen. Ich konnte nur fühlen … ein Ziehen. Reißen.«

Die Zigarette hing zwischen ihren Lippen. Qualm stieg ihr ins Gesicht.

»Dann war er fertig. Er hat mich da unten gesäubert. Es brannte. Ich war verletzt. Ich hab geblutet. Er wischte mein Gesicht ab, meine Hände. Ich sagte nichts. Ich bewegte mich nicht. Ich tat weiter wie gelähmt. Er zog mich an. Knöpfte mir die Bluse zu. Er zog mir die Unterhose hoch. Machte den Reißverschluss meiner Jeans zu. Er sagte, wenn ich es irgendwem erzähle, tut er es jemand anderem an. Wenn ich schweige, dann nicht.«

Sara ließ den Kopf hängen. Ihre Augen waren geschlossen.

»Ich hab versucht, ihn nicht anzusehen«, sagte Tommi. »Ich dachte, wenn ich ihn nicht identifizieren kann, lässt er mich laufen. Und das tat er auch. Er ließ mich im Wald liegen. Auf dem Rücken. Ich blieb liegen. Er sagte, ich soll gelähmt spielen. Ich war noch gelähmt. Ich konnte mich nicht bewegen.

Ich weiß nicht, ob ich geatmet habe. Ich dachte, ich wäre tot. Ich wollte tot sein. Das war's. Das ist passiert.«

Jeffrey sah immer noch Sara an. Er hatte Fragen, aber er wusste nicht, wie er sie stellen sollte.

Sara atmete durch und öffnete die Augen. Sie fragte: »Tommi, weißt du noch, welche Farbe der Transporter hatte? Oder weißt du irgendetwas über ihn?«

»Nein«, sagte sie. Dann: »Er war dunkel. Der Transporter war dunkel.«

»Wie sieht es mit dem ungefähren Ort aus, wo du im Wald zurückgelassen wurdest?«

»Nichts.« Sie klopfte Asche von der Zigarette. »Ich weiß nicht mehr, dass ich aufgestanden bin. Ich erinnere mich nicht daran, dass ich zum Campus zurückgelaufen bin. Ich muss geduscht haben. Ich muss mich umgezogen haben. Meine einzige Erinnerung von der Zeit danach ist, dass ich dachte, ich hätte meine Periode bekommen. Und dass ich froh war, weil ...«

Sie musste nicht erklären, warum sie froh über ihre Periode gewesen war.

Sara machte einen flachen Atemzug. »Weißt du noch, womit er dich gesäubert hat?«

»Mit einem Waschlappen. Er roch nach Bleiche. Mein Haar war ...« Sie schaute auf die Zigarette hinunter. »Da unten war mein Haar gebleicht.«

»Hat er den Waschlappen mitgenommen?«

»Er hat alles mitgenommen.«

Sara sah Jeffrey an. Wenn er sonst noch etwas wissen wollte, konnte er es nur jetzt erfahren. »Tommi, Jeffrey hat noch ein paar Fragen, okay? Nur ein paar.«

Jeffrey hörte den Befehl laut und deutlich. Er bemühte sich um einen sanften Tonfall. »Hatten Sie das Gefühl, beobachtet zu werden, bevor das alles passiert ist?«

Sie rollte die Zigarette am Rand des Aschenbechers. »Es ist

schwierig, an mein anderes Ich zu denken. An das Davor zu denken. Ich … ich kenne diese Person nicht mehr. Ich weiß nicht mehr, wer sie war.«

»Ich verstehe.« Jeffrey blickte zur Rückseite des Hauses. Er konnte Tommis Mutter in der Küche an der Spüle stehen sehen. Sie beobachtete sie aufmerksam, jeder Muskel in ihrem Gesicht war angespannt. »Erinnern Sie sich, ob Ihnen etwas gefehlt hat? Ein persönlicher Gegenstand oder …«

Erschrocken sah sie ihn an.

»Können Sie …«

Die Hintertür flog krachend auf. Ein großer, kräftiger Mann in Arbeitskleidung füllte den Türrahmen aus. Er hatte einen Schraubenschlüssel in der Hand.

Jeffrey stand schon und hatte die Hand an der Waffe, ehe der Mann ein Wort herausbrachte.

»Was zum Teufel tun Sie da?«, wollte der Mann wissen. »Gehen Sie verdammt noch mal von meiner Tochter weg.«

»Mr. Humphrey …«, versuchte es Jeffrey.

Sara nahm Jeffreys Hand. Der Kontakt genügte, um ihn verstummen zu lassen.

»Wer sind Sie?« Humphrey kam die Stufen herunter. »Warum belästigen Sie sie?«

»Ich bin Polizeibeamter«, sagte Jeffrey.

»Wir brauchen keine beschissenen Cops.« Humphrey schwang den Schraubenschlüssel, als er den Garten durchquerte. »Das ist eine private Angelegenheit. Sie können sie nicht zwingen, mit Ihnen zu reden.«

Jeffrey warf einen Blick zu Tommi. Sie versuchte, sich eine weitere Zigarette anzuzünden, und tat, als würde um sie herum nichts passieren.

»Verschwinde hier, Arschloch.« Humphrey kam näher.

Jeffrey wünschte sich sehnlich, dass er mit dem Schraubenschlüssel ausholte. Dieser Mann hatte eindeutig seine Familie terrorisiert. Seine Frau fürchtete sich vor ihm. Seine Tochter war bereits gebrochen.

»Jeff.« Saras Hand schloss sich fester um seine. »Lass uns gehen.«

Er ließ sich widerstrebend von ihr um das Haus führen. Als sie den Vorgarten erreicht hatten, überlegte Jeffrey bereits wieder, wie er zurückgehen könnte.

»Stopp.« Sie zog mit einem Ruck an seiner Hand, als würde sie einen Hund an einer Leine zum Gehorchen bringen. »Du machst nichts besser. Du machst es nur schlimmer.«

»Dieser Mann …«

»… ist verzweifelt. Er versucht, seine Tochter zu schützen. Er tut es auf die falsche Art, aber er weiß es nicht besser.«

Jeffrey sah, wie Tommis Mutter die Vorhänge zuzog. Die Frau weinte.

»Lass es.« Sara ließ seine Hand los. »Den Vater dieses Mädchens zu verprügeln hilft dir, aber es trägt absolut nichts dazu bei, ihr zu helfen.«

Jeffrey stützte sich am Wagendach ab. Er kam sich so verdammt nutzlos vor. Er wollte das Ungeheuer finden, das dieses Mädchen zerstört hatte, und es wie einen Stock über dem Knie brechen.

Sara verschränkte die Arme. Sie wartete ab.

»Wusstest du das?«, fragte er. »Dass der Vergewaltiger eine Art Stricknadel in ihren Nacken gehalten hat?«

»Nicht damals, als es passiert ist. Sie hat es mir erst erzählt, kurz bevor du gekommen bist.«

»Du hast sie nie nach Einzelheiten gefragt, als du sie behandelt hast? Als ich etwas hätte unternehmen können?«

»Nein«, sagte Sara. »Sie wollte nicht darüber sprechen.«

»Das war vor fünf Monaten, oder? Nachdem unsere Scheidung durch war. Wolltest du mich bestrafen? Geht es bei der ganzen Sache darum?«

»Steig in den Wagen. Ich werde dieses Gespräch nicht auf der Straße führen.«

Jeffrey stieg ein. Sara schlug die Tür so heftig zu, dass der ganze Wagen wackelte.

»Glaubst du ehrlich, ich würde dir so etwas verschweigen, um dir eins auszuwischen?«

Jeffrey sah zum Haus zurück. »Du hättest sie dazu bringen müssen, Anzeige zu erstatten, Sara.«

»Ich wollte eine Frau, die gerade brutal vergewaltigt worden war, nicht zwingen, etwas zu tun, wovor sie Angst hatte.« Sara beugte sich vor und versperrte ihm die Sicht auf das Haus. »Von Arztterminen abgesehen ist Tommi nicht mehr weiter als zehn Schritte in den Garten gegangen, seit es passiert ist. Sie kann nachts nicht schlafen. Sie weint, wenn ihr Vater sich nach der Arbeit verspätet. Geräusche und Gerüche lösen Panikattacken bei ihr aus, alles vom Anblick des Postboten bis zum Nachbarn, den sie seit zwanzig Jahren kennt. Was ihr im Wald widerfahren ist, ist Tommis Geschichte. Sie hat das Recht, nicht darüber zu sprechen.«

»Und das funktioniert ja auch prächtig für sie. Sie ist praktisch katatonisch.«

»Das ist ihre Entscheidung. Willst du ihr diese Möglichkeit nehmen?«, sagte Sara. »Und welcher Cop in deiner Polizeistation fällt dir ein, der in der Lage wäre, ihre Anzeige angemessen zu behandeln?«

»Scheiß drauf.« Er drehte den Zündschlüssel um, aber er wollte noch nicht fahren. »Warum bist du überhaupt hier? Du hast gesagt, ich soll mich von ihr fernhalten.«

»Ich wusste, dass du es nicht tun würdest, und ich wollte sie darauf vorbereiten.« Dann fügte sie an: »Gern geschehen übrigens. Das war das Schlimmste, was ich je einer anderen Frau antun musste.«

»Bist du jetzt die Schutzpatronin der Vergewaltigungsopfer?«

»Ich bin ihre Ärztin. Sie ist meine Patientin.« Sara stieß den Zeigefinger an ihre Brust. »Meine Patientin. Nicht deine Zeugin.«

»Deine Patientin hätte mir sagen können, dass es auf dem Campus einen Sadisten gibt, der Frauen vergewaltigt. Sie hätte verhindern können, dass Beckey Caterino überfallen wird.«

»So wie du verhindert hast, dass Leslie Truong verschwunden ist?«

»Das ist unter der Gürtellinie.«

»Alles ist unter der Gürtellinie«, sagte Sara. »Alles ist schrecklich. Das ist das Leben, Jeffrey. Man kann nur tun, was man kann. Du kannst nicht erwarten, dass Tommi das Gewicht der Verantwortung für alles Schlimme trägt, was passiert ist. Sie kann sich nicht mal um sich selbst kümmern. Und du wirst das Problem nicht lösen, indem du ihren Vater quasi stellvertretend für den Mann verprügelst, der ihr wirklich wehgetan hat.«

»Ich wollte nicht …« Er hielt sich gerade noch davon ab, auf das Lenkrad einzuhämmern. »Ich hätte ihn nicht geschlagen.«

Sara ließ ihn in seiner Verblendung schmoren.

So ärgerlich ihr Schweigen auch sein konnte, manchmal setzte sie es wohlüberlegt ein. Jeffrey spürte, wie die Spannung aus seinem Körper wich. Sein Verstand wurde wieder klar. Das war Saras weiße Magie. Sie vermittelte ihm das Gefühl, nicht vom Leben aufgerieben zu werden. Er würde alles dafür tun, dass es diese Augenblicke weiterhin gab.

Er sah zum Haus zurück und hoffte bei Gott, dass Tommi Humphrey eines Tages in der Lage sein würde, den gleichen Frieden zu finden.

Sara räusperte sich. »Tommi sagte, der Angreifer habe etwas gegen ihren Kopf geschwungen. Sie weiß nicht, was es war, aber der Schlag hat sie außer Gefecht gesetzt.«

Jeffrey dachte an die halbmondförmige Vertiefung auf dem Röntgenbild von Rebecca Caterinos Schädel.

»Ein Hammer«, sagte er.

»Tommi übertreibt nicht, was das Bleichen ihrer Schamhaare angeht. Ich habe es am nächsten Morgen noch an ihr gerochen, selbst nachdem sie geduscht hatte.«

Jeffrey bedeutete ihr mit einem Nicken, sie solle fortfahren, denn er musste unbedingt über die Sache sprechen.

»Ich denke, dass der Angreifer sie beobachtet hat. Er hat seine Chance gesehen, als sie das Fitnessstudio verließ. Er hatte den Hammer bei sich. Er hatte den mit Bleiche getränkten Lappen, um keine DNA zu hinterlassen. Das heißt, er hat alles lange vorher geplant und dann auf den richtigen Augenblick gewartet.«

Jeffrey war bei Caterino zum gleichen Szenario gelangt. »Ich glaube, dass er Beckey ebenfalls beobachtet hat. Sie hat die Bibliothek um fünf Uhr morgens verlassen. Sie hätte um sieben eine Besprechung mit Sibyl Adams gehabt. Wenn der Angreifer Beckeys Stundenplan kannte, hat er vielleicht vor dem Wohnheim gewartet, um ihr zu folgen. Dann sieht er, dass sie laufen geht, und beschließt zu handeln.«

»Wir können also annehmen, dass der Angreifer älter ist, geduldiger. Er fällt nicht auf in der Stadt. Er will alles unter Kontrolle haben. Er geht methodisch vor, ist vorbereitet.«

Jeffrey wünschte, dass sie sich irrte, denn dieser Tätertyp war am schwersten zu finden.

»Hast du Bleichmittel an Beckey gerochen?«, fragte er.

»Nein.« Sara hielt inne und überlegte. »Was heißt das für dich: dass der Angreifer vor fünf Monaten bei Tommi einen Hammer und den Lappen mit Bleiche dabeihatte, aber gestern bei Beckey hat er einen Hammer benutzt und sie wahrscheinlich mit etwas abgewischt, das keinen Geruch hinterließ.«

»Er verändert seine Vorgehensweise, er lernt und wird besser.« Jeffrey durfte nicht über die Folgen für die Stadt nachdenken. »Was ist mit dem Gatorade?«

»Es ist blau«, sagte Sara. »Das nicht verdaute Essen, das in Beckeys Kehle steckte, hatte eine blaue Färbung wie Gatorade.«

»Genau wie ihr Erbrochenes.« Jeffrey hatte sein Hemd und die Hose weggeworfen. Er musste sie aus dem Müll holen, falls sie als Beweismittel gebraucht wurden. »In dem Getränk muss eine Droge gewesen sein.«

»Rohypnol? GHB?«, riet Sara. »Er wollte, dass sie bewegungsunfähig ist. Beide Drogen verursachen einen Verlust des Muskeltonus, Schläfrigkeit, Gedächtnisverlust, Euphorie.«

»Vergewaltigungsdrogen«, sagte er, denn er arbeitete in einer Universitätsstadt und war vertraut mit den einschlägigen Substanzen. »Der Angreifer befahl ihr, die Augen offen zu lassen. Sie sollte wissen, was er tat, aber er wollte nicht, dass sie es verhinderte.«

»Die Drogen hatten ihr das Bewusstsein geraubt. Tommi sagte, er habe im Wald darauf gewartet, dass sie aufwachte. Ich bin überzeugt, sie hat immer wieder das Bewusstsein verloren. Was sie dir über die physischen Einzelheiten der Vergewaltigung erzählt hat – da war sicher noch mehr.«

Jeffrey schüttelte den Kopf. Er war im Moment nicht bereit für das Mehr. »Was ist mit der Stricknadel, mit der er Tommi bedroht hat? Kann sie das Werkzeug gewesen sein, mit dem er Beckey gelähmt hat?«

»Nein«, erklärte Sara. »Die Punktion, die wir auf Beckeys MRT gesehen haben, war dem Umfang nach zu klein für eine Stricknadel. Er hat etwas anderes benutzt.«

»Er hat gelernt, etwas anderes zu benutzen«, sagte Jeffrey. »Denkst du, er verfügt über medizinische Kenntnisse?«

»Ich denke, er verfügt über das Internet«, sagte sie. »Aber du hast recht mit der Annahme, dass er dazulernt. Man gewinnt den Eindruck, die Gewaltausübung bei Beckey ist eine Art Herumexperimentieren. Zu Tommi sagte er, sie solle so tun, als wäre sie gelähmt. Beckey ließ er diese Wahl nicht mehr. Er will, dass sie sich der Vergewaltigung bewusst sind, aber sie sollen sich nicht wehren können. Das ist seine Perversion. Er hatte fünf Monate Zeit, sie zu perfektionieren.«

Jeffrey blickte auf die leere Straße vor sich. Leslie Truong wurde noch immer vermisst. Sie hatten in der Nacht den Wald durchkämmt, aber es war ein sehr großes Gebiet, wenn es dunkel war. Sie konnte in einem halb lebendigen, halb toten Zustand irgendwo da draußen liegen.

»Gibt es weitere Mädchen, frühere Patientinnen, von denen du mir nichts erzählst?«, fragte er.

»Nein.«

Jeffrey hatte keine Zeit für Erleichterung. »Es muss eine bestimmte Fantasie dahinter geben. Er entwirft eine Strategie, bevor er handelt. Er jagt sie. Er folgt ihnen. Dieser Mann ist ein Raubtier.«

»Was meintest du, als du Tommi gefragt hast, ob sie etwas vermisst?«

»Caterino hatte eine Haarklammer, die ihr wichtig war. Offenbar war sie nicht dort, wo sie sein sollte. Leslie Truong hat ein Stirnband vermisst, aber das fühlt sich für mich anders an. Ihr fehlte auch Kleidung. Sie dachte, ihre Mitbewohnerinnen würden sie beklauen.«

Sein Telefon läutete. Jeffrey traute sich kaum, auf den Bildschirm zu sehen, aber es war diesmal nicht seine Mutter, sondern die Polizeistation. Er meldete sich. »Was gibt es?«

»Leslie Truong«, sagte Frank. »Eine Studentin hat ihre Leiche im Wald gefunden.«

Jeffrey war zumute, als würde man ihm etwas Scharfes in die Brust bohren. »Wie schlimm ist es?«

»Schlimm«, sagte Frank. »Sie müssen Sara mitbringen.«

ATLANTA

13

Will saß an seinem Schreibtisch im GBI-Hauptquartier vor einem Blatt Papier und versuchte, sich auf die Worte darauf zu konzentrieren. Er benutzte ein fünfzehn Zentimeter langes Lineal, damit ihm die Zeilen nicht verrutschten, aber die Buchstaben tauschten immer noch die Plätze und hüpften umher wie Flöhe. Er hatte vor Jahren damit aufgehört, ein Notizbuch mit sich zu führen. Er diktierte seine Beobachtungen in sein Smartphone, dann druckte er die Seiten aus und heftete sie mit einem Kunststoffreiter zusammen. Will hatte auf die harte Tour gelernt, dass er sich auf das automatische Rechtschreibprogramm lieber nicht verließ. Die letzte Hürde war das Korrekturlesen. Abkürzungen waren besonders problematisch. Normalerweise erkannte er vertraute Wendungen und bemerkte, wo die Probleme lagen. Im Augenblick war er sich aber nicht sicher, ob er sein eigenes Gesicht im Spiegel erkannt hätte.

Er lehnte sich zurück und rieb sich die Müdigkeit aus den Augen. Sein Rücken schmerzte, und sein Hirn fühlte sich wie geprellt an. Jedes Mal wenn er die Finger beugte oder streckte, fing sein Knöchel zu bluten an.

Er war in der Nacht zuvor bei Faith gelandet und hatte in Jeremys schmalem Bett auf dem ausgewaschenen *Star Wars*-

Bettzeug geschlafen. Seine Füße hingen über das Ende der Matratze hinaus. Er fühlte sich an die Zeit im Kinderheim erinnert – was toll war, denn warum nicht noch mehr Mist auf all das häufen?

Es gab nicht genug Essenstabletts auf der Welt, damit er das, was am Vorabend mit Sara passiert war, hübsch in Fächer verpacken konnte. Will hatte Sara noch nie in einer Kategorie gesehen, die auch nur entfernt an seine Ex-Frau erinnerte, aber plötzlich tat sie etwas, was auch Angie getan hatte und was ihn glauben ließ, den Verstand zu verlieren, was ihn wütend machte und frustrierte, und wobei er sich selbst verabscheute – und das alles gleichzeitig.

Seine ganze Beziehung mit Angie war von nervöser Angst geprägt gewesen. Sie war bei ihm. Sie war bei jemand anderem. Sie verschwand. Sie kam zurück. Sie trieb ihn an den Abgrund. Sie riss ihn mit einem Ruck zurück. Sie hatte Will bearbeitet, seit er elf war. Nicht für einen Augenblick in ihrem gemeinsamen Leben hatte sich Will sicher gefühlt.

Und jetzt hatte er den Eindruck, als bewegte er sich mit Sara am Rand des Abgrunds.

Will hatte von dem Moment an, in dem er ihre Wohnung betrat, gewusst, dass er stinksauer sein würde, wenn er wieder ging. Deshalb hatte er es überhaupt hinausgeschoben, zu ihr zu gehen. Von der ersten Sekunde an hatte sich nichts richtig angefühlt, nicht einmal die Musik, die sie hörte. Paul Simon. Will wusste nicht, was er damit anfangen sollte. Er hatte geglaubt, Saras Stimmungen ziemlich gut anhand der Musik einschätzen zu können, die sie jeweils laufen hatte. Dolly Parton bedeutete, sie war traurig. Lizzo bereitete sie auf das Fitnessstudio vor. Beyoncé begleitete sie beim Laufen. Sie hörte klassische Konzerte auf dem Hörfunknetzwerk NPR, wenn sie Papierkram erledigte, Adele, wenn ihr romantisch zumute war, und Pink, wenn sie für Sex offen war.

Vermutlich bedeutete Paul Simon, dass sie an Jeffrey dachte.

Die Aktenkartons ihres toten Ehemanns hatte sie auf dem Esszimmertisch gestapelt. Auf demselben Tisch, an dem sie ihre Mahlzeiten einnahmen. Auf demselben Tisch, auf dem sie sich zum ersten Mal geliebt hatten.

Beim Geräusch von Wills Schlüssel in der Tür hatte sie Jeffreys Sachen ganz offensichtlich hastig weggeräumt. Will sah am Flüssigkeitspegel in der Whiskeyflasche, dass sie sich mehr als einen Drink genehmigt hatte. Ihre Augen waren gerötet, und sie sah mitgenommen aus. Will musste nicht lange raten, wieso. Vor ein paar Jahren hatte Will gehört, wie Sara zu ihrer Schwester etwas über Jeffrey Tollivers wunderschöne Handschrift gesagt hatte. Sie war merkwürdig besessen davon.

Will schaute auf seine ausgedruckten Notizen hinunter. Die Spracherkennungs-App war ein Gottesgeschenk. Seine Handschrift war die eines Kindes. Selbst seine Unterschrift war ein unleserliches Gekrakel. Emma konnte schöner schreiben als er, und die durfte nur Wachsmalkreiden benutzen.

»Wilbur.« Amanda öffnete die Tür im selben Moment, in dem sie anklopfte. Sie schürzte die Lippen, um einen Befehl zu bellen, aber als sie sah, was er anhatte, setzte sie neu an. »Waren Sie auf dem Weg zum Kiosk, um Zigarillos zu kaufen?«

Will hatte am Morgen nicht bei sich zu Hause vorbeigehen wollen. Er trug also die Sachen, in denen er geschlafen hatte und in denen er gestern bei Sara gewesen war – ein hellblaues Hemd und eine Jeans.

Ganz gegen ihre Gewohnheit schien Amanda auf eine Antwort zu warten.

»Ja«, sagte er.

Sie schaute finster drein, ließ es aber dabei bewenden. »Das ganze Team trifft sich in fünfzehn Minuten im Besprechungsraum. Seien Sie darauf vorbereitet, vollständige Sätze mit Ihrem Mund zu sprechen.«

Er sah, wie sich die Tür hinter ihr schloss, und rechnete aus, wie lange es dauern würde, von der GBI-Zentrale in der Pantherville Road in die Stadt und wieder zurück zu fahren.

Sehr viel länger als eine Viertelstunde.

Es klopfte schon wieder an der Tür. Will erwartete, dass sie aufging, weil niemand nach dem Anklopfen wartete. Es war eher eine Vorwarnung, dass in einer Sekunde jemand hereinkam.

Die Tür ging aber nicht auf.

»Ja?«, rief Will.

Sara trat ein, und der Raum fühlte sich sofort kleiner an. Sie schloss die Tür hinter sich und lehnte sich dagegen, ohne den Türgriff loszulassen, als wollte sie sich bewusst machen, dass es eine Fluchtmöglichkeit gab.

Als Will noch in der Nacht eine Reaktion auf seine erste Begegnung mit Sara am Morgen eingeübt hatte, hatte er hauptsächlich drei Szenarien durchgespielt:

1. Im Besprechungszimmer, sie vorn, er hinten. Sie sah ihn an. Er sah sie an. Beide erledigten ihren Job.
2. Im Leichenschauhaus, wo sie die Befunde von Alexandra McAllisters Obduktion referierte, während er, geduldig an der Rückwand lehnend, zuhörte.
3. Im Flur, sie auf dem Weg in ihr Büro, er mit Faith zusammen. Sie ignorierten einander, denn sie waren Profis.

Nichts davon geschah, denn sie fing zu weinen an.

»Liebster«, sagte sie. »Es tut mir so leid.«

Ein Fels steckte in Wills Kehle fest.

»Ich hab nach dir gesucht«, sagte sie. »Ich hab bei dir zu Hause gewartet. Ich bin zu Amanda gefahren. Schließlich habe ich deinen Wagen bei Faith gesehen. Ich hab mir solche Sorgen gemacht, aber ich wollte nicht … Ich wusste, du brauchtest deinen Freiraum. Brauchst du ihn immer noch?«

Will stellte sich vor, wie sie hektisch in der Dunkelheit umherfuhr. Nach ihm suchte. Ihn fand. Wieder nach Hause fuhr.

»Will.« Sie lief um seinen Schreibtisch herum, ging vor ihm auf die Knie und nahm eine seiner Hände in ihre beiden. »Ich bin mir so sicher, was dich betrifft. Und ich weiß, dass wir beide zusammengehören. Aber ich bin nie auf die Idee gekommen, dass du es hören musst. Es tut mir leid.«

Will versuchte, seine Kehle freizubekommen, aber der Stein rührte sich nicht von der Stelle.

»Ich hätte dir früher eine Nachricht schreiben sollen. Ich hätte dich anrufen sollen. Ich hätte zu dir fahren sollen.« Sie drückte ihm einen Kuss auf den Handrücken. »Ich habe den einen Menschen ignoriert, den ich am meisten brauche. Bitte sag mir, wie ich es wiedergutmachen kann.«

Will konnte sich viele Dinge vorstellen, aber er wusste nicht, wie er darum bitten sollte, ohne eifersüchtig zu klingen – oder schlimmer noch: mitleiderregend …

Sag mir, dass du den Rest meines Lebens mit mir verbringen willst. Sag mir, dass ich der einzige Mann bin, mit dem du je zusammen sein willst. Sag mir, dass du mich mehr liebst als Jeffrey.

Sie sagte: »Ich weiß, ich habe kein Recht, dich darum zu bitten, aber bitte sprich mit mir.«

Es gelang ihm endlich, den Felsbrocken zu schlucken. Er verwandelte sich in seinem Magen in Batteriesäure. »Es ist gut«, sagte er.

»Es ist nicht gut.« Sie setzte sich auf die Fersen. »Ich liebe dich. Du bist mein Leben. Aber …«

Er spürte, wie sich der Raum um ihn verengte.

»Ich habe Jeffrey geliebt, und ich wäre immer noch mit ihm zusammen, wenn er nicht gestorben wäre.«

Will blickte auf seine Hand hinunter, die sie hielt. Die andere Hand war immer noch nicht verheilt. Er legte sie auf den Schreibtisch. Er hatte keine Ahnung, was als Nächstes aus Saras Mund kommen würde, aber es kostete ihn seine ganze Selbstbeherrschung, ihr nicht ins Wort zu fallen.

Sie sagte: »Aber das heißt nicht, dass du meine zweite Wahl bist oder ein Trostpreis oder ein Ersatz, auch wenn ich weiß, dass du das denkst.«

Sie hatte keine Ahnung, was er dachte.

»Ich muss nicht mit jemandem zusammen sein, Baby. Ich könnte mich auch dafür entscheiden, für den Rest meines Lebens allein zu bleiben.« Sie richtete sich auf, damit sie ihm in die Augen sah. »Aber ich habe mich für dich entschieden, Liebster. Ich werde mich immer für dich entscheiden, solange du mich haben willst. Ich will dich. Ich will mit dir zusammen sein.«

Sie sagte fast alles, was er hören wollte, aber Will wusste nicht, was er damit anfangen sollte. Er war noch immer verletzt. Er war noch immer aufgerieben von der Art und Weise, wie sie ihn behandelt hatte. Er wusste, die Batteriesäure in seinem Magen würde sich immer tiefer fressen, wenn er keinen Weg fand, sie verschwinden zu lassen.

Er sagte: »Angie hat das getan. Was du getan hast.«

Sie sah aus, als hätte er sie geohrfeigt. »Erzähl mir davon.«

Tränen rannen über ihr Gesicht. Er wusste nicht, ob er ihr weiter so wehtun konnte.

Aber er sagte: »Sie hat mich bedrängt.«

Sara biss sich auf die Unterlippe.

»Sie wollte, dass ich sie hart rannehme. Aber nicht …« Er hasste den hartnäckigen bitteren Geschmack von Angies Namen in seinem Mund. »Sie wollte nicht, dass ich sie schlage oder … Ich meine, nicht wie … Aber sie wollte es nie anders mit mir machen als … hart. Und sie kam … du weißt schon, sie kam nie zum Ende. Ich habe es versucht, aber … lieber Himmel.«

Es war zu schwer. Will drückte sich mit dem Daumen das Blut aus der Wunde am Knöchel. Er sah zu, wie es über seinen Finger lief und auf den Schreibtisch tropfte. Dann sah er wieder zu Sara.

Sie wartete darauf, dass er fortfuhr.

»Es ist wie …« Schuldgefühle lasteten auf ihm, denn es ging ja nicht nur um Wills eigenes Elend. Es war auch Angies. Er wusste so viel über ihr Leben, die verborgenen, düsteren, schrecklichen Dinge, die Fremde nur ahnen konnten. Es gab einen Grund, warum sie sich so zu Gewalt hingezogen fühlte. Manchmal betrachtete er sich selbst als ihre Büchse der Pandora. Das war das Problem zwischen ihnen. Sie hatten die intimsten Geheimnisse des andern gekannt. Er wollte nicht den gleichen Fehler bei Sara machen. »Ich weiß nicht.«

Sie strich ihm behutsam das Haar aus der Stirn. »Ich wusste schon beim ersten Mal, als wir uns geliebt haben, dass sie dich nie in sich hineingelassen hat.«

Will war verlegen. Angie hatte ihn auf vielerlei unsichtbare Arten kaputtgemacht. Er war wie ein Selbstmordattentäter, der immer wieder neu geboren wurde, aber Angie hielt jedes Mal den Zünder in der Hand.

»Du bist in mir«, sagte sie. »Dir gehört mein Herz. Und alles an mir gehört dir.«

Will blickte auf den Ausdruck auf seinem Schreibtisch. Die Buchstaben verschwammen. Wenn ihm etwas zustieß, würde nichts von ihm bleiben außer bedruckten Blättern mit dummen Rechtschreibfehlern, die selbst ein Drittklässler bemerken würde.

»Es tut mir leid«, sagte er.

»Es gibt nichts, was dir leidtun muss, Liebster. Ich war im Unrecht. Alles, was ich gestern mit dir gemacht habe, war falsch. Es ist so ein Glück, dich zu haben, und ich bin so dankbar.« Sara drehte sein Gesicht sanft in ihre Richtung. »Du bist klug und witzig, hübsch und sexy. Und ich liebe es, wie ich immer zum Ende komme mit dir.«

Wills Kiefer spannte sich. Er hatte nicht um Komplimente gebeten, und er kam sich dumm vor, weil sie dachte, er brauche das.

»Ich weiß, im Moment ist bei uns beiden nichts in Ordnung, aber kann alles wieder gut werden?« Ihre Finger strichen sanft die Spannung aus seinem Kiefer. Ihre Berührung hatte nichts Sexuelles. Sie baute die Verbindung zu ihm neu auf, versuchte seine Zweifel zu zerstreuen. »Was kann ich tun, damit du dir meiner sicher bist?«

Will wusste keine Antwort. Sie hatte recht. Er war nicht in Ordnung. Und es konnte nur wieder gut werden, wenn sie aufhörten zu reden. Er zog Sara in seinen Schoß. Sie schlang die Arme um seine Schultern und bettete den Kopf auf seine Brust. Er konnte spüren, dass sie seinem Herzschlag lauschte, und atmete tief und bewusst langsam. Er fühlte sich verwirrt und wie durchgeschüttelt. Er sehnte sich nach der Sicherheit, die er in seinem ganzen Leben nur bei Sara gefunden hatte.

Ein zweimaliges Klopfen an der Tür kündigte Faith an.

Sie sah Sara in Wills Schoß und sagte: »Oh, verdammt.«

Will erstarrte, aber Sara hob nur den Kopf.

»Fängt die Besprechung an?«, fragte sie.

»Ja. Ja-ja-ja.« Faith klatschte in die Hände. »Also dann …«

Sie blieb mit dem Absatz in der Tür hängen, als sie versuchte, sie eilig hinter sich zu schließen.

»Ich habe dir einen Anzug von zu Hause mitgebracht«, sagte Sara zu Will. »Als du heute Morgen nicht bei dir zu

Hause aufgetaucht bist, dachte ich, du würdest frische Sachen brauchen.«

Bei der Vorstellung, wie Sara darauf wartete, dass er nach Hause kam, empfand er eine Art kleinlichen Trost.

Sie blickte auf seine blutende Hand. »Ich möchte das reinigen, bevor du gehst.«

Will stöhnte.

»Ich hole mal lieber meine Unterlagen für das Meeting.« Sara stand auf und richtete ihr Kleid, das an den richtigen Stellen leicht und fließend war.

Will nahm jetzt wahr, dass sie nicht ihre übliche Arbeitsuniform trug – helle Hose und dunkelblaues GBI-Shirt. Ihr langes lockiges Haar fiel auf die Schultern und war nicht hochgesteckt wie sonst. Sie trug Schuhe mit hohen Absätzen. Ihr Eyeliner war dunkler ausgefallen als sonst. Sie hatte sogar Lippenstift aufgetragen.

Hätte Will das alles sofort bemerkt, als sie ins Büro kam, dann hätte er ihr vielleicht nicht erzählen müssen, dass sich Angie unter Spaß vorstellte, ihn zu reizen, bis er ihr die Seele aus dem Leib fickte.

»Bis gleich.« Sara strich ihm noch einmal übers Gesicht, bevor sie ging.

Will starrte so lange auf die geschlossene Tür, dass das Blut auf seinem Schreibtisch in der Zwischenzeit gerann. Er sammelte seine Unterlagen zusammen und streckte aus Gewohnheit die Hand nach seinem Jackett auf der Stuhllehne aus. Er versuchte, sich wieder auf den Fall zu konzentrieren. Lena Adams. Gerald, Beckey und Heath Caterino. Er würde über sie sprechen müssen. Vor anderen Menschen. Menschen, die ihn kannten. Und von denen einige über seine Leseschwäche Bescheid wussten.

Amanda bat Will nie, Besprechungen zu leiten. Sie ließ es meist Faith machen, denn Faith liebte es, zu führen. Er wusste nicht, ob Amanda ihn bestrafte, weil er nicht professionell angezogen war, oder ob sie ihn heute die Sitzung leiten ließ, so wie seine Lehrer ihn an die Tafel gerufen hatten, weil sie dachten, es helfe Will, aus seinem Schneckenhaus zu kommen, während sie ihn in Wirklichkeit nur seinem schlimmsten Albtraum aussetzten.

Im Flur suchte er nach Faith. Dann in ihrem Büro. Er fand sie in der Küche, wo sie sich einen Kaffee holte.

»Tut mir leid«, sagte er.

»Was denn?«

Und dabei beließen sie es.

Will folgte Faith in den Besprechungsraum. Sie setzte sich an einen der Schreibtische in der ersten Reihe. Will hatte das Gefühl, dass er überdenken musste, worüber sie sich unterhalten konnten. Nicht dass sie am Abend zuvor über irgendetwas geredet hätten. Als er an Faiths Tür klopfte, hatte sie ihn nicht gefragt, was zum Teufel er hier verloren hatte. Sie hatte ihm zwei Liter Eiscreme zu essen gegeben und ihn bis Mitternacht ein ums andere Mal bei einem Computerspiel geschlagen.

»Was läuft?« Charlie Reed nahm neben Faith Platz. Rasheed kam als Nächster, er hatte zwei Becher Kaffee in den Händen, die er offensichtlich nicht zu teilen beabsichtigte. Gary Quintana, Saras Assistent, setzte sich zu ihnen in die erste Reihe, sie waren aufgereiht wie Lehrers Lieblinge. Will stand und lehnte sich mit dem Rücken an die Wand. Er war kein Lehrerliebling.

»Morgen, Kumpel.« Nick Shelton klopfte Will im Vorbeigehen schon wieder auf die Schulter. Seine Jeans war so eng, dass er sie wahrscheinlich im Liegen anziehen musste. Nick setzte sich ein paar Stühle von Charlie entfernt und öffnete seine handgearbeitete lederne Aktentasche, die aussah, als stammte sie aus den Fünfzigern.

»Hey.« Sara blinzelte ihm zu, als sie den Raum betrat. Will

sah sie zur vorderen Reihe gehen. Jetzt trug sie ihr Haar plötzlich hochgesteckt. Er studierte die anmutige Linie ihres Halses, als sie neben Faith Platz nahm. Sara legte kurz einen Arm um sie, was Faith höchst erfreut erwiderte – offenbar die weibliche Version einer Ghettofaust-Begrüßung, um sich gegenseitig zu versichern, dass alles gut war.

Will dachte, dass er sich jetzt besser setzen sollte, und sei es nur, um Amanda nicht weiter zu erzürnen. Er wählte den Schreibtisch in der Reihe hinter Sara, schräg von ihr, damit er sie im Profil sehen konnte. Sie las in ihren Notizen und drehte geistesabwesend eine Haarsträhne in den Fingern.

Er zwang sich, auf etwas anderes als Sara zu blicken.

Der Besprechungsraum war ein typisches Behördenrechteck mit abgenutztem Teppichboden und einer abgehängten Decke, die zu oft abgehängt worden war. Die raumhohen Fenster gingen auf den Parkplatz hinaus. An den Wänden waren Wasserflecken. Die Schreibtische knarzten oder waren gesprungen oder beides. Der Overheadprojektor war ein Relikt, das Amanda nicht aufgab. Der Fernseher, ein Röhrenapparat mit einem tragbaren Videorekorder, hatte die Größe einer Holzpalette. Der einzige Hinweis darauf, dass sie sich im 21. Jahrhundert befanden, waren die vier Smartboards an der Stirnwand des Raums. Die interaktiven Bildschirme konnten an Computer, Tablets, sogar Handys angeschlossen werden.

Will erkannte Faiths Werk. Sie hatte Gerald Caterinos Mord-Schrankzimmer auf die vier Boards projiziert – alle Fotos, Ausdrucke, Polizeiberichte und Notizzettel, die sie mit ihrem Smartphone aufgezeichnet hatte.

Er hatte noch immer keine Ahnung, wie Faith darauf gekommen war, dass Heath Caterino Beckeys Kind war. Der Speichel auf dem Gefängniskuvert von Daryl Nesbitt hatte ihre Hypothese bewiesen. Gerald hatte ihnen die Ergebnisse des DNA-Tests von einem Labor gezeigt, das darauf spezialisiert war, Männer zu Unterhaltszahlungen an ihre Kinder zu zwingen. Sämtliche Marker schlossen Daryl Nesbitt als Vater aus. Und wenn er nicht Heaths Vater war, hatte er auch nicht Rebecca Caterino vergewaltigt.

Kein Wunder, dass der Vater des Mädchens seit fünf Jahren mit einer Waffe neben dem Bett schlief.

Will hörte Amandas Hufe durch den Flur klappern. Auch als sie schon auf dem Podium Platz nahm, tippte sie noch in ihr Handy. Schließlich blickte sie auf. Keine Einleitung. Sie kam sofort zur Sache.

»Wir wissen mehrere Dinge nicht, aber im Moment sieht es folgendermaßen aus: Wie Dr. Linton umreißen wird, gibt es zwingende Indizien für eine Verbindung zwischen den beiden Opfern in Grant County und dem Mord an Alexandra McAllister. Für den Zweck unserer Diskussion gehen wir davon aus, dass wir es in den Fällen Caterino, Truong und McAllister mit ein und demselben Täter zu tun haben. Was die übrigen Opfer aus den Zeitungsartikeln angeht, haben wir nichts als Mutmaßungen. Für diejenigen von Ihnen, die Buch führen: Es braucht drei Opfer für einen Serienmörder. Für diejenigen, die nicht zählen können: Wir haben zwei tote Frauen. Rebecca Caterino lebt allem Anschein noch. Will? Sie fangen an. Dann Dr. Linton, dann Faith, und danach müssen mich Nick und Rasheed auf den aktuellen Stand über den Mord an Vasquez im Gefängnis bringen.«

Ein flaues Gefühl breitete sich in Wills Eingeweiden aus. Er hätte seine Krawatte gelockert, wenn er denn eine getragen hätte. Worum es Amanda eindeutig ging.

Er legte los. »Wir haben …«

»Kommen Sie nach vorn.«

Verdammt.

Will kam sich vor wie ein Zehnjähriger, der vor die Klasse tritt. Er stapelte seine Unterlagen auf dem Rednerpult und starrte auf das Gewirr von Worten. Stress verstärkte seine Probleme. Alles, was er erkennen konnte, waren Zahlen. Zum Glück war der gestrige Tag so intensiv gewesen, dass er sich in jede Falte seines Gehirns gebrannt hatte.

»Gestern Vormittag um 11 Uhr 45 haben Faith und ich Lena Adams in ihrem Haus in Macon, Georgia, vernommen. Sie war ausgesprochen feindselig.«

Jemand schnaubte. Er nahm an, es war Faith.

Er fuhr fort. »Es ist Faith gelungen, Adams zwei nützliche Informationen zu entlocken. Erstens: Daryl Nesbitts Zivilprozess wurde von einem Wohltäter finanziert. Spätere Ermittlungen ergaben, dass es sich hierbei um Gerald Caterino handelte. Zweitens: Bonita Truong, Leslies Mutter, hatte in einem Telefongespräch mit Gerald Caterino erzählt, dass sich ihre Tochter eine Woche vor ihrem Verschwinden wegen eines verschwundenen persönlichen Gegenstands aufgeregt hatte. Wieder war es Caterino, der uns die Information lieferte, dass der Gegenstand ein Stirnband war. Auf Faiths eindringliches Nachhaken antwortete er ausweichend und behauptete, es könnten auch andere Dinge wie Kleidungsstücke gestohlen worden sein. Doch das Stirnband könnte von Bedeutung sein. In Gesprächen, die Caterino mit Eltern und anderen Angehörigen geführt hat, erfuhr er, dass alle Frauen aus den Zeitungsartikeln Gegenstände wie Kämme, Haarbürsten oder Haarklammern vermisst hatten. Sie können die Liste auf dem Board sehen.«

»Darf ich?« Sara hatte die Hand gehoben. Er konnte nicht sagen, ob sie ihm aus der Patsche helfen wollte, aber er begrüßte die Unterbrechung. »Wie ich gestern Abend in den Akten aus Grant County las, haben sowohl Caterino als auch Truong das verschwundene oder gestohlene Haaraccessoire an einem bestimmten Ort aufbewahrt. Beckey hatte ihre Haarklammer immer auf dem Nachttisch liegen. Leslie bewahrte ihr rosa Stirnband in einem Korb mit dem Gesichtsreiniger auf, den sie jeden Abend benutzte. Ich würde normalerweise sagen, dass all das mit Vorsicht zu genießen ist, da es aus Lenas Notizbüchern stammt, aber …«

»Moment.« Faith hatte gestutzt. »Sag das noch mal.«

Sara öffnete einen ihrer Ordner. Sie hielt zwei Fotos in die Höhe. Sie zeigten zwei verschiedene Mädchen, die ihr Haar unterschiedlich zurückgebunden hatten. »Auf diesen Fotos sieht man die Haaraccessoires.«

»Du hast Lenas Notizbücher?«, fragte Faith.

»In den Kartons waren nur Fotokopien, aber die habe ich, ja.«

»Ha!« Faith stieß die Faust in die Luft. »Du kannst mich kreuzweise, du schwangere Natter!«

»Dr. Linton, können Sie uns von diesen Aufzeichnungen berichten?«, fragte Amanda und fügte an: »Vielleicht übernehmen Sie einfach gleich. Will, das war alles. Danke für die gewohnt gründliche Arbeit.«

Sara drückte kurz Wills Hand, als sie seinen Platz hinter dem Rednerpult einnahm. »Ich möchte mit Thomasina Humphrey beginnen.«

Faith schlug eine neue Seite in ihrem Notizbuch auf. Will nahm neben ihr Platz. Er wischte sich den Schweiß aus dem Nacken. Sein Knöchel blutete wieder.

Sara begann: »Tommi war einundzwanzig Jahre alt, als sie überfallen wurde. Sie wuchs in der Gemeinde auf und war seit ihrem vierzehnten Lebensjahr meine Patientin in der Klinik, deshalb kannte ich sie recht gut. Sie war bis zu dem Überfall Jungfrau, was nicht ungewöhnlich ist. Rund 6,5 Prozent aller Frauen berichten, dass ihre erste sexuelle Erfahrung eine Vergewaltigung war. Die Opfer sind im Durchschnitt fünfzehn Jahre alt.« Sara hielt ein Foto von Thomasina Humphrey hoch, die offenbar vor einem Ausstellungsstück bei einer Wissenschaftsmesse stand. »Ich kann nicht mit Sicherheit behaupten, dass Tommi das erste Opfer des Angreifers war, aber sie könnte die Erste gewesen sein, bei der er seine Fantasie ausgelebt hat. Er hatte eindeutig einen Plan, als er sie entführt hat.«

Will hörte zu, wie Sara alle Einzelheiten berichtete, die sie in Jeffreys Kartons gefunden hatte. Er sah ihr an, dass sie aufgewühlt war, und fragte sich, ob das alles schwer für sie war, weil sie das Opfer gekannt hatte oder weil sie wusste, wie es war, vergewaltigt zu werden.

Sara fuhr fort. »Am Tag nach dem Überfall auf Tommi rief mich Sibyl Adams in der Klinik an. Es war später Vormittag, kurz vor dem Mittagessen. Ich traf Sibyl und Tommi im Medical Center an der Hauptstraße. Die Notaufnahme machte nicht viel her – inzwischen ist das Krankenhaus geschlossen –, aber das meiste, was ich an Ausrüstung brauchte, war verfügbar, und wir waren ungestört, sodass ich Tommi helfen konnte. Ich muss sagen, es war einer der schlimmsten Fälle sexueller Gewalt, die ich je gesehen habe. Das Mädchen wäre verblutet, wenn Sibyl nicht darauf bestanden hätte, mich zu Hilfe zu rufen.«

Faith lehnte sich zurück. Will sah, wie sie ihren Kugelschreiber umklammerte.

»Ich bewege mich hier auf dünnem Eis, denn Tommi war meine Patientin. Ich besitze viele persönliche Informationen, die vertraulich bleiben müssen. Bei ihrer Befragung hatte ich ihre mündliche Erlaubnis, mit der Polizei über den Überfall auf sie zu sprechen, solange keine offizielle Anzeige erstattet wird. Ich kann Ihnen das mitteilen, was in die Notizbücher übertragen wurde, die ich letzte Nacht gelesen habe.«

Will merkte ihr an, dass sie es vermied, Jeffreys Namen auszusprechen.

Sara setzte ihre Brille auf und konsultierte ihre Notizen. »Tommi wurde oral, vaginal und anal vergewaltigt. Drei ihrer

Backenzähne waren abgebrochen. Es gab mehrere Analfissuren und Verletzungen bis in den Dickdarm hinauf. Das Blut stammte größtenteils aus dem Gebärmutterhals, dem Übergang von der Gebärmutter zur Vagina. Sie stand kurz vor einem Prolaps, einem Scheidenvorfall, bei dem die Vagina sich nach außen stülpt. Die Trennwand zwischen Scheide und Mastdarm war durchstoßen, der Dünndarm war in die Rückwand der Vagina vorgefallen. Das nennt man eine rektovaginale Fistel. Darminhalt sickerte in die Vagina. Das war es auch, was Sibyl gerochen hatte. Sie wusste, es war mehr als Tommis Periode.«

Faith riss den Mund auf, sie bekam kaum Luft. »Hast du es beheben können?«

»Dazu bin ich nicht ausreichend chirurgisch qualifiziert. Und selbst wenn ich es wäre, das Gewebe war für eine sofortige Reparatur zu sehr geschädigt. Tommi musste vier Monate warten, bis die Heilung so weit fortgeschritten war, dass mit den Eingriffen begonnen werden konnte. Als wir sie befragt haben, hat sie sich gerade von den ersten beiden Prozeduren erholt. Sie musste acht Operationen über sich ergehen lassen, an denen ein Urologe, ein Neurochirurg, ein Gynäkologe und ein plastischer Chirurg beteiligt waren.«

»Vier Monate?«, fragte Faith. »Sie hat vier Monate lang so gelebt?«

»Ja.« Sara nahm ihre Brille ab. Bei ihrem gequälten Gesichtsausdruck versetzte es Will einen Stich in die Brust. »Bei der Erstbehandlung war es mein vorrangiges Ziel, die Blutung unter Kontrolle zu bekommen und ihre Schmerzen so gut es ging zu lindern. Ich wollte sie umgehend in ein Traumazentrum bringen lassen, doch sie weigerte sich. Tommi war nach dem Gesetz erwachsen, deshalb hatte sie das Recht, eine Behandlung abzulehnen. Ich habe sie schließlich dazu überredet, dass ich ihre Mutter anrufen durfte. Beide Eltern kamen dann ins Krankenhaus. Tommi erlaubte mir nicht, einen Rettungswagen zu rufen. Sie bestand darauf, dass ihr Vater sie ins Grady Hospital fuhr.«

»Großer Gott«, sagte Faith. »Das sind mehr als zwei Stunden Fahrt.«

»Sie wurde stabilisiert. Ich habe ihr Morphium und Steroide verabreicht und ihr möglichst viele Splitter aus dem weichen Gewebe entfernt. Eine Infektion war meine größte Sorge, insbesondere wegen des undichten Dünndarms. Ich fragte Tommi um Erlaubnis, die Splitter aufzubewahren. Sie lehnte es ab. Ich sah Haut unter ihren Fingernägeln, möglicherweise weil sie den Angreifer gekratzt hatte. Aber ich durfte keine Probe entnehmen. Ich bat darum, Abstriche in der Vagina, im Anus und im Mund durchführen zu dürfen, für den Fall, dass der Täter DNA hinterlassen hatte. Sie lehnte es ab.«

Will rieb sich das Kinn. Der Polizist in ihm war frustriert, aber als Mensch verstand er, dass man ein schlimmes Ereignis manchmal nur durchstand, wenn man davor wegrannte, so schnell man konnte.

»Splitter«, sagte Faith jetzt. »Wovon?«

Sara hielt ein weiteres Foto hoch. »Davon.«

GRANT COUNTY – MITTWOCH

14

Jeffreys Telefon läutete wieder, als er auf den Campus fuhr. Er hatte Frank angewiesen, über Funk und Handys nichts über den Fund von Leslie Truongs Leiche verlauten zu lassen. Wenn ein erfahrener Detective einem sagte, dass etwas schlimm war, dann wusste man, dass es wirklich schlimm war. Jeffrey wollte nicht, dass Einzelheiten über den Mord an die Presse durchsickerten. Er hatte jetzt drei Opfer. Zwei davon lebten noch.

Mehr oder weniger.

Er blickte auf das Telefon. Eine Nummer aus Sylacauga blinkte auf dem Schirm – seine Mutter rief vom Telefon eines Nachbarn an. Jeffrey brachte das Telefon zum Verstummen, aber Sara hatte die Nummer bereits gesehen. Falls sie eine Befriedigung daraus zog, dass seine Mutter während der fünfzehnminütigen Fahrt dreimal angerufen hatte, dann ließ sie es sich nicht anmerken.

In stummer Übereinkunft hatten sich Sara und er wieder in ihre jeweilige Ecke zurückgezogen. Er hatte keine Ahnung, was ihr im Augenblick durch den Kopf ging. Er selbst gab sich große Mühe, nicht über das nachzudenken, was ihm Sara auf der Fahrt erzählt hatte.

Sie war in einen sperrigen medizinischen Jargon verfallen, als sie die körperlichen Folgen des Angriffs auf Tommi geschildert hatte. Als sie zum Ende gekommen war, hatte Jeffrey gemeint, Blut im Mund zu schmecken. Er hätte am liebsten jedes Wort mitgeschrieben, sich eingeprägt, was der Einundzwanzigjährigen widerfahren war, für den Fall, dass sie sich je stark genug fühlte, offiziell Anzeige zu erstatten.

Die Zeit war nicht auf ihrer Seite. Die Entführung allein war eine schwere Straftat, aber die Verjährungsfrist betrug in Georgia sieben Jahre. Für Vergewaltigung lag sie bei fünfzehn. Leider hatte Tommi Sara nicht erlaubt, Proben von dem Überfall zu nehmen. Die Splitter, Abstriche, Hautpartikel – alle diese Beweismittel hätten Tommi einen größeren zeitlichen Spielraum verschafft. Das Gesetz legte fest, dass die Strafverfolgung bei Entführung und schwerer sexueller Gewalt zu jedem Zeitpunkt beginnen konnte, wenn DNA zur Überführung des Verdächtigen eingesetzt wurde.

Wenn ein Strafverteidiger in vierzehn Jahren fragte, warum Tommi so lange damit gewartet hatte, sich zu melden, und wie sie sich der Einzelheiten so sicher sein konnte, wollte Jeffrey mit seinem datierten und mit Zeitstempel versehenen Notizbuch zur Stelle sein, um dem Arschloch die Einzelheiten in den Rachen zu stopfen.

Sein Telefon läutete wieder. Er tippte auf den Schirm, um es auf Lautsprecher zu stellen. »Was gibt es, Lena?«

»Ich habe den Kerl gefunden, der unter dem Namen Little Bit läuft«, sagte sie. »Er heißt Felix Floyd Abbott, dreiundzwanzig Jahre alt. Er ist auf seinem Skateboard abgehauen, und ich musste ihn fast einen Kilometer weit jagen. Er hatte ein paar Tütchen dabei. Knapp unterhalb der Grenze, wo es als Handel gilt.«

»Buchten Sie ihn ein. Lassen Sie ihn schmoren. Ich beschäftige mich später mit ihm.« Jeffrey beendete das Gespräch.

Felix Floyd Abbott also und nicht Daryl; er musste den Mann aus Beckey Caterinos Telefonverzeichnis demnach noch immer ausfindig machen. »Little Bit ist der Haschischdealer auf dem Campus«, sagte er zu Sara.

Sie nickte. Ihre Hand lag schon auf dem Türgriff, als Jeffrey auf den Personalparkplatz fuhr. Sie wollte diese Sache möglichst schnell hinter sich bringen.

Er sagte: »Danke.«

»Wofür?«

»Weil du bei Tommi geholfen hast. Weil du hier bist.«

Sie hätte eine Menge Dinge sagen können, um ihn seine anerkennenden Worte bereuen zu lassen, aber Sara nickte nur.

Er parkte den Wagen und sah nach der Uhrzeit. Bonita Truongs Flugzeug war vor einer Stunde gelandet, und sie hatte Jeffrey eine SMS geschrieben, dass sie direkt ins Grant County fahren würde, sobald sie einen Wagen gemietet hatte. Die Frau hatte mindestens zwei Stunden Fahrzeit. Er sagte sich, dass es nicht Feigheit war, was ihn davon abhielt, sie jetzt anzurufen. Leslies Mutter würde Einzelheiten wissen wollen. Und er wollte ihr so viele wie möglich bieten können.

Sara stieg vor ihm aus und ging zu Brocks Leichenwagen. Er zog gerade das Segeltuchzelt vom Bestattungsunternehmen aus dem Fahrzeug, und Frank versuchte vergeblich, ihm zu helfen. Jeffrey wurde flau im Magen. Frank hatte nichts von einem Zelt gesagt. Das Unwetter vom Vortag war zu den Carolinas weitergezogen. Der Tatort war also so schlimm, dass sie sich bereits darauf geeinigt hatten, die Leiche zu verdecken.

»Hallo, Brock.« Sara drückte seinen Arm. »Ich bin hier, wenn du mich brauchst. Fühl dich nicht bedrängt.«

»Ach, Sara, bedräng mich, so viel du willst. Das ist eine schreckliche Sache. Ich weiß nicht, ob ich diesem Job noch gewachsen bin.«

»Du schaffst das schon.« Sie nahm das Tatortset aus dem

Wagen und hängte es sich am Riemen über die Schulter. »Ich helfe dir so viel oder so wenig, wie du mich bittest.«

Jeffrey nahm Frank das Bündel Zeltstangen ab.

Frank zeigte in den Wald. »Die Leiche liegt ungefähr dreihundert Meter da lang.«

Jeffrey folgte der ungefähren Richtung von Franks Finger. Das Gebiet lag auf einer Linie mit Kevin Blakes Bürofenster. Er stellte sich vor, wie der Dekan bereits eifrig mit dem Verwaltungsrat, den Anwälten des Colleges und dem Bürgermeister telefonierte. Es interessierte ihn nicht, worüber sie sprachen. Er machte sich keine Sorgen mehr um seinen Job. Er wollte nur das Vieh erwischen, das diese Frauen angefallen hatte. Er war verantwortlich für die Stadt, und bisher hatte er drei Opfer im Stich gelassen: eines, das kein Vertrauen in die Polizei hatte, eines, das fast gestorben wäre, während sie herumstanden und quatschten, und ein drittes, das sie den halbstündigen Weg zurück zum Campus allein gehen ließen und das nie angekommen war.

Leslie Truongs Tod lastete ganz allein auf seinen Schultern.

»Brad sagt, sie trägt noch dieselben Sachen wie gestern Morgen am Fundort von Caterino. Yogaklamotten, wie es aussieht. Der Körper ist total steif und kalt. Wahrscheinlich lag sie die ganze Nacht dort draußen.«

Jeffrey wurde übel. Er schaute Sara an. Sie sprach kein Wort, aber ausnahmsweise wusste er genau, was sie dachte.

Er sagte zu Frank: »Ich habe diesen Wald mit fünfzehn Leuten durchsucht. Wie konnten wir sie übersehen?«

Frank schüttelte den Kopf, aber nicht, weil er die Antwort nicht gewusst hätte, sondern weil die Antwort offensichtlich war. Es war ein ausgedehnter Wald. Letzte Nacht hatte kein Mond geschienen. Man sah nur, was man sah.

Jeffrey versuchte es noch einmal. »Felix Abbott, genannt Little Bit. Kennen Sie ihn?«

»Nein, aber Abbott ist ein Memminger-Name.« Frank schüttelte eine Zigarette aus seiner Packung. »Sind alles Dew-Lolly-Drecksäcke.«

Dew-Lolly war die heruntergekommene Kreuzung zweier hoffnungsloser Straßen im Memminger County. Die Gegend lag zwei Countys weiter, deshalb waren die Bewohner nicht Jeffreys Problem. Er hatte oft gehört, wie der Sheriff von Memminger einen besonders idiotischen Gesetzesbrecher des Countys als *echten Dew-Lolly* bezeichnete.

Jeffrey sagte: »Caterino hatte die Nummer eines gewissen Daryl im Telefon gespeichert. Ist dieser Name in Zusammenhang mit Felix Abbott irgendwo aufgetaucht?«

»Daryl?«

»Kein Nachname. Nur Daryl.«

»Sagt mir nichts, aber ich vergesse schon mal was«, meinte Frank. »Wieso fragen Sie? Haben Sie einen der beiden im Blick?«

»Ich habe die ganze Stadt im Blick.« Jeffrey sah, wie Sara die Zeltheringe und Schnüre nahm und sich mit verbissenem Gesicht auf den Weg zum Tatort machte. Sie hatte die Verletzungen an Tommi Humphrey gesehen. Von ihnen allen realisierte nur sie wirklich, was sie tief im Wald möglicherweise finden würden.

Brock lud sich die schwere Zeltleinwand auf die Schulter. »Sara, bitte sag deiner Mutter vielen Dank, weil sie gestern vorbeigeschaut hat. Es war lieb von ihr, bei Mama zu sitzen. Ihr Asthma wird gerade ziemlich heftig. Ich fürchte, sie wird wieder ins Krankenhaus müssen.«

Sara streichelte wieder seinen Arm. »Du kannst mich Tag und Nacht anrufen, wenn sie Hilfe braucht. Du weißt, es macht mir nichts aus.«

»Danke, Sara. Das bedeutet mir sehr viel.« Brock wandte den Kopf ab und wischte sich mit dem Ärmel über die Augen.

»Truong wurde von einer Studentin namens Jessa Copeland gefunden«, sagte Frank. »Matt nimmt auf der Polizeistation gerade ihre Aussage auf.«

»Sag ihm, er muss bei ihr bleiben, bis Angehörige oder Freunde sich um sie kümmern können.«

»Das weiß er.« Frank zündete sich eine Zigarette an. Er war der Einzige von ihnen, der nichts an Ausrüstung trug. Angesichts seiner schlechten Gesundheit und der Dreihundert-Meter-Wanderung war das wahrscheinlich keine schlechte Idee. »Diese Copeland, die sie gefunden hat, war im Wald laufen. Sie hat sich verirrt und ist vom Weg abgekommen. Da hat sie Truong gesehen. Sie hat sie von einem Aushang an der Universität sofort erkannt. Ich bin mit Matt und Brad rausgefahren. Brad ist noch dort.«

»Wie sieht sie aus?«

»Wie Caterino. Sie liegt auf dem Rücken, vollständig bekleidet. Hier hat sie ein Mal.« Frank tippte sich an die Schläfe. »Leuchtend rot, rund, etwa die Größe eines Vierteldollars.«

Sara richtete den Blick auf Jeffrey.

Etwa die Größe eines Hammerkopfs.

Frank fuhr fort. »Es war ziemlich offensichtlich, dass sie tot war, aber ich habe nach einem Puls gefühlt. Matt hat ebenfalls auf Pulsschlag geprüft. Brad hat es auch versucht, dann hat er das Ohr auf ihre Brust gelegt, um sich noch mal zu vergewissern.«

Jeffrey kam zu dem Schlimmen. »Was noch?«

»Blut.« Er zeigte auf den unteren Teil seines Körpers. »Überall.«

Sara fragte: »Lag sie auf einem Hang, das Becken tiefer als die Brust?«

»Nein.«

»Nur zwei Dinge begünstigen einen Blutfluss: Schwerkraft und ein schlagendes Herz. Sie muss noch eine Weile gelebt haben.«

»Lieber Gott«, murmelte Brock. »Dieses arme, zerstörte Geschöpf.«

Sara hängte sich mit ihrem freien Arm bei ihm ein. Brock war in ihrem Alter, aber er war einer dieser Männer, die immer älter wirkten. Sie sprach mit leiser, beruhigender Stimme auf ihn ein. Brock schien froh über den Zuspruch zu sein.

»Vielleicht hänge ich nach dieser Geschichte auch meinen Hut an den Nagel, gleich neben den von Brock«, sagte Frank zu Jeffrey.

»Es gibt einen weiteren Fall, mit einem noch lebenden Opfer, der vielleicht mit diesem zusammenhängt.« Jeffrey ging auf keine Einzelheiten ein. »Wir müssen uns das Sexualstraftäterregister ansehen.«

»Wenn's weiter nichts ist.«

Jeffrey versuchte, sich nicht von Franks Sarkasmus anstecken zu lassen. Das GBI war per Gesetz dazu verpflichtet, eine Datenbank mit Sexualstraftätern zu unterhalten, aber der Gesetzgeber hatte in seiner Weisheit weder zusätzliche Mittel noch Personal für diese Aufgabe bereitgestellt. Der Rückstand war enorm. Manche ländlichen Countys benutzten noch Modems, um online zu gehen. Das Justizministerium hatte das Register des Staats praktisch von Beginn an als mangelhaft eingestuft.

Aber das hieß nicht, dass sie es nicht wenigstens versuchen sollten.

»Ziehen Sie jemanden vom Streifendienst ab und setzen Sie ihn vor einen Computer«, sagte Jeffrey.

»Soll ich nicht gleich noch ein weiteres Notausgangsschild auf der *Titanic* aufhängen, wenn ich schon dabei bin?«

»Fällt Ihnen etwas Besseres ein?«, entgegnete Jeffrey. Sie hatten keine Hinweise, keine Verdächtigen, und ihre einzige mögliche Zeugin lag tot am zweiten Tatort. »Was hat Chuck Gaines gesagt?«

Frank verzog das Gesicht. »Er ist hier rausgekommen und hat sich aufgespielt. Ich sagte, er soll sich verdammt noch mal wieder in seine Höhle verziehen. Matt sieht sich die Überwachungskameras an, aber dieser Kerl hat mit Sicherheit nicht auf dem Campus geparkt. Er muss von der anderen Seite des Waldes heraufgekommen sein. Vielleicht über die Forststraße.«

»Die Frau wird seit mehr als vierundzwanzig Stunden vermisst.« Jeffrey sah sich um. Der Wald war dicht, und er blieb ständig in irgendwelchen Efeuranken auf dem Boden hängen. »Warum glauben Sie, dass sie die ganze Nacht hier war und nicht irgendwohin gebracht wurde?«

»Ich habe keine Spuren von Fesseln an ihren Handgelenken und Knöcheln gesehen. Sie ist jung und fit. Sie hätte sich gewehrt, er hätte sie gefesselt.« Frank hustete Schleim hoch und spuckte ihn aus. »Aber ich bin kein Leichenbeschauer. Und todsicher kein Gerichtsmediziner. Bei der Sache mit Caterino gestern wäre ich nie im Leben draufgekommen, dass es etwas anderes als ein Unfall gewesen sein könnte.«

»Wir hatten Glück, dass du da warst, Sara«, sagte Brock. »Ich bin mir auch nicht sicher, ob ich die richtigen Fragen gestellt hätte.«

Jeffrey hasste es, an den Prozess zu denken, den Gerald Caterino möglicherweise anstrengte und der bedeutete, dass sie alle nicht mit Konjunktiven um sich werfen sollten, die sie später vielleicht in einer eidlichen Aussage erklären mussten.

Er lenkte seine Gedanken zu dem Fall zurück, und dabei fiel ihm etwas ein, was Tommi Humphrey erzählt hatte, ein Detail, das ihren Peiniger mit dem von Rebecca Caterino in Verbindung brachte.

Er wandte sich an Frank. »Haben Sie etwas Blaues an Truong bemerkt, vielleicht um ihren Mund herum oder in ihrer Kehle?«

Frank blieb stehen. »Woher wissen Sie das?«

Sara hörte jetzt ebenfalls genau zu. »Woher weiß er *was*?«

»Auf ihren Lippen war eine blaue Spur.« Frank zeigte auf seinen Mund. »Hat mich an Darla erinnert, wenn sie zu viel Kool-Aid getrunken hatte, als sie noch klein war.«

Sara fing wieder Jeffreys Blick auf. Der Fleck stammte nicht von Kool-Aid-Limonade, sondern wahrscheinlich von blauem Gatorade. Das würde auch erklären, warum Truong nicht gefesselt gewesen war. Sie war wie Tommi während des Überfalls mit Drogen betäubt.

»Was weiß ich hier nicht?«, fragte Frank.

Jeffrey bedeutete ihm mit einem Kopfnicken, voranzugehen.

Sie liefen einzeln hintereinander, als Frank sie tiefer in den Wald führte. Jeffrey lagerte die Zeltstangen um, damit er sie besser im Griff hatte. In Gedanken ging er noch einmal durch, was sie über die Angriffe auf Tommi Humphrey und Rebecca Caterino wussten. Er wollte die Einzelheiten präsent haben, wenn sie bei dem neuen Opfer ankamen.

Das blaue Gatorade. Der Wald. Die Universität. Der Hammer. Der Angreifer hatte bei Humphrey Bleiche benutzt. Sie vermuteten, dass er unparfümierte Feuchttücher benutzt hatte, um Caterino zu säubern.

Das war eine Menge, aber es reichte nicht.

Jeffrey ging die Unterschiede durch. Caterino war lesbisch, Humphrey hetero. Eine war Studienanfängerin, die andere im vorletzten Jahr. Eine blieb meist für sich, die andere war von Freunden umgeben gewesen. Die Fotos im Flur der Humphreys vermittelten einen guten Eindruck davon, wie Tommi vor dem Angriff ausgesehen hatte. Sie war eher etwas kräftiger gewesen. Das blonde Haar trug sie in einer Ponyfrisur. Auf den Gruppenfotos hatte sie kleiner als ihre Freundinnen gewirkt.

Caterino war sehr schlank, beinahe zu dünn. Das braune Haar trug sie schulterlang. Sie war etwa eins siebzig groß und körperlich aktiv, während Tommi eher einen unsportlichen Lebensstil hatte. Soviel sie wussten, hatte Rebecca bei dem Angriff keine ähnlichen Verletzungen davongetragen wie Tommi.

Andererseits hatte Leslie Truong den Täter bei Caterino vielleicht gestört, bevor er sie verstümmeln konnte. Jeffrey musste sich noch einmal Lenas Notizbuch ansehen. Sie hatte sicher alle Angaben von Leslie Truong notiert, ehe sie die Studentin allein zum Campus zurücklaufen ließ. Jeffrey hatte Lenas offiziellen Bericht gelesen, aber ihr Notizbuch konnte noch eine Information enthalten, aus der sich eine Spur ergab.

Die Maxime *Im Zweifel für den Angeklagten* galt nicht mehr für Lena.

Jeffrey hörte das leise Murmeln aus Brad Stephens' Funkgerät schon, bevor er den jungen Streifenbeamten sah. Brad hatte den Tatort großräumig mit gelbem Band abgesperrt, genau wie gestern Morgen. In der Ferne trieben sich ein paar Studierende herum. Sie schienen näher zu kommen, und einige hatten Kameras dabei. Brad behielt sie im Auge. Er wirkte blasser als sonst. In den letzten beiden Tagen war er mit mehr Gewalt konfrontiert worden, als er wahrscheinlich in seiner ganzen restlichen Laufbahn sehen würde.

Wenn er Glück hatte.

»Chief.« Brad nahm Haltung an. »Tatort ist gesichert. Drei von uns haben ihren Status als tot bestätigt.«

»Haben Sie gestern bei Caterino den Puls gefühlt?«

»Nein, Chief.« Es fiel Brad erkennbar schwer, ihm in die Augen zu sehen. »Ich nahm an, sie sei tot.«

Jeffrey nahm an, dass Lena zu ihm gesagt hatte, Caterino sei tot und er brauche es nicht mehr zu überprüfen. Als der rangniedrige Beamte vor Ort hätte er gehorcht. »Sie haben Leslie Truong gestern gesehen. Haben Sie mit ihr gesprochen, oder war es nur Lenas Entscheidung, sie allein zum Campus zurückgehen zu lassen?«

»Ich …« Er hielt inne, unfähig oder nicht gewillt, Lena zu denunzieren. »Ich war ebenfalls dabei, Chief. Ich habe nichts gesagt. Es tut mir leid, wird nicht wieder vorkommen.«

»Hier.« Jeffrey gab ihm die Zeltstangen. »Holen Sie noch mehr gelbes Band und verlegen Sie die Absperrung noch einmal zwanzig Meter weiter zurück. Rufen Sie zwei weitere Beamte zu Hilfe, um die Gaffer in Schach zu halten. Dann bauen Sie dieses Zelt auf.«

»Ja, Chief.«

Sara ging in die Knie, um Zeltheringe und Schnüre auf dem Boden abzulegen. Jeffrey schob den Riemen des Tatortsets von ihrer Schulter und legte die Hand unter ihren Ellbogen, damit sie auf dem unebenen Gelände nicht strauchelte. Das Unterholz war dicht. Farne, Efeuranken und Dornensträucher verfingen sich in ihrer Kleidung. Ihre Schuhe saugten sich im Schlamm fest. Jeffrey konnte Eichhörnchen miteinander schwätzen hören.

Er blickte auf den Boden. Pfützen vom Unwetter des Vortags füllten jede Vertiefung in der weichen Erde. Während seiner Suche in der Nacht zuvor hatte Jeffrey schon bemerkt, dass der Boden von Feuchtigkeit getränkt war. Seine Schuhe waren mit Morast bedeckt.

Die einzigen Fußabdrücke, die er jetzt sehen konnte, waren die, die sie soeben selbst hinterlassen hatten.

Sara schaute nach unten, ihr war es auch aufgefallen.

Der Wolkenbruch gestern Vormittag hatte begonnen, während sie auf den Rettungswagen warteten. Entweder der Mörder war ein Geist, der keine Fußspuren hinterließ, oder Leslie Truong war überfallen worden, als sie allein zum Campus zurückging, um die Krankenschwester aufzusuchen. Das ließ ein dreißigminütiges Zeitfenster. Der gleiche Zeitraum, in dem Rebecca Caterino hilflos im Wald gelegen hat.

Der Teufel soll Lena holen.

Der Wind drehte. Der beißende Geruch von Blut und Exkrementen drang zu Jeffrey. Er hielt sich den Handrücken unter die Nase.

»Ihr Darm muss sich entleert haben«, sagte Brock.

Jeffrey nahm die Atemmaske, die Brock ihm anbot. Er wusste, der Bestattungsunternehmer hatte täglich mit Toten zu tun. Brock versuchte, die Szenerie einzuordnen, aber das hier war etwas völlig anderes, als sich um den Leichnam einer betagten Pflegeheimpatientin zu kümmern, die sich beschmutzt hatte, als sie aus dem Leben ging.

Jeffrey setzte die Maske auf, aber der Geruch verpestete immer noch die Luft.

Leslie Truong lag auf dem Rücken. Sie sah sehr jung aus. Das war Jeffreys erster Eindruck. Sie hatte diese kindlich weichen Züge, die nur das Alter abzuschleifen vermochte. Ihre Augen waren offen und starrten ausdruckslos zu dem schmalen Streifen blauem Himmel hinauf, der durch das Blätterdach der Bäume zu sehen war. Das Blut in ihrem Gesicht verlagerte sich bereits zum Hinterkopf, daher hatte ihre Haut die Farbe von Pergament. Der Mund war leicht geöffnet, und der blaue Fleck, von dem ihnen Frank schon erzählt hatte, hob sich deutlich vom weißlichen Rosa ihrer Lippen ab.

Sara fühlte nach einem Puls. Sie legte die Hand an die Wange des Mädchens. Sie überprüfte die Beweglichkeit der Gelenke in den Fingern und Ellbogen. »Totenstarre ist im Allgemeinen nach spätestens zwölf Stunden voll ausgeprägt und löst sich bis zu achtundvierzig Stunden nach dem Tod wieder. Die

Temperatur war vor Ort eher niedrig, was den Prozess beeinflusst. Ich muss die Lebertemperatur messen, aber ich vermute, dass sie schon seit gestern Morgen tot ist.«

Seit gestern Morgen. Seit Lena sie allein zum Campus zurückgehen ließ. Seit ein hammerschwingender Psychopath ihr durch den Wald gefolgt war.

Jeffrey atmete tief ein, um sich zu beruhigen, aber er musste husten, bevor er seine Lungen gefüllt hatte. Der faulige Gestank war durch die Baumwollmaske gedrungen. Er konzentrierte sich wieder auf das Opfer vor ihm. Er hatte Mühe, das, was Sara ihm über Tommi Humphrey erzählt hatte, von dem zu trennen, was Leslie Truong mutmaßlich zugestoßen war.

Es gab auch noch die Ähnlichkeiten zu Beckey Caterino.

Aufgrund der Lage von Truongs Körper hätte man annehmen können, sie sei im Wald gestolpert und auf dem Rücken gelandet, habe das Bewusstsein verloren und sei schließlich gestorben. Ihre Kleidung sah unberührt aus. Sie trug ein Sweatshirt der Grant Tech mit ausgeschnittenem Kragen. Jeffrey konnte die Träger ihres weißen Sport-BHs darunter sehen. Ihre weißen Yogapants waren bis zur Hüfte hinaufgezogen. Sie waren von Lululemon, dieselbe Marke, die auch Sara trug. Truongs Sneaker waren blaue Nikes. Sie trug kurze Söckchen dazu.

An diesem Punkt endeten die Ähnlichkeiten.

Zwischen Leslie Truongs Beinen war das Blut in Strömen geflossen.

Ihre weiße Hose war durchweicht. Die Menge war so groß, dass selbst der Regen nicht alles weggewaschen hatte. Der Blutstrom hatte sogar Blätter und Zweige rundum dunkel gefärbt. Sie lag nicht auf einem Hang – das Blut war geflossen, als ihr Herz bei seinen letzten Schlägen wie rasend gepumpt hatte.

Dennoch musste es Jeffrey bestätigt hören. »Ist das der Tatort?«

»Gehen wir davon aus, dass das Zeitfenster für den Überfall rund eine halbe bis eine Dreiviertelstunde betrug?«, fragte Sara zurück.

»Verzeihung, Sara«, unterbrach Brock. »Kannst du mir für meine Unterlagen sagen, wie du zu diesem Zeitrahmen kommst?«

Es war Jeffrey, der die Frage beantwortete. »Leslie Truong hat den Schauplatz des Überfalls auf Beckey Caterino gestern Morgen gegen sechs Uhr verlassen. Etwa um halb sieben fing das Gewitter an.«

»Ah«, sagte Brock. »Und der Regen hat die Fußabdrücke fortgespült.«

Jeffrey fragte Sara: »Was, denkst du, ist passiert?«

»Ich müsste einen Wetterbericht sehen, um den genauen Zeitpunkt für den Beginn des Regens zu kennen, aber grob geschätzt kann ich mir zwei Szenarien vorstellen«, erklärte Sara. »Im ersten wurde Leslie auf dem Rückweg zum Campus entführt und an einen nicht einsehbaren Ort in der Nähe gebracht, etwa die Ladefläche eines Fahrzeugs. Sie wurde vergewaltigt und ermordet. Dann brachte sie der Täter hierher zurück – wahrscheinlich hatte er sie über die Schulter geworfen, wie ein Feuerwehrmann es tun würde –, bevor der Regen einsetzte.«

Jeffrey hielt es für möglich, aber nicht sehr wahrscheinlich. »Und das zweite Szenario?«

»Überfall und Mord sind hier passiert, und wegen des Gewitterregens sehen wir keine Spuren eines Kampfes.« Sie achtete darauf, Brock einzubeziehen. »Kannst du dir noch etwas anderes vorstellen?«

»Nein, aber ich würde sagen, das zweite Szenario klingt wahrscheinlicher. Bei einer Entführung müsste der Verdächtige ganz schön übel ausgesehen haben. Wenn er sie getragen hat, meine ich.«

»Er wäre blutbesudelt gewesen«, sagte Sara.

»Müsste auch ein Riesenkerl gewesen sein, wenn er die Kleine so weit geschleppt hat«, sagte Brock. »Ich habe dieses Zelt kaum geschafft, und die Leinwand wiegt vielleicht zwanzig Kilo.«

Sara lehnte sich kurz zurück. Jeffrey sah, dass der Geruch ihre Augen zum Tränen brachte. Sie atmete durch den Mund.

»Es ist riskant, sie zu entführen und zurückzubringen«, sagte Brock. »Und vermutlich ist es riskant, sie überhaupt zu überfallen. Wir sind zwar nicht auf einem Hauptweg, aber es ist immer noch ein Weg.«

Niemand musste Jeffrey sagen, dass dieser Mörder das Risiko liebte. Das Wenige, was sie über ihn wussten, ließ auf einen Mann schließen, der es genoss, sich unsichtbar zu machen.

Er drehte sich zu Frank um, der wegen des Gestanks etwas abseits geblieben war. »Ich brauche eine topografische Karte des gesamten Gebiets. Ich möchte sehen, wie diese Forststraße im Verhältnis zum Tatort verläuft. Ob er Truong nun zu seinem Fahrzeug brachte oder sie hier getötet hat, er muss es irgendwo abgestellt haben, und es wird nicht auf dem Campus gewesen sein.«

Frank wandte sich zum Gehen, aber Jeffrey sagte: »Lassen Sie weitere uniformierte Beamte kommen. Ich möchte, dass der Wald von hier bis zur Forststraße durchkämmt wird. Egal, wo sie überfallen wurde, er muss von irgendwoher gekommen sein. Dehnen wir die Absperrung aus, damit diese Gaffer, die wir vorhin gesehen haben, keine Spuren zertrampeln. Ermahnen Sie die Leute der Suchmannschaft, gelegentlich auch den Kopf zu heben. Nicht alle Spuren sind auf dem Boden.«

»Verstanden.« Frank führte sein Funkgerät an den Mund, als er sich entfernte.

Sara sah Brock an. »Ich kann das Filmen übernehmen, wenn du die visuelle Begutachtung durchführen willst.«

»Nein. Du bist die Ärztin. Du solltest die wichtigen Sachen übernehmen.« Brock öffnete den Tatortkoffer. Er griff nach dem uralten Sony-Camcorder, aber das unförmige Gerät rutschte ihm aus der Hand. »Tut mir leid. Es ist einfach alles so schrecklich.«

»Das stimmt«, sagte sie. »Aber wir können uns zusammen um sie kümmern. Okay?«

»Ja, du hast recht.« Brock überprüfte, ob ein Videoband im Camcorder eingelegt war. Er nahm den Objektivverschluss ab und steckte ihn in seine Tasche.

Jeffrey griff zu Notizbuch und Kugelschreiber. Allen war bang zumute. Die Menge an Blut zwischen Leslies Beinen erzählte eine Geschichte, die niemand von ihnen hören wollte. Er dachte an seine vorangegangenen Telefongespräche mit Bonita Truong. Die Frau war inzwischen wahrscheinlich in Macon. Jeffrey hatte im Lauf der Jahre etlichen Eltern mitteilen müssen, dass ihr Kind tot war, aber er wusste noch nicht recht, was er dieser Mutter sagen sollte, wenn sie schließlich eintraf. Die Wahrheit würde sie vernichten. Vielleicht würde sie ihn selbst vernichten.

Ihre Tochter wurde brutal überfallen. Sie wurde mit Drogen betäubt. Sie wurde sexuell missbraucht. Sie wurde von einem Verrückten gepeinigt, der sie dann im Wald zurückließ, wo sie langsam ihren Verletzungen erlag. Und ich sollte vielleicht noch erwähnen, dass das alles zu verhindern gewesen wäre, aber bitte lassen Sie sich davon nicht in Ihrer Trauer stören.

Sara streifte ein Paar Latexhandschuhe über und sah zu Brock hin. »Fertig?«

Er nickte und drückte den roten Knopf. Der Camcorder surrte los.

Sara nannte das Datum und die Uhrzeit für die Aufzeichnung und gab die Namen der Anwesenden bekannt. Dann begann sie mit der vorläufigen Untersuchung.

Sie leuchtete mit einer Stablampe in die Augen. »Keine Petechien.«

Das Mädchen war also nicht gewürgt oder stranguliert worden.

Sara drehte sanft den Kopf, um das rote Mal auf der Schläfe besser sehen zu können. Sie sagte zu Jeffrey: »Das könnte der erste Schlag gewesen sein. Ein Schlag an dieser Stelle kann zu Bewusstlosigkeit führen. Was die verwendete Waffe angeht, würde ich sagen, die Wunde stimmt mit einem Hammer überein.«

Brock sog scharf die Luft ein. Er wandte seine Aufmerksamkeit wieder der Kamera zu. Er neigte den LED-Schirm etwas und passte einige Einstellungen an. Jeffrey sah, dass seine Hände zitterten.

Jeffreys Hände waren ruhig, aber sie schwitzten stark. Die Gewalttätigkeit prägte die Atmosphäre am Ort. Der Geruch war ekelerregend, selbst mit Maske. Zeuge eines unnatürlichen Todes zu werden gehörte zu seiner Arbeit, aber etwas an diesem besonderen Fall, an diesem besonderen Opfer sandte Grauen in jede Faser seines Körpers.

Jeffrey hatte schon eine Menge Mörder und Vergewaltiger gejagt.

Aber noch nie ein Raubtier.

Sara schaute in die Nasenlöcher, in den Mund. Sie presste die Finger an die Kehle des Mädchens. »Ich kann keine Blockade feststellen.«

»Blockade?«, fragte Brock nach.

»Bei Caterino steckte etwas in der Kehle, wahrscheinlich heraufgewürgtes Gebäck.«

Brock nickte und trat vorsichtig um die Leiche herum.

Sara drehte den Kopf des Mädchens stärker, um den Nacken sehen zu können. Jeffrey erkannte etwas getrocknetes Blut um ein winziges Loch.

»Es gibt eine Punktion bei C5«, sagte sie. »Das dürfte die erwünschte Wirkung gehabt haben.«

»Welche erwünschte Wirkung?«, fragte Brock wieder.

»Wir glauben, dass der Täter die Opfer lähmen wollte«, erklärte Jeffrey.

Brock schüttelte angewidert den Kopf. Jeffrey sah eine Schweißperle über seine Wange laufen.

Sara arbeitete sich nach unten. Sie hob das Sweatshirt an. Der Torso wies Prellungen auf. »Sie wurde mit der Faust geprügelt. Eine der Rippen scheint verschoben zu sein.«

Jeffrey blickte auf sein Notizbuch hinunter. Die Seite war noch leer. Er begann eine grobe Lageskizze der Leiche und vermerkte Bäume und Steine im Gelände.

Sara fuhr mit dem Zeigefinger unter den Bund der Yogahose. Sie sagte zu Brock: »Geh hier näher ran.«

Ihr Handschuh wies auf einen roten Streifen, aber es war kein Blut. Jeffrey erkannte die typische Rostfarbe des in Georgia verbreiteten Lehmbodens.

Brock fragte: »Kann sie sich umgedreht haben?«

»Vielleicht«, sagte Sara. »Können wir uns ihren Rücken ansehen?«

Jeffrey übernahm Brocks Kamera, damit dieser Handschuhe anziehen konnte. Er tat sich schwer. Der Kunststoff wollte nicht über seine schweißnasse Haut gleiten.

»Tut mir leid.« Endlich schaffte Brock es, die Handschuhe überzustreifen. Jeffrey sah kurz eine alte Narbe an der Innenseite von Brocks Handgelenk.

»Fertig.« Brock kniete am Kopf des Mädchens. Er fasste ihre Schultern. Sara brachte ihre Hände an der Hüfte in Stellung. Mit einer synchronen Bewegung drehten sie das Mädchen zur Seite.

Der Bund von Truongs Hose war hinten zusammengeschoben. Erde und Zweige klebten an ihrer nackten Gesäßhaut.

Sara sagte: »Die Hose wurde hinaufgezogen, während sie auf der Erde lag.«

»Was, glaubst du, bedeutet das?«, fragte Brock.

Sie drehten das Mädchen vorsichtig wieder in die ursprüngliche Lage.

»Es könnte bedeuten, dass er an den Tatort zurückgekehrt ist«, sagte Sara.

»Nachdem er sie tot liegen ließ?«, fragte Brock. »Warum sollte er zurückkommen?«

Sara schaute sich die Hände des Mädchens an. Ihre Fingerspitzen waren rot gefärbt. »Ich denke, es ist möglich, dass sie die Hose selbst hochgezogen hat.«

Jeffrey sah vor seinem geistigen Auge, wie Leslie Truong im Wald verblutete und in dem vergeblichen Versuch, ihre Würde zu wahren, die Hände ausstreckte, um sich zu bedecken.

Sara drückte vorsichtig die Beine auseinander.

Jeffrey biss die Zähne zusammen wegen des Geruchs.

»Der Zwickel der Hose ist zerrissen.« Sara benutzte wieder die Stablampe. Sie spreizte die Beine noch weiter auseinander. »Zoom heran«, sagte sie zu Jeffrey.

Er beobachtete den Bildschirm. Das Objektiv des Camcorders ging auf Makromodus. Der elastische Stoff zwischen den Beinen des Mädchens war zerrissen. Er sah dicke Klumpen von getrocknetem Blut und etwas, das wie scharfe Glasscherben aussah, die durch den Stoff schnitten, wie eine in der Bewegung erstarrte Explosion. Die Hose des Mädchens war von innen heraus zerrissen.

»Was ist das?«, fragte Brock.

»Ein Holzstiel«, sagte Sara. »Er hat den Hammer in ihr abgebrochen.«

ATLANTA

15

Faith starrte auf den gebrochenen Stiel. Der Fotograf hatte ihn auf ein weißes Blatt Papier gelegt, mit einem Lineal für die Größenbestimmung daneben. Die Tatwaffe war gereinigt worden, aber Blut und Fäkalien hatten sich ins Holz gefressen. Der obere Teil, an den der Hammerkopf gehörte, war weggebrochen. Die Splitter ragten wie abgebrochene Zähne hervor.

»Der abgetrennte Stiel ließ sich nur durch Zerschneiden des Scheidengewölbes entfernen. Er steckte tief in ihr, tief genug, um die Knochen des Schambogens zu brechen. Ich vermute, dass der Mörder auf den Hammerkopf getreten ist. Er brach an der dünnsten Stelle ab, und das ist der Hals.«

Faith hatte den Atem angehalten. Sie musste den Blick von der Aufnahme abwenden.

»Am Stiel des Hammers war ein Herstellerzeichen. Es handelt sich um einen sogenannten Mechaniker- oder Schlosserhammer. Der Stiel ist am unteren Ende breit und wird zum Hals hin dünner.«

Will sagte: »Mit einem solchen Hammer klopft man Beulen aus Autoblechen.«

»Richtig«, sagte Sara. »Er hat einen flachen Kopf auf einer Seite und eine lange Finne auf der anderen. Nach meiner Erinnerung war nichts Ungewöhnliches an ihm. Man konnte so einen Hammer im Baumarkt kaufen oder online bestellen.«

»Erinnerung?«, fragte Amanda. »Sie haben die Information nicht in den Berichten gefunden?«

»Eine Kopie des Obduktionsberichts war in den Akten, die ich letzte Nacht eingesehen habe, aber ich habe keinen Zugang zu meinen persönlichen Aufzeichnungen. Die müssen in Brocks Akten sein, zusammen mit den toxikologischen Ergebnissen und Laborberichten, den Messungen und Fotos, die wir am Tatort gemacht haben. Er war nach dem Gesetz der zuständige Leichenbeschauer, und ich wurde deshalb einfach als seine Beraterin geführt. Wir wollten die Beweismittelkette nicht durcheinanderbringen.«

»Ich will diese Information haben«, sagte Amanda.

»Ich werde ihn anrufen.« Sara widmete sich wieder der Obduktion. »Leslie Truong hatte eine Punktion bei C5. Den Aufnahmen zufolge stimmt sie in Umfang und Länge mit dem Instrument überein, mit dem Beckey Caterino paralysiert wurde.«

»Und Alexandra McAllister, das Opfer in White County, das gestern obduziert wurde, hatte dieselbe Art von Punktion bei C5«, sagte Amanda.

»Was ist mit dem anderen Zeug?«, fragte Faith. »Hatte McAllister diese Fistel?«

»Nein, aber sie wurde brutal vergewaltigt. Wir fanden Risse in der Vagina und um sie herum. Die Scheidenwände wiesen Kratzspuren von einem scharfen Instrument auf. Die Klitoris war weggerissen.«

Sara hielt inne, wofür Faith dankbar war.

»Aus ermittlungstechnischer Sicht hatten wir Glück«, sagte Sara. »Die Wanderhose, die McAllister trug, war aus einem schweren, wasserdichten Material. Normalerweise machen sich Fleischfresser über die Körperöffnungen her, weshalb der Täter wahrscheinlich annahm, dass man alle Verletzungen, die er bei der Vergewaltigung verursachte, als Aktivitäten von Raubtieren einstufen würde.«

Faith musste es fragen: »Der Leichenbeschauer hat nicht bemerkt, dass man ihr die Klitoris weggerissen hatte?«

»Er sah keinen Grund, eine Beckenuntersuchung vorzunehmen. Er hätte es vielleicht bei der Einbalsamierung bemerkt. Dabei wird Watte in die Körperöffnungen gepackt, damit nichts ausläuft.«

Faith konnte einen Schauder nicht unterdrücken.

Sara fuhr fort. »Meine visuelle Untersuchung von McAllister gestern Vormittag hat größtenteils die Befunde des Coroners bestätigt, nämlich dass es ein Unfalltod war. Ohne Röntgenbilder hätte man die Kopfwunde für eine Schädelfraktur halten können, die vom Aufprall auf einen Stein stammt. Erst als ich nach einer Rückenmarkpunktion Ausschau hielt, habe ich die Verbindung zu Grant County hergestellt. Hätte ich nicht gewusst, wonach ich suchen musste, hätte ich sie vielleicht übersehen. Und wenn ich sie übersehen hätte, hätte ich McAllister niemals für eine vollständige Autopsie hierhergebracht.«

Die Lektion in Transparenz war eindeutig für Amanda gedacht, und diese erwiderte: »Danke für die Chronologie, Dr. Linton.«

Sara fuhr fort. »Die Theorie im Grant County war, dass der Mörder sich noch in der Entwicklungsphase befand. Er sah jedes neue Opfer als Gelegenheit, seine Fertigkeiten zu verfeinern. Der Überfall auf Tommi war Pfusch, wie ich es in Ermangelung eines weniger schrecklichen Ausdrucks beschreiben möchte. Tommi hat überlebt. Truong nicht. Jetzt springen wir acht Jahre vor. Der Mord an Alexandra McAllister war überzeugend als Unfall inszeniert. Wenn Sie mich bitten würden, die vier Fälle gesamthaft zu betrachten, könnte ich die

Hypothese nicht ausschließen, dass es eine klare Entwicklungslinie von Tommi bis zu McAllister gibt.«

Faith klopfte mit dem Kugelschreiber auf ihr Notizbuch. »Willst du damit sagen, dass die Verstümmelung sein Markenzeichen ist?«

»Die Lähmung ist sein Markenzeichen. Das wissen wir direkt aus dem Mund des Täters. Er hat Tommi befohlen, so zu tun, als sei sie gelähmt. Er drohte ihr an, sie mit der Stricknadel zu paralysieren, wenn sie nicht gehorchte. Bei McAllister gab es vermutlich keine Diskussion. Er durchtrennte ihr Rückenmark bei C5. Er zerstörte die Nervenbahnen in ihren Armen. Sie wird vollkommen gelähmt gewesen sein, aber immer noch bei Bewusstsein, wird immer noch geatmet haben. Das war der Zustand, den er schon bei Tommi bewirken wollte.«

»Großer Gott.« Faith schrieb *Lähmung* in ihr Notizbuch, aber nur, damit sie sich wieder ein wenig fangen konnte.

»Dr. Linton«, sagte Amanda. »Gehen Sie die übrigen Verbindungen mit uns durch.«

»Die greifbarste Verbindung, die sich mit Röntgenaufnahmen belegen lässt, ist die Kopfwunde. Caterinos Schädelbruch war halbmondförmig. Er passte zum Hammer. Der rote Abdruck an Leslie Truongs Schläfe passte zu dem Hammer, der in ihr gefunden wurde. Als ich gestern Alexandra McAllister obduzierte, stimmte ihr Schädelbruch mit einem Hammerkopf überein.«

Während Faith alles aufschrieb, fragte sie: »Was ist mit Tommi?«

»Sie sagte, der Angreifer habe sie mit etwas sehr Hartem geschlagen. Sie hat nicht gesehen, was es war.«

»Und die nächste Verbindung?«, drängte Amanda.

»Vor acht Jahren hat uns Tommi erzählt, dass sie während ihrer Entführung gezwungen wurde, eine blaue, zuckerhaltige

Flüssigkeit wie Gatorade zu trinken. Das Erbrochene von Caterino und das, was noch in ihrer Kehle steckte, war sichtbar blau gefärbt. Bei Leslie Truongs Autopsie stellte ich eine blaue Flüssigkeit in ihrem Magen fest. Als ich gestern Nachmittag Alexandra McAllister obduziert habe, fand ich eine ähnliche blaue Flüssigkeit in ihrem Magen, dazu Verfärbungen in ihrer Kehle und ihrem Mund. Ich habe Proben an die Toxikologie geschickt.«

Faith fragte: »Hat der Leichenbeschauer von Grant County …«

»Dan Brock.«

»Hat er toxikologische Ergebnisse zu Truong zurückbekommen?«

»Brock hat alle Proben ans GBI geschickt. Selbst wenn es als vorrangig behandelt wurde, dauerte es damals meist einige Monate, bis man Ergebnisse erhielt. Ich habe nie nach ihnen gefragt, denn zu diesem Zeitpunkt war Daryl Nesbitt längst als mutmaßlicher Täter ermittelt.«

Amanda begann, in ihr Telefon zu tippen. »Wir sollten Kopien der Laborergebnisse haben.«

»Okay.« Faith hatte Klärungsbedarf. »Ich verstehe, dass eine Weiterentwicklung in seinen Angriffen erkennbar ist, dass er lernt, und der Hammer und das Gatorade leuchten mir ein, aber Caterino ist ein Ausreißer. Himmel ja, sie hat schwere Schäden davongetragen, aber sie wurde nicht verstümmelt wie die beiden anderen Opfer.«

»Wenn Sie erlauben, Ma'am?« Nick wartete, bis ihm Amanda zunickte. »Eine der Theorien, die der Chief und sein Team aufstellten, war, dass er die Opfer vielleicht nicht entführt. Vielleicht folgt er ihnen in den Wald. Er schlägt sie bewusstlos und trägt sie an eine abgelegene Stelle, abseits der Hauptwege. Er betäubt sie mit Drogen und vergewaltigt sie. Er lässt sie liegen und kommt zurück, um bei jedem Besuch weiteren Schaden anzurichten. Dann wird das Opfer gefunden, und er muss sich ein neues suchen.«

Faith wurde übel. »Sie leben die ganze Zeit? Und wissen, dass er zurückkommt und ihnen wieder etwas antut?«

»Und sie sind gelähmt«, sagte Sara. »Sie könnten drei Tage ohne Wasser überleben, drei Wochen ohne Essen, aber wenn er zurückgekommen ist … wer weiß?«

»Ted Bundy ist zu seinen Opfern zurückgekehrt«, sagte Faith. »Wenn dieser Mörder wie Bundy ist, dann könnte die Angst, erwischt zu werden, zu seinem Nervenkitzel beitragen.«

»Nick«, sagte Amanda. »Erzählen Sie ihnen von dem Profil.«

Nick ließ seine Aktentasche aufschnappen und zog einen zusammengehefteten Stapel Papiere heraus. »Der Chief bat mich, vom FBI ein Profil anfertigen zu lassen. Sie wissen alle, dass Mordfälle, bei denen sich Täter und Opfer nicht kannten, schwer zu knacken sind. Wir gingen davon aus, dass es jemand aus der Stadt sein musste, der sich im Wald auskannte, der wusste, wo sich die Studenten herumtrieben. Dies hier haben die FBI-Leute ein Jahr später zurückgeschickt.«

Faith setzte nicht viel Vertrauen in Täterprofile, nicht zuletzt, weil sie häufig von älteren weißen Männern angefertigt wurden, die ihre eigenen privaten Probleme hatten. »Lassen Sie mich raten – er hasste seine Mutter.«

»Sie sagten, sein vorrangiger Antrieb seien Probleme mit dem Vater. Daddy segelte mühelos durchs Leben, unser Täter nicht. Er war sozial isoliert. In der Schule ganz okay, strengte sich aber nie an. Arbeitete am Ende in einem Handwerksberuf. Mitte bis Ende dreißig. Geringes Selbstbewusstsein. Kann keine Frau finden, geschweige denn halten. Fühlt sich minderwertig, was Daddy angeht. Der Täter trachtete nach Bestrafung, so haben die Profiler das Risiko erklärt, das er einging, wenn er die Leichen offen liegen ließ und zu ihnen zurückkehrte, bis sie am Ende gefunden wurden. Ich bin gewiss kein Anhänger der Theorie, dass der Täter aufgehalten werden will – vielmehr glaube ich, dass Mörder nie erwischt werden wollen –, aber dieses kranke Arschloch ist definitiv einige gewaltige Risiken eingegangen.«

»Sara?«, fragte Amanda.

Sie sagte: »Ich verstehe, was die beim FBI meinen. Grant war eine Kleinstadt, in sich abgeschlossen. Der Mörder hat junge weiße Frauen ins Visier genommen, Studentinnen, die zur Gemeinschaft gehörten, mit weitläufigen Familien. Das schreit geradezu nach umfangreichen Ermittlungen.«

Nick sagte: »Er hätte das Gleiche Tag und Nacht mit Prostituierten in Atlanta machen und ihre Leichen in den Chattahoochee werfen können, und niemand hätte irgendwelche Zusammenhänge erkannt.«

»Frage.« Faith hob die Hand. »Wenn er Probleme mit Daddy hat, warum bringt er dann nicht Männer um? Und wieso die Verstümmelung?«

»Weil er seine Mutter hasst.«

Na also.

»Jedenfalls passt das Profil zu Daryl Nesbitt wie die Faust aufs Auge«, fuhr Nick fort. »Der Stiefvater war ein erfolgreicher Geschäftsmann, zumindest bis ihn die Justiz am Wickel hatte. Er hat Daryl nie formal adoptiert, der Junge fühlte sich also unerwünscht. Seine Mom war auf Speed und starb an einer Überdosis, als Daryl acht war. Er hat mit sechzehn die Highschool verlassen und eine Reihe von einfachen Jobs angenommen. Er dachte, er würde eine Art Selfmademan werden, endete aber als Tagelöhner, der schwarzgearbeitet hat, um keine Steuern zahlen zu müssen.«

»Ich will keine Pauschalaussagen treffen«, sagte Sara, »aber die ganze Familie hatte einen schlechten Ruf. Das Geschäft des Stiefvaters wurde vor ein paar Jahren dichtgemacht, weil er gestohlene Autos ausgeschlachtet und die Teile verkauft hat.«

»Wofür man einen Mechanikerhammer brauchen würde«, sagte Will.

»Richtig«, stimmte Nick ihm bei. »Alle Indizien wiesen genau auf Daryl Nesbitt. Er wohnte in der Nähe. Er hatte Zugang zu dem Hammer, der eher speziell war, auch wenn man ihn überall kaufen konnte. Er hatte eine Verbindung zu den Opfern. Motiv, Mittel, Gelegenheit, alles da.«

Faith kaute auf ihrer Zunge, damit sie nicht mit der naheliegenden Feststellung konterte, dass ihr Täter immer noch da draußen war und mordete, weshalb die Indizien nirgendwo hingeführt hatten, sondern eher eine entlarvte alternative Theorie waren.

»Vielleicht wollte der Täter am Anfang gefasst werden«, sagte sie. »Aber dann wurde ihm klar, dass es aufregender wäre, damit durchzukommen.«

Will räusperte sich. »Wenn er wirklich mit jedem Mord dazulernt, dann ist es ein kluger Schachzug, seine Opfer über den ganzen Bundesstaat zu verteilen.«

»Bundy hat das ebenfalls getan«, sagte Faith.

Amanda sah sie warnend an, und Faith zuckte mit den Schultern. Sie sagte nur die Wahrheit, und die Wahrheit lautete, dass sie von einem Serienmörder sprachen.

Sara sagte: »Zu Faiths Anmerkung habe ich einige Statistiken, wenn wir die thanatologischen Aspekte des Verbrechens erörtern wollen.«

Amanda fuhr Sara nie über den Mund, wie sie es bei allen anderen tat. »Und die wären?«

»Bei sechzehn Prozent der Serienmorde sieht man eine Form von Post-mortem-Verstümmelung. Schändung liegt bei unter zehn Prozent. Nekrophilie und Kannibalismus unter fünf. In drei Prozent der Fälle wird die Leiche in Positur gebracht und ausgestellt, etwa um einer Schockwirkung willen.«

»Würden Sie sagen, dass Caterino und Truong in Positur gebracht wurden?«

»Sie waren beide gelähmt, wurden aber auf dem Rücken liegend gefunden. Wir müssen davon ausgehen, dass der Täter sie so hingelegt hat. Alexandra McAllister wurde vielleicht auf den Rücken gelegt, aber nach ihrem Tod noch bewegt, weil die Tiere um ihre Leiche gekämpft haben.«

»Okay.« Faith musste eine Liste anlegen, um den Überblick zu behalten. »Wir haben vier solide Verbindungen zwischen Humphrey, Truong und McAllister. Den Hammerschlag auf den Kopf, das blaue Gatorade, die Lähmung und die Verstümmelung. Bei Caterino gab es den Hammer, das Gatorade, die Lähmung, aber keine Verstümmelung. Truong und Caterino fehlten persönliche Gegenstände, das Stirnband beziehungsweise die Haarklammer.«

Will sagte: »Gerald Caterino hielt sich bei dem Stirnband bedeckt. Es könnte sein, dass etwas verschwunden war, weil Dinge eben verschwanden.«

Faith sah sich die Tabelle auf ihrem Blatt an. Sie ging wortlos die übrigen Opfer aus Nesbitts Zeitungsartikeln durch. Sie musste noch einen Versuch bei Amanda machen. »Können wir noch eine Minute auf diese andere Sache zurückkommen?«

Amanda wusste, welche andere Sache sie meinte. »Dreißig Sekunden.«

»Du sagst, wir können diesen Kerl keinen Serienmörder nennen, wir hätten nur eine Vermutung, aber keine konkrete Verbindung, weil es keinen Beweis gibt, dass er mehr als drei Frauen getötet hat, richtig?«

Amanda schaute auf die Uhr.

»Wir haben also acht mögliche Opfer aus den Zeitungsartikeln. Um Beweise dafür zu sammeln, dass sie ermordet wurden und es sich nicht um eine zufällige Häufung von Wanderinnen handelt, die über die eigenen Füße stolpern, müssten wir mit den Ermittlern, Leichenbeschauern und eventuellen Zeugen in allen diesen Fällen reden, richtig?«

Amanda schaute immer noch auf die Uhr.

»Warum reden wir dann nicht mit diesen Ermittlern, Leichenbeschauern und Zeugen?«

Amanda hob den Kopf. »Im Augenblick ist die Zahl der Opfer belanglos. Wir haben einen Mörder. Wir wissen, dass er ein Mörder ist. Wir haben außerdem etwas, was in einer solchen Situation selten ist, nämlich das Überraschungsmoment.«

»Er weiß nicht, dass wir wissen, dass er immer noch aktiv ist«, warf Nick ein.

»Korrekt«, erwiderte Amanda. »Wenn wir anfangen, in acht verschiedenen Zuständigkeitsbereichen an Türen zu klopfen, wo jeweils zehn bis fünfzig Beamte nur auf irgendwelche Klatschgeschichten warten – wie lange, glaubst du, wird dieses Überraschungselement Bestand haben?«

»Aber was haben wir zu verlieren?«, fragte Faith.

»Was haben wir zu gewinnen?«, konterte Amanda. »Es gibt keine Obduktionsberichte, weil die Todesfälle nicht als verdächtig eingestuft wurden. In der Hälfte der Fälle wurden die Leichen kremiert. Nirgendwo wurde eine Ermittlung begonnen, geschweige denn abgeschlossen. Alle Einzelheiten zum Verschwinden der Frauen kennen wir bereits. Wir wissen, wo sie gefunden wurden, wie lange sie verschwunden waren, wir kennen ihre Namen, ihre Adressen, ihre Beschäftigung, die Namen ihrer Angehörigen. Was könnten wir deiner Ansicht nach noch herausfinden?«

»Vielleicht war einem der Detectives nicht wohl beim Befund des Coroners.«

»Setz das gegen die Möglichkeit, dass dir CNN auf Schritt und Tritt folgt. Oder FOX zur besten Sendezeit ein Special bringt. Oder Journalisten, Fernsehleute oder Polizisten informell über jeden Befund, jede mögliche Spur oder etwaige Verdächtige reden«, sagte Amanda. »Dann stell dir vor, dass der Mörder diese Sendungen sieht, von diesen undichten Stellen hört und sein Vorgehen entsprechend anpasst. Vielleicht untertaucht oder in einen anderen Bundesstaat geht, wo wir keine Kontakte haben und nicht zuständig sind.«

Faith konnte keine Verteidigung artikulieren, aber ihr Bauch sagte ihr, dass mit Leuten zu reden das beste, manchmal das einzige Instrument war, das ein Detective hatte.

Amanda sagte: »Wir können hier drin, in diesen vier Wänden, über die Zeitungsartikel reden, bis du blau im Gesicht bist, aber ohne meine Erlaubnis werden keine Telefongespräche geführt, keine Quellen angezapft. Ist das klar?«

»Spielt es eine Rolle, was ich antworte?«

»Nein«, sagte Amanda. »Dr. Linton? Haben Sie uns noch mehr mitzuteilen?«

Sara schüttelte den Kopf.

»Also gut, dann lassen Sie uns jetzt zu Gerald Caterinos Rolle bei dem Ganzen kommen«, sagte Amanda. »Faith, du bist dran. Du darfst gern mit den Artikeln anfangen.«

Genau das hatte sie vorgehabt, aber sie stieß einen tiefen Seufzer aus, um den Emma sie beneidet hätte. Sie blätterte in ihrem Notizbuch zurück, als sie Saras Platz am Rednerpult einnahm. Es kam ihr so vor, als würde eine etwas tollpatschige, übereifrige Provinzpolizistin auf eine Charlize Theron folgen. Sara dagegen hatte eine Nummer wie in einer romantischen Filmkomödie abgeliefert, wo sich ein unscheinbarer Bücherwurm ein bisschen Make-up ins Gesicht klatscht, die Brille abnimmt und plötzlich Julia Roberts ist. Faith sah genau nach dem aus, was sie auch war – eine alleinerziehende Mutter, die neunzig Prozent ihres Morgens damit verbrachte, aus einer Zweijährigen herauszubekommen, warum etwas nass geworden war.

Sie hatte die halbe Nacht Informationen zusammengetragen und den größten Teil des Vormittags telefoniert, aber sie würde sich die Gelegenheit zu einem Seitenhieb auf Amanda nicht entgehen lassen. »Das alles liegt eingescannt auf dem Server, falls jemand in die Tiefe gehen will, aber fürs Erste machen wir es genau so, wie von Amanda befohlen, und fangen mit den Opfern aus den Artikeln an.«

Amanda blieb stoisch.

»Joan Feeney. Rennie Seeger. Pia Danske. Charlene Driscoll. Deaundra Baum. Shay Van Dorne. Bernadette Baker. Jessica Spivey.« Faith klickte auf die Fernbedienung für das Smartboard und rief die zuvor darauf geladenen Bilder auf. »Gerald Caterino hatte Kopien aller Berichte der Leichenbeschauer. Wie schon festgestellt wurde, gab es bei keinem der Opfer eine Obduktion, da von keinem Verbrechen ausgegangen wurde. Gerald sprach am Telefon oder persönlich mit Freunden und Angehörigen. Er sprach auch mit einigen der jeweiligen Ermittler. Nach seinen Aufzeichnungen zu schließen können wir Seeger, Driscoll, Spivey, Baker und Baum wohl herausnehmen.«

»Weil?«, fragte Amanda.

»Bei Seeger gab es eine Vorgeschichte mit Selbstmordversuchen. Driscoll litt unter einer Depression nach einer Trennung. Spivey ist offensichtlich zu Tode gestürzt. Baker hatte einen eifersüchtigen Ehemann und zwei noch eifersüchtigere Liebhaber. Baum ist in flachem Wasser ertrunken, was verdächtig ist, aber nicht in unserem Sinn verdächtig.« Faith deutete auf die verbliebenen Namen. »Joan Feeney. Der Bericht des Coroners vermerkt tierische Aktivitäten um Brüste, Anus und Vagina. Pia Danske, tierische Aktivität, nicht näher bezeichnet.

Shay Van Dorne, tierische Aktivität an ›Sexualorganen‹, laut dem Zahnarzt, der in Dougall County als amtlicher Leichenbeschauer tätig ist.«

»Gerald Caterino wusste nichts von den Verstümmelungen, deshalb hat er nicht danach gefragt«, sagte Will.

»Soviel ich weiß, hat Tommi nie darüber gesprochen, was ihr zugestoßen ist«, sagte Sara. »Und Leslie Truongs Fall ist technisch gesehen noch offen, deshalb unterliegt er nicht dem Freedom of Information Act.«

»Korrekt«, bestätigte Amanda. »Faith?«

Faith ließ sich nur ungern piesacken, aber sie klickte wieder auf die Bilder, die sie von der Wand in Geralds Mord-Zimmer ausgesucht hatte.

Sie sagte: »Pia Danskes beste Freundin berichtete, dass Pia wegen der verschwundenen silbernen Haarbürste ihrer Großmutter sehr besorgt war. Joan Feeney musste sich ein Stirnband von einer Freundin in der Fitnessgruppe borgen, weil das Band, das sie immer in ihrer Sporttasche dabeihatte, nicht mehr da war. Shay Van Dorne fuhr mit einer Nachbarstochter im Wagen, und die Jugendliche wollte sich einen Kamm ausleihen. Van Dorne war verärgert, weil der Kamm verschwunden war. Laut Gerald hatten außerdem alle drei Frauen einem Freund oder Familienmitglied vor ihrem Verschwinden erzählt, dass sie sich unbehaglich fühlten, so als würde sie jemand beobachten. Ohne die Leichen haben wir also zwei Verbindungen: das fehlende Haaraccessoire und das Gefühl, verfolgt oder beobachtet zu werden.«

»Weißt du, wie mit den Leichen verfahren wurde?«, fragte Sara.

»Außer Van Dorne wurden alle eingeäschert.« Faith ging zu einem der Boards. »Aber jetzt kommt der wichtige Punkt. Es gibt bei den drei jüngsten Morden ein Muster.«

»Wir haben keinen Beweis für Mord«, warf Amanda ein.

Faith verzog das Gesicht. »Feeney, Danske und Van Dorne. Ich bin ihre Profile in den sozialen Medien durchgegangen, habe Dating-Sites überprüft, Kreditkartenabrechnungen, Adressen, das übliche Zeug, aber es gibt keine Verbindung. Doch dann habe ich auf den Kalender geschaut. Feeney und Danske verschwanden beide in der letzten Märzwoche. Van Dorne verschwand in der letzten Oktoberwoche.«

Sara sagte: »Tommi Humphrey wurde in der letzten Oktoberwoche überfallen. Caterino und Truong wurden Ende März angegriffen.«

»Und Alexandra McAllister wurde im Oktober getötet«, sagte Faith. »Wir haben es mit einem Mörder zu tun, der sich durchschnittlich jedes halbe Jahr ein Opfer holt.«

Amanda sah sie wieder scharf an, denn das klang nach einem Serienmörder.

Nick sagte: »Dem FBI-Profiler zufolge denkt der Killer eine Weile über seine Tat nach. Es ist eine bestimmte Fantasie im Spiel. Dann lässt ihn irgendetwas aktiv werden. Vielleicht verliert er wieder einmal einen Job, oder seine Mutter nörgelt an ihm herum, weil er immer seine Socken auf dem Boden liegen lässt, und er zieht los.«

»Warten Sie, ich bekomme gerade ein Update vom Labor«, sagte Amanda. Sie tippte ein paarmal auf den Schirm und las dann leise. Schließlich berichtete sie: »Das GBI hat keine Kopie des toxikologischen Berichts zu Leslie Truong aus dem Grant County vor acht Jahren.«

»Damals haben wir noch gefaxt«, sagte Nick. »Kann sein, dass ich eine Kopie in meinen alten Akten habe. Der Bericht müsste von mir an Brock gegangen sein, mit dem Chief in cc.«

»Er war nicht in seinen Akten«, sagte Sara.

»Treiben sie ihn auf«, sagte Amanda zu Nick.

Er schloss seine Aktentasche und ging.

»Brock müsste auch noch eine Kopie haben«, sagte Sara.

»Gut«, sagte Amanda. »Rasheed, fahren Sie ins Gefängnis zurück und arbeiten Sie weiter an dem Mord an Vasquez. Gary, Sie sind noch mit Stützrädern unterwegs, Sie müssen für diesen nächsten Punkt den Raum verlassen.«

»Ja, Ma'am.« Gary schloss sein Notizbuch und ging zusammen mit Rasheed hinaus.

Amanda wartete, bis die Tür geschlossen war.

»Heath Caterino«, sagte sie zu Faith.

Faith bezweifelte, dass Will und Sara über die Enthüllung vom Vortag gesprochen hatten, deshalb sagte sie Sara zuliebe: »Beckey Caterino hat einen siebenjährigen Sohn. Er wird zu Weihnachten acht.«

Sara biss sich auf die Unterlippe. Sie hatte nachgerechnet.

Faith erzählte ihr von dem Brief, den Daryl Nesbitt Gerald aus dem Gefängnis geschickt hatte. »Gerald hat uns die Ergebnisse des DNA-Tests zur Verfügung gestellt, der mit dem Speichel von Briefmarke und Kuvertverschluss erstellt wurde. Ein bei der AABB akkreditiertes, vor Gericht anerkanntes Privatlabor hat Daryl Nesbitt als Vater ausgeschlossen.«

Sara verarbeitete die neue Information. »Wenn Daryl nicht Heaths Vater ist, dann ist er also auch nicht die Person, die Beckey überfallen hat, und das heißt, er hat auch nicht Leslie Truong angegriffen.«

Faith versuchte, das Positive zu betonen. »Sobald wir einen Verdächtigen haben, können wir durch einen Vaterschaftstest, der ihn als Heaths Vater identifiziert, beweisen, dass er Beckey vergewaltigt hat.«

Amanda sagte: »Wir können beweisen, dass er etwa zu der Zeit des Überfalls auf Beckey Sex mit ihr hatte, nicht mehr. Sicher, sie gilt als lesbisch, aber jeder Strafverteidiger, der sein Geld wert ist, würde eine beständige Orientierung in dem

Alter in Zweifel ziehen. Die Wahrheit wird keine Rolle spielen, und das Mädchen ist nicht in der Verfassung, etwas anderes zu behaupten.«

Faith stützte die Ellbogen auf das Rednerpult. Sie hatte genug davon, dass ihnen Amanda ständig Kontra gab. In dem Fall blinkten so viele Alarmlichter, dass sie praktisch auf dem Las Vegas Strip landeten.

Amanda nahm ihre Stimmung wahr. »Faith, gerade du solltest wissen, was es bedeutet, kleine Schritte wie ein Baby zu machen. Wir setzen einen Fuß vor den andern. Wir springen nicht herum. Langsam und gleichmäßig, so zimmert man einen Fall. Was ist mit dieser Love2CMurder-Website?«

Faith zögerte, um ihr Widerstreben zum Ausdruck zu bringen. »Wenn man der Seite Glauben schenkt, ist Dirk Masterson ein pensionierter Mordermittler der Polizei von Detroit. Er ist mit seiner Frau, einer pensionierten Lehrerin, nach Georgia gezogen, weil sie ihren zehn Enkeln näher sein wollten. Seine Rechnungen gehen an ein Postfach in Marietta. Die Stadt Detroit hat keine Unterlagen über einen Beamten namens Dirk Masterson. Inzwischen hat er Gerald Caterino Zehntausende von Dollar gekostet.«

»Dirk Masterson«, sagte Amanda. »Ist das nicht ein Pornoname?«

Keinem von ihnen war wohl dabei, dass ausgerechnet Amanda diese Beobachtung machte.

Faith sagte: »Ich habe die Herausgabe der Anmeldedaten für Mastersons IP-Adresse beantragt, damit wir herausfinden, wer er wirklich ist. Und ich hab ein paar seiner sogenannten Fallakten gelesen. Wenn der nach Cop klingt, höre ich mich wie ein Huhn an.«

»Ich will, dass du ihn noch heute in die Mangel nimmst«, sagte Amanda und fügte an: »Geh außerdem die Meldungen über vermisste Frauen in den Monaten März und Oktober der letzten acht Jahre durch. Schick mir die Liste per E-Mail. Ich werde ein paar diskrete Telefongespräche führen.«

Faith verspürte einen Schimmer von Hoffnung, den sie jedoch mit Sarkasmus im Zaum hielt. »Da wir nicht nach einem Serientäter mit einem bestimmten Muster suchen, soll ich einen Warnhinweis an alle Dienststellen herausgeben, was aktuelle Berichte über verschwundene Frauen betrifft und Frauen, die sich gemeldet haben, weil sie sich beobachtet fühlen?«

Amanda kniff die Augen zusammen. »Sicher.«

»Danke.«

Amanda wandte sich wieder an Sara. »Glauben Sie, Tommi Humphrey wird mit uns reden? Sie ist das einzige überlebende Opfer, das uns stichhaltige Informationen liefern kann. Es ist neun Jahre her. Vielleicht ist ihr in der Zwischenzeit etwas eingefallen.«

Saras Widerstreben war mit Händen zu greifen. »Ich habe Tommi ein Foto von Nesbitt gezeigt, das bei seiner Festnahme gemacht wurde. Sie sagte, er war es nicht, aber später am selben Tag hat sie sich im Garten ihrer Eltern versucht zu erhängen. Sie kam zur Behandlung in eine Privatklinik. Die Familie ist ein Jahr später aus Grant County weggezogen.«

»Tommis Angreifer hat mit ihr geredet«, sagte Amanda. »Er hat versprochen, keinen anderen Frauen etwas zuleide zu tun, wenn sie schweigt. Wir können annehmen, dass er noch mehr zu ihr gesagt hat. Vielleicht ist ihr noch etwas eingefallen. Oder sie hat sehr wahrscheinlich etwas für sich behalten.«

»Das ist möglich«, räumte Sara ein, aber sie war immer noch sichtlich zurückhaltend.

Amanda ließ nicht locker. »Wären Sie eher bereit, mit Tommi Humphrey Kontakt aufzunehmen, wenn Sie selbst mit ihr sprechen dürften?«

Sara machte Ausflüchte. »Sie hat ihm nie ins Gesicht gesehen. Sie stand unter Drogen. Sie hat immer wieder das Bewusstsein verloren. Schon allein ihre Medikamente könnten eine Amnesie bewirken.«

»Aber vielleicht erinnert sie sich an die Tage und Wochen vor dem Überfall«, sagte Amanda. »Hatte sie das Gefühl, beobachtet zu werden? Hat sie etwas vermisst, was ihr wichtig war?«

Saras Widerwille war nicht geringer geworden, aber sie sagte: »Ich versuche es.«

16

Gina Vogel konnte das beunruhigende Gefühl nicht abschütteln, dass sie beobachtet wurde. Sie hatte es im Fitnessstudio gespürt. Sie hatte es im Supermarkt gespürt. Sie hatte es im Postamt gespürt. Der einzige Ort, an dem sie sich unbehelligt fühlte, war zu Hause, weil sie dort selbst tagsüber alle Jalousien und Vorhänge geschlossen hielt.

Was war nur los mit ihr?

Ein verlorener Zopfgummi und sie verwandelte sich in Howard Hughes, nur ohne das Geld, den Ruhm und das Genie. Selbst ihre Fußnägel erreichten eine gruselige Länge. Sie hatte ihre regelmäßige Pediküre im Nagelstudio abgesagt. Die monatlichen Termine hatten vor zwei Jahren begonnen. Im Leben jeder Frau kam der Tag, an dem sie sich nicht mehr zutraute, ihre Fußnägel gefahrlos selbst zu schneiden. Bei ihr war das die Zeit, als sie eine Lesebrille brauchte, um die Feinheiten ihrer eigenen verdammten Füße zu sehen.

Wagte sie es wirklich nicht mehr, das Haus zu verlassen?

Gina legte die Hand in den Nacken. Die Härchen standen hoch. Und sie hatte eine Gänsehaut an den Armen. Sie fantasierte sich in einen Nervenzusammenbruch hinein wegen eines fehlenden Zopfgummis und der vagen Überzeugung, dass ein Verrückter hinter ihr her war – ohne den geringsten Beweis, nur aufgrund eines unbehaglichen Gefühls und zu vieler Mord-Dokus im Fernsehen.

Sie musste raus aus diesem Haus.

Gina ging zur Eingangstür. Sie trug ihren Hausanzug, aber keiner ihrer Nachbarn war zu Hause. Zumindest niemand, den sie mochte. Sie würde zum Briefkasten gehen und wie jeder normale Mensch nach ihrer Post sehen.

Sie stieg die Betonstufen der Eingangstreppe hinunter. Sie sah ein Auto vorbeifahren. Ein Acura. Dunkelgrün. Mutter vorn. Kind auf der Rückbank. Ganz normal. Keine große Sache. Nur eine Familie auf dem Weg zur Schule oder zu einem Arzttermin. Sie achteten nicht auf die Frau in dem stylishen Pyjama, die vorsichtig aus ihrem eigenen Haus schlich und sich benahm wie eine zimperliche Idiotin, die einen Zeh in den Swimmingpool taucht, weil sie sich nicht hineinzuspringen traut.

Gina machte einen weiteren Schritt. Nun stand sie auf dem Gehweg, dann bog sie rechts auf den Bürgersteig ab, dann stand sie vor dem Briefkasten.

Ihre Hand war unsicher, als sie die Post herausholte. Der übliche Mist – Gutscheine, Kataloge, Postwurfsendungen. Sie fand ihre Kreditkartenabrechnung, die deprimierend sein würde, und eine Wahlkampfpostkarte, die sie wütend machte. Das Hochglanzmagazin ihrer alten Uni war eine Überraschung. Gina war von der offiziellen Facebookseite verbannt worden, nachdem sie gepostet hatte, das Motto ihres zwanzigjährigen Jubiläumstreffens sollte lauten: *Im Arsch? Verheiratet? Umgebracht?*

Die Zeitschrift zitterte, weil Gina ebenfalls zitterte.

Sie spürte die Panik wie kochendes Wasser durch ihre Adern dampfen. Ihre Hand ging wieder in den Nacken. Sie keuchte.

Ihre Lungen wurden starr. Sie bekam nicht genügend Luft. Sie wusste, dass jemand sie beobachtete. Stand er hinter ihr? Hatte sie Schritte gehört? Konnte sie in diesem Moment einen Mann auf sie zugehen hören, der die Arme nach ihrem Hals ausstreckte?

»Scheiße«, flüsterte sie. Sie zitterte am ganzen Leib, aber irgendwie wollten sich ihre Beine nicht bewegen. Sie merkte, wie ihre Blase zu schmerzen begann. Sie schloss die Augen. Zwang sich dazu, sich umzudrehen.

Niemand.

»Scheiße.« Dieses Mal sagte sie es lauter.

Sie ging zum Haus zurück und schaute ständig über die Schulter wie eine Geistesgestörte. Sie fragte sich, ob die Frau, die auf der anderen Straßenseite wohnte, sie beobachtet hatte. Diese neugierige Person mischte sich ständig in fremde Angelegenheiten ein. Sie schrieb in der Nachbarschafts-App lange Tiraden über Leute, die ihre Tonne auf der Straße stehen ließen und ihren Müll nicht richtig trennten.

Ginas Knie gaben fast nach, als sie die Treppe hinaufsprang. Sie schlug die Tür hinter sich zu, und die Post fiel aus ihren zitternden Händen. Sie fummelte am Türriegel herum, schloss ihn aber nicht ab.

Die Tür war offen gewesen, während sie draußen war. Hatte sich jemand ins Haus geschlichen? Sie hatte sich beim Briefkasten wie ein Kreisel um die eigene Achse gedreht und dabei der Haustür mehrere Sekunden lang den Rücken zugekehrt. Jemand könnte hineingeschlüpft sein. Jemand könnte in diesem Augenblick im Haus sein.

»Scheiße!« Sie stürzte los, kontrollierte Fenster und Türschlösser, schaute in Schränke und unter Betten, denn so verrückt war sie neuerdings.

Fühlte es sich so an, wenn man komplett den Verstand verlor?

Sie ging zur Couch zurück und griff nach ihrem iPad. Sie googelte: *total verrückt Symptome.*

Als Antwort kam ein Fragebogen.

Sind Sie launisch?

Haben Sie das Interesse an Sex verloren?

Sind Sie nervös oder unruhig?

Sind Sie übermüdet oder tagsüber schläfrig?

Sie klickte bei jeder Frage *Ja* an.

Das Ergebnis:

Sie laufen Gefahr, eine Depression zu entwickeln. Haben Sie daran gedacht, einen Therapeuten aufzusuchen? In Ihrer Nähe gibt es folgende vier Spezialisten für TOTAL VERRÜCKT.

Gina ließ das iPad auf die Couch fallen. Jetzt wusste das Internet, dass sie deprimiert war. Sie würde wahrscheinlich mit Spams und Werbung für Naturheilpräparate und Nahrungsergänzungsmittel zur Stimmungsaufhellung überflutet werden.

Sie brauchte keine Pille. Sie musste sich nur in den Griff bekommen. Paranoia entsprach nicht ihrer Persönlichkeit. Sie war zielorientiert. Motiviert. In hohem Maß organisiert. Methodisch. Sie hatte viel gesellschaftlichen Umgang, aber sie blieb auch ebenso gern für sich. Sie war all das, was ihr ein anderer Fragebogen als gute Eigenschaften genannt hatte, als sie vor zwei Jahren googelte: *Bin ich der Typ, der von zu Hause aus arbeiten kann?*

Gina hatte den Abschied vom Büro mühelos bewältigt, aber sie stellte rasch fest, dass sie einen Grund brauchte, um sich gelegentlich die Beine zu rasieren und die Haare zu waschen. Ihre beiden Ventile waren das Fitnessstudio, in das sie mindestens dreimal in der Woche ging, und Verabredungen zum Lunch, die sie wenigstens zweimal im Monat zu treffen versuchte.

Sie öffnete den Kalender auf ihrem iPad. Zu ihrer Überraschung erkannte sie, dass sie seit sechs Tagen nicht außer Haus gewesen war. Lunchpläne gestrichen. Das Fitnessstudio geschwänzt. Arbeitsmeetings versäumt. Anstatt alles wieder ins Lot zu bringen, indem sie ans Telefon stürzte, begann sie, eine Strategie zu entwerfen. Mit Lieferdiensten konnte sie eine weitere Woche herausschinden, bevor sie gezwungen wäre, das Haus zu verlassen. Dann brauchte ihr zwölf Jahre alter Boss sie im Büro für eine Videokonferenz mit Kunden in Peking. Gina würde definitiv Kleidung mit Knöpfen und Reißverschlüssen anziehen und tatsächlich erscheinen müssen, denn: »Versehentlich habe ich nach Mitternacht einen Mogwai gefüttert« war eine Ausrede, die nur 1985 bei zwölfjährigen Jungen funktioniert hatte.

Sie starrte auf die Kalenderkästchen. Eine weitere Woche würde ihren Gefängnisaufenthalt auf insgesamt dreizehn Tage ausdehnen. Dreizehn Tage waren gar nichts. Dreizehn Tage nahmen sie sich in Frankreich Zeit für ein Mittagessen. Dreizehn Tage hätte sie fast bei der Atkins-Diät durchgehalten. Im Studium hatte sie verdammt viel länger als dreizehn Tage von Instantnudeln gelebt. Himmel, sie hatte dreizehn *Jahre* lang verschiedenen Männern vorgemacht, einen vaginalen Orgasmus zu erleben.

Sie stand von der Couch auf, ging in die Küche, öffnete den Kühlschrank. Vier Tomatenscheiben in einem verschließbaren Plastikbeutel. Sechsundzwanzig Dosen Cola light. Eine Gurke von obszönen Proportionen. Ein halb gegessener Schokoriegel.

Die Cops würden sie für eine Serienmörderin halten, wenn sie in ihren Kühlschrank schauten.

Sie holte einen Schreibblock und einen Kugelschreiber aus der Schublade und begann, eine Lebensmittelliste für den Lieferdienst ihres Supermarktes anzufertigen. Sie konnte Suppen und Eintöpfe machen, sogar Aufläufe. Sie hatte Dutzende von Meditations-Apps heruntergeladen, für die sie dann immer zu gestresst gewesen war. Da war dieses Buch, von dem alle sprachen, dessen Lektüre sie seit Langem vor sich herschob. Sie konnte dieses Buch herunterladen. Sie konnte es lesen wie ein Mensch, der Bücher las. Sie konnte bis spät in die Nacht arbeiten und ihre Präsentation für Peking vor der Zeit fertig haben. Sie würde diese beunruhigende Angstphase meistern, indem sie sich gesund ernährte, sich fit hielt, las, schlief und sich in einer Weise um ihr Wohlbefinden kümmerte, wie sie es eindeutig zu wenig tat.

Sonnenlicht!

Das und nichts anderes brauchte sie. Ihre Mutter hatte immer mit ihr geschimpft, als sie noch klein gewesen war.

Immer steckst du die Nase in ein Buch. Geh doch mal an die frische Luft!

Gina konnte sich frische Luft ins Haus holen.

Sie öffnete die Jalousien im Wohnzimmer und starrte auf die Straße hinaus, die eine normale Straße war, ohne einen unheimlichen Mann, der das Haus beobachtete. Sie öffnete die Vorhänge im Schlafzimmer. Sie ging in die Küche zurück und öffnete die Tür, damit ein wenig Luft hereinkam. Sie beugte sich über die Spüle, um das Fenster zu entriegeln.

Was sie wirklich tun musste: Sie musste Nancy anrufen. Ihre Schwester würde sie aus diesem Zustand rütteln. Und sie würde sich an den rosa Haargummi erinnern und ihrer Tochter hoffentlich nicht erzählen, dass Gina ihn gestohlen hatte, denn im Augenblick konnte Gina keinen kreischenden Brüllaffen gebrauchen, der ihr vorwarf, die schlechteste Tante auf der ganzen Welt zu sein.

Sie sah ihre Seifenblase platzen.

Nancy war ihre ältere Schwester, eine geborene herrische Wichtigtuerin. Schlimmer noch, sie wollte die beste Freundin ihrer Tochter sein, was genauso fantastisch funktioniert hatte, wie man es sich vorstellen konnte.

Gina versuchte, die Blase wieder zu füllen.

Nancy würde ihrer Tochter nichts von dem Haargummi sagen. Sie würde mit einer Flasche Wein herüberkommen, und sie würde darüber lachen, wie dumm Gina gewesen war, und sie würden sich im Fernsehen Doku-Shows über Hausrenovierungen ansehen, in denen fünfundzwanzigjährige Kanadier hunderttausend Dollar Anzahlung für einen Hauskauf angespart hatten, während in Ginas Suchverlauf im Internet neulich die Frage vorkam: *Kann man den Teil des Brotes, der noch nicht verschimmelt ist, gefahrlos essen?*

Sie blickte auf die leere Schale am Fensterbrett.

Der Haargummi hatte da drin gelegen.

Und jetzt war er nicht mehr da.

Gina wusste, dass sie ihn nicht verlegt hatte, denn sie verlegte nie etwas. Sie legte alles genau dort ab, wo es hingehörte, denn sie war gut organisiert, methodisch und ordentlich. Weshalb sie eine ausgezeichnete Kandidatin dafür war, von zu Hause aus zu arbeiten.

»Leck mich.«

Ginas Finger drehten den Fensterriegel wieder um. Sie würde Nancy nicht anrufen. Sie würde ihrer Schwester nichts von alldem erzählen, denn von Rechts wegen waren nur zwei Leute nötig, um eine dritte Person für vierundzwanzig Stunden zur Beobachtung in die Psychiatrie einweisen zu lassen, und Gina fiel im Moment nicht ein einziger Grund ein, warum ihre Schwester und ihre Mutter sie nicht in eine Gummizelle sperren lassen sollten.

Sie ging den Weg durchs Haus zurück, verriegelte die Türen, zog die Vorhänge zu, schloss die Jalousien. Es wurde wieder dunkel. Sie saß auf der Couch und öffnete ein neues Suchfenster in Google. Ihre Finger verharrten über der Tastatur. Sie schauderte. Entweder jemand lief gerade über ihr Grab, oder ihr Körper teilte ihr mit, dass sie im Begriff stand, den Punkt zu überschreiten, an dem es kein Zurück mehr gab.

Gina starrte auf den Cursor des Tablets. Sie sah sich im Raum um. Die Fernbedienung lag parallel zum Rand des Kaffeetisches, wie sie immer lag. Die Decke lag ordentlich gefaltet über dem Sesselrücken wie sonst auch. Ihre Sporttasche wartete an der Küchentür. Die Schlüssel lagen auf der Konsole im Flur. Ihre Handtasche hing über der Lehne des Küchenstuhls.

Die Schale, in der sie immer ihren pinkfarbenen Haargummi aufbewahrte, war noch immer leer.

Gina tippte auf dem iPad:

Kann ich eine Waffe online kaufen und zu meinem Haus in Atlanta, Georgia, liefern lassen?

17

Sara saß an ihrem Schreibtisch und machte sich Notizen zu dem Briefing. Ihr Blick fiel auf Rebecca Caterinos Namen. Sie listete in Gedanken dieselben *Wenns* auf wie vor acht Jahren. Wenn Lena einen Puls gefunden hätte. Wenn Sara schneller im Wald gewesen wäre. Wenn diese dreißig Minuten den Unterschied ausgemacht hatten zwischen einem Opfer, das seinen Angreifer identifizieren konnte, und einer jungen Frau, die zu einem Leben voll unsagbarem Leid verurteilt war?

Leslie Truong könnte noch leben. Joan Feeney. Pia Danske. Shay Van Dorne. Alexandra McAllister. Alle diese gestohlenen Leben wären nicht verloren gegangen, wenn sie Beckey Caterinos Peiniger gefunden hätten.

Oder Tommi Humphreys.

Beim Gedanken an Tommi zog sich Saras Magen zusammen. Es war falsch gewesen, Amandas Drängen nachzugeben, dass sie mit dem Mädchen Kontakt aufnehmen sollte. Jedes Mal, wenn Sara daran dachte, Tommi aufzusuchen, blitzte in ihrem Kopf das Bild der gebrochenen jungen Frau auf, die kettenrauchend im Garten ihrer Eltern saß. Sara hatte ihre Hände unter dem Picknicktisch geknetet. Jeffrey hatte schweigend zugehört, ohne etwas von dem Trauma zu ahnen, das die beiden Frauen teilten, die ihm gerade gegenübersaßen.

Sara kehrte zu ihren Notizen zurück.

Heath Caterino. Fast acht Jahre alt. Er würde bald Wachstumsschmerzen bekommen. Seine bleibenden Zähne würden sich nach und nach durchs Zahnfleisch bohren. Sein kritisches Denken würde sich allmählich verfeinern. Er würde anfangen, Humor mit Sprache auszudrücken.

Er würde Fragen stellen …

Wer bin ich? Wo stamme ich her? Wie bin ich hierhergekommen?

Vielleicht nicht so bald, aber früher oder später würde der Junge möglicherweise die niederschmetternden Umstände seiner Geburt in Erfahrung bringen. Das Internet konnte Antworten bieten, die seine Mutter nicht geben konnte und sein Großvater nicht geben wollte. Heath konnte von dem Überfall auf seine Mutter lesen. Er konnte nachrechnen, wie es Sara getan hatte, er konnte dieselben Beobachtungen wie Faith machen und sich gezwungen sehen, eine Last zu schultern, die kein Kind je tragen sollte.

So viele Leben, die durch eine Vielzahl von Wenns einen so unheilvoll anderen Verlauf genommen hatten.

Sara durfte nicht wieder in der Vergangenheit ertrinken. Sie lud Faiths eingescannte Notizen auf den Laptop und konzentrierte ihre Gedanken auf die Frauen vor ihr.

Joan Feeney. Pia Danske. Shay Van Dorne. Alexandra McAllister.

Faith hatte vor dem Briefing eindeutig einen ermittlungstechnischen Vorsprung gehabt. Ihren Aufzeichnungen zufolge waren Feeney und Danske eingeäschert worden. Es gab keine Obduktionsberichte. In allen Fällen hatten die Coroner eine grobe Skizze der Leiche angefertigt und den größten Teil der Verletzungen dokumentiert, aber darüber hinaus war die Spur praktisch erkaltet.

Bei Shay Van Dorne lag die Sache anders. Sie war beerdigt worden. Faith hatte die persönlichen Angaben zu den Eltern neben der Nummer des Bestattungsunternehmens verzeichnet, das ihre Beerdigung organisiert hatte. Gründlich wie Faith nun mal war, hatte sie bei dem Bestatter angerufen und die Grabstelle ermittelt. Shay Van Dorne war in Villa Rica bestattet worden, knapp hundert Kilometer östlich des GBI-Hauptquartiers. Es gab ein Wort, das Saras Aufmerksamkeit weckte. Faith hatte das Wort GRUFT in Großbuchstaben hingeschrieben und umringelt.

Sara wählte Amandas Nummer.

Amanda antwortete: »Schnell, ich erwarte in vier Minuten einen Konferenzanruf.«

»Ich verstehe, warum es Ihnen widerstrebt, die Ermittlung auf die Frauen aus den Artikeln auszudehnen.«

»Aber?«

»Was, wenn es nur ein Zuständigkeitsbereich wäre, ein Leichenbeschauer, ein Police Department?«

»Weiter.«

»Shay Van Dorne.«

»Sie wollen die Leiche exhumieren?«

»Sie wurde in einer Gruft beigesetzt«, erklärte Sara. »Das ist eine äußere Hülle um den Sarg, die aus einem von vier Materialien besteht – Beton, Metall, Kunststoff oder Verbundwerkstoff. So eine Gruft ist wasserdicht, um die Elemente abzuwehren und zu verhindern, dass die Erde den Sarg aufdrückt. Die teuren sind luftdicht, wenn auch nicht hermetisch. Rein rechtlich gesehen können die Bestattungsunternehmen die Konservierung des Verstorbenen nicht garantieren, aber ich habe schon Exhumierungen vorgenommen, bei denen der Körper größtenteils intakt war.«

»Sie wollen sagen, eine drei Jahre alte Leiche könnte vollständig konserviert sein?«

»Ich will sagen, sie wird sich zersetzt haben, aber der Schaden könnte gering sein«, präzisierte Sara. »Wenn Shay in der gleichen Weise verstümmelt wurde wie Alexandra McAllister und die anderen, dann wissen wir, dass sie ein Opfer war. Und vielleicht, hoffentlich, finden wir einen Hinweis, der uns zum Täter führt.«

»Sie glauben, das kann passieren?«

Sara machte sich keine Hoffnungen, aber alles war möglich. »Der Mörder ist mindestens acht Jahre lang unentdeckt geblieben. Manchmal macht Erfahrung achtlos. Shay Van Dorne ist möglicherweise ein weiteres Verbrechensopfer. Wenn wir uns an Strohhalme klammern wollen, wäre das der erste, nach dem ich greifen würde.«

»Das ist viel verlangt von den Eltern«, sagte Amanda. »Haben Sie sich Gerald Caterinos Aufzeichnungen von den Telefongesprächen mit den Van Dornes angesehen?«

»Noch nicht.«

»Lesen Sie sie. Benachrichtigen Sie mich. Sagen Sie Bescheid, wenn Sie eine Exhumierung beantragen wollen.« Sara wollte schon auflegen, aber Amanda sagte: »Es gibt eine lebende Zeugin.«

Saras Magen zog sich zusammen. Sie war wieder in Tommi Humphreys Garten und saß gegenüber von Jeffrey. Sie versuchten, den Ablauf des Überfalls mit dem Mädchen durchzugehen, und Tommi hatte gesagt:

Ich kenne diese Person nicht mehr. Ich weiß nicht mehr, wer sie war.

Sara war mit diesem Gefühl zutiefst vertraut. Sie hatte nur noch eine vage Erinnerung an die Sara, die mit Steve Mann zum Abschlussball gegangen war, die Sara, die wegen ihrer Zulassung zum Medizinstudium aus dem Häuschen geraten war, die sich selbstbewusst um eine Stelle am Grady Hospital beworben hatte. Die Erinnerungen fühlten sich an, als gehörten sie zu jemand anderem, einer alten Freundin, die sie aus den Augen verloren hatte, weil sie nur sehr wenig gemeinsam hatten.

»Ich kann nichts weiter tun, als es versuchen«, sagte sie schließlich. »Tommi ist nicht verpflichtet, mit uns zu reden.«

»Danke, Dr. Linton. Auch ich bin mit den Gesetzen der Vereinigten Staaten vertraut.«

Sara verdrehte die Augen.

»Lassen Sie mich wissen, was Sie wegen Van Dorne unternehmen wollen«, sagte Amanda. »Ich halte Sie auf dem Laufenden, was ich meinerseits an Informationen bekomme.«

Sara beendete das Gespräch, aber sie konnte sich nicht dazu aufraffen, sich wieder in die Arbeit zu stürzen.

In ihrem Kopf tauchten ständig Bilder von Tommi auf. Sie schloss die Augen und zwang sie fort. Was sie wirklich gern getan hätte, war, Will anzurufen und darüber zu reden, wie dies alles ihre eigene grauenhafte Erinnerung an die Vergewaltigung aufwühlte. Dieses Gespräch hätte leicht vor vierundzwanzig Stunden stattfinden können. Jetzt war es, als würde sie Salz in eine offene Wunde reiben.

Sie konnte nichts tun, als sich auf die Aufgabe vor ihr zu konzentrieren.

Sara öffnete den Bericht des Coroners von Dougall County über Shay Van Dorne auf ihrem Laptop. Der Mann war im wahren Leben Zahnarzt, aber seine Eröffnungszeilen ließen ein Interesse an Kartografie erkennen.

Van Dorne, eine fünfunddreißigjährige Weiße, wurde auf dem Rücken liegend in der nordnordwestlichen Ecke des Upper Tallapoosa River Unterbeckens des ACT-Flussbeckens gefunden, zweiundfünfzig Kilometer vom Mill Road Parkway entfernt, bei 33.731944, -84,92 und UTM 16S 692701 3734378.

Sara klickte an seitenweise Karten vorbei, bis sie endlich die relevanten Abschnitte fand.

Die Vorschullehrerin war nicht dafür bekannt, dass sie wanderte, und trug die Kleidung, die sie üblicherweise in der Schule trug. Das Opfer war offenkundig ausgerutscht, hatte sich den Kopf an einem Stein angeschlagen und war einem subduralen Hämatom erlegen, einer Gehirnblutung, die im Allgemeinen mit einer traumatischen Verletzung einherging.

Das war der Punkt, an dem Sara dem Zahnarzt nicht mehr folgen konnte. Wie der Mann die Verletzung ohne Röntgengerät oder Ansicht des Craniums diagnostizieren konnte, war ein medizinisches Rätsel.

Sie konnte ihm ebenfalls nicht folgen, als sie zur zusammenfassenden Beschreibung der Verletzungen kam. Der Dentist hatte notiert: *Tierische Aktivitäten in Sexualorganen wie auf Zeichnung genauer ausgeführt.*

Sie klickte zu der Zeichnung vor. Augen und Mund waren mit einem X markiert. Um die Brüste und das Becken waren zwei große Kreise gezogen, mit einem Pfeil, der zu den Worten *siehe Fotos* zeigte.

Sara fand die JPEGs im Hauptmenü. Der Zahnarzt gewann ihren Respekt ein klein wenig zurück, als sie sah, dass er mehr als hundert Aufnahmen gemacht hatte. Sara hätte bestenfalls zwei Dutzend erwartet, wie sie etwa der Coroner von White County bei Alexandra McAllister angefertigt hatte. Der Leichenbeschauer von Dougall County war mehrere Schritte weitergegangen. Sie erkannte die Bemühungen eines Mannes, der bereit war, Zehntausende Dollar und Hunderte Stunden

Zeit in ein Hobby zu investieren, das zwölfhundert Dollar im Jahr einbrachte.

Sie klickte durch die Fotos. Die Leiche lag auf einer Edelstahlbahre in einem Raum, der vermutlich zu einem Krankenhaus oder Bestattungsunternehmen gehörte. Die Beleuchtung war ausgezeichnet. Die Kamera hatte Profiqualität. Der Zahnarzt hatte Bilder aus sämtlichen Blickwinkeln geknipst – bis auf diejenigen, die Sara gebraucht hätte. Er hatte entweder zu nah herangezoomt oder war zu weit weg von den Wunden gewesen. Sie konnte die Wundränder nicht sehen. Es war unmöglich, festzustellen, ob die gerissene Sehne von einem Raubtier oder einem Skalpell verursacht worden war. Die Fotos der Sexualorgane waren sittsam, was angesichts der Größe von Dougall County nicht überraschte. Der Zahnarzt hatte Shay Van Dorne möglicherweise so gut gekannt, wie Sara Tommi Humphrey gekannt hatte.

Sara blätterte den Rest der Fotos durch. Eine Serie fing Hände und Füße ein. Eine weitere zeigte Shays offenen Mund.

Vorgeblich sollte die Sequenz bestätigen, dass nichts die Luftröhre blockierte, aber Sara nahm an, der Arzt hatte den einzelnen Weisheitszahn oben rechts im Mund einer fünfunddreißigjährigen Frau dokumentieren wollen. Es war ungewöhnlich, dass nur die drei anderen Weisheitszähne entfernt worden waren. Normalerweise wurden sie paarweise oder alle auf einmal gezogen.

Sie schloss die JPEGs.

Sara kehrte zu Faiths Dokumentation im Hauptmenü zurück und fand Gerald Caterinos Aufzeichnungen über seine Telefonate mit Shays Eltern, Larry und Aimee Van Dorne. Das Paar war nach Shays Tod geschieden worden. Beide hatten nicht wieder geheiratet. Gerald hatte einzeln mit ihnen gesprochen.

Larry berichtete von nichts Ungewöhnlichem im Leben seiner Tochter, was keine Überraschung war. Sara hatte eine sehr enge Beziehung zu ihrem Vater, aber es gab Dinge, die sie ihm nicht erzählte, weil er dazu neigte, sie sofort beheben zu wollen.

Laut Aimee hatte Shay gerade ein Nachbarskind zu einer Geburtstagsparty gefahren, als sie bemerkte, dass der Kamm aus ihrer Handtasche verschwunden war. Erst hatte sie es diebischen Kolleginnen im Lehrerzimmer angekreidet, aber das Verschwinden des Kamms hatte sie sichtlich beunruhigt. Shay hatte ihrer Mutter gestanden, sie hätte in letzter Zeit ein komisches Gefühl gehabt, so als ob jemand sie beobachtete. Erst im Lebensmittelladen, dann vor der Arbeit, dann einmal auf dem Laufband im Fitnessstudio. Die Mutter hatte sich nichts weiter dabei gedacht – welche Frau hatte dieses Gefühl nicht gelegentlich? –, aber nach dem Tod ihrer Tochter war Aimee die Unterhaltung sofort wieder in den Sinn gekommen.

Sara machte sich Notizen: *In Wald gefunden. Mutmaßliche Kopfverletzung (Hammer?). Sexuelle Verstümmelung (?). Eingestuft (inszeniert?) als Unfall. Fehlender Kamm. Möglicherweise Stalking.*

Beide Eltern fanden, dass am Tod ihrer Tochter einiges ungewöhnlich war. Shay war sportlich gewesen, aber sie wanderte nicht. Sie ging selten in den Wald. Sie hatte ihr Smartphone und die Handtasche im Kofferraum ihres gelben Fiat 500 zurückgelassen. Larry räumte ein, dass Shay möglicherweise depressiv war. Aimee widersprach. Ihre Tochter hatte ein beachtliches soziales Umfeld, sie sang Sopran im Kirchenchor. Sie hatte unfertige Unterrichtsvorbereitungen zu Hause auf ihrem Schreibtisch liegen. Ihr neuer Freund war auf einer Konferenz in Atlanta gewesen, eineinhalb Stunden entfernt.

Sara überprüfte das Datum von Gerald Caterinos Anruf. Beckeys Vater hatte genau zwei Wochen nach der Beerdigung abgewartet, ehe er Kontakt mit ihnen aufnahm. Seitdem waren weitere drei Jahre vergangen. Sara bezweifelte, dass Larry und Aimee Van Dorne einfach ihr Leben weitergeführt hatten. Vom Tod eines Kindes schienen sich Eltern unmöglich erholen zu können.

Sie machte sich Gedanken über die nötigen Schritte, wenn sie tatsächlich die Eltern um ihre Zustimmung zu einer Exhumierung bitten wollte. Das war kein Gespräch, das sie an Amanda delegieren konnte. Sara wäre diejenige, die den Leichnam ihrer Tochter sezierte. Sie wäre diejenige, die die Eltern um Erlaubnis fragte. Das Gespräch würde nicht leicht werden. Es konnte religiöse Schranken geben, aber noch stärker wären die emotionalen. Viele Menschen betrachteten eine Exhumierung als Entweihung. Sara konnte ihnen nicht widersprechen. Schon bei dem Gedanken, man könnte Jeffrey aus der Erde ziehen, konnte sie sich in Tränen auflösen.

Zunächst einmal würden die Van Dornes wissen wollen, was Sara zu finden hoffte. Darauf gab es wahrscheinlich keine einfache Antwort. Shay Van Dornes Magen hatte man für die Einbalsamierung mit einer Vakuumpumpe geleert, es war also unwahrscheinlich, dass Sara blaues Gatorade finden würde. Eine Rückenmarkspunktion wäre augenscheinlich. Es konnte noch Spuren vorsätzlicher Verstümmelung an ihren Sexualorganen geben. Bei der Obduktion von Alexandra McAllister hatte Sara festgestellt, dass die Scheidenwände mit einem scharfen Werkzeug zerkratzt worden waren, das Streifen im Gewebe hinterlassen hatte. Shay Van Dorne konnte ähnliche Verletzungen aufweisen.

Sara blickte von ihrem Laptop auf.

Tommi Humphrey war mit einer Stricknadel bedroht worden. Sie wussten, dass der Täter bei jedem Überfall dazulernte. Er hatte den Hammer zurückgelassen, als er Leslie Truong ermordet hatte. Vielleicht hatte er für die Stricknadel eine andere Verwendung gefunden.

Sie schaute wieder in ihre Notizen.

In Wald gefunden. Mutmaßliche Kopfverletzung (Hammer?). Sexuelle Verstümmelung (?). Eingestuft (inszeniert?) als Unfall. Fehlender Kamm. Möglicherweise Stalking.

Die Art des Begräbnisses eröffnete ihnen die Möglichkeit, Shay mit den anderen Verbrechen in Verbindung zu bringen. Sara hatte schon früher Exhumierungen beaufsichtigt. Einbalsamieren war nur für wenige Wochen gedacht. Sobald der Körper in der Erde war, zerfiel er rasend schnell. Bei manchen Fällen, in denen die Leiche in einem versiegelten Behältnis begraben wurde, hatte sie so unversehrt wie an dem Tag ausgesehen, an dem sie in die Erde gekommen war. Einmal war nur aufgrund von Schimmelbildung auf der Oberlippe zu erkennen gewesen, dass einige Zeit vergangen war.

Sara dachte wieder an Jeffrey. Es war unstrittig, dass er brutal ermordet worden war, Sara hatte es selbst mit angesehen. Aber wie würde sie sich fühlen, wenn seine Todesursache ungeklärt wäre?

Sie griff nach ihrem Handy und schrieb Amanda:

Ich möchte mit den Van Dornes sprechen, sie möglichst umfassend informieren und sie dann entscheiden lassen, wie wir weiter vorgehen.

Amanda schrieb zügig zurück.

OK.

Werde möglichst bald Treffen vereinbaren.

Brauche immer noch die Akten von Brock.

Was ist mit Humphrey?

Sara legte ihr Telefon beiseite und lehnte sich zurück. Prokrastinieren war im Allgemeinen für Aufgaben im Haushalt reserviert, nicht, wenn es um die Arbeit ging. Man schaffte kein Medizinstudium, indem man alle unangenehmen Dinge, die man zu erledigen hatte, vor sich herschob.

Warum suchte Sara also jetzt Zuflucht darin?

Sie öffnete den Browser auf ihrem Laptop und gab ein: *Thomasina Tommi Jane Humphrey.*

Das Mädchen war nicht auf Facebook, Twitter, Snapchat oder Instagram. Sie war nicht in der Datenbank des GBI, den Personenverzeichnissen der Vereinigten Staaten oder auf dem Schwarzen Brett der Grant Tech zu finden. Eine allgemeine Suche förderte mehrere schottische und ein paar walisische Humphreys zutage, aber nichts in Georgia, Alabama, Tennessee oder South Carolina.

Angesichts dessen, was Tommi widerfahren war, leuchtete es ein, dass sie ihre Identität schützte.

Sara wiederholte die gleichen Suchvorgänge mit Delilah und Adam Humphrey.

Der *Grant Observer* erbrachte eine relevante Information: Vor vier Jahren war Adam Humphrey zu Tode gequetscht worden, als der Wagen, an dem er arbeitete, vom Wagenheber gerutscht war. Im Nachruf hieß es, dass er eine Frau und eine Tochter hinterließ. Die Aufbahrung hatte im Bestattungsinstitut der Familie Brock stattgefunden. Anstelle von Blumen wurden Spenden an den Verein Planned Parenthood erbeten.

Sara studierte das Foto eines lächelnden Mannes mit rundem Gesicht. Sie war Adam Humphrey zweimal begegnet. Beim ersten Mal hatte der Vater sein gebrochenes Kind auf die Rückbank seines Vans gebettet, um es nach Atlanta zu fahren. Das zweite Mal war an jenem schrecklichen Tag im Garten der Humphreys gewesen. Adam hatte einem Polizeibeamten Gewalt angedroht, um seine Tochter zu schützen.

Sara schloss den Browser und bedachte ihre Optionen. Sie konnte Amanda ehrlich berichten, dass sie es nach bestem Wissen und Gewissen versucht hatte, aber beiden würde klar sein, dass das nicht die ganze Wahrheit war.

Es gab nämlich eine bessere Quelle als das Internet, wenn es um Kontakte im Grant County ging. Saras Mutter war mit den

Humphreys zur Kirche gegangen. Wenn Cathy selbst nicht wusste, wo sie wohnten, würde sie jemanden kennen, der jemanden kannte ... Aber ihre Mutter würde Sara fragen, wie es ihr ging. Sara konnte zwar lügen, aber Cathy würde an ihrer Stimme hören, dass etwas nicht stimmte. Dann würde es wieder eine Diskussion geben, möglicherweise einen Streit, denn Cathy war kein Fan von Will, und Sara war im Moment in einer Stimmung, dass sie jedem die Augen auskratzen wollte, der etwas gegen ihn zu sagen wagte.

Marla Simms von der Polizeistation wäre eine gute Ersatzlösung, aber es widerstrebte Sara, etwas zu tun, das Erinnerungen an Jeffrey wachrufen konnte. Es war schwierig, nach vorn zu gehen, wenn man sich ständig umblickte.

Am Ende stützte Sara die Ellbogen auf den Schreibtisch und den Kopf in die Hände.

Erinnerungen an letzte Nacht stürzten auf sie ein, wie eine Flutwelle, die gegen die Küste kracht. Sie fühlte sich immer noch benommen vom Schlafmangel. Die geschwollenen Augen ließen sich auch mit noch so viel Make-up nicht überschminken. Will hatte sie beim Verlassen des Briefingraums angelächelt, aber Sara wusste, wie ein echtes Lächeln auf seinem attraktiven Gesicht aussah, und das war definitiv keines gewesen. Sie hasste diese Distanz zwischen ihnen. All ihre Glieder schmerzten, als hätte sie sich eine Grippe eingefangen.

Ihr Handy piepste. Hastig sah sie nach, ob Will geschrieben hatte. Er hatte nicht. Dafür feuerte Amanda eine weitere Salve Mitteilungen ab.

Labor hat Truong-Resultate verloren.

Nick findet keine Kopien.

Besorgen Sie Originale von Brock ASAP.

Rufen Sie ASAP an, wenn Sie mit Humphrey gesprochen haben.

Amanda war ein Fan von ASAPs.

Anstatt ihr zu antworten, öffnete Sara die *Find My Phone*-App – wenn man jemanden wahrhaft liebte, war es kein Stalking.

Als Wills letzter Aufenthaltsort wurde immer noch Lenas Adresse angezeigt.

Sara ließ das Telefon auf den Schreibtisch fallen.

Gestern Abend war sie verärgert gewesen, als sie gesehen hatte, dass Wills Telefon ausgeschaltet war. Dass er es auch heute Morgen noch nicht eingeschaltet hatte, war niederschmetternd. Sie sehnte sich danach, seinen Pin auf der Karte in Bewegung zu sehen. Ihr Verstand sagte, dass er wahrscheinlich noch im Gebäude war. Vermutlich hatte er beim Süßigkeitenautomaten haltgemacht, bevor er zu Faith ins Büro gegangen war. Sara hatte vergessen, ihm ein Pflaster auf die Hand zu kleben; der verdammte Knöchel blutete immer noch. Um die Wunde zu nähen, war zu viel Zeit vergangen. Sie sollte ihm ein Rezept für ein Antibiotikum ausstellen und ihn auf der Stelle suchen gehen und …

Und was?

Sara musste unbedingt hier raus, bevor sie etwas haarsträubend Dummes tat. Was angesichts ihrer Aktivitäten von letzter Nacht kein großer Anspruch war. Sie griff im Hinausgehen nach ihrer Handtasche und beantwortete Amandas Nachrichten auf dem Weg zum Parkplatz.

Fahre persönlich zu Brock. Suche immer noch nach Kontakt zu Humphrey. Unterrichte Sie ASAP sobald Neuigkeiten.

Der erste Teil war einfach. Brock war nach Atlanta gezogen, als seine Mutter intensivere Pflege benötigt hatte, als er ihr bieten konnte. Er hatte das Familienunternehmen verkauft und sie vom Erlös in einer der besten Einrichtungen für betreutes Wohnen im Staat untergebracht. Brocks Arbeitsplatz war zwanzig Minuten Fahrt vom GBI entfernt. Sara traf sich ein paarmal im Jahr zum Lunch oder Abendessen mit ihm. Bestimmt würde er unbedingt helfen wollen, vor allem, wenn er hörte, an welchen Fällen sie gerade arbeitete.

Der Teil, der Tommi betraf, bereitete Sara große Sorgen. Sie war immer noch hin- und hergerissen, wenn es darum ging, Kontakt zu dem Mädchen aufzunehmen.

Mädchen?

Tommi Humphrey musste inzwischen dreißig sein; seit der brutalen Vergewaltigung, die sie beinahe das Leben gekostet hatte, war fast ein Jahrzehnt vergangen. Sara hätte sich Tommi gern als geheilt, vielleicht verheiratet vorgestellt, vielleicht hatte sie ein Kind adoptiert oder war, wenn es das Schicksal gut mit ihr gemeint hatte, sogar in der Lage gewesen, selbst eines zur Welt zu bringen.

Mit niederschmetternd hoher Wahrscheinlichkeit würde sie jedoch herausfinden, dass nichts von alldem eingetreten war. Besonders der letzte Teil. Saras eigene Vergewaltigung hatte sie der Fähigkeit beraubt, ein Kind auszutragen. Sie wollte nicht beim Anblick von Tommi ihren eigenen unaussprechlichen Verlust widergespiegelt sehen.

Sara blickte hinauf zum Himmel. Regen war angekündigt, und es sah ganz danach aus, als würde die Vorhersage eintreten. Sie seufzte, als sie Wills Wagen auf seinem üblichen Platz neben ihrem eigenen sah. Sie berührte im Vorbeigehen seine Kühlerhaube, bevor sie sich ans Steuer ihres Porsche Cayenne setzte. Ihr BMW X5 hatte vor einigen Monaten einen Totalschaden gehabt, und sie hatte dann den Porsche gekauft, weil Will Porsches so liebte, genauso wie sie den Z4 gekauft hatte, um Jeffrey eins auszuwischen.

Saras Feminismus schien mit quietschenden Reifen zum Stillstand zu kommen, sobald sie ein Autohaus betrat.

Sie drückte den Anlasser, und der Motor knurrte los. Sie sah zu Wills Wagen hinüber, dann rügte sie sich für ihre Gefühlsduselei. Will würde ihr früher oder später vergeben. Alles würde wieder seinen normalen Gang nehmen. Rein rational sah sie es ein, dennoch musste sie das Verlangen unterdrücken, wie eine verlassene Geliebte ins Gebäude zurückzurennen.

Oder eine total durchgeknallte.

Sie wählte die Nummer ihrer Eltern, als sie vom Parkplatz fuhr. Sofort tauchte in ihrem Kopf ein Bild auf, wie ihre Mutter in der Küche das Essen machte, während ihr Vater am Tisch laut aus der Zeitung vorlas. Die Telefonschnur an der Wand war überdehnt, weil Sara und Tessa das Gerät immer auf die Veranda hinausgezerrt hatten, um ungestört zu sein.

»Ich rede nicht mit dir«, sagte Tessa zur Begrüßung. »Was willst du?«

Sara konnte sich gerade noch zurückhalten, mit den Augen zu rollen. Sie hasste die Anruferkennung. »Ich rufe eigentlich Mom an. Ich brauche einen Kontakt zu Tommi Humphrey.«

»Delilah ist nach Adams Tod in einen anderen Staat gezogen. Keine Ahnung, wo Tommi ist.«

»Hat Mom Delilahs Nummer?«

»Das musst du sie selbst fragen.«

»Genau das habe ich ja …« Sara hielt inne. »Kannst du es mal gut sein lassen, Tess? Ich habe im Moment genug von Leuten, die auf mich böse sind.«

»Ich dachte, du bist so perfekt«, spottete Tessa. »Wer könnte noch böse auf dich sein?«

Unerwartet traten Sara Tränen in die Augen.

Tessa seufzte dramatisch. »Also gut, du bekommst eine Schonfrist. Was ist los?«

Sara wischte sich mit dem Handrücken über die Augen. »Will und ich haben gestritten.«

»Und worüber?«

Sara schniefte. »Ich habe ihn in Gedanken den ganzen Tag mit Jeffrey betrogen, und als mir dann klar wurde, dass Will genau wusste, was ich tat, habe ich alles noch schlimmer gemacht, und er hat mich einfach stehen lassen.«

»Moment mal. Will hat dich stehen lassen?« Tessas Tonfall hatte vor Verblüffung alle Zickigkeit verloren. »Und dann?«

»Ich habe ihm genau eine Nachricht hinterlassen.«

»Wenn du jemandem die Meinung geigst, hinterlass nichts auf Band«, zitierte Tessa einen Rat ihrer Mutter. »Und dann?«

»Und dann …« Sara hatte Will nur die Highlights der letzten Nacht erzählt. Die erniedrigenden Einzelheiten durfte niemand wissen außer ihrer Schwester. »Ich habe darauf gewartet, dass er zurückkommt, und als er nicht kam, bin ich zu ihm gefahren. Dann bin ich wieder zu meiner Wohnung zurück, aber er war noch immer nicht da. Also bin ich zum YMCA, dann zu Wendy's und McDonald's, zu Dairy Queen und zu der Tankstelle, wo er immer Burritos kauft. Dann bin ich nach Buckhead gefahren, um nachzusehen, ob er bei Amanda ist. Als Nächstes bin ich wieder zu seinem Haus zurück, um zu schauen, ob ich ihn vielleicht verpasst habe. Dann bin ich wieder in meine Wohnung gefahren.«

»Aber du bist nicht dortgeblieben?«

»Nein.« Sara wischte sich wieder über die Augen. »Ich bin zu Faith gefahren. Sein Wagen stand in der Einfahrt, und sie haben auf der Couch gesessen und Computerspiele gespielt, als wäre nichts geschehen. Also fuhr ich wieder nach Hause. Ich habe noch eine Weile auf ihn gewartet, dann bin ich zu ihm nach Hause und habe dort gewartet, dass er kommt und sich für die Arbeit fertig macht. Aber er kam nicht. Also bin ich wieder zu mir, habe mir ein wenig Make-up ins Gesicht gepinselt und bin zur Arbeit gefahren. Dort habe ich ihn in seinem Büro getroffen, mich sofort vor seine Füße geworfen und ihn angefleht, mir zu verzeihen. Ich denke, er wird es tun, aber vorläufig fühle ich mich, als steckte ein Knäuel aus Gummibändern in meiner Brust.«

Tessa war eine Weile still.

Sara umklammerte das Lenkrad. Sie musste sich in Erinnerung rufen, warum sie im Auto saß, wohin sie fuhr.

»Computerspiele auf der Couch«, sagte Tessa. »Das ist eine sehr konkrete Angabe.«

»Ich habe durch Faiths Wohnzimmerfenster gespäht«, gab Sara zu.

»Vorder- oder Rückseite des Hauses?«

»Rückseite.«

»Und wann ist dir zufällig in den Sinn gekommen, dass sie Polizistin ist und eine Waffe hat und dass du dich mitten in der Nacht unbefugt auf ihrem Grundstück herumtreibst?«

»Als ich über die Plastikabdeckung von Emmas Sandkasten gestolpert und auf der Nase gelandet bin.«

Tessa lachte.

Sara ließ sie.

»Ach, Sissy«, sagte Tessa. »Dich hat's wirklich schlimm erwischt.«

»So ist es.« Sara brachte den schlimmsten Teil kaum heraus. »Ich weiß nicht, wie ich das wieder beheben soll.«

»Du musst es einfach aussitzen«, sagte Tessa. »Zeit heilt alle Wunden.«

Noch so ein Rat ihrer Mutter.

»Oder du kaufst etwas bei Ikea und tust so, als könntest du es nicht zusammenbauen.«

»Ich glaube nicht, dass das funktioniert.« Sara hielt nach dem Schild für die Ausfahrt Ausschau. Sie hatte noch zehn Minuten. »Er ist wirklich verletzt. Und er hat jedes Recht dazu.«

»Du kannst die Situation nicht verbessern, wenn du ihm einen runterholst?«

»Nein.«

»Ein Blowjob?«

»Schön wär's.«

»Arschlecken?«

»Wie war dein Vorstellungsgespräch bei der Hebamme heute Morgen?«

»Mau«, sagte Tessa. »Sie hat genau eine interessante Bemerkung gemacht. Ich habe ihr von meiner neunmalklugen großen Schwester, der tollen Ärztin, erzählt, und sie hat mich daran erinnert, dass die Arche von Amateuren gebaut wurde und die *Titanic* von Ingenieuren.«

»Du weißt, dass es bei der Arche um Genozid geht, oder?« Sara wechselte die Spur, um einen Sattelschlepper vorbeizulassen. »Noah und eine Handvoll seiner Freunde durften weiterleben, während der Rest der Menschheit vom Angesicht der Erde getilgt wurde.«

»Die Geschichte ist eine Metapher.«

»Für Genozid.«

»Deine Schonfrist ist abgelaufen«, sagte Tessa. »Ich informiere unsere Mutter über deine Bitte.«

Damit beendete sie das Gespräch.

Sara holte sich ein Taschentuch aus ihrer Handtasche und putzte sich die Nase. Ein rascher Blick in den Spiegel verriet ihr, dass die wasserdichte Wimperntusche ihr Versprechen nicht hielt. Sie fühlte sich immer noch unsicher und nervös. Ihrer Schwester von all dem Schwachsinn zu erzählen, den sie sich in der vergangenen Nacht geleistet hatte, hatte nur dazu geführt, dass sie sich noch schwachsinniger vorkam. Noch nie in ihrem ganzen Leben hatte sich Sara so sehr auf einen Mann eingelassen. Selbst als sie von Jeffreys Untreue überzeugt gewesen war, war es doch Tessa gewesen, die geschredderte Hotelquittungen zusammenpuzzelte und ihm wie eine bescheuerte Nancy Drew durch die Stadt folgte, damit Sara weiterhin den Kopf hoch tragen konnte.

Sie war im Moment so weit davon entfernt, den Kopf hoch

zu tragen, dass sie sich ebenso gut auf dem Meeresgrund aufhalten könnte.

Der Tacho war irgendwie auf hundertfünfzig geklettert. Sara ging vom Gas und fädelte auf die langsame Spur ein. Sie rollte gemächlich hinter einem Pick-up mit einem verblassten KEIN SCHEISS!-Aufkleber auf der Stoßstange und ging in Gedanken die ausgetretenen Pfade der Selbstvorwürfe aus den letzten vierundzwanzig Stunden durch. Beckey Caterino. Tommi Humphrey. Jeffrey. Will. Sie setzte Tessa mit auf die Liste, denn sie war nicht fair zu ihrer kleinen Schwester. Tessa war eine erwachsene Frau, Mutter und demnächst Geschiedene. Sie machte eindeutig eine Lebenskrise durch. Statt sie zu verspotten, sollte Sara ihr Halt bieten.

Noch eine Beziehung, die sie reparieren musste.

Brocks Ausfahrt kam früher als von Sara erwartet. Eine erboste Mercedesfahrerin beehrte Sara mit einem Ein-Finger-Salut, als sie dem Porsche auswich. Sara bog rechts auf die Hauptstraße ab, die von Fast-Food-Restaurants gesäumt war. Sie befand sich in einem Gewerbegebiet mit vielen Lagerhäusern, Fahrzeughändlern und Autozubehörläden.

Sara hatte im Lauf der Jahre ein halbes Dutzend Mal beruflich mit Brock zu tun gehabt, aber das letzte Mal war zu lange her, als dass sie sich noch genau an den Weg erinnerte. Sie suchte über die Sprachsteuerung im Porsche die Hausnummer aus ihrem Adressverzeichnis heraus. Laut GPS lag die Firma AllCare AfterLife Services anderthalb Kilometer entfernt.

Brocks Arbeitgeber war viel kleiner als die Dunedin Life Services Group, der Mischkonzern, dem Ingles Bestattungsunternehmen in Sautee gehörte. Sara wusste, dass AllCare Brock über einen Headhunter angeworben und einen saftigen Bonus auf den Verkaufspreis des Brock'schen Bestattungsinstituts draufgelegt hatte, um sich seine Dienste zu sichern. Seine

Abteilung kümmerte sich um die diskreten Einzelheiten, von denen die meisten Trauernden annahmen, dass sie im Keller ihres örtlichen Bestatters passierten.

Georgia hatte rund zehneinhalb Millionen Einwohner. Etwa sechzigtausend starben jedes Jahr. Bei großen Unternehmen drehte sich immer alles um mögliche Einsparungen aufgrund der Betriebsgröße. Im Bestattungsgeschäft hieß das, dass die Leichen zu Lagerhäusern voller Bestatter transportiert wurden, die sie wuschen, einbalsamierten, ankleideten und in den Sarg legten, bevor sie für Trauerfeier und Begräbnis zum örtlichen Bestattungsunternehmen zurückgeschickt wurden. Es ließ sich viel Geld mit der Rationalisierung eines Prozesses verdienen, auf den kaum jemand einen Gedanken verschwendete, bis er dazu gezwungen war.

Sara erkannte das unscheinbare Gebäude von früher. Das AllCare-Schild war unter einem großen Baldachin versteckt, wahrscheinlich um zu verhindern, dass sich die Öffentlichkeit dafür interessierte, was in dem Bau stattfand. Sara fuhr auf einen Besucherparkplatz. Zwanzig Minuten zu spät fiel ihr ein, dass sie Brock vorher hätte anrufen sollen. Er war immer so entgegenkommend, dass sie sich manchmal ermahnen musste, ihn nicht auszunutzen.

Zu spät.

Sie steckte ihr Handy in das Außenfach ihrer Handtasche und rechnete es sich als kleinen Sieg an, dass sie nicht nachsah, ob Will sein Telefon wieder eingeschaltet oder ihr wundersamerweise sogar eine Nachricht geschickt hatte.

Das AllCare-Lagerhaus war so tief wie breit, es hatte etwa die Form und Größe eines Footballfelds. Der Parkplatz war voller teurer Autos. Der Betrieb kam langsam in Gang – eine Reihe von Leichenwagen wartete im Leerlauf darauf, Leichen abzuladen oder aufzunehmen. Sara zählte sechs Sattelschlepper in sechs Ladebuchten. Zwei gehörten einem lokalen Sargfabrikanten, ein weiterer einem Unternehmen für Bestattungszubehör, die übrigen drei UPS.

Die drei Fahrer luden in Kartons verpackte Särge aus. Per Bundesgesetz waren Bestattungsunternehmen verpflichtet, auch online bestellte Särge zu akzeptieren. Wie bei allen Konsumgütern gehörte den großen Händlern Costco, Walmart und Amazon ein dicker Batzen des Marktes. Die Ersparnis konnte, sehr zum Kummer von Unternehmen wie AllCare, erheblich sein. Das Einzige, was ein großes Unternehmen zu Fall bringen konnte, war ein anderes großes Unternehmen.

Saras Handy meldete den Eingang einer SMS. Sie rechnete mit Amanda und hoffte auf Will, aber stattdessen war es ihre Schwester.

Tessa: *Du bist ein Arschloch.*

Sara schrieb zurück: *Meine Schwester ist ebenfalls eins.*

Da sie das Telefon schon in der Hand hatte, sah sie auf der *Find My Phone*-App nach. Wills Aufenthaltsort war weiter bei Lenas Adresse eingefroren. Sie legte das Gerät vorsichtig wieder in die Handtasche, als sie die Betonstufen zum Eingang hinaufstieg.

»Guten Morgen.« Die Angestellte am Empfang lächelte, als Sara das Foyer betrat. »Was kann ich für Sie tun?«

»Guten Morgen.« Sara legte ihre Visitenkarte auf den Tisch. »Ich suche nach Dan Brock.«

»Mr. Brock ist gerade von einer Besprechung zurückgekommen.« Das Lächeln war bei seinem Namen noch strahlender geworden. »Nehmen Sie Platz. Ich sage ihm Bescheid, dass Sie hier sind.«

Sara war zu ruhelos, um sich zu setzen. Sie lief in dem kleinen Foyer auf und ab, während sie auf Brock wartete. In dem Lagerhaus gab es keinen Kundenverkehr. Die Plakate an den Wänden zielten auf die Branche: Sterbeversicherungen, versiegelte Grabbehälter, eine Werbung für ein Seminar über das

Schminken Verstorbener. Jemand hatte einen Aufkleber über der Tür angebracht:

Fahren Sie langsam! Wir haben genug Kunden!

»Sara?« Brock grinste, als sie sich umdrehte. »Was um alles in der Welt führt dich hierher?«

Ehe sie antworten konnte, nahm er sie in die Arme und drückte sie herzlich. Er roch nach Balsamierflüssigkeit und Old Spice – die beiden Gerüche, die sie mit ihm verband, seit er zehn Jahre alt gewesen war.

»Meine Güte«, sagte er. »Du hast dich ganz schön herausgeputzt. Bist du auf dem Weg zu einem Fest?«

Sara lächelte. »Ich bin dienstlich hier. Tut mir leid, dass ich nicht vorher angerufen habe.«

»Ich bin immer für dich da, Sara, das weißt du.« Er wartete, bis die Empfangsdame die Tür geöffnet hatte. »Lass uns nach hinten gehen.«

Brocks Büro lag in der Nähe des Balsamierbereichs und damit am Ende des Gebäudes. Er plauderte mit Sara und erzählte ihr alle möglichen Neuigkeiten, während er sie durch einen langen Flur führte, vorbei an mehreren geschlossenen Türen und einem großen Pausenraum für Angestellte. Das Asthma seiner Mutter spielte wieder verrückt, aber sie schien mit ihrem Alterswohnsitz zufrieden zu sein. Er hatte gehört, dass der Pastor der Methodistenkirche in Heartsdale unter mancherlei Verdächtigungen seinen Posten geräumt hatte. Er probierte eine neue Dating-App für Singles in der Bestattungsbranche aus, sie hieß Lucky Stiffs.

»Mit Liz hat es nicht funktioniert?«, fragte Sara.

Er verzog das Gesicht. Brock hatte sich mit Partnerschaften nie leichtgetan. Er wechselte das Thema. »Wie geht es deiner Mama und den anderen?«

»Will geht es großartig«, sagte Sara, auch wenn es eher ein Wunsch als eine Tatsache war. »Daddy ist schon halb im Ruhestand. Mama ist immer noch ständig auf Achse. Tessa erwägt, Hebamme zu werden.«

Brock blieb vor der Tür zum Lagerhaus stehen. »Na, das ist doch mal eine wunderbare Nachricht. Sie ist so ein liebevoller Mensch. Ich glaube, sie wäre eine fabelhafte Hebamme.«

Sara fühlte sich schuldbewusst, weil sie nicht so reagiert hatte, als Tessa ihr von ihren Plänen erzählte. »Sie muss viel Stoff lernen.«

»Jeder kann ein Lehrbuch auswendig lernen. Schau mich an. Was man nicht lernen kann, ist Mitgefühl. Entweder man hat es, oder man hat es nicht.«

»Du hast ja recht.«

Brock lachte. »Du bist die einzige Frau in meinem Leben, die das zu mir sagt. Komm mit.«

Er öffnete die Tür zum Hauptbereich der Lagerhalle. Der beißende Geruch von Formaldehyd traf Sara wie ein Schlag ins Gesicht. Diese Chemikalie war der Hauptbestandteil von Balsamierflüssigkeit. Sara zählte mindestens dreißig Balsamierer, die über ebenso viele Leichen gebeugt standen. Mehr als die Hälfte waren Frauen, und alle waren weiß. Im Bestattungsgeschäft herrschte bekanntermaßen Rassentrennung.

Sara stieg über einen langen Schlauch, der sich über den Boden schlängelte. Ein Sauggeräusch kam aus den Abflüssen. Dreißig Pumpen pressten gluckernd Flüssigkeit in dreißig Halsschlagadern und saugten Blut aus dreißig Drosselvenen ab. Die letzten Handgriffe fanden in den Ladebuchten statt. Särge wurden entweder in wartende Leichenwagen geladen oder für den Versand in Kartonagen verpackt.

»Ich komme gerade von einer Besprechung wegen Honey Creek Woodlands«, sagte Brock. »Sie kosten uns ganz schön viel Umsatz.«

Sara hatte von der grünen Bestattungsbewegung gelesen. Wenn sie sich so in der Lagerhalle umsah, konnte sie verstehen, warum Menschen auf eine Einbalsamierung verzichten und ihre Angehörigen lieber in einer natürlicheren Umgebung beisetzen wollten. »Es spricht durchaus etwas für Asche zu Asche, Staub zu Staub.«

»Das ist in diesem Gebäude Blasphemie.« Brock lachte gutmütig. »Gott sei Dank haben wir das Macon-Bibb County. Die haben eine Verordnung erlassen, wonach bei allen Erdbestattungen ein dichtes Behältnis vorgeschrieben ist. Wir hoffen, die Vorschrift auf Staatsebene durchsetzen zu können.«

»Apropos.« Sara war dankbar für die Chance, auf ihr Anliegen überzuleiten. »Ich führe möglicherweise bald eine Exhumierung bei einer Leiche durch, die vor drei Jahren in einem luftdichten Behälter beigesetzt wurde.«

»Beton oder Verbundwerkstoff?«

»Weiß ich nicht.«

Brock öffnete die Tür zu seinem Eckbüro. Neonröhren beleuchteten den Raum, die beiden Fenster zur Lagerhalle hin waren mit Läden aus dunklem Holz verschlossen. Es war ein geräumiges Büro, oder zumindest hätte es eins sein können, dachte Sara. Brock war nie ein ordentlicher Mensch gewesen. Überall stapelten sich Papiere und Bücher. Seine Aktenschränkte quollen über.

»Tut mir leid«, entschuldigte er sich. »Ich habe in den letzten drei Jahren zwei Sekretärinnen verloren. Der ersten kann ich es nicht verübeln, aber die zweite hat zur Mittagszeit gern ein Schlückchen getrunken, und du weißt, was ich davon halte.«

Brocks Vater war ein Pegeltrinker gewesen, ein offenes Geheimnis in der Stadt, das niemand ansprach, weil ihn das Trinken letztlich liebenswürdiger machte.

»Möchtest du Tee oder Kaffee?«, fragte Brock.

Sara wollte vor allen Dingen heiß duschen, um den Formaldehydgestank loszuwerden. »Nein danke. Theoretisch bin ich ja noch im Dienst.«

»Sag Bescheid, wenn du es dir anders überlegst.« Brock machte an einem kleinen Tisch Platz, damit sich Sara setzen konnte. Er selbst nahm den anderen Stuhl. »Also, zu deinem Thema: Ich erspare dir das rechtliche Brimborium, dass es keine Garantie dafür gibt, dass der Körper konserviert bleibt, und so weiter. Wir wissen beide, dass die Aussichten gut sind, vor allem, wenn das Behältnis luftdicht ist. Außer es ist aus Beton, das könnte ein Problem geben. Wir hatten es im Lauf der Jahre gelegentlich mit Zersetzung zu tun, vor allem an der Küste, wo der Grundwasserspiegel höher ist.«

»Das Grab ist in Villa Rica.«

»Dann sind deine Chancen sofort deutlich besser. Das ist gute Erde dort. Es gibt drei Bestattungsunternehmen für das Gebiet, sie benutzen alle Verbundwerkstoff und verstehen ihr Handwerk. Villa Rica gehört teilweise zu meinem Bereich.« Brock zeigte auf die Karte von Georgia an der Wand. Sara nahm an, die blau unterlegten Countys wurden von AllCare bedient. Sie sah, dass White County, wo Alexandra McAllister gefunden wurde, außerhalb von Brocks Gebiet lag.

Er sagte: »Ich bin ein bisschen verwirrt, Sara. Wir graben niemanden aus. Das macht das örtliche Bestattungsunternehmen. Soll ich dir einen Kontakt zu ihnen herstellen?«

»Ach so, nein, das ist nicht der Grund, warum ich hier bin.« Sie erklärte es: »Zwei ältere Fälle sind wieder in den Fokus gerückt: Rebecca Caterino und Leslie Truong.«

Das Lächeln verschwand aus Brocks Gesicht. Er sah so entsetzt aus wie vor acht Jahren. »Der Himmel steh mir bei. Ich habe eine ganze Weile nicht mehr an diese armen jungen Frauen gedacht. Sie waren der Grund, warum ich vom Posten des amtlichen Leichenbeschauers zurückgetreten bin.«

»Ich weiß.«

»Meine Güte.« Der Schock ließ nicht nach. »Das muss rund zehn Jahre her sein. Sitzt diese Rebecca noch im Rollstuhl?«

»Ja.« Sara ersparte ihm die Details. »Die Exhumierung, von der ich dir gerade erzählt habe, hängt mit ihren Fällen zusammen.«

»O nein! Sag bloß, sie haben diesen Kerl aus dem Gefängnis freigelassen?«

»Daryl Nesbitt? Nein, er ist noch in Haft. Aber es gibt Beweismaterial, das ihn möglicherweise entlastet. Zumindest was den Überfall und den Mord angeht.«

»Beweismaterial? Also, das ist ja …« Brock verstummte. Sein Blick irrte in seinem Büro umher, als könnten die Bücher und Papierstapel erklären, wie das passiert war. »Du weißt, ich widerspreche nicht gern, Sara, aber mir scheint, Jeffrey hat diesen Daryl praktisch auf frischer Tat ertappt. Niemand in der Stadt war damals überrascht, dass es ein Nesbitt war. Daddy sagte immer, dass sich diese Dew-Lollies gegenseitig wegen irgendwelcher Lappalien umgebracht haben, hat uns im wirtschaftlichen Abschwung letztlich über Wasser gehalten. Ich sehe einfach nicht, wie Jeffrey da falschgelegen haben könnte.«

»Er lag aber falsch.« Es fühlte sich wie Verrat an, aber es war nichtsdestoweniger die Wahrheit. »Das GBI hat neue Erkenntnisse, die darauf schließen lassen, dass der Mörder möglicherweise noch aktiv ist.«

»Noch aktiv?« Jetzt hatte sein Gesicht alle Farbe verloren. »Es gibt weitere Opfer?«

»Ja.«

Während sie schwiegen, konnte Sara draußen die Pumpen arbeiten hören.

»Seid ihr sicher, dass es nicht jemand ist, der den Übeltäter zu kopieren versucht?« Brock verwarf die Möglichkeit gleich wieder. »Das ist ein ziemlich übler Kerl, Sara. Mir wird ganz schlecht, wenn ich daran denke. Was haben wir übersehen?«

»Deshalb bin ich hier.«

»Ja, natürlich. Du wirst meinen damaligen Bericht brauchen. Ich habe Obduktionsaufzeichnungen für dich, Laborergebnisse und …« Er ging an seinen Schreibtisch und kramte einen Schlüsselbund aus der Schublade. »Es ist alles im U-Store eingelagert. Einheit 522. Ich komme gerade von einer Besprechung zurück und muss fürs Erste hierbleiben. Wir können nach der Arbeit zusammen hinfahren, oder du fährst jetzt allein.«

»Ich würde gern jetzt fahren.« Sara sah zu, wie er den kleinen Schlüssel für das Vorhängeschloss vom Ring schob. »Wir gehen allen Spuren so schnell wie möglich nach.«

»Ich verstehe nicht, was wir übersehen haben. Es lief doch alles auf Daryl Nesbitt hinaus. Und dann war da dieses ganze Zeug mit dem Hammer.« Brock schüttelte den Kopf, er konnte sich ebenso wenig einen Reim darauf machen wie Sara. »Du sagst, es gibt Beweise, die ihn entlasten?«

»Ja.«

»Was … aber das darfst du mir natürlich nicht sagen. Tut mir leid, dass ich überhaupt gefragt habe.« Er reichte ihr den Schlüssel. »Kannst du mir Bescheid geben, was sich in der Sache tut? Ich meine, soweit du es überhaupt verraten darfst. Ich weiß, du musst dich vorläufig bedeckt halten, aber großer Gott, noch mehr ermordete Frauen! Und die arme Leslie Truong. Das ist ein Serienmörder, Sara.«

»Diesmal finden wir ihn.«

»Ich bete dafür, aber ich bin froh, dass Jeffrey das nicht mehr erfahren muss«, sagte Brock. »Du weißt, wie sehr er unsere kleine Stadt geliebt hat. Zu hören, dass er sich bei dieser Sache getäuscht hat, hätte ihn gleich noch mal umgebracht.«

Sara biss sich auf die Unterlippe, um die herannahende Tränenflut zu unterdrücken.

Brock war sofort beschämt. »Ach du meine Güte, es tut mir so leid. Ich habe nicht daran gedacht, dass …«

»Schon gut.« Sara musste hier raus, bevor der Damm brach. »Ich sage dir Bescheid, was wir herausfinden.«

»Soll ich dich nicht zurück zum …«

»Ich finde schon hinaus, danke. Ich rufe dich bald an, dann gehen wir essen, okay?«

»Sicher, aber …«

Sara verließ das Büro, ehe er den Satz beenden konnte.

Auf dem Rückweg durch das Lagerhaus hielt sie den Kopf gesenkt und den Mund geöffnet, weil sie nicht durch die Nase atmen konnte. Sie rempelte ein paar Angestellte an, die gerade aus dem Pausenraum kamen. Alle Büros am Korridor waren besetzt, und alle, die darin arbeiteten, blickten auf, als sie vorbeikam. In der Eingangshalle wünschte ihr die Empfangsdame noch einen guten Morgen, aber dafür war es nun zu spät.

Sie stieß eine Reihe von Flüchen aus, als sie die Treppe hinunterstöckelte. Sie hätte Brock fragen sollen, ob er wusste, wo Delilah oder Tommi Humphrey wohnten. Der einzige Ort, der noch ergiebiger war als eine Kirche, wenn man Klatsch aufschnappen wollte, war der örtliche Bestatter. Das Bestattungsunternehmen der Familie Brock hatte der Tri-County-Area zwei Generationen lang gedient. Brock und seine Mutter waren immer auf dem Laufenden, was Neuigkeiten in der Stadt anging.

Sie blieb abrupt stehen, aber nur einen Moment lang.

Es kam nicht infrage, dass sie noch mal da hineinging. Stattdessen marschierte sie schnurstracks zu ihrem Wagen und ließ sofort die Fenster herunter, damit frische Luft ins Wageninnere kam. Sie musste immer noch durch den Mund atmen. Ein heftiger Schmerz in der Hand erinnerte sie an den kleinen Schlüssel des Vorhängeschlosses. Sie hatte ihn so heftig umklammert, dass das Metall eine Vertiefung in ihre Handfläche gegraben hatte.

Brock hatte das U-Store für die Einlagerung wahrscheinlich

aus denselben Gründen gewählt wie Sara. Es war die einzige Einrichtung im County, die eine klimatisierte Lagerung anbot. Andernfalls wären Jeffreys Polizeiakten und Saras rechtsmedizinische Berichte in der Luftfeuchtigkeit verrottet oder in der Hitze zu Staub zerfallen. Sie konnte Tessa nicht ein zweites Mal zu den Lagerräumen schicken, nicht, weil Tessa sich weigern würde, sondern weil es ein festgelegtes Verfahren für die Beweismittelkette zu beachten galt. Sara würde selbst dort tätig werden müssen, und das hieß, ins Grant County zu fahren, was die gleichen Schuldgefühle weckte wie am Vortag.

Sie überlegte, Will anzurufen und ihm mitzuteilen, wohin sie fuhr, aber von der *Find My Phone*-App abgesehen beruhte ihre Beziehung auf Vertrauen. Sie musste ihm nicht berichten, was sie im Einzelnen tat, und es würde ihn verwirren, wenn sie es auf einmal versuchte.

Warum fühlte es sich dann wie Betrug an? Weil das U-Store an der Mercer Avenue lag, genau gegenüber von den Heartsdale Memory Gardens – dem Friedhof, wo Jeffrey begraben lag?

An der Lage des Gebäudes konnte Sara nichts ändern. Was sie als Nächstes in Angriff nehmen musste, war Leslie Truongs Obduktionsbericht. Es konnte sein, dass sich ein Hinweis auf den Seiten befand, etwas, was sie alle übersehen hatten und das ihnen half, den Täter zu finden.

Sara ging den Weg des geringsten Widerstands und schickte Amanda eine Nachricht.

Bin auf dem Weg nach Grant County, um Brocks Akten zu holen. Arbeite noch daran, Humphrey aufzuspüren. Zurück in der Zentrale ASAP.

Sie ließ den Motor an und fuhr los.

Zum ersten Mal in ihrem Leben fühlte sich Sara ängstlich und beklommen, nach Hause zu kommen.

GRANT COUNTY – DONNERSTAG

18

Jeffrey schaltete alle Lichter ein, als er durch die Polizeistation ging. Wie üblich war er als Erster im Gebäude. Er stellte die Klimaanlage an, kochte Kaffee, öffnete die Jalousien in seinem Büro. Dann setzte er sich an seinen Schreibtisch.

Die Uhr in seinem Computer verriet ihm, dass es 5 Uhr 33 war. Sara hatte die Nacht durchgearbeitet, sie war sicher inzwischen mit Leslie Truongs Autopsie fertig. Brock hatte ihr assistiert. Frank hatte als dritter Zeuge fungiert. Normalerweise hätte Jeffrey diese Aufgabe übernommen, aber er hatte in den letzten zwölf Stunden mit möglichen Zeugen gesprochen, noch einmal in Rebecca Caterinos Wohnheim herumgefragt, Leslie Truongs Mitbewohnerinnen und das College-Personal befragt, den Wald nach Hinweisen durchkämmt und Bonita Truong, Leslies Mutter, eine Schulter geboten, an der sie sich ausweinen konnte.

Nichts davon hatte den geringsten Unterschied gemacht. Er war in exakt der gleichen Lage wie am Morgen zuvor, nur dass er es jetzt zusätzlich noch mit einer toten Studentin zu tun hatte.

Jeffrey breitete die topografische Karte des Waldes auf seinem Schreibtisch aus. Die Draufsicht ließ ihn das Gelände besser verstehen. Die Senken und Täler. Das sanft gewellte Hügelland. Die Seen und Bäche. Die Karte war noch feucht, weil er sie zuvor auf der Kühlerhaube seines Wagens ausgerollt hatte. Er hatte mit einem Lineal und verschiedenfarbigen Filzstiften Linien quer durch den Wald gezogen. Rot markierte den möglichen Weg Rebecca Caterinos bei ihrem Lauf. Blau folgte dem wahrscheinlichsten Weg, den Leslie Truong wohl eingeschlagen hatte, um nach dem Fund von Beckeys Leiche zum Campus zurückzugehen. Der Regen hatte beide Tatorte fortgespült, aber Jeffrey hatte dennoch eine gründliche Suche entlang der drei Kilometer langen Strecke angeordnet.

Leslie war in dichtem Unterholz gefunden worden, rund dreißig Meter vom Hauptweg entfernt, der sich vom Campus zum Nordufer des Sees schlängelte. Jeffrey wusste nicht, ob sie dorthin gegangen war oder ob ihr Mörder sie getragen hatte. Alles, was er mit Sicherheit sagen konnte, war, dass ihre untere Körperhälfte irgendwann gelähmt gewesen war. Wahrscheinlich war sie unter Drogen gesetzt worden. Er wollte nicht daran denken, was Leslie an diesem letzten Ruheort in ihrem Leben noch durch den Kopf gegangen war. Wäre Jeffrey ein Mensch, der betete, dann hätte er darum gebetet, dass sie tief bewusstlos gewesen war.

Ein blaues X markierte die Stelle, an der Leslie gelegen hatte. Die Höhenlinien auf der Karte drängten sich hier enger und verwiesen auf ein Tal, das Jeffrey nicht wahrgenommen hatte, als er vor Ort gewesen war. Die Überwachungskameras auf dem Campus bestätigten, dass der Täter nicht vom College gekommen war. IHOP lag rund zweieinhalb Kilometer vom Schauplatz entfernt. Der kürzeste Weg zum Fundort war die Forststraße, von der Frank gesprochen hatte.

Jeffrey hatte mit einer gepunkteten grünen Linie angedeutet, wie der Täter von Leslies Leiche möglicherweise zu der einspurigen, nicht asphaltierten Straße zurückgelangt war. Wieder zeigten die Höhenlinien eine kleine Anhöhe, wo er höchstwahrscheinlich seinen Wagen versteckt abgestellt hatte. Es gab keine Reifenabdrücke, keine Fußspuren. Der Regen hatte die Straße in eine Schlammpiste verwandelt.

Ein dunkler Transporter. Das war alles, woran sich Tommi Humphrey aus der Nacht des brutalen Überfalls auf sie erinnerte. Jeffrey hatte eine oberflächliche Suche nach dunklen Transportern im Tri-County-Gebiet gestartet. In Memminger und Bedford gab es genau wie in großen Teilen des Grant County jede Menge Maler, Elektriker, Klempner, Zimmerer und Typen, die einfach gern Transporter fuhren. Als Jeffrey die Suche auf seinem Computer abgebrochen hatte, war er bei eintausendachthundertdreiundneunzig Treffern für solche Fahrzeuge gewesen.

Er kehrte zur Karte zurück und folgte der Forststraße zu ihrem Ausgangspunkt am Stehlik Way. Zum Stehlik Way gelangte man über die Nager Road von Norden her und über die Richter Street von Süden. Der Friedhof Heartsdale Memorial Gardens mit seinem leicht hügeligen Gelände lag rund drei Kilometer von der Richter Street entfernt, direkt an der Mercer Avenue.

Auf der anderen Straßenseite wurde gerade eine Self-Storage-Halle gebaut.

Jeffrey griff nach seinem BlackBerry. Er schickte eine E-Mail an Lena Adams und wies sie an, auf dem Weg zur Polizeistation auf der Baustelle vorbeizuschauen. Möglicherweise hatte ein Bauarbeiter ein verdächtig aussehendes Fahrzeug gesehen, vielleicht einen dunklen Transporter. Es konnte auch sein, dass ein Bauarbeiter selbst das verdächtig aussehende Fahrzeug fuhr. Er schickte eine zweite E-Mail, in der er Lena bat, die Namen aller Arbeiter und Besucher auf der Baustelle in den letzten drei Monaten zu ermitteln.

Es war denkbar, dass ein Fremder zufällig auf die Forststraße gestoßen war, aber je länger Jeffrey darüber nachdachte, desto plausibler erschien es ihm, dass der Täter jemand war, der sich in der Gegend auskannte – ein Student oder Professor, der auf dem Campus oder in dessen Nähe gewohnt hatte, jemand von Feuerwehr oder Rettungsdienst, von der Straßenverwaltung, ein Handlungsreisender, ein Aushilfsdozent, Gebäudereiniger, Handwerker oder Einheimischer, der sein ganzes Leben hier verbracht hatte.

Wenn man die Studierenden mitzählte, lag die Bevölkerung des Countys bei über vierundzwanzigtausend. Jeffrey würde an jede Tür in der Nachbarschaft klopfen, wenn es sein musste. Das Problem war aber, dass das County keine Insel war. Der Mörder konnte durchaus aus einer Nachbarstadt stammen. Wenn man Memminger und Bedford dazuzählte, lag die Bevölkerung immerhin bei mehr als hunderttausend. Und schloss man die südlichen Regionen des Bundesstaats ein, ging es um Millionen Einwohner.

Er suchte seinen Schreibtisch nach dem Ordner ab, den ihm Lena dagelassen hatte. Wie angeordnet hatte sie eine Zusammenfassung aller Vergewaltigungsfälle im Tri-County-Gebiet erstellt. Es gab insgesamt sechsunddreißig ungelöste Fälle, was sich nach einer zu präzisen Zahl anfühlte. In keinem Fall stimmte die Vorgehensweise mit der bei den Frauen im Grant County überein. Keines der Opfer wies Ähnlichkeiten mit Tommi Humphrey, Rebecca Caterino oder Leslie Truong auf.

Jeffrey schloss den Ordner wieder.

Auf der Polizeischule und bei allen nachfolgenden Fortbildungen, die er besucht hatte, hatte man ihm beigebracht, dass Vergewaltiger bei einem Typ blieben. Sie wurden von einer bestimmten Altersgruppe angezogen, einem bestimmten Aussehen. Junge Blondinen mit Pferdeschwanz, Großmütter mit Lockenwicklern, Cheerleader, Prostituierte, alleinerziehende

Mütter. Sexualtäter konnten sich die Opfer aussuchen, und sie suchten sie nach ihren kranken Fantasien aus.

Diese Theorie schien auf die Fälle im Grant County nicht zuzutreffen. Tommis Haar war zum Zeitpunkt des Überfalls kurz und blond gewesen. Beckeys Haar war lang und brünett. Leslies war schwarz und zu einem Bob geschnitten. Eine war angeblich Jungfrau gewesen, die andere lesbisch, und die Dritte hatte, wenn man ihrer Mutter glaubte, bereits Erfahrung mit Männern gehabt. Alle drei Opfer studierten an der Grant Tech, aber Alter, Körperbau, Hautfarbe, selbst die Gesichtsform waren bei allen verschieden.

Jeffrey rieb sich das Gesicht. Er konnte sich nicht immer weiter im Kreis drehen. Zwei Frauen waren in zwei Tagen überfallen worden. Jetzt begann ein weiterer Tag. Was würde passieren?

Er schaute auf die Uhr, bevor er nach dem Festnetztelefon griff und eine bekannte Nummer wählte.

»Morgen«, sagte Nick Shelton. »Was kann ich für Sie tun?«

»Hier ist Jeffrey. Wie lange würde das FBI brauchen, um ein Täterprofil zu erstellen?«

»Wie lange hast du noch bis zum Ruhestand?«

»Verdammt«, murmelte Jeffrey. »So lange?«

»Ich könnte es auf ein Jahr verkürzen, wenn ich den richtigen Mann darauf ansetze.«

Jeffrey wollte nicht darüber nachdenken, was wohl passierte, wenn sich diese Ermittlung so lange hinzog. Er hatte gesehen, was Leslie Truong widerfahren war. Er kannte die Einzelheiten von Tommi Humphrey. »Nick, wenn diese Geschichte bis Monatsende nicht aufgeklärt ist, rufe ich den Staat um Hilfe. Das Schwein lernt dazu. Er wird noch weitere Frauen quälen.«

»Willst du wirklich mit meiner Chefin um die Wette pinkeln?« Nick lachte. »Nichts für ungut, Alter, aber ihr Schwanz ist dicker als unsere beiden zusammen.«

Jeffrey rieb sich die Augen. Wenn er die Erinnerung zuließ, sah er immer noch den abgebrochenen Hammerstiel vor sich. »Mach dir keine Sorgen um mein Ego. Wir müssen diesen Kerl aufhalten.«

»Ich hab dich schon verstanden, Kumpel«, sagte Nick. »Schick mir die Einzelheiten. Ich kann ja schon mal alles vorbereiten. Ob wir die Sache am Ende übernehmen oder nicht – bei einem Prozess wird es für die Jury gut aussehen, einen FBIler im Zeugenstand zu haben.«

»Du bekommst alles noch heute.« Jeffrey legte auf, behielt die Hand aber auf dem Hörer. Er überlegte, ob er Brock wegen eines Berichts anrufen sollte, aber er wusste, Sara hätte sich sofort gemeldet, wenn bei der Obduktion etwas aufgetaucht wäre, was ihnen weiterhalf.

Er rollte die topografische Karte zusammen und legte sie beiseite. Dann überflog er seine E-Mails. Der Bürgermeister wünschte ihn zu sprechen. Der Dekan wünschte ihn zu treffen. Der Bezirksstaatsanwalt wollte, dass er sich kurz meldete. Die Studentenzeitung der Grant Tech wollte ein schriftliches Interview. Der *Grant Oberserver* wünschte eine persönliche Zusammenkunft. Jeffrey schickte allen eine beschwichtigende Antwort und widerstand dem Verlangen, ihnen mitzuteilen, dass ihre Wünsche und das, was sie tatsächlich brauchten, zwei verschiedene Dinge waren.

Zumindest hatte er seine Mutter nicht mehr am Hals. Nach dem x-ten verpassten Anruf hatte er Mae schließlich angerufen, um ihr alles Gute zum Geburtstag zu wünschen. Als sie störrisch geworden war, hatte er seine eigene Mutter nach allen Regeln der Kunst manipuliert. Er hatte eine falsche Erinnerung an ein Gespräch kreiert, das sie nie geführt hatten, und sie daran »erinnert«, dass er ihr vor Monaten versprochen hatte, sie am Wochenende nach ihrem Geburtstag zum Essen auszuführen. Wie alle chronischen Säufer hatte sie so getan, als erinnerte sie sich, und wie alle Kinder von Alkoholikern hatte es Jeffrey einerseits befriedigt, dass er endlich einen Weg gefunden hatte, ihre Trinkerei zu seinem Vorteil zu nutzen, andererseits wurde er aufgefressen von Schuldgefühlen, weil er sie gemein hinters Licht führte.

Vor weiterer Nabelschau rettete ihn das Faxgerät, das hinter ihm ein Blatt hervorstotterte. Brock hatte ihm Angaben zu dem Hammer geschickt, den Sara aus Leslie Truongs Vagina chirurgisch entfernt hatte. Durch schieres Glück war ein Herstellerzeichen daraufgestempelt.

Jeffrey prüfte die Produktnummer in seinem Computer nach. Er erkannte die markanten gelben und grünen Streifen der Werkzeugmarke.

Der 750-Gramm-Schlosserhammer von Brawleigh gehörte zu einem dreiteiligen rückschlagfreien Hammerset, das speziell für die Bearbeitung von Metall konzipiert war.

Jeffrey besah sich die Einzelheiten. Der Hammerkopf war mit Sand gefüllt und mit Polyurethan überzogen. Eine Kunststoffscheibe bedeckte die flache Seite. Das Werkzeug war wie die beiden anderen Geräte des Sets so konstruiert, dass es den Rückschlag von einer getroffenen Oberfläche möglichst gering hielt, daher der schmale Hals des Holzstiels der Mordwaffe.

Er zoomte in das Foto. Der Metallkopf hatte etwas Bedrohliches an sich. Die Finne lief keilförmig zu, mit ihr wurden bei Schlosserarbeiten scharfe Kanten geformt. Jeffrey konnte nicht wissen, ob dieser Hammer bei Tommi Humphrey benutzt worden war. Hatte der Täter ihn speziell für die Überfälle gekauft, oder hatte er ihn zu Hause in seiner Werkstatt gehabt?

Brawleigh war eine landesweit bekannte Marke, so allgegenwärtig in der Werkzeugindustrie wie Snap-on oder Craftsman. Jeffrey startete eine allgemeine Suche nach dem Schlosserhammer und stellte fest, dass er bei allen großen Händlern wie zum Beispiel Home Depot, Costco, Walmart und Amazon erhältlich war. Die Herausgabe der Käuferdaten zu beantragen wäre ein Kampf wie David gegen Goliath. Der Bezirksstaatsanwalt von Grant County arbeitete auf Teilzeitbasis. Es würde Tage dauern, die entsprechenden Verfügungen einzureichen. Jeffrey hatte aber nicht Tage Zeit.

Er schloss die Tabs und kehrte zur Brawleigh-Seite zurück. Das rückschlagfreie Hammerset stand im Menü METALLARBEITEN. Er ließ die Maus über den Untermenüs schweben, doch nichts fiel ihm ins Auge. Er ging zu HOLZARBEITEN und fand genau das, was er suchte.

NAGELTREIBER UND AHLEN.

Er studierte die Nageltreiber, die dazu benutzt wurden, Nägel bündig im Holz zu versenken. Das Werkzeug war aus gehärtetem Stahl, rund, etwa fünfzehn Zentimeter lang, oben dick, damit man mit einem Hammer draufschlagen konnte, und nach unten hin schmal und spitz, um den Nagelkopf zu versenken. Jeffrey ballte die Faust. Er hatte in seinem Leben nicht wenige Nageltreiber in der Hand gehalten. Das Werkzeug war zu klein, um es wirkungsvoll als Waffe einzusetzen, geschweige denn, um das Rückenmark zu durchstoßen.

Er klickte auf AHLEN.

Anreißahlen. Ahlen zum Nähen. Flache Ahlen.

Er zoomte auf die flache Ahle, die einem Schraubenzieher ähnelte. Statt eines flachen Kopfs gab es eine scharfe Spitze. Auch dieses Werkzeug war Jeffrey vertraut. Man benutzte es, um Vertiefungen ins Holz zu drücken, damit man dann einen Nagel oder eine Schraube leichter in die korrekte Position führen konnte.

Außerdem war es lang und präzise genug, um das Rückenmark einer Frau zu durchstechen.

Im Dienstzimmer tat sich etwas. Matt goss sich einen Kaffee

ein. Frank zog sein Sakko aus und hängte es über die Lehne seines Stuhls.

Jeffrey ging hinaus, um sie zu begrüßen. »Gab's Erkenntnisse bei der Autopsie?«

Frank schüttelte den Kopf. »Nur dass es ein krankes Arschloch ist.«

Jeffrey hatte diese Antwort erwartet, aber er war trotzdem frustriert. »Was schätzt ihr, wie viele Autowerkstätten wir haben?«

»Mit Avondale und Madison?«, fragte Matt. »Mir fallen auf Anhieb mindestens ein Dutzend ein.«

Da er geantwortet hatte, sagte Jeffrey zu ihm: »Sie müssen zu allen Werkstätten fahren und diskret in Erfahrung bringen, ob jemand einen Schlosserhammer von Brawleigh vermisst.«

»Brawleigh«, sagte Frank. »Das ist meine Marke.«

»Ich persönlich steh auf Milwaukee«, sagte Matt.

Sie waren zufällig auf einen guten Punkt gestoßen: Männer neigten dazu, einer Werkzeugmarke treu zu bleiben. Jeffreys eigene Werkbank wurde vom DeWalt-Gelb dominiert.

»Mechaniker benutzen meist ihr eigenes Werkzeug«, sagte er zu Matt. »Achte darauf, wer Brawleigh kauft.«

»Yessir.« Matt salutierte und ging zur Tür.

Jeffrey wandte sich an Frank. »Schon Glück gehabt bei der Suche nach diesem Daryl aus Caterinos Telefon?«

»Ich habe alle Berichte von Zwischenfällen, Befragungen, Verkehrskontrollen überprüft. Der einzige Daryl, der aufgetaucht ist, war Farley Daryl Zowaski, und der ist vierundachtzig.«

»Noch so ein krankes Arschloch.« Sie alle kannten den notorischen Exhibitionisten. Eine von Jeffreys ersten Verhaftungen in Grant County hatte ihm gegolten, nachdem er Zowaski vor der Grundschule aufgegriffen hatte.

»Was ist mit dem Sexualstraftäterregister?«, fragte er.

»Wir haben drei offiziell registrierte Täter im County.«

Jeffrey wusste, dass es zehnmal so viele sein müssten. »Lassen Sie uns um acht eine Besprechung halten. Bis dahin müsste ich den vollständigen Obduktionsbericht zu Truong haben. Wir brauchen einen Plan.«

»Was denn für einen Plan?« Frank klang aufrichtig neugierig. »Dieser Täter ist sehr viel schlauer als wir.«

Jeffrey hatte der Aussage nichts entgegenzusetzen, aber er fragte: »Warum sagen Sie das?«

»Er geht methodisch vor, planvoll. Er beobachtet die Mädchen, ja? Er schnappt sie sich nicht einfach zufällig am helllichten Tag.« Frank zuckte mit den Achseln. »Entführungen durch Fremde sind am schwersten aufzuklären. Und wenn wir es noch mit einer Serienkomponente zu tun haben – na dann gute Nacht.«

Er hörte sich aalglatt an, aber Jeffrey wusste, er war an einem Punkt in seiner Karriere, an dem ihn nichts mehr schockieren konnte, wie entsetzlich es auch sein mochte.

»Okay, er stalkt sie. Und dann?«

»Ich glaube nicht, dass er sie irgendwohin bringt, oder? Vielleicht hatte er seinen Transporter an dieser Forststraße geparkt, aber nur für seine Flucht. Passiert ist Folgendes: Er hat Leslie im Wald gesehen. Es ist ihm gelungen, sie vom Weg zu zerren. Er hat sein Ding gemacht und sie dann dort liegen lassen.«

»Sie meinen, er ist im Wald geblieben, nachdem er Caterino überfallen hatte. Und da hat er Leslie Truong gesehen.«

»Oder sie ihn.«

»Lena hat zwar gerade sehr schlechte Karten bei mir, aber selbst sie hätte erwähnt, dass Leslie Truong den Mann gesehen hat, der Beckey überfallen hat.«

»Ja, aber vielleicht war Truong nicht klar, dass sie den Täter gesehen hat. Vergessen Sie nicht, als sie zum Campus zurückgelaufen ist, dachte sie ja, es war ein Unfall. Kann sein, dass der

Täter ihr gefolgt ist. Sie kannte sein Gesicht von früher, und er ist auf sie losgegangen. Oder vielleicht hat er ihr gar keine Zeit gelassen, ihn zu erkennen. Vielleicht war er wütend, weil sie ihn gestört hat.«

Jeffrey dachte an die inneren Verletzungen bei Tommi Humphrey und Leslie Truong. Dieser eine Horror war Rebecca Caterino erspart geblieben. Frank wusste aber nur von den letzten beiden Opfern, deshalb musste er fragen. »Wobei, meinen Sie, hat ihn Truong gestört?«

»Wie er sie gefickt hat?« Frank zuckte wieder mit den Achseln. »Bundy ist zu den Leichen zurückgekehrt. Ich habe in Atlanta mal diesen FBI-Penner und seine Präsentation gesehen. Er hat erzählt, dass Bundy noch Tage, Wochen, manchmal Monate später zu seinen Opfern zurückging. Er hat sie geschminkt, ihr Haar gerichtet, sich einen runtergeholt, sie gefickt. Der Kerl war wirklich abartig. Manchmal hat er ihnen sogar den Kopf abgeschnitten und mit nach Hause genommen, um ungestört mit ihm zu sein.«

Jeffrey wollte in Bezug auf ihren Fall nichts von Ted Bundy hören. Der Serienmörder war dreimal gefasst worden, zweimal nach seiner Flucht aus der Untersuchungshaft, aber nicht aufgrund irgendwelcher ermittlerischer Meisterleistungen. Alle drei Mal war er wegen Vergehen im Straßenverkehr angehalten worden. So viel Glück würden sie in Grant County nicht haben.

»Bundy hatte es auf Studentinnen abgesehen«, sagte Frank. »Er hatte ein Beuteschema: Mittelschicht, langes dunkles Haar, schlanke Figur. Auch genau mein Typ, wenn ich so darüber nachdenke.«

Hinten in seinem Büro fing Jeffreys BlackBerry zu läuten an. Er joggte hin, um den Anruf zu erwischen, bevor sich die Mailbox einschaltete. Die Nummer gehörte Bonita Truong. Er hatte sie vor drei Stunden im Kudzu Arms am Rand von Avondale zurückgelassen. Jeffrey hatte ihr geraten, ein wenig zu schlafen, aber sie hatten beide gewusst, dass das nicht passieren würde.

»Chief Tolliver«, meldete er sich.

Er hörte ein Luftholen am anderen Ende der Leitung. Jeffrey schloss die Bürotür, setzte sich auf die Schreibtischkante und hörte der Frau beim Weinen zu.

»Ich … ich bin so …«

»Es ist gut«, sagte er. »Ich bin ja hier.«

»S-sie …« Ihre Worte lösten sich in einem unverständlichen Heulen auf.

Jeffrey dachte an die kinderlose Mutter, die allein in ihrem Zimmer im Kudzu Arms saß. Der braune Teppichboden, der sich immer klamm anfühlte. Die durchhängende Decke und das Waschbecken mit den Brandflecken von Zigaretten. Nachdem Sara ihn hinausgeworfen hatte, hatte Jeffrey viele Nächte betrunken in dem schäbigen Rasthaus an der Straße verbracht. Manchmal war er allein gewesen, meistens mit einer Frau zusammen, die am Morgen eine Telefonnummer hinterließ, auch wenn beide wussten, er würde sie nie anrufen.

»Es t-tut mir leid«, sagte Bonita schließlich.

»Ma'am, es gibt nichts, wofür Sie sich entschuldigen müssten.«

Sein Zuspruch löste eine neue Tränenflut aus. Jeffrey hörte schweigend zu, es war alles, was er tun konnte. Er warf einen Blick ins Dienstzimmer. Frank saß an seinem Schreibtisch. Marla Simms bediente sich an der Kaffeemaschine. Er war leicht verärgert, weil Lena nicht da war, aber dann fiel ihm ein, dass er ihr befohlen hatte, zu der Baustelle zu fahren und Namen zu sammeln.

»Ich …«, brachte Bonita heraus. »Ich kann einfach nicht glauben, dass sie … nicht mehr da ist.«

Jeffrey biss die Zähne zusammen, damit er nicht mit irgendwelchem Blödsinn herausplatzte, etwa ihr zu versprechen, dass er den Mann finden und bestrafen würde, der ihr die Tochter genommen hatte. »Mrs. Truong, ich werde alles in meiner Macht Stehende tun, um Ihnen Gerechtigkeit widerfahren zu lassen.«

»Gerechtigkeit«, sagte sie, ein sinnloses Wort für einen Menschen, der in Trauer ertrinkt. »Ich habe ... das Bild gefunden. Das mit dem Stirnband. Sie baten mich, nachzuschauen, ob ich es dabeihabe.«

Die Frau hatte San Francisco am Vortag in dem Glauben verlassen, sie würde Fotos für ein Vermisstenplakat brauchen. Jetzt ging sie die Bilder durch, um eines für das Begräbnis auszusuchen.

»Ich ...« Bonita versagte erneut die Stimme. »Ihre Mitbewohnerinnen haben mir erzählt, dass sie sich ein paar Sachen ausgeliehen haben, ohne um Erlaubnis zu fragen. Kleidung. Schminkzeug.«

»Ich hätte trotzdem gern Kopien von allen Fotos, die Sie von zu Hause mitgebracht haben«, bat Jeffrey. Er musste den Fall so betrachten, als würde er ihn zusammen mit Nick bearbeiten. Er nahm ein Blatt Papier und machte sich ein paar Notizen zu Franks Theorie. Zu den Leichen zurückzukehren wäre gefährlich für den Täter, nicht zuletzt deshalb, weil er bei jedem neuen Kontakt Spurenmaterial hinterlassen konnte. Der Mörder hatte entweder Glück mit dem Regen gehabt oder ihn eingeplant.

»Ich ...« Bonitas Stimme stockte wieder. »Ich muss wissen, wie das jetzt läuft. Wie ... wann kann ich ... Ich muss sie doch nach Hause bringen? Sie sollte zu Hause sein.«

»Ich kann die amtliche Leichenbeschauerin bitten, Sie anzurufen. Sie wird ihnen alles erklären.« Jeffrey wusste, dass Brock eigentlich zuständig war, aber er wollte, dass Sara dieser Frau half. »Werden Sie im Hotel sein?«

»Ich … vermutlich.« Sie lachte gezwungen. »Wo sollte ich sonst sein? Es gibt nichts, was ich tun könnte, oder? Rein gar nichts.«

Jeffrey wartete darauf, dass sie noch mehr sagte, aber die Leitung war tot.

Er tippte Saras Nummer in sein BlackBerry. Sein Daumen schwebte über der grünen Taste, um den Anruf zu machen. Stattdessen drückte er die rote und löschte die Nummer.

Das Kudzu Arms hatte einige nicht sehr schmeichelhafte Erinnerungen geweckt. Ständig musste er daran denken, wie ihn Sara damals in ihrem gemeinsamen Schlafzimmer überrascht hatte. Wie sie ihren Wagen dann in den See gerollt hatte. Sie war zum Haus ihrer Eltern gegangen. Er hatte ihr folgen wollen, aber je weiter sie sich entfernte, desto lockerer war das Seil geworden, das sie zusammenhielt. Seitdem konnte er nicht mehr sagen, ob sie Tauziehen spielte oder eine Schlinge um seinen Hals legen wollte.

Jeffrey wählte die feige Variante und scrollte zu ihrer E-Mail-Adresse. Sie konnte gut mit Eltern umgehen. Zwar konnte sie selbst keine Kinder bekommen – eine Komplikation bei einer Blinddarmoperation zu Collegezeiten war der Grund –, aber Sara wusste mit elterlicher Trauer in einer Weise umzugehen, wie es Brock nicht vermochte. Er schrieb ihr, wie sie Bonita Truong erreichen konnte, und bat sie, mit der Mutter wegen der Überführung ihrer Tochter Kontakt aufzunehmen.

Der restliche Obduktionsbericht steckte in Jeffreys Faxgerät. Er blätterte die Zusammenfassung rasch durch. Saras Befunde stützten Franks Einschätzung. Sie hatte genau das gefunden, was er erwartet hatte: die Punktion des Rückenmarks, die blaue Flüssigkeit im Magen. In anderen Worten: nichts, was ihnen irgendeine Richtung wies. Sie würden drei bis vier Wochen warten müssen, bis die toxikologischen Ergebnisse vom GBI zurückkamen. Es würde ihnen keine neuen Spuren eröffnen, wenn sie K.-o.-Tropfen oder Rohypnol feststellten.

»Morgen.« Brad Stephens ging mit einem Karton voller verschlossener Beweismittelbeutel durch das Dienstzimmer. Er hatte die Nacht in Leslie Truongs Appartement verbracht und ihre persönliche Habe katalogisiert.

»Und?«, rief ihm Jeffrey zu.

»Nichts, Chief.« Brad kam in sein Büro und stellte den Karton auf Jeffreys Schreibtisch. »Ich bin die Kontakte durchgegangen, wie Sie gesagt haben, aber es gab keine Namen, nur Telefonnummern.«

Jeffrey hatte sein Notizbuch in der Tasche. Er suchte die Seite mit der Nummer dieses Daryl aus Rebecca Caterinos Telefon.

Brad nahm Leslie Truongs Handy und scrollte die Nummern durch. »Gleich hier, die dritte von oben.«

Jeffrey überzeugte sich mit eigenen Augen. Zwei Opfer, beide mit derselben zehnstelligen Nummer in ihrem Handy. Allerdings waren sie beide Studentinnen. Wenn Daryl mit Hasch dealte, war seine Nummer wahrscheinlich in jedem zweiten Telefon auf dem Campus zu finden.

Aber er wusste nicht, ob Daryl mit Hasch dealte.

Little Bit, den Chuck Gaines aus seinen Befragungskarten identifiziert hatte, war gestern Nachmittag verhaftet worden.

Jeffrey wollte Lena gerade wegen weiterer Einzelheiten zu der Verhaftung anrufen, als er sah, wie sie an ihrem Schreibtisch Platz nahm. Er schaute auf die Uhr. Sie konnte unmöglich auf der Baustelle gewesen sein.

»Lena!« Seine Stimme war lauter als beabsichtigt. Brad zuckte zusammen, hob seinen Karton mit den Beweismitteln auf und hastete aus dem Büro.

»Chief?« Lena hatte noch ihre übergroße Jacke an. Der

Reißverschluss hatte ein rotes Mal an ihrem Hals hinterlassen. »Stimmt etwas nicht?«

»Machen Sie die Tür zu.«

Er wies sie an, Platz zu nehmen, aber sie blieb stehen. »Warum bezahle ich Ihnen ein BlackBerry, wenn Sie nicht draufschauen?«

Sie sah erschrocken aus und wühlte in ihrer Tasche nach dem Telefon.

»Ich habe Sie gebeten, am Morgen als Erstes bei dieser Baustelle an der Mercer Avenue vorbeizufahren.«

Sie las die E-Mail, während er redete. »Es tut mir leid, Chief. Ich war die ganze Nacht auf und …«

»Wir waren alle die ganze Nacht auf, Lena. Das gehört zum Job. Wollen Sie mir sagen, dass Sie ihn nicht schaffen?«

»Nein, Sir, ich …«

»Little Bit.«

»Äh …« Sie hatte sich noch immer nicht ganz gefangen. »Felix Floyd Abbott. Ich habe ihn gestern verhaftet. Er ist in der Arrestzelle auf dem Weg zu …«

»Hat er bestätigt, dass er Little Bit genannt wird?«

»Klar … ich meine, ja, Sir. Und er passt zu der Beschreibung, die uns Chuck Haines gegeben hat. Skateboarder, lange Haare und immer Stoff bei sich, gerade unterhalb der Grenze, um ihm die Absicht unterstellen zu können, damit zu handeln.«

»Wo sind die Kopien von Ihrem Notizbuch? Ich sagte doch, Sie sollen mir Kopien Ihrer Notizen machen.«

Sie sprang auf. Jeffrey sah sie zu ihrem Schreibtisch laufen und mit einer Handvoll Kopien in sein Büro zurückhasten. »Ich habe sie gleich gemacht, nachdem ich alle diese Vergewaltigungsfälle für Sie herausgesucht hatte.«

Er riss ihr die Kopien aus der Hand und überflog ihre ordentliche Blockschrift. Ihre Notizen lasen sich wie eine PowerPoint-Präsentation. »Sie haben sie umgeschrieben.«

»Ich …«

»Das hier entspricht nicht dem, was Sie mir gestern gezeigt haben.« Er suchte die mit Spiegelstrichen versehenen Schritte heraus, die sie beim Fund von Rebecca Caterino unternommen hatte. Eine Passage war eingefügt, in der sie detailliert erklärte, wie sie zweimal an Hals und Handgelenk nach einem Puls gefühlt hatte. »Sind Sie bereit, vor einem Richter die Hand auf eine Bibel zu legen und zu schwören, dass das die Wahrheit ist?«

Lena schluckte schwer. »Ja, Chief.«

»Himmel.« Er sah die Kopien durch. Alles sah so uniform aus, es hätte aus einer Schreibmaschine kommen können. Er blätterte weiter.

Vorläufige Befragung Leslie Truong:
Mann mit schwarzer Strickmütze
keine Ahnung wie alt/Haarfarbe/Augenfarbe
Zeugin weiß nicht mehr, was er trug
sprachen nicht miteinander
nichts Verdächtiges

Jeffrey durchzuckte ein heftiger Schmerz im Kiefer. Er hatte ihren offiziellen Bericht gelesen. Darin fand sich nirgendwo etwas über einen Mann mit einer schwarzen Strickmütze. »Was zum Teufel ist das?«

»Äh …« Lena reckte den Hals, um nachzuschauen. »Was sie gesagt hat. Leslie. Ich habe aufgeschrie…«

»Leslie Truong, die Frau, die Beckey Caterino gefunden hat, hat einen Mann mit einer Strickmütze gesehen, und Sie hielten es nicht für relevant genug, um es mir zu sagen?«

Lenas Gesicht verriet ihm, dass sie genau wusste, was für einen Bockmist sie verursacht hatte. »Es kam mir nicht wichtig vor, Chief.«

»Großer Gott. Ich habe Ihnen erklärt, dass alles wichtig ist. Was hat sie noch gesagt?«

»Nichts«, sagte Lena. »Ich meine … das, was ich aufgeschrieben habe. Das ist alles, was sie gesagt hat. Ich schwöre es bei Gott. Ich habe sie gefragt, ob sie jemanden in der Gegend gesehen hat, und sie sagte, vier Leute: drei Frauen, die sie nicht kannte, aber für Studentinnen hielt, und einen Mann. Und das ist der Mann, den sie beschrieben hat, aber eigentlich ist es keine Beschreibung, oder? Ich schwöre, das war alles, was sie gesagt hat. Es war im Grunde nichts. Wir dachten doch alle, Caterino ist verunglückt.«

»Nicht alle von uns, Lena.« Er packte die Seiten so heftig, dass sie umknickten. »Leslie Truong wurde verstümmelt. Wissen Sie, was ihr angetan wurde? Der Zeugin, die sie einfach davonspazieren ließen?«

Jeffrey warf Saras Zusammenfassung in Lenas Richtung. Sie fing sie mit Mühe auf. Dann las sie, und Jeffrey sah, wie sich das Entsetzen auf ihrem Gesicht ausbreitete.

»Das …«, Jeffrey stieß den Zeigefinger auf das Papier, »das ist der Frau zugestoßen, die das Gesicht des Täters gesehen hat. Und Sie haben sie gehen lassen. Sie hatte eine gottverdammte Zielscheibe auf den Rücken gemalt, und Sie haben sie allein in den Wald geschickt. Das ist mit ihr passiert.«

Lena sah aus, als wäre ihr schlecht.

Jeffrey war froh darüber.

»Chief, ich …«

»Sie schaffen Ihren Arsch jetzt sofort auf diese Baustelle, bevor ich Ihnen die Dienstmarke wegnehme und Sie in Handschellen aus meiner Polizeistation führe.«

Sie sprang auf.

Doch so leicht ließ er sie nicht davonkommen. »Wenn Sie fertig sind, kommen Sie unverzüglich hierher zurück, verstanden? Sie trödeln nicht herum und jagen nicht Ihrem eigenen Schwanz hinterher. Auf der Stelle hierher zurück. Ich meine es ernst.«

»Ja, Chief.«

Er sah sie an Frank vorbei durch die Schwingtür rennen.

Jeffrey wandte sich zum Fenster um. Lena war bereits auf dem Parkplatz und sperrte die Tür ihres Toyotas auf.

»Chief?« Frank war in der Tür und verlangte eine Erklärung.

»Nicht jetzt.« Jeffrey musste dieses Gebäude sofort verlassen, bevor er es mit bloßen Händen kaputt schlug. »Ich bin zum Briefing zurück und in der Zwischenzeit telefonisch erreichbar, falls sich etwas ergibt.«

Frank machte einen Schritt zur Seite, um ihn vorbeizulassen.

Jeffrey ignorierte die Blicke der Kollegen im Dienstzimmer und von Marla hinter ihrem Empfangstresen. Er widerstand der Versuchung, die Schwingtür mit dem Fuß aufzutreten, und nahm sich zusammen, bis er draußen auf dem Gehweg war.

»Scheiße, gottverdammte Scheiße«, zischte er und ballte die Hände in den Taschen zu Fäusten.

Ein kalter Wind blies ihm entgegen, als er die gesamte Main Street entlangstapfte. Dennoch schwitzte er, bis er links in Richtung See abbog. Der Wind verwandelte sich in ein Messer, als er über das Wasser fegte. Das Gras war noch nass vom Tau. Jeffrey sah, wie die Aufschläge an seinen grauen Hosenbeinen von der Feuchtigkeit langsam schwarz wurden.

Er zwang sich, seine Fäuste zu öffnen. Er versuchte, seinen Zorn durch vernünftige Überlegungen zu neutralisieren. Lena hatte Mist gebaut, aber sie arbeitete für ihn, und das hieß, jeder Fehler, den sie machte, fiel auf ihn zurück. Er probierte, alles einmal von ihrer Seite aus zu betrachten. Er hatte ihr befohlen, ihre Notizen in Ordnung zu bringen, und sie hatte ihre Notizen in Ordnung gebracht. Als sie mit Leslie Truong sprach, war sie davon ausgegangen, dass Beckey Caterino einen bedauerlichen Unfall erlitten hatte. Konnte Jeffrey reinen Gewissens behaupten, er hätte einen Begleitschutz aufgetrieben, der die junge Frau zum Campus zurückbrachte? Aber er hätte verdammt noch mal todsicher seinem Boss erzählt, dass sich ein Mann mit einer schwarzen Strickmütze in der Nähe eines Tatorts herumgetrieben hatte.

Welche Art Strickmütze eigentlich? Hatte Truong wirklich kein Wort über Größe, Figur, Haarfarbe des Mannes verloren? Bedeutete das Fehlen einer Beschreibung, dass er keine besonderen Merkmale wie Bart, Piercing, Tätowierung gehabt hatte?

Jeffrey würde noch einmal mit Lena sprechen müssen, dieses Mal, ohne sie anzuschreien. Ihr Originalnotizbuch musste irgendwo sein. Er wollte nachsehen, was sie wirklich über ihre Befragung von Leslie Truong aufgeschrieben hatte.

Er machte kehrt und blickte auf die Rückseite der Häuser am See. Er war knapp einen Kilometer von der Innenstadt entfernt, und Saras Haus lag einen weiteren halben Kilometer in die andere Richtung. Jeffrey erwog, einfach an ihre Tür zu klopfen. Er hatte ja den Obduktionsbericht als Vorwand. Er konnte behaupten, er habe das Fax in seinem Büro nicht gesehen. Sara machte sich wahrscheinlich gerade für die Arbeit fertig, erschöpft von der langen Nacht. Vielleicht konnten sie auf der Veranda einen Kaffee trinken, und er konnte ihr den Fall erläutern. Sie könnte ein wenig von ihrer weißen Magie versprühen, damit sein Kopf wieder klar wurde, und er würde zur Polizeistation zurückgehen und überlegen, wie er verhindern konnte, dass ein sadistischer Mörder noch mehr Studentinnen überfiel.

Jeffrey rieb sich über den Mund.

Es war eine nette Fantasie, nicht mehr.

Er ging zwischen zwei Häusern hindurch und landete auf Saras Straße. Der nasse Saum seiner Hose klebte an seinen Waden. Die Sonne blendete ihn, und er hielt die Hand vor die Augen.

Sara stand fünfzig Meter von ihm entfernt. Sie war zum Laufen gekleidet, hatte das Haar hochgebunden und die Hände in die Hüften gestemmt. Ihr Atem war in der klaren Luft sichtbar.

Sie schien nicht glücklich, ihn zu sehen.

Jeffrey hob die Hand und wollte ihr winken, aber sie kehrte ihm schon den Rücken zu und lief los.

Ohne nachzudenken, rannte Jeffrey hinterher. Es mochte Dummheit oder Verzweiflung sein oder der Reflex eines Polizisten. Wenn jemand vor einem weglief, nahm man die Verfolgung auf.

Sara sprintete um eine scharfe Kurve, die dem Verlauf des Seeufers folgte. Jeffrey nahm die Beine hoch und arbeitete mit den Armen. Sie hatte einen Vorsprung, aber er war der stärkere Läufer. Er sah sie durch Mrs. Beamans Vorgarten abkürzen. Dafür bog er in die Einfahrt der Porters und lief dann durch ihren Garten. Als sie beide den See erreichten, hatte er zwanzig Meter von ihrem Vorsprung aufgeholt.

Das Gras lag Sara nicht. Sie blickte über die Schulter. Jeffrey holte weitere fünf Meter auf. Er keuchte mit offenem Mund und zwang seine Beine vorwärts, bis sie protestierten. Noch einmal fünf Meter gewonnen, aber Sara hatte schon die Rückseite ihres Grundstücks erreicht. Sie glitt einmal fast aus, als sie den steilen Hang zum Haus hinaufspurtete, es war derselbe Hang, über den ihr Honda in den See hinuntergerollt war.

Jeffrey verkürzte den Abstand noch weiter, sprang über die Stützmauer, jagte über den Rasen. Er war nahe genug, um ihren Schweiß zu riechen, als sie die Treppe hinaufrannte. Er sprang die Stufen hinauf, an der letzten blieb er mit dem Fuß hängen. Gerade noch fing er sich, konnte aber seinen Schwung nicht mehr bremsen. Er sah die Tür zufallen, und dann knallte er dagegen, Gesicht voran, wie der Kojote aus den *Roadrunner*-Zeichentrickfilmen.

»Scheiße!« Seine Hand fuhr an die Nase. Blut strömte zwischen den Fingern heraus. »Scheiße!«

Er beugte sich vornüber, jetzt tropfte das Blut auf die Veranda. Er sah Sterne, seine Nase musste gebrochen sein, denn sie pochte wie ein zweites Herz.

»Sara?« Er hämmerte an die Tür. »Sa…«

Jeffrey hörte einen Motor anspringen. Der BMW Z4. Er kannte das tiefe Grollen gut. Er hörte es jedes verdammte Mal, wenn er im Büro saß und Sara auf der anderen Straßenseite ihren Achtzigtausend-Dollar-Sportwagen anließ.

Er schüttelte das Blut von den Händen und fischte ein Taschentuch aus der Gesäßtasche. Es kostete ihn seine ganze Selbstbeherrschung, nicht um das Haus herumzulaufen und ihr nachzustarren, als sie davonfuhr.

ATLANTA

19

Gina Vogel zwang sich, den Kopf nicht einzuziehen, als sie ihren Einkaufswagen durch die Gänge des örtlichen Target-Supermarkts schob. Ihre Periode hatte sie aus dem Haus getrieben. Sie hatte noch zwei Tampons aus ihrer Handtasche und einen aus ihrer Sporttasche zusammengekratzt, bevor alle Möglichkeiten erschöpft waren. Ihre allzu vertraute Beziehung mit dem Lieferboten vom Supermarkt schloss eine Bestellung nach Hause aus. Amazons Zwei-Tage-Lieferung dauerte zwei Tage zu lang, und sie war noch nicht so bescheuert, dass sie 49 Dollar 65 für die Expresslieferung einer Schachtel Tampons ausgab, die sie im Laden für acht Dollar bekam.

Davon abgesehen konnte eine Frau nicht einfach nur Tampons kaufen. Sie brauchte Schokolade, Schmerzmittel, noch mehr Schokolade und eine Tüte Mini-Schokoriegel, denn Leckereien hatten keine Kalorien, wenn man das ganze Ding auf einmal in den Mund stecken konnte.

Trotz dieser Anreize war ihr die Flucht aus dem Haus peinlich schwergefallen. Gina hatte es so lange hinausgeschoben und sich mit so viel zusammengeknülltem Toilettenpapier beholfen, dass ihr Badezimmer aussah wie Jeffrey Dahmers Küche. Doch selbst dann hatte sie noch Ausreden gefunden. Sie hatte im ganzen Haus Staub gesaugt. Die Fußleisten gereinigt.

Die Deckenventilatoren und Lampen abgestaubt und auch die Teile der Jalousien, die sie erreichte, ohne die Schlitze zu öffnen. Sie hatte sogar die Nacht durchgearbeitet, um ihre Präsentation für Peking abzuschließen.

Wenn sie ehrlich war, war Gina nicht mehr so umtriebig gewesen, seit sie im Studium einmal Kokain probiert hatte.

Am meisten Überwindung hatte es sie gekostet, sich anzuziehen. Gina war immer der Ansicht gewesen, dass man um eine bestimmte Tätigkeit nicht mehr herumkam, sobald man das entsprechende Outfit angezogen hatte – seien es Sportklamotten, ein Business-Kostüm oder Reizwäsche. In eine Trainingshose zu schlüpfen war noch leicht gewesen. Tatsächlich waren Trainingshosen ein integraler Bestandteil ihres Hausanzug-Sets. Aus der Tür zu gehen, sich nicht nur den unmittelbaren Nachbarn, sondern der Öffentlichkeit allgemein auszusetzen hatte sich unerträglich gefährlich angefühlt.

Gina wurde beobachtet. Das stand für sie fest. Aber nicht fest genug, um es ihrer Schwester zu erzählen. Oder der Polizei.

Beim bloßen Gedanken daran, die Notrufnummer zu wählen, lief sie feuerrot an.

Ja, äh, könnten Sie mir bitte helfen, das Haus zu verlassen, ich schwöre, ich bin nicht verrückt, es ist nur so, dass ich meiner nervigen Nichte diesen Haargummi geklaut habe, und jetzt hat ihn mir jemand gestohlen, und ich fühle auf Schritt und Tritt Blicke auf mich gerichtet und … ja, ich warte … Hallo? Hallo? Sind Sie noch dran …?

Gina verglich ihre Paranoia mittlerweile mit einer dieser komischen Strumpfhosenmasken, die Bankräuber in Filmen immer trugen. Oder vielleicht auch im richtigen Leben. Egal. Worum es ging, war, dass sie das Gewicht ihrer Angst wie einen Gegenstand zu empfinden begann, der ihre Züge entstellte.

Sie hatte sich so davor gefürchtet, das Haus zu verlassen, dass sie zwei Fehlstarts hingelegt hatte. Beide Male war sie bis zum Auto gekommen, einmal hatte sie sogar den Motor gestartet, ehe sie ins Haus zurückgelaufen war wie das dumme Mädchen in einem Horrorfilm, wo alle wussten, sie würde stolpern und von einer Kettensäge tranchiert werden.

Schließlich hatte sie ein Anruf ihrer Schwester in die Welt hinauskatapultiert.

Nancy war wütend auf ihre Tochter. Gina genoss diese seltenen Gelegenheiten zur Stutenbissigkeit, denn nur dann räumte ihre Schwester überhaupt ein, dass das Mädchen eine übellaunige Göre war. Dieses Mal ging es um die Angst vor einer Schwangerschaft, denn wer hätte gedacht, dass Kondome manchmal nicht funktionierten? Warum war nie etwas darüber zu lesen? Oder wurde darüber auf dem Discovery Channel berichtet?

Gina hatte an allen richtigen Stellen erschrocken die Luft angehalten und »O nein« und »Wie konnte sie nur?« gesagt, um noch das kleinste Fitzelchen an saftigem Drama herauszukitzeln, aber nach einer Stunde war Nancy schließlich so weit gewesen, dass sie fragte, was Gina gerade so trieb.

»Ich war eigentlich auf dem Weg zum Supermarkt«, hatte Gina gesagt, und ihre Absicht laut auszusprechen war dann der letzte Anstoß gewesen, damit sie nicht nur das Haus verließ und sich nicht nur ans Steuer ihres Wagens setzte, sondern die Straße auch tatsächlich hinunterfuhr wie ein erwachsener Mensch, der Auto fahren kann.

Gott sei Dank war der Supermarkt am frühen Vormittag spärlich besucht. Es schien mehr Angestellte als Kunden zu geben. Gina stöhnte, als ihr der Einkaufswagen mit einem Ruck wegrutschte. Sie hatte wieder einmal diese Dummheit begangen, einen Wagen herauszuziehen, bei dem sie nach drei Metern feststellte, dass eines der Räder blockierte, und anstatt einfach die drei Meter zurückzugehen, hatte sie sich weitergeschleppt wie einer dieser Siedlertrecks, die in den winterlichen Rocky Mountains vor lauter Sturheit in ihr Verderben liefen.

Gina verglich die Artikel im Wagen mit der Einkaufsliste in ihrem Kopf: Toilettenpapier, Papierhandtücher, Eiscreme, Schokoladensirup, eine Packung Mini-Schokoriegel, große Schokoladentafeln, zwei Twix, damit sie sich nicht einsam fühlten, und Ibuprofen mit dem Arthritisverschluss, für den sie zu jung war, aber andererseits verdammt noch mal auch zu alt, um ohne Vergrößerungsglas zu sehen, wie sie die beiden Pfeile zum Öffnen in eine Linie bringen sollte, und warum waren sie überhaupt beim ersten Mal so schwer aufzukriegen?

»Mannomann«, murmelte sie.

Tampons.

Natürlich waren die Damenhygieneartikel genau auf der anderen Seite des Ladens, in der hintersten Ecke neben den Babywindeln und den Inkontinenzhöschen und all den anderen unfeinen Frauenprodukten, die nie eines Mannes Blick zu behelligen brauchten.

Haushaltswaren. Betttücher. Handtücher. Sportartikel.

Der Target-Supermarkt verkaufte keine Waffen. Walmart und Dick's ebenfalls nicht. Schockierenderweise war es verboten, eine Waffe online zu bestellen und sich nach Hause liefern zu lassen. Die nächstgelegene Waffenboutique, oder wie immer das hieß, lag außerhalb des Highway-Rings. Sie mochte paranoid sein und vielleicht sogar kurz vor dem Ausbruch einer Psychose stehen, aber sie würde nicht so weit aus der Stadt hinausfahren. Außerdem lebte sie schließlich in Amerika. Wo war die verdammte NRA, wenn man sie brauchte? Eine AK-47 sollte man aus Verkaufsautomaten ziehen können, wie sie vor jedem Subway-Laden standen.

Damenhygieneartikel.

Gina steuerte um die riesigen Kartons mit Damenbinden herum. Sie verlangsamte den Wagen, um die diskreteren Hygieneangebote unter die Lupe zu nehmen. Von Tampax gab es eine Produktlinie, die sich *Radiant* nannte, bei der sie sofort an einen Strahler denken musste, der aus ihrer Muschi schien. Bei der Produktlinie *Pearl* musste sie an Austern denken, und das wiederum erinnerte sie an einen Cartoon, den ihr ein Ex-Freund einmal gezeigt hatte. Ein Blinder geht an der Auslage vor einem Fischgeschäft vorbei und sagt: »Guten Morgen, die Damen.«

Ha.

Ha.

Ex-Freund.

Ihr Blick sprang zwischen den einzelnen Produkten hin und her, die alle rosa oder blau verpackt waren, genau wie das Babyzeug. Einführhilfe aus Pappe. Einführhilfe aus Plastik. Keine Einführhilfe. Starke Blutung. Mittlere Blutung. Leichte Blutung – wo waren die Miststücke? *Click Compact* erinnerte sie an das Spekulum eines Frauenarztes. *Sport Fresh*, weil man gern schwitzte, wenn man seine Tage hatte. *Smooth*: glatt wie der Po des Babys, das man in neun Monaten *nicht* bekommen würde. *Security*: ein Vorhängeschloss für deine Pussy. *Gentle Glide*: der schlechteste Kaufanreiz aller Zeiten. *Bio*: warum zum Kompostieren vor die Tür gehen? *Anti-Slip*, *Rubbery Grip*: der heiße neue Song von Salt-n-Pepa.

Am Ende landete Gina bei ihrem alten Beistand, den *Playtex Sport mit Flexfit-Technik*. Die Packung war im üblichen Rosa und Blau, aber sie zeigte auch die grüne Silhouette einer fröhlichen, schlanken Frau, die die Straße entlangjoggt, das Haar zur Seite wehend, das iPhone am Oberarm befestigt und mit baumelnden Kopfhörerkabeln, denn so wie Gina kam auch sie nicht dahinter, wie die schnurlosen Bluetooth-Ohrknöpfe funktionierten, die wie weißer Rotz aussahen, der allen Leuten aus den Ohren tropfte.

Gina stellte sich das Meeting der Marketingabteilung bei Playtex vor. Die Männer hatten sich für die fröhliche grüne Sportlerin starkgemacht und die Frauen für die dunkelrote, fast schwarze Silhouette einer Frau in den Wechseljahren, die zusammengekrümmt und schreiend auf dem Boden ihres Badezimmers liegt.

Schwere Entscheidung.

Das kaputte Rad blockierte wieder, und ihr Einkaufswagen wäre fast in einen Aufsteller mit Windeln gekracht. Gina erwog den Akt des Vandalismus mit einer gewissen Befriedigung, aber so bösartig war sie nicht. Zumindest nicht im Augenblick. Sie riss den Wagen herum, griff sich auf dem Weg zur Kasse noch eine 24-Stück-Packung AAA-Batterien, denn ihr Vibrator stand gewaltig auf Sex während der Periode.

Als sie ihre Kreditkarte durch das Lesegerät gleiten ließ, wurde ihr bewusst, dass sie mindestens zehn Minuten lang nicht wie gelähmt von ihrer Paranoia gewesen war.

Gina sah sich im Kassenbereich um. Eine erschöpft wirkende junge Mutter mühte sich mit einem Baby ab. Eine nach Geschäftsführerin aussehende Angestellte unterdrückte ein Gähnen, während sie auf ihr Klemmbrett blickte. Der junge Typ an der Kasse, der ihren Einkauf eingescannt hatte – ein FBI-Profiler würde das vermutlich als Menstruationsausrüstung bezeichnen –, hatte ihr kaum ins Gesicht gesehen.

Eine ganze Woche war vergangen, seit Gina zuletzt gelächelt hatte. Ach, diese üppige Vielfalt des Lebens. In einem Moment verschanzte man sich noch in einem Bunker und googelte *Maschinengewehr Heimservice*, im nächsten war man draußen in der Welt und wippte mit dem Fuß zur Kaufhausversion von »Funky Cold Medina«.

This brother told me a secret … on how to get more chicks …

Tone Loc war so ein Visionär. Er hatte sowohl den Untergang von Bill Cosby vorausgesagt als auch den glorreichen Aufstieg von RuPaul.

»Ma'am?« Der Typ an der Kasse wartete.

Gina ließ sich von dem »Ma'am?« nicht die Laune verderben. Sie unterschrieb schwungvoll auf dem Display, doch ihre übertriebene Höflichkeit interpretierte der Junge an der Kasse sichtlich nur als MILF-Verzweiflung. Oder vielleicht eher *Mothers I'd Like NOT to Fuck* in diesem Fall. Sie steckte den scheußlich langen Kassenzettel in ihre Handtasche und schob den widerspenstigen Wagen durch die Eingangstür.

Sonne!

Wer hätte das gedacht?

Ihr Wagen stand im hinteren Bereich des Parkplatzes, was sie als eine Art Mutprobe betrachtet hatte, als sie vorhin in den Supermarkt gefahren war. Jetzt war Gina froh um die Bewegung. Ihre Wadenmuskeln hatten sich zu Fragezeichen zusammengezogen, weil sie fast rund um die Uhr mit ihrer Couch verschmolz. Sicher, sie fühlte sich eklig, verschwitzt und krampfig von ihrer Periode, aber zum ersten Mal in ihrem Erwachsenenleben war das nicht das Schlimmste, was ihr gerade widerfuhr. Sie sollten ihre Silhouette auf diese verdammten Tampon-Packungen drucken.

Gina – her mit den Klümpchen!

Sie öffnete den Kofferraum. Selbst das blockierende Rad, das ihren Einkaufswagen an die Stoßstange prallen ließ, konnte ihre Stimmung nicht trüben. Sie warf die Tüten in den Wagen, griff nach einem Twix und riss die Verpackung mit den Zähnen auf. Die beiden knusprigen, schokoladigen Riegel glitten in ihren Mund, als würde sie ein Blatt Papier in eine Schreibmaschine spannen – ein Vergleich, den niemand unter dreißig noch verstand.

Sie war zu faul, noch mal den ganzen Weg zum Laden zu gehen, um ihren Einkaufswagen zurückzugeben. Immerhin hatte sie den Anstand, ihn auf der Grasfläche neben dem Auto abzustellen. Sie setzte sich ans Steuer und überlegte, das andere Twix aus dem Kofferraum zu holen. Aber die Eiscreme würde vielleicht schon schmelzen. Also sollte sie die Eiscreme ebenfalls essen. Sollte sie zum Target-Supermarkt zurückgehen und einen Löffel holen? So etwas konnte sie ja wohl nicht mit den Händen essen. Sie konnte doch wohl nicht den Pappbecher kippen und seinen köstlichen Inhalt schlürfen, wie ein Gott aus der Antike es gemacht hätte.

Ein Geräusch vom Rücksitz.

Ginas Blick huschte nervös zum Rückspiegel.

Sie sah die Hand eines Mannes, dann seinen Arm, dann seine Schulter. Ihr Blick folgte anschließend jedoch nicht der natürlichen Richtung zu seinem Gesicht, sondern konzentrierte sich auf das im Sonnenlicht aufblitzende Metall. Ihr Unterkiefer klappte herunter. Ihre Augen wurden weit. Sie blähte die Nasenlöcher. Wie in Zeitlupe folgte sie der Bahn des Hammers, der erst zurückschwang und dann nach vorn, genau an ihre Schläfe.

Sie hatte nur einen Gedanken, und der war unfassbar dumm: *Ich hatte recht.*

20

Will steckte auf seinem Weg durch den Flur die Hände in die Hosentaschen – der Schmerz in seinem Knöchel ließ ihn diese Entscheidung jedoch sofort überdenken. Ein frischer Streifen Blut zog sich über seinen Handrücken. Sara hatte gesagt, sie wolle ein Pflaster auf die Verletzung kleben und ihm ein Antibiotikum besorgen. Es sah ihr nicht ähnlich, dass sie es vergessen hatte, aber sie mussten sich beide an neue Erfahrungen gewöhnen.

Sara ließ ihm Freiraum, respektierte seine Gefühle. Das klang auf dem Papier großartig, aber im richtigen Leben hatte ihm nie jemand Freiraum gewährt, geschweige denn seine Gefühle respektiert. Er wusste nicht, wie er von dort wieder zurückfinden sollte.

Wenn er auf Amanda sauer war, schikanierte und demütigte sie ihn, bis er es bleiben ließ. Faith entschuldigte sich tausendmal, war zerknirscht und nannte sich einen schlechten Menschen, bis er nachgab, damit sie still war, und um sie beide aus ihrem Elend zu erlösen. Angie hatte ihm die ganze Zeit wehgetan und war dann fortgelaufen, und wenn sie wiederauftauchte, war Will darüber hinweg. Und sexuell ausgehungert, was eine weitere Methode war, wie sie ihn kleinkriegte.

Keine dieser Strategien würde bei Sara funktionieren. Die Tatsache, dass sie anders war als irgendwer sonst in seinem Leben, trug fast am meisten zu ihrer Anziehungskraft bei. Aber diese Freiraum-Geschichte war absolut fremdes Terrain für ihn. Es erschien ihm als eine sehr schlechte Idee, wenn Sara erwartete, dass er es wieder in Ordnung brachte. Im Grunde wollte er ihr am liebsten ein Auberginen-Emoji aufs Handy schicken, dann konnte sie ihm ein Cowgirl-Emoji schicken, und alles wäre wieder normal.

Er schlüpfte in die Küche, um sich das Blut von der Hand zu waschen, fand sich jedoch vor dem Verkaufsautomaten wieder. Will hatte seit mehr als einer Stunde nichts gegessen. Er schob einen Dollarschein in den Schlitz, die Spirale drehte sich, und die Zimtschnecke fiel in den Ausgabeschacht. Will bekam einen Vierteldollar zurück, was die Hälfte von dem war, was er für eine Sprite brauchte. Er musste sich verdrehen, um mit der gesunden Hand an die Hosentasche auf der anderen Seite zu gelangen.

Will ging weiter zum Getränkeautomaten, er war auf eine perverse Art vernarrt in diesen Hightech-Apparat. Er warf das Geld ein, beobachtete durch die Glasscheibe, wie der Roboterarm in der Schiene entlangglitt, damit die Roboterhand die Sprite-Dose packen und in den Behälter darunter fallen lassen konnte.

»Was läuft, Alter?« Nick war auf einmal neben ihm und machte schon wieder diesen seltsamen Schultergriff. »Mir sind noch ein paar Dinge zu diesem Profil eingefallen, das die FBIler für den Chief gemacht hatten.«

Will legte seinen Imbiss auf die Arbeitsfläche und wusch sich das Blut von den Händen. Dieses Schulter-Ding ging ihm langsam auf die Nerven. Ebenfalls nervig: wie Nick immer »der Chief« sagte, wenn er von Tolliver sprach. Als wäre er Häuptling Crazy Horse, der General Custer am Little Big Horn den Arsch versohlte, und nicht ein Kleinstadt-Cop, der sich mit dem falschen Kriminellen angelegt und dafür mit seinem Leben bezahlt hatte.

Er trocknete sich die Hände ab und drehte sich um. »Was ist damit?«

Nick suchte in seinen Hosentaschen nach Münzen. Seine Jeans war so eng, dass sich seine Finger unter dem Stoff abzeichneten. »Hast du einen Vierteldollar?«

»Nö.« Will schwamm in Vierteldollars, aber seine Schulter war zu angestrengt vom vielen Klopfen und Tätscheln, um eine Münze herauszuholen. »Der Bericht?«

»Richtig. Ich habe meine alten Notizbücher durchgeblättert, und dabei ist mir diese Unterhaltung zwischen dem Chief und mir wieder eingefallen.« Nick zog seine Hand aus der Tasche. Er klaubte die passenden Münzen heraus und warf sie in den Automaten, während er weitersprach. »Wir sind das Profil durchgegangen. Das war etwa ein Jahr nach der Verhaftung, verstehst du? Und der Chief hatte ein Problem damit, wie das Profil auf Nesbitt als Täter passte.«

Will erinnerte sich an Nicks Einschätzung während des Briefings. »Du hast gesagt, es passte wie die Faust aufs Auge.«

»Ja, schon, aber als ich jetzt meine Notizen noch einmal durchgelesen habe, verstand ich, wieso der Chief seine Zweifel hatte. Er war misstrauisch, weil das Profil so exakt stimmte, als hätte irgendein Sesselfurzer beim FBI mitbekommen, dass Nesbitt verhaftet worden war, und ein Profil erstellt, das auf ihn zugeschnitten war.« Nick zuckte mit den Achseln. »Diese Typen wollen die bösen Jungs genauso erwischen wie wir. Vielleicht waren sie ein bisschen übereifrig und haben das Profil so zurechtgebogen, dass es mit dem übereinstimmte, was wir über Nesbitt wussten.«

Will lehnte sich an die Theke und sah zu, wie Nick seine Auswahl im Automaten traf.

»Verdammt, Mann, hast du etwa die letzte Dose Sprite?« Nick drückte ein zweites Mal und presste das Gesicht an die Glasscheibe, um nachzusehen.

Will wandte sich ab, schüttelte die Dose ein paarmal kräftig und drehte sich wieder um. »Nimm meine. Ich habe noch eine im Büro.«

Erfreut nahm Nick die Dose an. »Danke, Kumpel.«

»Und warum genau glaubte *der Chief*, dass jemand eine Abkürzung genommen hatte?«

Nick hielt inne, er hatte Wills Tonfall erkennbar registriert. Trotzdem sagte er: »Im Grunde hatten wir nichts weiter als die Fotos vom Truong-Tatort und ein paar Aufnahmen von Caterino von einem BlackBerry. Das waren zwei Tatorte, die nicht viele Ähnlichkeiten aufwiesen. Wie nennt man es, wenn so etwas passiert?«

Will sah, dass er eine Antwort erwartete, und schüttelte den Kopf.

Nick klopfte zweimal mit dem Finger auf die Sprite-Dose. »Statistische Aussagekraft.«

Will fand, es hatte mehr damit zu tun, dass man Befunde nicht generalisieren konnte, wenn die Datendecke zu dünn war, aber er sagte: »Kann sein.«

»Kann sein? Ich würde mein linkes Ei darauf verwetten«, meinte Nick. »Ich traue dem Chief mehr als meinem Gedächtnis, wenn du verstehst, was ich sagen will. Der Typ war so scharfsinnig, wie man nur sein konnte. Verdammt guter Cop. Der beste Mann, den ich je gekannt habe.«

Will verstand, was er meinte.

»Jedenfalls …« Nick zog den Ring an der Dose auf.

Die Sprite schoss heraus wie ein Geysir.

»Verdammt!« Nick sprang zurück, aber nicht schnell genug, um dem Sprühregen auszuweichen. Seine Jeans war im Schritt patschnass. Selbst in seinem Bart funkelten Tropfen. »Verdammt!«

Will griff nach ein paar Papierhandtüchern.

Nick funkelte ihn böse an und kalkulierte.

Will kalkulierte ebenfalls.

Es gab die offenkundigen Zahlen: Nick war fünfzehn Jahre älter und fünfzehn Kilo leichter, ganz zu schweigen davon, dass er mindestens einen Kopf kleiner war als Will. Dann gab es die Variablen: Sie arbeiteten zusammen. Der Sara-Faktor. Sie hielten dieses Versteckspiel schon so lange aufrecht; wenn sie es jetzt beendeten, käme es einem Eingeständnis gleich, dass sie es überhaupt spielten.

»Jungs?« Amanda hatte unbemerkt die Küche betreten.

Nick warf die Sprite-Dose auf dem Weg nach draußen in den Mülleimer.

Amanda sah Will stirnrunzelnd an. »Warum sehe ich Ihr Telefon nicht?«

Will hatte vergessen, dass er es ausgeschaltet hatte. Er hielt es hoch, damit Amanda es sehen konnte.

»Wie viele rote Linien werden Sie heute Morgen überschreiten?«

»Zwei.« Er zeigte auf den Anzug, den er mittlerweile trug. »Die erste ist bereits korrigiert.«

Amanda schaute immer noch finster drein, ließ es aber durchgehen. »Bringen Sie mich auf den neuesten Stand dieser endlosen Warteschleife, in der wir alle festhängen.«

Will hörte, wie seine innere Faith darauf hinwies, dass es Wege aus dieser Warteschleife gab – etwa mit mehreren verschiedenen Polizeibehörden über einen Serientäter zu sprechen –, aber er war nicht Faith, und er war schon über genug rote Linien gestolpert.

Er sagte: »Wir warten noch immer darauf, dass Dirk Mastersons Provider der Aufforderung zur Herausgabe der persönlichen Daten nachkommt. Faith arbeitet Gerald Caterinos Mord-Schrank durch. Ich habe einen Funkaufruf an alle Polizeieinheiten in Georgia herausgegeben, vermisste Frauen oder Frauen, die sich verfolgt fühlten, zu melden. Dann habe ich unsere übrigen Fälle weiterverfolgt.«

»Ah, richtige Polizeiarbeit«, sagte Amanda. »Die Stichpunkte?«

Will fasste es für sie zusammen. Die Ermittlung in einem Fall von Brandstiftung in Chattooga würde bald zu einer Verhaftung führen. Bei einer Reihe von Raubüberfällen auf Schnapsläden im Muscogee County war ein Lügendetektortest für einen Verdächtigen anberaumt. Er hatte einen Phantombildzeichner nach Forsyth geschickt, um mit dem potenziellen Opfer eines Serienvergewaltigers zu sprechen. Das Sheriffbüro in Treutlen County schickte einen Deputy mit Speichelproben.

»Gut. Ich möchte, dass Sie Ihre Berichte per E-Mail an Caroline schicken. Ich habe heute viel zu tun. Sie nimmt mir Arbeit ab.«

Caroline war Amandas Assistentin, eine geduldige Frau, die unfähig war, sich Scham anmerken zu lassen, »Ja, Ma'am.«

»Sara ist auf dem Weg nach Grant County. Der frühere Coroner hat ihr den Schlüssel für sein Mietlager gegeben. Ich habe sie gebeten, anzurufen, wenn sie die toxikologischen Ergebnisse gefunden hat.«

Will versuchte, so zu tun, als hätte er nicht soeben einen Schlag ins Gesicht erhalten. Er wollte nicht, dass Sara ausgerechnet jetzt in Grant County war – der Gedanke eines anmaßenden Mannes, der seine Freundin überwachte.

Amanda sah auf ihre Uhr. »Ich lasse Caroline daran arbeiten, Shay Van Dornes Eltern hierher zu bekommen. Sara wird hoffentlich rechtzeitig zurück sein. Ich will, dass diese Dirk-Masterson-Geschichte schnellstmöglich geklärt wird. Rufen Sie bei dem Internetanbieter an. Sagen Sie denen, sie sollen ein bisschen Gas geben.«

»Glauben Sie, Masterson weiß etwas?«

»Ich glaube, dass ich der Boss bin und Sie tun, was ich sage.«

Eine Logik, die Will nicht entkräften konnte. Er nahm seine Zimtschnecke mit, als er die Küche verließ, und schaltete sein Handy ein. Es war ein saudummer Schachzug gewesen, seinen Aufenthaltsort vor Sara zu verbergen. Aber er war derjenige gewesen, der die *Find My Phone*-App auf ihrem Handy eingerichtet hatte. Er bezweifelte, dass Sara sie überhaupt schon einmal benutzt hatte.

Er tippte sich zu ihrem Aufenthaltsort durch. Sie war bereits in Grant County. Mercer Avenue. Der blaue Pin zeigte an, dass sie sich in einem Gebäude namens U-Store befand. Er zoomte aus der Karte heraus und ging aufs Satellitenbild. Sie schien gegenüber von einer sanft gewellten Weide zu sein.

Mit Grabsteinen.

»Scheiße.«

Das war mit keiner noch so großen Menge von Auberginen und Cowgirls zu kurieren. Will steckte das Telefon in die Tasche. Dann klopfte er an Faiths Tür und öffnete sie gleichzeitig.

Sie saß an ihrem Schreibtisch und spritzte sich ihr Insulin.

Will wollte sich wieder entfernen, aber sie bedeutete ihm, sich hinzusetzen, und zeigte auf ihr Smartphone, das auf Lautsprecher geschaltet war.

»Das kann ich nicht für dich lösen, Schatz.« Faith rollte ihr Shirt herunter und warf den Insulin-Pen weg. »Du musst mit ihr persönlich reden, nicht am Telefon, und es klären.«

Will erkannte ihren Tonfall, diese Mischung aus unsterblicher Liebe und milder Verärgerung, die ihren Kindern vorbehalten war.

»Komm schon, Mom«, bettelte Jeremy. »Du hast gesagt, ich kann immer zu dir kommen, wenn ich Hilfe brauche. Jetzt ist es so weit, ich brauche Hilfe.«

Faith lachte. »Netter Versuch, Sportsfreund, aber wenn du denkst, ich setze eine Beziehung aufs Spiel, die mir vierundzwanzigtausend Dollar Unterhalt im Jahr spart, kennst du deine Mutter schlecht.«

Sein Stöhnen war genau wie das von Faith. »Ich bring am Wochenende meine Wäsche mit.«

»Bring auch Waschmittel mit, denn du wirst sie selbst waschen.« Faith tippte auf das Telefon. »Jeremy ist sauer auf meine Mutter. Ich versuche, ihn etwas dabei lernen zu lassen.«

Will sah eine Gelegenheit. »Vielleicht sollte deine Mom ihm etwas, äh, Freiraum gewähren. Damit er sich seiner Gefühle klar wird, weißt du?«

Faith starrte ihn an. »Blinzle einmal, wenn die Entführer uns hören können.«

Will räusperte sich. Er war jetzt in Fahrt. »Es ist nur … er ist also verletzt, ja? Aber er braucht wahrscheinlich Zeit, um es zu vergessen, deshalb sollte sie sich zurücknehmen. Und dann kann er ihr in ein paar Stunden sagen, dass alles wieder okay ist. Oder in einigen Tagen vielleicht? Werden es Tage sein?«

»Tage kommt mir sehr lange vor.«

»Also Stunden?«, fragte er. »Wie viele Stunden?«

»Zwölf?« Sie sah sein Gesicht. »Nein, drei.«

Will zog die Plastikfolie von seinem Gebäckstück und biss ab.

»Es tut mir leid.« Faith klang aufrichtig enttäuscht von sich. »Mein Sohn streitet mit meiner Mutter. Ich habe meiner Tochter versprochen, ihr den Detective Pikachu vorzustellen, wenn sie mich in Ruhe allein pinkeln lässt. Ich habe bei den Sims den Motherlode-Cheat gemacht, weil ich meinen Sims nur so das Leben ermöglichen kann, das sie verdient haben. Bin ich wirklich der Mensch, den man fragen sollte, wie man als Erwachsener emotional gesund bleibt?«

Will studierte seine Schnecke. Die Zuckerglasur schmolz. Er biss noch einmal kräftig ab.

Faith sagte: »Bitte entschuldige. Ich bin nutzlos. Eine Versagerin. Ich bin ein schrecklicher Mensch.«

»Ist schon gut.« Will wollte die letzten fünf Minuten dieses Gesprächs unbedingt löschen. Er versuchte es mit: »Es gibt tausend Gründe, unserem normalen Leben nachzugehen …«

»Untersteh dich, mir einen Song aus *Die Eiskönigin* in den Kopf zu setzen, du Blödmann.« Sie zog ihren Stuhl mit einem Ruck vor den Computer. Offenbar hatte sie verstanden, was er sagen wollte. »Hast du Nick gesehen? Er hat nach dir gesucht.«

Nick spülte sich wahrscheinlich gerade auf der Toilette die Eier. »Er sagte, bei der Durchsicht seiner Aufzeichnungen ist ihm etwas eingefallen. Tolliver war mit dem Profil nicht zufrieden.«

»Du meinst *der Chief*?«

Dafür liebte er Faith. »Tolliver dachte, dass der Schwanz dabei mit dem Hund gewedelt hat.«

Sie trommelte mit den Fingern auf dem Schreibtisch. »Wir wissen alle, dass das FBI nicht unfehlbar ist. Denk an diesen Skandal mit den Ballistiktests. Oder den Skandal mit der mikroskopischen Haaranalyse. Oder den Skandal mit den Skandalen.«

Will aß sein Gebäck auf. »Was ist mit den Kopien von Lenas Notizen?«

Faith lachte. »Die lesen sich wie Dickens. Als hätte sie jemand redigiert, kopiert und für den öffentlichen Gebrauch gedruckt. Selbst ihre Handschrift sieht aus, als käme sie aus der Schreibmaschine.«

Will konnte nicht enttäuscht sein, weil es ihn nicht überraschte.

»Warum hat Tolliver sie überhaupt behalten?«, fragte Faith.

Sie erwartete keine Antwort, aber er gab ihr eine. »Es spricht einiges dafür, jemandem eine zweite Chance zu geben. Und oft will man einfach nicht zugeben, dass man einen Fehler gemacht hat.«

»Du meinst, dass ihn seine Sturheit blind gemacht hat?«

»Das ist Saras Theorie – er konnte nicht zugeben, dass er sich in ihr getäuscht hatte. Meine Theorie ist, dass Lena sein graues

Kaninchen war.« Will hatte die Dynamik im Lauf der Jahre in vielen Polizeistationen erlebt. »*Der Chief* hat schmutzige Arbeit zu erledigen, also lässt er sein graues Kaninchen in die Graubereiche hoppeln, damit seine Weste blütenweiß bleibt. Er kann sie nicht feuern, weil sie alle seine Geheimnisse kennt. Er kann sie nicht loswerden, weil er sie vielleicht noch einmal braucht. Normalerweise betrachtet es keiner von beiden als feindselige, übergriffige Beziehung, sondern sie gewinnen beide etwas dabei. Freunde in Schützengräben gewissermaßen.«

Faith schwieg so lange, wie es zu erwarten war, wenn man einen toten Polizisten verleumdete, der zufällig auch der tote Ehemann einer deiner besten Freundinnen war. »Das klingt verdammt einleuchtend. In Macon spielt sie dieselbe Rolle.«

Er schleckte sich den Zucker von den Fingern.

»Okay, das Folgende hat jetzt nichts mit Lena zu tun.« Faith verschränkte ihre Hände auf dem Schreibtisch und sah ihn an. »Ich habe tatsächlich einen Beziehungstipp für dich, und das Gleiche hab ich auch zu Jeremy gesagt. Wahrscheinlich ist es das Letzte, was du hören willst: Sprich mit Sara. Persönlich. Sag ihr, wie du dich fühlst. Sag ihr, wie sie es in Ordnung bringen kann. Sie liebt dich. Du liebst sie. Klärt es.«

Will rieb sich das Kinn. Seine Finger waren klebrig. Er nickte in Richtung von Faiths Computer, wo auf dem Bildschirm Bilder aus Gerald Caterinos Mord-Schrank zu sehen waren. »Und?«

»Einfach nur traurig.« Faith rollte zum Monitor zurück. »Ich weiß, wie sich Verbrechen auf Familien auswirken. Ich bin jeden Tag damit konfrontiert, und es ist schrecklich und entmutigend. Aber wenn ich mir ansehe, was Gerald alles unternommen hat – die Anfragen gemäß dem Freedom of Information Act, die Anwälte, Prozesse und Privatdetektive, die Korrespondenzen und Telefonate –, und das viele Geld, das er ausgegeben hat, dann bin ich einfach …«

Sie schüttelte den Kopf, denn es gab nichts mehr zu sagen.

»Amanda macht Druck, was diesen Dirk Masterson angeht«, sagte Will. »Ich weiß nicht, wieso, aber sie riecht, dass etwas faul ist, und meistens liegt sie richtig.«

»Außer nach Austin zu fahren und mich bei dem Zuständigen dort auf den Schoß zu setzen weiß ich nicht, was ich tun könnte, damit sich der Provider beeilt.« Sie schob einen Ausdruck über den Schreibtisch. »Schau dir diese Rechnung von Detective Dirk an. Bereits überfällig. Und das ist nur die letzte. Caterino steht insgesamt mit fast dreißigtausend Dollar bei dem Arschloch in der Kreide.«

Will sah die Zahlen am oberen Rand der Seite. »Hier gibt es eine Postanschrift. Hast du nicht gesagt, alle Schecks würden an ein Postfach geschickt?«

Sie schob ihm ein weiteres Blatt zu, mit einer Karte, einer Webadresse und einer Telefonnummer. »Mail Center Station. Es ist einer dieser Versandläden, wo man ein Postfach mieten und eine Postanschrift bekommen kann.«

Will war mit dem Service vertraut. Angie war eine eifrige Nutzerin von Schattenadressen gewesen. Er war ein paarmal gezwungen gewesen, sie mit nicht ganz legalen Mitteln aufzuspüren.

»Was klingt für den Durchschnittsbürger bedrohlicher? Wenn man sagt, man hat einen Haftbefehl oder eine Vorladung?«

Sie dachte über die Frage nach. »Keine Ahnung. Die halbe Regierung hat Vorladungen ignoriert. Haftbefehl würde ich sagen.«

Will drückte den Lautsprecherknopf an Faiths Festnetzapparat, da er wusste, dass die Nummer als Georgia Bureau of Investigation bei jeder Anruferkennung erschien.

»Schmierst du jetzt mein Telefon mit Zucker voll?«, fragte sie.

»Ja.« Er wählte die Nummer. Es läutete ein Mal.

»Mailbox Center Station«, sagte ein fröhlicher junger Mann. »Hier spricht Bryan. Was kann ich für Sie tun?«

»Bryan.« Will ließ seine Stimme höher klingen und verlieh ihr einen schweren South-Georgia-Akzent. »Hier spricht Special Agent Nick Shelton vom Georgia Bureau of Investigation. Ich stelle gerade einen offiziellen Haftbefehl für einen Straftäter aus, der das Postfach 3421 bei Ihnen gemietet hat. Der Richter verlangt den Namen des Postfachinhabers, bevor er den Beschluss billigt, das Team zur Ergreifung Flüchtiger loszuschicken.«

Faith schüttelte den Kopf über die List, denn jeder Mensch, der auch nur ein oberflächliches Verständnis vom Funktionieren des Rechtswesens besaß, würde ihm ins Gesicht lachen.

Bryan lachte nicht.

Faith machte große Augen, als sie ihn auf einer Tastatur tippen hörten.

Er sagte: »Ja, Sir – ich meine Special Agent. Lassen Sie mich … ich hab's … Okay, also 3421 ist an Miranda Newberry vermietet. Brauchen Sie ihre Adresse?«

Faith stieß in ihrer Hast, etwas zum Schreiben in die Finger zu bekommen, den Becher mit den Bleistiften um.

»Schießen Sie los, mein Sohn«, sagte Will.

»Es ist 4825 Dutch Drive, Marietta, 30062.«

»Danke, Kumpel.« Will legte auf.

»Heilige Scheiße!« Faith riss die Arme hoch wie ein Schiedsrichter, der ein Feldtor gibt. »Das war fantastisch!«

»Miranda Newberry.«

Faith schwenkte zu ihrem Computer herum. Sie fing zu tippen an, dann runzelte sie die Stirn, und schließlich knurrte sie: »Also, alles was recht ist …«

Will wartete, während sie hektisch mit der Maus klickte.

Schließlich sagte Faith: »Miranda Newberry ist eine ledige,

neunundzwanzigjährige Wirtschaftsprüferin mit einem Abschluss an der Georgia State University, die den größten Teil ihrer Zeit mit Blogs über Verbrechen verbringt und … das gibt's doch wohl nicht: Sie ist in sechs verschiedenen Diskussionsforen bei Yahoo unterwegs. Genau, was ich brauche – ein weißes, wohlhabendes Millennial, das diktiert, welche Bücher für meine braunhäutige Tochter angemessen sind.«

»Betrug«, sagte Will, denn es war nicht notwendigerweise strafbar, im Internet eine falsche Identität anzunehmen, aber es war definitiv illegal, es für Geld zu tun. »Sie hat sich fälschlich als Polizist ausgegeben.«

»O Mist, sieh dir das an.« Faith zeigte auf den Schirm. »Sie hat gerade ein Foto des Big Chicken auf Instagram gepostet. Sie sagt, sie trifft dort ihren Freund in einer Stunde zum Lunch.«

Will stand auf. »Ich fahre.«

Das Big Chicken lag an der Kreuzung des Cobb Parkway und der Roswell Road. Den Namen verdankte es einem fast zwanzig Meter hohen Schild in Form eines riesigen Huhns, das seinen Kopf aus einem ansonsten unscheinbaren *Kentucky Fried Chicken*-Imbiss streckte. Den Einheimischen diente es als Orientierungspunkt. Bei Wegbeschreibungen hieß es immer, etwas befinde sich vor oder hinter, links oder rechts des Big Chicken.

Will warf einen Blick über die Schulter, als die Tür aufging. Das KFC war gerammelt voll mit Leuten, die aus den umliegenden Büros und Firmen zur Mittagspause kamen. Er sah, wie Faith ihren Tisch im hinteren Teil des Restaurants frei hielt. Sie blickte auf ihr Handy. Sie und Will waren eine Viertelstunde vor Miranda Newberry hier eingetroffen, die ihrerseits inzwischen fünfzehn Minuten zu spät war.

Die Tür ging erneut auf. Er blickte wieder über die Schulter.

Noch immer keine Miranda Newberry.

Will füllte seinen Becher am Getränkeautomat mit Dr Pepper. Er ging zurück zu Faith und ließ den Blick über die anderen Tische schweifen. Auf Miranda Newberrys Facebook-Banner war eine sehr dünne Frau zu sehen, die zwei als Bonnie und Clyde verkleidete Zwergspitze in den Armen hielt. Will hatte Faiths Witze über kleine Hunde schweigend ertragen. Seine Hündin Betty war ein Chihuahua. Manchmal kam man eben unvermutet zu einem kleinen Hund und konnte nichts weiter tun, als sich um ihn zu kümmern.

»Nichts.« Faith war noch immer über ihr Handy gebeugt. »Sie ist eindeutig eine Lügnerin. Sie kann genauso gut gelogen haben, was das Treffen mit ihrem Freund angeht. Ich wette, er lebt in Kanada.«

Will sagte nichts. Er hatte gerade liebevolle Erinnerungen an seine frühere kanadische Freundin aus der Highschool, ein Supermodel.

»Willst du etwas anderes essen?«, fragte er.

Faith verzog das Gesicht. Ihr Salat sah aus, als hätte ihn schon mal jemand gegessen. »Warum ärgern mich ihre Besprechungen von Teenagerromanen eigentlich so?«, fragte sie.

Will trank sein Dr Pepper.

»Okay, ich gebe zu, ich wirke wie die gut situierte Weiße, die den Typ, der die Omeletts macht, anschreit, weil Käse fünfzig Cent extra kostet.« Sie holte tief Luft. »Aber der einzige Grund, und wirklich der einzige, warum ich nie Koks probiert habe, war das, was der jungen Buchheldin Regina Morrow zugestoßen ist. Du weißt schon, die taub geboren wurde, weil ihre Mutter während der Schwangerschaft Pillen eingeworfen hat. Und von dem Buch *Fragt mal Alice* will ich erst gar nicht anfangen. Es ist das Tagebuch eines Teenagers, der drogenabhängig wird. Dieses Buch hat mir damals eine Heidenangst gemacht. Ich hatte keine Ahnung, was Angel Dust war, und hatte trotzdem schreckliche Angst. Spielt es da noch eine Rolle, ob irgendein zweihundert Jahre alter Ghostwriter glaubte, junge Leute würden so was wie ›Kapito?‹ sagen?«

Die Tür ging auf.

Faith erstarrte.

Will schüttelte den Kopf.

Faith riss eine Handvoll Servietten aus dem Spender und wischte ihr Telefon ab. »Habe ich dir erzählt, wie ich neulich Guacamole von meinem iPad gewischt und dabei versehentlich diesen Vollpfosten gelikt habe, mit dem ich in der High…«

»Achtung.«

Die Tür war wieder aufgegangen.

Miranda Newberry sah beinahe genauso aus wie auf ihren Fotos, nur der Pony war kürzer. Sie trug ein leuchtend orangefarbenes Kleid mit blauen und grünen Blumen. Ihre Handtasche war so groß wie ein Futtersack, mit Quasten und Perlstickereien daran. Will machte im Kopf sofort eine Liste der verschiedenen Waffen, die dort hineinpassen würden, von einem Schnappmesser bis zur .357er Magnum. Ihrer Präsenz in den sozialen Medien nach zu urteilen hatte sie aber vermutlich eher Outfits zum Wechseln für ihre Hunde und mehrere gestohlene Kreditkarten dabei.

Faith stellte ihr Handy auf Selfie-Modus, damit sie beobachten konnte, was sich hinter ihr tat.

Miranda sah sich nicht im Restaurant um wie jemand, der nach einer Verabredung Ausschau hält. Sie stellte sich neben die Schlange vor der Theke, lächelte, machte ein Selfie und ging wieder zur Tür hinaus.

Faith sprang noch vor Will auf und joggte durch das Lokal. Draußen stieg Miranda nicht in den weißen Honda CRX, der auf sie zugelassen war, sondern spazierte zu Fuß weiter und überquerte die schmale Straße, die um das Big Chicken herumführte. Dann ging sie weiter durch eine Reihe Sträucher.

Will holte Faith auf dem Parkplatz eines Lkw-Händlers ein.

»Ich hoffe, wir verlieren sie nicht aus den Augen.«

Sie machte nur Spaß. Das orangerote Kleid war wie ein Warnkegel.

»Wohin geht sie?« Faith schlich zwischen zwei weißen Transportern durch.

Will roch Pommes frites. »Wendy's.«

Er hatte recht. Miranda steuerte direkt auf das niedrige Gebäude zu und riss die Tür auf.

Will und Faith verlangsamten ihr Tempo. Durch die Fensterfront sah Will Miranda in der Schlange stehen. Das Wendy's war nur halb voll, es gab jede Menge freie Parkplätze. Er hatte gerade bei KFC ein dreiteiliges Big-Box-Menü gegessen, aber von dem Frittengeruch bekam er wieder Appetit.

Sie trennten sich im Restaurant und nahmen entgegengesetzte Rollen ein. Will suchte einen freien Tisch im Essbereich. Faith stellte sich hinter Miranda in die Schlange. Will sah von seinem erhöhten Platz aus, wie Faith der Frau über die Schulter blickte, während sie auf ihrem Bildschirm las. Wie die meisten Menschen wurde Miranda vollkommen von ihrem Handy in Anspruch genommen, sie hatte nicht mitbekommen, dass eine Polizistin hinter ihr stand, obwohl Faith ihre Waffe an der Hüfte unter dem Blazer trug.

Will sah zwei weitere Gäste das Restaurant betreten. Er versuchte, sich in Miranda hineinzuversetzen. Welche Frau postete ein Foto von einem Restaurant, in dem sie nicht essen wollte, und erwähnte einen Freund, den sie nicht hatte? Vermutlich eine, die mithilfe einer erfundenen Internetidentität einen verzweifelten Vater angelockt und ihm dreißigtausend Dollar aus der Tasche gezogen hatte.

Faith fing Wills Blick auf, während Miranda auf ihre Bestellung wartete. Faith sah angefressen aus, aber das war nichts

Neues. Sie wurde aufgerufen und blieb halb zur Seite gedreht, während sie bestellte, dabei behielt sie Miranda im Auge.

Die Frau war weiterhin ahnungslos, ihre Aufmerksamkeit wurde völlig von ihrem Telefon absorbiert. Will sah einen winzigen Höcker in ihrem Nacken, wo sich die Wirbelsäule dem Umstand angepasst hatte, dass sie den Kopf pausenlos über einen Bildschirm beugte.

Schließlich blickte Miranda auf. Ihre Bestellung war fertig zum Abholen. Sie nahm das Tablett, das auf der Theke auf sie wartete. Einfacher Burger, Fritten, Getränk. Sie füllte ihren Becher mit ungesüßtem Tee. Faith war direkt neben ihr und schenkte sich Soda ein, während Miranda weiter zu den Soßen ging.

Strohhalm. Servietten. Salz. Plastikbesteck. Sie füllte sechs winzige Pappbecher mit Ketchup aus dem Spender.

Miranda ging zu einer Sitztheke mit Hockern am Rand des Essbereichs, von wo man einen Blick auf den Auspuffhändler auf der anderen Straßenseite hatte.

»Ma'am?« Faith zückte ihren Dienstausweis.

Miranda ließ beinahe ihr Tablett fallen.

»Da rüber.« Faith zeigte auf Will. Sie hatte ihre Polizistenhaltung eingenommen, womit sie sofort die Blicke aller auf sich zog. »Bewegung.«

Will sah Mirandas Blick durch den Raum schweifen. Allein die Art, wie sie da stand, ließ sie schuldig wirken. Will hatte den Tisch nicht zufällig gewählt: Mit ihren Positionen hatten er und Faith der Frau alle Fluchtmöglichkeiten verbaut.

Tee schwappte aus Mirandas Becher, da ihre Hände zitterten. Sie machte einige sehr kleine Schritte auf den Tisch zu. Dann einige sehr große, als Faith ihre Körpersprache auf Lautsprecher stellte. Faith war eine zierliche Frau, aber sie konnte bedrohlich wirken, wenn es die Situation erforderte.

Miranda rutschte gegenüber von Will in die Bank. Faith

setzte sich neben sie und schob Miranda weiter, bis sie praktisch an der Wand festsaß.

Will übernahm die Vorstellung, denn Faith spielte diesmal seine übliche Rolle – stumm und bedrohlich. »Mein Name ist Trent. Das ist Mitchell.«

Miranda studierte seinen Ausweis. Ihre Hände zitterten immer noch. »Ist der echt?«

Faith klatschte ihre Visitenkarte auf den Tisch. »Rufen Sie die Nummer an.«

Miranda hob die Karte auf und las. In ihren Augen standen Tränen. Ihre Kiefer mahlten.

Sie legte die Karte wieder auf den Tisch.

Dann nahm sie eine Fritte, tunkte sie nacheinander in alle sechs Ketchups und steckte sie in den Mund.

Will sah Faith an, während Miranda schweigend kaute. Vermutlich hatte die Frau beschlossen, so zu tun, als wären sie nicht da, in der Hoffnung, dass sie aufgaben und sie in Ruhe ließen.

Will sagte: »Wir möchten mit Ihnen über Gerald Caterino sprechen.«

Sie hielt einen Moment inne, ehe die nächste Fritte in die sechs Näpfchen und dann in ihren Mund wanderte.

Faith streckte die Hand aus und zog eine Fritte aus dem Haufen wie beim Mikado.

Miranda seufzte demonstrativ. »Ich kenne meine Rechte. Ich muss nicht mit der Polizei sprechen, wenn ich es nicht will.«

Will kehrte seine innere Faith heraus. »Haben Sie das auf der Polizeischule gelernt, Detective Masterson?«

Miranda hörte auf zu kauen. »Es ist nicht verboten, sich im Internet ein Pseudonym zuzulegen.«

»Darüber lässt sich streiten«, sagte Will und brachte eine eigene Note in Faiths gereizten Tonfall. »Aber es ist verboten, sich als Polizeibeamter auszugeben. Auch als einer, der im Ruhestand ist und nie existiert hat.«

Die Nachricht erschreckte sie sichtlich.

Sie schluckte so schwer, dass es bis auf die andere Tischseite zu hören war.

»Mein Hund ist krank geworden«, sagte Miranda. »Er musste operiert werden, und dann ist mein Wagen kaputtgegangen.«

»Und das hat dreißigtausend Dollar gekostet?«, fragte Will.

»Ich habe ein ganzes Jahr umsonst gearbeitet, bevor ich etwas verlangt habe. Und dann musste ich weiter Rechnungen stellen, weil ...« Sie erkannte, dass sie zu laut war, und dämpfte die Stimme. »Ich musste weiter Rechnungen stellen, weil es andernfalls verdächtig gewirkt hätte.«

»Schlau«, sagte Faith.

Miranda warf ihr einen Blick zu, aber sie sprach zu Will. »Die Masterson-Identität verleiht mir Geltung. Niemand würde mir zuhören, wenn man wüsste, dass ich eine Frau bin. Sie haben keine Ahnung, wie schwer ...«

Faith tat, als schnarchte sie.

»Ich zahle eine Geldbuße«, sagte Miranda. »Und ich zahle das Geld zurück. Keine große Sache.«

»Sie sind Wirtschaftsprüferin, nicht wahr?« Will wartete, bis sie nickte. »Haben Sie Steuern auf dieses Einkommen gezahlt?«

Ihr Blick wurde wieder unstet. »Ja.«

Will sagte: »Ich brauche Kopien Ihrer Zulassung als Privatdetektiv und Ihres Gewerbescheins für das Love2CMurder-Geschäft. Dann brauche ich Ihre Ausweis- und Sozialversicherungsnummer, damit ich überprüfen ...«

»Das Geld wurde über zwei Jahre hinweg ausgezahlt. Das berechtigt zu einer Befreiung von der Schenkungssteuer.«

Faith atmete laut aus.

Will verwendete einen ihrer Lieblingssprüche: »Können wir den Quatsch lassen?«

Miranda presste die Lippen zusammen. »Ich muss nicht mit Ihnen reden.«

»Wir können Sie allein für das Catfishing verhaften.«

Sie schob das Tablett von sich fort. »Also gut, ich habe Geralds Geld angenommen, aber ich habe ihm wirklich geholfen. Glauben Sie, dieser Dinosaurier wäre in der Lage, im Internet gründlich nachzuforschen?«

Faith konnte den Mund nicht halten. »Sind dreißig Riesen das gängige Honorar dafür, einen Google Alert einzurichten und ein paar Artikel auszuschneiden?«

»Ich habe viel mehr getan, verdammt noch mal. Viele Stunden investiert. Ich habe die Daten gebündelt und ihm Muster aufgezeigt.« Sie griff in ihre Handtasche.

Faith packte das Handgelenk der Frau.

»Au!« Miranda krümmte sich. »Ich wollte nur mein Smartphone rausholen.«

Faith nahm die Plastikgabel von Mirandas Tablett und stocherte in der Futtersack-Handtasche herum. Schließlich nickte sie.

»Himmel!« Miranda zog ihr Telefon aus der Tasche. Ihre Daumen glitten über den Schirm. »Sie haben recht. Ich habe Gerald die Google Alerts geschickt, die auf Artikel über ähnliche Überfälle wie den auf Beckey hinwiesen. Haben Sie die Bilder von ihr gesehen? Sie wäre fast gestorben. Eine Menge Frauen sind tot. Ich untersuche nicht nur eine Reihe von Morden – ich jage einen verdammten Serienmörder.«

Will zeigte keine Nachsicht. »Welche Muster haben Sie Gerald aufgezeigt?«

Miranda bearbeitete ihr Telefon, während sie sprach. »In den Fällen, die ich ihm geschickt habe, wurden alle Frauen entweder in der letzten Märzwoche oder der letzten Oktoberwoche entführt. Und alle verschwanden in den Morgenstunden zwischen fünf Uhr und Mittag.«

Will sah Faith zusammenzucken, denn von der Uhrzeit, zu der die Frauen verschwunden waren, hatte sie keine Kenntnis gehabt.

»Das wissen wir alles bereits«, sagte Will. »Was noch?«

»Hat Gerald Ihnen von den Haarsachen erzählt? Und dem Stalking?«

»Ja.«

»Welche Fälle hat er Ihnen gezeigt?«

Will mauerte. »Was glauben Sie denn, welche er uns gezeigt hat?«

»Ich muss von vorn anfangen.« Miranda drehte das Telefon herum und neigte es so, dass sowohl Will als auch Faith den Schirm sehen konnten. »Okay, hier ist also die originale Excel-Tabelle mit allen Rohdaten, die ich Gerald geschickt habe. Meine Suchkriterien waren: Frauen, die in den letzten acht Jahren in Georgia verschwunden sind. Es hat Tage, manchmal Wochen und Monate oder sogar ein ganzes Jahr gedauert, bis ich herausgefunden hatte, was nach ihrem Verschwinden passiert ist. Wir reden hier von Tausenden Stunden meiner Zeit, bis das alles in einer durchsuchbaren Datenbank gesammelt war.«

»Weiter«, sagte Will.

»In dieser Spalte steht, was aus ihnen wurde.« Sie fuhr mit dem Finger über den Schirm. »Die meisten Frauen sind wieder aufgetaucht, was normal ist. Manchmal brauchen Frauen einfach eine Auszeit. Der Rest wurde wegen Drogen oder was auch immer verhaftet, ein paar waren in Frauenhäusern untergekommen, weil ihre Männer sie misshandelten. Manche kamen nie zurück, aber vielleicht haben sie den Staat verlassen oder sind mit einem Liebhaber durchgebrannt. Aber eine kleine Anzahl wurde tot aufgefunden. Schauen Sie in diese Spalte.«

Faith las: »Joan Feeney. Pia Danske. Shay Van Dorne. Alexandra McAllister.«

Dieselben Namen, die Faith aus Geralds Liste sortiert hatte.

Will sagte: »Laut Gerald Caterino gab es mehr Opfer, als Sie in Ihren Spalten haben.«

»Er täuscht sich. Er hat nur gesehen, was er sehen wollte. Wahrscheinlich hat er Ihnen nicht die gesamte Liste gezeigt.« Sie wischte wieder über den Schirm. »In dieser Zeile sind die Entführungen im Monat Oktober der letzten acht Jahre, hier diejenigen im Monat März. Gerald hat viele Namen, die ich ihm genannt habe, verworfen, entweder weil es ihm nicht gelang, mit der Familie Kontakt aufzunehmen, oder weil sie nicht von einem fehlenden Haaraccessoire berichtet haben. Oder die Opfer sprachen nie davon, dass sie sich verfolgt fühlten. Ich war jedoch der Ansicht, dass einige der Frauen auf die Liste gehörten, weil sie die anderen Kriterien erfüllten.«

Will sah eine kaum wahrnehmbare Veränderung in Faiths Zügen. Sie las voraus. Sie wusste, Miranda war einer wichtigen Sache auf der Spur.

»Was ist mit den anderen Kriterien?«, fragte er.

»Wie gesagt, sie verschwanden alle am Morgen, irgendwann in der letzten Märzwoche oder der letzten Oktoberwoche. Außer Caterino und Truong hatten sie alle einen ziemlich berechenbaren Tagesablauf – sie waren laufen oder gingen zur Arbeit, fuhren in den Supermarkt oder Drugstore, als sie entführt wurden. Dann, egal, wie lange danach, wurden sie alle im Wald gefunden, abseits der offiziellen Wege, und sie waren in einer Weise verstümmelt, die von den Leichenbeschauern tierischen Aktivitäten zugeschrieben wurden.«

»Zugeschrieben?«, fragte Will.

»Wir werden es nie erfahren, weil es in keinem Fall eine Obduktion gab«, sagte Miranda. »Dieser Serientäter ist clever, und er kennt das System. Er verteilt die Opfer über verschiedene Zuständigkeitsbezirke, wie es Bundy getan hat. Er foltert sie wie Dennis Rader. Er geht äußerst methodisch vor wie Kemper. Er ist schlau genug, sie im Freien liegen zu lassen, wo Tiere an sie herankommen. Ich weiß nicht, vielleicht hat er irgendeine kranke Vorstellung von Wicca oder neuzeitlichen Druiden? Das Ganze riecht nach Tieropfer, nur dass die Tiere die Menschen fressen dürfen.«

Will dachte, dass sie aus der Spur geriet, aber er korrigierte sie nicht.

»Geben Sie mir das.« Faith nahm Miranda das Smartphone weg. »Ich maile diese Tabelle an mein Handy.«

»Gut«, sagte Miranda. »Ich brauche nämlich Hilfe. Ich komme nicht an die Information heran, die ich brauche, um den endgültigen Zusammenhang herzustellen.«

»Welche Information?«

Miranda streckte die Hand nach dem Telefon aus.

Faith vergewisserte sich, dass die E-Mail rausgegangen war, ehe sie es zurückgab.

Miranda tippte auf einen anderen Tab der Tabelle. »Beckey war das erste Opfer im März vor acht Jahren. Aber sie hat überlebt, deshalb suchte er sich ein anderes Opfer, Leslie Truong, und ermordete es. Dann, im November desselben Jahres, tauchte ein weiteres Opfer im Wald um Lake Lanier im Forsyth County auf.«

Will hatte sich die Einzelheiten gemerkt. »Pia Danske.«

»Richtig. Danske wurde am Morgen des 24. Oktober als vermisst gemeldet. Sie wurde zwei Wochen später tot aufgefunden. Ihr Körper wies Anzeichen von Verstümmelung durch Tiere auf.«

Will wusste, all das waren bereits öffentlich zugängliche Informationen. »Was noch?«

»Okay, Beckey war also das erste Opfer. Wir sind uns alle einig, dass der Killer vor acht Jahren angefangen hat, ja?«

Will nickte, denn sie wusste nichts von Tommi Humphrey, und wenn es nach ihm ging, würde es dabei bleiben.

»Seitdem sehen wir zwei Opfer pro Jahr«, fuhr Miranda fort. »Nehmen Sie das mal acht und ein halbes Jahr und zählen Sie Beckey und Leslie dazu, dann kommen Sie auf neunzehn Opfer insgesamt. Aber wenn Sie die Namen auf der Liste zusammenzählen, sind es nur sechzehn.«

Faith hatte auf ihrem eigenen Handy auf die Tabelle zugegriffen. Sie rang sichtlich um Beherrschung, als sie fragte: »Was hat es mit den drei Namen in dieser Spalte auf sich? Alice Scott, vermisst gemeldet letztes Jahr im Oktober. Theresa Singer, im März vor vier Jahren. Callie Zanger, im März vor zwei Jahren. Wer sind die?«

»Singer hat eine posttraumatische Belastungsstörung und etwas, das sich dissoziative Amnesie nennt. Sie erinnert sich die meiste Zeit nicht mal an den eigenen Namen. Scott hat ein Schädel-Hirn-Trauma erlitten. Ihre Eltern pflegen sie auf ihrem Reiterhof. Zanger lebt und arbeitet im Zentrum von Atlanta, aber sie reagiert nicht auf meine Anrufe. Ich habe ihr eine Direktnachricht auf Facebook geschickt, E-Mails und alles. Ich habe ihr sogar einen richtigen Brief mit der Post geschickt. Daraufhin habe ich eine Unterlassungsaufforderung von ihr erhalten. Sie hat eine Menge Geld.«

»Langsam«, sagte Faith. »Wovon reden Sie?«

»Das sind die drei fehlenden Opfer aus den letzten acht Jahren«, sagte Miranda. »Singer. Scott. Zanger. Sie sind die Frauen, die davongekommen sind.«

GRANT COUNTY – DONNERSTAG

21

Die gebrochenen Knochen in Jeffreys Nase klingelten wie Zimbeln bei jedem Wort, das er sprach. Die Option zu schweigen gab es nicht für ihn. Er näherte sich dem Ende des morgendlichen Briefings für die Streifenwagenbesatzungen und spürte bereits, wie ihm die Augen zuzuschwellen begannen. Unter normalen Umständen wäre er einfach ins Medical Center auf der anderen Straßenseite gegangen und hätte sich den Bruch richten lassen, aber er wollte nicht erklären müssen, dass es dazu gekommen war, als ihm eine ihrer Ärztinnen die Tür vor der Nase zugeknallt hatte.

Falls es den acht Streifenbeamten vor ihm merkwürdig vorkam, dass Klopapier in den Nasenlöchern ihres Chiefs steckte, so hatte jedenfalls keiner den Mumm, eine Bemerkung darüber zu machen. Jeffrey hatte ihnen die wesentlichen Informationen zu dem Überfall auf Caterino und dem Mord an Truong erläutert und nur die schockierendsten Einzelheiten für sich behalten. Er war ein Anhänger von möglichst hoher Transparenz bei der Arbeit. Alle diese Männer hier lebten in der Stadt. Sie waren hier aufgewachsen. Sie empfanden genauso viel Verantwortung gegenüber der Gemeinde wie Jeffrey. Wichtiger noch, er war im Begriff, ihnen eine echt beschissene Aufgabe zu erteilen, und er war darauf angewiesen, dass sie so gut mitzogen wie nur irgend möglich.

Er zeigte auf die Zahlen auf dem Whiteboard und sagte: »Es gibt elftausendsechshundertachtzig zugelassene Transporter im Tri-County-Gebiet. Dreitausendvierhundertachtundneunzig davon entfallen auf Grant County. Davon sind tausendsechshundertneunundneunzig dunkel lackiert. Ich möchte, dass sich jeder von Ihnen beim Hinausgehen eine Liste von dem Stapel nimmt. Fahren Sie Ihre übliche Streife, aber immer wenn Sie ein wenig Luft haben, dann klopfen Sie an Türen, nehmen die Besitzer in Augenschein und notieren sich ihre Angaben zur Person. Falls irgendwo der Name Daryl auftaucht, rufen Sie sofort mich, Frank oder Matt an. Wenn irgendwer auch nur im Mindesten verdächtig wirkt, rufen Sie sofort mich, Frank oder Matt an. Üben Sie keinen Druck aus. Ziehen Sie sich zurück und rufen Sie an. Bringen Sie sich nicht in Gefahr. Verstanden?«

Acht Stimmen riefen: »Ja, Chief.«

Jeffrey raffte seine Unterlagen zusammen. Jedes Mal wenn er nach unten schaute, gab es eine kleine Explosion in seiner Nase. Er schniefte Blut. Sterne tanzten vor seinen Augen.

Frank kam in den Raum, als die Streifenbeamten ihn gerade verließen. »Ich habe mit Chuck Gaines gesprochen«, sagte er. »Er veröffentlicht einen Aufruf an die Studenten, in dem er um Informationen zu den drei Frauen und dem Mann mit der schwarzen Strickmütze bittet, die Leslie Truong im Wald gesehen hat.«

»Gut.« Jeffrey machte sich keine Hoffnungen. Sie hatten bereits einen Zeugenaufruf am Tag des Überfalls auf Caterino herausgegeben. Zweiundzwanzig Studierende hatten sich gemeldet, aber niemand hatte etwas gesehen. Wenigstens die Hälfte von ihnen war zur fraglichen Zeit wahrscheinlich nicht einmal im Wald gewesen.

»Diese verdammte Lena«, knurrte Jeffrey.

Frank stellte den Fuß auf einen Stuhl und stützte den Ellbogen auf sein Knie.

Jeffrey verstand, dass er nicht nur sein Fahrgestell lüftete. »Sagen Sie's schon.«

»Lena ist eine gute Polizistin. Sie könnte eines Tages sogar die beste Polizistin im Departement sein.«

»Sieht für mich nicht so aus.«

»Dann müssen Sie Ihren Blickwinkel verändern. Die Kleine hat den gleichen Fehler gemacht, den ich auch gemacht hätte.« Frank zuckte mit der Schulter. »Ich war auch dort, Chief. Ich habe Beckey Caterino gesehen. Ich dachte auch, sie ist tot.«

»Weil Lena gesagt hatte ...«

»Weil sie tot *aussah*. Und ich will ehrlich sein: Wenn ich mich in Lenas Lage versetze und ich habe es mit einer toten Studentin zu tun und das Mädchen, das sie gefunden hat, sagt, es will zu Fuß zum Campus zurückgehen, dann lass ich es gehen, wenn es ihr Wunsch ist, warum denn auch nicht?«

Jeffrey schüttelte den Kopf, denn je öfter er sich diese Frage stellte, desto sicherer war er sich, dass er Truong niemals allein hätte zurückgehen lassen. Auch wenn Caterino vermeintlich das Opfer eines Unfalls gewesen war – Truong war noch sehr jung, und sie hatte gerade eine vermeintliche Leiche gefunden. Um so jemanden kümmerte man sich einfach.

Frank war einen Moment still, wenn man von seinem pfeifenden Atem absah. »Hören Sie, es gibt einen Grund, warum ich Ihren Job nicht haben wollte. Er ist beschissen.«

»Finden Sie?«

»Sie sind ein guter Polizeichef. Für Ihr privates Leben kann ich mich nicht verbürgen. Wenn Sie was mit meiner Tochter anfangen würden, wäre eine gebrochene Nase Ihr geringstes

Problem.« Frank lächelte, ohne zu lächeln. »Als Sie in Birmingham waren, bei wie vielen Mordfällen sind Sie da aufgekreuzt?«

Jeffrey schüttelte den Kopf. Birmingham war zehnmal so groß wie Grant County. Es gab mehr als hundert Tötungsdelikte pro Jahr.

»Wahrscheinlich bei Dutzenden, oder? Und selbst wenn man die weglässt, wo die Opfer bei Ihrem Eintreffen schon tot waren, haben Sie wahrscheinlich jede Woche viel Blut gesehen. Messerstechereien, Schusswechsel, allen möglichen Scheißdreck. Wir hier im Grant County haben dagegen ein paar Drogentote, ein paar Verkehrstote, etliche Traktorunfälle. Vielleicht ein paar verprügelte Frauen.« Frank zuckte wieder mit den Achseln. »Sie wenden die Denkweise aus Birmingham auf Situationen im Grant County an.«

Etwas wie das, was Tommi Humphrey und Leslie Truong zugestoßen war, hatte Jeffrey in Birmingham nie gesehen. »Dafür wurde ich eingestellt.«

»Dann setzen Sie es um. Lena hat Potenzial. Sie hat den Instinkt, den Job so zu machen, wie er gemacht gehört. Sie können entweder der Chief sein, der sie zu einer guten Polizistin formt, oder das Arschloch, das sie in Stücke reißt, weil Sie sich danach besser fühlen.«

»Ich hätte Sie nie für einen Psychologen gehalten.«

Frank drückte Jeffreys Schulter, so als wollte er einen Hund dazu bringen, dass er spurt. »Tja, und ich hätte nie gedacht, dass Sie Ihre Frau bescheißen.«

»Danke für die aufmunternden Worte, Frank.«

»Gern geschehen, Chief.« Frank beehrte ihn mit einem weiteren erniedrigenden Schulterklopfen, bevor er ging.

Aus Gewohnheit schob Jeffrey das Whiteboard an die Wand und sammelte seine Unterlagen vom Rednerpult auf, ehe er ihm nach draußen folgte. Seine Nase pochte wieder heftiger. Vorsichtig fuhr er mit den Fingerspitzen darüber. Eindeutig ragte da etwas vor, was nicht vorragen sollte. Er hielt den Atem an, erhöhte den Druck und versuchte, die Knochen wieder in ihre ursprüngliche Lage zu drücken.

Das Wasser schoss ihm nur so in die Augen, der Schmerz war zu stark. Wenn er nicht für den Rest seines Lebens wie ein Gangster aus den Dreißigerjahren herumlaufen wollte, musste er möglichst schnell drei Städte entfernt einen Arzt aufsuchen, der bereit war, ihn zu behandeln.

»Chief?« Marla kam mit einer Packung Tiefkühlfritten in einer Hand und einer Packung Schmerzmittel in der anderen herein. »Die Pommes habe ich von Pete aus dem Diner. Er will sie zurückhaben.«

Jeffrey presste die Tüte an seine Nase und machte Marla ein Zeichen, die Tablettenschachtel zu öffnen. »Ist Lena schon zurück?«

»Ich habe sie auf dem Rückweg vom Diner vorfahren sehen.«

»Danke.« Jeffrey schluckte vier Ibuprofen ohne Wasser und ging zurück ins Dienstzimmer.

Lena zog gerade ihre unförmige Jacke aus. Wie üblich gab sie das Reh im Scheinwerferlicht, als sie ihn sah. Die Furcht in ihren Augen gefiel ihm nicht. Neunzig Prozent des Polizistenlebens bestanden darin, mit wütenden Männern fertigzuwerden. Wenn sie bei ihrem Vorgesetzten schon nicht damit klarkam, würde sie es draußen auf der Straße erst recht nicht schaffen.

»In mein Büro«, sagte er.

Lena folgte ihm und schloss die Tür, ohne dazu aufgefordert worden zu sein. Sie wollte sich setzen, aber er stoppte sie.

»Stehen bleiben.« Jeffrey warf die tiefgefrorene Pommestüte auf den Schreibtisch, als er Platz nahm. Die Abwärtsbewegung brachte seine Nase wieder heftiger zum Pochen.

»Chief …«

Er stieß den Zeigefinger auf die Kopien ihrer Notizen. »Was soll der Quatsch?«

Lena atmete geräuschvoll ein. Sie hatte geglaubt, ihren Anschiss hinter sich zu haben.

»Sehen Sie sich die an.« Er hielt ihr die Kopien hin. »Sie sind Polizistin. Sie wollen eines Tages Detective sein. Sagen Sie mir, was mit Ihren Notizen nicht stimmt, Detective in spe.«

Sie blickte auf die ordentlich gedruckten Worte, die sorgsam umrissenen Schritte ihrer verschiedenen Aktivitäten. »Sie sind …« Sie räusperte sich. »Es gibt keine Fehler.«

»Richtig«, sagte Jeffrey. »Keine Endlossätze, keine flüchtigen Bemerkungen, keine Streichungen, nicht einmal einen Rechtschreibfehler. Entweder Sie sind die verdammt noch mal intelligenteste Polizistin in diesem Gebäude oder die dümmste. Was meinen Sie?«

Lena legte die Kopien auf seinen Schreibtisch zurück und trat von einem Fuß auf den anderen.

»Welche Notizen soll ich behalten, Lena? Welche sollen Gerald Caterinos Anwälte beschlagnahmen lassen? Oder die von Bonita Truong, weil ihre Tochter ermordet wurde, weil sie ihr sagten, sie soll allein zum College zurückgehen.«

Lena blickte zu Boden.

»Sie werden vereidigt werden. Welche Notizen entsprechen der Wahrheit?«

Lena sah ihn nicht an, als sie die Hand auf die Kopien legte. »Die hier.«

Er lehnte sich zurück. Die Tiefkühlpackung hinterließ langsam einen nassen Fleck auf seinem Schreibtisch. »Wo ist ihr Originalnotizbuch?«

»Zu Hause.«

»Werden Sie es los«, sagte er. »Wenn das hier Ihre Entscheidung ist, müssen Sie zu ihr stehen.«

»Ja, Sir.«

»Erzählen Sie mir von Ihrer Befragung Truongs.«

Lena trat wieder nervös von einem Fuß auf den anderen. »Ich fragte sie, ob sie noch jemanden in der Gegend gesehen hätte. Sie sagte, sie sei auf dem Weg in den Wald an drei Frauen vorbeigekommen. Sie gingen in Richtung College. Zwei von ihnen trugen die Farben der Grant Tech. Die andere nicht, aber sie sah trotzdem wie eine Studentin aus. Leslie kannte keine von ihnen. Ich habe sie sehr eindringlich …«

»Und der Mann?«

»Sie dachte, er könnte ebenfalls ein Student gewesen sein.« Lena erwiderte kurz seinen Blick, sah aber sofort wieder zur Seite. »Alles, woran sie sich erinnerte, war die Strickmütze. Sie war aus schwarzer Wolle, eine Beanie. Sie konnte sich nicht an seine Gesichtszüge erinnern oder an seine Haar- oder Augenfarbe oder wie groß er war oder wie kräftig. Sie sagte, er habe einfach ganz normal gewirkt, wahrscheinlich ein Student. Er joggte den Weg entlang.«

»Joggte? Er lief nicht?«

»Da habe ich auch gleich nachgefragt, und sie sagte, es war definitiv ein Jogger. Er benahm sich nicht verdächtig oder so. Sie hielt ihn einfach für einen Studenten.«

»Wenn sie Student sagte, meinte sie, dass er in dieser Altersgruppe war?«

»Auf meine Frage sagte sie, zu seinem Alter könne sie nichts sagen, nur dass er rannte, als wäre er noch jünger. Wenn ältere Leute laufen, sind sie vielleicht langsamer oder haben Knieschmerzen oder so.« Sie zuckte mit den Achseln. »Verzeihung, Chief. Ist sie … ist sie tot, weil ich …«

Ihre Blicke trafen sich. Diesmal wandte sie die Augen nicht ab.

Franks Worte kamen Jeffrey in den Sinn. Er konnte sie jetzt auf der Stelle fertigmachen, konnte sie mit ein paar Worten in den Staub treten, und sie würde nie wieder irgendwo als Polizistin arbeiten.

»Sie ist tot, weil jemand sie ermordet hat«, sagte er.

Ihre Augen glänzten feucht im Lichtschein der Deckenlampe.

»Polizeidienst ist zu neunzig Prozent Sozialarbeit.« Er hatte es ihr schon früher gesagt, aber er hoffte inständig, dass sie die Lektion diesmal verstand. »Ich weiß, wie es im Streifendienst ist. Man stellt den ganzen Tag Strafzettel für Falschparker aus und hält nach Fußgängern Ausschau, die bei Rot über die Ampel gehen. Man langweilt sich zu Tode, und dann taucht eine Leiche auf, und es ist plötzlich aufregend.«

Lenas schuldbewusste Miene verriet ihm, dass er ins Schwarze getroffen hatte.

»Aufregung ist eine feine Sache, aber sie führt zu einem Tunnelblick. Man übersieht Dinge. Man macht dumme Fehler. Wir haben als Polizeibeamte nicht viel Spielraum. Wir müssen alles sehen. Das kleinste Detail kann den Unterschied zwischen Leben und Tod ausmachen.«

»Es tut mir leid, Chief. Es wird nicht wieder vorkommen«, versprach sie.

Jeffrey war noch nicht fertig. »Ich bin aus Birmingham hierhergezogen, weil ich es leid war, Drogendealer dafür einzusperren, dass sie andere Drogendealer erschossen haben. Ich wollte mich den Menschen, die ich beschütze, verbunden fühlen. Sie können eine gute Polizistin werden, Lena. Eine verdammt gute Polizistin. Aber Sie müssen an dieser Verbindung zu den Menschen arbeiten.«

»Ja, Chief, das werde ich.«

Jeffrey war sich nicht sicher, ob sie verdammt noch mal irgendetwas von dem tun würde, was er ihr sagte. Aber ob er jetzt noch zehn Minuten oder zehn Stunden auf sie einredete, es würde nichts ändern. »Setzen Sie sich.«

Lena setzte sich auf die Stuhlkante.

Jeffreys Nase hatte zu prickeln begonnen, als müsste er gleich niesen. Er drückte die tiefgefrorenen Pommes frites wieder an sein Gesicht. »Erzählen Sie mir von der Baustelle.«

Lena atmete rasch aus und holte ihr Notizbuch aus der Gesäßtasche. »Ich habe mit allen Leuten dort gesprochen. Sie bauen ein klimatisiertes Mietlager.«

Jeffrey bedeutete ihr mit einem Nicken, fortzufahren.

»Es gibt zusätzliche Arbeitskräfte von außen neben den normalen Bauarbeitern, wie zu erwarten. Leute, die Garagentüren einsetzen, Schweißer, Securitymänner und so weiter. Ich wollte das hier abtippen, aber …«

Sie bot ihm ihr Notizbuch an.

Jeffrey nahm es nicht. »Sie waren vor Ort. Ist irgendein Name aufgefallen?«

»Nein, eigentlich nicht.« Sie blickte auf, dann schlug sie die Augen wieder nieder. »Ich wollte alle Namen durch die Datenbank laufen lassen, um zu sehen, ob es Vorstrafen oder laufende Haftbefehle gibt, aber …«

Er wusste, dass jetzt etwas kommen würde, was ihm nicht gefiel, aber er sagte: »Raus damit.«

»Ich weiß, ich sollte zur Baustelle fahren und schnellstmöglich hierher zurückkommen, aber …« Lena sah ihn an. »Ich bin zum Home Depot in Memminger gefahren.«

Jeffrey verdaute die Information. Sie hatte – wieder einmal – seinen Befehl missachtet, aber ihr Instinkt war gut. Alle Bauunternehmer im Tri-County-Gebiet stützten sich auf die illegalen Einwanderer, die beim Home Depot herumlungerten und ihre Dienste anboten. Im Allgemeinen holten die Bauunternehmer sie am frühen Morgen ab, ließen sie für einen Sklavenlohn bis zur Erschöpfung schuften und setzten sie am Abend wieder beim Home Depot ab. Dann gingen sie am Sonntag zur Kirche und klagten darüber, wie Einwanderer das Land ruinierten.

»Und weiter?«, fragte er.

»Ich spreche kein Spanisch, aber ich nahm an, sie würden mit mir reden.« Lena wartete, bis er ihr mit einer Handbewegung andeutete, fortzufahren. »Erst hatten sie Angst wegen meiner Uniform, aber ich habe klargemacht, dass ich sie nicht schikanieren will, sondern nach Informationen suche?«

Ihre Stimme war beim letzten Wort nach oben gegangen – sie befürchtete also, dass sie wieder in Schwierigkeiten war.

»Haben sie mit Ihnen gesprochen?«, fragte Jeffrey.

»Ein paar davon, ja.« Lena war schon wieder zögerlich.

»Schauen Sie sich um, Lena. Niemand brüllt Sie an.«

»Es ist nur so, dass die Hälfte von ihnen sagte, sie würden auf der Storage-Baustelle arbeiten. Je nachdem, was gebraucht wird, haben sie mal Jobs und mal keine, aber sie betonten, es sei doch komisch, dass ein Gringo ebenfalls schwarz dort arbeitet.« Sie hielt inne und wartete auf ein Nicken. »Sie kannten seinen Namen nicht, aber alle nannten ihn BB. Also habe ich nachgebohrt, und einer der Typen sagte schließlich, dass es für Big Bit steht.«

»Big Bit«, sagte Jeffrey. Etwas an dem Namen ließ eine Alarmglocke schrillen. »Wie Bits bei Computern?«

»Weiß ich nicht«, sagte Lena, »aber ich dachte eher an Felix Abbott, weil …«

»Scheiße.« Jeffrey setzte sich so rasch auf, dass seine Nase in Brand geriet. »Felix hat zugegeben, dass er Little Bit genannt wird. Also muss es auch einen Big Bit geben. Und vielleicht ist Big Bit Daryl, und vielleicht hat Daryl Zugang zu einem dunklen Transporter. Wo ist Felix jetzt? Ist er noch in der Arrestzelle?«

Lena stand auf, weil auch Jeffrey aufstand. »Ich habe nachgesehen, als ich hier ankam. Sie machen ihn gerade für die Fahrt zum Gericht fertig. Seine Anhörung ist noch heute Morgen.«

»Holen Sie ihn. Zerren Sie ihn aus dem Bus, wenn es sein

muss. Lassen Sie sich vom Wärter seine Akte geben und setzen Sie ihn ins Vernehmungszimmer. Los.«

Lena riss die Tür so heftig auf, dass die Glasscheibe wackelte.

»Frank?« Jeffrey sah ihn nicht im Dienstzimmer. Er rannte in die Küche. »Frank?«

Frank schaute hoch, er stand vor der Spüle und aß ein Schinkenbrötchen.

»Felix Abbott«, sagte Jeffrey. »Dreiundzwanzig. Skateboarder. Haschischdealer.«

»Wieso taucht sein Name schon wieder auf?« Aus Franks Mund fielen Krümel. »Suchen Sie ihn wegen der Überfälle?«

»Sollte ich?«

»Die Familiengeschichte ist eine einzige Jauchegrube, aber Überfälle? Nein, das nicht. Die jüngere Generation hat den kriminellen Familienhandel verplempert. Typisches Nachfolgeproblem. Sobald es in die dritte Generation geht, ist die Arbeitsmoral futsch.« Frank hustete noch ein paar Krümel heraus. »Ich würde mir den Vater des Jungen ansehen. Einen seiner …«

Jeffrey trat aus dem Streubereich, als er wieder hustete.

»Einen seiner Onkel, wollte ich sagen.« Frank spuckte ins Becken. Er drehte den Hahn auf, um die Speisereste hinunterzuspülen. »Es gibt fünf, sechs Familien in Memminger, die man sich anschaut, wenn irgendein krummes Ding läuft. Die Abbotts stehen ganz oben auf der Liste. Durch reines Glück bleiben sie allerdings sauber. Sie vermehren sich übrigens alle untereinander wie läufige Hunde.«

»Erzählen Sie mir von den Abbotts.«

»Hm, mal sehen, was mir noch einfällt.« Frank hustete noch einmal. »Wenn ich die Scheißtypen nicht durcheinanderbringe, sitzt der Großvater wegen Doppelmordes in Statesville. Granny hat versucht, ihn zu decken, und hat sich fünf Jahre im

Frauenknast eingehandelt. Sie hatten sechs Söhne, die alle in Kneipenschlägereien verstrickt waren und ihre Frauen verprügelt haben, und es gibt so viele Kinder, Stiefkinder und uneheliche Kinder, dass sie niemand mehr zählen kann.«

»Heißt einer von ihnen Daryl?«

»Der Teufel soll mich holen, wenn ich das weiß. Sie sind ein Problem für die Kollegen in Memminger. Ich höre ihre Namen und lache nur.«

»Sie scheinen eine Menge über die Familie zu wissen.«

»Ich habe einmal im Monat Chorprobe mit einem Deputy aus Memminger County. Der Kerl singt richtig gut.«

Wenn Cops von Chorprobe sprachen, meinten sie nicht das, was in einer Kirche stattfand, sondern in einer Bar. »Hat mal ein Abbott am College gearbeitet?«

»Die würden den Hintergrundcheck niemals bestehen.«

»Was ist mit dem Spitznamen Big Bit? Ist der mal aufgetaucht?«

»Nö, aber bei unseren Chorproben wird immer ziemlich viel gebechert«, räumte Frank ein. »Ich kann da drüben anrufen und mich umhören.«

»Tun Sie das. Wenn ich beweisen kann, dass Daryl der Gringo ist, der auf der Baustelle an der Mercer Avenue unter Big Bit läuft, dann haben wir ihn in unmittelbarer Nähe der Forststraße, die zum Tatort im Fall Truong führt.«

»Verdammt.«

»Ganz recht. Klemmen Sie sich ans Telefon.« Jeffrey machte sich halb im Laufschritt auf den Weg zum Vernehmungsraum.

Lena führte Abbott gerade den Flur entlang. Seine Hände waren mit Handschellen auf den Rücken gefesselt. Er schlurfte, obwohl er keine Kette an den Füßen hatte, und er roch nach Kriminalität. Das war nicht seine erste Verhaftung. Er streckte die Brust raus wie ein kleiner Gauner, der einen Cop herausforderte, ihm eine zu kleben.

Jeffrey fühlte sich versucht, aber er öffnete stattdessen die Tür zum Vernehmungszimmer und wartete, dass der Junge hineinging. Felix fletschte die Zähne, als er an ihm vorbeikam. Schultern gerade, Brust raus.

Trotz seines großspurigen Auftretens sah er aus wie ein normaler Kerl Anfang zwanzig. Nicht zu groß, nicht zu dünn, lange braune Haare, genau wie ihn Chuck beschrieben hatte. Er war wie ein Skateboarder gekleidet, trug weite Shorts, ein ausgewaschenes Ramones-T-Shirt, ein Hoodie mit Reißverschluss. Der blaue Fleck an seiner Wange verriet Jeffrey, dass Lena ihn vom Skateboard geholt hatte, ohne lange zu fackeln.

Felix betrachtete Jeffreys lädierte Nase und fragte: »Hat Ihnen die Schlampe auch eine verpasst?«

Jeffrey zog das zusammengeknüllte Toilettenpapier aus den Nasenlöchern und warf es in den Abfalleimer. Der Raum war klein, typisch für die meisten Polizeistationen. Ein in den Boden geschraubter Tisch. Stühle zu beiden Seiten. Ein Einwegspiegel zu einem winzigen Beobachtungszimmer, das gleichzeitig als Lagerschrank diente.

Lena warf Felix Abbotts Arrestakte auf den Tisch.

Jeffrey setzte sich nicht. Er stand über die Akte gebeugt und überflog den Inhalt. Felix war zweimal verhaftet worden, beide Male wegen Drogenbesitzes, und beide Male hatte er nicht mehr als einen Klaps bekommen. Er trug zahlreiche Tätowierungen und wurde Little Bit genannt. Seinem Führerschein zufolge wohnte Felix in Memminger. Jeffrey kannte die Dew-Lolly-Adresse, es war ein schäbiges Motel, das Zimmer wochenweise vermietete. Alles, was er von dem Jungen brauchte, war ein Name, nicht einmal ein Vorname. Sein Gefühl sagte ihm, wenn er diesen Daryl fand, ergab sich entweder eine Spur, oder es war bereits die Spur, die diesen Fall knackte.

Jeffrey blickte auf. Felix hatte den Kiefer wieder vorgeschoben, wie um ihn zu einem Schlag einzuladen. Auf seinem Kinn blühte ein Pickel. Die weiße, eitergefüllte Spitze starrte Jeffrey an wie ein wässriges Auge.

»Setz dich«, sagte Jeffrey.

Felix ließ sich Zeit, um den Tisch herumzuschlurfen. Lenas Hände krallten sich in seine Schultern. Sie stieß ihn auf den Plastikstuhl.

»He, verdammt!«, maulte Felix.

Jeffrey gab Lena ein Zeichen, sich gegenüber von Felix zu setzen. Er verschränkte die Arme und starrte den Jungen böse an.

Felix sah zu Jeffrey hoch, dann wieder zu Lena. Sie hatte ebenfalls die Arme verschränkt.

Jeffrey fing harmlos an. »Du bist mit ein paar Tütchen verhaftet worden.«

»Und?«, fragte Felix.

»Das ist deine dritte Verhaftung wegen Rauschgiftbesitzes. Ich habe bereits den Staatsanwalt angerufen. Wir greifen neuerdings in unserer Stadt bei Rückfalltätern hart durch.«

Felix zuckte mit den Schultern. »Und?«

»Und das heißt, dass dich diesmal ein Gefängnis für große Jungs erwartet, nicht ein weiterer Urlaub im County-Knast.«

Seine Schultern zuckten wieder. Wahrscheinlich saßen Onkel von ihm im Gefängnis. Sein Weg würde leichter sein als der von anderen.

Dennoch wartete Jeffrey auf eine Reaktion.

»Und?«, sagte der Junge zum dritten Mal.

Lenas Arm schoss vor. Sie schlug Felix mit der offenen Hand ins Gesicht.

»Heilige Scheiße, Lady!« Felix sah Jeffrey an. »Was soll das, Mann?«

Jeffrey nickte.

Lena schlug ihn wieder.

»Hey!«, rief Felix. »Was wollt ihr?«

»Du wirst Little Bit genannt«, sagte Jeffrey.

»Sch…« Er überdachte kurz seine Antwort. »Ist das strafbar?«

»Woher hast du den Spitznamen?«

»Von meinem … Ich weiß nicht. Von einem meiner Onkel? Ich war klein. Sie waren alle groß.«

Big.

»Himmel.« Felix rieb sich mit der Schulter die Wange. »Was ist bloß los mit dir, Miststück?«

Jeffrey schnalzte mit den Fingern. »Zerbrich dir nicht den Kopf über sie. Sieh mich an.«

»Worüber sollte ich mir sonst den Kopf zerbrechen, Mann.« Er sprach Lena an. »Sie müssen damit aufhören, okay? Es tut echt weh.«

Jeffrey atmete tief ein. Er hätte den kleinen Dreckskerl am liebsten geschüttelt, bis ihm die Zähne aus dem Mund fielen, aber wenn man von einem Verdächtigen eine Information erhalten wollte, war es die schlechteste Methode, ihm zu zeigen, dass man sie brauchte. Er stützte sich mit den Knöcheln auf dem Tisch ab und beugte sich vor. »Ist es dir lieber, wenn ich dich schlage?«

Felix schüttelte den Kopf so heftig, dass seine Haartolle herumschwang.

Jeffrey starrte weiter zornig auf ihn hinunter. Irrte er sich mit Daryl als ihrem Hauptverdächtigen? War Felix der Mann, der Beckey Caterino überfallen hatte? Der Leslie Truong einen Hammer so heftig zwischen die Beine gerammt hatte, dass der Kopf abgebrochen war?

»Ich brauche einen Arzt.« Er rieb immer noch seine Wange. Seine Unterlippe war angeschwollen.

Wenn er ein Psychopath war, dann ein verdammt fähiger.

Jeffrey fragte: »Wo warst du vorgestern zwischen fünf und sieben Uhr morgens?«

»Vorgestern?« Felix schwenkte seine Tolle auf die richtige Seite. »Scheiße, Mann, keine Ahnung. Hab in meinem Bett geschlafen?«

Lena holte Notizbuch und Stift hervor.

Felix wirkte nun nervös bei der Aussicht, dass seine Aussagen aufgezeichnet wurden.

»Du hast vor zwei Tagen zwischen fünf und sieben Uhr morgens in deinem Bett geschlafen?«, wiederholte Jeffrey.

»Ähm, vielleicht?« Er sah Lena an, dann Jeffrey. »Ich weiß nicht, Mann. An einem Tag bin ich in der Ausnüchterungszelle drüben in Memminger aufgewacht. Ich weiß nicht mehr, ob das an dem Tag war.«

Jeffrey sah, wie Lena einen Gedankenstrich neben den Eintrag machte, weil sie dem möglichen Alibi nachgehen wollte.

»Der Chef vom Campus-Sicherheitsdienst hat dich als allseits bekannten Haschischdealer identifiziert.«

Felix widersprach nicht.

»Warst du gestern im College?«

»Ja, Mann. Ich war mit dem Skateboard vor der Bibliothek zugange, hab grandiose Benihanas performt. Wenn man den Wachleuten einen Fünfziger zusteckt, schauen sie weg.«

Es überraschte Jeffrey nicht, dass Chucks Leute Schmiergeld nahmen. Er warf einen Blick auf Lenas Notizbuch. Sie hatte einen weiteren Gedankenstrich gemacht, um später die Bilder der Überwachungskamera vor der Bibliothek zu überprüfen.

»Gehst du manchmal in den Wald?«, fragte er Felix.

»Was?« Felix sah angewidert aus. »Nein, Mann. Im Wald kann man nicht skaten. Da ist Erde und lauter so Scheiß.«

»Hat in deiner Familie sonst noch jemand einen Spitznamen?«

»Ja. Und?« Er zuckte zurück, weil er wieder eine Ohrfeige erwartete. »Was zum Teufel ist los mit euch beiden? Ich dachte, ihr bietet mir einen Deal an.«

»Einen Deal wofür?«

»Keine Ahnung. Meinen Lieferanten?«

»Keine Deals«, sagte Jeffrey. »Erzähl mir von den Spitznamen.«

Felix war so verwirrt, dass er tatsächlich antwortete. Sein Großvater wurde Bumpy genannt, ein Onkel hieß Rip, es gab einen Bubba und noch weitere, was Jeffrey nicht überraschte. Männer gaben einander Spitznamen. Er war in der Highschool Slick genannt worden, sein bester Freund Opossum.

»Mein Onkel Axle sitzt in Wheeler, was irgendwie witzig ist. Axle wie Achse, Wheel wie Rad, kapiert?«

Jeffrey hatte Frank so verstanden, dass die Abbotts nicht viel von Familienplanung hielten. Es konnte durchaus sein, dass Felix einen Onkel in seinem Alter hatte.

»Wie lange sitzt Axle schon?«, fragte er.

»Drei Monate? Keine Ahnung. Das könnt ihr ja nachschauen.«

Jeffrey sah, wie Lena einen weiteren Gedankenstrich machte.

»Arbeitet Axle an Autos?«

»Klar, deshalb heißt er ja so. Er ist nicht in Wheeler zur Welt gekommen.«

Jeffrey dachte an den Schlosserhammer. »Arbeitet er an Karosserien, repariert er Beulen und Kratzer?«

»Er arbeitet an allem, Mann. Der Typ ist ein Autofreak und ein Genie. Er kann sogar Skateboards reparieren.«

Jeffrey schaltete in Gedanken einen Gang zurück. Er hatte nur eine Chance bei dem Jungen. »Ihr beide müsst euch gut leiden können, wenn er an deinen Skateboards arbeitet.«

»Nee, Mann. Axle macht keinen Finger für mich krumm. Er kann mich nicht ausstehen.«

Jeffrey hatte zu schwitzen angefangen. Er spürte, dass er nahe dran war. »Für wen repariert Axle die Skateboards?«

»Für seinen Sohn, das ist aber nicht wirklich sein Sohn, ich meine, er hat ihn nie adoptiert, nicht mal, als seine Mom gestorben ist.« Felix schüttelte sich die Haare aus den Augen. Er fühlte sich bei diesen Fragen sichtlich wohler, und genau das war Jeffreys Absicht. »Mein Cousin, das war der, der mich zum Skaten gebracht hat. Seitdem bin ich wie sein Schatten. Der Typ war dabei, als ich meinen ersten Alley-Oop geschafft habe.«

Mein Cousin.

Lena blickte von ihrem Notizbuch auf.

Felix' Blick huschte in ihre Richtung.

Jeffrey wog seine Möglichkeiten ab. Sie konnten eine Suche nach Felix' Onkeln starten und den finden, der mit Spitznamen Axle hieß und im Wheeler State Prison einsaß, dann hinfahren und den Häftling über diesen Ziehsohn ausquetschen.

Oder Jeffrey konnte sich mit Frank ans Telefon setzen und herumtelefonieren, ob irgendwer über den Jungen Bescheid wusste, den Axle aufgezogen hatte und der rechtlich gesehen nicht sein Sohn war.

Oder Jeffrey konnte die Antwort auf der Stelle von diesem kleinen Hosenscheißer bekommen.

Wieder kreiste er um sein Ziel und fragte: »Was ist ein Alley-Oop?«

»Das ist der reine Wahnsinn, Mann. Du drehst dich in die eine Richtung und springst in die andere, wie ein Fisch, der aus dem Wasser schnellt.«

»Klingt schwierig.«

»Und ob. Du kannst krass auf die Hüfte knallen.«

»Wie heißt dein Cousin?«

Als wäre ein Schalter umgelegt worden, änderte sich Felix' Haltung. Er war nicht mehr im relaxten Skater-Modus. Er war ein Junge aus einer kriminellen Familie, der in einer üblen Gegend lebte und wusste, dass man seine Verwandtschaft nicht verpfiff. »Wieso?«

Jeffrey ging in die Knie, sodass er mit Felix auf Augenhöhe war. »Er wird Big Bit genannt, richtig? Und du bist Little Bit, weil du sein Schatten bist.«

Felix' Blick huschte wieder zu Lena, dann zurück zu Jeffrey. Er wollte herausfinden, ob er schon zu viel verraten hatte.

Jeffrey konnte nur raten, welche Zusammenhänge er herzustellen versuchte. Er musste die Worte von Felix hören. Er zeigte Lena mit einer Kopfbewegung, dass sie den Raum verlassen sollte.

Lena klappte ihr Notizbuch zu, klickte auf ihren Kugelschreiber und ging hinaus.

Jeffrey ließ sich Zeit, aufzustehen. Er ging langsam zu Lenas Stuhl, damit sie genügend Zeit hatte, ihren Platz draußen hinter dem Spiegel einzunehmen.

Dann setzte er sich und verschränkte die Hände unter dem Tisch.

Er versuchte, sich alle Möglichkeiten offenzuhalten, und sagte: »Daryl ist nicht in Schwierigkeiten.«

»Verdammt.« Felix stampfte mit dem Fuß auf. »Verdammt, verdammt, verdammt.«

Jeffrey fasste es als Bestätigung auf, dass er auf der richtigen Spur war. Er versuchte, sich in Felix' Lage zu versetzen. Er würde seinen Cousin nicht hinhängen. Zumindest nicht absichtlich. »Felix, ich will ehrlich zu dir sein. Es geht um die Baustelle an der Mercer.«

Der Fuß hörte auf zu stampfen. »Das Lagerhaus?«

»Das FBI wird gerade hinzugezogen, um der OSHA zu helfen.« Die Lüge breitete sich wie eine Droge in Jeffreys Gehirn aus. »Du weißt, was für eine Behörde die OSHA ist?«

»Die kommen, wenn bei der Arbeit jemand verletzt wird, weil die Bosse es mit den Vorschriften nicht so genau genommen haben.«

»Richtig«, sagte Jeffrey. »Auf der Baustelle an der Mercer

kam es zu Verstößen gegen die Arbeitssicherheitsbestimmungen, und die OSHA sucht nach Zeugen, die gegen die Bosse aussagen. Sie wissen, dass Big Bit auf der Baustelle gearbeitet hat. Sie wollen vertraulich mit ihm reden.«

Felix hob die gefesselten Hände und zupfte an seinem Pickel. »Wie schwer waren die Verletzungen?«

»Sehr schwer.« Jeffrey stritt mit sich, wie er weiter vorgehen sollte. Wäre das Angebot einer erfundenen Belohnung zu offensichtlich? Sollte er wieder zum Skateboarden zurückkehren?

Am Ende entschied er sich dafür, den Mund zu halten, und es fiel ihm genauso schwer, es durchzuhalten, wie Felix.

Der Junge brach als Erster sein Schweigen. »Ich will meinen Cousin nicht unter Zugzwang setzen, okay?«

Jeffrey beugte sich vor. »Machst du dir Sorgen wegen seines Vorstrafenregisters?«

Felix' Gesichtsausdruck bestätigte seine Vermutung. Sein Cousin war bereits verhaftet worden, möglicherweise standen noch ein, zwei Haftbefehle aus. Aus diesem Grund hatte Big Bit genau wie die Tagelöhner ohne Arbeitspapiere gegen Bargeld auf der Baustelle gearbeitet. Er konnte nicht riskieren, dass seine Sozialversicherungsnummer irgendwo auftauchte.

»Es interessiert mich nicht, ob er früher schon in Schwierigkeiten war«, sagte Jeffrey. »Darum geht es hier nicht.«

»Sie kapieren es nicht, Mann. Ich hab doch gesagt, ich bin sein Schatten, seit ich noch ein Kind war.«

Jeffrey gab die Lüge auf. Er setzte auf eine zuverlässigere Motivation: Eigeninteresse. »Also gut, Felix. Wie sehr willst du einen Deal? Noch bist du nicht dem Haftrichter vorgeführt worden. Ich könnte die Anklage wegen der Tütchen fallen lassen. Hey, ich könnte den ganzen Papierkram irgendwo verlegen. Sag mir einfach seinen Namen, und du kannst auf der Stelle hier rausspazieren.«

Felix fing wieder an, seinen Pickel zu bearbeiten.

Jeffrey atmete tief durch die gebrochene Nase, ein leises Pfeifen war zu hören. Das führte zu nichts. Er musste eine Entscheidung treffen.

Er gewährte dem Jungen eine letzte Chance. »Und?«

»Und was?« Felix war jetzt wieder wütend. »Er ist nicht mal mein richtiger Cousin, okay? Mein Onkel Axle hat seine Mutter ungefähr zweimal gebumst, bevor sie an einer Überdosis gestorben ist, und dann hatte er ihn am Hals. Ich meine, wir kommen gut klar, aber eigentlich sind wir gar nicht verwandt. Wir haben nicht mal denselben Nachnamen.«

Jeffrey presste die Lippen zusammen und wartete.

»Ja, gut«, sagte Felix schließlich. »Er wohnt in Axles Haus, okay? Ich sitze quasi mit verdammten Meth-Freaks in Dew-Lolly fest, und er wohnt mietfrei oben in Avondale.«

»Ich brauche seinen Namen, Felix.«

»Nesbitt«, sagte Felix. »Daryl Nesbitt.«

Jeffrey spürte, dass er zum ersten Mal seit zwei Tagen freier atmete. Er genoss fast eine volle Sekunde Erleichterung, bevor die Tür krachend aufflog.

»Chief?«, sagte Frank. »Ich brauche Sie.«

Jeffrey stand auf. Ihm war schwindlig.

Daryl Nesbitt.

Er musste sich Felix noch einmal vorknöpfen, herausfinden, warum Caterino und Truong Daryls Nummer in ihren Handys hatten. War Daryl an dem Haschischgeschäft beteiligt? Reichte die Telefonnummer als Begründung aus, um Nesbitt mitzunehmen?

Nesbitt hatte auf der Baustelle nahe der Forststraße gearbeitet. Sein Vater reparierte kaputte Autos. Axle Abbott hatte wahrscheinlich einen rückschlagfreien Schlosserhammer in seinem Werkzeugkasten, und diesen Werkzeugkasten benutzte möglicherweise sein Ziehsohn, während Dad im Gefängnis war.

Hatte Daryl Zugang zu einem dunklen Transporter? War er in den letzten beiden Tagen in der Nähe des Colleges gewesen? Jeffrey würde Telefonunterlagen brauchen. Kreditkartenauszüge. Soziale Medien.

»Hier rüber.« Frank zog ihn in den Flur. Etwas stimmte nicht.

Jeffrey bemühte sich, die Liste in seinem Kopf zu schließen, und sagte zu Frank. »Ich habe Daryls …«

»Der Dekan hat gerade angerufen«, sagte Frank. »Es ist noch eine Studentin verschwunden.«

ATLANTA

22

»Uh.« Faith blickte von ihrem Smartphone auf, damit ihr nicht vom Lesen im Auto schlecht wurde.

Will fuhr, während sie Polizeiberichte, Zeitungsartikel und soziale Medien durchstöberte, um sich ein Bild von Callie Zanger zu machen. Faith hatte sich in der Überzeugung an die Arbeit gemacht, beweisen zu können, dass Miranda Newberry und ihre achtzigspaltige, farbcodierte Tabelle falschlagen, aber bisher deutete tatsächlich alles auf ein Opfer hin, dem es gelungen war, davonzukommen.

»Und?«, fragte Will.

»Zuerst einmal ist Callie Zanger wahnsinnig schön.«

Will nahm den Blick von der Straße, um schnell auf Faiths Handy zu sehen. Er sagte nichts, aber das musste er auch nicht. Zanger war umwerfend. Langes, dichtes Haar, vollkommene Stupsnase, perfekt geformtes schmales Kinn. Sie stand wahrscheinlich jeden Morgen um vier auf, um Pilates zu machen und ihr Vision Board zu aktualisieren.

Faiths Vision Board war ein zerknittertes Foto, das sie schlafend zeigte.

Sie fasste für Will zusammen: »Zanger ist Teilhaberin einer führenden Anwaltskanzlei namens Guthrie, Hodges und Zanger. Geschieden. Keine Kinder. Sie ist auf Steuerrecht spezialisiert. Einundvierzig Jahre alt. Sie wohnt in einem Sechs-Millionen-Dollar-Penthouse in One Museum Place gegenüber vom Kunstmuseum. Wurde vor zwei Jahren, am 28. März, als vermisst gemeldet.«

»Früher Morgen?«, fragte Will.

»Wahrscheinlich. Sie hat ein wichtiges Meeting am Mittwochmorgen verpasst. Offenbar ist sie ein echt disziplinierter Typ A, versäumt nie eine Besprechung, deshalb waren alle gleich in hellem Aufruhr. Man hat in den Krankenhäusern angerufen, bei der Polizei, Kollegen sind bei ihr zu Hause vorbeigefahren, haben in ihrem Fitnessstudio nachgefragt. Ihr BMW stand in der Garage. Ihre Mutter, Veronica Houston-Bailey, ist mittags auf dem Innenstadt-Revier von Atlanta aufgetaucht, zusammen mit dem Anwalt der Familie, weshalb man ihr auch nicht wie üblich gesagt hat, sie soll in vierundzwanzig Stunden wiederkommen.«

»Houston-Bailey von Houston-Bailey Immobilien?«

»Genau die.« Die Firma war das mit Abstand größte Gewerbeimmobilienunternehmen in Atlanta. »Im Übrigen finde ich es richtig, dass die Polizei von Atlanta so schnell gehandelt hat. Einflussreiche, politisch gut vernetzte Staranwältinnen verschwinden nicht einfach so. Vor allem, wenn sie mitten in einer sehr hässlichen Scheidung stecken, bei der es um Zigmillionen geht und über die täglich in der Presse und im Fernsehen berichtet wird.«

»Hat sich das APD den Ehemann vorgenommen?«

»Rod Zanger, oh ja, sie sind wie ein Rudel Velociraptoren über ihn hergefallen. Rod behauptete, keine Ahnung zu haben, wo seine Frau steckte und warum sie verschwunden war, das Übliche. Aber er konnte nicht erklären, wo er an dem fraglichen Mittwochmorgen war, an dem sie verschwand. Keine Quittungen, keine Telefondaten, keine Alibizeugen. Er behauptete, mit einer Erkältung in Buckhead, in der Villa des

Paars, im Bett gelegen zu haben. Am freien Tag des Dienstmädchens. Und des Gärtners. Das APD hat ihn wirklich gründlich unter die Lupe genommen.«

»Stand ihr Wagen in der Garage der Kanzlei?«

»Bei ihr zu Hause in One Museum Place, praktischerweise auf einem Stellplatz, der von den Überwachungskameras nicht erfasst wird. Bei gutem Wetter ging sie zu Fuß zur Arbeit. Ihre Handtasche und ihr Handy fand man allerdings im Kofferraum.«

»Klingt vertraut.«

»Fast wie ein Muster. Erinnerst du dich nicht an die Scheidung?«, fragte Faith. »Es war eine ziemlich große Sache, eine umgekehrte Aschenputtel-Geschichte. Sie haben sich beim Jurastudium an der Duke University kennengelernt. Rod war ein armer Cowboy aus Wyoming, Callie die reiche Südstaaten-Debütantin, die ihn glatt umgehauen hat. Die Medien bezeichneten ihn als ausgehaltenen Mann.«

Will schüttelte den Kopf, denn er las nur Autozeitschriften.

Faith hatte eine SMS bekommen. Sie hielt sich das Handy vors Gesicht, statt nach unten zu blicken. Jeremy bettelte noch immer um Hilfe.

Sie wischte die Nachricht ihres Sohns beiseite und sagte zu Will: »Jetzt kommt der interessante Teil. Sechsunddreißig Stunden nachdem Zanger als vermisst gemeldet wurde, spazierte sie mitten in der Nacht die Cascade Road entlang. Sie war benommen und verwirrt und blutete aus einer Kopfwunde. Ihre Kleidung war zerrissen und voller Schlamm, die Schuhe fehlten. Im Krankenhaus wurde sie wegen einer schweren Gehirnerschütterung und Unterkühlung behandelt.«

»Was für eine Kopfwunde?«, fragte Will. »Hammerförmig?«

»Der Polizeibericht geht nicht näher darauf ein, und die Zeitungsartikel sind ärgerlich vage. Aber sie wurde ins Grady gebracht, und Sara hat dort gearbeitet, deshalb …?«

»Du willst, dass sie ihre ärztliche Schweigepflicht verletzt?«

Faith ließ dieses Luftschloss hinter sich. »Zanger hat sich am nächsten Morgen selbst aus dem Krankenhaus entlassen. Den Zeitungsberichten zufolge wurde sie auch in keinem anderen Krankenhaus im Großraum Atlanta aufgenommen. Laut APD weigerte sie sich, eine offizielle Aussage zu machen oder sich auch nur befragen zu lassen. Sie sprach mit niemandem. Ihr Mann sprach mit niemandem. Aus der Mutter war sowieso kein Wort herauszubekommen. Also wurde die Ermittlung fallen gelassen, die Scheidung ging unter Stillschweigen über die Bühne, und die Zeitungen hatten nichts mehr zu berichten. Und genau da sind wir jetzt, zwei Jahre später.«

»Wie ist Zanger von der Cascade Road ins Krankenhaus gekommen?«, fragte Will.

»Ein älteres Paar hat sein Enkelkind spazieren gefahren, damit es einschläft. Was, ganz nebenbei, nur bei Enkelkindern funktioniert, nie bei deinem eigenen Baby.«

»Es gibt viel Wald in der Gegend.«

»Ich will eine riesige Satellitenkarte vom Bundesstaat besorgen, damit ich die Orte markieren kann, wo die Frauen gewohnt haben, wo sie zuletzt lebend gesehen und wo sie gefunden wurden.«

»Ich wette, Miranda hat eine Karte.«

Diese Bemerkung ärgerte Faith, weshalb er sie wahrscheinlich gemacht hatte. »Klär mich mal auf, Batman: Wenn sich Dirk Masterson so sicher war, dass sie einen Serienmörder jagt, warum ist sie dann nicht zur Polizei gegangen?«

»Weil sie wusste, dass genau das passieren würde, was jetzt passiert?«

Faith hatte die Nase in ihrem Handy und beantwortete Jeremys SMS konzentrierter als notwendig. Will hatte dafür plädiert, Miranda und Gerald Caterino einen rechtlich bindenden, anfallende Zinsen berücksichtigenden Rückzahlungsplan erarbeiten zu lassen. Aber Will hätte auch Bonnie Parker munter weitermachen lassen, solange sie hoch und heilig versprach, nie wieder mit Clyde Barrow eine Bank auszurauben.

Will sagte: »Ich behaupte nicht, dass Miranda eine rechtschaffene Bürgerin ist, aber ohne sie wüssten wir nichts von der ganzen Sache. Sie hat Gerald die Informationen zugespielt. Gerald hat sie Nesbitt geschickt. Nesbitt hat uns hierhergeführt.«

»Danke für die Zusammenfassung der letzten zwei Tage«, sagte Faith. »Miranda Newberry schafft es nicht einmal, ehrlich zu sagen, wohin sie zum Lunch geht. Sie hat unter einem falschen Namen eine Scheinfirma mit einem legalen Bankkonto gegründet, damit sie Schecks einlösen kann. Glaubst du wirklich, Gerald Caterino ist ihr einziges Opfer?«

Diesmal wusste Will keine Antwort.

»Einmal Gauner, immer Gauner«, erinnerte ihn Faith. »Aber mal im Ernst, können wir über das reden, was auf der Hand liegt? Der Teufel soll mich holen, dass ich bei Wendy's esse und ein Kleid trage wie der Furz eines Clowns, wenn mich jemand mit steuerfreien dreißig Riesen beglückt hat.«

Wills Smartphone läutete, und er nahm den Anruf an.

»Wir sind beide hier«, sagte Faith. »Du bist auf Lautsprecher.«

»Wie weit seid ihr von Zangers Büro entfernt?«, fragte Amanda.

Faith riet. »Fünf Minuten?«

»Sara ist ungefähr genauso weit von der Zentrale entfernt. Die Van Dornes sind früher eingetroffen. Caroline hat sie ins Konferenzzimmer gesetzt, und ich möchte euch beide möglichst bald hier haben.«

Faith nahm an, dass sie beschlossen hatten, die Eltern um die Erlaubnis zur Exhumierung ihrer Tochter zu bitten. Sie nahm davon Abstand, erneut wegen des Serienmörderaspekts

Druck auf Amanda auszuüben. »Wir werden mitten in den Berufsverkehr geraten. Ich weiß nicht, wie lange wir für die Rückfahrt brauchen werden.«

»Was ist mit Brocks Akten?«, fragte Will.

»Sara hat einen ersten Blick darauf geworfen. Es ist alles da. Der Bericht des Coroners. Saras Originalaufzeichnungen über die Obduktion. Die Laborergebnisse, Fotos, sogar ein Video vom Tatort. Die Blut- und Urinscreens waren negativ bis auf Cannabinoide. Truong war Studentin, das ist nur naheliegend.« Amanda hielt kurz inne. »Laut Sara haben Rohypnol und K.-o.-Tropfen kurze Halbwertzeiten und unterliegen einer rapiden Stoffumwandlung, deshalb schließen die toxikologischen Ergebnisse an sich nicht aus, dass sie unter Drogen gesetzt wurde. Zu den Symptomen kann gehören: Gedächtnisverlust, Bewusstlosigkeit, ein Gefühl der Euphorie, Paranoia, Verlust der Muskelkontrolle, will heißen: Lähmung der Arme und Beine. Die Wirkung kann acht bis zwölf Stunden anhalten.«

»Was ist mit dem blauen Gatorade?«, fragte Will.

»Das Labor hat eine zuckerhaltige blaue Substanz in ihrem Magen bestätigt, die mit einem Sportgetränk übereinstimmt«, sagte Amanda. »Meldet euch sofort bei mir, wenn ihr mit Zanger gesprochen habt.«

»Warte.« Faith konnte es nun doch nicht lassen. »Willst du nichts über die Serienkiller-Tabelle fragen?«

»Ich würde höchstens fragen, warum keiner meiner exzellent ausgebildeten Ermittler diese möglichen Zusammenhänge entdeckt hat, bevor eine Zivilistin, die sich als Pornodetektiv ausgibt, darüber gestolpert ist.«

Faith antwortete, denn die Stichelei zielte eindeutig auf sie ab. »Ist dir klar, wie viele Fälle ich entdecken könnte, wenn ich Tausende von Stunden vor meinem Computer verplempern dürfte?«

Will warf ihr einen Blick von der Seite zu.

»Das Schöne daran, dass man nichts aus seinen Fehlern lernt, ist, dass man sie so lange machen darf, bis man etwas gelernt hat, Faith.«

Faith öffnete den Mund.

Will beendete schnell den Anruf, bevor sie ein Wort herausbrachte.

Er wartete einen Moment, dann sagte er: »Du weißt, dass Amanda wahrscheinlich hinter den Kulissen an der Sache arbeitet, ja?«

Faith hatte nicht vor, sich auf eine Diskussion über Amandas gewohnheitsmäßiges Versteckspiel mit Informationen einzulassen. Die Frau gab gern den großen Zauberer von Oz hinter dem Vorhang. Aber Faith hatte es satt, in Dorothys Korb zu sitzen.

»Amanda hatte einen Riecher, was Masterson anging«, sagte Will. »Deshalb hat sie so viel Druck bei dem Provider gemacht. Sie weiß, es ist ein Serientäter. Du kannst dich drauf verlassen, dass sie einen Plan hat. Sie versucht, uns Zügel anzulegen.«

»Ich schätze, das ist der zweite Tag hintereinander, an dem ich einem Mann erklären muss, dass ich kein Pferd bin.«

Will blickte geradeaus auf die Straße. »Zanger war sechsunddreißig Stunden lang verschwunden. Welchen Grund könnte sie gehabt haben, keine Anzeige zu erstatten?«

»Angst?«, sagte Faith, denn das war der übliche Grund, warum die meisten Frauen Angriffe nicht anzeigten. Sie bot noch einen zweiten Grund an: »Vielleicht hat sie befürchtet, dass ihr niemand glaubt?«

»Sie musste ins Krankenhaus. Sie war nachweislich verletzt.«

»Vielleicht wollte sie sich nicht damit beschäftigen. Ihre Scheidung war eine schmutzige Angelegenheit. Ihr Mann vögelte Stripperinnen. Die Stripperinnen redeten mit der Presse. Dann kam Callies Ex-Freund mit der Geschichte an, dass sie im College auf Amphetaminen war. Das alles war im Übrigen nicht nur Ortsgespräch, es kam landesweit in den Nachrichtensendern. Und als Krönung des Ganzen wird sie dann auch noch vergewaltigt.« Dieses spezielle Trauma war Faith erspart geblieben, aber sie war fünfzehn und schwanger gewesen, als man quasi noch Hexen verbrannte. Sie wusste, wie es war, wenn alle über einen klatschten, einen verurteilten, einen auseinandernahmen wie eine Probe unter dem Mikroskop.

»Wir wissen wirklich nicht, was Callie Zanger im Wald zugestoßen ist«, sagte sie. »Betrachte es mal von einer ganz anderen Seite. Sie hat einen belastenden Hochleistungsjob, und nebenher macht sie eine schlimme Scheidung durch, über die wildfremde Menschen die intimsten Einzelheiten erfahren. Vielleicht hielt sie es nicht mehr aus und ging in den Wald, um Schluss zu machen. Doch was sie auch getan hat, es hat nicht funktioniert, also hat sie es sich anders überlegt, und jetzt ist es ihr peinlich.«

Will antwortete nicht sofort. »Glaubst du, dass es so war?«

Faith stellte sich vor, dass eine Frau wie Callie eher in ein teures Wellness-Spa verschwinden würde, ehe sie in den Wald ging, um sich umzubringen. »Nein.«

»Ich auch nicht.«

Faith öffnete Google Maps, um sicherzustellen, dass sie den richtigen Weg nahmen. Will hatte kein Navi in seinem uralten Porsche 911. Der Innenraum des Wagens war hübsch, Will hatte ihn mit eigenen Händen zu alter Pracht restauriert, doch leider hatte es in diesen prächtigen Zeiten noch keine Becherhalter gegeben und auch keine globale Erwärmung. Die niedrigste Stufe der Klimaanlage war *warm*.

»Hier.« Sie zeigte nach rechts. »Fahr die Crescent Avenue hinunter. Die Tiefgaragenzufahrt ist auf der Rückseite.«

Will setzte den Blinker. »Rufen wir sie vorher an, oder tauchen wir einfach in ihrem Büro auf?«

Faith dachte darüber nach, während sie an der Ampel warteten. »Zanger hat sich geweigert, mit der Polizei zu reden. Sie hat Dirk-Schrägstrich-Miranda eine Unterlassungsaufforderung zugestellt. Sie hat deutlich genug gemacht, dass sie keine Untersuchung will.«

»Sie ist Steueranwältin, keine Strafverteidigerin. Ein Anruf vom GBI würde sie wahrscheinlich doch ziemlich aus der Fassung bringen.« Dann fügte er an: »Aber wenn wir persönlich auftauchen …?«

Faith sagte: »Reden wir davon, einer Frau Angst einzujagen, die wahrscheinlich brutal überfallen wurde? Die damals den schlimmsten Tag ihres Lebens überlebt hat und seit zwei Jahren versucht, ihn zu vergessen? Und jetzt tauchen wir mit unseren Dienstausweisen auf und kratzen am Schorf, bis es wieder blutet?«

»Ich kann mir drei Möglichkeiten denken.« Will zählte sie an den Fingern ab. »Entweder sie ist traumatisiert von dem, was geschehen ist, und kann deshalb nicht darüber sprechen. Oder sie hat Angst, dass der Täter zurückkommt und sie noch einmal peinigt, was ebenfalls traumatisierend ist. Oder sie hat Angst vor der öffentlichen Zurschaustellung, weil das während ihrer hässlichen Scheidung ein Trauma für sie war. Es könnte auch alles zusammen sein, aber es spielt keine Rolle, denn wie immer man es auch betrachtet: Sie ist traumatisiert, und wir wollen sie zu etwas zwingen, was sie nicht tun will, nämlich darüber zu sprechen, was passiert ist.«

Faith stellte die Frage, der sie beide bisher aus dem Weg gegangen waren. »Was, wenn sie so verletzt wurde wie Tommi Humphrey?«

Es wurde still im Wagen.

Ohne große Mühe konnte sich Faith ins Besprechungszimmer am Morgen zurückversetzen, wo Sara ihnen das Foto von dem abgebrochenen Hammerstiel zeigte.

Vier Monate.

Hundertzwanzig Tage.

So lange hatte Tommi Humphrey durchhalten müssen, ehe die Ärzte damit beginnen konnten, die physischen Schäden an ihrem Körper zu beheben. Der psychische Schaden würde wahrscheinlich auf ewig bleiben. Die junge Frau hatte sich an dem Tag, an dem Daryl Nesbitt wegen Besitzes von Kinderpornografie verurteilt wurde, zu erhängen versucht. Amanda hatte Sara aufgefordert, wieder Kontakt zu ihr aufzunehmen. Vielleicht war das nicht mehr möglich. Vielleicht hatte Tommi Humphrey sich schließlich das Leben genommen und Frieden im Grab gefunden.

Sie sagte zu Will: »Ich kann mir nicht vorstellen, wie Tommi Humphrey je über das hinweggekommen sein könnte, was ihr zugestoßen ist.«

Will räusperte sich. »Wahrscheinlich, indem sie nicht darüber sprach.«

»Ja.«

Es wurde wieder still im Wagen. Faith fühlte sich niedergedrückt, als hätte sich ihr Blut in schweren Sand verwandelt.

»Ich kann …«, begann Will.

»Ich mache es.« Faith wählte die Zentralnummer von Guthrie, Hodges und Zanger. Sie sprach mit einer viel zu hochnäsig klingenden Rezeptionistin, nannte ihre Dienstbezeichnung beim GBI und bat darum, Callie Zanger zu sprechen.

Will war in die Crescent Street eingebogen und suchte nach der Einfahrt zur Tiefgarage, als Zanger den Anruf annahm.

»Worum geht es?« Zangers Ton war scharf.

»Ich bin Special Agent …«

»Ich weiß, wer Sie sind. Was wollen Sie?« Zangers Stimme klang heiser, sie hörte sich fast panisch an, was quälend war, aber auch einen Einstieg ins Gespräch eröffnete.

Faith versuchte es zuerst mit der einfachsten Möglichkeit. »Es tut mir leid, Sie zu stören, Ms. Zanger, aber meine Chefin, die stellvertretende Direktorin des GBI, hat heute Morgen einen Anruf von einem Reporter erhalten. Sie verwies ihn an unsere Abteilung für Öffentlichkeitsarbeit, aber wir müssten einigen Dingen mit Ihnen zusammen nachgehen.«

»Welchen Dingen?«, fragte sie. »Sie sagen: kein Kommentar, und die Sache hat sich.«

Faith sah Will an. Er hatte an der Straße geparkt.

»Wir sind eine staatliche Behörde«, sagte Faith. »Wir können nicht einfach sagen: kein Kommentar. Wir sind den Menschen Rechenschaft schuldig.«

»Blödsinn«, zischte sie. »Ich muss nicht …«

»Ich weiß, dass Sie nicht verpflichtet sind, mit mir zu sprechen.« Faith versuchte es anders. »Ich glaube aber, dass sie es wollen. Ich glaube, Sie haben Angst, dass das, was Ihnen zugestoßen ist, wieder passieren wird.«

»Da täuschen Sie sich.« Sie schien sich ihrer selbst sehr sicher zu sein.

»Das Ganze wird absolut vertraulich sein.«

»So etwas wie vertraulich gibt es nicht.«

»Hören Sie.« Faith gingen die Alternativen aus. »Ich stehe vor der Tiefgarage zu Ihrem Gebäude. Auf der anderen Straßenseite ist ein Restaurant. Ich werde die nächsten zehn Minuten an der Bar sitzen, dann komme ich in Ihr Büro hinauf, um persönlich mit Ihnen zu sprechen.«

»Zum Teufel mit Ihnen.«

Der Hörer knallte zweimal auf, bevor ihn Zanger richtig auf den Apparat bekam.

Faith war von sich selbst angewidert. Das Letzte, was sie

gerade gehört hatte, war ein gequälter Aufschrei von Zanger gewesen.

Sie legte die Hände vors Gesicht. »Ich hasse meinen Job.«

»Sie wird davon ausgehen, dass du allein bist«, sagte Will.

»Ich weiß.«

Faith stieg aus dem Wagen. Der Sand in ihren Adern zog sie immer noch herunter, als sie auf das trendig aussehende Restaurant zuging. Laute Musik ertönte von der Freiluftterrasse. Sie sah ihr Spiegelbild in der Glastür, als sie sie öffnete. Will war zehn Meter hinter ihr, er hielt Abstand, weil er Callie Zanger nicht erschrecken wollte, falls sie tatsächlich auftauchte.

Faith hoffte inständig, die Frau werde sie an der Bar treffen. Der Anruf hatte wahrscheinlich eine kleine Explosion in ihrem Büro ausgelöst. Wenn Will und sie persönlich auftauchten und ihre Dienstausweise zückten, gliche es einer Nukleardetonation.

Sie schaute auf die Uhr, als sie an der leeren Theke Platz nahm. Noch neun Minuten. Sie bestellte einen Eistee bei einem Barkeeper, der einen albernen Porkpie-Hut trug. Noch sieben Minuten. Faith blickte sich im Restaurant um. Später Nachmittag – sie war der einzige Gast an der Theke. Will war einer von drei Männern in Anzügen, die an drei verschiedenen Tischen saßen.

An Callie Zangers Stelle wäre Faith wütend über die Einmischung in ihr Leben gewesen. Aber Faith musste sich an die Stelle von Pia Danske versetzen. Von Joan Feeney, Shay Van Dorne, Alexandra McAllister, Rebecca Caterino, Leslie Truong. Es gab so viele Opfer, dass sich Faith gar nicht alle Namen merken konnte. Sie holte ihr Smartphone aus der Handtasche und öffnete Mirandas Tabelle. Achteinhalb Jahre. Neunzehn Frauen. Zwanzig, wenn man Tommi Humphrey dazuzählte.

»Detective Mitchell?«

Faith korrigierte sie nicht wegen der Dienstbezeichnung.

Sie erkannte Callie Zanger von den Fotos. Die Steueranwältin trug nicht mehr so viel Make-up, und ihr Haar war im Nacken zusammengebunden, aber sie war immer noch eine bildschöne Frau, selbst als sie sich auf den Barhocker neben Faith plumpsen ließ.

»Einen doppelten Ketel One mit einem Spritzer Limette«, sagte Callie zum Barkeeper.

Faith hörte einen geübten Ton aus der Bestellung der Frau heraus. Sie hätte erwartet, dass eine gut verdienende Steueranwältin auf Wein oder Whiskey stand. Ein doppelter Wodka war eher ein Drink für Alkoholiker.

»Gehören Sie zu diesem anderen Detective? Masterson?«

»Nein, und er ist auch kein Detective.«

Callie schüttelte angewidert den Kopf. »Lassen Sie mich raten. Er ist Reporter?«

Faith betrachtete die Frau, die so niedergeschlagen aussah. War sie dabei, sich zu erholen, wie Tommi Humphrey sich erholte? In Gedanken tadelte sich Faith, weil sie zuließ, dass ihr Gefühle in die Quere kamen. Sie bemühte sich, die gewohnte professionelle Distanz aufzubringen.

»Ma'am?« Der Barkeeper tippte sich an den Hut, als er den doppelten Wodka auf den Tresen stellte.

Faith warf einen Blick auf den Drink. Er war sehr großzügig eingeschenkt.

Callie schien es nicht zu bemerken. Sie rührte mit dem Strohhalm im Glas um und wartete, bis der Barkeeper gegangen war, ehe sie zu Faith sagte: »Ich hasse Männer, die Hüte tragen, um das wettzumachen, was ihnen an Persönlichkeit fehlt.«

Faith mochte die Frau auf Anhieb.

»Geht es um Rod?«, fragte Callie.

»Wieso glauben Sie, dass ich wegen Ihres Ex-Mannes hier bin?«

»Weil mein Ex-Mann derjenige ist, der mich entführt hat.«

Faith sah zu, wie die Frau die Hälfte ihres Drinks hinunterkippte. Sie wusste im Moment nicht, was sie tun sollte. Rod Zanger war in keinem ihrer Szenarien vorgekommen. Sie griff in ihre Handtasche, um ihr Notizbuch hervorzuholen.

»Vertraulich«, sagte Callie. »Sie haben es am Telefon versprochen.«

Faith schloss die Handtasche.

Callie trank das Glas in einem zweiten Zug leer und gab dem Barkeeper ein Zeichen, ihr nachzuschenken. »Nichts ist wirklich vertraulich, oder?«

Faith konnte diese Frau nicht anlügen. »Nein.«

Callie nahm den Strohhalm aus ihrem leeren Glas und rollte ihn auf der Theke hin und her. »Ich war dreizehn, als mich ein Mann zum ersten Mal ohne meine Erlaubnis angefasst hat.«

Faith sah den Strohhalm durch die Finger der Frau gleiten.

»Ich war bei der Zahnreinigung, und der Zahnarzt grapschte an meine Brüste. Ich habe es nie jemandem erzählt.« Sie sah Faith an. »Warum habe ich es niemandem erzählt?«

Faith schüttelte den Kopf. Sie hatte eigene Geschichten zu erzählen. »Weil er dann gesagt hätte, dass Sie ein verlogenes Miststück sind.«

Callie lachte. »Das sagen sie ohnehin.«

Faith lachte ebenfalls, aber sie setzte die Hinweise zusammen. »Hat Ihr Mann Ihnen wehgetan?«

Callie nickte langsam und kaum wahrnehmbar.

Faith biss sich auf die Zunge, um eine Flut von Fragen zurückzuhalten. Will beherrschte es sehr viel besser, Schweigen für sich arbeiten zu lassen. Faith trank von ihrem Eistee und wartete.

Der Barkeeper kam zurück. Er tippte sich wieder an den Hut und stellte den Wodka auf die Theke. Diesmal war er sogar mehr als großzügig eingeschenkt. Es war eher ein Dreifacher. Er bemerkte Faiths Blick und blinzelte, ehe er sich entfernte.

Callie sah auf die klare Flüssigkeit hinab. Sie hatte begonnen, auf der Innenseite ihrer Unterlippe zu kauen. »Ich habe eines dieser GPS-Dinger an meinem Wagen gefunden.«

»Das war vor zwei Jahren?«

»Ja. Während meiner Scheidung.« Callie fing an, das Glas im Kreis zu drehen. »Der Sender war in einem schwarzen Metallkästchen, das mit einem Magneten im Radkasten befestigt war. Ich weiß nicht, warum ich danach gesucht habe. Na ja, eigentlich weiß ich es schon. Ich fühlte mich beobachtet. Ich wusste, Rod würde mich nicht in Ruhe lassen.«

»Haben Sie damals irgendwem davon erzählt?«

»Meiner Scheidungsanwältin.« Sie sah Faith an. »Hören Sie immer auf Ihren Anwalt. Er weiß, was gut für Sie ist.«

Faith entnahm ihrem Tonfall, dass sie es sarkastisch meinte.

»Sie sagte, ich solle den Peilsender dort lassen, wo ich ihn gefunden hatte. Sie wollte nicht, dass Rod gewarnt war. Ihr Büro hat einen IT-Spezialisten beauftragt, der versuchen sollte, das Gerät zurückzuverfolgen. Er erklärte uns schließlich, er käme ohne richterliche Anordnung nicht an die Information heran, und das wiederum würde Rod warnen, also …«

Faith sehnte sich nach ihrem Notizbuch. Wenn Callie ihre Anwältin von der Schweigepflicht entband, konnte Faith binnen Stunden eine entsprechende Anordnung erwirken.

»Wie ist es passiert?«, fragte Faith.

»Ich saß in meinem Wagen und wollte gerade zur Arbeit fahren. Es war eine Besprechung angesetzt, aber …« Sie wischte mit einer Handbewegung alles beiseite. »Ich glaube nicht, dass Rod es selbst getan hat. Er muss jemanden engagiert haben. Er hat immer gern mein Gesicht beobachtet, wenn er mich geschlagen hat. Dieser Kerl wollte nicht gesehen werden.«

Callie trank einen großen Schluck aus ihrem Glas. Sie stellte es hart auf der Theke ab. Ihre Hände zitterten nicht, aber ihre Bewegungen waren fahrig.

»Ich kann ihn immer noch vor mir sehen«, sagte sie. »Den Hammer. Ich blickte zufällig in den Rückspiegel, keine Ahnung, warum, und sah diesen Hammer heruntersausen. Er sah merkwürdig aus, vor allem der Kopf von dem Ding. Ich habe viel im Internet recherchiert, wie er genannt wird, aber es gibt Hunderte verschiedene Hämmer, mit Fiberglasstielen und solchen aus Holz, und dieser Hammer ist für Rahmung und jener für Rigipswände – und wussten Sie, dass es sogar YouTube-Videos gibt, wie man am besten jemanden mit einem Hammer k. o. schlägt?«

Faith schüttelte den Kopf und verbarg, dass sie gerade von großer Hoffnungslosigkeit übermannt wurde.

Die letzte Märzwoche. Die frühe Morgenstunde. Der Hammer.

Callie winkte den Barkeeper wegen eines neuen Drinks heran und sagte: »Machen Sie meiner Freundin auch einen.«

Faith versuchte, sie aufzuhalten.

»Sind Sie jetzt inoffiziell hier oder nicht?«, fragte Callie.

Faith bedeutete dem Mann mit einem Nicken, zwei Drinks zu bringen.

Callie sah dem Barkeeper nach, als er ans andere Ende der Theke ging.

»Er hat einen hübschen Arsch«, sagte sie.

Faith interessierte sich nicht für den Arsch des Mannes. Der Raum schien plötzlich enger zu sein. Sie blickte in den Spiegel. Will saß immer noch an dem Tisch auf der anderen Seite. Er hatte sein Telefon in der Hand, aber er schaute zur Bar.

»Woran erinnern Sie sich als Nächstes?«, fragte Faith.

»Ich bin im Wald aufgewacht – ausgerechnet.« Sie holte tief Luft. »Unser erstes Date war ein Picknick in der Waldgegend an der Biltmore. Rod war in dieser Hinsicht immer sehr clever. Er wusste, er konnte mich nicht mit einem schicken Restaurant oder einem Privatclub beeindrucken. Er bot mir etwas, was man mit Geld nicht kaufen konnte: Romantik. Selbst gemachte Marmelade, Chips, Papierservietten, Plastikbecher. Er hat mir sogar ein Gedicht geschrieben. Mein romantischer Cowboy.«

Sie war von dem Moment im Wald abgeschweift. Faith ließ sie schweifen.

»Das erste Mal hat mich Rod eine Woche vor unserer Hochzeit geschlagen. Er hat mich grün und blau geprügelt, bis ich Sterne sah.« Sie starrte sehnsüchtig in das leere Glas. »Und dann hat er geweint wie ein Baby. Und es hat mir das Herz gebrochen. Dieser große, starke Cowboy hat den Kopf in meinen Schoß gebettet und geflennt, mich um Vergebung angebettelt und versprochen, es werde nie, nie wieder passieren, und ich …«

Ihre Stimme verlor sich. Tiefe Traurigkeit umgab sie. Callie Zanger war eine intelligente Frau. Sie wusste genau, an welchem Punkt ihr Leben sich zum Schlechten gewendet hatte.

Sie sah Faith an. »Sie haben diese alte Geschichte schon öfter gehört, oder? Als Polizeibeamtin?«

Faith nickte.

»Es ist so erniedrigend, wie sie alle nach demselben öden und vorhersehbaren Manuskript arbeiten«, sagte Callie. »Sie weinen, und du vergibst ihnen. Irgendwann merken sie dann, dass Weinen nicht mehr funktioniert, also reden sie dir Schuldgefühle ein. Und wenn das nicht mehr geht, greifen sie auf Drohungen zurück, und bevor du dich's versiehst, hast du Angst, sie zu verlassen, und gleichermaßen Angst, zu bleiben, und dann sind auf einmal fünfzehn Jahre vergangen und …«

Faith durfte sie nicht wieder abschweifen lassen. »Was hat Sie schließlich dazu gebracht, ihn zu verlassen?«

»Ich wurde schwanger.« Sie lächelte freudlos. »Rod wollte keine Kinder.«

Faith musste nicht fragen, was passiert war. Callie hatte recht. Sie hatte diese Geschichte schon unzählige Male gehört.

»Es war im Grunde ein Segen. Ich konnte mich selbst nicht beschützen. Wie hätte ich da ein Kind beschützen sollen?«

Der Barkeeper erschien zum dritten Mal. Diesmal ließ er das Hutantippen weg. Er stellte die beiden Gläser mit einer routinierten Bewegung aus dem Handgelenk ab. Faith nahm an, dass er Callie hier nicht zum ersten Mal sah. Er wusste, ein Doppelter hieß ein Dreifacher. Und er wusste höchstwahrscheinlich auch, dass er für die kleine Scharade großzügig entlohnt werden würde.

»Trinken Sie«, sagte Callie zu Faith.

Faith schloss die Hand um das Glas. Die Flüssigkeit war kalt. Sie tat, als würde sie einen Schluck nehmen.

Callie trank einen ganzen Mund voll. Sie hatte zwei Dreifache intus und wurde allmählich beschwipst. Faith fragte sich, ob sie schon getrunken hatte, bevor sie ins Restaurant gekommen war. Ihre Augenlider waren schwer, und sie kaute ständig auf der Innenseite ihrer Lippe.

»Rod hat während der Scheidung mit mir gespielt«, sagte Callie. »Ich dachte, ich würde den Verstand verlieren.«

Faith täuschte einen weiteren Schluck vor.

»Als wir verheiratet waren, hat er immer kontrolliert, ob ich alles dorthin gestellt habe, wo es hingehörte. Wenn etwas nicht an seinem Platz war …« Sie musste den Satz nicht zu Ende führen. »Als ich auszog und dann meine eigene Wohnung hatte, dachte ich mir: Ich werde schlampig sein, ich werde meine Sachen auf den Boden werfen, die Milch draußen stehen lassen und alle Vorsicht in den Wind schreiben.«

Ihr Lachen klang, als würde Kristall brechen.

»Sie wissen, was passiert, wenn man die Milch draußen lässt?« Sie sah Faith an und rollte mit den Augen. »Ich hatte fünfzehn Jahre Training. Ich konnte die Ordnungsneurotikerin in mir nicht mehr ablegen. Es machte mich zu nervös. Und ich weiß tatsächlich gern, wo etwas ist, aber plötzlich lag nichts mehr da, wo es liegen sollte.«

Faith spürte die Enge in der Brust. »Wie zum Beispiel?«

»Ach, ich weiß nicht. Vielleicht war in Wirklichkeit ja alles dort, wo es hingehörte. Es gab einmal diesen Witz von einem Comedian, dass er in die Wohnungen von Leuten einbrechen und alle Gegenstände um einen Zentimeter verschieben wollte. Ist das nicht verrückt?«

Faith antwortete nicht.

»Ich fühlte mich einfach ... kontrolliert?« Callie schien mit dem Wort nicht zufrieden zu sein. »Als hätte jemand meine Sachen durchgesehen. Alles angefasst. Es fehlte nichts, bis ich eines Tages dann plötzlich mein Lieblingshaarband nicht mehr finden konnte.«

Faith schloss die Hand um ihr Glas.

»Mein Haarband«, wiederholte Callie, wie um die Bedeutungslosigkeit zu unterstreichen. »Ich griff in meine Handtasche, und es war nicht da, und ich bin völlig durchgedreht. Ich habe die ganze Wohnung auf den Kopf gestellt, aber es blieb verschwunden.«

»Wie sah es aus?«

»Ach, einfach ein rotes Haarband.« Sie zuckte die Achseln. »Ich habe ein paar Hundert Dollar dafür bezahlt.«

Faith sah sich das Band an, das Callie im Haar trug. Ein goldenes Amulett baumelte an dem Gummi, und sie erkannte das Doppel-C des Chanel-Logos.

»Ich weiß, es klingt lächerlich, aber dieses Haarband hat mir etwas bedeutet. Normalerweise brauchte ich sogar Rods Erlaubnis, um mir ein Päckchen Kaugummi zu kaufen. Das

Haarband war das Erste, was ich mir allein gekauft habe. Und der Grund war, dass er mich immer zwang, mein Haar offen zu tragen. Immer. Er hat sogar Stichproben gemacht, wenn ich bei der Arbeit war.« Sie lachte bitter. »Also ist er in meine Wohnung eingebrochen und hat es gestohlen.«

»Haben ihn die Überwachungskameras erfasst?«

Sie schüttelte den Kopf. »Ich habe nie nachgesehen. Ich wollte nicht, dass der Hausverwalter allen Leuten von der hysterischen Frau erzählt, die ein Theater wegen eines verschwundenen Haarbands macht.«

Faith hätte angenommen, dass man sich mit einem Penthouse für sechs Millionen ein gewisses Maß an Duldsamkeit erkaufte.

»Auf diese Weise hat Rod immer gewonnen«, sagte Callie. »Er hat mir das Gefühl gegeben, verrückt zu sein, als könnte ich ohnehin niemandem erzählen, was vor sich ging, weil mir niemand glauben würde.«

Faith steuerte sie sanft auf das Thema des Überfalls zurück. »Sie erhielten einen Schlag mit einem Hammer auf den Kopf. Sie waren sechsunddreißig Stunden lang verschwunden. Es war …«

»Es war ein Geschenk.« Ihr Tonfall machte klar, dass sie sich dieser einen Sache sicher war. »Rod wollte mich vor Gericht zerren und jedes einzelne Stück unserer schmutzigen Wäsche öffentlich präsentieren. Und glauben Sie mir, es gab eine Menge davon. Nicht nur über mich, auch über unsere Familie. Meine Mutter. Ihr Geschäft. Rod wäre es egal gewesen, wenn er uns alle ruiniert hätte. Aber dann hat er mir dieses Geschenk gemacht, dieses grauenhafte, brutale Geschenk, und ich habe mir mit meinem Schweigen meine Freiheit erkauft. Rod ist mit nichts als seinen Sachen auf dem Leib nach Wyoming abgehauen. Ich bin mit meinem früheren Leben rausgegangen.«

Faith sah auf das Glas in ihrer Hand hinunter. Callie Zanger klang triumphierend. Doch je mehr sie erzählte, desto überzeugter war Faith, dass sie sich irrte.

»Wissen Sie noch, wie Sie von Ihrem Wagen in den Wald gekommen sind?«, fragte sie.

»Nein. Die Ärzte sagten, Gedächtnisverlust sei normal nach einem so heftigen Schlag auf den Kopf.« Sie hatte ihr Glas leer getrunken und machte eine fahrige Geste zu Faith. »Ich weiß, wie es aussieht, wenn jemand nur vorgibt, zu trinken.«

Faith schob ihr das Glas hinüber. Sie wusste, wie es aussah, wenn jemand Alkoholiker war.

»Ich erinnere mich daran, wie ich im Wald aufgewacht bin.« Callie legte den Kopf in den Nacken, und die Hälfte des Drinks verschwand in ihrer Kehle. »Eigentlich bin ich mehrere Male aufgewacht. Ich weiß nicht, ob es an der Kopfverletzung lag oder an dem Scheißzeug, das ich trinken musste, aber ich bin ständig eingeschlafen, aufgewacht, wieder eingeschlafen.«

»Was hat er Ihnen eingeflößt?«

»Was es auch war, ich war absolut hinüber. Wie im Delirium. Ich hatte keine Kontrolle über meine Gedanken. In einem Moment hatte ich schreckliche Angst, im nächsten schwebte ich im Äther. Ich konnte meine Arme und Beine nicht bewegen. Ich vergaß ständig, wo ich war, sogar wer ich war.«

Das hört sich stark nach Rohypnol an, dachte Faith. »Haben Sie den Geschmack erkannt?«

»Sicher, es schmeckte nach Pisse und Zucker. Ich bevorzuge das hier.« Callie hob das Glas, dann schüttete sie den restlichen Wodka in einem Zug hinunter. Der Alkohol schien ihr urplötzlich zuzusetzen. Ihre Augen wurden glasig, und sie hatte Schwierigkeiten, das leere Glas auf die Theke zu stellen.

Faith streckte die Hand aus und half ihr.

»Wissen Sie, es ist bittersüß, dass das, was Rod zu Fall brachte, genau das war, weshalb ich mich ursprünglich in ihn verliebt hatte.« Sie erklärte es. »Er musste immer nach mir sehen und mich kontrollieren. Er konnte mich nicht einfach dort sterben lassen. Er musste ständig zurückkommen. Drei-, viermal. Ich wachte auf, und er war da.«

»Haben Sie ihn denn gesehen?«, fragte Faith. »Haben Sie sein Gesicht gesehen?«

»Nein, er war zu vorsichtig. Aber ich konnte spüren, dass er es war.« Langsam bewegte sie den Kopf von einer Seite zur anderen. »Er hat es immer geliebt, mich zu beobachten. Als wir uns kennenlernten, fand ich es unglaublich sexy. Ich ging ins Café oder in die Bibliothek und sah diesen hochgewachsenen, bärenstarken Cowboy mit diesem intensiven Blick an der Ecke stehen.«

Faith sah, wie sie das Glas an den Mund führte und stirnrunzelnd feststellte, dass es leer war.

Der Barkeeper war in der Küche verschwunden. Will saß an der Bar, trank eine Cola und schaute in den Spiegel.

»Wenn man so jung ist, findet man ein solches Verhalten wahnsinnig romantisch. Jetzt weiß ich, dass es Stalking war.« Sie sah Faith mit einem wissenden Blick an. »Ich schätze, ein Mann muss dich ungefähr drei Monate lang gevögelt haben, bevor er zu erkennen gibt, wie beschissen er wirklich ist.«

Faith schob sie in den Wald zurück. »Woran erinnern Sie sich noch?«

Träge rieb sie sich über die Augen. Der Wodka führte dazu, dass sie sich gehen ließ. »Schatten. Fallende Blätter. Der Klang von Rods Cowboystiefeln im Schlamm. Es hat ziemlich viel geregnet, während ich da draußen war. Bestimmt hat er es so geplant?«

Sie hatte eine Frage gestellt, von der Faith nicht wusste, wie sie sie beantworten sollte.

Das Haarband. Der Wald. Das Gatorade. Die Lähmung.

»Ich erinnere mich, wie ich träumte, dass er mir das Haar bürstet. Er fing zu weinen an, dann weinte ich auch. Es war so seltsam, weil ich mich so im Reinen mit mir fühlte. Ich war bereit, aufzugeben. Aber ich gab nicht auf. Und das Beste ist, dass er selbst schuld war. Er hat es sich so richtig versaut.«

»Inwiefern?«

»Indem er mich vergewaltigt hat.« Sie zuckte mit den Achseln, als wäre es nichts. »Er hatte es früher schon getan. Ich meine, mein Gott … wie viele Male? Wie langweilig, Rod. Denk dir was Neues aus.«

Faith wusste, ihr nüchterner Ton war ein Weg, damit fertigzuwerden.

»Er wartete, bis es dunkel war. Ich konnte sein Gesicht nicht sehen. Ich konnte mich nicht bewegen. Ich konnte meine Haut nicht spüren. Aber mein Körper fing an …« Sie stellte sich auf die Sprossen des Barhockers und ahmte die Bewegungen beim Kopulieren nach. »Und ich weiß noch, dass ich dachte: ›Das ist das letzte Mal, dass du mir das antust, Rodney Phillip Zanger.‹«

Callie tat die Erinnerung wieder mit einem Achselzucken ab, aber sie hielt unverdrossen nach dem Barkeeper Ausschau.

Faith sagte: »Callie, was …«

»Wasnochwasnochwasnoch?«, lallte sie. »Ich habe fünfzehn Jahre lang in meiner Ehe für dieses *Was noch?* trainiert. Einen Schlag hinzunehmen, so zu tun, als wären meine Rippen nicht gebrochen oder als würde ich nicht aus dem Arsch bluten.«

Ihre Hand flog an den Mund, als wäre ihr etwas Unanständiges herausgerutscht.

»Was noch?«, fragte Faith.

»Er war fertig mit der Vergewaltigung. Er zwang mich, das Zeug zu trinken. Ich schluckte es. Er ging. Ich erbrach es.« Sie lächelte. »Danke, ihr ekelhaften Miststücke in meinem Internat, weil ihr mir beigebracht habt, auf Kommando zu kotzen.«

Faith hatte ein Gefühl in der Kehle, als hätte sie Feuer geschluckt.

»Ich muss praktisch meinen Magen herausgewürgt haben, so heftig habe ich gekotzt.«

Der Stolz in ihrer Stimme war niederschmetternd.

»Es war so eine irrsinnige Farbe.« Fahrig strich sie mit der Hand über ihre Bluse. »Ich musste meine Sachen wegwerfen. Ich meine, nicht, dass ich sie hätte behalten wollen, aber ich sah aus wie einer der Typen aus dieser Gruppe, in der sie tanzen, und es gibt Trommeln – wie heißen die noch? Wo sie alle blau sind? Sie sind in Las Vegas aufgetreten …«

»Blue Man Group?«

»Genau.« Callie suchte wieder nach dem Barkeeper. »Ich habe ausgesehen, als wäre ich von der Blue Man Group vergewaltigt worden.«

Sie lachte, aber Faith konnte die Tränen in ihren Augen sehen.

»Jedenfalls hab ich alles rausgekotzt. Ich bin aufgestanden. Ich fing an zu gehen. Zu stolpern, eigentlich. Meine Beine waren wie Spaghetti. Ich fand die Straße. Dieses nette Paar hat mich aufgegabelt. Mein Gott, es war mir so unangenehm. Ich war völlig besudelt, und sie waren so besorgt. Ich habe hinterher versucht, ihnen Geld zukommen zu lassen, als eine Art Belohnung, weil sie mich gerettet hatten, aber sie weigerten sich, es anzunehmen, und ich hab immer weiter gedrängt, und am Ende ließen sie mich Geld für den Bau ihrer Kirche spenden.« Sie erklärte: »Das fällt unter Paragraph 501(c)3, aber ich hab es nicht von der Steuer abgesetzt. Bitte erzählen Sie es niemandem, ich wäre beruflich ruiniert.«

Faith versuchte, das Brennen in ihrer Kehle zu schlucken. Sie fragte: »Hat Rod zugegeben, dass er es war?«

Wieder lachte sie. »Himmel, nein. Dafür ist er viel zu feige. Das ist sein abgrundtiefes, dunkles Geheimnis. Deshalb schlägt er Frauen – weil er Angst vor ihnen hat. Und jetzt hat er Angst vor mir.«

Faith verschränkte die Hände. Callie war sichtlich betrunken. Wie konnte Faith dieser Frau erklären, dass ihr Augenblick des Triumphs, ihre finale Rache, eine Lüge war?

»Es gab diesen Moment im Büro meiner Anwältin zwischen Rod und mir.« Callie drehte sich auf dem Hocker zu Faith herum. »Nur wir beide, ich hatte die Anwälte hinausgeschickt. Ich löste mein Haar und schüttelte es aus wie Cindy Crawford, und ich sagte zu Rod: ›Dein Leben ist in meiner Hand, Arschloch. Ich kann dich mit einem Fingerschnippen vernichten.‹«

»Was hat er geantwortet?«

»Ach, das Übliche. Er nannte mich ein verrücktes Miststück, behauptete steif und fest, ich hätte mir das Ganze nur ausgedacht. Aber da war dieser Ausdruck in seinen Augen.« Callie deutete auf ihre eigenen Augen. »Er hatte Angst vor mir. Seine Hände zitterten. Er fing an, um Gnade zu winseln, flehte mich an, nicht zur Polizei zu gehen, jammerte herum, dass er so etwas doch nie tun würde. Dass er mich liebte. Dass er mir niemals wehtun würde.« Ihr bitteres Lachen schallte durch den Raum. »Wissen Sie, was ich zu ihm gesagt habe?«

Sie wollte unbedingt eine Antwort hören.

Faith musste schlucken, ehe sie fragen konnte. »Was?«

»Ich habe mich vor ihm aufgebaut, ihm direkt in seine kleinen Schweinsaugen gestarrt und gesagt: ›Ich habe gewonnen.‹« Sie schlug mit der Faust auf den Tisch. »Leck mich am Arsch, Rod. Ich habe verdammt noch mal gewonnen!«

23

Gina konnte die Augen nicht öffnen.

Oder vielleicht konnte sie es, aber sie wollte sie in Wirklichkeit nicht öffnen. Sie hatte vergessen, wie es war, zu schlafen. Also, richtig zu schlafen. So wie man schlief, wenn man jung war und diese wunderbare Zeit zwischen Pubertät und College erreichte, in der man die Augen schloss und am nächsten Mittag in einem Zustand absoluter Seligkeit wieder aufwachte.

Wo war sie?

Nicht in einem übertragenen Sinn, sondern in einem sehr konkreten: Wo auf dem Planeten Erde befand sich ihr Körper, verdammt noch mal, in diesem Moment?

Sie öffnete die Augen zu Schlitzen.

Dämmerlicht, Laub, Erde, Vogelgesang, im Wind schwankende Bäume, schwirrende Insekten.

Himmel aber auch, die Campingausstellung im Target-Supermarkt war unglaublich realistisch! Sie konnte praktisch die Marshmallows über dem offenen Feuer riechen. Oder gebackene Bohnen, wie in dieser Szene in *Der wilde, wilde Westen*, wo sie alle zu furzen anfingen.

Gina lachte.

Dann hustete sie.

Dann fing sie zu weinen an.

Sie lag auf dem Rücken im Wald. Sie blutete, wo der Hammer auf ihren Kopf gekracht war. Man würde sie vergewaltigen. Sie musste verdammt noch mal weg von hier.

Warum konnte sie sich nicht bewegen?

Gina verstand nichts von Anatomie, aber es musste eine Art Stromleitung geben, die von ihrem Hirn in die Beine führte und sie dazu bringen konnte, dass sie sich auf und ab oder seitwärts bewegten, damit sie sich herumdrehen und aufstehen konnte.

Gina ließ die Augen geschlossen. Sie versuchte, einen klaren Kopf zu bekommen. Sie stellte sich die Leitung vor. Versuchte, Strom durch sie hindurchfließen zu lassen. Wach auf, Leitung. Wie wär's mit ein bisschen Bewegung? Hallo, Leitung!

I'm a lineman for the county …

Ach, was hatte ihre Mutter gelacht, als Gina R.E.M. für »Wichita Lineman« gefeiert hatte, obwohl Glen Close der Sänger gewesen war, der das Lied berühmt gemacht hatte.

Glen Close?

Glen Campbell!

Hatte eigentlich jemand Michael Stipe in letzter Zeit gesehen? Er sah aus, als hätte Julian Assange den Unabomber gevögelt.

Ginas Augen flossen vor Tränen über. Sie würde vergewaltigt werden. Sie würde vergewaltigt werden. Sie würde vergewaltigt werden.

Warum konnte sie ihre Beine nicht bewegen?

Ihre Zehen. Füße. Knöchel. Knie. Finger. Ellbogen. Selbst ihre Augenlider.

Nichts bewegte sich.

War sie gelähmt?

Sie hörte ein Atmen. Sie glaubte nicht, dass es aus ihren Lungen kam. Jemand war hinter ihr. Saß hinter ihr.

Der Mann aus dem Auto.

Der mit dem Hammer.

Er schluchzte.

Gina hatte genau ein Mal im Leben einen erwachsenen Mann weinen sehen: und zwar ihren Vater am 11. September.

Gina war in der Bibliothek gewesen, als die Meldung über das erste Flugzeug kam. Sie war in ihren Wagen gesprungen und zum sichersten Ort gefahren, den sie kannte, nach Hause zu ihren Eltern. Sie hatten sich alle um den Fernseher gedrängt. Gina, ihre Mutter und ihr Vater. Ihre Schwester Nancy saß bei der Arbeit fest. Diane Sawyer trug ihren roten Pullover. Sie sahen entsetzt zu, wie Tausende von Menschen vor ihren Augen ermordet wurden. Ihr Vater hatte sich an Gina geklammert, als hätte er Angst, sie loszulassen. Seine Tränen hatten sich mit Ginas vermischt. Alle hatten geweint. Das ganze Land hatte geweint.

Ihr Vater war ein Jahr später an Lungenkrebs gestorben.

Und jetzt war Gina im Wald.

Der weinende Mann war nicht ihr Vater.

Der Mann würde sie vergewaltigen.

Er hatte sie mit einem Hammer geschlagen.

Er hatte sie in den Wald gebracht.

Er hatte sie mit Drogen betäubt.

Er würde sie vergewaltigen.

Gina hatte sein Gesicht im Auto gesehen. Die Erinnerung kitzelte ihr Gehirn. Sie konnte sich seine Züge nicht vergegenwärtigen, aber da war ein Gefühl des Wiedererkennens. Sie hatte ihn schon einmal gesehen. Im Fitnessstudio? Im Laden? In dem Büro, in das sie zu ihren monatlichen Besprechungen ging?

Das Gesicht gehörte zu dem Mann, der sie beobachtet hatte. Er war die Quelle ihrer Paranoia. Er hatte den rosa Haargummi aus der Schale über dem Spülbecken gestohlen. Er war der Grund, warum Gina ihre Jalousien geschlossen, ihre Schlösser überprüft und sich wie eine Einsiedlerin in ihrem Haus verkrochen hatte.

Nancy hatte keine Ahnung, dass Gina verschwunden war. Sie hatten telefoniert, bevor Gina den Supermarkt verlassen hatte. Ihre Schwester rief vielleicht einmal im Monat an. Ihre Mutter rief einmal in der Woche an, aber ihr letzter Anruf war gestern gewesen, also würde der nächste erst in sechs Tagen sein.

Sechs Tage.

Ihr zwölfjähriger Boss hatte ihren Bericht für Peking bereits. Er hatte ihr sicher eine E-Mail geschickt, aber Gina hatte ihn darauf dressiert, keine schnelle Antwort auf seine langatmigen Mails zu erwarten, da ältere Menschen sich nicht so gut mit Computern auskannten. Ihre neugierige Nachbarin war in Wirklichkeit gar nicht neugierig. Der einzige Mensch, der ihre Abwesenheit bemerken würde, war der Lieferjunge vom Supermarkt, und sie wusste, dass er auch noch andere Leute traf.

Ginas Gehirn schaltete in die Gegenwart zurück.

Das Schluchzen des Mannes verebbte wie Wasser, das gurgelnd in einem Abfluss verschwand.

Er schniefte ein Mal, es hatte etwas Endgültiges.

Er war auf den Beinen, ging umher, dann gruben sich seine Knie zu beiden Seiten ihrer Hüfte ein, und er war auf ihr.

Er würde sie vergewaltigen. Er würde sie vergewaltigen.

Gina spürte, wie sich seine Finger in ihre Wangen gruben. Er zwang ihren Mund auf. Sie wollte Widerstand leisten, aber ihre Muskeln gehorchten nicht. Sie erwartete, dass sich sein Penis in ihre Kehle schob. Sie wappnete sich. Sie betete um Kraft, um einen momentanen Stromstoß, der ihre Kiefer zuschnappen ließ, sobald er anfangen würde, sie zu vergewaltigen.

Plastik stieß hart an ihre Zähne.

Er hielt ihr eine Flasche an den Mund.

Sie hustete, dann würgte sie, dann schluckte sie die Flüssigkeit, die ihren Mund füllte. Sie schmeckte – wonach schmeckte sie?

Zucker. Zuckerwatte. Urin.

Ihr Mund wurde geschlossen.

Der Mann stieg von ihr herunter. Ihr Kopf wurde angehoben. Er rutschte im Laub umher und bettete ihren Kopf in seinen Schoß. Den Hinterkopf, nicht das Gesicht. Sein halb erigierter Schwanz stieß gegen ihren Nacken. Seine Beine lagen links und rechts von ihrem Körper. Er hatte sie in seinen Schoß gezogen, als wären sie ein altes Paar, das sich das Feuerwerk zum 4. Juli ansah.

Gina spürte ein Ziehen an ihrer Kopfhaut, einen Druck an ihrem Kopf. Ein sanftes, vertrautes Kratzen.

Der Mann bürstete ihr Haar.

24

Sara fühlte sich klapprig, als sie durch die Zentrale des GBI ging. Der Schlafmangel begann, ihr zuzusetzen. Die anderthalbstündige Rückfahrt von Grant County hatte sich wegen eines Unfalls und der Rushhour auf drei Stunden ausgedehnt. Die Monotonie hatte sie beinahe wegdämmern lassen. Ihre Kleidung stank nach dem Formaldehyd von Brocks Arbeitsstelle und dem feucht-muffigen Lagerabteil. Sie wünschte sich sehnlichst einen Kaffee, aber sie war ohnehin bereits zu spät dran. Sara riss die Tür zum Treppenhaus auf. In ihrem Kopf schien das Hirn gegen den Schädel zu hämmern, als sie nach oben stieg.

»Dr. Linton.« Amanda wartete am ersten Treppenabsatz und sah von ihrem Telefon auf. »Caroline hat die Van Dornes ins Besprechungszimmer gesetzt. Will und Faith sind in der Innenstadt und befragen ein mögliches Opfer.«

Sara dachte sofort an Tommi Humphrey. »Welches Opfer?«

»Callie Zanger. Steueranwältin. Wir erfahren Genaueres, wenn sie zurückkommen.« Amanda setzte sich die Treppe hinauf in Bewegung. »Ich habe das Bestattungsunternehmen angerufen, das sich um Shay Van Dornes Leiche gekümmert hat. Sie haben bestätigt, dass sie in einem Behältnis aus Verbundwerkstoff beigesetzt wurde. Luftdicht, wie sie sagten. Die Eltern sind Aimee und Larry. Sie wurden kurz nach Shays Tod geschieden. Caroline hat ihnen nur erzählt, dass wir in Erwägung ziehen, den Fall noch einmal aufzurollen, aber sie ist nicht näher darauf eingegangen, wieso.«

»Sie haben nicht selbst mit ihnen gesprochen?« Sara blieb stehen. »Sie haben es Caroline tun lassen?«

»Ja, Dr. Linton. Es ist leichter, zu behaupten, dass man nichts Genaueres weiß, wenn man tatsächlich nichts Genaueres weiß.« Amanda stieg weiter nach oben. »Caroline sagt, zwischen den beiden herrscht eindeutig Spannung. Wir beide können sie zusammen bearbeiten.«

Sara brachte ihre Abscheu über das Wort »bearbeiten« nicht zum Ausdruck. Die Van Dornes waren trauernde Eltern, ihr Kind war vor drei Jahren unerwartet gestorben. Ihre Ehe war kurz danach in die Brüche gegangen. Sara war nicht hier, um sie zu beeinflussen. Sie war hier, um sie entscheiden zu lassen.

»Ich würde gern allein mit ihnen sprechen«, sagte sie.

»Weil?«

Sara hatte es so satt, ständig auf Widerstand zu stoßen. »Weil ich es will.«

»Ihre Entscheidung, Dr. Linton.« Amanda hatte die Nase bereits wieder über ihrem Handy, als sie die Treppe weiter nach oben lief.

Sara rieb sich die Augen und spürte, wie ihr Mascara verschmierte. Auf dem Weg zum Besprechungsraum stürzte sie rasch in die Toilette, um sich zu vergewissern, dass sie vorzeigbar aussah. Der Spiegel verriet ihr, dass sie den Test zwar nur knapp bestand, aber zumindest hatte die Wimperntusche sie nicht in einen Waschbären verwandelt. Sara spritzte sich Wasser ins Gesicht. Gegen den Geruch in ihrer Kleidung konnte sie nichts tun. Sie konnte bei alldem nichts weiter tun, als sich durchzuboxen. Sie versuchte, auf alles gefasst zu sein, als sie zum Besprechungszimmer ging.

Die Van Dornes standen beide auf, als Sara die Tür öffnete.

Sie hatten einander gegenüber an dem langen Konferenztisch Platz genommen. Shays Eltern sahen nicht so aus, wie es Sara erwartet hatte. Sie hatte aus irgendeinem Grund das Bild einer älteren Frau in einem Hemdblusenkleid vor Augen gehabt und einen Mann im Anzug und mit Bürstenschnitt.

Aimee Van Dorne trug eine schwarze Seidenbluse und einen schwarzen Bleistiftrock zu hochhackigen Schuhen. Ihr Haar mit den blondierten Spitzen und dem flotten Fransenschnitt war gut gestylt. Larry trug ausgebeulte Jeans und ein Flanellhemd. Sein Haar hatte die Farbe von Fusseln in einem Wäschetrockner, es war länger als Saras und hing als Zopf bis auf seinen Rücken. Das geschiedene Paar war die Verkörperung von Stadt- gegen Landmensch.

»Ich bin Dr. Linton«, sagte sie. »Bitte entschuldigen Sie, dass ich Sie habe warten lassen.«

Die beiden schüttelten ihr die Hand, und alle übergingen geflissentlich die angespannte Atmosphäre. Sara musste sich an die Stirnseite des Tisches setzen, um sie beide gleichzeitig ansprechen zu können. Das Einzige, was sie tun konnte, um diese Sache etwas weniger schmerzlich zu machen, war, umgehend zur Sache zu kommen.

»Ich arbeite als Rechtsmedizinerin für den Staat Georgia«, sagte sie. »Ich weiß, Caroline hat Ihnen erzählt, dass wir erwägen, den Fall Ihrer Tochter neu aufzurollen. Der Grund dafür ist, dass ich im Zuge der Überprüfung des Berichts, den der amtliche Leichenbeschauer zum Unfall Ihrer Tochter erstellt hat, auf einige Ungereimtheiten gestoßen bin, die …«

»Ich wusste es, Larry!« Aimee deutete mit dem Zeigefinger zu ihrem Mann. »Ich habe gleich gesagt, dass an diesem Unfall etwas nicht stimmt. Ich habe es dir gesagt!«

Larry war beim Klang von Aimees Stimme zusammengezuckt.

Sara ließ ihm einen Moment Zeit, sich zu erholen, ehe sie die Frau fragte: »Gab es einen bestimmten Grund, warum Sie mit dem Befund des Coroners nicht einverstanden waren?«

»Mehrere.« Aimee stürzte sich sofort hinein. »Shay ging nie in den Wald. Nie! Und sie war für die Schule angezogen. Warum sollte sie draußen wandern gehen, wenn sie eine Klasse zu unterrichten hatte? Und warum waren ihre Handtasche und ihr Smartphone im Kofferraum ihres Wagens? Und dann war da dieses unheimliche Gefühl, das sie erwähnt hat. Sie hat zwar so getan, als wäre es nichts Wichtiges, aber eine Mutter weiß, wenn etwas mit ihrer Tochter nicht stimmt.«

Sara sah Larry nach Bestätigung suchend an.

Er räusperte sich. »Shay war deprimiert.«

Aimee verschränkte die Arme. »Sie war nicht deprimiert. Sie war in einer Übergangsphase. Jede Frau macht mit Mitte dreißig eine Zeit durch, in der sie eine Zwischenbilanz zieht. Ich habe es getan, meine Mutter hat es getan.«

Sara hörte ihnen an, dass es ein altes Streitthema war. Sie fragte Larry: »Worüber war Shay deprimiert?«

»Das Leben?«, riet er. »Shay wurde älter. Ihre Arbeit wurde zum Selbstzweck. Mit Tyler hat es nicht funktioniert.«

»Ihr Ex«, erklärte Aimee. »Sie waren seit der Highschool zusammen gewesen, aber Shay wollte keine Kinder, und Tyler wollte welche, also haben sie sich darauf geeinigt, sich zu trennen. Es war nicht einfach, aber es war eine Entscheidung, die sie gemeinsam getroffen haben.«

»Dem Polizeibericht habe ich entnommen, dass Shay mit jemand Neuem zusammen war«, sagte Sara.

»Nichts von Bedeutung«, sagte Aimee. »Er war nur ein Zeitvertreib.«

»Sie haben aber ganz schön viele Nächte miteinander verbracht«, entgegnete Larry.

»Wie man es eben macht, wenn man seinen Spaß hat.« Aimee sprach Sara an: »Shay war immer noch in Tyler verliebt. Ich dachte, sie würde ihre Meinung zum Thema Kinder ändern, aber sie war stur.«

»Woher sie das wohl hat?«, meinte Larry.

Die Bemerkung hätte einen Streit auslösen können, aber sie hatte erstaunlicherweise die gegenteilige Wirkung. Aimee musste lächeln, Larry musste lächeln. Sara merkte den beiden an, dass sie immer noch etwas verband. Und dieses Etwas war vermutlich ihr Kind.

Sara sagte: »Es fällt mir nicht leicht, Ihnen diese Frage zu stellen, aber ich würde Shays Leichnam gern noch einmal untersuchen.«

Keiner von beiden reagierte sofort. Sie sahen einander an. Langsam wandten sie sich wieder Sara zu. Larry sprach als Erster. »Wie? Gibt es da einen Apparat?«

»Larry«, sagte Aimee. »Die Frau spricht nicht von Sonar. Sie will Shay aus der Erde holen.«

Schockiert öffnete er den Mund.

»Es heißt offiziell Exhumierung«, sagte Sara. »Aber es stimmt. Ich frage Sie, ob wir den Leichnam Ihrer Tochter aus dem Grab holen dürfen.«

Larry blickte auf seine Hände. Sie waren knotig von Arthritis. Sara konnte eine Schwiele an dem Gewebe zwischen Daumen und Zeigefinger sehen. Er war daran gewöhnt, Werkzeug zu halten, Dinge zu reparieren oder herzustellen. Aimee war eindeutig eine Geschäftsfrau, diejenige, die sich um die kleinen Dinge des Alltags kümmerte. Bei Saras eigenen Eltern gab es die gleiche Dynamik.

»Ich würde gern mit Ihnen durchgehen, welche Schritte eine Exhumierung umfasst«, sagte Sara. »Sie können so viele Fragen stellen, wie Sie möchten, und ich werde sie so ehrlich beantworten, wie ich kann. Dann lasse ich Sie allein, oder Sie beide gehen hinaus, um sich zu besprechen, damit Sie eine fundierte Entscheidung treffen können.«

»Sie brauchen unsere Erlaubnis?«, fragte Larry.

Amanda würde wohl einen Weg finden, sie zu umgehen, aber dabei würde Sara sie nicht unterstützen. »Ja. Ich brauche Ihr schriftliches Einverständnis, bevor ich die Leiche exhumieren werde.«

»Könnte Shay …« Er suchte nach Worten. »Wenn sie sich selbst etwas angetan hat, würden Sie das sehen? Könnten Sie es uns sagen?«

»Ich kann keine Garantien abgeben, aber wenn es Anzeichen dafür gibt, dass sie sich selbst getötet hat, dann werde ich sie möglicherweise feststellen können.«

»Sie wissen im Grunde also nicht, wonach Sie suchen, und Sie wissen nicht, was Sie finden werden«, erwiderte er.

Sara hatte nicht die Absicht, ihnen die brutalen Details mitzuteilen. »Ich kann Ihnen nur versprechen, dass ich mit den sterblichen Überresten Ihrer Tochter so respektvoll und sorgsam wie möglich umgehen werde.«

»Aber«, sagte Aimee, »Sie vermuten etwas. Sie finden irgendetwas verdächtig, sonst würden Sie das alles nicht tun, richtig?«

»Richtig.«

»Wir …« Er verbesserte sich. »Ich habe nicht viel Geld.«

»Sie müssten weder für die Exhumierung noch für die anschließende Wiederbestattung bezahlen.«

»Okay, gut.« Ihm gingen die Gründe aus, Nein zu sagen –

außer dass es ihm das Herz brach. »Wann brauchen Sie eine Antwort?«

»Ich will Sie nicht hetzen.« Sara sah Aimee wieder an, damit sie sich eingeschlossen fühlte. »Es ist eine wichtige Entscheidung, aber wenn Sie mich nach einem Zeitpunkt fragen, würde ich sagen: je früher, desto besser.«

Er nickte bedächtig. »Und dann? Schreiben wir einen Brief?«

»Es gibt Formulare, die …«

»Ich brauche keine Formulare und keine Schritte oder Zeit«, sagte Aimee. »Sie graben sie aus. Sie untersuchen sie. Sie erzählen uns, was passiert ist. Ich bin dafür, machen Sie es sofort. Larry?«

Larry hatte die Hand aufs Herz gepresst. Er war noch nicht bereit. »Es ist drei Jahre her. Wird sie nicht …«

Sara erklärte es. »Sie haben bei den Vorbereitungen zum Begräbnis darum gebeten, dass sie in einem geschlossenen Behälter beigesetzt wird. Wenn er luftdicht geblieben ist, und ich habe keinen Grund, etwas anderes anzunehmen, dann wird der Leichnam noch in einem guten Zustand sein.«

Larry schloss die Augen, Tränen quollen heraus. Sein ganzer Körper war angespannt, alles in ihm sträubte sich gegen Saras Ansinnen.

Aimee war nicht blind für die Qualen ihres Ex-Manns. Ihre Stimme war sanfter, als sie dann zu Sara sagte: »Vielleicht muss ich die Schritte doch kennen. Wie wird das Ganze denn ablaufen?«

»Wir werden die Exhumierung am frühen Morgen ansetzen. Das ist am besten, denn dann gibt es keine Zuschauer.« Sie sah Larry zusammenzucken. »Sie könnten dabei sein, wenn Sie es möchten. Oder Sie nehmen nicht teil. Es ist Ihre Entscheidung. Alles an der ganzen Angelegenheit ist Ihre Entscheidung.«

»Werden wir …« Larry hielt inne. »Werden wir sie sehen?«

»Davon würde ich strikt abraten.«

Aimee hatte ein Tuch aus ihrer Handtasche geholt. Sie tupfte ihre Tränen ab und bemühte sich, den Eyeliner nicht zu verwischen. »Sie werden die Obduktion hier vornehmen?«

»Ja, Ma'am«, sagte Sara. »Sie wird in dieses Gebäude gebracht. Ich werde Röntgenaufnahmen machen, um nach gebrochenen Knochen oder Fremdkörpern zu suchen, die eventuell zuvor übersehen wurden. Ich werde eine Obduktion vornehmen und die Organe und das Gewebe untersuchen. Die Einbalsamierung verfälscht toxikologische Studien, aber Haare und Nägel könnten noch Antworten liefern.«

»Ist es so offensichtlich?«, fragte Aimee. »Können Sie einfach feststellen, ob etwas nicht stimmt?«

Wieder behielt Sara die Einzelheiten für sich. »Mein Ziel ist es, Ihnen beiden definitiv sagen zu können, ob Shays Tod ein Unfall war oder andere Ursachen hat.«

»Sie meinen Mord?«, fragte Aimee direkt.

»Mord?« Larry hatte Mühe mit dem Wort. »Was soll das heißen – Mord? Wer sollte unserem …«

»Larry«, sagte Aimee mit sanfter Stimme. »Entweder Shay ist bei einem Unfall allein im Wald gestorben, oder sie hat sich das Leben genommen, oder jemand hat sie ermordet. Mehr Möglichkeiten gibt es nicht.«

Larry sah Sara flehend an.

Sara nickte.

»Was, wenn …« Larry versagte die Stimme. »Werden Sie auch andere Dinge feststellen können?«

»Welche anderen Dinge?«, fragte Aimee.

Sara wusste, was seine größte Furcht war. »Mr. Van Dorne, wenn Ihre Tochter ermordet wurde, dann ist es möglich, dass sie auch vergewaltigt wurde.«

Er mied Saras Blick. »Sie könnten es feststellen?«

»Wie?«, fragte Aimee. »Durch Sperma? Könnten sie seine DNA erhalten?«

»Nein, Ma'am. Genetisches Material wäre inzwischen absorbiert worden.« Sie wählte ihre Worte vorsichtig. »Wenn es Prellungen oder innere Risse gab, wäre der Schaden noch zu sehen.«

»Risse?«, fragte Larry.

»Ja.«

Wortlos starrte er Sara an. Seine Augen waren hellgrün, wie ihre eigenen.

Wie die ihres Vaters.

Eddie hatte nie gefragt, und Sara hatte ihm die Einzelheiten ihrer Vergewaltigung nie erzählt, auch wenn das Gewicht dieses Schweigens ihre Beziehung auf subtile Weise verändert hatte. Cathy hatte es damit verglichen, wie Adam vom Baum der Erkenntnis gegessen hatte. Sie waren beide aus dem Paradies vertrieben worden.

»Larry.« Aimee hatte die Arme wieder verschränkt. Es fiel ihr sichtlich schwer, ihre Gefühle zu beherrschen. »Du kennst meinen Standpunkt. Aber das ist nicht nur meine Entscheidung. Shay ist ebenso dein Kind wie meines.«

Larry sah auf seine verschränkten Hände. »Zwei Ja, ein Nein.«

Sara kannte den Ausdruck aus ihrer Arbeit in der Kinderklinik. Viele Eltern einigten sich auf den Grundsatz, dass bei wichtigen Entscheidungen zweimal ein Ja nötig war. Wenn ein Elternteil mit Nein stimmte, egal aus welchem Grund, war die Diskussion beendet.

Larry beugte sich vor und fischte ein Taschentuch aus der Gesäßtasche. Er schnäuzte sich die Nase.

Sara wollte anbieten, den Raum zu verlassen, aber der Vater hielt sie zurück.

»Ja«, sagte er. »Graben Sie sie aus. Ich will es wissen.«

Sara breitete die Unterlagen über Leslie Truong über mehrere Schreibtische aus, um herauszufinden, was sie irritierte. Es gab keinen Geistesblitz. Ihre Konzentration war im Eimer. Sie konnte nicht mehr logisch denken. Sie war wieder im Besprechungsraum, dort, wo sie alle heute Morgen gesessen hatten, aber zu ihrer schlaflosen Nacht waren weitere zwölf anstrengende Stunden hinzugekommen.

Es war der zeitliche Ablauf. Etwas störte sie am zeitlichen Ablauf.

Ein ausgiebiges Gähnen unterbrach ihren Gedankengang. Keiner der beiden Becher Kaffee, die sie hinuntergeschüttet hatte, hatte die gewünschte Wirkung erzielt. Sie wünschte sich nichts anderes, als ihren Kopf auf einen dieser Tische zu betten und fünf Minuten zu schlafen. Sie blickte auf die Uhr an der Wand. Zwei Minuten nach sieben. Hinter den raumhohen Fenstern war es unheilvoll schwarz. Sie rieb sich die Augen. Noch immer hingen Klümpchen von Mascara in ihren Wimpern. Sie hatte sich in der Dusche auf der Rückseite der Leichenhalle gewaschen. Ihr Arztkittel roch nach den Chemikalien, mit denen Gary die Tische schrubbte, aber das war ihr immer noch tausendmal lieber als der Formaldehydgestank von Brocks Balsamierungsraum und der Moder des Lagerabteils.

Wieder schaute sie auf die Uhr, weil sie überhaupt kein Zeitgefühl mehr hatte. So war das eben, wenn man die ganze Nacht in der Gegend herumkurvte, weil einem lauter Scheiße das Hirn verstopfte. Wenigstens hatte Tessa etwas zu lachen gehabt.

Sie musste ein drittes Mal auf die Uhr schauen.

Drei nach sieben.

Saras einzige Hoffnung war, dass sie wieder etwas Auftrieb bekam, wenn das Briefing anfing. Anschließend würde sie nach Hause fahren und ins Bett fallen.

Ob Will dann bei ihr war oder nicht, lag nicht in ihrer Hand.

»Doc.« Nick stellte seine Cowboy-Aktentasche auf einen Stuhl. »Amanda hat mir erzählt, Sie waren heute in Grant County.«

»Zwei Sekunden lang. Brock hat mir Zugang zu seinem Mietlager gewährt.«

»Irgendwelche präparierten Leichen gefunden, die wie seine Mutter angezogen waren?«

Sara verabscheute diese Art Scherze. »Ich habe die Akten gefunden, die wir brauchen, um diesen Fall zu untersuchen, und ich bin dankbar, dass Brock bereit war, uns zu helfen.«

Nick zog die Augenbrauen hoch, aber er entschuldigte sich nicht. Er griff nach seiner Lesebrille, die am Kragen seines Shirts klemmte, und schaute auf die Papiere auf den Schreibtischen. »Ist das alles?«

»Ja.«

Er fuhr mit den Fingern über einige Absätze. »Es fällt mir schwer, zu akzeptieren, dass sich Jeffrey in dieser Sache geirrt hat.«

»Sie meinen *der Chief*.«

Nick nahm den Blick nicht von den Unterlagen, aber Sara bemerkte ein durchtriebenes Grinsen um seinen Mund. Er hatte Jeffrey nie »Chief« genannt.

»Nick, was Sie da mit Will machen«, sagte Sara. »Ich weiß, Jeffrey hätte es gefallen, aber mir nicht.«

Er sah sie über seine Brille hinweg an und nickte knapp. »Ist angekommen.«

»Dr. Linton.« Amandas Scheitel war das Erste, was zur Tür hereinkam. Wie üblich tippte sie in ihr Handy. »Ich habe die Unterlagen zu Van Dorne nach Villa Rica geschickt. Sie haben die Exhumierung für morgen früh um fünf angesetzt. Die Information ist auf dem Server.«

»Na großartig«, sagte Sara, denn im Morgengrauen auf einem kalten, stockdunklen Friedhof zu stehen war natürlich viel besser, als zu Hause in ihrem warmen Bett zu schlafen.

»Wie lief es mit Zanger?«, wollte Nick von Amanda wissen. »Ist sie ein Opfer, oder hat euch diese Miranda nur erzählt, was ihr hören wolltet?«

»Ich habe noch kein Update bekommen.« Sie wandte sich an Sara. »Tommi Humphrey?«

Saras Verstand brauchte einen Moment, um die Frage zu verarbeiten. Es sah Faith und Will nicht ähnlich, sich nicht zu melden. »Ich konnte Tommi im Internet nicht finden. Nicht in unserer Datenbank, nicht über soziale Medien. Ich habe meine Mutter gebeten, ein wenig nachzuforschen.«

»Mit Humphrey zu sprechen hat Priorität.«

Sara verkniff sich die Entgegnung, dass nicht alles Priorität haben konnte. »Ich rufe sie noch mal an.«

»Tun Sie das.«

Sara gestattete sich ein Augenrollen, als sie in den Flur hinaustrat. Sie lehnte sich an die Wand und schloss die Augen. Sie vibrierte förmlich vor Erschöpfung. Es gelang ihr nicht, die Medizinstudentin in sich zu wecken, die bei zwei aufeinanderfolgenden Schichten aufgeblüht war.

Ihr Handy summte mit einer neuen Meldung. Sara musste mehrmals blinzeln, um die Augen scharf zu stellen. Sie wischte durch ihre Nachrichten. Agents, die nach Berichten fragten. Gary, der sich freinehmen wollte, um seine Katze zum Tierarzt zu bringen. Der Generalstaatsanwalt von Georgia wünschte einen Vorbereitungstermin für einen Fall, der in Kürze vor Gericht gehen würde. Brock fragte nach, ob Sara im U-Store alles gefunden hatte, was sie brauchte. Die Vorstellung, irgendetwas davon zu beantworten, überforderte sie. Aus reinem Schuldgefühl schrieb sie wenigstens kurz an Brock zurück.

Habe alles. Wirklich hilfreich. Gebe Schlüssel bald zurück. Danke.

Sara dachte, sie könnte auch gleich noch ihre Mutter erledigen. Ein Anruf fühlte sich zu belastend an. Sie schrieb in dem formellen Stil, den Cathy sich erbat:

Hallo, Mama. Hat Tessie dich gebeten, nach Tommi Humphreys Telefonnummer oder Aufenthaltsort für mich zu suchen? Ein Kontakt zu ihrer Mutter würde auch gehen. Es ist für einen sehr wichtigen Fall. Wir müssen wirklich möglichst bald mit ihr sprechen. Ich hab dich lieb. S.

Sara ließ das Telefon in ihre Tasche gleiten. Sie erwartete keine schnelle Reaktion von ihrer Mutter. Cathys Telefon lag wie üblich wahrscheinlich auf der Küchentheke und wurde aufgeladen.

Wie von selbst fuhr Saras Hand wieder in die Hosentasche. Das Telefon war draußen. Ihr Daumen wischte. Sie war wie eine Süchtige. Seit ihrem letzten Versuch waren Stunden vergangen. Sie konnte der Versuchung nicht widerstehen.

Sie öffnete die *Find My Phone*-App.

Die Karte zeigte tatsächlich einen Pin statt Lenas Adresse.

Will war wieder sichtbar für sie. Er war hier im Gebäude. Sara weinte fast vor Erleichterung. Sie presste das Telefon an die Brust und schalt sich dafür, dass sie so verzweifelt gewesen war.

Genau in diesem Moment flog die Tür zum Treppenhaus krachend auf, und Will trat zur Seite, um Faith über den Flur vorausstapfen zu lassen. Saras erster Gedanke war, dass Faith noch schlimmer aussah, als ihr selbst zumute war. Ihre Schultern waren gebeugt. Sie presste ihre Handtasche wie einen Football an die Brust. Ihre übliche Aura fröhlicher Verstimmung war durch erdrückende Qual ersetzt worden.

Sie bog links ins Besprechungszimmer ab und sagte zu Sara: »Was für ein Scheißjob.«

Will sah genauso mitgenommen aus wie Faith. Aber anstatt mit Sara zu sprechen, schüttelte er nur den Kopf.

Sie folgte ihm in den Raum.

»Nun?«, fragte Amanda.

»Nun *das*.« Faith schmiss ihre Handtasche auf einen Schreibtisch, und der Inhalt ergoss sich auf den Boden. Sie machte einige Schritte auf das Fenster zu und fuhr sich mit der Hand durchs Haar. Alle außer Will waren perplex. Faith rastete nie aus. Sara hatte sie immer für unerschütterlich gehalten.

Sie schaute zu Will, aber er war in die Knie gegangen, um Faiths Sachen wieder in die Handtasche zu räumen.

»Reden Sie«, forderte Amanda von ihm.

Will stellte die Handtasche aufrecht auf den Tisch und sagte: »Wir haben Callie Zanger vor ihrem Bürogebäude vom Wagen aus angerufen.«

Er berichtete vorsichtig von Faiths Telefongespräch mit der Anwältin. Will hatte sich nie wohl dabei gefühlt, Briefings zu leiten. Jetzt klang sein Vortrag monoton, fast wie auswendig gelernt. Sara setzte sich in die erste Reihe. Will sprach in Faiths Richtung, obwohl sie natürlich schon alles wusste. Aber Sara begriff, dass er seine Partnerin beobachtete, um einzugreifen, falls sie ihn brauchte.

»Faith saß mit Zanger an der Bar«, fuhr er fort. »Ich war an einem Tisch rund vier Meter entfernt.«

Sara hörte den rauen Ton in seiner Stimme. Zangers Geschichte hatte ihm offenbar ebenso zugesetzt wie Faith. Er breitete sie in allen schmerzhaften Details aus. Die Entführung. Die vermeintliche Gewissheit der Frau, dass ihr Ex-Mann derjenige gewesen war, der sie verletzt hatte, der sie vergewaltigt und scheinbar tot hatte liegen lassen.

Während Will sprach, bearbeitete er wieder seinen verletzten Knöchel mit dem Daumen. Frisches Blut lief an seinen

Fingern hinab. Als er schließlich zu Ende berichtet hatte, was Callie Zanger für die Wahrheit über ihre Entführung hielt, waren Blutflecke auf dem Teppich unter seiner Hand.

»Zanger ist überzeugt, dass es ihr Mann war«, sagte Will. »Wir haben es nicht berichtigt.«

Er sagte *wir*, aber aus seiner Geschichte ging klar hervor, dass er kein Wort mit der Frau gesprochen hatte.

»Der Barkeeper hat mir versichert, er würde Zanger nicht selbst nach Hause fahren lassen«, sagte Will noch. »Dann sind wir gegangen. Das war's.«

»Ich konnte es ihr nicht sagen.« Faith war auf einen Stuhl gesunken. Der Tag schien wie ein Albtraum auf ihr zu lasten. »Callie glaubt, sie hat gewonnen. Das hat sie gesagt: ›Ich habe gewonnen.‹«

Unmittelbar danach sprach niemand.

Nick zupfte an einer Naht in der Ecke seiner Aktentasche.

Will lehnte sich an die Wand.

Amanda ließ sehr langsam die Atemluft entweichen. Sie war abgebrühter als alle anderen, aber sie war auch eng mit der Familie Mitchell verbunden. Zu Beginn ihrer Laufbahn waren sie und Faiths Mutter Evelyn Partnerinnen gewesen. Sie hatte eine Beziehung mit Faiths Onkel geführt. Jeremy und Emma nannten sie Tante Mandy.

»Nick«, sagte Amanda. »In der untersten Schublade meines Schreibtischs ist eine Flasche Bourbon.«

Nick spurtete los.

»Ich will keinen Drink«, sagte Faith.

»Aber ich.« Amanda blieb immer auf den Beinen, aber jetzt setzte sie sich neben Faith an den Schreibtisch. Sie wandte sich an Will. »Rod Zanger?«

»Wir haben ihn in Cheyenne ausfindig gemacht«, sagte Will. »Er sitzt seit drei Monaten in Laramie im Gefängnis. Er schlägt seine neue Frau ebenfalls.«

Faith stützte den Kopf in die Hände. »Ich konnte es ihr nicht sagen. Es fehlt nicht viel, und sie bricht zusammen. Es fehlt nicht viel, und *ich* breche zusammen.«

»Der Sender an ihrem Wagen?«, fragte Amanda.

Will sagte: »Wir konnten sie nicht danach fragen, ohne ihr zu verraten, wieso.«

»Ich wollte ihr das nicht antun«, sagte Faith. »Ich konnte ihr das nicht nehmen.«

Amanda bedeutete Will mit einem Nicken, fortzufahren.

»Rod war in den letzten zehn Jahren ausgiebig in den sozialen Medien präsent. In der Woche mit den Überfällen in Grant County war er mit Callie Zanger bei einer Art Steuerrechtskonferenz in Antwerpen. Es gibt Fotos von ihnen auf einer orangefarbenen Rolltreppe aus Holz, die in der Stadt sehr bekannt ist.«

»Nach meiner Erinnerung hat er kein Alibi für die Zeit, in der seine Frau entführt wurde«, sagte Amanda.

»Ja«, sagte Will. »Er hat es immer abgestritten.«

»Er war es nicht!«, rief Faith fassungslos. »Herrgott noch mal, kannst du vielleicht mit diesem Quatsch aufhören? Es passt alles zusammen. Das Haarband. Der Hammer. Monat und Tageszeit. Der Wald. Das verdammte blaue Gatorade. Alles, was Callie gesagt hat, passt zusammen, genau wie heute Morgen, als wir alle auch schon hier saßen und du uns weisgemacht hast, uns getadelt und ermahnt hast, dass wir diesen Kerl nicht als Serienmörder bezeichnen dürfen, obwohl jede einzelne Spur verdammt noch mal auf einen Serientäter hinweist.«

Amanda ging nicht auf die Anschuldigung ein, sondern sagte zu Will: »Ich möchte mit dem Detective reden, der Zangers Verschwinden bearbeitet hat. Rufen Sie den Verwalter ihres Gebäudes an. Vielleicht liegen die Festplatten von vor zwei Jahren noch irgendwo in seinem Büro. Wenn wir …«

Faith stand auf. Sie betrachtete die Fotos von Leslie Truongs Obduktion. »Da sind neunzehn Frauen, Amanda. Neunzehn Frauen, die überfallen wurden. Fünfzehn sind tot, und da ist Tommi Humphrey noch nicht einmal dabei. Du weißt, was er ihr angetan hat. Du weißt es!«

Amanda nahm die Beschimpfung offen an. »Ich weiß es.«

»Warum zum Teufel tun wir dann so, als würde nicht alles zusammenhängen, obwohl …« Sie hielt eines der Fotos hoch. »Sieh dir das an! Das tut er. Das wäre Callie Zanger widerfahren, wenn sie es nicht irgendwie geschafft hätte, nachzudenken, zu handeln und allein aus diesem Wald herauszulaufen.«

Amanda ließ zu, dass sie sich Luft machte.

»Wie viele Frauen sind noch da draußen? Er könnte in diesem Moment einer weiteren Frau etwas antun, Amanda. Genau jetzt, denn er ist ein Serientäter, der Frauen ermordet. Genau das ist er: ein gottverdammter Serienmörder.«

Amanda nickte ein Mal. »Ja, wir haben es mit einem Serienmörder zu tun.«

Das Eingeständnis nahm Faith den Wind aus den Segeln.

»Geht es dir jetzt besser, weil er einen Namen hat?«, fragte Amanda.

»Nein«, sagte Faith. »Weil du nicht mir zugehört hast, sondern Miranda Newberrys blöder Scheißtabelle.«

»Die Quelle der Daten ist unerheblich«, sagte Amanda. »Das Glück begünstigt den, der vorbereitet ist.«

»Unglaublich.« Faith ließ sich wieder auf ihren Platz sinken.

Amanda wandte sich an Will. »Wenn wir Grant County und Alexandra McAllister ausnehmen, haben wir dreizehn verschiedene zuständige Gerichtsbezirke, in denen Leichen gefunden wurden. Fürs Erste lassen wir die drei Fälle aus, in denen es den Frauen gelungen ist, zu entkommen. Ich will, dass Sie und Faith sich die Countys morgen früh mit Nick aufteilen. Wir müssen die Telefone zum Glühen bringen, Termine und Befragungen vereinbaren. Schlagen Sie einen beiläufigen Ton an. Verraten Sie nicht zu viel.«

Will war offenbar noch immer um Faith besorgt, aber er schlug vor: »Wir könnten sagen, wir überprüfen im ganzen Staat stichprobenartig Vermisstenfälle.«

»Ja, das ist gut«, sagte Amanda. »Sagen Sie ihnen, wir untersuchen, wie wir den Meldevorgang standardisieren können. Konzentrieren Sie sich auf die Namen von unserer Liste. Ich brauche alle Zeugenaussagen, Berichte der Leichenbeschauer, Fotos, Aufzeichnungen, forensischen Ergebnisse, Karten, Skizzen der Tatorte, Ermittlungstagebücher und die Namen von jedem, der vor Ort war. Und es ist mir ernst damit, dass Sie behutsam vorgehen müssen, Wilbur. Meine Anrufe heute Morgen haben bereits für ein wenig Unruhe gesorgt. Unser Mörder könnte untertauchen, wenn er Wind davon bekommt, dass wir das Fundament für eine Task Force gießen.«

»Du hast heute Morgen Telefonate geführt, um eine Task Force ins Leben zu rufen?«, sagte Faith. »Dann war es also nicht allein die Tabelle? Du arbeitest seit dem Briefing darauf hin, aber aus irgendeinem Grund hast du diese Information nicht nur für dich behalten, sondern darauf bestanden, dass wir ignorieren, was offensichtlich ist?«

»Ich arbeite seit dem Morgen *geräuschlos* darauf hin; das ist die Betonung, die du anscheinend übersiehst.« Amanda nahm es sehr genau. »Das Letzte, was wir jetzt gebrauchen können, ist irgendein voreiliger Idioten-Deputy, der gegenüber der Presse davon tönt, dass wir den nächsten Jack the Ripper im Revier haben. Und so verhindern wir, dass das passiert. Kleine Schritte, wie ein Baby.«

Faith seufzte verdrossen.

Amanda schien fortfahren zu wollen, aber sie setzte noch

einmal neu an und sagte zu Faith: »Ja, ich hätte es dir früher sagen können.«

»Aber?«, fragte Faith.

»Kein Aber«, sagte Amanda. »Ich hätte es dir früher sagen können.«

Sara hatte nie erlebt, dass Amanda dem Eingeständnis eines Fehlers näher gekommen wäre.

Doch Faith war offenbar noch nicht besänftigt. »Ich kann es ihr nicht sagen, Mandy. Wenn es so weit ist, kann ich nicht diejenige sein, die Callie Zanger mitteilt, dass es nicht ihr Mann war.«

Amanda strich ihr mit einer Hand über den Rücken. »Diese Hürde nehmen wir, wenn wir dort angekommen sind.«

Nick kam mit dem Bourbon zurück und hatte eine Keramiktasse aus der Küche mitgebracht. Er goss ein gesundes Maß ein und hielt sie dann Faith hin.

Sie schüttelte den Kopf. »Ich muss noch fahren.«

»Ich fahr dich«, sagte Amanda. »Emma ist noch bei ihrem Vater. Wir fahren zu Evelyn.«

Faith nahm die Tasse, setzte sie an den Mund. Sara konnte sie quer durch den Raum schlucken hören.

»Dr. Linton«, sagte Amanda. »Lassen Sie uns darüber sprechen, dass der Mörder zu den Opfern zurückkehrt. Die Zanger-Geschichte bestätigt ein Muster.«

Sara fühlte sich überrumpelt. Ihr Kopf war zu schwammig für den schnellen Themenwechsel.

»Dr. Linton?«

Sara mühte sich ab, eine Arbeitshypothese zu formulieren.

Will rettete sie. »Das Muster ist, dass der Täter seine Opfer irgendwie außer Gefecht setzt, wahrscheinlich mit einem Hammer. Dann bringt er sie in den Wald. Er setzt sie unter Drogen. Wenn die Drogen nicht mehr wirken, durchsticht er ihr Rückenmark. Sein Ziel ist es, sie zu lähmen, vollständige

Macht über sie zu haben. Er kehrt so lange zu den Frauen zurück, bis sie gefunden werden.«

Sara sagte: »Die durchtrennten Nerven in Alexandra McAllisters Achselhöhle weisen auf eine Fortentwicklung hin.«

»Sie meinen, zu Tommi Humphrey?«, vergewisserte sich Amanda.

»Ich meine, zu allen drei Opfern aus Grant County.« Sara gewann endlich etwas neuen Schwung. »Ich dachte immer, dass die drei Opfer – Humphrey, Caterino, Truong – eine Studie in Eskalation waren. Der Mörder hat versucht, die richtige Technik zu finden, die richtige Dosierung in dem Gatorade, das beste Werkzeug, um sie zu lähmen, und den besten Zeitpunkt dafür.«

»Warum das Gatorade?«, fragte Amanda. »Warum lähmt er sie nicht gleich?«

Sara konnte nur raten. »Das Rohypnol dürfte einen abnehmenden Ertrag erbracht haben. Es ist heikel, damit zu experimentieren, falls er nicht gerade Pharmakologe ist. Tod ist ein ernsthafter Nebeneffekt. Die Atemtätigkeit erreicht den Punkt der Hypoxie, und dann tritt der Hirntod binnen Minuten ein.«

Will sagte: »Wenn er nicht die ganze Zeit bei ihnen blieb, muss es zwischen der Betäubung durch Drogen und der körperlichen Lähmung einen Punkt gegeben haben, an dem sie eine Chance hatten, zu entkommen.«

»Er hatte eine Menge Frauen, mit denen er experimentieren konnte«, sagte Sara. »Er lernt mit jedem neuen Opfer.«

»Wenn wir zu dem FBI-Profil zurückkehren«, sagte Nick, »dann ist er ein Kerl, der das Risiko sucht. Kann sein, dass er ihnen zu Beginn eine Chance gibt, zu kämpfen.«

»Wofür es auch gut sein mag – Humphrey und Caterino sind entkommen«, sagte Will. »Zanger ist entkommen.«

Faith räusperte sich. Sie war immer noch schwer mitgenommen, aber sie sagte: »Callie hat mir erzählt, dass sie die blaue Flüssigkeit erbrochen hat. Nicht einfach nur ausgespien, sie hat praktisch ihren Magen heraufgewürgt. Das hat ihr so viel Klarheit verschafft, dass sie sich zwingen konnte, aufzustehen und Hilfe zu suchen.«

Will fügte an: »Miranda Newberry hat zwei weitere Frauen gefunden, die sie für überlebende Opfer hält. Sie sind beide aus dem Wald entkommen, aber sie haben katastrophale Verletzungen erlitten.«

Sara war endlich in der Lage, zu artikulieren, was sie am Obduktionsbericht von Truong störte. »Leslie Truong sieht für mich wie ein Sonderfall aus. Ihr Körper wies alle Signaturen des Täters auf – die Verstümmelung, das durchstoßene Rückenmark, die blaue Flüssigkeit –, aber sie wurde innerhalb von einer halben Stunde ermordet und verstümmelt. Es gab keine Steigerung, er hat alles sofort getan.«

»Im Hauruckverfahren sozusagen«, fasste Amanda zusammen.

»Er war in Panik«, erklärte Nick. »Sie war eine mögliche Zeugin.«

Sara war nicht ganz einverstanden mit dieser Auslegung. »Mich stört, dass es keine Spuren von Rohypnol in ihrem Blut oder Urin gab. Die Droge wird zwar schnell abgebaut, aber der Tod beendet diese Funktion. Es hätten sich noch Spuren in ihrem Mageninhalt finden müssen. Sie hatte einen blauen Fleck auf den Lippen, aber ich glaube, der wurde absichtlich angebracht. Was mir im Nachhinein am deutlichsten von dem Tatort in Erinnerung ist, war der Eindruck einer Inszenierung, aber von derselben Person inszeniert, die Beckey Caterino überfallen hat. Was nicht viel Sinn ergibt, das ist mir klar, aber es wirkte … anders.«

Nick sagte: »Jeffrey glaubte, dass der Täter bei Truong schlampig wurde, weil er wusste, dass wir ihm auf der Spur waren. Auf dem Campus hat es gewimmelt vor Polizei. Die ganze Stadt war in Alarmstimmung.«

Sara konnte noch immer nicht genau festmachen, was sie störte. »Ich behaupte nicht, dass ein anderer Mann Leslie überfallen hat, aber es ist möglich, dass die Motivation eine andere war. Er ist kräftig genug auf den Hammer getreten, um ihn abzubrechen. Das klingt für mich nach Wut. Nichts, was wir bisher an Erkenntnissen über den Mörder haben, deutet auf unkontrollierte Wut hin. Er wirkt im Gegenteil vollkommen beherrscht.«

»Leslie Truongs Stirnband war verschwunden«, sagte Amanda. »Das ist der einzige Punkt, der mich annehmen lässt, dass sie nicht einfach nur angegriffen wurde, weil sie den Täter identifizieren konnte.«

»Caterino gab sich in diesem Punkt zurückhaltend, wisst ihr noch?«, sagte Faith. »Sie lebte als Studentin mit anderen Studentinnen zusammen, die sie wahrscheinlich erst zu Beginn des Semesters kennengelernt hatte. Die Kids klauen sich die ganze Zeit Sachen. Es macht mich wahnsinnig.«

»Nehmen wir das Stirnband aus der Gleichung«, sagte Amanda. »Sara?«

»Der Mörder hat immer sehr sorgfältig seine Spuren verwischt. Schon bei Tommi Humphrey hat er einen Waschlappen zum Tatort mitgebracht, um seine DNA abzuwischen. Die nachfolgenden Opfer waren glaubhaft so inszeniert, dass es nach einem Unfall aussah.« Ihr Verstand war endlich hellwach. »Überlegt mal: Bei Leslie hat er ein ins Auge stechendes Beweismittel zurückgelassen.«

»Den Hammerstiel mit der Fabrikatsnummer.«

»Ist das üblich?«, wollte Amanda von Will wissen.

»Nein«, sagte er. »Normalerweise ist sie ins Metall gestanzt.«

Faith hatte ihr Notizbuch hervorgeholt, sie war wieder mit

im Spiel. »Also A plus B gleich C, richtig? Wer Tommi überfallen hat, hat Beckey überfallen und auch Leslie.«

»Die Sache ist nur die«, sagte Nick, »dass Daryl Nesbitt ein verdammt solider Verdächtiger war. Es gab echte Beweise gegen ihn.«

»Also gut«, sagte Amanda. »Sehen wir es uns an. Daryl war ein guter Verdächtiger, weil …?«

»Hauptsächlich wegen Leslie Truong.« Sara ging die belastenden Punkte durch, die Jeffrey in seinen Notizen umrissen hatte. »Der Hammer in Leslie war von einer sehr speziellen Art. Daryl war im Besitz von Axle Abbotts Werkzeugen, während dieser im Gefängnis saß. Daryl kannte sich im Wald aus. Er fuhr mit Felix auf dem Campus Skateboard. Auf Aufnahmen der Überwachungskameras sieht man beide zusammen vor der Bibliothek performen. Daryl hat in der Nähe der Forststraße gearbeitet, die zum Tatort führt. In seinem Haus wurde später ein Prepaidhandy gefunden, das zu der Nummer in Caterinos und Truongs Handykontakten gehörte.«

»Dann will ich mal den Advocatus Diaboli spielen. Daryl Nesbitt sitzt nicht ohne Grund wegen Kinderpornografie und nicht wegen Vergewaltigung und Mord im Gefängnis. Das sind alles nur Indizienbeweise, oder es ist leicht erklärbar.«

Im Nachhinein konnte ihr Sara nicht widersprechen. Vor acht Jahren war sie ebenso überzeugt gewesen wie Jeffrey.

»Was ist mit dem Video aus Truongs Fallakte?«, fragte Amanda.

»Ich hab es mir noch nicht angesehen.« Sara hatte gehofft, es erst einmal für sich allein ansehen zu können, damit sie vorbereitet war, aber diese Gelegenheit war nun passé.

Sie ging zu dem riesigen Röhrenfernseher hinüber. Will betrachtete den altmodischen Videorekorder oft geringschätzig, aber jetzt machte sich der Apparat endlich bezahlt. Sara schob die Kassette ins Laufwerk, schloss die Klappe, nahm die Fernbedienung zur Hand. Sie spulte das dünne Band zurück, während sie wieder zu ihrem Platz ging. Dann drückte sie auf Play.

Das Bild auf dem Schirm zuckte, dann fing es an zu laufen.

Will übernahm das Kommando und stellte die Regler ein, und plötzlich sah Sara sich selbst vor acht Jahren.

Ihr erster Gedanke war, wie jung sie doch aussah. Ihr Haar glänzte stärker, ihre Haut war glatter, ihre Lippen voller.

Sie trug ein weißes T-Shirt, eine graue Kapuzenjacke und Jeans. Ihre Hände steckten in Untersuchungshandschuhen, das Haar war nach hinten gebunden. Die jüngere Sara blickte in die Kamera und gab Datum, Uhrzeit und Ort bekannt. »Ich bin Dr. Sara Linton. Ich bin hier mit Dan Brock, dem Coroner von Grant County, und Jeffrey Tolliver, dem Polizeichef.«

Sara biss sich auf die Unterlippe, als die Kamera auf die Gesichter beider Personen schwenkte, die ihr jüngeres Ich gerade genannt hatte.

Jeffrey trug einen anthrazitfarbenen Anzug. Eine Stoffmaske bedeckte Mund und Nase. Er sah besorgt aus. Sie alle sahen so aus.

Sie sah die jüngere Sara die vorläufige Untersuchung beginnen, sah sie mit einer Stablampe nach Petechien Ausschau halten, den Kopf zur Seite drehen, damit sie das runde, rote Mal an Truongs Schläfe besser sehen konnte.

»Das könnte der erste Schlag gewesen sein«, sagte die jüngere Sara.

Die gegenwärtige Sara, die atmende Sara, hätte gern Will angesehen, sein Gesicht studiert, um zu erkennen, was er dachte.

Aber sie durfte es nicht.

Auf dem Schirm war die Kamera zur Seite gekippt, das Bild wurde unscharf. Sie konnte das verschwommene Weiß von Jeffreys Mundschutz sehen. Sara erinnerte sich immer noch an den Gestank nach Fäkalien und Zersetzung, den die Leiche verströmt hatte. Der Geruch hatte ihre Augen zum Tränen gebracht. Jetzt studierte sie die blaue Färbung auf Truongs Oberlippe. Sie hatte erwartet, eine Spur zu finden, die dabei entstand, wenn man eine Flüssigkeit trank. Im Nachhinein sah es so aus, als wäre sie auf die Lippen getropft worden.

»Blockaden?« Brocks Stimme war laut. Er hatte die Kamera gehalten.

Sara lauschte, wie ihr jüngeres Ich die Funde erklärte. Sie klang so verdammt selbstsicher. Acht Jahre später sprach Sara nur noch selten mit solcher Gewissheit. Das Leben hatte sie in den nachfolgenden Jahren gelehrt, dass sich nur sehr wenige Situationen mit absoluter Sicherheit betrachten ließen.

»Wir glauben, dass der Mörder versucht hat, seine Opfer zu lähmen«, sagte Jeffrey.

Ein Kloß bildete sich in Saras Kehle. Sie hatte nicht so weit vorausgedacht, hatte nicht realisiert, dass sie Jeffreys Stimme noch einmal hören würde. Sie war so tief und volltönend wie in ihrer Erinnerung. Ihr Herz setzte bei dem Klang einen kurzen Schlag aus.

Ihr jüngeres Ich hob Leslie Truongs Shirt an und fand eine verschobene Rippe.

Sara ließ ihren Blick am Bildschirm nach unten wandern, auf die blinkende Uhr des Rekorders.

»Geh hier näher ran«, sagte die jüngere Sara zu Brock.

Saras Lippen teilten sich. Sie holte tief Luft. Sie spürte Wills Blick auf sich, konnte seine Selbstzweifel beinahe hören. Er war geringfügig größer als Jeffrey. Aber nicht so klassisch gut aussehend. Will war fitter. Jeffrey selbstbewusster. Will hatte Sara. Hatte Jeffrey sie ebenfalls noch?

Auf dem Video sagte Brock: »Fertig.«

Sara blickte in die Kamera. Brock half ihr, Leslie Truong zur Seite zu drehen. Jeffrey war nun hinter der Kamera. Er hatte auf einen weiteren Winkel gezoomt, um die Leiche in ganzer

Länge zu erfassen. Erde und Zweige klebten am nackten Gesäß der Frau. Die jüngere Sara stellte die Theorie auf, dass das Mädchen sich die Hose hochgezogen hatte oder der Täter es getan hatte.

»Warte.« Faith stand auf. »Halt mal an und geh zurück.«

Sara suchte nach den richtigen Knöpfen, aber Faith nahm ihr die Fernbedienung ab.

»Hier.« Sie drückte auf Zeitlupe. »Bei den Bäumen.«

Sara kniff die Augen zusammen. In einigem Abstand, vielleicht fünfzehn Meter entfernt, standen Leute hinter einem gelben Absperrband. Sie konnte Brad Stephens' Gesicht nicht erkennen, aber sie erkannte seine frisch gestärkte Uniform und seinen linkischen Gang, als er die Zuschauer zurückzudrängen versuchte.

»Dieser Typ …« Faith fror das Bild ein. Sie zeigte auf einen der Studenten. »Er trägt eine schwarze Strickmütze.«

Sara konnte die Mütze sehen, aber das Gesicht war nur ein verschwommener Klecks.

Faith sagte: »Laut Lenas Notizen hat Truong von drei Frauen und einem Mann gesprochen, die sie im Wald gesehen hat. Sie konnte den Mann nicht beschreiben, nur dass er ein Student war und eine schwarze Beanie-Strickmütze trug.«

Sara trat vor den Apparat, um das Bild aus der Nähe zu betrachten. Das Videoband war alt, die technische Ausrüstung noch älter. Das Gesicht des Mannes war ein formloser Fleck. »Ich erkenne Brad, weil ich weiß, dass es Brad ist, aber das war's auch schon.«

Faith sah Amanda flehend an.

Amanda schürzte die Lippen. Die Chance, dass sich das Bild irgendwie optimieren ließ, war gering. Aber Faith zuliebe sagte sie: »Wir lassen die IT-Leute einen Blick darauf werfen.«

Faith hielt das Video an und warf die Kassette aus. »Ich kann es sofort nach unten bringen.«

»Dann geh.« Amanda blickte auf ihre Armbanduhr. »Wir treffen uns in der Eingangshalle.«

Faith griff nach ihrer Handtasche, und Sara hörte sie über den Flur rennen. Sie hoffte, wie sie alle, verzweifelt auf einen Durchbruch.

»Will«, sagte Amanda. »Ich möchte Faith morgen an ihrem Schreibtisch sehen. Es gibt jede Menge Anrufe zu machen. Wir müssen uns mit dreizehn verschiedenen Gerichtsbarkeiten herumschlagen. Wir treffen uns um sieben Uhr morgens in meinem Büro und legen den Rahmen fest. Okay?«

»Ja, Ma'am.«

»Nick«, sagte sie. »Lassen Sie sich von Will erklären, was Sie verpasst haben. Meine letzte Anordnung gilt für Sie alle: Fahren Sie nach Hause. Schlafen Sie. Heute war ein harter Tag. Morgen wird noch härter.«

Will und Nick antworteten unisono mit »Ja, Ma'am«.

Sara begann, ihre Unterlagen zu Leslie Truongs Obduktion einzusammeln. Sie hörte mit halbem Ohr zu, wie Will Nick von der Bildung einer Task Force erzählte. Ihr Telefon vibrierte in der Tasche. Sara betete, dass es nicht ihre Mutter war, denn sie wusste, sie konnte es nicht länger aufschieben, Tommi Humphrey zu suchen.

Die Nachricht war von Brock. Ein Fragezeichen, dann:

Glaube, das war für Cathy? Ich kann mich umhören, wenn du willst.

Sara hatte Brock versehentlich die Nachricht geschickt, die für ihre Mutter gedacht war. Sie tippte eine rasche Entschuldigung, dann kopierte sie die Nachricht und schickte sie an Cathy.

Zu Saras Überraschung schrieb ihre Mutter schon Augenblicke später zurück:

Schätzchen, ich habe bereits eine Nachricht für Pastor Nelson hinterlassen. Wie du weißt, ist es für die meisten Menschen schon zu spät für einen Rückruf. Marla glaubt jedoch, dass Delilah nach Adams Tod noch einmal geheiratet hat und in einen anderen Staat gezogen ist. Daddy schickt liebe Grüße, genau wie ich – Mama. PS: Warum streitest du mit deiner Schwester?

Sara starrte auf das Postskriptum. Wenn Tessa ihrer Mutter von ihrem Streit erzählt hatte, war die Lage ernster, als sich Sara eingestehen wollte.

»Stimmt etwas nicht?«, fragte Will.

Sara blickte auf. Nick war gegangen. Sie waren allein im Raum. »Meine Mutter versucht, Tommi für mich zu finden.«

Will nickte.

Und dann stand er da und wartete.

Sara sagte: »Es tut mir leid wegen Callie Zanger. Das muss ...«

»Du bist heute nach Hause gefahren.« Er nahm den leeren Aktenkarton und stellte ihn auf den Schreibtisch. »Hattest du Zeit, jemanden zu besuchen?«

»Nein. Ich musste schnellstens zurückfahren, um die Van Dornes zu treffen, dann steckte ich im Verkehr fest, was eine Ewigkeit gedauert hat.« Sara fühlte sich plötzlich schuldig, als würde sie etwas vor ihm verbergen. Sie beschloss, es ans Licht zu bringen. »Die Storage-Einrichtung ist gegenüber vom Friedhof.«

Er stapelte die Akten und warf sie in den Karton.

»Ich bin nicht hinübergegangen.« Sara hatte die regelmäßigen Friedhofsbesuche vor Jahren im Interesse ihrer seelischen Gesundheit aufgegeben. »Ich lege einmal im Jahr Blumen auf sein Grab. Das weißt du.«

»Es war sonderbar, dich auf dem Video zu sehen«, sagte er. »Du hast so anders ausgesehen.«

»Ich war acht Jahre jünger.«

»Das meine ich nicht.« Will schloss den Karton. Es schien,

als wollte er noch mehr sagen, aber er beließ es bei: »Ich hab genug für heute.«

Sara wusste nicht, ob er die Arbeit meinte oder ob er auf die Weise genug hatte wie am Abend zuvor, als er sie einfach stehen ließ.

»Will …« sagte sie.

»Ich will nicht mehr reden.«

Sara biss sich auf die Unterlippe, damit sie nicht zitterte.

»Ich möchte nach Hause fahren, eine Pizza bestellen und fernsehen, bis ich einschlafe.«

Sie versuchte, den Kloß in ihrem Hals zu schlucken.

Er sah sie an. »Wollen wir das zusammen machen?«

»Ja, bitte.«

GRANT COUNTY – DONNERSTAG

25

Jeffrey konnte Frank nur anstarren. »Was hast du gesagt?«

»Der Dekan hat angerufen«, wiederholte Frank. »Eine weitere Studentin ist verschwunden. Rosario Lopez, einundzwanzig, sie wird seit fünf Stunden vermisst.«

Jeffrey hörte eine Tür aufgehen. Lena kam aus dem Beobachtungsraum und hatte ihr BlackBerry in der Hand.

»Chuck Gaines hat seine Leute den ganzen Campus auf den Kopf stellen lassen«, sagte Frank. »Jetzt suchen sie im Wald. Der Dekan ruft Freiwillige auf, sich zu melden.«

»Sorgen Sie dafür, dass alle nur paarweise suchen.« Jeffrey war der kalte Schweiß ausgebrochen. Drei Studentinnen in drei Tagen. Sein Albtraum wurde wahr. »Ziehen Sie Jefferson und White vom Streifendienst ab. Sie sollen die Suche leiten. In der Zwischenzeit müssen Sie so viel wie möglich über Daryl Nesbitt herausfinden.«

»Nesbitt?«

»Er muss vorbestraft sein. Sein Stiefvater …«

»Moment.« Frank holte sein Notizbuch hervor. »Schießen Sie los.«

»Daryl hat einen Stiefvater nach Gewohnheitsrecht, und

der sitzt im Wheeler State Prison, wird Axle genannt, Nachname Abbott. Er hat ein Haus in Avondale, in dem Daryl wohnt. Sehen Sie sich die Steuerunterlagen an. Schauen Sie nach, ob es einen Grundriss gibt oder zumindest einen Bebauungsplan, der die Lage des Hauses auf dem Grundstück zeigt. Matt soll vorbeifahren und überprüfen, ob jemand zu Hause ist. Alarmieren Sie die restliche Streifenschicht und sagen Sie ihnen, sie sollen die Suche nach dem dunklen Transporter einstellen. Benutzen Sie keine Funkgeräte. Wir wissen nicht, ob Daryl nicht vielleicht einen Polizeiscanner hat.«

Frank schrieb noch, als sich Jeffrey an Lena wandte.

»Ich habe in Memminger County angerufen«, sagte sie. »Felix hat an dem Morgen, an dem Caterino und Truong angegriffen wurden, in der Ausnüchterungszelle seinen Rausch ausgeschlafen. Er kam erst nach dem Mittagessen raus. Er kann es also nicht gewesen sein.«

»Mitkommen«, sagte er.

Jeffrey ging ins Vernehmungszimmer zurück. Felix Abbott zupfte gerade wieder an dem Pickel auf seinem Kinn. »Verdammt, Mann, wann kann ich nach …«

Jeffrey packte ihn am Hemdkragen und schleuderte ihn gegen die Wand.

»Was zum …«

Jeffrey rammte seinen Unterarm hart genug in Abbotts Kehle, um ihn vom Boden hochzuzerren. »Hör mir genau zu, mein Sohn, denn im Moment bist du entweder zu etwas nütze, oder du bist es nicht. Verstanden?«

Felix rang mit weit offenem Mund nach Atem. Er nickte mühsam.

»Beckey Caterino. Leslie Truong.«

Felix' Augen wurden groß. Er versuchte zu sprechen, aber wegen der gequetschten Kehle brachte er keinen Ton hervor.

Jeffrey ließ ihm ein wenig Spielraum. »Kennst du sie?«

»Das sind …«, er hustete und schnappte nach Luft, »… Studentinnen.«

»Daryls Nummer war in ihren Handys. Warum?«

Er rang nach Atem, strampelte mit den Füßen. Seine Lippen wurden schon blau. »Gras«, keuchte er heraus.

»Daryl hat Beckey Caterino und Leslie Truong Gras verkauft? Er dealt?«

Felix' Lider begannen zu flattern. »J… ja.«

»Wie lange schon?«

Felix hustete.

»Wie lange verkauft Daryl schon Gras am College?«

»S… seit Jahren.«

»Was ist mit Rosario Lopez?«

»Ich …« Er würgte. »Ich be…«

Jeffrey starrte ihm in die Augen. »Kennst du sie?«

»Ich …« Er keuchte schwerer, als Jeffreys Unterarm in seine Kehle drückte. »Nein.«

Jeffrey ließ ihn auf den Boden sinken.

Felix fiel auf die Knie, sein Gesicht war rot, und er hustete krampfhaft.

»Machen Sie ihn mit Handschellen am Tisch fest«, sagte Jeffrey zu Lena. »Isolieren Sie ihn. Keine Anrufe. Geben Sie ihm Wasser. Schließen Sie die Tür ab. Dann kommen Sie zu mir.«

»Ja, Chief.«

Jeffrey wischte sich die Hände am Hemd ab, als er zum Dienstzimmer ging. Er sah Brad an einem der Computer sitzen, Marla am Telefon. Er konnte spüren, wie ein elektrischer Strom alles durchfloss. Eine weitere Studentin war verschwunden. Sie waren dem Täter möglicherweise dicht auf den Fersen.

»Matt ist auf dem Weg zu Abbotts Haus.« Frank kam aus Jeffreys Büro und las aus seinem Notizbuch vor. »Daryl Eric

Nesbitt. Achtundzwanzig. Hat noch eine saubere Weste, aber mein Kumpel drüben in Memminger County sagt, sein Jugendstrafregister ist so lang wie mein Schwanz.«

»Für?«

»Der übliche Dew-Lolly-Scheiß – Schlägereien, Ladendiebstahl, Schule schwänzen. Aber passen Sie auf: Als Daryl fünfzehn war, hat er bei seiner sechsjährigen Cousine babygesittet. Das Mädchen kam mit Blut im Höschen nach Hause. Ihre Mom hat Anzeige erstattet, aber die Familie hat sie dazu überredet, sie zurückzuziehen.«

Sexualstraftäter. Kriminelle Vorgeschichte. Mit den Opfern bekannt.

Jeffrey dachte an Tommi Humphrey. Hatte sie Daryl Nesbitt je getroffen? Hatte er sie über den Campus gehen sehen und beschlossen, dass er ihr etwas antun würde?

»Chief?« Brad zeigte auf seinen Computer.

Jeffrey sah das Bild aus Daryl Eric Nesbitts Führerschein für Georgia. Er sah aus wie ein Verbrecher. Sein Haar war fettig, er hatte tief liegende Augen und funkelte böse in die Kamera, als posiere er für ein Polizeifoto.

Brad sagte: »Nesbitt hat noch ein Bußgeld ausstehen, weil er mit abgelaufener Zulassung gefahren ist.«

»Fuhr er einen Transporter?«

»Einen Truck. 1999er Chevy Silverado. Er wurde beschlagnahmt und steht auf der Verwahrstelle des Countys«, sagte Brad. »Ich habe das Haus in Avondale gefunden. Es ist am Bennett Way in Woodland Hills.«

Jeffrey ging zu der großen Karte des Countys, die die gesamte Rückwand einnahm. Er kannte den Teil der Stadt, es war genau die Gegend, wo man einen Automechaniker suchen würde, der sich nicht an die Gesetze hielt. »Nummer?«

»Drei-vier-sechs-zwei.«

Jeffrey fuhr mit dem Zeigefinger an der Straße entlang und

markierte die Stelle mit einem gelben Post-it. Es gab eine weitere Reihe Häuser hinter Nesbitts gegenwärtigem Wohnsitz. Dahinter erstreckte sich kilometerweit der Wald, bis zur Rückseite des Sees und zum College.

Nähe zum Tatort.

»Das Haus ist zweistöckig.« Frank las über Brads Schulter vom Monitor ab. »Der Steuereintrag weist den Bebauungsplan und die Originalbaupläne aus.«

Brad drückte einige Tasten. »Ich schicke es an den Drucker.«

Die erste Seite war noch warm, als Jeffrey sie aus dem Gerät riss. Frontansicht. Fünfzigerjahre-Cape-Cod-Stil, mit einer rechtwinkligen Eingangsveranda und zwei Gauben, die wie Augenbrauen im Dach saßen.

Die zweite Seite kam aus dem Drucker: Grundriss vom Erdgeschoss. Jeffrey drehte die Seite, sodass die Eingangstür auf seine Brust zeigte. Die Hintertür war genau gegenüber auf der Rückseite.

Der Eingang führte direkt ins Wohnzimmer, das die linke vordere Ecke des Hauses einnahm. Das Esszimmer war rechts. Wandschrank und Treppe links und rechts eines kurzen Flurs. Arbeitszimmer links. Küche rechts. Hinterausgang mit Treppe.

Lena war zu ihnen gestoßen, als das dritte Blatt Papier aus dem Drucker kam.

Obergeschoss. Vier Schlafzimmer, eines größer als die anderen drei. Jeweils zwei Fenster. Kleine Schränke. Jeffrey wusste, die Zimmer hatten garantiert Dachschrägen. Ein Badezimmer am Ende des Flurs. Wanne, Toilette, Waschbecken, kleines Fenster.

Die vierte Seite des Bauplans zeigte den Keller. Die Treppe, die zu ihm führte, lag unter dem Treppenaufgang zum Obergeschoss versteckt. Auf der Zeichnung war der Keller ein offenes Rechteck mit einem Kästchen, das den Heizungsraum anzeigte. Stützsäulen und Fundamente wurden durch offene Quadrate angezeigt. Alle illegalen Renovierungen kamen in den Steuerunterlagen natürlich nicht vor, es konnte also Schlafräume da unten geben, einen Hobbyraum, einen Wäscheraum, vielleicht sogar einen Käfig mit Rosario Lopez darin. Sara hatte bemerkt, dass der Täter mit jedem neuen Opfer dazulernte. Vielleicht hieß der Erkenntnisgewinn aus den Opfern Caterino und Truong, dass er ungestört sein musste.

»Chief?«, rief Marla aus dem vorderen Teil des Raums. »Matt ist auf der Drei.«

Jeffrey schaltete ihn auf Lautsprecher. »Was haben Sie?«

»Ich habe Nesbitt gerade ins Haus gehen sehen«, sagte Matt. »Er trug zwei Taschen – eine von Burger King, die andere von einem Baumarkt.«

Jeffreys Magen zog sich zusammen. Der Hammer war in Leslie Truong zurückgeblieben – der Täter brauchte Ersatz.

Matt sagte: »Daryl fuhr ein älteres Modell eines Lieferwagens, einen GMC Savana, anthrazitfarben. Zulassungsnummer 499 XVM.«

Brad fing an zu tippen. »Er ist auf Vincent John Abbott zugelassen.«

»Axle, der Stiefvater«, sagte Frank. »Ich habe es nachgeprüft, er sitzt seit drei Monaten in Wheeler.«

»Der Keller liegt vollständig unter der Erde«, sagte Matt. »Kein Zugang von außen, nur zwei schmale Fenster zum Belüften, wie es aussieht.«

Diese Art Kippfenster dienten nur der Luftzufuhr, selbst eine zarte Frau würde nicht hindurchpassen.

»Ich fahre jetzt weiter«, sagte Matt, »aber ich konnte einen Blick in die Garage werfen, das Tor steht offen. Es gibt einen fahrbaren Werkzeugschrank mit Schubladen, vielleicht eins fünfzig mal eins fünfzig. Grün und gelb gestreift.«

»Das sind die Farben von Brawleigh«, sagte Frank.

Brawleigh, die Marke des Hammers, der in Leslie Truong gefunden wurde.

Zugang zur Tatwaffe.

Jeffrey betrachtete die letzte Seite aus dem Drucker. Der Bebauungsplan zeigte die Größe des Grundstücks und die Position des Hauses. Es gab zwei Nebengebäude. Eines war eine frei stehende Garage auf der Wohnzimmerseite des Hauses. Das andere war ein vier mal vier Meter großer Schuppen, rund fünf Meter von der Hintertür entfernt.

»Hinten raus gibt es einen Schuppen«, sagte er zu Matt.

»Ich kann ihn von der Straße nicht sehen.«

»Er ist hinter dem Haus.« Jeffrey zog die Straßenkarte an der Wand zurate. »Haben Sie Ihr Fernglas dabei?«

Er konnte Matt im Wagen herumwühlen hören. Ein Klicken. Das Handschuhfach wurde zugeschlagen. »Ja.«

»Hinter der Bennett gibt es eine Straße namens Valley Ridge. Die Grundstücke sind kürzer. Vielleicht können Sie von dort den Garten einsehen.«

»Bin schon unterwegs«, sagte Matt.

»Wir bleiben in der Leitung.«

Sie konnten die Straßengeräusche hören, als Matt um den Block fuhr. Sein Polizeifunk war leise gestellt. Er räusperte sich. Die Bremsen quietschten am Stoppschild. Seine Hand rieb über das Lenkrad, als er abbog.

Die Spannung war beinahe unerträglich. Alle starrten auf das Telefon und warteten. Brad hatte sich in seinem Sessel herumgedreht. Lena stand vorgebeugt da wie eine Läuferin. Frank hielt die Hände verschränkt. Acht Mann waren im Augenblick auf Streife. Zwei durchsuchten den Wald hinter dem College. Damit blieben Jeffrey zehn Leute, die er auf dem Spielbrett umherschieben konnte.

Er ging die Liste in seinem Kopf durch.

Sexualstraftäter. Kriminelle Vorgeschichte. Nähe zu den Tatorten. Bekannt mit Caterino und Truong. Zugang zu dunklem Transporter. Arbeit bei U-Store-Baustelle unweit der Forststraße.

Die Information zu dem Transporter stammte von Tommi Humphrey. Sie hatte keine offizielle Aussage gemacht. Der U-Store war eine lose Verbindung, die sich lediglich auf einen Spitznamen stützte. Daryls Nummer im Telefon der beiden Opfer erklärte sich durch seinen Handel mit Gras.

Jeffrey hatte genug hinreichenden Grund, um an Daryl Nesbitts Tür zu klopfen, aber nicht genug, um sie einzutreten. Er durfte nicht riskieren, dass dieses Vieh aufgrund von Formfehlern davonkam.

Er fügte ein weiteres Detail an:

Rosario Lopez. Studentin. Vermisst seit fünf Stunden.

Ein Schweißtropfen lief ihm in den Nacken. Jeffrey konnte keine Verbindung zwischen Rosario und Daryl nachweisen. Er hatte sein Bauchgefühl, aber kein Richter würde ihm dafür einen Haftbefehl ausstellen.

Sein Blick ging zurück zum Telefon. Matt hatte wieder gehustet. Das dauerte alles zu lange. Woodland Hills war rund fünf Kilometer von hier entfernt. Hatte Jeffrey einen seiner Detectives zu einer Runde um das Viertel losgeschickt, während Rosario Lopez gefoltert, gelähmt, vergewaltigt wurde?

Seine Bauchmuskeln waren so angespannt, dass er Krämpfe bekam.

Tommi Humphrey hatte Jeffrey erzählt, wozu der Täter fähig war. Leslie Truongs Leiche illustrierte in allen schmerzhaften Einzelheiten, wie sadistisch der Mann sein konnte. Wie konnten alle diese Cops herumstehen, wenn sich vielleicht gerade eine Ahle in den Nacken einer weiteren jungen Frau bohrte?

»Ich bin da«, sagte Matt schließlich. »Schaue durch mein

Fernglas. Ich sehe das Dach des Schuppens. Es hat eine Neigung wie eine Skischanze und … verdammt!«

Man konnte das Quietschen der Bremsen durchs Telefon hören.

Matt sagte: »Auf der Rückseite des Schuppens ist ein Fenster. Es ist übermalt, aber vor dem Glas ist ein Sicherheitsgitter und … Scheiße. Ich kann die Tür auf der Seite sehen. Sie ist ebenfalls vergittert, und es gibt ein Vorhängeschloss.«

Jeffrey spürte, dass sich die Anspannung wie eine Schlinge um den Raum legte.

Rosario Lopez konnte in diesem Schuppen eingesperrt sein.

Matt sagte: »Soll ich reingehen?«

»Noch nicht.« Jeffrey würde ihn nicht allein dort hineinschicken. Er kehrte zu der Wandkarte zurück und fuhr mit dem Zeigefinger an Hogans Route entlang. »Parken Sie an der Hollister. Nesbitt kann das Viertel nur auf diesem Weg verlassen. Bleiben Sie in der Leitung. Sie müssen hören können, was wir hier sprechen.«

»Okay, Chief.«

»Marla«, sagte Jeffrey. »Nur Handys. Ich brauche Landry, Cheshire, Dawson, Lam, Hendricks und Schroeder. Sie sollen sich an Matts Standort sammeln. Blaulicht, aber keine Sirenen.«

Marla drehte sich zu ihrem Telefon herum.

Jeffrey räumte mit einer kräftigen Armbewegung den nächststehenden Schreibtisch ab. Papiere und Kugelschreiber segelten auf den Boden. Jeffrey legte die Bauzeichnungen des Hauses aus – Frontansicht, Erdgeschoss, Obergeschoss und Bebauungsplan. Er nahm einen Kugelschreiber. »Alle genau zuhören, denn Sie sind für Ihr Team verantwortlich. Matt?«

»Noch da.«

»Sie gehören zu Hendricks. Ich möchte, dass Sie beide mich an der Haustür absichern, die Fenster und Lüftungsklappen im Auge behalten. Sie müssen Abstand halten. Ich will nicht, dass Nesbitt in Panik gerät.«

Matt sagte: »Gegenüber von seiner Haustür parkt ein Wagen. Hinter dem können wir in Deckung gehen.«

»Gut«, sagte Jeffrey. »Lena, Sie klopfen an die Tür.«

Sie sah perplex aus.

»Ich bin direkt hinter Ihnen. Sie klopfen an die Tür und erklären Nesbitt, Sie seien wegen des Bußgelds für die abgelaufene Zulassung da.«

Der Schreck ließ ein klein wenig nach. Im County wusste man eines über Jeffrey Tolliver ganz genau: nämlich dass er ein Arschloch war, wenn es um Verkehrsvergehen ging. Die Bußgelder machten den halben Etat seiner Dienststelle aus.

»Achten Sie darauf, dass er ruhig bleibt«, sagte er zu Lena. »Sagen Sie, es sei Routine und nichts, worüber er sich Sorgen machen müsste. Sie seien hier, um ihn zur Polizeistation zu bringen, und er könne das Bußgeld entweder zahlen oder in einer Stunde eine Kaution hinterlegen. Wenn er mitkommt, wunderbar. Wenn nicht, lassen Sie ihn in Ruhe.«

Sie sperrte überrascht den Mund auf. »Sir?«

»Wir brauchen einen hinreichenden Grund, um dieses Haus zu betreten.« Jeffrey wählte seine Worte sorgfältig. »Felix hat gerade bestätigt, dass Daryl an Caterino und Truong Gras verkauft hat. Möglicherweise riechen Sie ja Gras an Daryl, wenn er die Tür aufmacht. Oder Sie hören ein Geräusch im Haus. Wir müssen dem Staatsanwalt gegenüber klar benennen können, warum wir in dieses Haus gegangen sind.«

Lena nickte bedächtig. Von allen Anwesenden verstand sie am besten, was er verlangte.

»Lena, wenn Sie überzeugt sind, dass es einen hinreichenden Grund gibt, das Haus zu betreten, dann geben Sie mir ein Zeichen und treten beiseite. Ich gehe als Erster durch die Tür.« Jeffrey machte im Grundrissplan vom Erdgeschoss ein X in die Mitte des Flurs. »Das ist der Checkpoint, Lena. Wenn Nesbitt die Kellertreppe hinuntergeht oder in den ersten Stock hinauf, können Sie es von hier sehen.«

Lena presste die Lippen zusammen. Sie nickte.

»Garderobenschrank.« Er zeichnete einen Kreis. »Drehen Sie ihm nicht den Rücken zu, ehe sie hineingeschaut haben. Fenster, Türen, Hände, klar?«

»Ja, Chief.«

»Brad.« Jeffrey tippte mit dem Kugelschreiber auf die Küchentür. »Sie sind für die Rückseite des Hauses verantwortlich. Sie tun sich mit Landry zusammen. Nähern Sie sich von der Valley Ridge her. Behalten Sie die Fenster an den Seiten des Hauses im Auge. Niemand darf heraus.«

Brad schaute ängstlich drein, aber er sagte: »Ja, Chief.«

»Wir postieren Dawson und Cheshire an den beiden Enden der Bennett Street. Schroeder und Lam blockieren die Valley Ridge für den Fall, dass er so weit kommt. Frank, ich möchte, dass Sie den Schuppen sichern.«

Frank schob trotzig das Kinn vor.

Jeffrey packte ihn an der Schulter, um ihn daran zu erinnern, wer hier das Kommando führte. Er hatte keine Zeit für lädierte Egos, und er durfte Daryl nicht verlieren, nur weil Frank nicht weiter als zwanzig Schritte laufen konnte, ehe er außer Puste war. »Wenn Rosario Lopez in diesem Schuppen ist, möchte ich, dass sie niemand anderer als Sie findet.«

Frank kaufte es ihm nicht ab. »Was, wenn Nesbitt die Tür öffnet und sieht, was los ist, dann Lena packt und sie als Geisel nimmt?«

»Dann schieße ich ihm eine Kugel in den Kopf, bevor er die Tür wieder schließen kann.«

Jeffrey zog auf dem Weg zur Waffenkammer seine Schlüssel aus der Tasche. Er holte zwei Schrotflinten, Munition, Schnelllader und kugelsichere Westen heraus und verteilte sie.

Lena schlüpfte aus ihrer unförmigen Jacke und schlang sich die Weste um den Oberkörper. Der Frontpanzer war breiter als ihr Körper, das hintere Ende hing unter ihrem Hintern.

Jeffrey richtete die Panzer und passte die Klettriemen an. Lena stand still, die Arme zur Seite gestreckt. Er hatte noch nie ein Kind angezogen, aber so fühlte es sich wahrscheinlich an. Er sah Lena in die Augen. Sie sah verängstigt aus, aber auch verdammt eifrig. Genau dafür war sie zur Polizei gegangen. Die Gefahr. Die Action. In ihrem Gesicht sah er sein eigenes verzweifeltes Bedürfnis, sich zu beweisen, als er die Uniform zum ersten Mal angelegt hatte. Den Mann, der ihm damals aus dem Spiegel entgegenblickte, hatte Jeffrey nur ein einziges weiteres Mal gesehen – als er seinen Hochzeitsanzug anzog.

»Gehen wir.«

Jeffrey überprüfte seine Glock, um sich zu vergewissern, dass eine Kugel in der Kammer war, als er Lena nach draußen folgte.

Er blickte auf, und das Sonnenlicht schmerzte in seinen Augen. Sein Blick fiel auf die Kinderklinik, wie immer. Saras BMW parkte wie üblich schräg, als stünde er im Vorführraum eines Autohauses. Jeffreys Hand ging zur Oberlippe. Eine Spur Blut aus seiner Nase war darauf angetrocknet.

Lena wurde fast von ihrer kugelsicheren Weste geschluckt, als sie auf dem Beifahrersitz Platz nahm. Jeffrey musste sich zwingen, nicht das Lenkrad zu umklammern. Es blieb still im Wagen, bis sie von der Main Street bogen.

Sie fragte: »Klopfe ich an Nesbitts Tür, weil Sie glauben, dass er sich von einer Frau nicht eingeschüchtert fühlt?«

»Sie sind an dieser Tür, weil wir einen bombensicheren hinreichenden Grund brauchen.«

Lena nickte ein Mal. Er baute darauf, dass sie log.

Sie wiederholte seine Worte von zuvor: »Er dealt mit Gras. Ich habe es an ihm gerochen.«

»Gut.«

Jeffrey zog den Wagen um die scharfe Kurve an der Heartsdale-Avondale-Bahnlinie. Ein Schmerz schoss in seinen Kiefer, weil er die Zähne so heftig zusammenbiss. In jeder Sekunde, die verging, eröffnete sich Nesbitt eine Gelegenheit zur Flucht. Oder um zum Schuppen hinauszugehen. Die Straßen entlangzulaufen. Mit einem Hammer in den Wald zu gehen.

Drei Frauen. Drei Tage.

Sie durften nicht riskieren, dass Nesbitt für eine vierte auf freiem Fuß war.

Jeffrey zählte sechs Streifenwagen des Grant County an der Einmündung der Hollister Road. Matt erteilte Landry, Cheshire, Dawson, Lam, Hendricks und Schroeder ihre Befehle. Sein BlackBerry war aus. Er zeigte ihnen Nesbitts Führerscheinfoto. Alle trugen kugelsichere Westen. Pistolen wurden überprüft. Schrotflinten geladen. Die allgemeine Nervosität machte sich auf die übliche Weise bemerkbar – sie rempelten einander an, wippten auf den Fußballen und waren innerlich angespannt wie Federn.

Frank und Brad schwenkten um Jeffreys Wagen herum. Sie hielten, um Landry aufzunehmen, dann fuhren sie weiter zur Valley Ridge. Drei Mann auf der Rückseite des Hauses. Vier vor dem Haus. Vier Streifenwagen zur Sicherung der näheren Umgebung.

War es genug?

Jeffrey hielt seinen Wagen an. Er wollte allen Männern in die Augen blicken.

»Wir halten Funkdisziplin«, sagte er. »Sie haben drei Minuten Zeit, ihre Positionen einzunehmen.«

»Jawohl, Chief.« Sie klangen wie ein Zug Soldaten, aber sie waren Ehemänner, Söhne, Freunde, Väter, Brüder. Und Jeffrey war für sie verantwortlich, denn er war derjenige, der sie in die Schusslinie schickte.

Er beobachtete, wie sie sich in Gruppen aufteilten. Die vier Streifenwagen entfernten sich. Matt und Hendricks näherten sich im Laufschritt Daryls Haus, sie hielten ihre Halfter fest, damit die Glocks nicht an ihre Beine schlugen.

Jeffrey sah auf seine Armbanduhr. Er wollte ihnen jede Sekunde dieser drei Minuten gewähren. Es war wichtig, dass sie taten, wozu sie ausgebildet worden waren. Ihre Position einnehmen, durchatmen, sich einen Moment Zeit lassen, um sich daran zu gewöhnen, dass das Adrenalin wie ein Aufputschmittel durch ihre Adern jagte.

Er sah Lena mit offenem Mund atmen.

»Kommen Sie zurecht in dieser Weste?«, fragte er.

Sie nickte. Ihr Kinn berührte den Kragen.

»Morgen früh sehen wir die Kataloge der Ausrüster durch«, sagte er. »Ich wette, diese Westen gibt es auch in Pink.«

Sie schaute empört, bis ihr klar wurde, dass er Spaß machte. Sie atmete wieder durch und erwiderte sein Lächeln. Ihre Wange zuckte bei der Anstrengung.

Er sagte: »Sie wären nicht hier, wenn ich nicht wüsste, dass Sie es schaffen.«

Sie schluckte, nickte wieder. Sie starrte aus dem Fenster des Wagens und wartete.

Jeffrey sah zu, wie der Sekundenzeiger seiner Uhr um das Zifferblatt wanderte. »Wir sind dran.«

Er fuhr nicht schneller als fünfzig durch die Bennett Street. Er sah Matt und Hendricks hinter einem alten Chevy Malibu knien, der gegenüber von Daryls Haus parkte. Jeffrey stellte sein Town Car ein paar Handbreit hinter dem anthrazitfarbenen Lieferwagen ab, sodass dieser blockiert war.

Er blickte zum Haus. Die Jalousien an den Fenstern waren offen. Das Verandalicht brannte. Kein Gesicht erschien hinter den Scheiben.

Er sagte sich, dass es problemlos laufen würde: Nesbitt öffnete die Tür. Lena forderte ihn auf, herauszukommen. Die Handschellen kamen zum Einsatz. Sie fanden Rosario Lopez. Sie sperrten Daryl Nesbitt in ein Loch, aus dem er nie wieder herauskriechen konnte.

»Sie gehen voran«, sagte er zu Lena.

Ihre Hand ging zum Türgriff. Sie holte noch einmal tief Luft.

Jeffrey folgte Lena, als sie ausstieg. Sie rückte ihre Weste zurecht und setzte ihr Pokerface auf. Sie hatte offenbar beschlossen, diese Sache wie jede andere Verhaftung zu behandeln. Nichts war je Routine, aber manche Dinge waren einfacher als andere. Ein Typ mit einem nicht bezahlten Strafzettel und einem Truck in der Verwahrstelle. Weitere sechshundert Dollar für das Budget der Polizei. Ein weiterer Beitrag zu der Quote, deren Existenz Jeffrey nicht einmal zugab.

Lena berührte das Heck des anthrazitfarbenen Lieferwagens, als sie daran vorbeiging.

Jeffrey tat das Gleiche. Er warf einen Blick in die Garage. Der grün-gelbe Rollschrank war mit einem Vorhängeschloss versehen. Obenauf lag ein Werkzeug. Grün-gelb gestreift. Der 750-Gramm-Hammer war mit Sand gefüllt und mit Polyurethan verkleidet. Es war einer der drei Hämmer aus dem rückstoßfreien Hammerset der Firma Brawleigh.

Jeffrey löste den Verschluss seines Halfters. Lena stand auf der Veranda. Er blieb breitbeinig vor den Stufen stehen. Zwischen ihm und der Tür lagen vier Meter. Genug Platz für Daryl Nesbitt, um einen Fluchtversuch zu unternehmen. Genug Platz für Jeffrey Tolliver, um ihn aufzuhalten.

Lena wartete nicht auf ein Zeichen von Jeffrey. Sie hob den Arm und schlug mit der Faust an die Tür. Dann trat sie zurück und wartete.

Nichts.

Jeffrey zählte lautlos.

Als er bei neunzehn angekommen war, schlug Lena wieder an die Tür.

Jeffrey war drauf und dran, sie zu belehren. Das war Basiswissen für Streifenbeamte: Sie hätte Nesbitts Namen rufen und sich als Polizistin zu erkennen geben müssen.

»Scheiße!«, brüllte jemand aus dem Haus. Männerstimme. Wütend. »Was ist los, verdammt?«

Schritte. Eine Kette wurde zurückgeschoben. Ein Schloss klickte.

Die Tür ging auf.

Jeffrey erkannte Daryl Nesbitt von seinem Führerscheinfoto. Das fettige Haar hatte die Farbe eines Kiefernzapfens. Er trug nichts außer gelben Sportshorts und weißen Socken mit blauen Streifen am Bund. Seine nackte Brust war bis zum Gesicht hinauf gerötet. Selbst aus der Entfernung konnte Jeffrey sehen, dass der Typ eine Erektion hatte. Er roch nicht nach Gras, sondern nach Sex.

Lenas Kinn straffte sich. Sie hatte es ebenfalls gerochen.

»Was ist?« Daryl funkelte zornig auf sie herab. »Was zum Teufel wollen Sie?«

»Daryl Nesbitt?«, fragte Lena.

»Der wohnt nicht mehr hier«, sagte Daryl. »Er ist letzte Woche nach Alabama gezogen.«

Er wollte die Tür wieder schließen.

Lena streckte die Hand aus. Es ging so schnell, dass Jeffrey nur noch ein Wort denken konnte.

Nicht.

Lenas Hand schloss sich um Daryls Handgelenk. Er versuchte, sich loszureißen, und ging rückwärts. Lena stolperte vorwärts, ihr linker Fuß überschritt die Schwelle, dann ihr rechter. Sie war im Haus. Sie bewegte sich weiter vorwärts. Daryls Arm fuhr aus und verschwand hinter dem Türstock. Er konnte nach einem Messer greifen, einer Schusswaffe, einem Hammer.

Die Tür begann sich erneut zu schließen.

Jeffrey hatte den Finger am Abzug seiner Glock, bevor ihm überhaupt bewusst wurde, dass er sie gezogen hatte. Er richtete sie auf Nesbitts Kopf.

Die Waffe ging los.

Die Tür splitterte, als sie zufiel.

Jeffrey sprang über die Veranda. Die Tür war verschlossen. Er machte einen Schritt rückwärts und trat sie auf. Seine Waffe schwenkte durch den Raum, aber nichts sah so aus, wie er es erwartet hatte. Das Esszimmer, das Wohnzimmer, die Küche. Er konnte nichts davon sehen. Überall waren Türen, und alle waren zu.

»Links von Ihnen!« Matt rannte an ihm vorbei. Hendricks bildete die Nachhut. Der Schuss hatte wie ein Startsignal gewirkt. Matt brach durch die dünne Tür zum Flur. Hendricks drang ins Esszimmer ein. Jeffrey trat einen Schritt vorwärts. Sein Fuß stieß an etwas Hartes. Er sah Lenas Dienstwaffe über den Boden schlittern.

»Lena!«, schrie er.

Eine Flinte ging los.

Brad Stephens stolperte in die Küche.

»Lena!« Jeffrey nahm zwei Stufen auf einmal. Er war schon halb oben, als ihm einfiel, dass jemand oben warten könnte, um ihm den Schädel wegzupusten.

Er hechtete nach vorn und rollte sich ab. Er landete im Badezimmer, blickte hinter sich. Vier Schlafzimmer. Die Türen waren zu.

Lena schrie.

Jeffrey rannte zum Elternschlafzimmer und trat die Tür ein.

Lena lag zusammengesunken neben dem Bett und blutete aus einer Kopfwunde. Sie war gegen einen Schreibtisch gefallen. Jeffrey wurde übel, als er zu ihr stürzte. Seine Verantwortung. Sein Pfusch. Lenas Leben. Er fühlte ihren Puls. Das Klopfen ihrer Halsschlagader an seinen Fingerspitzen verlangsamte seinen eigenen Herzschlag um eine Millisekunde.

Er sah hoch.

Der Laptop auf dem Schreibtisch.

Kinder.

Jeffrey schluckte die Galle, die ihm in den Hals stieg. Er ließ den Blick durch den Raum schweifen. Billige Kunststoffjalousien am Fenster. Die Schranktür fehlte. Kleidung stapelte sich auf dem Boden. Das Bett war nur eine Matratze auf dem Teppich. Eine schmutzige weiße Sportsocke lag zusammengeknüllt auf dem Boden.

»Chief!« Matt war am Ende des Flurs. Brad gab ihm Rückendeckung. Sie begannen, die Türen aufzutreten.

»Jeffrey?«, flüsterte Lena.

Die Zeit blieb stehen, als er sich ihr zuwandte.

Sie hatte ihn noch nie bei seinem Vornamen genannt. Etwas sehr Intimes lag in der Art und Weise, wie sie ihn aussprach. Lena hatte den Arm gehoben, ihre Hand schwankte von der Anstrengung.

Sie zeigte zum Fenster. Die Plastiklamellen klapperten im Luftzug.

»Scheiße!« Jeffrey riss die Jalousien weg. Die obere Hälfte des Schiebefensters war nach unten gesaust. Daryl Nesbitt stand nur Zentimeter entfernt auf dem Vordach über der Küchentür.

Vor Jeffreys Augen nahm er Anlauf und sprang. Seine Arme waren vorgestreckt, seine Beine strampelten. Er landete mit einem dumpfen Aufprall auf dem Dach des Schuppens.

Jeffrey überlegte nicht lange.

Er trat das Fenster aus dem Rahmen und stieg hinaus auf das Vordach, das nicht breiter als eins fünfzig war. Weitere drei

Meter bis zum Schuppen. Das Dach war genauso geneigt, wie Matt es beschrieben hatte: wie eine Skischanze.

Jeffrey nahm zwei Schritte Anlauf und warf sich durch die Luft.

Er ruderte mit den Armen und versuchte, die Füße für die Landung parallel zu stellen. Alles, was schieflaufen konnte, ging ihm in dieser Sekunde durch den Kopf. Er konnte das Dach verfehlen, durch das Sperrholz brechen, seitlich landen, sich ein Bein, einen Arm brechen. Oder gleich seinen verfluchten Hals.

Jeffrey landete auf den Zehen des rechten Fußes. Sein Körper verdrehte sich beim Aufprall, sein Rückgrat wurde schmerzhaft gestaucht. Er fing sich auf dem linken Fuß, stolperte zurück auf den rechten und kullerte die Dachschräge hinunter. Und landete auf seinem Hintern im Gras.

Er blinzelte, um die Sterne vor den Augen loszuwerden. Ihm war die Luft weggeblieben. Er sah sich um.

Daryl rannte durch den Garten. Er warf einen Blick zu Jeffrey zurück, als er über den Zaun auf das Grundstück seines Nachbarn sprang.

Jeffrey war schon wieder auf den Füßen und lief ihm nach, er keuchte, als er über den Zaun setzte, und rutschte im Gras aus. Sein Schädel hämmerte. Er hatte ein Gefühl, als wäre in seinem Rücken etwas explodiert. Doch er fasste wieder Tritt, als er um das Haus herumrannte.

Er sah Daryl in Richtung Straße spurten. Seine Arme schlugen wie Windmühlenflügel, als er im spitzen Winkel auf die Valley Ridge abbog. Seine nackten Füße flogen über den Asphalt. Als Jeffrey auf die Straße bog, war der Mann schon dreißig Meter entfernt.

»Nein, nein, nein!«, flehte Jeffrey.

Er konnte den Abstand nicht verkürzen. Der Junge war zu schnell. Jeffrey blickte die Straße entlang und hielt nach

Dawson Ausschau. Der Streifenwagen stand in der Nähe. Dawson hatte Daryl gesehen. Er war ausgestiegen und rannte auf ihn zu.

Jeffreys Erleichterung währte nur bis zu dem gellenden Schrei einer Frau.

Wieder schien die Welt stillzustehen, und alles lief wie in Zeitlupe ab.

Die Frau war gerade zu ihrem Wagen gegangen. Jeffrey sah, wie ihr Mund sich öffnete und wie Daryl mit der Faust ausholte.

»Nein!«, brüllte Jeffrey.

Es war zu spät. Die Frau sank zu Boden, und Daryl hob ihre Wagenschlüssel auf.

Jeffrey rannte weiter.

Er gewann fünf Meter, während Daryl an der Tür des roten Kombis herumfummelte.

Weitere drei, bis Daryl den Motor gestartet hatte.

Und noch einmal drei, bis er den Gang eingelegt hatte.

Jeffrey setzte jedes Quäntchen Adrenalin in seinem Körper frei und warf sich an das Wagenfenster.

Er packte das Erste, was er zu fassen bekam – es war eine Handvoll von Daryls fettigem Haar.

»Verdammtes Arsch…« Daryl schlug mit der Faust nach ihm, sein Fuß stand schon auf dem Gaspedal.

Jeffreys Kopf wurde nach hinten gerissen. Seine Füße hüpften über den Asphalt. Daryl schlug wieder nach ihm, und noch einmal. Urplötzlich verließ alle Kraft Jeffreys Muskeln. Daryls Haar glitt aus seinen Fingern.

Jeffrey stürzte, sein Kopf krachte auf den Asphalt. Eine innere Stimme sagte ihm, dass er schnell wieder auf die Beine kommen müsse. Er stieß sich hoch auf Hände und Knie und blickte auf.

Daryls Mund hinter der Windschutzscheibe war zu einem

höhnischen Grinsen verzogen. Er wollte Jeffrey überfahren. Schon trat der Typ aufs Gaspedal.

Hastig kroch Jeffrey zur Seite.

Doch statt einen Satz nach vorn zu machen, schoss der Wagen rückwärts, holperte über den Gehweg und krachte in das Haus auf der anderen Straßenseite.

Nicht nur in das Haus.

Sondern in den Gaszähler.

Wie jeder Mensch, der einmal einen Gasgrill angeworfen hat, wusste Jeffrey, wie es aussah, wenn Brennstoff Feuer fing. Das weißblaue Glühen war beinahe hypnotisierend, wenn die Dämpfe sich zu kräftigen Flammen entzündeten. Der Gaszähler vor dem Haus war mit nichts als Dämpfen gefüllt. Jeffrey sah hilflos zu, wie die metallene Gasleitung von eineinhalb Tonnen Stahl zerfetzt wurde. Es gab nur einen metallenen Funken, als würde ein Streichholz angerissen, dann loderte die Luft hell auf.

Jeffreys Arme flogen vor sein Gesicht.

Der Feuerball der Explosion schlug um seinen Körper. Glas splitterte. Eine Autoalarmanlage ging los. Seine Ohren begannen zu klingeln. Ihm war, als befände sich sein Kopf im Innern eines Gongs. Die Hitze war wie in einer Sauna. Jeffrey versuchte aufzustehen. Doch er verlor das Gleichgewicht, und sein Knie schlug auf den Asphalt.

»Hilfe!«

Daryl war noch im Wagen. Er klemmte fest. Er rammte die Schulter gegen die Tür und versuchte hektisch, freizukommen. Seine Schreie waren wie eine Sirene.

»Hilfe!«, gellte Daryl. »Helft mir!«

Jeffrey stolperte über die Straße. Die Hitze schlug ihre Zähne in sein Gesicht.

»Hilfe!«, schrie Daryl wieder. Feuer züngelte an seinem Rücken empor. Er hing nun halb aus dem Auto und kratzte mit den Fingern auf der Straße. Sein Bein war im Auto eingeklemmt, er kam nicht heraus. »Bitte! Helft mir!«

Jeffrey wich den Flammen aus. Er packte Daryls Handgelenk und zog.

»Stärker!« Daryl trat mit dem freien Bein gegen den Wagen.

Die Flammen schossen höher, und die Hitze schmolz den Lack von der Karosserie. Jeffrey konnte den flachen Metallboden des Benzintanks rot glühen sehen.

»Zieh!«, kreischte Daryl.

Jeffrey lehnte sich zurück und zerrte mit aller Kraft und seinem ganzen Körpergewicht.

»Nein!«, schrie Daryl. »O Gott! Nein!«

Jeffrey spürte einen Ruck, ein Ploppen, als flöge ein Sektkorken aus der Flasche. Er fiel rückwärts, und Daryl Nesbitt landete reglos auf ihm. Er versuchte, ihn von sich zu schieben. Der Benzintank würde gleich explodieren.

»Chief!« Dawson packte Jeffrey unter den Armen und zog ihn von den Flammen fort. Jemand schüttete Wasser auf sein Gesicht. Ein anderer legte ihm eine Jacke um die Schultern.

Jeffrey hustete eine Lache dunkler Flüssigkeit auf den Boden. Seine Augen brannten, seine Haut fühlte sich wund an. Die Flammen hatten ihm die Haare von den Armen gesengt.

»Chief?«, sagte Matt. Brad war bei ihm. Cheshire. Hendricks. Dawson.

Jeffrey wälzte sich zur Seite. Blut tropfte an seiner Kehle hinab – seine Nase war wieder gebrochen. Er wandte den Kopf.

Daryl Nesbitt lag flach auf dem Rücken, die Arme zur Seite gestreckt, die Augen geschlossen, reglos.

Genau wie Tommi Humphrey.

Genau wie Beckey Caterino.

Genau wie Leslie Truong.

Jeffrey kämpfte sich auf einen Ellbogen. Er sah eine dicke Blutspur im Gras, die bis zum Wagen zurückreichte. Er folgte ihr mit den Augen in die andere Richtung, bis hin zu Daryl.

Der Sektkorken.

Das Ploppen war von Daryl Nesbitts Fußgelenk gekommen, als ihm der Fuß vom Bein gerissen wurde.

ATLANTA

26

Will hackte in seine Tastatur und füllte sorgsam das letzte Kästchen des Antrags auf eine richterliche Anordnung aus. Er war auf dem Weg zur Arbeit in der Eigentumswohnanlage One Museum Place vorbeigefahren. Callie Zangers Hausverwalter war nicht erfreut gewesen, dass man ihn um fünf Uhr morgens aus dem Bett holte, aber immerhin genügend bei sich, um Will die Information zu geben, die er brauchte.

Es lagen keine zwei Jahre alten Festplatten herum. Die Security des Gebäudes war auf dem neusten Stand der Technik, und die Aufnahmen der Überwachungskameras waren in der Cloud gespeichert. Die Versicherungsgesellschaft der Anlage verlangte, dass die Daten fünf Jahre lang verschlüsselt aufbewahrt wurden. Will bat den Richter, dem GBI Zugang zu allen Aufzeichnungen aus den drei Monaten vor und nach Zangers Entführung zu gewähren.

Er legte den Finger unter jedes Wort und überprüfte es auf Fehler, bevor er den Antrag ins System einspeiste. Er lehnte sich zurück. Es konnte bis zu vier Stunden dauern, bis ein Richter den Antrag bewilligte. Dann würden die Anwälte eingeschaltet. Ein weiterer Tag konnte vergehen, bis die Daten übermittelt wurden. Über zweitausend Stunden Videomaterial durchzusehen würde mehr Augen erfordern, als Will im Kopf hatte.

Er sah auf die Uhr. Amanda hatte ihr Meeting für Punkt sieben angesetzt. Er würde sie bitten, bei seinem Antrag Dampf zu machen. Für den Moment blieben ihm acht Minuten Frieden, bis sein Tag hochfuhr.

Er gestattete sich vier Minuten, um sich Sorgen zu machen.

An erster Stelle kam Faith. Die Befragung von Callie Zanger hatte sie fix und fertig gemacht. Will war es nicht viel besser ergangen. Die Rückfahrt zur Zentrale war für sie beide zermürbend gewesen – für Faith, weil sie sich bemühte, nicht zu weinen, und für Will, weil er gern etwas kurz und klein geschlagen hätte, als er sah, wie sehr sich Faith quälte.

Er lauschte in Richtung seiner offenen Bürotür. Faiths Tür war geschlossen. Sie war vor einer Viertelstunde gekommen, und er konnte sie herumkramen hören, aber sie hatte nicht bei ihm vorbeigeschaut, und er wusste nicht, ob sie gestört werden wollte.

Will schaute auf die Uhr in seinem Computer. Eine Minute war vergangen.

Er ließ seine Gedanken zur nächsten Frau weiterwandern, um die er sich Sorgen machte: Sara. Shay Van Dornes Exhumierung würde keine einfache Sache sein. Aber das war noch nicht alles, was ihn beunruhigte. Sie waren in der Nacht zuvor zusammen auf der Couch eingeschlafen, Saras Kopf schwer auf seiner Brust, aber jedes Mal, wenn Will an die Verbindung zwischen ihnen beiden dachte, kreierte sein Gehirn das Bild eines Verlängerungskabels, das einen halben Meter von der Steckdose entfernt lag.

Will kam nicht dahinter, wie er es wieder einstecken könnte.

Sara hatte ihm erzählt, dass der U-Store gegenüber dem Friedhof lag, und Will hatte ihr geglaubt, als sie sagte, sie hätte Jeffrey nicht besucht, aber jedes Mal, wenn er an *den Chief* dachte, hätte er Sara am liebsten gepackt, über seine Schulter geworfen und sie in einen Raum eingesperrt wie ein Höhlenmensch.

Oder ein Serienmörder.

Will zupfte an dem Pflaster, das Sara auf seine Hand geklebt hatte. Er hatte sich nie für einen eifersüchtigen Menschen gehalten. Andererseits hatte ihm Angie auch nie ganz gehört. Sie hatte herumgevögelt, seit sie alt genug war, sich aus einem Fenster zu stehlen. Will hatte sich ein wenig über ihren schlechten Ruf geärgert, und er war wütend gewesen wegen der Syphilis, aber er hatte alle möglichen Rechtfertigungen für ihre Nicht-Monogamie gefunden. Angie war von so vielen Männern in ihrem Leben beschädigt worden. Sex war ihre Art, sich ein wenig Macht zurückzuerobern. Und Will war der einzige Mann, den sie je wirklich geliebt hatte. Zumindest hatte sie das behauptet.

Das Zusammensein mit Sara, die Erkenntnis, wie sich Liebe wirklich anfühlte, hatte das ganze Ausmaß von Angies Lüge offengelegt.

»Morgen, Alter.« Nick kam ins Büro geschlendert. »Das Meeting fängt gleich an.«

Will überlegte, ob er ihm eine reinhauen sollte.

»Hör zu, Mann.« Nick setzte sich unaufgefordert auf die Couch. »Darf ich ehrlich zu dir sein?«

Will drehte seinen Sessel zu ihm herum. Wenn jemand fragte, ob er ehrlich sein dürfe, hatte er normalerweise vorher gelogen, und er würde es auch jetzt tun.

Nick sagte: »Ich muss zugeben, als ich erfahren habe, dass du mit Sara rummachst, hätte ich dich am liebsten umgebracht und irgendwo verscharrt, wo dich niemand findet.«

Will hatte nie mit Sara *rumgemacht*. »Du könntest es immer noch versuchen.«

»Ach was, Mann. Ich sehe doch, wem ihr Herz gehört.«

Will wusste nicht, was er sagen sollte, also sagte er nichts.

»Aber wenn du es versaust …« Nick grinste wie ein wütender Clown. »Ein kleiner Rat vom Grabstein eines toten

Mannes: Keine Frau auf Erden ist so gut wie die, die du fest in der Hand hast.«

Sie sahen sich in die Augen. Will ging ein paar mögliche Antworten durch, kam aber zu dem Schluss, dass er mit einem »Kein Scheiß, *Alter*« bei diesem Weitpinkelwettbewerb wahrscheinlich nicht gleichziehen würde.

Er blieb also bei seiner alten Standardreaktion. Er brummte, dann nickte er, dann wartete er darauf, dass Nick ging.

Er sah wieder auf die Uhr im Computer.

Nick hatte ein Defizit von einer Minute verschuldet.

Faiths Büro lag auf dem Weg zur Treppe. Will machte die Nummer mit Anklopfen und gleichzeitigem Eintreten, um ihr zu sagen, dass die Besprechung anfing, aber die Worte blieben ihm im Hals stecken.

Faiths Kopf lag auf dem Schreibtisch. Ihr Gesicht war in der Armbeuge vergraben.

Will schluckte, er wusste nicht, was er sagen sollte. »Faith?«

Sie wandte den Kopf und sah Will aus zusammengekniffenen Augen an. »Ich bin so wahnsinnig verkatert.«

In Wills Erleichterung mischte sich rasch Verärgerung. Er war nie ein Freund von Alkohol gewesen. In Wills Kindheit bedeutete ein betrunkener Erwachsener in der Regel, dass Will Schläge bekam. »Es ist fast sieben.«

»Super.« Faith nahm ihr Notizbuch und ihren Becher Starbucks-Kaffee. Ihre Kleidung war verknittert, und sie hatte dunkle Ringe unter den Augen. »Amanda und Mom haben mich gestern Abend gezwungen, bei ihrer Chorprobe mitzumachen. Als sie anfingen, von Fernsehserienhelden aus den Siebzigern zu fantasieren, bin ich in jeder Hinsicht ausgestiegen.«

»Und zwischen dir und Amanda ist alles okay?«

»Ach. Ich werde mich nicht ändern. Sie wird sich nicht ändern. Neinsager sagen immer Nein.« Faith lachte, und Will war froh, dass sie zu ihrer üblichen sarkastischen Art zurückgefunden hatte.

Er hielt ihr die Tür zum Treppenhaus auf. Faiths Stimme hallte von den Betonwänden, als sie ihm erzählte, dass ihr Ex mit Emma und ein paar ihrer Freunde in die Fun Zone, einen Indoor-Spielplatz, gefahren war.

»Willkommen im Elternclub, mein Freund.« Sie lachte. »Du hast sechzig Dollar hingeblättert, um dein Kind einer übertragbaren Krankheit auszusetzen.«

Will hielt ihr die nächste Tür auf, und Faith fing eine neue Geschichte an. Er ließ seine Gedanken zu Sara abschweifen. Immer noch spürte er das Gewicht ihres Kopfes auf seiner Brust. Sie hatte ihn letzte Nacht anders angesehen als sonst. Sie verhielt sich zögerlich. Sie zerbrach sich immer noch den Kopf über seine Gefühle. Will kam sich schäbig vor, denn einem tief verborgenen, dunklen, vielleicht sogar sadistischen Teil von ihm gefiel die Vorstellung, dass sie sich seiner nicht sicher war.

Amanda war nicht in ihrem Büro, aber Nick hatte sich bereits einen Platz auf der Couch gesichert. Einer seiner Cowboystiefel ruhte auf der Kante des Kaffeetischs. Faith setzte sich neben ihn und stürzte sich in ihren üblichen Small Talk. Will lehnte sich an die Wand, was er schon so oft getan hatte, dass es ihn nicht überrascht hätte, eine Vertiefung von seinen Schulterblättern im Beton zu finden.

Er hörte das Klappern von Amandas winzigen Füßen. Sie sah exakt genauso aus wie jeden Tag. Schwarzgrau melierte Helmfrisur. Rock und passender Blazer. Diskretes Make-up. Falls sie verkatert war, spielte sich das ausschließlich in ihrem Innern ab.

»Wir müssen uns beeilen.« Amanda gab Faith einen Stapel Unterlagen. Sie warf Nick einen Blick zu, der sofort seinen Fuß vom Tisch verschwinden ließ, und lehnte sich an den

Schreibtisch. Näher kam sie einem Sich-Setzen in der Regel nicht. »Ich muss heute Vormittag zum Regierungssitz fahren, um den Leiter des Rechtsausschusses zu informieren. Eines unserer Opfer ist in seinem Distrikt. Ich will nicht, dass er sich ins Hemd macht.«

Will warf einen Blick in die Papiere, die Faith durchblätterte. Er kannte einige Namen der dreizehn Polizeidistrikte, in denen die Opfer gefunden worden waren.

Amanda fragte Will: »Worum geht es in Ihrem Antrag von heute Morgen?«

Will erzählte ihr von seinem Abstecher zum One Museum Place. »Wir wissen von der Polizei von Atlanta, dass es keine Bilder vom Stellplatz in der Tiefgarage gibt, aber im Flur vor Zangers Wohnung ist eine Überwachungskamera. Wenn Sie ein wenig Druck machen könnten ...«

»Ich rufe den Richter auf dem Weg in die Innenstadt an«, sagte sie. »Während Sie warten, müssen Sie als meine Augen bei der Obduktion von Van Dorne fungieren. In der Sekunde, und ich meine genau die Sekunde, in der Sara bestätigt oder ausschließt, dass Shay Van Dorne ermordet wurde, benachrichtigen Sie mich. Verstanden?«

Sie wartete nicht auf eine Antwort, sondern wandte sich an Faith und Nick. »Ihr klebt heute Vormittag in euren Schreibtischstühlen. Geht die Listen durch. Vereinbart Termine. Denkt daran: Vorgeblich überarbeiten wir die Datenerfassung bei Vermisstenfällen. Tretet vorsichtig auf, wenn ihr Leute aushorcht. Ich will nicht, dass jemand Verdacht schöpft. Macht es ...«

»Leise«, sagte Faith.

Amanda runzelte die Stirn, und sie starrten sich in einem lautlosen Wettstreit in die Augen.

»Wenn ich darf, Ma'am ...«, sagte Nick.

Amanda ließ sich Zeit damit, in seine Richtung zu schauen.

»Ich habe über Daryl Nesbitt nachgedacht«, sagte Nick. »Ich weiß, dass so ziemlich jedem in diesem Gebäude klar ist, wie ich zu Jeffrey Tolliver stand, aber es fällt mir schwer, zu glauben, dass er sich bei diesem Fall so gründlich geirrt haben soll.«

Amanda forderte ihn mit einer Handbewegung auf, weiterzusprechen.

»Was hat Sie alle dazu gebracht, Nesbitt so schnell zu entlasten?«, fragte Nick.

Will kam zu Bewusstsein, dass man ihm nichts von Heath Caterino erzählt hatte. Amanda beschränkte diese Information auf einen kleinen Kreis, da der Junge in Lebensgefahr sein konnte.

»Gute Frage.« Amanda war immer eine geschmeidige Lügnerin gewesen. Sie stockte keine Sekunde. »In unseren Laboren ist eine alte DNA-Probe von Truongs Obduktion aufgetaucht. Wir haben sie mit der Probe von dem Kuvert verglichen, das Nesbitt an Gerald Caterino geschickt hatte. Sie stimmten nicht überein.«

Nick zupfte an seinem Bart. Er suchte erkennbar nach Löchern in der Geschichte.

Will kannte die wahren Umstände, und er sah ein klaffendes Loch, das sonst niemand entdeckt hatte. »Warum sind wir uns eigentlich so sicher, dass Daryl derjenige war, der die Gummierung des Kuverts abgeleckt hat?«

Im Büro wurde es mucksmäuschenstill. Nur das Gebläse von Amandas Computer war zu hören.

»Scheeii-ße.« Faith drehte sich um und sah Will an. »Einmal Gauner, immer Gauner.«

»Nick.« Amanda griff nach dem Telefon auf ihrem Schreibtisch. Sie hackte eine Nummer hinein und sagte zu Nick: »Fahren Sie sofort ins Gefängnis. Ich will bis Mittag einen frischen Abstrich von Nesbitts Mundhöhle im Labor haben.«

Sie wartete, bis Nick draußen war, dann legte sie den Hörer weg. »Schieß los«, sagte sie zu Faith.

»Der Laborbericht, den Gerald Caterino mir gegeben hat, war das Original, keine Kopie. Er hat Heaths Mundabstrich zusammen mit dem Kuvert von Nesbitt an ein gerichtlich anerkanntes gewerbliches Labor geschickt. Sie sind auf Vaterschaftsfeststellungen spezialisiert. Der Bericht war eindeutig. Nesbitt kommt nicht als Heaths Vater infrage.«

»Will hat recht. Diese Information beruht auf der Annahme, dass Nesbitt die Person war, die das Kuvert abgeleckt hat.« Amanda wandte sich an Will. »Fällt Ihnen noch etwas dazu ein?«

»Nesbitt ist seit acht Jahren im Gefängnis. Häftlinge wissen mehr über forensische Verfahren und DNA-Abgleiche als die meisten Cops.«

»Er ist ein Schachspieler«, ergänzte Faith. »Selbst Lena hat das durchschaut. Nesbitt geht strategisch vor. Er spielt Leute gegeneinander aus. Wir wissen, er hatte über geschmuggelte Telefone Zugang zum Internet. Er könnte irgendwie von Heath erfahren und die gleiche Rechnung aufgemacht haben wie wir alle.«

Amanda nickte. Sie hatte ihre Entscheidung getroffen. »Nesbitts DNA ist bereits in unserer Datenbank, weil er ein verurteilter Sexualstraftäter ist. Wir brauchen eine saubere Beweismittelkette zu Heath Caterinos DNA. Aus naheliegenden Gründen will ich keinen richterlichen Beschluss erwirken.«

»Soll ich Gerald Caterino fragen, ob er mich einen Mundhöhlenabstrich von dem Jungen nehmen lässt? Von dem Jungen, den er als sein eigenes Kind ausgibt, weil er Angst hat, dass der Mann, der Beckey überfallen hat, die Wahrheit herausfindet?«

Will sagte: »Ich kann …«

»Ich mache es«, fiel ihm Faith ins Wort. »Will ist bei der Exhumierung. Er wartet auf die Verfügung zu den Aufnahmen der Überwachungskamera. Wir haben beide schon Aufgaben.«

»Gut«, sagte Amanda. »Ich setze ein anderes Team für die Anrufe ein. Ihr beide könnt übernehmen, wenn ihr zurück seid.«

Faith ließ die Papiere auf den Kaffeetisch fallen.

Will blieb angespannt zurück, als sie ging. Er wusste nicht, ob er sie aufhalten oder mit ihr gehen wollte.

»Wilbur, in diesem Moment ist es belanglos, ob Daryl Nesbitts DNA mit Heath Caterinos übereinstimmt oder nicht. Wir haben es erst einmal mit einer exhumierten Leiche zu tun, die eventuell neue Hinweise erbringt, und mit einem richterlichen Beschluss, der uns Zugang zu einem Video verschaffen könnte, auf dem das Gesicht des Täters zu sehen ist.«

Will verstand, wenn man ihn wegschickte. Er schob die Hände in die Taschen, als er zur Treppe ging. Noch immer war er angespannt, aber das akute Gefühl von Dringlichkeit war einer nervösen Unruhe gewichen. Die Vorstellung, dass Faith allein war, gefiel ihm nicht. Er ärgerte sich, weil er nicht daran gedacht hatte, die DNA aus dem Labortest zu verifizieren. Er war nervös, weil Amanda recht hatte. Daryl Nesbitt hatte in den letzten acht Jahren nicht fünfzehn Frauen ermordet und fünf weitere schwer misshandelt.

Aber wer war es dann?

Jemand, der genaue Kenntnis der Verbrechen hatte. Jemand, der so gute Verbindungen hatte, dass er Daryl Nesbitt hereinlegen konnte. Jemand, der clever genug war, seine Spuren zu verwischen. Jemand, der eine Sammlung von Haargummis, Kämmen, Bürsten und Bändern besaß.

Gefolgsmann? Nachahmungstäter? Verrückter? Mörder?

Vor zwei Tagen hatte sich Will die gleichen Fragen gestellt wie zuvor schon in der Gefängniskapelle.

Er verließ das Gebäude durch die Tür am Fuß der Treppe. Die Leichenhalle befand sich hinter der GBI-Zentrale in einem Bau aus Metall, der wie ein Flugzeughangar aussah. Der Wind zupfte an seinem Jackett, als er den Gehsteig entlanglief. Will hielt den Blick auf den Boden gerichtet. Am Himmel gab es nicht viel zu sehen. Dunkle Wolken. Blitze in der Ferne. Regen klatschte ihm ins Gesicht.

Ein schwarzer Transporter der Leichenhalle stand an der Laderampe. Gary half dem Fahrer, Shay Van Dornes Sarg auf einen Rolltisch zu heben. Wenn Will zuletzt an die Exhumierung dachte, hatte er immer Brocken von Erde vor Augen gehabt, vielleicht eine Hand, die wie in *Geschichten aus der Gruft* aus morschem Holz ragte. Doch der Metallsarg hier war wie unberührt, der schwarze Lack glänzte noch wie ein Spiegel. Der einzige Hinweis darauf, dass er nicht direkt aus dem Ausstellungsraum kam, waren die Spinnweben, die in einer Ecke hingen. Eine Spinne hatte es fertiggebracht, in den versiegelten Behälter zu gelangen.

Will ging durch die Eingangshalle des Leichenschauhauses. Glasfenster gewährten einen Blick in den Obduktionsbereich. Zwei Rechtsmediziner waren bereits an der Arbeit. Sie trugen gelbe Schürzen und blaue Arztkittel. Weiße Gesichtsmasken. Bunte Mützen. Grauweiße Handschuhe.

Sara war in einem winzigen Raum am Ende eines langen Flurs. Statt Kunst hingen Tatortfotos an den Wänden. Das Büro war als temporärer Arbeitsplatz für alle gedacht, die gerade einen brauchten. Schreibtisch. Telefon. Zwei Stühle. Kein Fenster.

Will ging langsamer, damit er sie in Augenschein nehmen konnte.

Saras Arme lagen ausgestreckt auf dem Schreibtisch, und sie schaute auf ihr Smartphone. Sie hatte sich umgezogen und trug nun einen Arztkittel und ihre Brille. Ihr langes, kastanienrotes

Haar war zu einem losen Knoten auf ihrem Kopf zusammengesteckt. Will betrachtete ihr Profil.

Ich sehe, wem ihr Herz gehört.

Will hätte sich schämen sollen, denn Sara war buchstäblich auf die Knie gegangen und hatte wiederholt beteuert, dass sie Will liebte und dass sie sich für ihn entschieden hatte, aber nichts davon hatte ihm annähernd so viel bedeutet wie Nick Sheltons beiläufige Bemerkung, dass Will Sara fest in der Hand hatte.

Sie hatte ihn noch immer nicht gesehen. Sie legte ihr Telefon beiseite. Er sah, wie sie die oberste Schreibtischschublade aufzog und eine Tube Lotion herausnahm. Sie cremte damit ihre Hände und die nackten Unterarme ein.

Will hatte sich lange genug herumgedrückt für jemanden, der sich ständig einredete, dass er kein Serienmörder war. Er machte sich bemerkbar, indem er sagte: »Amanda will, dass ich als Zeuge an der Obduktion teilnehme.«

Sie lächelte ihn an. Nicht ihr übliches Lächeln, sondern unsicher.

»Mom hat eine E-Mail-Adresse von Delilah Humphrey ausgegraben«, sagte sie. »Ich weiß nicht, was ich ihr schreiben soll.«

Will wusste es ebenfalls nicht. Er musste einen Weg finden, wie er mit Sara wieder alles ins Lot brachte. Diese Verbindungsstörung zog sich schon zu lange hin. Er setzte sich auf den Stuhl neben dem Schreibtisch und ließ zu, dass sein Knie ihr Bein berührte.

Sara blickte nach unten, aber die Beinberührung schien nicht zu genügen.

»Meine, äh ...« Will räusperte sich. Er streckte seine unverletzte Hand aus. »Meine Haut ist auch ein bisschen trocken.«

Sara runzelte die Stirn, aber sie spielte mit. Sie massierte ein wenig Lotion in seine Hand, und er sah, wie ihre Finger sanft seine Haut glätteten. Will spürte, wie sich die Verspannung in seinen Schultern löste. Sein Atem ging langsamer. Schließlich begann sich die Atmosphäre in dem fensterlosen Raum zu verändern, und er sah ihr an, dass sie es ebenfalls spürte. Sie lächelte ihn an, als sie jeden einzelnen seiner Finger zärtlich drückte und dann mit dem Daumen seine Handlinien nachfuhr. Wills Mutter hatte an Astrologie geglaubt. Er hatte ein Plakat über Handlesen in ihren Habseligkeiten gefunden und erinnerte sich jetzt an die Bezeichnungen darauf.

Lebenslinie. Schicksalslinie. Kopflinie. Herzlinie.

Sara schaute hoch.

»Hey«, sagte er.

»Hey«, sagte sie.

Und einfach so glitt der Stecker wieder in die Dose.

Sara beugte sich vor und drückte ihre Lippen in seine Handfläche. Sie war eine ungewöhnliche Frau. Sie hatte ein Faible für Jeffreys Handschrift. Und sie hatte ein Faible für Wills Hände.

Er fragte: »Soll ich dir bei der E-Mail helfen?«

»Das wäre nett, danke.« Sie nahm ihr Smartphone wieder zur Hand. »Darf ich dir vorlesen, was ich schon habe?«

Will nickte.

Sara sagte: »Erst kommt das übliche Zeug, wenn man eine Bekanntschaft erneuert. Ich habe ihr meine private Handynummer gegeben, falls sie nichts offiziell hinterlassen will. Dann habe ich geschrieben: ›Ich weiß, das ist schwierig, aber ich würde gern mit Tommi sprechen. Alles, was sie sagt, bleibt unter uns wie zuvor. Sie soll sich bitte mit mir in Verbindung setzen, aber nur, wenn ihr wohl dabei ist. Ich verstehe und respektiere ihr Recht, sich zu weigern.‹«

Will überlegte, wie Delilah wohl reagierte, wenn sie die E-Mail las. Die Mutter hatte keinen Grund zu antworten, geschweige denn ihre Tochter hineinzuziehen. »Solltest du ihr vielleicht sagen, warum?«

»Das ist der Punkt, an dem ich mich nicht entscheiden kann.« Sara legte ihr Telefon wieder beiseite. Sie hielt Wills Hand fest. »Tommi hat nie geglaubt, dass sie von Daryl Nesbitt angegriffen wurde. Ich habe ihr sein Polizeifoto gezeigt. Sie sagte, er war es nicht. Ohne Zögern.«

Will ließ die Bombe platzen, deretwegen Nick und Faith in entgegengesetzte Richtungen quer durch den Staat jagten. »Wir testen noch einmal DNA-Proben von Nesbitt und Heath Caterino.«

Überrascht riss Sara die Augen auf. Sie sah das klaffende Loch schneller, als Will es gesehen hatte. »Ihr glaubt, Daryl hat die Lasche des Kuverts von jemand anderem ablecken lassen.«

»Wir wissen, dass Nesbitt gern Spielchen spielt, und er hegt mit Sicherheit einen Groll. Ich habe noch nie einen Häftling getroffen, der nicht jemand anderem die Schuld an dem Schlamassel gibt, in dem er steckt.«

»Er hat Jeffrey die Schuld am Verlust seines Fußes gegeben. Er hat ihn im Rahmen des Zivilprozesses auf Schadenersatz verklagt.«

»Was ist mit den Beweisen?«

Sara zählte sie auf: »Der Hammer stimmte mit der Marke und dem Set überein, das in Nesbitts Garage gefunden wurde. Er wohnte zwei Straßen vom Wald entfernt. Er kannte sich in der Stadt aus. Zwei Opfer hatten seine Telefonnummer in ihrem Handy gespeichert. Er hatte kein Alibi zur Zeit der Überfälle. Er hat auf einer Baustelle in der Nähe der Forststraße gearbeitet. Er fuhr einen dunklen Transporter wie der, an den sich Tommi erinnerte. Natürlich war es zweifelhaft, ob Tommi aussagen würde. Dann war da noch der Schuppen.«

Will ermahnte sich, vorsichtig zu sein. Er würde nicht auf dem Andenken ihres toten Ehemanns herumtrampeln. Zumindest nicht in ihrem Beisein. »Ich verstehe, dass er wegen der dritten verschwundenen Studentin, Rosario Lopez, mit dem Rücken zur Wand stand. Aber wenn man den Kriegsnebel wegbläst, ist das gar kein so toller Fall.«

»Da wirst du von mir keinen Widerspruch hören. Deshalb hat Jeffrey auch keinen Druck bei der Staatsanwaltschaft gemacht, dass sie Anklage erhebt«, erklärte Sara. »Er dachte, wenn Nesbitt erst einmal im Gefängnis sitzt, würden sich weitere Zeugen melden oder zusätzliche Beweise gefunden werden. Er hat noch ein volles Jahr an dem Fall gearbeitet und irgendetwas zu finden gehofft, um Nesbitt die Überfälle anlasten zu können. Aber niemand hat sich gemeldet, und es reichte nicht für eine Anklage, und schließlich hat es Nesbitt fertiggebracht, seiner Akte noch einen versuchten Mord anzufügen, also …«

Gary klopfte an den Türrahmen. »Dr. Linton? Wir sind so weit.«

»Ich komme sofort.« Sara tippte wieder in ihr Handy und las ihm laut vor, was sie schrieb. »Bitten Sie Tommi, mich anzurufen oder eine E-Mail zu schicken. Es kann sein, dass sie recht hatte, was das Foto betrifft. Wie klingt das?«

»Kommt drauf an«, sagte Will. »Willst du ihr Angst machen?«

»Sollte sie nicht Angst haben?«

»Schick es ab«, sagte Will.

Sara wartete, bis die E-Mail versandt war, dann steckte sie ihr Handy in die Hosentasche.

»Gary hat noch nie eine Exhumierung gemacht«, sagte sie. »Es wird also langsam ablaufen, okay?«

»Langsam ist in Ordnung für mich.«

Sara hielt die ganze Zeit Wills Hand, als sie den Flur entlanggingen. Sie ließ sie erst los, als sie den Schrank mit der Ausrüstung erreichten, wo sie eine gelbe Schürze, eine blaue Chirurgenhaube und zwei Mund-Nasen-Masken herausnahm.

Sie rief Will noch rasch ein paar Dinge in Erinnerung. »Bei Alexandra McAllister gab es Schnittwunden von einem Instrument wie einem Rasiermesser oder einem Skalpell. Der Mörder wusste, dass das Blut Raubtiere zur Leiche des Opfers locken würde. Die Nerven im Plexus brachialis waren sauber durchtrennt. Die Rückenmarkspunktion war maskiert, aber ich weiß, wonach ich suchen muss. Ich müsste dir relativ schnell sagen können, ob Shay Van Dorne dasselbe Muster an Verletzungen aufweist.«

»Amanda will, dass ich ihr so rasch wie möglich Bescheid gebe.«

»Will Amanda je etwas nicht so rasch wie möglich?« Sie hob die Hände und band Will die Gesichtsmaske um den Hals. »Der Geruch ist größtenteils beim Aufbrechen des geschlossenen Behälters verflogen. Es müsste ohne Maske gehen, aber wenn du sie brauchst, ist es okay.«

Dann machte sie sich selbst zurecht und schlang die Bänder der Schürze zweimal um die Taille, verstaute ihr Haar unter der Haube, streifte Handschuhe über. Will bemerkte die Verwandlung, als sie sich auf Shay Van Dorne vorbereitete. Manchmal blödelten Ärzte herum, um eine bedrückende Situation erträglicher zu machen. Sara scherzte nie. Sie ging an jede Untersuchung eines Todesfalls mit respektvollem Ernst heran.

Gary hatte den Sarg in den Vorraum geschoben. Eine durchsichtige Plastikhülle war am Deckel befestigt. Will sah Papiere darin und etwas wie eine Fensterkurbel, die man früher zum Öffnen von Alufenstern benutzt hatte.

Er lockerte seine Krawatte. Die Scheinwerfer, die wie Roboterarme aus der Decke ragten, heizten die Luft auf. Überall im Raum waren Kameras und Mikrofone, einschließlich einer Kamera, die direkt auf den Sarg hinunterzeigte. Eine Rollbahre mit einem gefalteten weißen Tuch und einer Halsstütze aus Gummi wartete auf die Leiche. Ein weiterer Tisch war mit braunem Papier bedeckt, um eine Kontaminierung der Kleidung zu verhindern. Auf einem dritten Tisch lagen ein Vergrößerungsglas und verschiedene chirurgische Instrumente. Gary hatte einen Ausdruck von Shay Van Dornes originalem Unfallbericht bereitgelegt. Daneben befand sich ein Stapel Farbfotos vom Fundort.

Will hatte sich die Fotos noch nicht vom Server heruntergeladen und sah sie jetzt durch. Shay Van Dorne war auf dem Rücken liegend im Wald gefunden worden. Sie trug eine grüne Baumwollhose und ein weißes, gestricktes Polohemd. Die Sachen waren zerfetzt, wo sich Tiere an ihren Brüsten, dem Oberkörper und dem Beckenbereich gütlich getan hatten. Ihre Lippen und Augenlider waren abgenagt worden. Ein Teil ihrer Nase fehlte.

»Fertig?« Sara wartete, bis ringsum alle nickten. Sie trat auf einen Fußschalter, um die Kameras und Mikrofone zu starten. Will hörte, wie sie Datum und Uhrzeit ansagte, sich vorstellte und verkündete, wer außerdem anwesend war.

Unwillkürlich musste er an das Video von Leslie Truong denken, das gestern Abend auf dem altertümlichen Videorekorder gelaufen war. Sara hatte so anders ausgesehen. Auch wenn sie im Wesentlichen das Gleiche sagte, hörte sie sich acht Jahre später auch anders an.

»Ich werde in diesem Raum die Voruntersuchung machen, dann wird Gary sie röntgen, und danach rollen wir sie in den Obduktionssaal.« Sara war mit den Formalitäten fertig. Ihre nächsten Worte richtete sie an Gary. »Die meisten Holzsärge werden mit Metallklammern zusammengehalten. Die teuren Modelle haben ein Schloss, für das man einen achteckigen Schlüssel braucht.«

»Wie einen Inbusschlüssel?«

»Genau.« Sara löste das Plastikkuvert vom Sarg, schüttelte die Kurbel heraus und hielt sie hoch. »Dies ist ein Sargschlüssel. Der Schaft ist länger, weil er einen Metallsarg öffnet. Das Schloss befindet sich immer am Fußende. Zwischen dem

Unterteil des Sargs und dem Deckel ist eine Gummidichtung. Können Sie sie fühlen?«

Gary fuhr mit seiner behandschuhten Hand am Rand des Deckels entlang. »Ja.«

»Die Dichtung versiegelt den Sarg, aber nicht hermetisch. Denken Sie daran, was ich Ihnen über das Ausgasen während der Verwesung erzählt habe. Wenn der Sarg zu luftdicht versiegelt ist, kann er explodieren.« Sara ging zum Fußende des Sargs. »Manche Staaten schreiben Außenbehälter vor. Andere nicht. Vergessen Sie nie, dass man die Entscheidungen über eine Bestattung an einem Tiefpunkt seines Lebens trifft, an dem man zu einer besseren vielleicht einfach nicht in der Lage war.«

Gary sagte: »Meine Oma war ein Fan der Georgia Bulldogs, deshalb hat sie einen rot-schwarzen Sarg mit einer Bulldogge darauf bekommen.«

Will fragte sich, ob der junge Mann vergessen hatte, dass alles aufgezeichnet wurde.

Sara hatte es offenbar nicht vergessen. Sie schob den Schlüssel in die Öffnung und setzte ihren Vortrag fort, der ebenso sehr für Gary wie für eine etwaige Jury in der Zukunft gedacht war. »Holzsärge werden mit einer Vierteldrehung nach links geöffnet. Für metallene braucht es mehrere Drehungen. Sie lösen die Klammern, die den Deckel festhalten. Fertig?«

Dieses Mal wartete Sara nicht auf eine Antwort. Sie fasste die Kurbel mit beiden Händen und legte ihr ganzes Gewicht in die Drehungen. Die Dichtung quietschte. Will hörte einen Luftstrom, nicht unähnlich dem *Wuusch* eines iPhones, wenn eine E-Mail abgeschickt wurde.

Seine Hand ging zur Gesichtsmaske, die um seinen Hals hing, aber Sara hatte recht: Er brauchte sie nicht. Was er roch, war dasselbe eklig süße Aroma, das Shay Van Dorne verströmt hatte, als sie vor drei Jahren in ihren Metallkasten eingeschlossen wurde.

Sara fuhr im unteren Teil des Sargdeckels mit den Fingerspitzen unter den Rand. Sie wartete darauf, dass Gary das Gleiche am oberen Ende tat.

Sie hoben den Deckel simultan an.

Will stand hinter Gary, aber seine Körpergröße ermöglichte ihm einen direkten Blick in den Sarg.

Shay Van Dornes Haut war gelb und wächsern, ihr Hals war aufgedunsen. Auf ihrer Stirn befanden sich Schimmelflecken. Sie trug eine schwarze Seidenbluse und einen langen schwarzen Rock. Ihr brünettes Haar lag strähnig auf den Schultern. Ihre Wangen waren unnatürlich rosig und voll. Lippen, Nase und Augenlider waren mit Wachs kunstvoll rekonstruiert worden. Ohne die leichte Farbabweichung wäre Will nie darauf gekommen, dass ein Tier sie gefressen hatte. Make-up zog in tote Haut nicht ein.

Shays Hände waren über der Brust gefaltet, ihre Fingernägel waren lang und gekrümmt. Sie hielt seit drei Jahren einen kleinen spitzenbesetzten Beutel in der Hand.

Sara entfernte den Beutel vorsichtig und schüttete den Inhalt in ihre Hand. Zwei Eheringe fielen heraus, einer schlicht, der andere mit einem großen Diamanten.

Will sah, wie Saras Augen feucht wurden. Ihr eigener Ehering war ebenfalls bei dem von Jeffrey. Sie bewahrte beide in einer kleinen Holzschatulle auf. Als Will sie kennenlernte, stand die Schatulle auf dem Kaminsims, inzwischen lag sie in einem Schrankfach im Gästezimmer.

»Man findet oft persönliche Gegenstände bei Verstorbenen«, sagte Sara zu Gary. »Achten Sie darauf, sie sorgfältig zu katalogisieren und zu fotografieren, damit sie zurückgelegt werden können, bevor der Sarg wieder in die Erde kommt.«

Gary nahm den Beutel und legte ihn vorsichtig auf das braune Papier.

»Legen wir sie auf den Tisch.«

Sara zog sich einen Fußschemel heran. Gary holte sich einen zweiten, der neben der Tür stand.

Will lehnte sich an die Wand. Sie brauchten seine Hilfe nicht, um die kaum sechzig Kilo schwere Leiche auf die Rollbahre zu verlagern. Gary hob sie an den Schultern an, Sara nahm die Beine. Will sah Shays Hand herabfallen, als sie auf die Bahre gelegt wurde. Er blickte auf ihre nackten Füße, die Zehennägel waren eingedreht wie die Krallen einer Katze. Er reckte den Hals und entdeckte ein Paar hochhackige Schuhe in einer Plastiktasche im Sarg.

»Die wächserne Substanz, die Sie auf der Haut sehen, ist Adipocire, das Leichenwachs«, sagte Sara. »Die anaerobe, bakterielle Hydrolyse von Fett entwickelt sich während der Fäulnis, der fünften Phase des Todes. Es ist eine Legende, dass Haare und Nägel weiterwachsen. Vielmehr ist es so, dass die Haut sich zurückzieht, was die Nägel länger erscheinen lässt. Balsamierungsflüssigkeit zieht nicht in die Follikel ein, deshalb verliert das Haar seinen Glanz.«

Gary schob den Sarg unter der Kamera fort und rollte die Bahre an seine Stelle. »Warum sind die Schuhe nicht an ihren Füßen?«, fragte er.

»Das ist nicht ungewöhnlich, besonders bei hohen Absätzen. Manchmal findet man Unterwäsche in einem Beutel zu ihren Füßen. Wenn eine Obduktion durchgeführt wurde, kann es sein, dass die Organe in einer versiegelten Tüte im Sarg liegen.«

Gary sah bestürzt aus.

»Das alles ist in der Bestattungsbranche durchaus übliche Praxis«, erklärte ihm Sara. »Ziehen wir sie aus.«

Will blieb weiter an die Wand gelehnt, während sie arbeiteten. Gary knöpfte Shays Bluse auf und legte sie auf das braune Papier. Der BH-Verschluss war vorn, die Plastikschnalle war gebrochen. Er löste sie vorsichtig ab. In das Körbchen, wo eine von Shays Brüsten fehlte, hatte man Watte gepackt. Das Material war in der offenen Wunde kleben geblieben. Als der Arm zur Seite fiel, konnte man erkennen, dass in den Achselhöhlen ebenfalls Watte steckte.

Sara erklärte es Gary. »Beim Einbalsamieren wird Watte in die Körperöffnungen und offenen Wunden gesteckt, damit keine Flüssigkeit ausläuft.«

Sara zog den Rock nach unten; es gab keine Unterwäsche. Die Schenkel teilten sich, und Will sah noch mehr Watte zwischen ihren Beinen, fast wie eine Windel. Er musste unwillkürlich an Leslie Truong, Tommi Humphrey, Alexandra McAllister und all die anderen Frauen aus der Tabelle denken.

Sara drehte vorsichtig Shays Kopf und fuhr mit dem Zeigefinger an den Halswirbeln entlang. Als Nächstes schaute sie in die Achselhöhlen, dazu musste sie die Wattefussel mit einer Pinzette fortzupfen. Aus zwei Metern Entfernung sah Will Nerven und Adern aus den Achselhöhlen ragen wie ein Bündel Drähte, das aus einem Computer gerissen wurde.

Sara studierte die Wunde mithilfe des Vergrößerungsglases. Sie blickte auf, sah Will an und nickte. Der Einstich bei C5. Die sauber durchtrennten Nerven im Plexus brachialis.

Shay Van Dorne wies die gleichen Verletzungen auf wie Alexandra McAllister.

Sara gab die Befunde für die Aufnahme bekannt. Will holte sein Telefon aus der Tasche und hielt es weit nach unten, außerhalb des Kamerabereichs. Dann schickte er Amanda ein Emoji: einen erhobenen Daumen. Sie sandte ein Okay zurück. Er wollte das Telefon eben wieder einstecken, als ihm Faith einfiel. Er konnte sie über seine App lokalisieren und sah, dass sie gut vorangekommen war. Sie war noch etwa zwanzig Minuten von Gerald Caterinos Trabantensiedlung entfernt.

Er überlegte, ihr eine Aufmunterung zu schicken, aber ein erhobener Daumen schien ihm fehl am Platz. Faith hatte bereits mit Callie Zanger allein zurechtkommen müssen. Will war unsicher, wie sie damit umgehen würde, wenn Gerald Caterino wieder zusammenbrach. Den Mann in seinem engen, begehbaren Mord-Schrank weinen zu hören war quälend gewesen. Es hatte Will an neu aufgenommene Kinder im Waisenhaus erinnert. Sie weinten tagelang, bis sie dahinterkamen, dass niemand kam, um sie zu trösten.

Am Ende schickte er ihr einfach das Bild einer Süßkartoffel. Faith würde es verstehen.

»Warum?«, sagte Gary.

Will blickte auf.

»Wir werden nichts Bemerkenswertes finden, wenn wir ihre Augenlider öffnen«, erklärte ihm Sara.

Will steckte sein Handy weg. Er wusste, sie meinte *bemerkenswert* wörtlich. Wegen der tierischen Aktivitäten waren die Augenhöhlen unter den Plastikkappen, die die Form der Lider nachahmten, leer. Da war nichts, was es wert gewesen wäre, bemerkt zu werden.

Sara löste das Wachs ab, das Shay Van Dornes Lippen nachformte. Der Kiefer blieb geschlossen. Sara legte das Wachs auf das braune Papier, zeigte auf den Mund und sagte zu Gary: »Sehen Sie die vier Sätze von Drähten, die oben und unten an der Gingiva oder dem Zahnfleisch befestigt sind?«

»Sie sehen aus wie diese Verschlüsse für Brottüten«, sagte Gary.

»Der Balsamierer hat einen Nadelinjektor benutzt, um den Mund zu verschließen. Das Gerät sieht aus wie eine Kreuzung aus einer Spritze und einer Schere, aber ich finde, es funktioniert eher wie eine kleine Harpune. Der Injektor schießt eine spitze Nadel mit einem daran befestigen Draht direkt in Ober- und Unterkiefer. Man dreht die Drähte dann oben und unten zusammen, um den Mund geschlossen zu halten. Ich brauche den kleinen Drahtschneider.«

Gary drückte ihr die Zange in die Hand, und sie zwickte die Drähte durch. Der Unterkiefer fiel herunter und zur Seite, als wäre der Kiefer gebrochen. Sara tastete am Knochen entlang. »Das Gelenk ist ausgerenkt.«

Will hörte ihrer Stimme an, dass der Befund sie beunruhigte. Er nahm den Bericht des Coroners vom Wagen. Es war ein Standardformular, und daher wusste er, dass sich das Kästchen *Beschreibung von Verletzungen – Zusammenfassung* auf der dritten Seite befand. Sein Zeigefinger folgte der einzelnen Textzeile.

Tierische Aktivität in Sexualorganen wie auf Zeichnung dargestellt.

Will studierte die anatomische Zeichnung. Brüste und Becken waren eingekreist. Auf Augen und Mund war jeweils ein X. Im Bereich des Kiefers war nichts vermerkt. Der Leichenbeschauer von Dougall County war ausgebildeter Zahnarzt. Sicher hätte der Mann einen ausgerenkten Kiefer bemerkt.

Will blickte wieder auf.

Sara leuchtete mit einer Lampe in den Mund. Sie zog den Fußschemel wieder heran, denn von dieser erhöhten Position konnte sie direkt in den Rachen sehen. Sie drückte den Kiefer nach unten, um den Mund so weit wie möglich zu öffnen. Dann schaute sie mit dem Vergrößerungsglas hinein.

Für die Aufnahme erklärte sie: »Ich blicke auf den oberen rechten Quadranten. Ein Stück Latex oder Vinyl steckt zwischen dem letzten Backenzahn und ihrem Weisheitszahn fest.«

Gary hatte ihre veränderte Stimmung bemerkt. »Ist das merkwürdig?«, fragte er.

Sie antwortete ausweichend. »Weisheitszähne kommen in der Regel spätestens mit Anfang zwanzig heraus. Meist wachsen sie schief. Sie können die übrigen Zähne beengen und erhebliche Schmerzen verursachen. Normalerweise werden sie paarweise oder alle auf einmal gezogen, deshalb ist es bemerkenswert, dass eine fünfunddreißigjährige Frau nur einen übrig hat.«

Sara stieg vom Schemel. Der Blick, den sie Will zuwarf, verriet ihm, dass hier etwas ganz und gar nicht stimmte. Sie breitete die Fotos des Coroners von Dougall County aus und fand, wonach sie suchte. »Das Latex war noch nicht da, als der Leichenbeschauer die Fotos von der Mundhöhle gemacht hat.«

»Der Balsamierer wird wohl Handschuhe getragen haben, oder?«, sagte Gary.

»Ja. Ich brauche die Zange.«

Sara wandte sich wieder Shays Leiche zu. Sie neigte den Scheinwerfer über ihr und steckte die lange Zange in Shays Mund. Das Latex dehnte sich, als sie es herauszuziehen versuchte. Dann begann der Kiefer zu verrutschen.

»Halten Sie den Kiefer«, sagte sie zu Gary. »Das sitzt hier ganz schön fest.«

Gary wölbte seine Hände um den Kiefer und zwang den Mund auf, so weit es ging.

Sara zerrte wieder an dem Stück Latex. Das Material war dünn, beinahe durchscheinend.

Ihr Telefon begann zu läuten. Das Geräusch klang gedämpft aus ihrer Hosentasche.

Stirnrunzelnd drehte sie sich zu Will um. »Kannst du das bitte annehmen? Vielleicht ist es …«

Sara wollte den Namen Delilah Humphrey wegen der Aufzeichnung nicht sagen.

Will fischte das Gerät aus ihrer Tasche und zeigte ihr den Bildschirm.

Sara sagte zu Gary: »Ich muss das draußen im Flur annehmen.«

Will folgte ihr. Sie hielt die behandschuhten Hände in die Luft, denn sie durfte das Telefon keinesfalls berühren.

»Du kannst mithören«, sagte sie.

Will tippte auf das Lautsprechersymbol auf dem Schirm, dann hielt er ihr das Gerät vor den Mund.

»Mrs. Humphrey?«, sagte Sara.

Es gab statisches Rauschen. Will dachte schon, es hätte zu oft geläutet, aber die Stoppuhr auf dem Display lief noch.

»Mrs. Humphrey, hier ist Dr. Linton«, sagte Sara. »Sind Sie da?«

Erneutes Rauschen, aber eine Frauenstimme sagte: »Wie geht's, Doc?«

Sara schaute erschrocken. »Tommi?«

»Genau die.« Tommis Stimme war tiefer, als Will gedacht hätte. Er hatte sich die Frau verängstigt und gebrochen vorgestellt. Die Stimme aus dem Lautsprecher war hart wie Stahl.

»Es tut mir leid, Sie zu stören«, sagte Sara.

»›Es kann sein, dass ich mit dem Foto recht hatte.‹« Tommi zitierte aus Saras E-Mail. »Ich habe Ihnen vor acht Jahren gesagt, dass Daryl Nesbitt es nicht war.«

Sara presste die Lippen aufeinander. Will sah ihr an, dass sie noch nicht so weit war, dass sie sich noch nicht wirklich überlegt hatte, wie es nach der Nachricht an ihre Mutter und die E-Mail an Delilah weitergehen würde.

»Tommi«, sagte Sara. »Ich muss wissen, ob Ihnen noch etwas eingefallen ist.«

»Was sollte mir einfallen?« Der Stahl verwandelte sich in ein Rasiermesser. »Warum sollte ich mich erinnern?«

»Ich weiß, es ist schwer.«

»Ja, ich weiß, dass Sie es wissen.«

Sara nickte, bevor Will auf die Idee kommen konnte, nachzufragen. Sie hatte Tommi von ihrer eigenen Vergewaltigung erzählt.

»Tommi …«

Tommi unterbrach sie mit einem langen, gequälten Seufzer.

Will konnte sich vorstellen, wie dabei Zigarettenrauch aus ihrem Mund quoll.

»Ich kann keine Kinder bekommen«, sagte sie.

Saras Augen fanden wieder Wills. Sie hielt den Blick fest auf ihn gerichtet. »Es tut mir so leid.«

Will begriff, dass sie zu ihm sprach.

Er schüttelte den Kopf. Dafür musste sie sich niemals entschuldigen.

»Ich wollte glücklich sein, wissen Sie«, sagte Tommi. »Ich habe mir Sie angesehen und gedacht: Wenn Dr. Linton glücklich sein kann, kann ich es auch.«

Sara beleidigte sie nicht mit irgendwelchen Plattitüden. »Es ist schwer.«

Wieder Schweigen. Will hörte ein Feuerzeug klicken. Rauch wurde eingesogen und wieder ausgeblasen.

»Ich kann nur mit einem Mann zusammen sein, wenn er mir wehtut.«

Die Enthüllung war sehr schnell gesagt worden. Will sah, dass Sara das Gleiche machte wie er – sie herunterzufahren versuchte, einen Ausweg aus der Gewissheit in der Stimme der Frau suchte.

Sara schüttelte langsam den Kopf. Sie fand keinen Ausweg. Es blieb nur Niedergeschlagenheit.

»Geht es Ihnen auch so?«, fragte Tommi.

Sara sah wieder zu Will hinauf. »Manchmal«, sagte sie.

Tommi blies eine lange Rauchfahne aus.

Sie inhalierte wieder.

»Er hat zu mir gesagt, dass es meine Schuld ist«, fuhr sie fort. »Daran erinnere ich mich. Dass es meine Schuld ist.«

Sara öffnete den Mund. Sie holte Luft. »Hat er Ihnen gesagt, warum?«

Tommi hielt wieder inne, um zu rauchen, tief ein, langsam aus. »Er sagte, dass er mich gesehen hat und mich haben wollte und dass er wusste, ich würde zu hochnäsig sein, ihm auch nur zu sagen, wie spät es war, also musste er mich zwingen.«

Sara sagte: »Tommi, Sie wissen, dass es nicht Ihre Schuld ist.«

»Ja, klar, wir müssen aufhören, Vergewaltigungsopfer zu fragen, was sie falsch gemacht haben, und anfangen, Männer zu fragen, warum sie vergewaltigen.«

Sie leierte den Satz herunter wie etwas, was sie tausendmal in einer Selbsthilfegruppe gehört hatte.

»Ich weiß, dass man diesem Gefühl nicht mit Vernunft beikommt. Es wird immer Momente geben, in denen man sich selbst die Schuld gibt.«

»Ist das bei Ihnen so?«

»Manchmal«, gab Sara zu. »Aber nicht die ganze Zeit.«

»Die ganze Zeit ist meine Zeit«, sagte Tommi. »Die ganze verdammte Zeit.«

»Tommi …«

»Er hat geweint«, sagte sie. »An das erinnere ich mich hauptsächlich. Er hat geweint wie ein verdammtes Baby. Er lag auf den Knien, hat geheult und vor und zurück geschaukelt wie ein kleines Kind.«

Will brach der kalte Schweiß aus.

Erst gestern hatte er einen Mann so weinen sehen.

Auf den Knien. Vor und zurück schaukelnd. Flennend wie ein Kleinkind.

Will hatte in Gerald Caterinos Mord-Schrank gestanden. Die Besessenheit des Vaters von dem Überfall auf seine Tochter schrie von allen Wänden. Berichte von Leichenbeschauern. Zeitungsartikel. Polizeiberichte. Zeugenaussagen. DNA. Eine Bürste. Ein Kamm. Ein Haargummi. Ein Stirnband. Eine Haarklammer. Niemand auf Erden wusste so viel über die Angriffe auf Rebecca Caterino und Leslie Truong wie Gerald Caterino.

Gefolgsmann? Nachahmungstäter? Verrückter? Mörder?

Sie hatten angenommen, dass Daryl Nesbitt die DNA auf dem Kuvert gefälscht hatte.

Was, wenn Gerald Caterino der Fälscher war?

Will versuchte, an das Handy in seiner Tasche heranzukommen. Faith fuhr in diesem Moment wahrscheinlich in Caterinos Einfahrt. Er musste sie warnen.

Sara wusste sofort, dass etwas nicht stimmte. Sie sagte: »Tommi …«

»Seine Mutter war im Krankenhaus.«

»Was?«

Saras verblüffte Frage ließ Will innehalten. Sie hatte das Wort beinahe geschrien.

»Deshalb hat er es getan«, sagte Tommi. »Das war sein Grund. Seine Mutter war im Krankenhaus. Er hatte Angst, dass sie stirbt. Er brauchte jemanden, der ihn tröstete.«

»Tommi …«

»Ich bin ein gottverdammter Trost.« Sie lachte wieder. »Hey, Sara, tun Sie mir einen Gefallen: Vergessen Sie diese Nummer. Ich kann Ihnen nicht helfen. Ich kann mir ja nicht einmal selbst helfen.«

Es klickte im Lautsprecher. Sie hatte aufgelegt.

Will tippte auf sein Telefon und rief Faiths Nummer auf. »Ich muss …«

»Das Latex«, sagte Sara. »Will, es stammt nicht von einem Handschuh. Es stammt von einem Kondom.«

GRANT COUNTY – DONNERSTAG – EINE WOCHE SPÄTER

27

Jeffrey bemühte sich, nicht zu humpeln, als er die Main Street entlangging. Seit dem Sturm auf Daryl Nesbitts Haus war genau eine Woche vergangen, und die Stadt sollte sehen, dass ihr Polizeichef wohlauf war. Oder so wohlauf, wie man eben sein konnte mit einer gebrochenen Nase, Rückenschmerzen und einem Pfeifen in der Lunge wie ein kranker Chihuahua.

Rosario Lopez war nie in Gefahr und im Grunde auch nie verschwunden gewesen. Die Studentin war mit einem Jungen nach Hause gegangen, den sie in der Cafeteria kennengelernt hatte, und wie viele Studierende waren sie im Bett gelandet, wo sie dann den Tag mit Essen aus dem Imbiss und Gesprächen über ihre Kindheit vertrödelt hatten. Die groß angelegte Suche im Wald und Jeffreys Befürchtung, sie könnte in dem Schuppen gefangen gehalten werden, waren beide unbegründet gewesen.

Er hätte sich damit quälen können, wie viel anders er die Aktion ohne das Damoklesschwert von Rosario Lopez' Entführung über seinem Kopf gehandhabt hätte, aber Jeffrey wusste seit Langem, dass es einen nur in der Zukunft stolpern ließ, wenn man sich wegen der Vergangenheit ohrfeigte.

Davon abgesehen gab es größere Fehler, die ihm den Schlaf raubten.

Rebecca Caterino lag immer noch im Koma. Niemand konnte sagen, wie schwer ihr Hirn geschädigt war. Es hieß abwarten. Jeffrey sagte sich immer wieder, dass sie zu guter Letzt wieder genesen würde. Beckey würde nie mehr gehen können, aber sie konnte ein lebenswertes Leben führen. Sie konnte weiterstudieren, ihren Abschluss machen. Die Versicherungsgesellschaft des Countys verhandelte mit dem Vater des Mädchens bereits über einen Vergleich. Das College würde sich dumm und dämlich zahlen. Ganz unten auf dieser Liste kam der Punkt, dass Jeffrey seinen Job behielt.

Zumindest fürs Erste.

Bonita Truong war mit der Leiche ihrer Tochter nach San Francisco zurückgeflogen. Sie hatte Jeffrey seitdem zweimal angerufen. Beide Male hatte er nichts anderes tun können, als ihr beim Weinen zuzuhören. Es gab keine Worte, um ihren Schmerz zu lindern. Wie Cathy Linton immer sagte, heilte nur die Zeit alle Wunden.

Jeffrey sehnte sich nach dieser Heilung. Er wünschte sich, die Uhr würde sich schneller drehen, bis er seinen eigenen Kummer hinter sich gelassen hätte. Er war von Birmingham weggegangen, um Fälle von so brutaler Gewalt, dass sie einem das Herz brachen, hinter sich zu lassen. Er hatte geglaubt, Grant County würde sein Walhalla sein, wo das Schlimmste, was passierte, ein gestohlenes Fahrrad war oder ein Student, der sein Auto an einen Baum fuhr.

Er sagte sich, dass sich nichts verändert hatte. Daryl Nesbitt war eine Abweichung. Ein Psychopath, wie er einem einmal im Leben begegnete. Von nun an würde Jeffrey sein Arbeitsleben damit verbringen, beim Treffen des Rotary Clubs Hände zu schütteln und alten Damen bei der Suche nach ihrer Katze zu helfen.

Er wickelte ein Hustenbonbon aus und steckte es in den Mund.

Der Frühling machte sich von einem Ende der Main Street bis zum anderen bemerkbar. Das Stadtzentrum sah immer noch aus wie gemalt, trotz der Schrecken, die sich in der Woche zuvor im Wald abgespielt hatten. Die Blätter des Hartriegels winkten im Wind. Die Blumen, die der Gartenverein gepflanzt hatte, standen in voller Blüte. Eine Holzbank leistete der Pavillonausstellung vor dem Baumarkt weiter Gesellschaft. Der Kleiderständer mit den Ausverkaufsteilen vor dem Modegeschäft war fast leer geräumt.

Jeffrey hustete wieder.

Der Rauch, den er eingeatmet hatte, war nicht der einzige Grund, warum seine Kehle schmerzte. Er hatte die letzte Stunde mit dem Bezirksstaatsanwalt und dem Bürgermeister über die Beweislage gegen Nesbitt gestritten. Der Hammer. Die räumliche Nähe. Die Telefonnummer.

Der Schuppen.

Jeffrey wurde jedes Mal das Herz schwer, wenn er an das Gefängnis dachte, das sich Daryl Nesbitt in seinem Garten gebaut hatte. Die Gitterstäbe an Fenster und Tür waren mit Acht-Zoll-Einwegschrauben eingesetzt. Sie hatten sie herausbohren müssen, um die Tür öffnen zu können. In dem Schuppen hatten sie eine Pritsche mit einer pastellrosa Decke gefunden. Ein Eimer stand in der Ecke. Eine rosa Haarbürste und ein passender Kamm.

Es gab außerdem eine Kette an einem einbetonierten Eisenring.

Kein Blut. Keine Körperflüssigkeiten. Keine Haare. Keine DNA. Der Schuppen sah aus wie eine Gefängniszelle, aber es war nicht verboten, einen Schuppen wie eine Gefängniszelle einzurichten. Ebenso wenig war es verboten, in der Nähe einer Forststraße zu arbeiten, die einen leichten Zugang zum Fundort einer Leiche bot. Oder einen 750-Gramm-Hammer zu besitzen, der zu einem rückschlagfreien Brawleigh-Set gehörte. Oder einen anthrazitfarbenen Transporter zu fahren.

Die Anklage wegen Kinderpornografie genügte andererseits, um Daryl Nesbitt für wenigstens fünf Jahre ins Gefängnis zu bringen.

Fünf Jahre.

Damit konnte Jeffrey arbeiten. Zeugen würden sich melden. Jemand würde sich an etwas erinnern. Tommi Humphrey könnte beschließen, ihr Schweigen zu brechen. Jeffrey zweifelte an ihrer negativen Reaktion auf Nesbitts Polizeifoto. Er hätte den Pädophilen gern bei einer Gegenüberstellung in einer Reihe von Männern gesehen, die Tommi in Ruhe aus dem Dunkeln betrachten konnte. Ein eindimensionaler Schnappschuss war etwas ganz anderes, als einen Menschen körperlich vor sich zu sehen.

Das größte Hindernis war Nesbitts Anwalt. Er stammte aus Memminger County und war versiert in der Verteidigung von Abschaum. Der Anwalt würde sich einer Gegenüberstellung widersetzen. Er hatte bereits den Zugang zu seinem Klienten verweigert und einen verlängerten Aufenthalt im Krankenhaus von Macon statt im Bezirksgefängnis für Nesbitt herausgehandelt. Schlimmer noch, er hatte die Abweisung aller Vorwürfe mangels hinreichenden Grundes zum Betreten des Hauses beantragt. Wenn ihm ein Richter die Geschichte abkaufte, wäre Daryl Nesbitt ein freier Mann.

Jeffrey und Lena waren die beiden einzigen Menschen, die das verhindern konnten. Beide hatten eidesstattliche Aussagen unterschrieben. Beide waren bereit, die Hand auf eine Bibel zu legen und zu schwören, dass sie die Wahrheit sagten.

Beide wussten, dass alles, was sie sagten, gelogen wäre.

Es gab eine Rechtsdoktrin, die man die *Früchte des vergifteten Baums* nannte. Sie besagte im Wesentlichen, wenn die Polizei einen Wohnsitz ohne hinreichenden Grund betrat, dann konnte nichts von dem, was sie dort fand, vor Gericht verwertet werden.

Lena war eindeutig ohne einen solchen Grund in Daryls Haus gegangen. Es war vollkommen legal, bei sich zu Hause eine Erektion zu haben. Es war vollkommen legal, nicht mit der Polizei sprechen zu wollen. Man durfte ihr sogar die Tür vor der Nase zuschlagen. Der Fehler, den Lena gemacht hatte, bestand darin, dass sie Daryls Arm gepackt hatte. Er hatte ihn weggezogen, doch statt loszulassen, hatte sie das Haus betreten. Dann hatte sie noch einen weiteren Schritt gemacht. Dann war die Tür zugefallen und die Hölle losgebrochen.

Die Rechtfertigung »Ich habe Gras an ihm gerochen« war in diesem Moment in sich zusammengefallen.

Glücklicherweise hatten Jeffrey und Lena zu einem alternativen Ablauf der Dinge gelangen können, demzufolge eingetreten war, wovor Frank sie gewarnt hatte: Daryl hatte Lena gepackt und die Tür zugeschlagen.

Dafür ertrugen sie es gern, dass Frank jetzt lautstark herumtönte, er hätte es doch gleich gesagt. Matt und Hendricks untermauerten die Geschichte. Jeffrey nahm an, sie hielten es für die Wahrheit. Die beiden hatten fast zwanzig Meter entfernt hinter einem Malibu gekauert. Es war aus dieser Entfernung schwer zu sagen, wer wen gezogen hatte.

Es gab eine Menge peinlicher Einzelheiten, die von der Lüge übertüncht wurden: dass Lena sich nicht als Polizistin zu erkennen gab. Dass Matt und Hendricks ihren Posten verlassen hatten. Dass Brad in die Küche gerannt war und seine Flinte abgefeuert hatte. Dass Frank auf der anderen Seite des Schuppens zusammengebrochen war. Dass Lena ihre Waffe verloren hatte, als sie Daryl die Treppe hinauf verfolgte. Und am wichtigsten: dass Daryl Lena wie eine Puppe durch das Schlafzimmer geschleudert hatte. Sie war mit dem Kopf an den Schreibtisch geknallt. Der Laptop war angesprungen.

Pures Glück, aber eben doch ein Glücksfall.

Die Kinderpornografie war der einzige Grund, warum Daryl Nesbitt eine Gefängniszelle erwartete und er sich nicht an sein nächstes Opfer heranmachen konnte. Es gab viele üble Dinge, die einem Pädophilen im Gefängnis widerfahren konnten. Erwachsene Männer landeten in der Regel nicht hinter Gittern, weil sie eine glückliche Kindheit verbracht hatten. Es würde wahrscheinlich mindestens einen Häftling geben, der sich mit Freuden um Nesbitts Problem kümmerte. Und wenn nicht, so fanden Leute wie Nesbitt meist irgendeine Möglichkeit, im Gefängnis zu bleiben, wenn sich das Tor erst einmal hinter ihnen geschlossen hatte.

Jeffrey trat vom Gehsteig und ließ sich nicht anmerken, dass sich seine gezerrten Rückenmuskeln schmerzhaft zusammenzogen. Er hatte das Hustenbonbon zu Ende gelutscht, als er beim Grant Medical Center eintraf. Der Parkplatz war leer bis auf den Transporter der Firma Linton und Töchter. Er öffnete die Seitentür und hoffte, dass Tessa den Aufzug nahm.

Diese Hoffnung wurde zunichtegemacht, als er gerade vier Stufen nach unten gestiegen war. Jeffrey hörte ein Pfeifen. Er blickte nach unten und erwartete, einen erdbeerblonden Haarschopf zu sehen.

Ein weiterer vernichtender Schlag.

Eddie Linton schaute nach oben. Er lächelte.

Bis er Jeffrey sah.

Jeffrey war nicht in der Verfassung, wegzulaufen. Selbst ein schneller Hieb würde nichts nützen. Saras Vater war bemerkenswert fit für einen Mann, der den größten Teil seines Arbeitslebens unter Küchenspülen verbracht hatte oder durch enge Gänge gekrochen war.

Eddie blieb auf dem Absatz unterhalb von Jeffrey stehen. Sein Werkzeuggürtel hing tief auf der Hüfte. Mit seinem Klempnergeschäft und den Immobilieninvestments war Eddie Linton wahrscheinlich einer der wohlhabenderen Männer der Stadt, doch er kleidete sich wie ein Obdachloser. Zerrissene T-Shirts, löchrige Jeans. Sein Haar war selten frisiert, seine Augenbrauen buschig.

Jeffrey brach das Eis. »Eddie.«

Eddie verschränkte die Arme vor der Brust. »Wie geht's dir so im Colton-Haus?«

»Wie einem Mann, der einen Klempner braucht.«

Eddie grinste. »Besorg dir einen Metalleimer. Plastik nimmt den Geruch an.«

Jeffrey musste den Gleichklang bei der Wortwahl einfach bewundern. »Wie lange soll das so gehen?«

»Wie lange hast du vor, noch zu leben?«

Eddie blockierte die Treppe. Jeffrey war nicht so dumm, sich an ihm vorbeizudrängen, und er war zu stolz, um kehrtzumachen.

Eddie sagte: »Ich habe viel über diese Situation nachgedacht, in der wir beide uns wiederfinden.«

Jeffrey dachte, dass nur einer von ihnen sich freiwillig darin befand.

»Meine Frau hat etwas Tiefgründiges zu mir gesagt, als Sara zur Welt kam. Du kennst meine Frau?«

Jeffrey sah ihn schief an. »Ich glaube, wir gehen in dieselbe Kirche.«

»Tja, nun, sie ist eine ziemlich kluge Frau. Es war auf der Entbindungsstation. Ich habe dieses wunderschöne kleine, rothaarige Mädchen in den Armen gehalten, und meine Frau – Cathy heißt sie – sagte, ich solle lieber immer auf der rechten Bahn bleiben, weil Mädchen dazu neigten, Männer zu heiraten, die wie ihr Vater sind.« Er lächelte wehmütig. »Damals in diesem Krankenhaus gelobte ich, freundlich und respektvoll zu meinem kleinen Mädchen zu sein. Ihr zuzuhören und zu vertrauen und ihr klarzumachen, dass sie nur das Beste erwarten sollte.«

»Es gibt bestimmt eine Moral von der Geschichte«, sagte Jeffrey.

»Die Moral ist, dass ich meine Zeit vergeudet habe.« Eddie zuckte mit den Achseln. »Ich hätte sie links liegen lassen sollen, damit sie lernt, mit Männern umzugehen, die sie wie Scheiße behandeln.«

Eddie packte das Geländer und zog sich nach oben. Seine Schulter stieß gegen Jeffreys. Ein heftiger Schmerz fuhr in Jeffreys Rücken, aber er gönnte Eddie Linton nicht die Befriedigung, es sich anmerken zu lassen.

Jeffrey verzog das Gesicht, als er einen Schritt nach unten machte. Der Schmerz war jedoch nichts im Vergleich zu dem Gefühl, als er die geschlossene Tür der Leichenhalle sah.

Dan Brock nutzte den Keller seines Bestattungsunternehmens für seine Arbeit als Leichenbeschauer. Sara hatte die Leichenhalle des Krankenhauses benutzt. Ihr Name war von ihrer Zeit in dem Job noch immer ins Glas geätzt: SARA TOLLIVER.

Klebeband verdeckte jetzt den Nachnamen, LINTON war mit schwarzem Filzstift darübergeschrieben.

Jeffrey dachte, er hätte sich auch eine andere Frau suchen können, um Sara zu betrügen, als die einzige Schildermalerin der Stadt.

Er zupfte an einer Ecke des Klebebands, aber seine Selbstachtung verhinderte, dass er es wegriss. Er legte den Kopf schief und lauschte nach Geräuschen auf der anderen Seite der Tür. Er war nicht in der Stimmung, von Tessa angefallen zu werden. Doch er hörte keine Stimmen. Er hörte Musik. Paul Simon.

50 Ways to Leave Your Lover.

Sara spielte ihr Lied.

Jeffrey straffte die Schultern und ignorierte das heftige Zwicken in seinem Rücken. Er öffnete die Tür.

Sara war auf den Knien und schrubbte mit Gummihandschuhen an den Händen und einem blauen Stirnband um den Kopf die Bodenfliesen.

Sie sah Jeffrey über den Rand ihrer Brille hinweg an. »Bist du meinem Vater über den Weg gelaufen?«

»Ja, er hat mir die vollständige *Götterdämmerung* vorgespielt.«

Sie verkniff sich gerade noch ein Lächeln. Die Scheuerbürste fiel in den Eimer. Die Handschuhe wurden abgestreift. Sie stand auf und wischte sich den Dreck von den Knien. Sie trug Shorts und ein T-Shirt mit einem verblassten orangeblauen Logo der Heartsdale Highschool, das voller Farbspritzer war.

»Nesbitt?«, fragte sie.

»Der Bezirksstaatsanwalt zögert bei allem außer den Kinderpornovorwürfen. Unter uns gesagt, kann ich es ihm nicht verübeln. Die Beweislage ist dünn. Alles nur Indizien, und das ist noch großzügig betrachtet. Wir müssen uns auf einen Prozess wegen Caterino gefasst machen. Niemand will springen, bevor wir wissen, wo wir landen.«

»Bist du dir sicher, dass es Nesbitt war?«

»Wer sollte es sonst sein?«, fragte Jeffrey. »Lassen wir die Indizienbeweise einmal beiseite. Der Mörder kennt den Wald. Er wusste von der Forststraße. Er war mit dem Campus vertraut. Er hat seine Opfer gestalkt und persönliche Dinge von ihnen gestohlen. Das alles weist auf einen Mann hin, der nicht auffällt.«

»All das weist auf einen Mann hin, der im Grant County aufgewachsen ist«, sagte Sara.

»Daryl Nesbitt«, folgerte Jeffrey.

»Er hat zwei Frauen binnen einer halben Stunde überfallen«, räumte Sara ein. »Es sagt etwas aus, dass seit seiner Verhaftung niemand mehr zu Schaden kam.«

»Ich hoffe, ein Häftling mit gewissen Vaterkomplexen legt ihn um, bevor er vor Gericht kommt.«

Sara runzelte die Stirn. Sie konnte sich den Luxus leisten, Selbstjustiz abzulehnen. Als Polizist hatte Jeffrey gelernt, dass man manchmal in Graubereiche abdriften musste, um sicherzustellen, dass nicht die Falschen zu Schaden kamen. Die Kunst bestand darin, dafür zu sorgen, dass man nicht sein Leben dort verbrachte.

»Hast du mit Brock gesprochen?«, fragte Sara.

Jeffrey hatte in der vergangenen Woche öfter mit Brock gesprochen als mit jedem seiner Polizisten. Der Mann wollte sämtliche Einzelheiten über die Ermittlung wissen. »Ich habe fünf Nachrichten von ihm auf meinem Handy. Er ist ziemlich aus dem Häuschen wegen der Angriffe.«

»Ich glaube nicht, dass es deshalb ist«, sagte Sara. »Er tut sich schwer ohne seinen Vater. Du weißt, welche Schwierigkeiten er damit hat, Bekanntschaften zu schließen. Seine Familie bedeutet ihm alles.«

Jeffrey hatte ein schlechtes Gewissen, weil er Brocks Anrufe abgewimmelt hatte, und genau das war Saras Absicht gewesen. »Er hat ja noch seine Mutter.«

»Ich bin mir nicht sicher, wie lange noch«, sagte Sara. »Myrna wäre letztes Jahr fast gestorben. Sie war allein zu Hause und hatte einen schlimmen Asthmaanfall. Brock war derjenige, der sie gefunden hat. Es stand wochenlang Spitz auf Knopf. Ich habe ihn schon früher weinen sehen, aber noch nie so. Wie ein Kind.«

Jeffrey schüttelte den Kopf. »Daran erinnere ich mich nicht.«

»Ich weiß es nur deshalb noch so genau, weil der Überfall auf Tommi in der Zeit passiert ist, als Myrna im Krankenhaus war.« Sara nahm ihr Stirnband ab und schüttelte ihr Haar. »Brock bat mich, bei ihr zu sitzen. Sein Dad war betrunken, und Brock führte praktisch das Geschäft. Ich blieb ein paar Stunden bei ihr, damit er eine Atempause hatte. Er war so überdreht, als er mich ablösen kam, völlig aus dem Häuschen, wahrscheinlich vor Angst und Schlafmangel. Ich habe mir den Rest der Nacht Sorgen um ihn gemacht. Dann ging ich am Morgen zur Arbeit, und Sibyl hat mich wegen Tommi angerufen.«

Jeffrey hatte verstanden. »Ich rufe Brock zurück.«

»Danke.«

Sara hob den Plastikeimer auf. »Wolltest du den mit nach Hause nehmen?«, fragte sie.

»Man hat mir gesagt, Metall sei besser.«

Sara lächelte, als sie den Eimer zum Waschbecken trug.

Jeffrey blickte sich in der Leichenhalle um, während sie die Seifenrückstände auswusch. Er war seit mindestens einem Jahr nicht mehr in diesem Keller gewesen. Nichts hatte sich verändert, aber hier hatte sich ja seit fast einem Jahrhundert nichts verändert. Das Krankenhaus war 1930 gebaut worden, in einer der Blütezeiten des Countys. Der Keller war seither nicht angerührt worden. Die hellblauen Fliesen an den Wänden waren so alt, dass sie schon wieder in Mode kamen. Der Boden zeigte ein Schachbrettmuster aus Braun und Grün. Der Obduktionstisch war aus Keramik, mit gewölbten Seiten und einem Abfluss in der Mitte. Am Fußende waren ein flaches Spülbecken und ein Wasserhahn. Eine Waage, wie man sie auch in der Gemüseabteilung eines Lebensmittelladens fand, hing von der Decke.

»Jeff?« Der Wasserhahn war zugedreht. Sara lehnte an der Arbeitsfläche. »Warum bist du hier?«

»Ich habe deine schönen blauen Augen vermisst.«

Er sah, wie sie diese Augen verdrehte. Es war ein alter Witz aus der Zeit ihrer Ehe. Saras Augen waren grün.

»Ich wollte dir sagen, wie froh ich bin, dass du für Brock übernimmst. Das County braucht eine Rechtsmedizinerin. Alles verändert sich. Selbst ländliche Gemeinden erleben ein Anwachsen von Gewaltkriminalität.«

»Probierst du einen Polizei-Workshop an mir aus?«

»Tut mir leid«, sagte er. »Ich bin ein wenig aus dem Gleichgewicht ohne das emotionale Gerüst, das mich trägt.«

Zum ersten Mal seit er durch die Tür gekommen war, sah sie ihm ins Gesicht. »Wie geht es deiner Lunge? Hat der Arzt dir Atemübungen empfohlen?«

»Dreimal täglich.« Jeffrey merkte sich in Gedanken vor, dass er damit anfangen sollte. »Meine Nase schmerzt mehr als alles andere.«

»Sie sieht gebrochen aus.«

»Du solltest das andere Mädchen erst sehen.«

Diesmal lächelte Sara nicht. Sie nahm ihre Brille ab und reinigte die Gläser mit dem Zipfel ihres Shirts. Sie sah ihn erst wieder an, als sie fertig war. »Hast du mich wirklich deshalb betrogen? Weil ich zu viel Zeit mit meiner Familie verbracht habe?«

Jeffrey versuchte, den Gedankensprung nachzuvollziehen.

»Das hast du letzte Woche in meinem Büro gesagt. Eins der vielen Dinge, die du gesagt hast«, erinnerte ihn Sara. »Dass ich mehr Zeit mit dir hätte verbringen sollen, statt ständig mit meiner Familie zusammen zu sein.«

Jeffrey holte ein Hustenbonbon aus seiner Tasche und wickelte es vorsichtig aus.

»Du hast die Reihenfolge der Ereignisse vergessen«, sagte Sara. »Ich bin nicht am nächsten Morgen in die Stadt marschiert und habe die Scheidung beantragt, ohne mit dir zu sprechen. Ich habe dich an dem Abend, an dem es passiert ist, im Hotel angerufen. Ich war bereit, dir zuzuhören.«

Jeffrey erinnerte sich an den ersten betrunkenen Abend im Kudzu Arms. Er hatte eine Frau in der Dusche gehabt und seine wütende künftige Ex-Frau am Telefon.

»Ich habe dich gebeten, zu einer Paartherapie mit mir zu gehen«, sagte sie.

Er steckte das Hustenbonbon in den Mund. »Ich wollte nicht für noch eine Frau bezahlen, damit sie mir sagt, dass ich ein Arschloch bin.«

Sara drückte das Kinn an die Brust. Sie wussten beide, dass sie diejenige gewesen wäre, die die Schecks ausgestellt hätte.

»Du hättest es mir sagen können. Wegen meiner Familie. Dass es dich gestört hat.«

»Wir haben zu dieser Zeit nicht mehr so viel geredet.« Jeffrey sah einen Ansatzpunkt. »Bevor wir geheiratet haben, haben wir die ganze Zeit geredet, weißt du noch?«

Sie sah ihn an, ihr Gesichtsausdruck war unergründlich.

»Ich habe es so geliebt, mich mit dir zu unterhalten, Sara. Ich liebe es, wie dein Verstand arbeitet. Du siehst Dinge auf eine Weise, wie ich es nicht kann.«

Ihr Kinn fiel wieder auf die Brust.

»Ich hatte das Gefühl, dass sich dein Alltag in ein Geheimnis verwandelt, das nur deine Familie kennen durfte.«

»Es ist nun einmal meine Familie.«

»Sie sind wie eine Mauer von Jericho um dich herum, was in Ordnung ist. Das wusste ich, als ich dich geheiratet habe.« Er sagte die Wahrheit. »Aber du hast mich gefragt, was passiert ist. Du hast aufgehört, mit mir zu reden. Das spielte eine große Rolle.«

Sein von Herzen kommendes Geständnis brachte ihm ein kurzes Lachen ein.

»Dass ich zu wenig rede, hat mir noch niemand vorgeworfen.«

»Ich meine, über die wichtigen Dinge. Wie es dir geht. Was

dich beunruhigt. Probleme bei der Arbeit. Früher war ich dein Vertrauter. Du konntest mir alles erzählen.« Er legte alle seine Karten auf den Tisch. »Ich dachte, ich würde meine Geliebte heiraten. Stattdessen habe ich eine verstummte Frau bekommen.«

Er sah die Veränderung in ihrem Körper, eine vertraute Anspannung, zu der sie immer Zuflucht nahm, wenn sie litt.

»Genau das«, sagte er und bemühte sich um einen freundlichen Tonfall. »Das tust du, wenn ich mit dir zu reden versuche.«

»Was soll ich sagen? Was erwartest du?« Ihre Stimme war kaum mehr als ein Flüstern; ein weiterer Hinweis darauf, dass sie verletzt war. »Was hast du damals erwartet?«

Er schüttelte den Kopf. Er konnte dieses Gespräch nicht führen, wenn sie so aufgewühlt war.

»Sag mir, was ich falsch gemacht habe«, bat sie. »Sag es mir, denn früher oder später werde ich einen neuen Mann kennenlernen, und ich will nicht wieder denselben Fehler machen.«

Bei dem Gedanken, dass sie jemand Neuen kennenlernte, hätte Jeffrey am liebsten das Gebäude eingerissen. »Ich sagte schon, es war in Ordnung für mich, dass du dich für deine Familie entscheidest. Aber manchmal hätte ich mir gewünscht, dass du dich für mich entscheidest.«

»Hätte es etwas geändert?«, fragte Sara. »Du hättest einen anderen Grund gefunden. Du hast jede Frau betrogen, mit der du je zusammen warst. Du bist nur in einem anhaltenden Zustand der Limerenz glücklich.«

»Limerenz.« Er versuchte, das Gespräch etwas zu entspannen. »Ist das so wie damals, als du gesagt hast, du wünschtest, ich wäre semelpar, und ich war ein zweites Mal gedemütigt, weil ich das Wort nachschauen musste?«

Sie lächelte widerstrebend. »Limerenz ist ein rauschhafter Zustand, so wie du dich fühlst, wenn du frisch verliebt bist.

Du bist besessen von der geliebten Person. Euphorisch. Du kannst an nichts anderes denken.«

»Klingt toll.«

»Das ist es, aber dann musst du den Müll rausbringen und die Rechnungen bezahlen und so tun, als würdest du deine Schwiegereltern mögen, und das ist dann eine Beziehung. Limerenz führt dich dazu hin, aber es muss noch etwas anderes geben, was dich darin hält.«

»Ich weiß, du wirfst mir vor, dich nicht zu lieben.«

»Jeffrey …«

»Was kann ich tun, um dich zurückzugewinnen?«

Die Frage brachte ihm ein ehrliches Lachen ein. »Ich bin keine Trophäe.«

Sie hatte ja keine Ahnung.

Jeffrey sprach die Worte aus, bevor ihn der gesunde Menschenverstand davon abhielt. »Ich liebe dich immer noch.«

Ihr Körper zog sich wieder zusammen. Er dachte an ihre Haut. Die weichen Rundungen und Spalten. Sie hatten seit der Scheidung nur einmal Sex gehabt. Sara hatte mitten in der Nacht an seine Tür geklopft. Sie hatte ihm keine Zeit gelassen, zu fragen, warum sie gekommen war. Sie küsste ihn, dann waren sie auch schon im Bett. Sie hatten beide Tränen in den Augen gehabt. Jeffrey hatte damals nicht verstanden, dass Sara um etwas trauerte, was sie verloren hatte, während er dachte, er hätte etwas Wertvolles zurückbekommen.

»Sara, ich liebe dich immer noch.« Je öfter er es sagte, desto sicherer war er sich, dass es stimmte. »Ich werde nicht aufgeben. Ich werde diesen Stein weiter den Berg hinaufrollen, bis er auf der anderen Seite ist.«

Sie schüttelte den Kopf. »Wie ist das für Sisyphus ausgegangen?«

»Keine Ahnung. Aber er ist seit zweitausend Jahren tot, und wir reden immer noch über ihn.«

Sara lächelte noch immer widerwillig, aber sie lächelte.

»Sei ehrlich zu mir«, bat sie. »Es wird nicht alles heilen, aber es wird zumindest dazu beitragen, dass sich ein Schorf bildet.«

Er wusste, was sie wollte, aber er sagte: »Ehrlich worüber?«

»Die Frauen. Wenn du diese Sache berichtigen willst, dann sei ehrlich. Ich weiß, dass es nicht nur Jolene war.«

Sie wusste gar nichts. »Ich habe es dir gesagt, Sara: Es war nur Jolene, und auch nur ein paarmal. Und es hat mir absolut nichts bedeutet.«

Sie nickte ein Mal, als wäre damit alles geklärt. »Ich gehe jetzt.«

»Sara …«

»Meine Eltern erwarten mich zum Mittagessen.«

Jeffrey sah sie ihre Handtasche aufheben, ihre Wagenschlüssel.

»Es ist noch nicht vorbei, Sara«, sagte er. »Ich werde dich nicht verlieren.«

Sie ging auf ihn zu, legte ihm die Hände auf die Schultern und stellte sich auf ihre Zehenspitzen, damit sie ihm in die Augen blicken konnte.

Für einen Moment blieben sie so und sahen einander unverwandt an. Sie kaute auf der Unterlippe, was seine Aufmerksamkeit auf ihren köstlichen Mund lenkte.

Jeffrey begann, sich auf sie zuzubewegen.

Ihre Hände glitten von seinen Schultern.

»Mach das Licht aus, wenn du gehst«, sagte sie.

Jeffrey sah ihr nach, bis sich die Tür hinter ihr schloss. Ihr Schatten verweilte nicht in der Milchglasscheibe. Auf der Rückseite des Klebebands konnte er immer noch den Namen TOLLIVER sehen.

Er holte so tief Luft, wie es seine geschädigte Lunge zuließ, und sah sich in der uralten Leichenhalle um. Saras Büro war auf der Rückseite. Er sah, dass sie Kartons mitgebracht hatte, um ihre neuen Akten zu lagern. Einen großen Packen Kugelschreiber. Einen nicht geöffneten Stapel Notizblöcke. Der altertümliche Kompressor des begehbaren Kühlschranks heulte los, als der Motor hochfuhr.

Vom Kauf eines absurd teuren Sportwagens abgesehen hatte Sara an dem Tag, nachdem sie Jeffrey hinausgeworfen hatte, zwei Entscheidungen getroffen, die ihr Leben veränderten. Sie hatte bei Gericht die Scheidung eingereicht. Und sie hatte dem Bürgermeister ihr Rücktrittsschreiben vom Posten des Coroners überbracht. Ein kurzes Jahr später war nur mehr eine dieser Entscheidungen in Kraft.

Die Aussichten gefielen Jeffrey.

Er holte sein BlackBerry hervor und scrollte zum Abschnitt *Notizen*.

Jeffrey war altmodisch in allen Belangen bis auf einen. Er besaß noch immer ein Rolodex. Alle seine Anmerkungen und Erinnerungen zu einem Fall erfolgten schriftlich. Er führte einen Papierkalender. Seine spiralgebundenen Notizbücher waren in Kartons auf seinem Dachboden aufbewahrt und würden wahrscheinlich auch auf dem Dachboden des Hauses landen, das er bewohnte, wenn er im Ruhestand war.

Sara würde mit ihm in diesem Haus wohnen, und wenn es das Einzige war, was er noch zustande brachte.

Jeffrey betrachtete die geheime Liste von Namen und Telefonnummern auf seinem Bildschirm.

Heidi. Lilly. Kathy. Kaitlin. Emmie. Jolene.

Er ging die Liste durch und löschte einen Namen nach dem anderen.

ATLANTA

28

Sara hatte die Bluse ausgezogen und stand mit ausgestreckten Armen da, während Faith ihr ein kleines Mikrofon auf die nackte Brust klebte. Sie waren im CSI-Bus des GBI. Die Monitore an den Wänden zeigten ein Livebild der geschlossenen Hecktür. Die Kamera war in Saras Handtasche versteckt. Das winzige Loch im Leder war nicht größer als der Umfang ihres kleinen Fingers.

Faith riss noch ein Stück Klebeband von der Rolle.

Sara blickte zur Decke hinauf. Ihre Augen mussten trocken bleiben, aber wenn sie daran dachte, was sie übersehen hatte, was sich acht Jahre lang direkt vor ihrer Nase abgespielt hatte, überkam sie das Gefühl, inmitten einer Lawine zu Tal zu stürzen.

Das Stück Latex in Shay Van Dornes Zähnen hatte das erste Beben ausgelöst. Sara war gerade den Ablauf durchgegangen – der Latex war nicht da gewesen, bevor Shay einbalsamiert wurde, aber danach –, als Tommi Humphrey anrief.

Das zweite Beben wurde durch eine Redewendung ausgelöst, die sie kannte.

Tommis Angreifer hatte behauptet, er habe sie entführen müssen, weil sie zu hochnäsig sei, um ihm zu sagen, wie spät es war.

Hochnäsig.

Sara erinnerte sich, wie Brock sehnsüchtig auf die beliebten Mädchen geschielt hatte, wenn sie zu ihrem Tisch in der Cafeteria gingen.

»Die schauen mich nicht einmal an«, hatte Brock geflüstert. »Die sind zu hochnäsig, um mir zu sagen, wie spät es ist.«

Das dritte Beben kam durch das Weinen.

Sara kannte Daryl Nesbitt nicht persönlich, aber sie konnte sich nicht vorstellen, dass er über irgendeines seiner Verbrechen weinte. Der einzige ihr bekannte Mann, der regelmäßig weinend zusammenbrach, war derselbe, der als Kind zehn Jahre lang neben ihr im Schulbus gesessen hatte.

Das vierte und letzte Beben hatte dann den Himmel zum Einsturz gebracht.

Brocks Mutter war in der letzten Oktoberwoche ins Krankenhaus eingeliefert worden. Sara erinnerte sich nicht mehr an alle Einzelheiten, aber sie wusste noch, wie verwandelt Brock gewesen war, als er sie mitten in der Nacht ablösen kam. Von seinem übertrieben servilen Auftreten war nichts zu bemerken gewesen. Er hatte beseelt gewirkt, beinahe überdreht. Sara hatte es der Angst um seine Mutter zugeschrieben. Im Rückblick erkannte sie sein Benehmen als das, was es war:

Triumph.

»So gut wie fertig.« Faith stand hinter Sara und befestigte den Sender für das Mikrofon an ihrer Jeans.

Dan Brock hatte zwei Jahre gelernt, um sich seinen höheren Abschluss im Bestattungswesen zu verdienen. Die Kurse waren anstrengend, ein gründliches Verständnis von Thanatologie, Chemie und menschlicher Anatomie wurde verlangt. Als der amtliche Leichenbeschauer des Countys war er verpflichtet gewesen, vierzig Stunden Ausbildung in einer Bildungseinrichtung des Bundesstaats in Forsyth zu absolvieren. Dort hatte er grundlegende Dinge über Forensik und Spurensicherung gelernt. Er musste zusätzlich jedes Jahr vierundzwanzig

Stunden berufsbegleitende Fortbildung besuchen, damit er auf dem Laufenden blieb, was Fortschritte in der Ermittlung von Todesursachen betraf.

Er wusste genau, wie man einen Menschen bewegungsunfähig machte. Er wusste genau, wie er seine Spuren verbergen konnte.

Unter dem Schutt der Lawine hatte Sara den allerletzten und erdrückendsten Hinweis ausfindig gemacht.

Sie hatte Brocks Foto an Tommi Humphrey geschickt und gefragt:

Ist er das?

Nach vier kaum erträglichen Minuten hatte Tommi zurückgeschrieben.

Ja.

»Okay«, sagte Faith. »Du kannst deine Bluse wieder anziehen.«

Sara knöpfte die Bluse zu. Ihre Finger bewegten sich ungeschickt. Sie dachte an Faiths Gleichung gestern Morgen beim Briefing.

A + B = C.

Der Mann, der Tommi Humphrey überfallen und verstümmelt hatte, war derselbe Mann, der Rebecca Caterino und Leslie Truong überfallen hatte.

Es war derselbe Mann, der die weiteren Frauen aus Miranda Newberrys Tabelle überfallen hatte.

Derselbe Mann, der Callie Zanger entführt, unter Drogen gesetzt und vergewaltigt hatte.

Derselbe Mann, den Sara als ihren Freund bezeichnet hatte.

Tränen fluteten ihre Augen. Sie war so wütend. Sie hatte schreckliche Angst. Sie war am Boden zerstört.

Mehr als drei Jahrzehnte lang hatte Sara so viel Wärme und echte Zuneigung für Dan Brock empfunden. Wie konnte der kleine Junge, der im Kindergarten neben ihr gesessen hatte, der ungelenke Teenager, der so selbstironisch witzig war, das Ungeheuer sein, das so viele Frauen gepeinigt, vergewaltigt und getötet hatte?

»Sag was.« Faith hielt einen der Kopfhörer an ihr Ohr.

Sara versuchte, so normal wie möglich zu klingen. »Eins, zwei, drei. Eins, zwei, drei.«

»Gut.« Faith legte die Kopfhörer auf den Tisch. »Bist du dir sicher, dass du das tun willst?«

»Nein«, gab Sara zu. »Aber wir haben keine Leichen und Tatorte. Wir haben Vermutungen und eine Tabelle. Die Familien verdienen Antworten, und dies ist der einzige Weg, ihnen welche zu liefern.«

»Wir könnten unser Glück versuchen«, sagte Faith. »Ihn verhaften. Ihm eine Heidenangst einjagen. Vielleicht würde er ja doch reden.«

Sara wusste, das würde niemals geschehen. »Sobald die Sache öffentlich ist, wird er alles tun, um es zu leugnen. Die Van Dornes, Callie Zanger, Gerald Caterino, alle Opfer, die er zurückgelassen hat – sie würden die Wahrheit nie erfahren. Brock wird nicht aussagen, solange seine Mutter noch lebt.«

Faith schaute grimmig und öffnete die Tür.

Will stand draußen Wache. Er trug eine kugelsichere Weste und hatte ein Gewehr über der Schulter hängen. Er verströmte Gefahr, als wäre es Schweiß.

Schweigend sah er Sara an, aber das Schweigen sagte alles.

Sara zog ihre blaue Strickjacke mit den tiefen Taschen an.

Amanda kletterte in den Transporter und sagte zu ihr: »Das Codewort ist Salat.«

Sara blickte wieder zu Will. Er schüttelte den Kopf, er wollte nicht, dass sie das tat.

Amanda fuhr fort. »In dem Moment, in dem Sie es beenden wollen, egal warum, sagen Sie einfach das Codewort, und wir kommen gerannt. Ja?«

Sara räusperte sich. »Ja.«

Faith schaltete die anderen Monitore ein. Sie standen etwa achthundert Meter von der AllCare-Einrichtung entfernt in derselben Straße. Die Kamera auf dem Armaturenbrett von Nicks Wagen zeigte ihnen die Eingangsseite des Lagerhauses. Im Innern des Gebäudes gab es aus Gründen der Diskretion keine Kameras.

Amanda coachte. »Ein volles Geständnis aller Morde wäre wunderbar, aber alle Einzelheiten zu Caterino oder Truong, die Sie aus Brock herausbekommen, würden schon für eine Nadel in seinem Arm genügen.«

Sie sprach von der Todesstrafe.

»Ich habe Leute vor der Laderampe und hinter dem Gebäude, aber wir können nicht hinein«, sagte Amanda. »Wir wissen nicht, ob die Läden in Brocks Büro noch geschlossen sind. Sobald Sie im Lagerhaus sind, werden Will und Faith im Gang Stellung beziehen. Näher kann niemand herangehen, ohne zu riskieren, entdeckt zu werden. Alles, was Ihre Kamera und das Mikro aufnehmen, wird an ihre Handys gestreamt. Wenn Sie das Codewort sagen, müssen Sie mit etwa acht bis zehn Sekunden Verzögerung rechnen, bis die Kollegen die Bürotür aufbrechen.«

Sara nickte. Ihr ganzer Körper war taub.

»Hier.« Faith streckte ihr einen geladenen Revolver mit der Mündung nach unten entgegen. »Wenn Sie ihn benutzen müssen, bleiben Sie auf dem Abzug, bis die Trommel leer ist, okay? Sechs Schuss. Zögern Sie nicht. Schießen Sie nicht, um ihn zu verwunden. Schießen Sie, um ihn zu stoppen.«

Sara wog den Revolver in der Hand. Sie warf einen Blick zu Will und steckte die Waffe in eine der tiefen Taschen ihrer Strickjacke.

»Nick?« Amanda sprach ins Funkgerät. »Bericht.«

»Die Zielperson ist noch im Gebäude.« Nicks Stimme krächzte aus dem Lautsprecher. »Die Mittagsschicht hat das

Gebäude verlassen. Wir haben sie uns geschnappt, sobald sie auf der Straße waren. Ich habe mich mit dem Geschäftsführer zusammengesetzt. Sie bekommen vor eins keine Lieferungen mehr. Wir haben die Straße an beiden Enden abgesperrt. Auf dem Parkplatz stehen noch neun Autos. Eines davon gehört Brock. Die anderen sind auf Angestellte zugelassen. Der Geschäftsführer sagt, sie befinden sich wahrscheinlich im Pausenraum.«

Amanda sagte: »Faith, Aufgabe Nummer eins ist, diese Zivilisten aus dem Gebäude herauszubekommen, ohne dass Brock Verdacht schöpft.«

»Der Pausenraum hat ein Fenster mit Blick auf das Lagerhaus«, sagte Faith. Sie hatte die Baupläne für das Gebäude auf der Website des Countys gefunden. »Wir müssen vorsichtig sein.«

»Wir sollten jede Sekunde bei dieser Operation vorsichtig sein.« Amanda wandte sich an Sara. »Ihre Entscheidung, Dr. Linton. Wir können ihn auf der Stelle verhaften. Tommi kann ihn identifizieren. Sie wäre eine zwingende Zeugin. Wir könnten ihn ohne Geständnis anklagen.«

Shay Van Dorne. Alexandra McAllister. Rebecca Caterino. Leslie Truong. Callie Zanger. Pia Danske. Theresa Singer. Alice Scott. Joan Feeney …

Sara hängte sich ihre Handtasche um. »Ich bin bereit.«

Will half ihr aus dem Fahrzeug. Sie hielt seine Hand und küsste ihn auf den Mund.

»Wir holen uns was von McDonald's zum Abendessen«, sagte sie.

Er ließ nicht zu, dass sie die Stimmung auflockerte. »Wenn er dich anrührt, bringe ich ihn um.«

Sara drückte seine Hand, bevor sie losließ. Je weiter sie sich von Will entfernte, desto betäubter fühlte sie sich. Eine Art Anästhesie breitete sich von ihren Gliedmaßen bis in ihre

Brust aus, sodass ihre Bewegungen roboterhaft waren, als sie schließlich bei ihrem Auto eintraf. Sie legte den Gurt an. Ließ den Motor an. Wählte den Gang. Fuhr auf die Straße.

Will und Faith setzten sich in einer schwarzen Limousine hinter sie. Sara konnte Wills entschlossenen Gesichtsausdruck im Rückspiegel sehen. Die achthundert Meter Fahrt bis zum Lagerhaus zogen sich endlos hin. Ihr Kopf war voll und leer zugleich.

Sollte sie das tun? Konnte sie es überhaupt? Was, wenn Brock nicht redete? Wenn er wütend wurde? Sie hatte allen erklärt, dass Brock ihr nichts tun würde, dass er es längst hätte tun können, wenn er gewollt hätte, aber was, wenn sich der Brock, den Sara gekannt hatte, in den Brock verwandelte, dem es Vergnügen machte, Frauen leiden zu sehen? Sie hatte die Spuren seines Wahns selbst gesehen. Er hatte sich nicht damit begnügt, die Frauen zu vergewaltigen – er hatte sie vernichtet. Sara war im Begriff, ihn in die Enge zu treiben. Würde er versuchen, sie ebenfalls zu vernichten?

Sie setzte den Blinker und bog ab.

Das Lagerhaus von AllCare sah genauso aus wie am Vortag. Außer dass ein Sondereinsatzkommando bereits auf dem Dach war. Ein Blick auf die andere Straßenseite verriet ihr, dass ein Scharfschütze den Vordereingang abdeckte. Sara wusste, ein zweiter würde den Hintereingang bewachen. Zwei weitere schwarz gekleidete Männer waren zu beiden Seiten der Betontreppe zur Eingangshalle postiert.

Wenn alles lief wie geplant, würde Brock in seinem überfüllten Büro auf sie warten. Sara hatte ihn angerufen, um ihm zu sagen, dass sie die Schlüssel für sein Lager vorbeibringen würde. Brock hatte erfreut geklungen, weil sie sich wiedersahen. Er wollte an seinem Schreibtisch zu Mittag essen und hatte angeboten, ihr etwas von dem Kuchen abzutreten, den er von zu Hause mitgebracht hatte.

Ein Rezept von Mama.

Sara rollte in einen Stellplatz vor der Eingangstür. Sie ließ sich einen Moment Zeit, um durchzuatmen, ihr hämmerndes Herz zu beruhigen, aber die Übung brachte nichts. Nichts konnte sie beruhigen.

Sie rückte die Handtasche auf ihrer rechten Schulter zurecht, als sie aus dem Wagen stieg. Ihre linke Hand steckte in der Tasche der Strickjacke. Sie hielt die Waffe fest, damit sie nicht an ihre Hüfte schlug, als sie zum Eingang ging.

Zwei Männer mit Gewehren standen mit dem Rücken zur Wand neben der Betontreppe. Ihre Blicke folgten Sara, als sie die Stufen hinaufstieg.

Hinter ihr wurde ein Motor abgestellt. Türen gingen auf und wieder zu. Sara wandte nicht den Kopf, um Will anzusehen, aber sie wusste, was er tat, während er ihr mit etwas Abstand folgte. Ihr Liebster war ein eingefleischter Fan von Listen. Bestimmt katalogisierte er in Gedanken alle möglichen Ergebnisse:

Brock gesteht und stellt sich.

Brock gesteht und stellt sich nicht.

Brock nimmt Sara als Geisel.

Will erschießt Brock.

Sara fügte ihre eigene Ergänzung an:

Brock erklärt, dass alles nur ein schreckliches Missverständnis ist.

In der leeren Eingangshalle rückte Sara die Handtasche so zurecht, dass die Kamera geradeaus zeigte. Die Empfangsdame hatte ein Schild BIN IN DER PAUSE auf den Tisch gestellt. Eine Plastikuhr mit manuell verstellbaren Zeigern stand auf 1.00 Uhr, die Zeit ihrer Rückkehr.

Sara atmete flach. Sie fasste den Riemen der Handtasche und schloss die Hand fester um den Revolver.

Ihr war schwindlig, als sie den Flur entlangging. Sie hörte Will und Faith die Eingangshalle betreten. Sara hätte sich verzweifelt gern umgedreht, aber sie war sich nicht sicher, ob sie in der Lage sein würde, weiterzugehen, wenn sie Will sah.

Acht bis zehn Sekunden.

So lange, schätzte Amanda, würden sie brauchen, Brocks Bürotür aufzubrechen.

Sara bezweifelte, dass Will mehr als drei brauchen würde.

Die Tür zum Lagerhaus war noch fünf Schritte entfernt. Ein Schweißtropfen lief ihr über die Brust. Sie konnte fühlen, wie er an dem versteckten Mikrofon vorbeiglitt und in ihren BH rann. Sie blickte zu den Fotos an der Wand.

David Harper, Angestellter des Monats.

Hal Watson, Geschäftsführer.

Dan Brock, Leiter der Einbalsamierung.

Eine Karte des Bundestaats klebte neben Brocks Foto. Blau eingefärbte Gegenden zeigten AllCares Geschäftsbezirke an. Es war eine neuere Version als die Karte in Brocks Büro. White County war durchgängig blau.

Mein Revier.

Sara hörte leise Stimmen und drehte sich um. Faith führte die Angestellten aus dem Pausenraum. Will hatte die Hand an seinem Gewehr, sein Finger lag am Abzugsbügel.

Ihre Blicke trafen sich ein letztes Mal.

Sara holte tief Luft.

Dann öffnete sie die Tür und betrat die Halle.

Ihre Sinne waren überwältigt. Der Geruch des Formaldehyds. Das harte Deckenlicht, das jeden Winkel im Raum scharf hervortreten ließ. Die dreißig Edelstahltische waren leer bis auf einen. Eine Balsamiererin hatte gerade das Haar einer toten Frau auf dem Tisch gewaschen. Ihre Hand strich vor und zurück, als sie die Verfilzungen auskämmte.

Sara vergewisserte sich, ob die Läden an Brocks Büro geschlossen waren. Sie räusperte sich und sagte zu der Frau: »Hal lässt fragen, ob Sie bitte kurz in sein Büro kommen.«

»Hal?«, wiederholte die Frau überrascht. »Ich muss nur …«

Sara schaute wieder nach den Läden. »Gehen Sie.«

Der Blick der Frau ging zum Fenster des Pausenraums, dann zurück zu Sara. Sie legte den Kamm beiseite und zog ihre Handschuhe aus. Dann entfernte sie sich mit raschen Schritten und löste im Gehen die Bänder ihrer Schürze.

Saras Herzschlag verdreifachte sich, als sie sich Brocks Büro näherte. Durch jahrelange Praxis als Ärztin, in der Chirurgie und als Rechtsmedizinerin hatte sie gelernt, ihre Gefühle auszuschalten. Aber als sie nun vor Brocks Bürotür stand, war sie unfähig, den Schalter zu drücken.

Er war einer ihrer ältesten Freunde.

Er war ein Vergewaltiger.

Ein Mörder.

Sara klopfte an seine Tür.

»Sara, bist du das?«

Die Tür ging auf. Brock lächelte wie immer und machte Anstalten, sie zu umarmen, aber sie wich zurück.

»T-tut mir leid.« Sie geriet in Panik wegen des Stotterns. Sie hatte diesen Teil geübt, sie hatte gewusst, dass er versuchen würde, sie zu umarmen, weil sie sich immer umarmten. »Ich brüte eine Erkältung aus. Ich will nicht, dass du dich ansteckst.«

»Durch die Arbeit hier drin habe ich die Konstitution einer Ziege.« Er winkte sie herein. »Es tut mir leid, dass ich nicht mit dir zum Lunch gehen konnte. Ich musste mich auf ein Meeting vorbereiten.«

Saras linke Hand blieb in der Tasche. Der Revolver war nass von ihrem Schweiß. Sie zwang ihre Beine, sich in Bewegung zu setzen, blickte sich um und rechnete damit, dass alles so aussah wie am Vortag.

Nichts war wie am Vortag.

Brock hatte sein Büro aufgeräumt. Er musste die Nacht durchgearbeitet haben. Die überquellenden Akten waren weggeräumt. Die Formulare und Bestellungen lagen in ordentlich beschrifteten Ablagekörben. Sein Schreibtisch war leer bis auf zwei Ringordner. Jeder war an die zehn Zentimeter dick. Auf ihre dunkelgrünen Kunststoffhüllen war in Gold das Logo von AllCare geprägt. Sara bemühte sich, nicht nervös zu wirken, als sie zu den geschlossenen Läden blickte.

Sie konnten nicht hinaussehen. Niemand sah herein.

»Tut mir leid, dass es so warm ist hier drin.« Brock hatte die Manschetten seines Anzughemds aufgeknöpft und krempelte die Ärmel auf. »Willst du Wasser oder etwas anderes zu trinken?«

»Nein danke.« Sara unterdrückte mit Mühe das Zittern in ihrer Stimme. »Du hast aufgeräumt.«

»Ich habe mich so geschämt, als du gestern gegangen warst. Normalerweise lasse ich es nicht so weit kommen.« Er gestikulierte zu dem kleinen Tisch. »Setz dich. Kannst du ein bisschen bleiben?«

Sara stellte die Handtasche auf das Tischchen und achtete darauf, dass die Kamera zum anderen Stuhl zeigte. Sie lehnte sich weit zurück, um einen möglichst großen Abstand zu ihm zu halten.

Brock sagte: »Vielleicht sollte ich es wirklich nicht riskieren, mir deine Erkältung einzufangen.«

Anstatt sich gegenüber von ihr hinzusetzen, nahm er hinter seinem Schreibtisch Platz.

Die dicken Ordner standen vor ihm. Sara konnte seine Hände auf dem Schreibtisch liegen sehen, aber die Kamera in ihrer Handtasche konnte es nicht.

Das Loch in der Tasche lag zu tief.

Will würde nervös werden. Er wollte Brocks Hände die

ganze Zeit sehen. Sie betete, dass er nicht durch die Tür gestürmt kam.

»Hast du die Nummer bekommen, die du gesucht hast?«, fragte Brock.

Fragend hoben sich Saras Augenbrauen.

»Von Delilah«, sagte Brock. »Ich habe Mama gefragt, aber du weißt, wie vergesslich sie sein kann, die Gute.«

Saras Unterlippe begann zu zittern. Das war alles zu normal. Es durfte nicht normal sein.

»Sara?«

»Ja.« Sie musste die Worte gewaltsam herauspressen. »Ich habe sie bekommen.«

»Das ist gut«, sagte er. »Und wie haben Lucas und die anderen dich heute Morgen in Villa Rica behandelt?«

Sie spürte, wie sich die Überraschung auf ihrem Gesicht bemerkbar machte. Lucas hatte ihr bei der Exhumierung von Shay Van Dorne geholfen.

»Lucas lässt bei AllCare einbalsamieren«, erklärte er.

Ihre Unterlippe wollte nicht aufhören zu zittern. Sie konnte diese Posse nicht aufrechterhalten. »Da war Latex.«

Er wartete.

»In ihren Z-Zähnen.« Sara stotterte wieder. »Ich habe Latex gefunden, das in Shays Zähnen steckte.«

Brocks Miene war ausdruckslos.

»Von einem Kondom«, sagte sie. »Post mortem.«

Seine Miene veränderte sich immer noch nicht. Er richtete die grünen Ordner parallel zur Tischkante aus. »Willst du etwas Komisches hören, Sara?«

Ihr wurde flau im Magen. Sie hatte ihn zu sehr gedrängt, zu früh. »Dan ...«, begann sie.

»Als du gestern gegangen warst, habe ich daran gedacht, wie mir zum ersten Mal bewusst wurde, dass du meine Freundin bist. Ich wette, du hast es nicht einmal bemerkt, oder?«

Sie konnte das nicht. »Dan, bitte.«

»Du warst immer so nett zu mir. Du warst die Einzige, die je nett war.« Seine Stimme hatte jetzt einen wehmütigen Klang. »Ich weiß noch, dass ich dachte, na ja, diese Sara Linton ist zu jedermann nett, und ich war ein Jedermann, also war ich mit eingeschlossen. Aber dann bist du eines Tages für mich eingetreten. Weißt du noch, was du getan hast?«

Sie musste sich auf die Unterlippe beißen, damit sie aufhörte zu zittern. Was tat er da? Sie hatte ihm von dem Latex erzählt. Ezra Ingle hatte ihm wahrscheinlich die Untersuchung von Alexandra McAllister genau geschildert. Brock hatte die SMS wegen Tommi Humphrey gelesen, die Sara versehentlich ihm statt ihrer Mutter geschickt hatte.

»Wir waren in der sechsten Klasse.« Brock hob die Hand und wackelte mit den Fingern. »Coach Childers.«

Eine ferne Erinnerung kroch in Saras Bewusstsein. Childers war ein Bauer gewesen, der sein Einkommen an der Schule aufbesserte. »Er ist in einen Mähdrescher geraten.«

»Richtig. Er wurde in die Walzen eines Maispflückers gezogen. Hat ihm alle Finger der einen Hand abgetrennt und den anderen Arm glatt abgerissen«, sagte er. »Der arme Kerl ist verblutet, bevor ihn jemand retten konnte.«

Sara schüttelte den Kopf. Was sollte das? Warum erzählte er ihr diese Geschichte?

»Ich weiß noch, wie Daddy Coach Childers in den Keller rollte. Ich durfte nicht allein da runter, aber ich musste es einfach sehen.« Brock kicherte, als beichtete er eine Jugendsünde. »Ich wartete, bis alle schliefen, dann ging ich hinunter und zog den Reißverschluss des Leichensacks auf. Coach Childers lag auf dem Rücken. Sein abgetrennter Arm steckte in einer Plastiktüte und lag auf seiner Brust. Die Finger hatten sie vermutlich nicht mehr finden können.«

Jetzt erinnerte sich Sara wieder. Am Tag nach Coach Childers' Tod hatten alle Kinder einen höhnischen Sprechgesang angestimmt, als Brock in den Bus gestiegen war. Alle kannten den Hergang des Unfalls. Alle wussten, wohin man Coach Childers' Leiche gebracht hatte.

»Totenhand«, sagte sie.

Brock lächelte freudlos. »Ganz recht. Das sangen sie die ganze Zeit. Totenhand, Totenhand.«

Er wackelte mit den Händen, wie es die Kinder getan hatten. Brock hatte ihren bösartigen Spott wochenlang ertragen müssen.

»Weißt du noch, was du getan hast?«, fragte er.

Sie versuchte zu schlucken. Ihr Mund war staubtrocken. »Ich habe sie angebrüllt.«

»Du hast sie nicht nur angebrüllt. Du standest mitten in diesem Bus und hast gebrüllt: ›Haltet den Mund, ihr Wichser!‹« Brock lachte, als erstaunte es ihn immer noch. »Ich glaube, das Wort hatte noch keiner von uns laut gehört. Die meisten wussten wahrscheinlich nicht mal, was es bedeutet. Meine Mama sagte: ›Also, dass dieser Eddie Linton vor den Mädchen so flucht …‹ Aber weißt du noch, was dann passiert ist?«

Das fühlte sich so normal an. Wie konnte es sich so normal anfühlen?

»Ich hab Arrest bekommen.«

»Du warst nicht einen Tag in deinem Leben in Schwierigkeiten.« Sein Lächeln fiel in sich zusammen. »Du hast es für mich getan, Sara. Da wusste ich, dass du meine Freundin bist.«

Sie presste die Lippen aufeinander. Ihr war heiß. Der Schweiß lief ihr in den Nacken. Sie wusste nicht, was sie tun oder was sie sagen sollte. »Bitte«, flehte sie.

»Ach, Sara. Ich weiß, das ist schwer.« Brock verschränkte die Hände auf dem Schreibtisch. »Es tut mir leid.«

Seine Stimme war so vertraut, so teilnahmsvoll. Sie hatte ihn mit zahllosen Trauernden in diesem tröstlichen Tonfall sprechen hören. Sie erinnerte sich aus eigener Erfahrung daran, als sie in seinem Bestattungsunternehmen gewesen war, um die Vorkehrungen für Jeffrey zu treffen.

»Ich habe Coach Childers' Arm in den Wald mitgenommen«, sagte Brock.

Sara konzentrierte sich auf die Angst in seinen Augen. Brock hatte sich immer schrecklich vor Zurückweisung gefürchtet. Sie versuchte, den Schalter in ihrem Kopf umzulegen, ihre Gefühle abzustumpfen.

»Ich war so einsam.« Er beobachtete sie, versuchte abzuschätzen, wie weit er gehen konnte. »Ich wollte nur mit jemandem zusammen sein. Mehr war es nie für mich, Sara. Ich wollte mit jemandem zusammen sein, der mich nicht auslachen oder wegstoßen konnte.«

Ihre Hand fuhr zum Mund. Ihr Verstand weigerte sich zu begreifen, was er gesagt hatte.

Er sagte: »Ich habe eine Weile gebraucht, bis ich herausfand, dass Blut ein Gleitmittel ist.«

Mageninhalt schoss in Saras Kehle. Sie schluckte ihn wieder hinunter und wappnete sich. Sie durfte nicht vor ihm zurückweichen. Er musste weitersprechen. Sie tat es für die Familien. Und für die Opfer, von denen sie noch nichts wussten.

»Man macht hier einen Einstich.« Brock rieb sich über die Brust. »Dann drückt man, und der Mund füllt sich mit Blut.«

Es schnürte ihr die Kehle zu. Er ließ es fast sanft klingen, aber Shay Van Dornes Kiefer war ausgerenkt gewesen. Tommi Humphrey war verstümmelt worden. Alexandra McAllister war mit einer Stricknadel ausgeschabt worden.

Sara verbannte die Bilder aus ihrem Kopf.

Sie zwang sich, Brocks Hilfe suchendem Blick zu begegnen. Er wartete auf die Erlaubnis, fortzufahren.

Sie traute ihrer Stimme nicht, deshalb nickte sie.

»Das erste Mal tat ich es mit Hannah Nesbitt«, sagte er.

Sara stockte der Atem.

»Ich war vom College nach Hause gekommen. Daryl war noch ein Kind, vielleicht zehn, elf, als seine Mama starb. Du kannst es nachsehen, oder?«

Er erwartete eine Antwort. Sie wusste, dass Daryl Nesbitts Mutter an einer Überdosis gestorben war, als Daryl acht gewesen war, aber sie sagte: »Ja.«

»Die Familie bat um einen offenen Sarg. Ich war im Besichtigungsraum, um alles herzurichten. Und dann hatte ich plötzlich dieses Bedürfnis, sie ein letztes Mal zu küssen.«

Ein letztes Mal?

»Es war sehr sittsam. Ich habe nur ihre Lippen mit meinen berührt.« Er hielt den Atem kurz an, ehe er ihn wieder entweichen ließ. »Ich drehte mich um, und da stand Daryl. Beobachtete mich. Keiner von uns sagte ein Wort, aber es gab diese lautlose Kommunikation zwischen uns. Wir waren zwei einsame Menschen, die wussten, dass tief in uns etwas nicht stimmte.«

Sara hatte Mühe, weiter zu schweigen. Sie war in diesem Raum gewesen. Sie konnte sich die widerliche Szene vorstellen. Daryl war ein Kind gewesen, als er einen jungen Mann dabei ertappte, wie er die Leiche seiner Mutter entweihte. Er war vermutlich zu verängstigt, zu verwirrt gewesen, um es richtig zu begreifen.

»Ich war mir so sicher, dass er mich verraten würde.« Brock konnte sie jetzt nicht mehr ansehen, sondern starrte auf seinen Schreibtisch. »Ich wartete darauf, dass er ging und petzte, aber er tat es nicht. Er bewahrte das Geheimnis. Also musste ich auch seines bewahren.«

Brock schniefte. Er wischte sich mit dem Handrücken über die Nase.

»Daddy organisierte zehn, zwölf Bestattungen im Jahr für einen Nesbitt, einen Abbott oder einen Dew-Lolly, der eingeheiratet hatte«, erklärte er. »Daryl drückte sich immer in der Nähe der kleinen Mädchen herum. Selbst bei seinen eigenen Cousinen. Er rieb sich an ihnen, spielte mit ihrem Haar. Manchmal brachte er sie ins Badezimmer, und sie kamen weinend wieder heraus.«

Brocks Augen waren tränennass.

»Ich wurde immer so wütend, weil ich ihn nicht anzeigen durfte. Daryl hätte mich verraten, Daddy und Mama hätten es erfahren, und das wäre das Ende meines Lebens gewesen.« Er blickte Sara an. »Ich könnte das Mama nicht antun. Verstehst du, was ich sage? Sie darf es nie erfahren.«

Sara nickte, aber nicht, weil sie zustimmte. Ihre Gefühle pausierten, seit er gestanden hatte, ein Kind in sein perverses Vertrauen gezogen zu haben.

Sie ließ die Hand wieder in die Tasche ihrer Strickjacke gleiten. Der Revolver war klebrig vor Schweiß.

»Viele Leute tun schreckliche Dinge, wenn sie betrunken sind. Dann sind sie wieder nüchtern und sagen: ›Das war nicht ich, es war der Alkohol.‹« Er starrte weiter auf seinen Schreibtisch. »Aber ich habe mich immer gefragt, was wohl wäre, wenn sie in Wirklichkeit der Mensch wären, der sie im betrunkenen Zustand sind. Wenn sie in Wahrheit das Nüchternsein nur schauspielern.«

Sara hatte ein Muster entdeckt. Er schweifte ab, dann warf er wieder ein Detail ein, von dem er wusste, es würde sie aufhorchen lassen. Sie musste nicht lange warten.

»Axle, Daryls Stiefvater, hat manchmal für uns gearbeitet.« Brock erklärte es: »Hin und wieder bekommt man einen Metallsarg geliefert, und er hat eine Delle, oder eine Ecke ist eingedrückt. Die Versicherung bezahlt dafür, aber man kann ihn trotzdem noch verkaufen, wenn man jemanden findet, der ihn repariert. Jemand, der sich mit Metallarbeiten auskennt.«

»Das rückschlagfreie Hammerset«, sagte Sara.

»Axle hat den Hammer in einem der Särge liegen lassen.« Brocks sanftes Lächeln war wieder da. »Ich weiß nicht, warum ich ihn behalten habe. Ich mochte das Gewicht. Das Ende lief spitz zu. Ich fand ihn nützlich.«

Brock hatte wieder den Blick von ihr abgewandt. Er zupfte an der Ecke von einem der grünen Ordner. Es war ein Geräusch wie ein Ticken.

»Du hast den Hammer in Leslies Körper zurückgelassen«, sagte sie. »Du wusstest, er konnte über die Herstellernummer zurückverfolgt werden.«

»Ich hatte vorgehabt, etwas zu sagen, wenn du ihn herausnimmst, so was wie: ›Ach, den hab ich schon mal gesehen.‹ Aber ich wusste nicht, ob Axle im Gefängnis war«, sagte Brock. »Jeffrey hat etwas zu Frank gesagt, während wir alle auf dem Weg zum Tatort waren – erinnerst du dich an diesen Tag im Wald?«

Sara erinnerte sich an das Video. An das Blut, das zwischen Leslies Beinen hervorgeströmt war. An den zersplitterten Hammerstiel.

»Ich habe gehört, wie Jeffrey Frank nach Daryl gefragt hat. Die Idee war bereits in meinem Kopf. Ich wusste, dass Daryl Zugang zu Axles Werkzeug hatte, weil Axle ihn manchmal zu uns mitbrachte, wenn er einen Sarg repariert hat.«

Sara wollte das Geständnis für die Aufzeichnung deutlich ausgesprochen haben. »Du hast den Hammer in Leslie Truong gelassen, um die Tat Axle Abbott anzuhängen?«

Brock antwortete mit einer leichten Neigung des Kopfes, was nicht genügte.

Sie sagte: »Der Hammer war so tief in Leslie hineingerammt, dass ich ihn herausoperieren musste.«

Brock wischte sich mit den Fingern über den Mund. Zum ersten Mal brachte er Reue zum Ausdruck. »Ich habe mich hinreißen lassen. Ich musste … ich musste schnell arbeiten. Sie war schon fast beim Campus, als ich sie einholte. Da war nicht viel Zeit, um alles zu durchdenken.«

Er hatte überhaupt nicht gedacht. Er hatte aus seinen düstersten, grauenhaftesten Instinkten heraus gehandelt. Leslie Truong war keine seiner Fantasien gewesen. Sie hatte Brock lediglich daran gehindert, sein krankes Verlangen auszuleben.

»Hast du Leslie etwas gestohlen?«, fragte sie. »Hast du sie gestalkt?«

»Ich kannte sie bis zu diesem Tag gar nicht.«

Die Zufälligkeit machte die Schändung nicht weniger schwerwiegend.

»Du musst verstehen, Sara. Da war keine Zeit für Planung. Sie war auf dem Weg zurück zum Campus. Ich wusste, dass sie mich im Wald gesehen hatte. Wenn du nicht dagewesen wärst, hätte ich mir eine Lüge für Jeffrey ausdenken müssen, damit ich sie suchen konnte.«

Sara erinnerte sich, dass sie Brock weinend an einen Baum gelehnt vorgefunden hatte. Sie hatte gedacht, dass er wegen des Verlusts seines Vaters weinte. Jetzt fragte sie sich, ob er Panik gehabt hatte, erwischt zu werden.

»Ich musste die Gelegenheit nutzen«, sagte Brock. »Ich hatte nur noch wenig Zeit, mich um sie zu kümmern. Und du hast recht mit dem Hammer. Ich wusste, die Nummer auf dem Griff würde es Jeffrey ermöglichen, das Puzzle zusammenzusetzen. Deshalb habe ich ihn zurückgelassen. Aber ich dachte, Axle würde der sein, der in Schwierigkeiten gerät. Und am Ende war es Daryl. Alles hat sich einfach perfekt gefügt, Sara. Es war, als hätte Gott es so gewollt.«

Es war eher ein simpler Glücksfall gewesen. »Lass Gott aus dem Spiel.«

»Ich habe einen Pädophilen daran gehindert, noch mehr Kinder zu quälen«, sagte Brock. »Du weißt von dem Schuppen, Sara. Daryl hatte vor, ein Kind zu entführen. Er hatte alles vorbereitet. Ich habe es verhindert. Ich habe mitgeholfen, einen grausamen Kindervergewaltiger ins Gefängnis zu bringen.«

Sie biss sich auf die Zunge, um ihn nicht anzuschreien, dass sie beide Vergewaltiger waren.

Brock bemerkte ihre Reaktion trotzdem. Er wandte den Blick von Sara ab und zupfte wieder an der Ecke des Ordners.

Tick-tick-tick.

»Mama hatte diesen Asthmaanfall im Oktober, bevor Daddy starb«, sagte er. »Darüber willst du etwas wissen, oder?«

Saras Herz schlug bis zum Hals. »Ja.«

»Ich brauchte Trost«, sagte Brock. Es war dasselbe, was er vor neun Jahren zu Tommi Humphrey gesagt hatte. »Ich habe das, was ich getan habe, nicht geplant, aber ich hatte sie schon so lange beobachtet, und der Drang in mir wurde so stark, und ehe ich wusste, wie mir geschah, waren wir zusammen im Wald.«

Sara wusste, es war eine Lüge. Er war sehr wohl vorbereitet gewesen, als er Tommi entführt hatte. Er hatte das Gatorade gekauft und mit einer Droge versetzt. Er hatte einen Waschlappen mit Bleiche getränkt. Er hatte eine Stricknadel an ihren Nacken gepresst. Er hatte sie so schwer verstümmelt, dass sie nie mehr Kinder haben konnte. Dieses sadistische Schwein wollte nicht getröstet werden. Er wollte seine eigene grausige Version einer verstummten Frau erschaffen.

»Sag ihren Namen«, sagte Sara. Sie verlangte es nicht für die Aufnahme. Sie verlangte es für sich selbst, für Tommi, für alle Frauen, die er zerstört hatte. »Sag ihren Namen.«

Er tat es nicht.

»Das war im Oktober«, sagte Brock. »Dann im März, das war, als Daddy starb.«

März. Rebecca Caterino. Leslie Truong.

»Erinnerst du dich an Johanna Mettes?«, fragte er. »Ich

glaube, du hast dich in der Klinik um ihre Kinder gekümmert.«

Er hatte sich auf seiner Kreisbahn wieder entfernt. Sara versuchte, ihn zurückzuholen. »Sie ist bei einem Verkehrsunfall gestorben.«

»Ich war bei ihr, als Daddy die Kellertreppe herunterkam.« Brocks Stimme klang jetzt schwer. »Ich war in ihrem Mund, und Daddy hat uns überrascht.«

Saras Hand fuhr an ihre Kehle.

»Daddy ist einfach umgefallen. Er hat sich nicht einmal an die Brust gefasst. Ich dachte, er wäre die Treppe hinuntergefallen. Aber es war nicht der Herzinfarkt, der ihn getötet hat. Es war, weil er mich gesehen hat.«

Brock öffnete die Schreibtischschublade, holte eine Packung Papiertaschentücher hervor und wischte sich über die Augen.

»Ich habe mich so geschämt. Aber ich habe auch diese neue Freiheit verspürt. Ich musste mich nicht mehr verstecken oder herumschleichen. Mama ging nie in den Keller. Ich konnte tun, was ich wollte, aber …« Er sprach nicht zu Ende. »Ich habe es beim ersten Mal völlig verpfuscht. Nichts lief so, wie ich es mir gedacht hatte. Ich kannte die richtige Dosis für das Rohypnol nicht. Sie ist ständig aufgewacht und hat sich bewegt. Ich bekam nicht, was ich brauchte. Verstehst du, was ich sage, Sara? Sie hätte stillhalten müssen!«

Sara hatte genau gesehen, was er getan hatte. »Du hast Tommi verstümmelt.«

»Sie war so trocken, und ich musste …« Seine Stimme sank zu einem Flüstern ab. »Ich weiß, ich habe mich hinreißen lassen. Der Hammer blieb immer hängen, und mir war nicht klar, wie scharf die Stricknadel war, und … und ich war es gewöhnt, dass das Blut kalt war. Aber sie war so warm. Wie eine Hand, die sich um mich schloss. Ich wollte immer mehr. Es hat sich so gut angefühlt, mit einem lebenden, atmenden Ding zusammen zu sein.«

Tränen vor Zorn brannten in Saras Augen. Tommi war kein *Ding*.

»Sie hat sich große Mühe gegeben, stillzuhalten, aber sie hat immer gezuckt«, sagte Brock. »Deshalb musste ich dann bei Beckey die Ahle benutzen. Um es so hinzubekommen, dass sie sich nicht bewegte.«

Sara konnte zum ersten Mal tief durchatmen. Da war es, sein Geständnis. Er hatte endlich einen Namen ausgesprochen.

»Die Ahle hat nur die unteren Extremitäten gelähmt«, sagte Brock. »Ich habe durch Versuch und Irrtum herausgefunden, wie sich das beheben ließ.«

Sara musste an all die Opfer denken, die für diese Versuche und Irrtümer standen.

»Bei Beckey war es so, dass sie immer mit ihren kleinen Fäusten um sich geschlagen hat. Sie konnte das Gatorade nicht unten behalten. Ich musste sie schlagen, damit sie aufhört. Aber jetzt kommt's …«

Sara lehnte sich zurück, als er sich vorbeugte.

»Beckey ist davongekommen, nicht wahr?« Er hob die offene Hand, um anzuzeigen, dass Sara nicht antworten sollte. »Ich habe ihnen eine Chance gelassen. Ich habe sie allein gelassen. Alle. An irgendeinem Punkt hatten sie die Gelegenheit, mich zu verlassen.«

Sara quittierte die Lüge mit einem Kopfschütteln. Er hatte ihnen keine Chance gelassen. Er hatte sie unter Drogen gesetzt, bis die Drogen zu wirken aufhörten, und dann hatte er sie mit der Ahle gelähmt. Einige sehr wenige hatten das Glück gehabt, das schmale Zeitfenster dazwischen ausnutzen zu können.

Brock sagte: »Wenn ich in den Wald gegangen bin, um sie

zu besuchen, und gesehen habe, dass sie noch da waren, das war einfach … zauberhaft.«

In der Art, wie er mit den Fingerspitzen leicht über seine Lippen fuhr, lag etwas offen Sexuelles.

»Bei denen, die bei mir blieben, ließ ich mir Zeit. Ich bürstete ihr Haar. Besserte ihr Make-up nach. Es ging nicht immer nur um Sex. Manchmal hielt ich ihre Hand. Und wenn sie tot waren, überließ ich sie den Tieren. Das ist der natürliche Lauf der Dinge, nicht wahr? Asche zu Asche, Staub zu Staub.«

Er bezog sich auf ihre Unterhaltung von gestern Morgen. Sara hatte nicht die Absicht, ihn seine Wahnvorstellungen rechtfertigen zu lassen. »Sie sind am Ende alle hier gelandet, nicht wahr? Ich habe die Karte im Flur gesehen. Die Countys, in denen du die Leichen zurückgelassen hast, sind auch Countys, die ihr bedient. So ist das Kondom in Shay Van Dornes Mund gelangt. Du hast sie noch einmal vergewaltigt, nachdem sie hierhergebracht wurde.«

Brock öffnete eine andere Schublade und griff hinein.

Sara erstarrte, aber dann sah sie, was er tat.

Brock legte ein rosa Haarband auf einen der Ordner. Es war mit weißen Gänseblümchen bedruckt. Seine Hand verschwand wieder und brachte eine Plastikduschhaube zum Vorschein. Ein rosa Stirnband. Ein rotes Haarband von Chanel. Eine silberne Haarbürste. Einen Plastikkamm. Eine Haarklammer aus Schildpatt, bei der ein Zahn fehlte. Die Gegenstände verschwammen vor Saras Augen – bis er seine letzte Trophäe hervorholte: ein langes, weißes Band. Sara musste die orangefarbenen und blauen Buchstaben nicht lesen, um das Logo der Heartsdale Highschool zu erkennen.

»Ist das …«

»Ich würde dir nie etwas antun, Sara.«

Plötzlich wurde ihr heiß. Die Highschool. Die Tennismannschaft. Sara hatte sich mit so einem Band immer das Haar zusammengebunden, es glich exakt dem, das zwischen seinen Fingern baumelte.

Sie brachte die Frage kaum heraus. »Das hast du mir gestohlen?«

»Ja, aber nur, damit du es nicht mehr benutzt.« Er legte das Band behutsam quer über beide Ordner. »So bin ich auf sie aufmerksam geworden. Wenn sie ihr Haar zurückwarfen. Sich mit den Fingern durch die Locken fuhren. Sie waren im Supermarkt oder im Fitnessstudio und haben nur die Hand gehoben und … Es waren genau diese privaten Momente, die mich immer angezogen haben. Es war etwas Besonderes, etwas, das nur ich sah. Ich erlebte es immer so, als ob sie plötzlich ein Licht umgab. Kein Scheinwerferlicht, sondern ein Leuchten, das von innen kam.«

Sara spürte, wie ihr die Tränen über die Wangen liefen. Sie erinnerte sich jetzt wieder an das Haarband. Sie hatte es sich von Tessa geliehen. Dann hatte sie es verloren. Es war zu einem lautstarken Streit mit Türenknallen gekommen, bis Cathy sie beide auf ihr Zimmer geschickt hatte.

»Gina Vogel«, sagte Brock.

Der Name hallte in Saras Kopf. Sie konnte die Augen nicht von dem Band nehmen.

»Ich habe Gina vor ein paar Monaten im Supermarkt gesehen. Sie ist sehr witzig. Du würdest sie mögen.«

»Was?« Sara konnte nur sich selbst im Laden sehen, wie Brock sie aus der Ferne dabei beobachtete, wie sie das weiße Band aus ihrem Haar nahm.

»Sara?« Er wartete, bis sie ihn ansah. »Ich habe mir Gina für März aufgehoben, aber ich musste alles beschleunigen. Ich wusste, ich würde dich kein zweites Mal täuschen können.«

Die Erkenntnis, was er ihr zu sagen versuchte, stürzte wie eine zweite Lawine auf sie ein.

Ihre größte Angst wurde wahr.

»Du hast noch eine Frau entführt?«

»Gina ist meine Versicherungspolice.«

Sara blickte sich mit neuem Verständnis in seinem Büro um. Er hatte gewusst, dass es zu alldem kommen würde. Die Kartons waren alle sorgfältig beschriftet. Alle Papiere ordentlich abgelegt. Es war das Büro eines Mannes, der beschlossen hatte, seine Angelegenheiten in Ordnung zu bringen.

»Wofür willst du Gina eintauschen? Du spazierst hier nicht einfach so raus, Dan. Es ist ausgeschlossen, dass ...«

»Du kümmerst dich an meiner Stelle um Mama, ja?«

Sara rutschte auf die Stuhlkante vor. Sie konnte nun über die grünen Ordner sehen. Brock hatte nicht die Absicht, hier herauszuspazieren. Er hatte eine Spritze bereitliegen, die von der Kamera nicht erfasst wurde. Die Flüssigkeit darin war schmutzig braun. Der Kolben war bis zum Anschlag herausgezogen.

Sie schüttelte den Kopf. »Nein.«

»Ich kann dir verraten, wo Gina ist.«

»Dan ...«

»Du bist so ein gütiger Mensch, Sara. Deshalb bist du auch hier. Willst du nicht, dass die Familien einen Schlussstrich ziehen können?«

Sie sah seinen Blick zur Handtasche gleiten. Er hatte gewusst, dass sie alles aufzeichnete.

»Gina ist immer noch zu retten. Wenn ihr sie rechtzeitig findet«, fügte er an.

Sara überlegte fieberhaft, wie sie ihn aufhalten könnte. Er würde sich die Spritze setzen. Was konnte sie tun? Den Revolver aus der Tasche ziehen und ihn bedrohen? Auf ihn schießen? Das Codewort sagen und hoffen, dass Will Brock tötete, bevor er sich selbst töten konnte?

Gina Vogel.

Immer noch zu retten.

»Du bist eine kluge Frau, Sara. Du wirst alle Teile richtig zusammensetzen.« Sein Blick huschte zu den Ordnern. Er teilte ihr mit, was sich in ihnen befand. »Ich will keinen Prozess.«

»Sag mir, wo Gina ist«, flehte Sara. »Wir können das auf der Stelle beenden.«

Seine Hände bewegten sich planvoll hinter den Ordnern. Er nahm die Kappe von der Spritze und ließ die Luft aus dem Kunststoffzylinder. »Du weißt, sie werden mich zum Tode verurteilen. Vielleicht habe ich es verdient, denn ich habe diesen Frauen eigentlich keine Wahl gelassen. Ich bin noch nicht so tief gesunken, dass ich das nicht sehen würde.«

»Bitte«, flehte sie.

»Ich möchte dir für deine Freundschaft danken, Sara. Ich meine es aufrichtig.«

»Dan, wir können etwas ausarbeiten. Sag mir einfach, wo sie ist.«

»Die Wallace kreuzt die 515 eine Meile südlich von Ellijay.«

»Bitte …«

Die Nadel glitt in seinen Arm. Er ließ den Daumen auf dem Kolben ruhen. »Gina befindet sich drei Kilometer westlich, rund fünfzig Meter von der Forststraße entfernt. Ich hatte immer eine Vorliebe für Forststraßen.«

Sara sagte das letzte Wort, das er je hören würde. »Salat!«

Brock schaute verwirrt drein, aber sein Daumen drückte bereits auf den Kolben. Die braune Flüssigkeit schoss in seine Vene. Sein Kiefer klappte herunter. Seine Pupillen verengten sich.

»Oh«, stöhnte er, überrascht davon, wie schnell es ging.

Als Will die Tür auftrat, war Brock bereits tot.

29

Gina spürte, wie etwas Nasses ihr Gesicht traf. Sie dachte, ein Hund würde sie anpinkeln, dann dachte sie, sie wäre in der Dusche, dann fiel ihr ein, dass sie im Wald war.

Sie öffnete die Augen.

Die Bäume schwankten über ihr. Dunkle Wolken. Noch Tageslicht. Ein Regentropfen traf ihren Augapfel.

Ihre Augen waren offen!

Sie blinzelte. Dann blinzelte sie noch einmal zum Beweis, dass sie es konnte. Sie hatte Kontrolle über ihre Augen. Sie blickte nach oben, sah Dinge. Es war heller Tag. Sie war allein. Er war nicht da.

Sie musste von hier weg!

Gina dachte an die Muskeln in ihrem Bauch. Die ... die Abs. Das Sixpack. Das Eightpack. Was war los mit ihr? Warum stammte ihr Wissen über Bauchmuskeln ausschließlich aus dem Fitnessstudio?

Verdammt noch mal.

Er würde zurückkommen. Er hatte gesagt, dass er zurückkommen würde.

Sie spannte ihre Muskeln an. Alle, jeden einzelnen Strang ihres Körpers. Sie öffnete den Mund und schrie so laut und so lange sie konnte ein einziges Wort.

»Geh!«

Ihr Körper wälzte sich zur Seite. Sie hatte keine Ahnung, wie sie es geschafft hatte, sich umzudrehen, aber sie hatte es geschafft, also schaffte sie wahrscheinlich auch noch andere Dinge.

Aber sie war so müde.

Und so benommen, dass die Welt sofort wieder kopfstand.

Mageninhalt schoss ihr in die Kehle. Der Schmerz von den krampfenden Muskeln war wie ein Rasiermesser. Sie konnte nicht aufhören, zu erbrechen. Von dem Geruch wurde ihr noch übler. Sie lag mit dem Gesicht in der stinkenden Lache und atmete die Flüssigkeit schniefend in die Nase. Sie war blau mit schwarzen Sprenkeln darin. Sie kotzte blau.

Ein Stöhnen kam aus ihrer Kehle. Sie schniefte noch mal, und ein Klumpen von dem Erbrochenen in ihrer Nase landete wieder hinten in ihrer Kehle.

Sie schloss die Augen.

Schließ nicht die Augen!

Sie sah ihre Hand in dieser Lache von Erbrochenem. Ganz nah an ihrem Gesicht. Sie konnte es riechen. Schmecken. Sie sah, wie sich ihre Finger durch die blauen Klumpen bewegten. Sie würde jetzt aufstehen. Sie wusste, wie man aufstand. Sie konnte jetzt alles fühlen. Jeder Nerv in ihrem Körper war aktiv und brannte.

Der Schmerz …

Sie durfte sich von dem Schmerz nicht stoppen lassen. Sie musste sich bewegen. Sie musste weg von hier. Er würde zurückkommen. Er hatte angekündigt, dass er zurückkommen würde.

Er hatte sie gebeten, auf ihn zu warten.

Beweg dich! Beweg dich! Beweg dich!

Sie versuchte, sich hochzustemmen. Knie auf den Boden. Mädchen-Liegestütze. Sie konnte das. Ihr Schädel hämmerte. Ihr Herz überschlug sich. Ihre Augenlider flatterten. Sie war so müde.

Sie hörte Schritte.

Beweg dich, verdammt noch mal, beweg dich!

Sie sah Schuhe. Schwarz. Nikes. Schwarze Hosenbeine.

Er kam, um sie zu vergewaltigen.

Wieder.

Sie schloss die Augen.

Trink es nicht. Spuck es aus. Flieh.

Sie hörte, wie er neben ihr niederkniete.

Seine Finger zogen ihre Augenlider hoch. Er zwang sie, ihn anzusehen. Sie hatte sich solche Mühe gegeben, ihm nicht ins Gesicht zu schauen, damit sie hinterher ehrlich sagen konnte, sie habe keine Ahnung, wie er aussah, und sie würde der Polizei nichts sagen, damit sie ihn nicht identifizieren konnte, und dass er ihr vertrauen könne, denn sie würde es nie sagen, und jetzt zwang er sie, ihm ins Gesicht zu sehen.

Ihre Augen rollten wild umher, wie bei einem tollwütigen Hund, sie blickte zu Boden, auf das Erbrochene, zu den Bäumen, überallhin, nur nicht in sein Gesicht.

»Gina Vogel?«, sagte der Mann.

Ihre Augen folgten einem eigenen Antrieb. Er war jünger, als sie gedacht hatte. Er trug eine schwarze Baseballkappe. Sie sah das Wort über dem Schirm. Leuchtend weiße Buchstaben, auf das Schwarz gestickt.

POLICE.

»Was …«, krächzte sie. Ihr Hals war zu wund. Von der Kälte. Von dem Zeug, das sie trinken musste. Vom Erbrochenen.

Von ihm.

»Alles wird gut«, sagte POLICE. »Ich bleibe bei Ihnen, bis der Rettungswagen kommt.«

Er wickelte sie in eine Decke, doch sie konnte sich nicht aufsetzen. Sie war so benommen. Unablässig blinkten Lichter in ihre Augen. So viele Lichter. Ihr Hirn war wie dieses Drehding in einem Blaulicht, es lief und lief im Kreis und fing hin und wieder ein Stück Wirklichkeit ein, das ihr dann genauso schnell wieder entglitt.

»Der Mann, der Ihnen das angetan hat, ist tot«, sagte POLICE. »Er wird nie wieder einer Frau etwas antun.«

Ginas Faust ging zum Mund. Sie versuchte, seine Worte festzuhalten, sie nicht entgleiten zu lassen. Sie hatte überlebt. Sie lebte noch. Sie würde nach Hause gehen. Sie würde ihr Leben ändern. Sie würde gesünder essen. Sie würde dreimal in der Woche Sport treiben. Sie würde ihre Mutter öfter anrufen. Sie würde netter zu ihrer schlecht gelaunten Nichte sein. Sie würde ihrem zwölfjährigen Boss verraten, dass sie sehr wohl in der Lage war, ihren Online-Kalender zu synchronisieren.

POLICE rieb ihren Arm. »Versuchen Sie, einfach ruhig zu atmen, okay? Sie wurden unter Drogen gesetzt.«

Kein Scheiß, mein Herr, das ist ja wohl mehr als klar!

»Sie sind fast da«, sagte POLICE. »Weinen Sie ruhig, wenn Sie möchten. Ich werde nicht weggehen.«

Gina kam zu Bewusstsein, dass sie die Faust in den Mund gesteckt hatte. Sie betrachtete ihre Finger wie ein unverständiges Kleinkind. Zeigefinger, Mittelfinger, Ringfinger, kleiner Finger. Daumen. Sie konnte sie alle bewegen. Sie schloss die Augen. Sie konnte immer noch fühlen, wie sie die Finger bewegte. Sie musste nicht einmal daran denken.

Ein Lachen flatterte aus ihrem Mund. Heilige Scheiße, war sie high! Wie konnte sie so high sein, wo sie sich doch buchstäblich den Magen herausgekotzt hatte? Er lag vor ihr auf dem Boden wie Schlumpf-Scheiße. Sie wackelte wieder mit den Fingern und versuchte, die Seifenblasen einzufangen, die wie Amöben durch die Luft schwebten. Die Farben waren fantastisch. Sie selbst war fantastisch! Sie war ein Juwel, das im Innern eines Kaleidoskops umherpurzelte. Eine warme, flauschige Socke, die in einem Wäschetrockner träge um andere warme, flauschige Socken tanzte.

»Ma'am?«, sagte POLICE. »Ma'am?«

Verdammter Mist, sie war immer noch alt.

EINE WOCHE SPÄTER

30

Sara schaute aus ihrem Bürofenster. Die Sonne ging gerade unter, und der Parkplatz an der GBI-Zentrale war nahezu leer. Sie sah Wills Auto neben Faiths Wagen stehen. Saras Porsche war zu Hause. Will hatte in den letzten Tagen darauf bestanden, sie zu fahren. Amandas Acura stand einige Plätze näher beim Haupteingang.

Sie wandte sich wieder ihrem Laptop zu, auf dem sie das Video aus Brocks Büro angehalten hatte. Der einzige Teil, der sie interessierte, waren die letzten sechzehn Sekunden.

Sara studierte Dan Brocks Gesicht.

Sie hätte gern Wahnsinn darin gesehen, Gefahr, Aggression …

Aber es war einfach nur sein vertrautes Gesicht.

Er hatte sie gebeten, sich um seine Mutter zu kümmern. Myrna Brock war tot in ihrem Zimmer in der Senioreneinrichtung aufgefunden worden. Sie war geschminkt, und ihr Haar war zurechtgemacht. Auf ihrem Nachttisch lag eine leere Spritze. Die Rückstände darin waren schmutzig braun. Die Analyse zeigte, dass ihr Sohn ihr einen sogenannten Hotshot injiziert hatte: Heroin, vermischt mit einer tödlichen Substanz, in diesem Fall Balsamierflüssigkeit.

Die gleichen Chemikalien hatte man in der Spritze gefunden, die sich Brock selbst gesetzt hatte.

Er hatte Sara zur Vollstreckerin seines Nachlasses bestimmt. Er hatte genaue Anweisungen hinterlassen, wie mit den sterblichen Überresten seiner Mutter zu verfahren sei. Er hatte alles im Voraus bezahlt, eine übliche Praxis in der Branche. Sara hatte dafür gesorgt, dass Myrna ein anständiges christliches Begräbnis in den Heartsdale Memorial Gardens bekam. Ihre eigene Mutter hatte am Grab gestanden, der Rest der Stadt war ferngeblieben.

Was Brocks sterbliche Reste betraf, so hatte er in seinen Unterlagen nichts Konkretes dazu bestimmt. Er hatte es Sara überlassen, seine Leiche zu beseitigen. Sie stellte sich vor, dass er dachte, Sara würde *gütig* sein.

Sie hatte seine Einäscherung aus eigener Tasche bezahlt und hatte dann im Bestattungsinstitut vor der Kloschüssel gestanden und die Spülung so lange betätigt, bis der letzte Rest seiner Asche verschwunden war.

Sara klickte auf den Balken, um das Video weiterlaufen zu lassen.

Brock sagte gerade: »Ich habe diesen Frauen eigentlich keine Wahl gelassen …«

Sie schloss die Augen, aber sie hatte die Szene so oft gesehen, dass sie trotzdem den Anflug eines Lächelns auf Brocks Gesicht vor sich sehen konnte. Brock hatte von dem Moment an, in dem Sara in sein Büro gekommen war, alles unter Kontrolle gehabt. Sie hatte gesehen, wie er die Ärmel aufgerollt hatte. Er hatte den Hotshot fertig vorbereitet gehabt. Er hatte ihn in einem seiner Ordner verborgen. Er hatte dafür gesorgt, dass seine Mutter nie von seinen Verbrechen erfahren würde. Er hatte Sara mit Gina Vogels Leben geködert.

Anders als seine Opfer war er zu seinen eigenen Bedingungen abgetreten.

In dem Video sagte Brock jetzt: »Ich hatte immer eine Vorliebe für Forststraßen.«

Sara öffnete die Augen. Das war der Teil, der sie immer sprachlos machte. Der einzige Hinweis darauf, dass sich Brock in diesem Moment die Spritze setzte, war ein kaum wahrnehmbares Zucken in seinen Schultern.

Sie hörte ihr eigenes schockiertes Aufstöhnen.

Er drückte den Kolben.

Sie stoppte das Video.

Gina Vogel. Noch immer zu retten.

Sara ballte die Hand zur Faust. Die altbekannten Vorhaltungen gegen sich selbst liefen ab wie Eilmeldungen am unteren Rand eines Fernsehschirms. Diese Hand hatte einen geladenen Revolver umklammert. Diese Hand hätte die Spritze packen können. Diese Hand hätte Dan Brock ins Gesicht schlagen, auf ihn einprügeln können, statt in ihrer Jackentasche zu verharren.

Sara wusste nicht, wohin mit ihrem Zorn. Ein Teil von ihr sehnte sich danach, Brock in Fesseln und mit hängendem Kopf durch einen Gerichtssaal schlurfen zu sehen, wo seine Brutalität vor aller Welt offengelegt wurde.

Dann war da der Teil von ihr, der in diesem Gerichtssaal auf der anderen Seite gesessen hatte – als Opfer, das seinen Vergewaltiger sah. Die Augen geschwollen vom Weinen. Die Kehle wund vom Weinen. Die den Zeugenstand betrat und kraftlos den Arm hob, um auf den Mann zu zeigen, der ihr das Selbstwertgefühl geraubt hatte.

Hätte Tommi Humphrey das geschafft? Hätte sie durch einen vollbesetzten Gerichtssaal gehen und als Zeugin aussagen können? Hätte die Gelegenheit, Brock gegenüberzutreten, ihre Seele geheilt? Sara würde keine Chance mehr haben, sie danach zu fragen. Tommi hatte Saras Nummer blockiert. Delilah hatte ihren E-Mail-Account gelöscht.

Callie Zanger war es nicht vergönnt gewesen, unbehelligt zu bleiben. Faith hatte es ihr persönlich gesagt. Die Frau hatte ein Recht, es zu erfahren. Es war kein Geheimnis, das sie wahren mussten.

Die Opfer und ihre Familien würden alle nicht lange im Besitz ihrer Geheimnisse bleiben. Die Nachrichtenagenturen klagten bereits auf Herausgabe von Informationen nach den sogenannten Sunshine Laws Georgias. Sie wollten Zugang zu den grünen Ordnern erhalten.

Dan Brock hatte zahlreiche Seiten hinterlassen, auf denen er seine Verbrechen gegen die Lebenden und die Toten penibel dokumentiert hatte. Seine Stalking-Tagebücher reichten bis zur Highschool zurück. Er hatte zum ersten Mal vergewaltigt, als er die Ausbildung zum Bestatter machte. Tommi Humphrey war sein erster Fall von Verstümmelung gewesen. Rebecca Caterino das erste Opfer, das er gelähmt hatte. Leslie Truong sein erster Mord.

Seine Aufzeichnungen beinhalteten Angaben zu Haar- und Augenfarben seiner Opfer, zu ihrem Körperbau sowie Informationen zu ihrer Persönlichkeit. Seine Sammlung gestohlener Haaraccessoires hatte er bis zum genauen Fundort beschrieben. Brock hatte seine Fähigkeiten als Coroner an den Tatorten eingebracht, hatte Wunden und Schnitte beschrieben, die Orte genau aufgeführt, die Entartungen, die wiederholten Besuche, die schwindende Wirkung des Rohypnols, den Punkt, an dem er beschlossen hatte, sie dauerhaft zu lähmen, die ungefähre Todeszeit, die Schnittwerkzeuge, die er benutzt hatte, um Blut fließen zu lassen, damit die Tiere sich danach um verräterische Spuren kümmerten.

Mord, Vergewaltigung, sexueller Angriff, Stalking, erzwungener Analverkehr, Leichenschändung, Nekrophilie.

Dan Brock hatte an die hundert Anklagepunkte gegen sich angehäuft.

Und dann hatte er dafür gesorgt, dass er sich für keinen einzigen verantworten musste.

»Hilfe!« Faith klopfte an den Türrahmen, als sie das Büro betrat. Sie streckte Sara ihr Telefon entgegen. »Ist das Ebola?«

Sara betrachtete das Foto von dem Ausschlag auf Emmas Bauch. »Hast du dein Waschmittel in letzter Zeit gewechselt?«

»Bestimmt hat ihr knauseriger Vater das getan.« Faith sank auf einen Stuhl. »Wir haben jetzt das gesamte Material der Überwachungskamera aus Callie Zangers Gebäude durchgesehen. Brock war drei Monate vor dem Überfall auf sie in ihrem Büro, genau wie er es in seinem Stalking-Tagebuch beschrieben hat.«

Sara wusste, sie würden die nächsten Monate damit verbringen, die Einzelheiten aus Brocks Ordnern zu verifizieren. Nur ein Narr würde ihn beim Wort nehmen. »Was Neues über den Mann mit der schwarzen Mütze von Leslie Truongs Tatortvideo?«

»Nichts. Es ist VHS. Außer einem hellen Klecks ist nichts zu sehen.«

Sara blickte wieder auf das angehaltene Video. Brocks Daumen ruhte auf dem Kolben der Spritze. Sie hätte ihn gern so gelassen – für alle Zeit in seinem Vorhaben erstarrt, den leichtesten Weg zu nehmen.

»Ich sage dir das als Freundin«, sagte Faith. »Du musst aufhören, dir dieses Video anzusehen.«

Sara klappte den Laptop zu. »Ich hätte etwas tun sollen.«

»Du vergisst, dass du Gina Vogel das Leben gerettet hast, indem du überhaupt in dieses Büro gegangen bist«, sagte Faith. »Wenn du nach dieser Nadel gegriffen hättest, hätte Brock dir das Zeug injizieren können. Oder dich schlagen. Oder etwas Schlimmeres, Sara, denn er war zwar aus irgendeinem Grund nett zu dir, aber er war auch ein Psychopath, der Frauen verstümmelt und ermordet hat.«

Sara verschränkte die Hände im Schoß. Will hatte das Gleiche zu ihr gesagt. Immer wieder. »Ich bin so wütend, dass er

Handlungsmacht hatte. Er durfte es nach seinen Bedingungen beenden.«

»Tot ist tot«, sagte Faith. »Nimm den Gewinn mit.«

Nichts davon war ein Gewinn. Alle hatten verloren.

Außer Lena Adams. Nichts, was sie gefunden hatten, widerlegte ihre Zeugenaussage, wie die kinderpornografischen Aufnahmen auf Daryl Nesbitts Computer entdeckt wurden. Einmal mehr war es ihr gelungen, ungeschoren davonzuspazieren.

Nur dass sie diesmal mit einem Baby auf dem Arm davonspazierte.

Sara brauchte nicht noch etwas, worüber sie sich aufregen konnte. Sie wechselte das Thema. »Wie geht es Gina Vogel?«

»Vielleicht okay. Sie sprach davon, nach Peking zu ziehen, dann sagte sie, sie könne niemals Atlanta verlassen.« Faith zuckte mit den Achseln. »In einer Minute weint sie, in der nächsten lacht sie, dann heult sie wieder los. Ich denke, sie wird es überstehen, aber was weiß ich schon?«

Sara wusste es ebenfalls nicht. Sie selbst hatte den Weg zurückgefunden. Keine Ahnung, wie oder warum. Manche Menschen hatten einfach Glück.

»Daryl Nesbitt ist im Krankenhaus. Sein Bein ist septisch.« Der Zustand des Mannes schien Faith nicht zu beunruhigen. »Die Ärzte sagen, es sieht nicht gut aus. Sie werden noch mehr von seinem Bein abnehmen müssen.«

Sara wusste, das wäre der Anfang vom Ende für Daryl Nesbitt. Der rationale Teil von ihr wollte gegen das ungewöhnlich grausame System aufbegehren, aber ein niederer Anteil ihres Wesens war froh, dass Daryl bald nicht mehr da wäre. Der Verlust von Jeffrey hatte sie gelehrt, dass Gerechtigkeit manchmal einen Schubs brauchte.

Sie fragte: »Wie steht es mit Daryls Angebot, Erkenntnisse über den Schmuggel von Telefonen ins Gefängnis zu tauschen?«

»Jetzt, da er weiß, dass er die Anklage wegen Pädophilie nicht aus seiner Akte bekommt, interessieren ihn die Telefone einen Scheißdreck.«

»Einmal Verbrecher, immer Verbrecher.« Sara nahm Faiths Sicht der Dinge vorweg.

»Zumindest trägt Gerald Caterino einen Gewinn davon.« Sie zuckte mit den Achseln. »Er lässt uns Heaths DNA nicht mit der von Brock vergleichen. Aber soviel ich gehört habe, ist der Junge jetzt in der Grundschule angemeldet. Das ist doch etwas, oder?«

»Es ist etwas.« Sara fragte sich, ob Gerald den Zustand der Unsicherheit zu bewahren versuchte. Eines Tages würde Heath nach den Umständen seiner Geburt fragen. Es fiel leichter zu lügen, wenn man nie nach der Wahrheit gesucht hatte.

»Ich habe gehört, Miranda Newberry hat sich schuldig bekannt, um Strafminderung zu erhalten«, sagte Sara.

»Sie ist in achtzehn Monaten wieder draußen.« Faith klang bitter enttäuscht. Gerald Caterino war nicht Mirandas einziges Opfer. Sie hatte Dutzende trauernde Eltern und Partner um Zehntausende von Dollar geprellt.

»Sie hat solide Detektivarbeit geleistet«, gab Sara zu bedenken. »Fast alle Namen in ihrer Tabelle erwiesen sich als richtig.«

»Sie hätte auf die Polizeischule gehen können oder eine Lizenz als Privatdetektiv erwerben, wenn sie das gewollt hätte.« Faith hatte sich alles hart erarbeitet, und sie hatte wenig Verständnis für Leute, die es nicht taten. »Du weißt, wie man so schön sagt: ›Wenn du den Clown spielst, kommt der Clown zurück und beißt dich.‹«

»Jane Austen?«

»Mo'Nique.« Faith stieß sich aus dem Stuhl hoch. »Ich muss los. Bitte hör auf, dir dieses Video anzusehen.«

Sara zwang ein Lächeln auf ihre Lippen, bis Faith draußen war.

Dann klappte sie den Laptop auf und ließ das Video wieder laufen.

Brock legte gerade das weiße Band über die grünen Ordner.

Sara hatte keine Ahnung, warum sie sich eigentlich so deutlich an den Verlust des Haarbands erinnerte. Der Streit mit Tessa war einer von vielen gewesen. Saras Haare waren schon immer lang gewesen. Sie hatte im Lauf der Jahre Hunderte von Bändern und Gummis verloren. Sie hatte keine Ahnung, warum Brock genau dieses Band gestohlen hatte. Und sie war sich so sicher gewesen, dass Brock ihr nichts tun würde, als sie in sein Büro im Lagerhaus von AllCare gegangen war.

Jetzt war sie ins Grübeln geraten.

Ihr Smartphone bimmelte. Will hatte ein Auto-Emoji geschickt. Sie schickte eine laufende Frau und einen Mann an einem Schreibtisch zurück, um ihn wissen zu lassen, dass sie ihn in seinem Büro treffen würde.

Sara steckte den Laptop in ihre Aktentasche. Die braune Papiertüte in der Außentasche wurde verknittert. Sie musste alles herausnehmen und neu einsortieren. Ihre Handtasche lag auf der Couch. Sie vergewisserte sich, dass sie ihre Schlüssel hatte, und schloss die Bürotür ab.

Sie wählte Tessas Nummer, als sie die Treppe hinunterging.

»Was gibt es, Sportsfreundin?«, meldete sich ihre Schwester.

Sara machte ihr die Freude und lachte. Ihre kleine Schwester würde sie nie mehr die Nacht vergessen lassen, in der Sara wie eine Verrückte durch die ganze Stadt hinter Will hergejagt war. »Ich hab nachgedacht.«

»Tu dir nicht weh.«

Sara verdrehte die Augen und stieß die Tür zum Leichenschauhaus auf. »Als es mir in Atlanta so schlecht ging, bin ich nach Hause gekommen. Und als es mir zu Hause dann schlecht ging, bin ich nach Atlanta zurückgekehrt.«

Tessa seufzte dramatisch. »Ich habe vergessen, wie man eine Schlussfolgerung zieht.«

»Du hast gelitten, und jetzt bist du zu Hause, und ich muss dich unterstützen.«

»Hast lange genug dafür gebraucht.«

»Danke für deine Güte.« Sara machte das Licht im Flur aus. »Ich habe herumtelefoniert und kann dir ein paar Empfehlungen für wirklich gute Hebammen geben. Sie suchen immer Auszubildende. Ich schick dir alles per E-Mail, sobald ich zu Hause bin.«

Tessas Schmollgeräusche ließen erkennen, dass sie nicht so leicht zu besänftigen war. »Wie läuft es mit Will?«

Sara blickte sich um. Sie sah das winzige Büro im hinteren Bereich der Leichenhalle, wo sie neulich Wills Haut mit Lotion eingerieben hatte. »Das habe ich mit einem Handjob repariert.«

»Gut gemacht«, sagte Tessa. »Ich bin immer noch böse auf dich.«

Sara starrte auf ihr Telefon. Tessa hatte wieder aufgelegt.

Leise fluchte sie in sich hinein, als sie zum Hauptgebäude ging. Sie liebte ihre kleine Schwester, aber sie war echt eine typische kleine Schwester.

Sie stieg eine weitere Treppe hinauf, denn ihr Leben im GBI war wie ein endloser Haufen Legosteine. Sie verlagerte ihre Aktentasche, rückte die Handtasche zurecht. Der Gedanke, dass sie Will gleich sehen würde, machte sie leicht nervös. Er war seit Brocks Selbstmord so geduldig mit ihr gewesen. Nachts konnte er nicht schlafen, weil sich Sara im Bett hin und her warf, aber er ließ sie nicht auf die Couch umziehen. Wills Kindheit war ein einziges Trauma gewesen. Er wusste, dass man manchmal nichts weiter tun konnte, als zuzuhören.

Im Flur war es dunkel, als Sara die Tür öffnete. Amanda und Faith waren bereits nach Hause gegangen. Nur Wills Bürolicht schnitt ein weißes Dreieck in den Teppichboden des Korridors. Sara hörte Bruce Springsteen auf Wills Computer laufen.

»I'm on Fire.«

Sara langte hinter sich und zog das Band aus ihrem Haar, so dass es offen auf die Schultern fiel.

Sie wartete, bis Will sie endlich in der Tür stehen sah.

Er lächelte. »Hey.«

»Hey.« Sara setzte sich auf das Zweisitzersofa in der Ecke und stellte Aktentasche und Handtasche auf den Boden. Sie klopfte auf das Kissen neben sich. »Komm her. Ich muss dir etwas zeigen.«

Er sah sie komisch an, aber er tat, was sie verlangte.

Sara atmete tief durch. Sie hatte diesen Augenblick seit Tagen geprobt, aber jetzt, da es so weit war, spürte sie Schmetterlinge im Bauch.

»Stimmt etwas nicht?«, fragte Will.

»Nein, Liebster.«

Sie zog die braune Papiertüte aus der Aktentasche, öffnete sie und stellte sie auf die Couch zwischen sie.

Will lachte, denn er erkannte das Logo von McDonald's. Er beugte sich vor und spähte in die Tüte. »Das ist ein Big Mac.«

Sara wartete.

Will nahm die Schachtel aus der Tüte. Sein Lächeln fiel in sich zusammen. »Etwas ist da drin, aber es hat nicht das Gewicht eines Big Macs.«

»Wir werden uns später darüber unterhalten, woher du das Gewicht eines Big Macs so genau kennst.«

»Okay«, sagte er. »Aber hast du ihn in den normalen Müll geworfen oder in den Müll von den Toten?«

»Baby, jetzt lass doch mal das mit dem Hamburger.«

Er sah immer noch enttäuscht aus, aber sie dachte, das würde sich bald ändern.

Will klappte den Karton auf.

Er sah auf das türkisblaue Ringkissen von Tiffany hinunter, das Sara auf schwarzes Seidenpapier gelegt hatte.

Der Ehering aus Titan und Platin war außen dunkel und innen hell. Will trug nie Schmuck. Sein Ring aus der ersten Ehe stammte aus der Pfandleihe. Will hatte ihn selbst gekauft. Von Angie hatte er nie etwas bekommen.

Er starrte den Ring an, aber er sagte nichts.

Sara spielte rasch eine Reihe von Varianten durch, weil der Ring wahrscheinlich zu massiv war oder die Farbe ihm nicht gefiel oder er es sich anders überlegt hatte.

Sie musste ihm die Frage stellen. »Hast du es dir anders überlegt?«

Vorsichtig stellte er den Karton wieder zwischen sie.

»Ich habe viel über meinen Job nachgedacht«, sagte er. »Nicht über das Gehalt, was nicht großartig ist, sondern wie ich meine Arbeit verrichte.«

Sie presste die Lippen zusammen.

»Was ich tue, ist: Ich versetze mich in die Haut des Täters. So komme ich ihm auf die Schliche.«

Sara schnürte es die Kehle zu. Er ignorierte den Ring vollkommen.

»Ich kann mir Mörder und Diebe vorstellen, gewalttätige Ehemänner und Vergewaltiger. Ich kann mich selbst in Brock in gewisser Weise hineinversetzen. Ich bin wirklich sehr gut darin, mir alles Mögliche vorzustellen, aber ich kann mir nicht vorstellen, was ich täte, wenn du stirbst.«

Tränen brannten in Saras Augen. Der Gedanke, Will zu verlieren, war so unerträglich wie die Vorstellung, dass Will die Hölle durchleben musste, durch die sie nach Jeffreys Tod gegangen war.

»Ich habe dich auf der Videoaufnahme von Grant County vor acht Jahren gesehen, und ich habe dich nicht wiedererkannt«, sagte er.

Sara wischte sich über die Augen. Die acht Jahre fühlten sich an, als lägen sie ein ganzes Leben zurück.

»Im Kinderheim haben wir schlimme Dinge immer durchgestanden, indem wir uns einfach gesagt haben, dass sie jemand anderem passiert sind. Dass nicht du dieser Mensch warst. Du hast dich aufgespalten, und die neue Person war die, die weitermachen konnte.«

Sara blieb stumm. Er sprach so selten von seiner Kindheit, dass sie ihm keinen Anlass geben wollte, aufzuhören.

Will sah auf den Ehering.

Sie hatte zu viel Geld ausgegeben. Er mochte die Farbe nicht. Das Metall war zu massiv.

»Du weißt, dass meine Mutter eine Prostituierte war.«

Er versuchte, es ihr auszureden.

»Baby, du weißt, das spielt keine Rolle für mich.«

Sein Blick war immer noch auf den Ring gerichtet. »Als ich nach ihrem Tod ihre Habseligkeiten bekam, fand ich lauter billigen Modeschmuck.«

Sara biss sich auf die Zunge. Der Ring war nicht billig gewesen.

»Halsketten und Armreife und ... wie nennt man das hässliche Ding, das Amanda an ihren Blazern trägt?«

»Brosche.«

»Eine Brosche« sagte er. »Die Halsketten waren so alt, dass sie auseinanderfielen. Die silbernen Armreife waren alle schwarz angelaufen. Es waren mindestens zwanzig. Wahrscheinlich hat sie alle auf einmal getragen.« Er wandte endlich den Blick von dem Ring ab und legte die Hand auf die Rückenlehne des Sofas. Seine Finger spielten mit ihren Haarspitzen. »Wie heißen diese Halsketten, die so eng anliegen wie ein Hundehalsband?«

»Choker«, sagte sie. »Soll ich dir ein paar Fotos auf meinem Laptop zeigen?«

Er zupfte sachte an ihrem Haar. Sie begriff, dass er sie nur neckte.

»Du bist so wunderschön«, sagte er.

Ihr Herz machte einen Satz. Er lächelte so verträumt. Sara war schon früher dahingeschmolzen, aber Will war der einzige Mann, bei dem sie tatsächlich weiche Knie bekam.

»Deine Augen sind von einem so besonderen Grün, es ist beinahe unwirklich.«

Will strich ihr das Haar hinter die Ohren. Sie bemühte sich, nicht zu schnurren wie eine Katze.

»Als ich dich kennenlernte, habe ich ständig gedacht, dass ich diese Farbe schon irgendwo gesehen habe. Es hat mich verrückt gemacht, weil mir nicht eingefallen ist, wo.« Er legte die Hand wieder auf die Sofalehne. »Ich habe mir monatelang Ringe angesehen, mit Edelsteinen im Prinzess-Schliff und Marquis-Schliff und Kissen-Schliff. Und die ganze Zeit hatte ich Panik, weil ich dachte, ich müsste achtzig Riesen ausgeben.«

»Will, du musst nicht …«

Er griff in seine Tasche und zog einen kleinen Silberring hervor – es war billiger Modeschmuck. Das Metall war leicht verbogen. Der grüne Stein hatte einen Kratzer.

Die Farbe war fast identisch mit der ihrer Augen.

»Der hat meiner Mutter gehört«, sagte er.

Saras Hand ging an ihren Mund. Er hatte den Ring in seiner Tasche aufbewahrt und auf den richtigen Moment gewartet.

»Und?«, fragte er.

»Ja, mein Herz. Ich möchte dich liebend gern heiraten.«

Sara brauchte die Frage nicht zu hören.

Dieses Mal würde sie es nicht vermasseln.

LIEBE LESERIN UND LIEBER LESER,

hier kommt die riesengroße Warnung an Sie, dass dieser Brief voller Spoiler ist. Wenn Sie also weiterlesen, bevor sie *Die verstummte Frau* kennen, ist die Geschichte komplett ruiniert, und Sie haben es sich einzig und allein selbst zuzuschreiben. Ich meine es ernst! Erzählen Sie mir also hinterher nicht, Sie haben diesen Brief gelesen und die Geschichte war ruiniert, denn dann werde ich Ihnen diesen Absatz hier zeigen und sehr theatralisch brüllen: *SELBER SCHULD!*

Nachdem das nun geklärt ist, möchte ich Ihnen dafür danken, dass Sie meine Bücher lesen, egal, ob Sie neu dazugekommen sind oder von Anfang an dabei waren. Wenn Sie zur zweiten Kategorie gehören und sich fragen, wie viele Jahre eigentlich seit dem Ersterscheinen von *Belladonna* vergangen sind, dann ist neunzehn die Zahl, die Sie suchen.

Ich weiß, was Sie denken: »Ich habe *Belladonna* gelesen, als ich mein erstes Kind bekam, und jetzt ist meine Tochter schon mit ihrem ersten schwanger!«

Liebe Leserin, das sind herzerwärmende Geschichten, die ich aber nicht hören will.

Als ich über die Idee zu *Die verstummte Frau* nachzudenken begann, wusste ich, dass ich nach Grant County zurückkehren wollte, aber ich wusste auch, nachdem ich Sara neunzehn Jahre (und sechzehn Bücher) lang in die denkbar schrecklichsten Situationen gebracht hatte, würde ich es nicht über mich bringen, sie vierzig Jahre alt sein zu lassen. Tatsächlich sind in den aktuellen Will-Trent-Romanen zwischen Jeffreys Tod und den neuen Geschichten nur fünf Jahre vergangen, was in der Will-Trent-Welt gut funktioniert hat, aber ein Problem darstellte, als ich das Gerüst für die neueste Geschichte entwarf, und zwar hauptsächlich wegen der gewaltigen technologischen Lücke zwischen den beiden Serien. 2001 waren Yahoo und BlackBerrys der letzte Schrei. Facebook, Google und Smartphones waren entweder noch nicht mal erfunden oder steckten noch in den Kinderschuhen. Ich weiß noch, dass ich eine CD von AOL als Untersetzer neben meinem Röhrenmonitor liegen hatte, während ich das Buch schrieb. Lieber Himmel, mein Laptop wog damals fast so viel wie meine Katze!

Angesichts dieser Herausforderungen beschloss ich, mir den Umstand zunutze zu machen, dass die Geschichten in meinen Büchern Fiktion sind. Statt neunzehn Jahre sind zwischen *Belladonna* und *Die verstummte Frau* nur acht vergangen. (Erstaunlicherweise bin auch ich nur acht Jahre in der wirklichen Welt gealtert.) In Grant County fährt Sara jetzt einen BMW Z4 statt eines Z3. Lena hat ein BlackBerry. Marla Simms benutzt noch immer eine IBM-Selectric-Schreibmaschine, aber die wurde schon 2001 als prähistorisch angesehen. Wenn Sie sich fragen, woher Gina Vogels Verdruss kommt, dann wissen Sie es jetzt.

Ich hoffe, Sie verzeihen mir meinen Quantensprung. Ich habe es sehr genossen, wieder bei Jeffrey zu sein, vor allem an einem Punkt seiner Beziehung zu Sara, über den ich noch nie geschrieben hatte. Aber es hat mich auch daran erinnert, wie sehr ich Will liebe. Als ich damals beschloss, Jeffreys Geschichte zu beenden und Wills zu erzählen, sagte ich mir, ich müsste Will auf jeden Fall so zeichnen, dass er es auch verdient, Jeffrey nachzufolgen. Ich bin sicher, Sie als aufmerksame Leserinnen und Leser werden mir zustimmen, dass Will es sich auf jeden Fall verdient hat. Für mich fasst eine Passage zu Beginn dieses Buches die beiden großen Lieben in Saras Leben perfekt zusammen: »Bei Jeffrey hatte Sara gewusst, dass es Dutzende, vielleicht Hunderte andere Frauen gab, die ihn genauso innig lieben konnten, wie sie es tat. Bei Will war sich Sara sehr deutlich der Tatsache bewusst, dass sie die einzige Frau auf der Welt war, die ihn so lieben konnte, wie er es verdiente.«

Ich wette, Sie haben alle nicht bemerkt, dass ich eigentlich Liebesgeschichten schreibe.

Wirklich harte, gewalttätige Liebesgeschichten, aber es sind dennoch welche.

Zu Beginn meiner Schriftstellerlaufbahn, vor diesen langen neunzehn Jahren (oder acht Karin-Jahren), traf ich die Entscheidung, dass das, worüber ich schrieb, von einem Buch zum nächsten eine Rolle spielen sollte. Deshalb entschied ich, Jeffrey loszulassen. Deshalb beschloss ich, freimütig über Gewalt gegen Frauen zu schreiben. Ich fand es wichtig, offen zu schildern, wie diese Gewalt tatsächlich aussieht, und die langfristigen Auswirkungen eines Traumas so realistisch wie möglich zu erkunden. Wenn ich mit diesen beiden Serien etwas erreicht habe, dann hoffentlich das, dass man sie als ehrliche Geschichten über Kämpfernaturen, Mütter, Töchter, Schwestern, Ehefrauen, Freunde und Schurken ansehen wird, von denen wir nicht oft hören.

Und um die Frage zu beantworten, die Sie hoffentlich stellen: Es wird weitere Geschichten mit Sara und Will geben. Ich freue mich auf die Reise, die noch vor uns liegt.

Karin Slaughter
Atlanta, Georgia

DANKSAGUNG

Mein erster Dank geht immer an Kate Elton und Victora Sanders, die von Beginn an bei mir waren. Als Nächstes möchte ich meinen HarperCollins-Verlagsleuten zu Hause und auf der ganzen Welt danken, einschließlich den Personen, deren Namen ich in diesem Buch für manche Opfer verwendet habe. Gern geschehen! Ich möchte außerdem einen herzlichen Dank an Hilary Zeitz-Michael bei WME richten und bei VSA an Diane Dickensheid, Bernadette Baker-Baughman und Jessica Spivey.

Ein Hoch auf meine Autorenkolleginnen! Carolina De Robertis half mir wiederum mit meinem schmutzigen Spanisch. Alafair Burke unterstützte mich mit juristischem Rat, ohne Gewähr. Charlaine Harris beriet mich in anderen Bereichen. Lisa Unger sprach über Einhörner mit mir, bis ich einschlief. Kate White war einfach fantastisch als Kate White.

Auf der medizinischen Seite war Dr. David Harper freundlich und hilfreich wie eh und je. David hilft mir seit den frühen Grant-County-Romanen dabei, Leute brutal zu ermorden (und manchmal zu retten), und ich bin ihm ewig dankbar für seine Geduld. Etwaige Fehler gehen allein auf meine Kappe – falls Sie also im medizinischen Bereich tätig sind, denken Sie bitte daran, dass dies ein fiktionales Werk ist, und falls Sie es nicht sind, versuchen Sie bitte, nichts davon zu Hause nachzumachen.

Dr. Judy Melinek hat mir einige großartige Hinweise in Sachen Rechtsmedizin geliefert. Dr. Stephen LaScala hat über

Bänder und Gelenke mit mir gesprochen. Carola Vriend-Schurink hat mich mit Bestattungskenntnissen fasziniert. Special Agent Dona Robertsons Abschied vom GBI war ein großer Verlust für den Staat, aber eine wunderbare Gelegenheit für mich (und ihre Stadtbibliothek). Dr. Lynne Nygaard unterstützte mich in puncto wissenschaftlicher Ausdrucksweise. Theresa Singer, die in diesem Buch als Rennie Seeger erscheint, hat meinen Tanzwettbewerb gewonnen, um in diesem Buch zu erscheinen. Ich hoffe, es hat sich gelohnt.

Das letzte Dankeschön geht immer an D. A., die seit weit mehr als acht Karin-Jahren in meinem Herzen ist, und an meinen Daddy, der mir immer noch Suppe bringt, während ich schreibe, allerdings hat er dieses Jahr ein paarmal vergessen, Maisbrot mitzubringen, und ich fühle mich gezwungen, hier schriftlich festzuhalten, dass derlei Nachlässigkeiten nicht hinnehmbar sind.

Eine allgemeine Anmerkung zum Inhalt: Ich möchte klarstellen, dass ich den Namen des Täters, der 2007 und 2008 in National Forests in Georgia, Florida und North Carolina mindestens vier Menschen ermordet hat, absichtlich nicht erwähne. Ich möchte außerdem meine Unterstützung für die Georgia House Bill 1322 zum Ausdruck bringen.